北京宣传文化引导基金
BEIJING CULTURE GUIDING FUND
北京宣传文化引导基金资助项目

江山故宅

范小青 著

北京出版集团
北京十月文艺出版社

目录

第一部分：已毁

多年以后我回到了故乡。我有一些故人旧友，不多。有的故人已经离去。我在心里想着他们。我有时候和旧友一起坐一坐，说说往事。

有一天我收到一个信息，古城区正在开展对所有老宅旧宅摸底排查的工作，我家的旧居目前属于“空关房”，他们希望我能够确定一下怎么处理，如果我不方便处理，他们也可以根据我的意见代为处置，前提是需要带上房产证、身份证以及人物关系证明来区综改办登记。

我十分惊讶。我回到家乡以后，并没有去看看旧居的念头。因为在我的印象中，那个老房子早已经不存在了，它原来存在的地方，后来应该是城市里最繁华的交通要道。当然再后来也听到一些别的说法，似乎说它还是在的。也就是说，当年以为拆的是我家曾经所在的那个宅子和那条巷子，其实不是。但我仍然没有打算去。那条巷子里的人，早已经不是当年的邻居了，他们不会认得我。就算他们仍然是当年的邻居，他们也不会认得我。再后来——再后来我就收到了区综改办发来的这个征询兼通知的短信。感觉有点奇怪，好像我左躲右躲也躲不过一个被遗忘了的旧居，它就这样直扑而来了。

我根据短信上留的联系人的电话，联系上了联系人，他姓刘，我刚开口跟他说了一声我姓言，还没有说收到短信通知的事情，他就知道我是谁了，称我言老师。看来他对居民的情况很熟悉。但是他不应该熟悉我。

果然，我稍一犹豫，他也有些疑惑了，他又问了一遍，您是言老师吗？我说是。我心下暗想，虽然许多事情不能确定，这个事情总是能确定的。他说，言老师，您那个姓，是言论的言？语言的言？我又说是。我又想，本来是你发给我的短信，现在怎么好像是你在怀疑我似的，应该我怀疑你才对。但是我没有直接说，我向来好为人师，我开导他说，小刘，你想想，是你们先有了我的姓名和手机号码，给我发了短信，我才联系你的。小刘似乎是想明白了，他“哦”了一声，但是再想想，感觉哪里还是不对，又核对说，言老师，您是叫言耀亭吗？

这一下轮到我惊骇了。言耀亭是我爷爷。我爷爷是20世纪初出生的，活着的话，该有一百多岁了。当然，我爷爷早就不在了。原来他们对居民的情况并不熟悉，我刚才还差一点脱口夸他一下呢。

我赶紧说，小刘，你们搞错了，言耀亭是我爷爷，我们苏州人喊阿爹，我跟你说，不光是我爷爷，还有我的父亲和我的母亲，他们都不在了。小刘倒不惊骇，他觉得很正常，他跟我解释说，言老师，我们是根据房产证底档联系户主的，你们家的这处住房，就是你爷爷言耀亭的名字。所以你只需要证明言耀亭是你爷爷就行。

小刘说这话，听起来很合理。有些老房子，那都是从前再从前的事情了，是老人们曾经的家，所以底档上可能会是一些已故老人的名字。由于各种原因，许多年也没有更换。这种情况虽然不会太多，但即便确有存在，也不奇怪。普天之下，奇怪的事情多了去了。

但是这其中却有一个很大的漏洞，这个漏洞简直漏出天际了：这位户主是我早已死去的爷爷，联系人的联系方式，却留的是我的手机号码。

有这么穿越的吗？我只好直接戳穿了说，小刘，这个事情太离奇了，你们怎么会找我说事呢，我——小刘直接接过我的话头说，言老师，没事没事，正常正常，您是言家的后代，也就是言耀亭的第三代，对吧？嫡亲的孙辈，对吧？老房子的事情向来就是这么处理的，爷爷辈的走了，父母辈的也走了，那当然就是您这样的第三代来接盘处置。

我赶紧说，轮不到我，轮不到我，我爷爷有三个子女，两男一女，这两男一女，又总共有十一个后代，怎么就轮到我了呢？小刘竟然笑了一声，说，言老师，您和别人不太一样，别人家的后辈，都是抢着要来争取这个资格的，您却怀疑您有没有这个资格。确切地说，您的资格，可能就是十一分之一。但是十一分之一也是绝对的代表呀，也就是说，无论您爷爷有多少后代，但总得有人出面代表大家来处理遗留问题。

我不能同意。我说，那为什么是我代表？小刘回答得理直气壮，小刘说我们找不到别人，因为联系人这一栏，只有您的联系方式。您是我们唯一能找到的线索。也可能您工作比较忙，不太想接手，但是这个事情迫在眉睫，我们也只能麻烦您了。

我竟然无言以对。我不知道是谁把我的手机号码填到了我爷爷言耀亭的房产档案里。这个人这么做，我首先还不是怀疑他的目的，要怀疑的是这个事情的真实性。

我很年轻的时候就离开了家乡和家庭，而且是一去不返的那种离开。我曾经发誓我不再回来。那时候我伤心欲绝，悲愤交加，感觉天崩地裂。我和他们断绝关系，还改了名，后来仍觉不够解恨，甚至把姓也改了。那时候我真的为所欲为，随着自己的情绪波动，很荒唐地改了好几次名字，有的名字用过之后就丢了，后来竟然还给忘记了。

许多年我都不和父母亲联系，也不和我哥我弟联系。我父母是活该。可我哥我弟是不是有点冤枉，有点莫名其妙，我怪罪父母连带到他们。不过他们从小就了解我的性格，我不理睬他们，他们也不敢来找我。其实再细想想，也不见得就冤枉了他们，当初他们虽然不敢为虎作伥，但至少是冷眼旁观。所以我恨他们，也不无道理。当然，我最恨的人，是我自己。

我父亲走的时候，他们找不到我，等到我母亲也走了，他们觉得再不找到我说不过去了，就钻天打洞、费尽周折，最后终于在我母亲入葬前一天找到了我。可我当时在很远的地方，找到我我也赶不及回来。就这样我等于没有送走我的父亲母亲。那一年我又把我的名字改回来了。

我母亲走的那年，我哥我弟有了我的手机号码，但是后来我又换过几次号码。我记不得有没有及时告诉他们。我也无所谓。我和他们偶有联系，那也只是我找他们，他们想找我，比较难。

我的怀疑是合理的。对家乡来说，我就是一个失联了许多年的人。连我嫡亲的哥哥和弟弟要想联系我，都得要大费周折，区综改办的工作，主要是梳理可能要动迁或者要改造的房屋，他们难道也有特殊的情报系统和超常情报功能吗？

所以我想不通，我现在的这个手机号码是什么时候出现在我爷爷的房产档案里的。我再次询问小刘的时候，感觉到自己态度起了些变化，不再有一开始说话时保持着的那种谦和了，甚至带了点责问的口气。小刘并不计较我的态度变化，但他确实也说不出来，他就算对工作再认真负责，这个情况他也说不准，只能大致推测，也就是一两年、两三年前吧，他说他的推测是以他们最近一次整理私房档案的年代为依据的。

这里再一次出现了漏洞。

小刘说他的推测是以整理私房档案为依据，我立刻知道他们搞错了，我赶紧跟他把情况说清楚，问会不会他们在排查核定时有什么差错，因为那个房子即便还在，它也不属于我家。我记得那是从前我家租住的公家的房子。小时候我听到我父亲和我母亲说，交房租的时间又到了，你不要挤在人多的时候去，等隔壁他们几家交过后你再去。我母亲说，知道了，你每个月都要关照，我又不是傻子，我不会搞错的。

小刘认真回答我说，言老师，差错也有可能的，我们会再认真核对一下，如果错了，我们纠正。我说谢谢。小刘却又把话说回去了，他说我们这边保存的档案，还是比较可靠的，这些年也都是不断核对不断更新的，言老师您所说的从前的那种公租房，后来它们的性质也是有了各种改变的，比如，依据政策退还给原来的户主了；再比如，起先确实是租房，但后来租户出资购买了，那就是私房了；另外也可能成了房卡房，虽然房子不是私有的，不能买卖，但拥有房卡房的住户，却是可以流通房卡的，也就是流通居住权，和出租车的运营权差不多那种；另外，在20世纪80年代后期90年代初期的一段时间，也有大批的公租房作为房改房重新分配过户了——

我对小刘起敬。他真是业务精专，了如指掌，尤其我注意到，他在说到从前的“20世纪80年代后期90年代初期”时，连嗝顿都没打一个，那些话那些事情，顺着嘴就溜出来。那时候恐怕还没有他呢吧。

小刘十分负责任，他知道我担心有差错，又强调说，言老师，过去的事情虽然比较复杂，但是我们现在可以简化过去，主要看今天，今天这处房子的户主，是言耀亭，就是你爷爷，那就是一个既简单又绝对的事实。

如果按照小刘所说，就存在了几种可能，也许在我离开以后，我们家的公租房退还给我家了，那就是说，这个房子原本就是我家的，后来胡乱被人接管掉了，再后来又拨乱反正退回来了，感觉像是在兜圈子，但好在名字是同一个，就是言耀亭；也或者，是我父亲母亲后来将房子买了下来，那么房产证上怎么还是言耀亭呢，那时候言耀亭早就在另一个空间，我们并不知道那个空间需要不需要房产、存在不存在房子这一说。再然后，父母亲也不在了。可无论世事变化有多奇幻，这事情，怎么想，也不可能搞到我头上来。

这肯定也是可疑点之一。我又不是独子，我家有兄妹三人。我的哥哥言子谌，我的弟弟言子辰，他们并不像我这样大半辈子远离家乡。我的哥哥和弟弟，他们一直在家乡生活，未曾离开过。

这里我顺便交代一下。这个事情现在不交代，后面也是需要交代的，不如先讲出来了事。以免后面事情多了，顾此失彼忘记了，会露出破绽的。就是我们家兄妹三人的名字，都叫子chén。写出来是不一样的，叫起来却是一模一样的，谌陈辰，不傻也分不清。所以那时候我们除了在学校可用自己的大名，在家里，在街坊间，或者在其他一些场合，基本上都不能用自己的名字，分别叫言家阿大，言家阿二头，言家阿三头。

其实这个问题，从前很多人都问过，几乎所有晓得我们名字的人，都会问一问我父亲，你们家三个小的，怎么都一样叫法？什么意思呢？我父亲从来就是装聋作哑不吭声，我母亲也不吭声。但是我爷爷言耀亭要说话，他气呼呼地说，谌，陈，辰，你说缺个啥？

谁也不晓得缺个啥。我爷爷言耀亭就说，缺个诚。

他这算是在骂人。但是他骂谁呢？按理说，他骂的是给我们取名字的人，但是给我们兄妹三人取名字的，就是我爷爷言耀亭本人，那他就是在骂自己。

小事一桩，交代结束。

回到正文，说回房子。

一处旧居的处置，综改办为什么不就近找我哥言子谌或者我弟言子辰，却舍近求远地找到我呢。幸亏我恰好回来了，如若我没有回来，甚至完全没有回来的打算，他还需要隔空喊话呢。所以我问小刘，你联系过言子谌吗？小刘似乎是停顿了一下，随后他笑了笑说，老师，您不是叫言子陈吗？我说我说的是我哥哥言子谌，那个谌字，不是我这个陈，不是耳东陈的陈，是言字旁加一个甚至的甚，也念chén。我听到小刘疑惑地“哦”了一声，我再给他解释说，我们兄妹三人的名字，读音是一样的，但写法不一样，还有我弟弟言子辰，就是时辰的辰，你也没有联系过吗？他们和我不一样，他们一直都在家乡，找他们比找我要容易得多。

小刘“嘿嘿”了一声说，还有这样取名的哈——但他立刻就把话题拉回到他的事情上去了，他强调说，言老师，因为你家房产证的底档上，只有你的联系方式。没有留另外两位言子chén老师的电话。

关于我的手机号码留在房产证底档里这句话，小刘已经答复了我三遍，他很耐心，没有不耐烦，如果需要，他可以再说一遍，再说几遍。

我父母亲去世前和去世后，房子是怎么处置的，我并不知道，也无心过问。我根本就不联系他们。也许那些年里他们商量过了，老房子他们不要，打算给我了。如果真是这样的打算，那就比较离谱，我对于他们来说，是一个带着仇恨一去不返的家人，他们对于我来说，更像是扎在心里的刺，永远也拔不出来，一碰就刺痛，不碰也一直在刺痛。

再退一步说，就算是他们真做出如此离谱的决定，至少也得和我说一声吧。

万一我也不要呢?

不要当然是不可能的。只是无论要不要，在我不知情的情况下就把我变成了联系人？如果不是因为过户产权手续十分严格且复杂，必须本人到场，或者必须要有本人亲笔签名的委托书以及本人身份证等等，他们说不定就直接把产权搞成我的名字了，这种做法既不合情合理也不合法。幸亏时代不一样了，一个人在自己不知情的情况下，名下突然多了一处旧房子，也许里边有个什么故事，但不至于会有什么祸事。

不过这件事情我是想不通的。我家曾经住过的房子，即便真是公房成了私房，也即便我的叔叔言仲勤和我的姑妈言淑银，和曾经的我一样，远在天边，暂且可以排除他们，但这个房子的继承人，分明也还有三个。而其中“我”这一个，基本上算是失踪人口，只是恰好在最近出现了。如果小刘口中的那个“摸底排查”提前一点开展，他们就找不到我了，虽然他们有我的手机号码，但我只要说我远在天边，他们应该会觉得麻烦，就不会来打扰我了。

但是，没有但是，我忽然就在这个奇怪的时间回来了，于是奇怪的事情就这么突如其来，忽然而至。

我的疑问太多，纯属自己折腾自己。按说倘若有人突然告诉你，有个房子是你的，而且还是政府说的，而且还有证据证明，而且还尊重你的意见问你要怎么处置，你是特高兴呢，还是瞎怀疑呢？

小刘见我不再提出疑问，又补充告知我，说重新核查是有一个过程的，时间长短不确定，如果真是错了，那么在纠错之前，老师您还是得先拿出您的意见，因为这一带，可能很快会有动作，而动作，我们都知道，必须是建立在每一处房子的属性、处理方式都是明确的、毫无疑义的这样一个基础之上。

他的意思是不是说，如果在核查、纠错之前，动作已经到达，那就意味着来不及纠错了，那个旧居，就一定是作为我的旧居被动作了？我连提出异议的余地都没有。

我为什么异议自己有一个旧居呢？

我不关心动作。主要是因为我不关心旧居。我早在我的内心深处努力将它排除掉。所以，将它拆了也罢，将它涂脂抹粉也行，将它保持原样也好，将它变成另外的一个它也可。我没有意见。在我的记忆中不愿意存在的，至少在我的潜意识中，是我所抗拒的、有痛感的这个旧居，这么突然地冒出来，对我来说，着实是个意外。

小刘早已经感觉出我的抵触、不确定，甚至对于旧居的怀疑。我估计，像我这样的人，我对于旧居的态度，和他每天面对面打交道的人太不一样了，小刘反而有点不适应了，他停顿了一下，为了尽快地完成这一个任务进入下一个任务，他决定不再和我确认暂时无法确认的事情。

其实他也不想想，任务是永远也完不成的，一个任务完成了，又一个任务来到了，不是吗？

但是小刘分明是个努力的工作人员，他没有像我这样消极地看问题，他只是一个又一个地接到任务、完成任务，再接到任务，再完成任务。周而复始。

可我还是怀疑呀。我可以怀疑的方向还有好几个，我先选了其中我感觉是比较关键的一个，我需要再跟小刘确认一下，他们所指定的我家的旧居，到底在哪里，会不会是因为搞错了房子的地点，才搞错了房屋的属性，如果是，也许就可以证明他们是找错人了。

我所期待的事并没有发生，事情一直朝着小刘的原定方向进展。小刘说过，他们手里的档案材料，是可靠可信的。那是当然，小刘他们的工作，真是千锤百炼的，他们每天面对的居民，都是寸墙寸金、寸土必争，一个个如狼似虎，容不得丝毫马虎，来不得半点差错。

是的，小刘所说的我的旧居地址确定无误。小刘说，我们发给您的短信通知上，地址是清楚的，言桥巷7号第四进。

我一听这个地址，不由得“哦嗬”了一声。小刘在电话那头已经听出了我的惊讶，他可能是怕我再出什么幺蛾子，再提些奇怪的问题，所以赶紧说，不管怎样，老师，还请您尽快抽空落实一下。

不管我的内心深处是不是愿意按照小刘说的“尽快落实”去落实，也不管我是不是患有多疑症多虑症，换了谁，谁也会怀疑的，实在是因为小刘的出现以及他所带来的这个消息，太可疑了。所以我又问了小刘一个问题，你所说的我的旧居，那个房子的房产证在哪里?

这一下终于把小刘问住了，过了一会儿他才回答说，一般，房产证或者房卡凭证，都是户主自己保管的。我说是呀，可是我家这个户主言耀亭不在这里，我暂时也找不到他。见小刘语塞，我又故意跟他绕了几下，我想把他绕晕了不再烦扰我。我说我好像感觉，你们的意思是，如果找不到户主，联系人是可以代表户主的，那我这个联系人，也不是一般的联系人，像是突然从天上掉下来的，又像是开玩笑开出来的，所以我是一个不知道自己是联系人的联系人。

小刘已经被我逼得无路可走了，他轻轻地叹息了一声，说，老师，我们的工作确实还是有疏漏，有些情况，我可能没太搞清楚，要不这样，老师您稍等，我再细致地了解一下，回头再联系您。

我终于把小刘给绕进去了，赶紧说好好好。电话挂断后我以为小刘去“纠错”了，顿觉一身轻松，我赶紧给我的助手小白发信息，打算约一下明天的工作安排，却不料还没等小白回复，片刻之后小刘的第二次电话已经追来了，他问我，老师是不是您家的那个旧居您一直都没有回去过?我说是呀，要不是你告诉我，我还以为那个地方早就没了呢，一个没了的地方，我怎么去呀。

小刘的工作目标明确而又精准，他没有和我扯多余的话题，接着又问我，您的父母亲去世后，他们的遗物是谁保管的?

这个就要问言子谌和言子辰了。我先给言子谌打电话，言子谌开始有些漠然，又好像听不懂我在说什么，支吾搪塞了几句。后来我激将他说，你这样爱理不理，那我就不和你说了，我们家的旧居那就归我了哦，反正现在区综改办都不想找你们，只找我了。他“啊哈”了一声，说言子陈，你又来弄怂我了，从小你就弄怂我，这么多年你都不回来，现在回来了，可你不知道你已经是一个讨厌的老太了？你还要继续弄怂我？

这下子轮到我不明白他什么意思了，我跟他说的是正事。尽管我们兄妹三人如今都不缺房，但是谁又会嫌房子多呢。只要不是贪污受贿得来的，哪怕知道快要收房产税了，那房子也肯定是多多益善的。这几十年，我们一路走过来的结果，就是我们大家都被“房子”套进去了。肉体和灵魂都套进去了。

难道不是吗？

我估计言子谌也认真想了一想，他可能想到我这把年纪了，又刚刚回归故乡，况且兄妹间差不多有半个世纪都没有热络了，我应该没有理由忽然又去弄怂他，所以他主动接上了刚才差点被他掐断的话头，他说，言子陈，你说的是哪一处旧居啊？

我居然被他问住了。

但是让我再想想，又觉得其实一点也不应该意外，言子谌是言子谌，言子陈是言子陈，听起来一模一样，看起来却是有差别的，实际上的差别就更大了，我们虽是兄妹，可我们不一样。

言桥巷7号之前的记忆，我已经没有了。或者换个说法，我的所有的关于老家、关于旧居的记忆，都是从言桥巷7号开始，也是在言桥巷7号结束的。

我十八岁那一年，考上远方的大学，出了旧居，一抬脚去了。

再回来时，已经是物非人非事事非。

可是言子谌不一样，他比我大三岁，他对我家在言桥巷7号之前有没有其他旧居，那旧居在哪里、是什么样的，可能是有印象、有记忆的，更重要的是，在言桥巷7号之后，他数次搬迁。我们平时的联系并不多，但就这不多的联系中，我获知，他大学毕业留校后，先是搬到教师宿舍，过了几年，又搬到教师新村，然后买了两室的商品房，然后换了三室的改善房，然后又买了大平层湖景房，然后又在郊区有了别墅，我这一次回来，他请客吃饭，我听到他们在饭桌上商量，为了孙子读书，可能又会换回市区来。总之，这么多年来，在我不多的印象中，作为大学教授的言子谌，一直在倒腾房子。他被“房”纠缠住了，卷入进去了，那他当然有可能忘了“房”。

但是即便如此，即便他把房子玩得滴溜转，或者是房子把他玩得滴溜转，但本质上他还是个书毒头，脑子缺根筋，他哪怕用脚指头想想，都会知道我所问的旧居是哪一处旧居，你言子谌以及你言子谌自己摆弄的那些家庭居所，关我何事，我会问吗？

我有点来气，没好气地说，言子谌，是不是在你的记忆中，已经没有了我们小时候的家，言桥巷7号。

言子谌又“啊哈”了一下，说，言子陈，原来你说的是言桥巷7号，你什么意思？

我什么意思？我反问他，言子谌，什么我什么意思，你什么意思？

言子谌说，那个地方多少年前就拆掉了，我记得，几年前有一次就跟你说起过，你还感叹了，我们还回忆了小时候在老宅子里的好多事情。现在那个地方早就没有了。他稍一停顿，也许感觉到自己的话还不够有说服力，又补充道，那一次我都告诉你了的，你难道又忘记了？那是古城区内动作得最早的一块地方，后来许多年，就再也没有那么大的动作了，当时我们家那两间旧屋要处理，想找你商量也找不到你，这么多年过去了，现在我已经记不清当时是怎么处理的，言子辰也许还记得，总之肯定是三钱不值两钱就解决了。

我说，言子谌，在这之前，我也和你一样，以为言桥巷早就拆了，但现在我可以负责任地告诉你，没有拆，当年改造的时候，拆的是另一条街，不是言桥巷，今天，就是刚才，区综改办来找我了——

言子谌说，言子陈，你小心一点哦，不会是骗子吧——我立刻打断他说，言子谌，你是不是这么多年都没有再去过那里？言子谌说，咦，你怎么听不懂话呢，那个地方没了，我怎么去，你让我到哪里去？

听言子谌口气如此确定，我的内心又有点动摇了。其实关于骗子不骗子的问题，我也警觉过，但是这个区综改办的小刘，却有这个能耐，一条短信再加一个电话，就能让我确信他的可靠性和真实性。为了坚定我的想法，我换了个方向跟言子谌纠缠，我说，言子谌，我们先不说那个旧居还在不在，但是我记得，那个房子不是我们家的，是家里租的公房吧，我记得爸爸妈妈每个月还去交房租呢，是不是？

这个问题言子谌总算没有再搪塞，他说了点实在的有用的东西，或者说，还原了历史的真面目。他说那是我上当了，上了父母亲的当，那个房子登记的一直就是爷爷的名字，但是那时候父母亲胆小，不敢说房子是私房，怕邻居眼皮子薄，就假装跟别人家一样是租的，等到交房租的时候，也假装出去跑一趟，他们甚至还有一本交房租的小笔记本，假的做得跟真的一样。最后言子谌又说，不过现在再说这些都没有意思的，已经不存在的东西，一般都不会再去纠缠了，除非像你这样，会做出对“已毁”的现状评估。

我已经确信我无法在言子谌这里得到什么有用的信息了，但是小刘还在等着我的回复，我只好直接问言子谌，父母亲的遗物，由谁保管着。言子谌说应该是言子辰保管的。不过他也没有问过言子辰，他是推测的，既然不在他这里，那应该是在言子辰那里。他说了两遍“应该”，让我直接去问言子辰。

我知道言子谌其实是在应付我，因为他不相信我说的话，也就是不相信区综改办，不相信小刘，也不相信言耀亭的产权证还在哪里等着我去发现，皮之不存，毛将焉附，房子都没有了，哪里还有产权证。可是我想让事实来告诉他他错了，所以我问他这会儿有没有时间，我要约他去言桥巷看看，有或无，到那儿一看就知道了。言子谌先是以无奈的口气说了一句言子陈你又兜回来了。但是只说了一半，他可能觉得跟我说不通了，就换了个说法，说走不开，他每天有接送孙子上幼儿园的任务。

我气得撑他说，言子谌，原来你对我们的旧居存在着如此之大的芥蒂，它在与不在，你连看一眼的意思都没有。我理直气壮甚至义愤填膺地说出这句话后，顿时就感觉脸上发热发烫。难道脸红的应该是我?

我气撑言子谌的那些话，其实更是在说我自己。如若不是小刘找到我，我的心情又何尝不和言子谌一样。所不同的是，言子谌坚持认为它不在了，而我，不管它在不在，我都不想看到它。

言子谌从来不和我争辩，现在仍然如此，他干笑了一声，把话题引回到我身上，他说，言子陈，你可能有点魔怔了，那天你说你要搞什么“已毁古建筑群”，我就想到了，不过当时我是觉得，你的学问，你的才华，你的经验，你的从无变有的本事，用在古城的一些老宅大院、名人故居上，也许真能钻研出些什么来，可我没有想到你搞到自己家的旧居上来了。

我说，言子谌，言桥巷7号，根本不在我的项目里，不是我想要搞它的什么课题，是区综改办找到我的，我还怀疑呢，他们怎么会有我的联系方式，如果不是你和言子辰给他们的，他们从哪里搞到的呢？

言子谌忽然就叫停了，说，哎哟，我不跟你说了，我孙子出来了——（好像他真的就站在幼儿园门口似的）哎哎哎，晌晌（想想？享享？），爷爷在这里，哎哎哎——言子陈，你若是真的认为“已毁”等于没毁，那你自己去看看吧，我实在走不开。

我虽然从小就欺负言子谌，但是现在他要紧照顾孙子，我再打搅他，就是连爷爷带孙子一块弄了，不地道的，算了，我再找言子辰试试。

我对言子辰并没抱多大希望。凭着言子谌对这个事情的态度，我料想言子辰也不会积极配合。我的电话打过去，他接了，问，您哪位？我说我的电话你没存吗？我是你阿姐言子陈。言子辰不太习惯说假话，但他现在又必须说假话，他说，咦，不对呀，我明明存了你的电话的，你又换手机号了吗？我笑说，言子辰你别装了，你听我声音不就知道是我吗？他说，可是我听声音也不大像呀，你真是我阿姐言子陈吗？我嘲笑说，言子辰，你说呢？言子辰说，我阿姐言子陈以前说要和我断绝关系的，你不会是骗子吧？

他瞎说时的声音都是僵哈哈的，我差一点笑出声来，我说，言子谌跟你说我是骗子吗？你若是愿意相信他，我也不反对，我只要你告诉我，我们家的旧居，从前是爷爷奶奶的，后来是父亲母亲的，再后来呢，怎么样了？你只要说清楚了，让我明白了，我就不再来纠缠你，不再骗你。

我估计我一说旧居，他就要退缩了。

不是我料事如神，因为我了解言子辰嘛。

不出所料，言子辰立刻说他在外地出差，并且现在正有要紧事情，不方便接电话。我估计是他们兄弟两个通过气了，言子辰对我有了防范，不过我不会轻易放过他，我说，你不是退二线了吗？退二线还出差啊，你们单位还真重用你哦。

言子辰当然听得出我的嘲讽，但是他得到言子谌的指示后，肯定对我的事情是要假作不知的，他说，阿姐，那个地方其实早就拆掉了，但是既然你想去看看，要不你自己先去看看吧，如果有什么事需要商量，等我出差回来后我们再联络。

我估计他也和言子谌一样急着要挂断电话，我就赶紧说，那我再问一句，爸爸妈妈过世后，他们的遗物，在你那里吧——为了防止他又瞎说，我赶紧抢先制止说，这不是我说的，是你大哥言子谌说的。

言子辰本来否认的言辞已经到了嘴边，一听是言子谌说的，又咽了回去，过了一会儿，想好词了，才说，那，既然大哥这么说，也可能是在我这里，不过时间长了，我也不记得放在哪里了，去年我家里重新装修的时候，所有的东西都翻了个遍的，但是印象中好像没有看到他们的东西，不知道会不会是前几年搬家时搞丢了。

这话也没有出乎我的意料，我应该彻底放弃对他的希望，但是我不甘心，小时候，我是可以一对二的，我甚至一只手弄怂他们两个，都是绰绰有余的，但是现在我说到旧居，好像他们事先就知道，就联合起来了，跟我玩捉迷藏。所以我不会认输的，我整他说，要不这样吧，我也不急着这一天两天去，你出差呢，也总要回来的，对吧，我等你回来，我们一起去旧居。

言子辰一听，慌了，他没有料到我约他一起去旧居，所以他得好好想妥了，才能回答我。我且等他。果然等了好半天，他还是那么笨。等他终于想好，说，阿姐，你是知道我的，我胆子小的，现在我老都老了，可是仍然有点迷信，那种旧宅子，阴森森的，莫名其妙的，我是从小在老宅子里被吓大的，所以后来我只要走进老宅子，就会发寒热的。

我捉住了他话语中的漏洞，说，你和言子谌不是都一口咬定，那个老宅子不在了吗？这回言子辰不笨了，反应够快的，说，可是你一定说它还在，阿姐，我们总归是听你的。到这时候我才觉得这个言子辰到底比小时候成熟了，胡说八道居然也说得头头是道，还充满感情，他刚才那个僵哈哈的声音，完全是故意憋出来的，估计是想憋出我对他小时候的印象。

幸亏这是我们在通电话，如果当着面的话，说不定还能看见他眼泪汪汪呢。

我现在是领教了言子谌和言子辰了，他们都不再是我印象中的言子谌和言子辰了。向来自以为是的我，其实还是很傻很天真，我居然还停留在时空的那一个尽头，我竟然没有感觉到时间的变化，更没有感觉到时间改变了一切。

见我一时无话，言子辰以为他说服我了，又乘胜追击说，阿姐，我真不能保证爸爸妈妈的东西在我这里，其实你也可以去问问邻居，后来那几年，我和阿哥都搬出去了，爸爸妈妈和邻居处得蛮好的。我问他邻居还有谁，言子辰说，这个我不晓得的，因为我一直以为那个地方早就拆迁掉了，后来虽然也有人说拆的是别的地方，不过我也没有再去看过。爸爸妈妈也都不在了。

言子辰的说法，跟言子谌的说法和想法简直如出一辙。

我估计从言子辰那里拿不到父母的遗物了，后来我以此为理由再次联系小刘，告诉他产权证找不到，我的哥哥和弟弟都不知情。我的言外之意就是，我实在是无能为力了。小刘依然耐心，他问我我的哥哥和弟弟说了什么。我不想骗一个全身心投入在工作中的热情的年轻人，只好如实相告，言子谌和言子辰他们认为有可能父母会托付给邻居。

其实我明明知道言子辰关于托付邻居的托词极不可靠，有两个儿子在身边，他们又没有像我一样跟父母翻脸不认，我爸我妈怎么还会去托付给邻居呢，不要用头脑想，用头皮想，也想得明白，这又是言子辰在哄骗我。但是既然他和言子谌都不肯配合我，不跟我说实话，那我是不是应该去找邻居试试呢，说不定真的能走出一条可以通行的路呢——这不是因为我对老邻居还有什么念想，我的关于老宅的念想，早在几十年前就已经彻底断掉了。

小刘是有信心的，他鼓励我说，如果遗物真是邻居保管的，那您确实应该去邻居那里核实一下。我跟他开玩笑说，只是我这么长时间都没有回去，我们家也没有人过问，邻居也已经多年不联系，东西会不会被别人拿走，或者失踪，甚至卖掉了？小刘说，这种可能性不大，即便真的有人想这样做，他也做不到，国家对房屋买卖的管理，是十分严格严谨的。

我终于黔驴技穷、无言以对了。

小刘以铁一般的信心和决心，让我相信，我家的旧居，它就在那里，一直都在。

我对于言桥巷7号的怀疑，早已经显而易见了。我一会儿认为它早已不存在了，一会儿认为它虽然还在，但是与我无关，一会儿又怀疑它到底在不在那个位置上，然后又觉得它的面目是模糊不清的，等等，总之，就是不想让这个旧居这么突如其来地走进我的日子里。

我并不是因为思乡心切或者想要安居养老才回到故乡的，我回故乡，是因为我手里有一个课题——“已毁古建筑群现状评估”。这个课题本身就是一个矛盾体，既然是“已毁”，哪里还有什么“现状”，如何“评估”？

这是谁想出来的，真是别出心裁，凌空蹈虚。

还能有谁，肯定就是我自己。

所以，在回到家乡后的一些日子里，我和我的助手小白穿行在苏州的大街小巷，寻找我们想要寻找的早已经不存在的古建筑群。

古保委的同志对我的课题十分有兴趣，也非常重视，他们在第一时间就给我开出了一张人员名单，上面列出了一长串的名字，我先瞄了一眼排在前面的几位，大多是一些对古城古建筑熟悉了解有研究的专家和文化人，还有部分与古建筑有各种关联的人物。我如获至宝。不过我并没有急着马上就去找他们，我小心地将名单收起来。在用耳朵听故事之前，我要先用自己的脚去“走”故事。

我和小白，我们不是漫无目的的，我们有明确的方向，我们的关键词是：古代，建筑群，已毁。

由这些关键词又引申出来的关键词，或者说，要符合那几个关键词，还需要另外一些关键词来配合，来注解，比如：名人故居、大型建筑、残垣断壁或者不存在等等。

这两组关键词是对等的，是可以用等号连接上的，古代的大型建筑群，它们的主人，非富即贵，青史留名。难道不是吗？

然后，它们又是不存在的。或者说，不是不存在，是曾经存在过，有过记录记载，或者是口口相传的，但是后来，现在，它们不存在了。

我和小白要做的事情，就是去寻找不存在的存在。也许在我的内心深处，是想从不存在的存在中，看到往日的痕迹。

我一直做古建筑研究评估工作，做了几十年。只是这几十年里，我总是在别处奔波，在为家乡以外的别的地方、为别人的家乡的古建筑效力。其实我很早就有了评估自己家乡古建筑的具体计划。我家乡的古建筑，有鲜明的特色，代表着江南明清时期的建筑风貌，是极有价值的。我曾经在某一个史册里，看到对家乡的某一个古建筑群的记载和描述："屋比百椽""堂屋宏深"等等。

可是后来我却怎么也找不到这一册史料，也忘记了它所记载和描述的这个古建筑群叫什么名称。我一直纠结于这个"忘记"，我想它固然是由于我业务的欠缺和积累的浅薄，但是我又想，我的家乡，处处都有"屋比百椽""堂屋宏深"，这一定也是原因之一。

虽然我忘记了，但我忘记的只是它的名称，而不是它的存在。

可惜的是，我的这个计划，总是因为其他事情而被一推再推，我有时候会焦虑着急，但更多的时候，我总是安慰自己，我对自己说，总会有那一天的。

现在，这一天终于到来了，可是我已经迟到了。对我家乡的古建筑和古建筑群的现状评估，早已经应做尽做，淋漓尽致，即便还有没做完的，也正在如火如荼地展开着。我的父老乡亲们，早已经把这个古城里的有价值的古建筑和古建筑群，像扫地雷似的扫过几遍，像篦头发似的又篦了几遍，不许有任何的遗漏和疏忽。

但是我却不能因此就再一次离开家乡。我等这一天已经等了大半辈子。一个人不可能有两个大半辈子用来等待回到家乡。所以，我修改了我的课题，使它成为了现在的这个"已毁古建筑群现状评估"。

这个课题，乍一看是有些玄乎，其实不然，所谓的“已毁”，更多的只是物质意义上的“已毁”。更何况，“已毁”并不等同于“全毁”。“毁”的程度、时间的前后以及它们的状态，都是各不相同的。

所以我回来以后，工作进展得十分顺利，我和助手小白，已经对我们先前确立的多处“已毁”古建筑群进行了实地考察，大有收获，直到我收到了区综改办的短信通知，它打乱了我的节奏。

这个早已经沉入记忆的海底，现在又突然冒出来的我家的旧居，也是一处老宅，但是我为什么对自己曾经住过的那个老地方会如此抵触？甚至希望它早就不存在，希望它的存在是一个错误，希望它与我无关。

心中有鬼吧。

但是现在不行了，我得把鬼赶走，好歹过去看一眼。否则无法向那个认真负责的小刘交代，也无法得知事情的真相。

我告诉小白，明天我们去言桥巷，7号，上午9点，我们在7号的门口碰头，一起进去。小白说好，然后她问了我一下，言桥巷7号，在老师的调研计划中吗？

小白是个得力的助手，她十分用心，早已经把我要调研的对象一一做了功课，她大概不记得计划中有言桥巷7号。我告诉小白，这是我临时加进去的。我没说这是我的旧居。我不想说。

我没有向小白交代言桥巷的大致方位，因为根本用不着交代，事实早就证明，小白足够机灵，她从来没有迷失在古城那些纷繁纠缠的大街小巷中，她不会出差错的。

这天晚上我自己倒是做了点功课。明天要去的那个地方，虽然是我的旧居，但毕竟这么多年我一直认为它早已经不在，现在忽然又知道它还是在的，这是失而复得，应该喜出望外。我即便并不“喜”，总也强于去一个完全陌生的地方。在我从前的印象中，言桥巷在城东南，我得大致准备一下第二天的行走路线。我手头没有最新版的城市地图，小白倒是想替我准备的，我不要。我不想成为一个靠着地图才能在家乡行走的陌生人。但是我有一张“1985年城市标准地名图”，我先看了一下那个老地图，在城东南方位纵横交错的线条中，我很快就找到了言桥巷。

虽然年代有些久远了，但我完全可以信任1985年的地图，那上面，只有你找不到的新址，却没有它搞错的旧址。所以我也不必再上网查核。

第二天上午，我很顺利地找到了言桥巷。站在巷口朝巷子里一望，果然，它们都还在。尚未“已毁”。

它们，就是我们曾经居住过生活过的那些老宅子，也就是我们曾经经历过的生活。

老宅子是一个普通的名词，但是从它这里，有时候能够引申出一些联想。比如野猫、蛇、黄鼠狼、狐狸精、鬼。当初我们住在这里，人太多了，没有那些东西的一席之地，所以我很少见到它们。何况宅子里的人家，家家总有好几个小孩子，一天到晚在备弄里奔来奔去，哭爹喊娘，闹个不停，鬼撞见了他们都嫌恶，所以有俗语叫“鬼见愁”。若是与小孩子正对面碰上了，小孩子对它们是视而不见、呼啸而过的，它们却是避之不及。也许心里在说着，怕了你们，怕了你们。

所以我很少看见它们。

7号的门堂间还在，现在是一个老式的剃头店。没有生意，剃头师傅一个人坐在里边打瞌睡。外立墙面都粉刷过了，往事都被盖在白色的墙粉下了。

我等了一会儿，过了9点，没见到小白。这是很少出现的情况，小白虽然很年轻，却十分守规矩，每次相约，她都会提前到达，一切准备工作都做得妥妥帖帖，不用我操半点儿心。只是不知今天怎么回事。好在今天其实并不是调研走访，所以我在想，是不是就不等她了，犹豫了一下，我还是发了微信问她到哪里了。小白回复说，老师，对不起，我刚出地铁站，正在问路。我说好的，我就不站在大门口等你了，我先进去，你等会儿到了就直接进来吧，是宅子里东边一路的第四进，也是最后一进。

言桥巷7号是一个两路四进的宅子，它和东边言桥巷3号、5号以及西边的11号等，都是连成一气的长相差不多的老宅，因为实在太过庞大混乱，百十多户居民，你进我出，生活有诸多不便，后来加以隔断，每一路的备弄都有了新的名称，每一进的天井也都排上了新号，这样方才有了些规矩。

7号里有一条狭长的备弄，分开东西二路。二路的建筑都比较规整，每一进都是五开间，各带厢房。只是东边那一路的五开间，看起来比西边的五开间更高大宽阔些，那里有轿厅、大厅，后面还有女眷楼、藏书楼，每一进有同有异。而西边这一路，四进则都是同一个格式，五开间的屋子，前面带一个天井，天井里有东西两个厢房，有一口水井，有一棵或者两棵树，是白皮松、银杏，或者也有桂花树。其中某一个天井里，还有一座太湖石假山，并不高大。但它是真的假山。

其实这里又有一个可疑的问题来了，苏州的老宅大宅很多，二进，三进，五进，七进，甚至九进的，都有，可是言桥巷7号却与众不同，它是四进的格局。从第四进的后门开门出去，就是另一条巷子了。那条巷子叫言桥后街。后街的北边，坐北朝南的那些房屋，也是老建筑，但是那里地盘更小一点，房子的进深都只有两进左右。我一直以来都很在意和关注家乡老宅子的建筑特点，尤其是这次回来做课题，看了无数老宅，无论面积大小房间多少，大多是三进五进七进的，未曾见过四进的宅子。

我站在门口犹豫了一下。如此长时间的隔断，今天的我还能进得去吗？儿时的邻居，随着时间，四离五散，各奔而去。后来我听说他们建了一个群，不知是谁牵头当群主，开始的时候热闹得很，天天有红包雨，先是小雨，后来还下暴雨。然后第一次群友见面聚会的时候，哭的哭，笑的笑，旧情复发的，恩仇未泯的，相互拒认的，互诉衷肠的，认错人的，一厢情愿的，抢着买单的，各式各样。但是后来渐渐就冷却了一点，没那么大动静了，再到后来，几乎就没有什么声音了，有一两个人每天早上坚持在群里发一个早上好，开始还有人回应一下，后来也不回应了，最后这一两个人也觉无趣，不发了。我没在群里边，因为我一直不在故乡，也因为我从他们身边离开的时候，几乎是绝尘而去，没有给他们留下片鳞半爪，以致到了后来，在他们印象中，可能就没有我这个人了。这也是我当初所希望的。

我犹豫了片刻，还是进去了，和一直刻在记忆中的那条长长的阴森的备弄相遇。一踏进备弄我就两眼一抹黑了。和从前一样，这里昏暗幽闭，没变。走了几步，听到“嗖”的一声，依稀看到一只小动物飞快地蹿了过去。光线原因，也因为它的动作太过迅捷，我来不及看清它的模样，但是我判断它不是猫，可能是黄鼠狼。养猫的人都说猫是高贵的女王。有个俗语叫狗眼看人低，很可能是用错了的，其实猫眼才是真正的看人低，猫是瞧不上人类的，它活得很骄傲，是一种我爱咋走就咋走的姿态。若人对它态度不好，凶它，驱赶它，它也会跑，但绝不会是那种小贼样的一溜烟式的逃跑，而会以警觉而又不屑的态度，快速却不失风度地扬长而去。只有黄鼠狼这样的东西，才会“哧溜”一下子逃跑。

我径直往第四进去。我曾经的家，是第四进西边两间加上西厢房，是这个宅子里最旮旯的一个地方。

备弄通往天井的门虚掩着，我轻轻一推，就看到了光亮。在阴暗的老宅子里，光亮也是处处存在的。只是看你站在什么位置。光亮照射到我脸上的同时，意料之中的门的吱呀声也响了起来。我朝里张望，天井还是那个天井，井也还在，树也还在，是一棵老桂花树。现在是春天。

我的目光扫过天井，投到五开间前的走廊上，走廊上有一张旧的藤躺椅，有一个女的穿着居家睡衣，躺在藤椅上，手里拿着一个手机，手机里播放着评弹节目，她在听评弹。

“书生本色自清高，暂时艰难莫烦恼。只要勤读书经休荒废，凌云志气在一朝。”

我听到这样的唱词，似乎耳熟，但一时没有想起来是哪个曲子里的内容，正在努力搜索脑海，评弹之音被一个电话打断了，手机来电了，她竖起身体接电话，说，是呀，我是尹宁。

她是尹宁。尹宁还住在这里。我很意外。从前我头一次把尹宁带回家，我告诉母亲她叫尹宁。我母亲一看到尹宁，眼神就不对了，再一听这个名字，她的眼睛虽然仍是躲闪的，不肯直视我，但躲闪的同时眼睛里却射出一种奇怪的光亮，她明明是听清楚了，但还是奇怪地问了我一句，叫什么？

我母亲一直是个奇怪的人，她一直有病，身体虚弱，脸色苍白，眼神涣散，曾经有人说她是吸血鬼。我有点怕她。

但是母亲的眼神并不是永远都涣散的，有的时候，它们会发出奇异的光泽，比如她听说那个小朋友名字叫尹宁的时候，那种光又出来了，但是我年纪小，并不知道这是人的灵魂中的奇光异彩。

我也不知道人的灵魂。

所以虽然母亲奇怪，我却没觉得奇怪。我和尹宁在天井里跳皮筋，尹宁没有长心，跳了一会儿，她不想跳了，跑到桂花树下闻闻，说不香。又跑到井边朝下看看，看到了她自己的影子，尹宁说前面一进天井里的井里，掉进去一只猫。可是猫怎么会掉进井里呢？

这时候我听到母亲在和父亲说话，母亲压低声音鬼鬼祟祟地说，怎么叫个尹宁呢？

第二天我去上学，发现我哥言子谌躲在备弄里，他一看到我，就冒了出来，一本正经地问我，阿二头，你为什么跟姆妈说你是婴宁？我说我没有说我是尹宁，我是说隔壁人家的小朋友叫尹宁。言子谌像个大人似的皱了皱眉头说，隔壁人家？哪个隔壁人家——算了算了，你以后不要瞎说了，我告诉你婴宁是谁——婴宁是个女鬼哎。我“呸”了他一声说，你才鬼。言子谌说，你别不相信，有一本书上写的，婴宁就是女鬼。他还嘀嘀咕咕讲了故事，讲得根本就不连牵，我怀疑根本就不是什么书上写的。言子谌鲜格格地给我讲女鬼，倒把他自己吓得脸都白了。

我虽然“呸”了言子谌，但是我才不会被他吓着，我乘机可以把他讲的不连牵的女鬼，拿来吓唬我的小伙伴。

后来我长大了，才知道确实有那本书，叫《聊斋志异》，里边有个鬼母养大的狐女叫婴宁，我才理解了母亲当时的惊诧以及言子谌当时的怀疑，他们是错把“尹宁”当成“婴宁”了。这很正常。苏州人说话不分前鼻音和后鼻音，阴阳上去四声也经常颠倒搞混，“尹宁”和“婴宁”是一样的。

母亲和哥哥，他们以为尹宁就是那个狐女吗？

其实当我想起尹宁这个儿时伙伴的名字的时候，我并没有回忆起尹宁小时候的样子。当然不只尹宁，小时候我也在这个天井里长大，但是过去的年代太久远了，除了儿时的尹宁的模样，我还丢失了许多东西。

也许是因为脑海里没有了具象——没有儿时的尹宁的脸庞，所以作为我家的邻居，尹宁家是什么时候搬进来的，我也同样没有印象了。

我并没有失忆，我也不是大脑一片空白，我只是选择性遗忘。至于我的选择有没有依据和标准，这个并不重要，无论是有意识或是无意识，一个人从小长到老，难道不是会丢失很多东西吗？这很正常。

同样正常的就是，幸好我们还有更多的东西没有丢失、不会忘记，比如在我今天的记忆中，我还记得，当初我们这个天井里，住的是三户人家，五间房加两厢房，都占得满满的。如果尹宁家也在这里边，那么她家在哪里、是哪一间呢？

当然，毕竟当时年纪还小，后来这么多年又糊里糊涂不知不觉地过去了，搞错也是可能的。倘若真要认真回顾和分析一下，其实也不难，应该是谁家搬走了，尹宁他们家才进来的。在我们的记忆中，时间概念的混淆就是个常态。

但是搬走的肯定不是我家，也不是余又家，否则，一切都要改写了。

尹宁起先并不知道我已经进来了，直到她接完电话，才发现门口站着一个人。她只朝我扫了一眼，立刻一拍巴掌喊了起来，啊呀呀，你真的来了，我昨天晚上做了一个梦，梦见你回来了，你就真的回来了，我的梦真灵哎。

她倒真不见外，记性也是超级棒，我们都已经半个世纪没有见面，没有联系，没有音讯，她居然还能梦见我？

既然她热情，我也不跟她见外，我甚至跟她开玩笑说，你梦见我了？你梦见的是哪个我呀，是小时候的我，还是现在的我呢？

尹宁笑道，喔哟，你顶真得来，就做个梦呀，要分那么清做啥，再说了，你就是你了，为啥还要分这个你或者那个你呀，反正不管哪个你，你就是那个——言、言——她“咯咯咯”地笑了起来，声音清脆响亮，我小时候，老听你好婆喊你，阿二头，阿二头，回来梳辫子，你叫言子陈，你那个陈，是耳东陈，是的吧？

对的。她没记错，我叫言子陈。后来我把中间那个子字去掉了，意思大约是我不想承认我是言家的子女，我把自己叫作言陈，后来又改叫言余。再后来我又给自己改过其他的名字。其他的名字等有机会再说。从前的我，我行我素，撒泼打滚，把自己的名字去掉一个字，改掉一个字，甚至连姓都不要了，那都算不了什么。

虽然尹宁很随意，我也跟她开过一个玩笑了，但我还是有些发愣，一时不知道该怎么继续交流表达。我没想到会在老宅里碰到尹宁，更没想到尹宁还一直住在这里。我不能体会几十年不搬家是一种什么样的滋味。我的人生恰好相反，几乎就是一个不停地搬家，不停地行走的人生。

尹宁也许看出了我的疑惑，她解释说你别以为我一直在这里哦，我结婚的时候搬出去的，后来又住回来了。我回来的时候，我爸已经不在了，后来我妈也不在了。她停顿了一下，又说，你的记性这么好啊，你一下子就认出我来了。我说我记性并不好，并不是我记得你叫尹宁，是你刚才接电话的时候自己说“我是尹宁”，我是听到“尹宁”这两个字，才想起我儿时的小伙伴尹宁，如果你走在大街上，我是认不出你的。尹宁觉得我说的有道理，她想了想说，也是，如果我在大街上看到你，我也不一定会认出你的，是因为你走进来了，我才想起来的。

她这话说得比较像是真的，至于昨天晚上的梦见之类，估计是她信口开河神之乎之了。

尹宁让我坐下说话，我没有马上坐下，我考虑是直接问一下我家旧居的情况，还是再等一下小白，因为如果直接问了，又如果尹宁直接给了明确的回答，我的任务就算是完成了。但小白还没有来。

所以我还是坐下了，我想我先和尹宁说说话，一边等着小白。我看看手机，上面没有小白的消息。

尹宁告诉我，她现在住得比较宽舒。她将身子坐正了一点，但依然是背对着屋子坐着，她反手朝着斜后方，先朝西边指了指，又朝东边指了指，说她家原来是那两间，后来另一边有一间空出来，她也占了。

她分明记错了，说颠倒了，也许是她反着手指方向的原因吧。或者是她搞反了自己的左右手。因为西一西二是我家。无论它现在属于谁，反正我知道，它才是我现在走进言桥巷7号的原因。

从东往西，前面四间的门都关着，里边也没有动静，只有西一的门开着，尹宁说，要不要进我家去看看。我朝里张望了一下，里边黑咕隆咚的，我不想进去。尹宁笑了笑，说，外面空气好。

虽然我没有走进我的旧居去看一眼，但有一点是非常清楚的，尹宁现在占据了我曾经的家，她将它称为“我的家”。区综改办摸底排查的时候，估计她就躲回自己家了，等人走了，她再住过来。也或者，有另一种可能，就是区综改办也是知道的，只是觉得，反正户主长期不在，甚至感觉是永远都不在，也没有人会来纠缠反对，就睁一只眼闭一只眼拉倒，哪一天如果户主出现了，那就到时再说。

但是现在到了要动作的时候了，那就不一样了，如果不通过户主就动作，这是违法的。

在房子的问题上，我没有戳穿尹宁，我看她会不会主动跟我说什么，结果她什么也没说，好像根本就没有鸠占鹊巢的事情。

我不着急，我可以等她。

尹宁不和我说房子的事情，她看了我几眼，说，你还记得我们小时候吗？不等我说记得还是不记得，她就说了一桩小时候的事情，说这个宅子头一进里有一户人家是做屠夫的，在菜场里宰鸡杀鹅，有一年端午节，老鬼三贪污了一只鸭子，活的，藏在麻袋里带回家来杀，结果这只鸭子体格强壮，性格剽悍，鸭头都给割下来了，它还逃了出来，沿着备弄一路往里逃窜，途经之处，大家看见一只没有头的鸭子在横冲直撞，都吓得吱哇鬼叫，纷纷退避，没头的鸭子一路全无阻挡，一直跑到最后一进，还没有倒下，仍然雄赳赳的，这一进里有个小孩，胆子瞎大，跑出去就抱住没有头的鸭子，在备弄里奔来奔去喊“鸭哩哩鸭哩哩”。

尹宁说的这个“小孩”，其实就是我。我小时候胆子大，野，还有点人来疯。现在的我，已经是另一个“我”了。

可尹宁却不直接说是我，偏偏用“有个小孩”来替代。我说尹宁你就别跟我捉盲盲了，这桩事情我记得的，今天再想想，一只没有头的鸭子，在备弄里走来走去，是吓人倒怪的。尹宁同意，说，是的是的，你们都记得的，你们都晓得的，那个小孩就是我呀。

明明是发生在我身上的事，她要抢得去，这不能怪我多疑，我不知道是她记忆出差错，还是她故意的，如果是故意的，她又是存了一个什么心眼呢，她跟一个几乎不认得的人开什么玩笑呢。

尹宁看着我疑惑的脸色，她又笑说，想问什么你就直接问吧，吞吞吐吐遮遮掩掩的，以为我不知道你在想什么呀，你是要问我是不是离婚了，对吧？

我愈加疑惑。我对于她的记忆，已经非常非常遥远，遥远得几乎可以当作她没有存在过。即便退回到当初那时，我们都还小，院子里小孩子多得很，我跟她的关系也没那么密切，也没那么亲，这么多年后再相见，基本上就是陌生人了，她怎会如此地不见外，竟然主动要跟我说她的个人问题，甚至是很私密的事情？

她见我一时不作声了，又说，你是不是看出我的脸色不好，有点苍白？

她不说，我倒没太在意，她这样说了，我仔细瞧一瞧，确实有些病态。我关心地问她，你身体不好吗？她点点头说，是的，我有病，一直在吃药。我问她是什么病，她却停顿了，过了一会儿，挥了挥手说，嘿，算了，不说了，生病又不是什么值得炫耀的事情。

既然她不想说自己的病，我也不会追问，我们的话题又回到老宅，我心中虽有疑惑，却扛不住猎奇的心态，所以我指了指周边的环境，暗侧侧撺掇她说，嘿嘿，就你现在这个状态，大致也能看出来一点呵。

尹宁说我就知道你愿意听，你就是专门收听老宅故事的人吧。我惊讶于她对我的了解。我再回想刚才见面后的一点一滴，我几乎能够确定，这么多年来，她一直就知道我。

而我对于她，却是一无所知。

尹宁刚见到我时，因为我没有讲苏州话，她也就和我一起讲苏普，中间夹几句苏白，等到她要讲故事了，又讲回了苏州方言。

对于她的讲述，我需要稍微调整一下，将它搞成夹苏夹普的模样，不然读者诸君恐怕就要云里雾里听鸟叫了。

“好哉好哉，不跟你兜圈子哉，你想听我说离婚就说离婚吧，离婚又没有啥难为情，没有啥不好讲的——总之俚个赤佬，不是物事，俚脑子坏脱了，一门心思捉鬼，不肯好好过日脚——”

“俚”，必定就是她的前夫了。

我插嘴说，那你家孩子呢，是儿子？还是女儿？跟谁了？

尹宁说，是儿子，不过这个儿子也是稀出百怪、少有出见，跟爷不跟娘，老话讲，宁跟讨饭的娘，不跟做官的爷，老话还讲，儿子像娘，金砖砌墙，他倒好，宁可去跟一个捉鬼的爷，这爷儿俩，全是捏鼻头做梦的户头，全是耳朵摆在陆稿荐的赤佬。

我忍不住“扑哧”一声笑出来。

我一笑，她更来劲儿了，说，我说桩事情你听听，你就晓得这两个赤佬啥腔调，啥货色，哪哼一日到夜魂灵头出窍。

尹宁说有一天他们接到言桥巷居委会的通知，说老屋这里要进行卫生消杀，叫他们回来个人开门配合。尹宁说，那我就觉得奇怪了，明明这个地方早就拆掉了，就是因为拆掉了，我们的念想也就断了，我都好多年没有走到城东南这边来了，还消杀个啥——

我一听，颇觉得诡异，赶紧打断她，说，尹宁，你也曾经以为这里拆掉了是吧？尹宁说，不是以为哦，是真的拆掉了哦。

我说，你别搞笑了，真的拆掉了，那现在你和我坐在哪里呢？

尹宁笑了，说，你看问题看得深。

她这么说话，我真拿她无奈，我说，你别瞎用词汇了，这叫看问题看得深吗？这个瞎子也能看见，你和我，两个大活人，会坐在一个被拆掉的、不存在的地方说话吗？

尹宁说，你不要老是往阴森森鬼恻恻的方向去想呢，你又不是鬼恻恻本人——对了，等一会儿我再告诉你，鬼恻恻是怎么死的——现在我还是继续讲神经病爷儿俩的笑话吧，我不相信居委会，可是十三点他们相信，爷儿俩叫我寻出老屋的钥匙，就一同过来了。

我的手机响了起来，我以为是小白，着急一看，却不是，是我的一位旧友老木，他在给一家实力雄厚的大公司做文化顾问，老木问我课题进行得怎么样了，我知道老木是有事烦我，故意说进展较慢，老木果然有点性急，问我能不能把其中的一个部分，就是评估芝兰园那个部分，提到前面来做，他担任顾问的公司，有一个大的计划，决定重建一座焚毁在明朝天启末年，距今已经消失了近四百年的园林——芝兰园。

其实关于芝兰园的评估项目，已经做得差不多了，消失了近四百年的园林也给我挖出来了，瞧我有多能耐。但是现在我有事，不便详细向老木介绍，我故意“嗯嗯啊啊”应付了一下，他听出了我的心不在焉，就说好吧，你现在有事是吧，改天再联系你。

我这才想起小白还没有到，难免有些奇怪，我给她发了一条语音，问她怎么回事。过了一会儿，小白回复了语音，她的话语又急又快，显得很焦虑，说了一大堆话。这在小白也是少见的。她年纪虽小，却一直是个人狠话不多的沉稳角色。她真着急了。

小白的意思是，她昨天是做了功课的，查到言桥巷在新马路东南边，地铁五号钱，有新马路的站点，所以她坐地铁五号线到新马路站下车，看了一下，有四个出口，她选了东南口出来，原以为出来就是言桥巷了，却不料出来一看，面前竟是一个很大的无边无际的广场，她就头晕了，一时分不清东南西北，就用了步行导航，可步行导航是最不靠谱的，她跟着导航一会儿就把自己走迷糊了，再向路人打听，连问了几个人，谁都不知道附近有个言桥巷，小白说估计她是走错了出口，一般比较大的地铁站，不同的出口之间，有时候真的会相差很远的，一看时间，更着急了，情急之下，拦了一辆出租车，上车的时候还有点难为情，因为言桥巷很可能就在附近，只是她怎么也无法抵达，所以一上车她就跟司机说，不好意思，我去的地方很近，但是我找不到了，迷路了。司机问是哪里，小白说是言桥巷，司机说，那可不是在附近，很远的，你坐错地铁了。小白说这会儿司机正在往目的地开着呢。

小白的语音，尹宁也听到了，她笑着说，你的助手也和我家那对宝贝一样了，找不到了。我的思路才重新回到尹宁这儿。尹宁继续说，那爷儿俩过来，拿钥匙开门，可是怎么也打不开，就打电话问我，说我给错了钥匙，可我说家里除了现在住的公寓房的钥匙，就只有这一把多余的钥匙，再没有其他任何钥匙。可是他们仍然没有开得了门。正在犹豫怎么办，却有人进了天井，一个女的，朝他们看看，兀自掏出钥匙，把那扇门打开了，走了进去——你听明白了吧，开不开门，是因为这对爷儿俩活宝，开错了门，连自己的家都会认错，什么人啊，嘻嘻。

我也“嘻”了一声，我说，你们家这爷儿俩是有点奇怪，拿了自家的钥匙去开别人家的门，若是碰到不好说话的人，会以为他们想干什么坏事呢——

尹宁说，不过还好啦，因为那个女的也不是什么别人，都认得的——她不再往下说了，嘻嘻笑着，看着我，我觉得怪异，追着她问，认得的？谁呀？

尹宁说，你别装了，你晓得是谁。

简直莫名其妙，我怎么会晓得是谁，我看着尹宁的笑脸，她笑得很正常，甚至还有点小调皮，我却感觉哪里不对头，我不仅怀疑她说的这件事情的真实性，我甚至怀疑起尹宁来，我不由得脱口问她，尹宁，你是尹宁吗？

尹宁说，喔哟，你还甩锅到我头上，这个女的，这个年纪，一直住在这里的，那还用问吗？肯定就是你呀。

为了戳穿尹宁的谎言，我问了尹宁这个事情发生的大概的时间，我心里更加笃定无疑了，不管那段时间我在哪里，我一定不在这里，我绝不可能在这里——其实我们说话说到这里，我即便再麻木，再无思想准备，渐渐地也应该有点明白了，看起来尹宁是在编派她前夫和她儿子的笑话给我听，其实她是在对我进行某种引导，只是我不知道她为什么要这样做，更不知道她要把我引导到哪里去。

我思前想后，把走进老宅后的点点滴滴回忆了一遍，我开始怀疑尹宁的目的，但是我感觉尹宁的目的十分飘忽，就像她的眼神一样，我把握不住，我想我不能老被她牵着鼻子走，我得改变策略，以攻为守，争取掌握主动权，所以我开始试探她，我说，尹宁，按你的说法，你前夫——那个开错门的是你的前夫吧，他说在那个时候看到我住在这里，你前夫他认得我吗？

尹宁说，你又来了，他怎么会不认得你呢——你假痴假呆，我不想跟你说了，我只告诉你，那一次，俚个赤佬在老宅里碰着东西了，中了邪，回转后生病发烧了，烧得个昏天黑地，差点翘辫子。

我笑道，那你的意思就是说，他看到的我，是个鬼东西啰。

尹宁说，这倒不是，老宅里除了你，还有别的东西。

对于尹宁的无稽之谈、天方夜谭，开始我一直忍住笑，但是听到后来，我想笑却笑不出来了，我觉得这个故事里边有问题，要不就是这个尹宁有问题。总之，春天的风，还是有点凉意的，风吹过来，我打了个寒战，下意识地，我又看了一眼手机。我在等小白。小白还没有到。手机上也仍然没有小白的询问信息。

尹宁明明看到我频繁地看手机，但她并不在意，她一直执着地引导我向什么地方去，所以后来她向我提了第二个问题——更确切地说，是她代替我向她自己提了第二个问题。

尹宁说，你一定想问问我，这么多年过去了，为什么还住在这里，对吧？

我的疑惑不止一个两个。但这一个疑惑确实也是众多疑惑中比较重要的一个，所以它十分明显地写在我的脸上，我一点也不掩藏，因为到最后肯定是要涉及旧居的问题的。我顺着尹宁的口气说，是呀，我一直以为这个地方早就没有了，没想到它竟然还在，更没想到的是，你还住在这里。刚才我从备弄里一路走进来的时候，我都一进一进地看了，前面几进，好像住的全不是原来的人家了，都很陌生的。

尹宁笑着点了点头说，你观察蛮仔细的，现在大多数的房子都租给外地人住了。不过话说回来，就算还是原来的人家，你也不认得他们了，虽然房子还在，可是你认得的人，大多不在了。

尹宁说得不错，原来的人家，老一辈的，大多离世了，我们自己已经成了老一辈，小一辈的、再小一辈的，根本和老宅没有关系了，他们既不是出生在这里，更不是生长在这里，老宅和他们，形同陌路。

我说，我看到前面的几个天井里，挂晾着衣服，上面有环卫的字——

尹宁说，是呀，大部分是环卫工人，也有三轮车夫，三轮车夫的衣服，也是那种黄绿色的，和环卫的差不多。

所以无论尹宁这些年混得怎样，她真的不大可能仍然住在这个地方——我忽然有一种猜想，刚才尹宁反手指向，说西一是她家，也许她并不是无心出错，她是故意的。她是故意要误导我，让我以为她现在正住在我家的旧居。

我越来越不相信她还住在这个老宅里，我决定进屋去看看，看看里边有没有人住的模样，有没有人生活的气息。我的这个念头刚刚冒出来，尹宁立刻明白了，她立刻就说，其实呀，我知道你眼睛凶的，你肯定看出来了，我平时并不住在这里，今天我是特意在这里等你的。

我故作糊涂说，你等我干什么，你怎么知道我今天会来？

尹宁说，哟，你又假装，你弟弟言子辰叫我过来的，有东西要交给你，你不就是来拿这个东西的吗？我说，哦，原来你就是那个受到我父母亲托付的邻居啊，言子辰个赤佬，果真他什么都晓得。尹宁却摇头说，不是不是，总之不是你想的那样，不是邻居托付什么的，你等一等，我去拿。她起身走进了西一。不一会儿她就出来了，手里拿的是一个旧报纸包着的纸包，她递给我，我看到报纸上用毛笔写着“房产证等材料”的字样，心里有点激动，倒不是激动我有了房子，而是因为前面辛苦绕了这么多圈子，最后终于有结果了，不算白忙活了。我赶紧把纸包打开来，报纸已经生脆，发出“刺啦刺啦”的声音，是够陈旧的了，再不拿出来，它们都要碎成灰了。

尹宁一边看着我拆，一边说，有些针头线脑的东西，没什么意思的，你就别翻了，这个包里好像有一些材料和文字的记录，可能有用。说得好像她没有看过里边的东西似的。

我打开来一看，根本不是什么房产证，什么证也没有，是几个旧本子，再仔细一看，就是小学生的作业本，准确地说，是小学的作文本，上面写着我的名字。

这是我儿时的记忆，怎么会在尹宁手里，回想起来，当时的我，实在是太悲愤，空着身子空着灵魂就离开了。

幸好有尹宁。

我打开其中一本，想看看我小时候的作文是怎么写的，结果就从本子里飘出一张纸，一直飘到我的脚边，我俯身捡起来。这是一张从作文本上撕下来的方格纸，上面用铅笔横七竖八地写满了三个字“余济之”。

每个“余济之”后面，都加了一个问号。

余济之？余济之？余济之？余济之？

…………

年代久远了，铅笔字已经很淡了，再过些时候，估计就淡没了，我想往事也一样，因为它们并没有随着淡淡的“余济之”回到我的脑海。我不知道余济之是谁。

这时候我听到了尹宁的声音，好像也很遥远，她在说，言子陈，你想起来了吧，济之是谁。

附录：1975
老宅——老宅里的济之

巷子口那边走过来三个人，其中两个人好辨认，他们是邮电局的，穿着绿色的制服。另外还有一个人，穿着普通的藏青色的中山装，他是公安的便衣，和邮电局的同志比，他有一点不同。

邮电局的两个同志，也是好奇的脸色，好奇中夹着寻找寻求的意思，而那个公安，虽是便衣，一般人也看不出他是干什么的，但是他的脸色有些特别，他也是好奇的，只是好奇中有一些警觉，有一些怀疑。这是他的工作。

他们三个人，只有一辆自行车，所以谁也没有骑，由其中的一个人推着。天气已经有点热了，他们穿得比较厚重，可能还没来得及换夏装，他们走得微微出汗了。另一个邮电局的同志，手里拿着一个信封，他们正按照信封上的地址，过来寻找言桥巷9号。

可是言桥巷没有9号。

这就奇怪了。一条巷子的门牌号，应该是挨着连着的，怎么会中间断掉，少一个门牌号，它到哪里去了？消失了？或者，本来就没有？

从7号过去，应该就是9号了，但是因为没有9号，所以7号连着的就是11号了。

逢双数的号，在街的对面。

虽然街巷不宽，但是两边的建筑却是泾渭分明的。坐北朝南的，大多是比较宽大的建筑，或者应该称之为建筑群，三开间，五开间，甚至更阔气一些，有两路三路甚至更宽阔的，所以号与号的间隔就比较远，不像路的南边，原先是没有房屋买卖的，就沿着河的一条狭长的地带，后来在那里造房子，多半就只是一开间的平房，直咕隆咚往里开。所以倘若它的前门和后窗都是开着的，站在前门口朝里看，一眼就能看到河对面了。

他们三个人这边望望，那边望望，那个公安同志先想不通了，他问邮电局的同志，你们邮电局每天都要送信的，怎么不知道这条路上没有9号？

邮电局的王同志说，我和老张都不是邮递员，有些街巷是有特殊情况的，不过我们确实不是太清楚。

他的同事老张说，其实门牌号这样的事情派出所应该知道的。他这话有点甩锅的意思。

但是公安的这个同志并没有接，他直接甩回去说，你们知道的，我不是派出所的。

既然他们都不了解情况，在巷子里走了几个来回，始终没有看到9号，他们就停下来向一个路过的居民打听。

那个居民也停下脚步，朝他们看看，然后指了指7号那里，说，喏，那个是9号。

他们三个赶紧过去再仔细一看，哪里是9号，分明还是7号，他们有些想不通。邮电局的王同志说，咦，这门牌上不是写的7号吗？

那个居民已经走过去了，听到他们这么说，又回头看看他们，很无所谓地说，哦，是7号哦，7号就是9号吧。

这个话他们是听不懂的，什么叫7号就是9号呢，门牌号哪有这么马虎这么混乱的呢。正要再一次发问，旁边又走过一个居民，他过来听了听情况，就插嘴说，哦，找9号啊，喏——他指着另一个方向说，是那边那个门。

他们又往另一边去看，那边是11号。就说，还是不对，这是11号。

这个居民和那个居民一样的无所谓，说，哦，是11号吗？11号就是9号吧。

后来又走过来一个居民，年纪偏大，耳朵却管用，听到他们在研究几号几号，他撇了一下嘴，又伸手从西向东划了一下，说，喔哟，从前从西往东这一片，都是没有号的，后来才隔断的。

这话说得更是不明不白了。

这门牌号，连住在这里的居民都搞不清楚，不怪才怪呢。不过看起来，居民们好像并没有想要搞明白，因为他们觉得无所谓，他们闭着眼睛也知道几号是几号，没觉得有什么奇怪。

现在这三个要找9号的同志已经无计可施了，这个9号好像上天入地了，他们有两条路可走，一是回去，跟上级报告，没有9号，信就无法送到了；二是认真负责，再继续想办法寻找。他们商量了一下，还是认真负责吧，他们留下来继续寻找。

既然7号就是9号，或者11号也是9号，那就先进其中的一个门洞看看情况。他们就去了7号。

就这样他们走进了言桥巷7号。那是1975年的初夏。

如果能够确定我在前面的那段叙述是可信的，那么我来算一算，1975年，我应该是十二岁。

所以，这里有一个情况应该是明确的，在1975年这里的叙述人并不是我。

因为：

一、我现在并没有想起来，或者说还没有想起来，那个时候我是不是在这个宅子、这个天井里。

二、如果我是住在这个地方，那么一个十二岁的少年，即便经历过一些事情，而那些事情是大人间的事情，比较复杂，恐怕是很难准确而且完整地叙述出来的。

三、有些事情，即便是在当年、当时，别说是小孩子，连那些老谋深算老奸巨猾的成年人都是云里雾里，未知其然，亦未知其所以然。

叙述人不是我，那么我在哪里，我在干什么呢？

7号宅子有一个门堂间，十来个平方米，里边是一个裁缝铺。这个门堂间，是由门堂子演变而来的。在过去的好些年里，许多老宅大宅的“门堂子”，都变成“门堂间”。这话听起来有点绕口，其实并不是多余的。“门堂子”和“门堂间”虽处同一个位置，是同一个地方，同样大小，但它们是有区别的，甚至有着本质的区别。“门堂子”只是一个过道，而“门堂间”应该是一个房间，四面是可以封闭起来的。当然，即使“门堂间”成为了“间”，它作为“通道”的功能仍然是必须存在的，不然住在宅子里的人，就无路进出了。

言桥巷7号的门堂子比一般宅子的要开阔，进深，也就是面积大一点，派头好一点。当时离言桥巷不远的地方，有一家人民医院，也算是全市比较有名气的医院，尤其是对四周乡下农民的影响大，乡下人来城里看病，都习惯轧到这家医院来，可是有许多陪床的病人家属，无处吃饭，医院也管不了，就来和居委会商量，在这个门堂子里，安排一些可以加工加热饭菜的煤炉，后来就一字排开安排了十几个煤炉，方便病人家属使用，根据使用时间长短收费。曾经有几年时间，7号的门堂子，搞得像农贸集市，十分闹猛，居民有意见，居委会允诺居民，只要做得好，用这笔收入，把7号宅子里的水费全免了。居民才算答应，事情进展很顺利，后来来门堂子的病人家属越来越多，不光加工加热饭菜了，有的甚至在这里起油锅做起烹饪，享受起家庭生活来了，更有人一不做二不休，做起简餐出售生意，这恐怕要算是最早的外卖了。

幸好后来医院搬家了，这个门堂子里的生意也就歇搁了，煤炉刚刚搞掉，还没等家家户户的杂物堆过来，言桥后街的孤老潘老老，已经被他的侄子送了过来，住了进去，别人就算有天大的意见，面对一个行将就木的孤老老，也无话可说了。潘老老住过来的时候，门堂间还是门堂子，潘阿侄在北面砌了一堵墙，留了一扇门。潘阿侄捷足先登，从此，这里的“门堂子”就成为了“门堂间”。

门堂子只能堆堆旧杂物品，有些宅子里的门堂子堆得一天世界，只留出“一线天”让人走路，到后来自行车流行起来，一到夜晚，自行车七歪八斜地拱在过道里，一线天也没有了，大家就在夹缝中穿行而过。虽然嘴上骂骂咧咧，但是日脚总还是这么过的。等到门堂子弄成了门堂间，派的用场就多了。

粗略统计一下，大街小巷老宅的门堂间，住人的，做裁缝铺的，做理发店的，做烟纸店的，什么都有，也有居委会拿去派用场，做医疗站的，办公用的，做手工作坊的，等等。

等到潘老老过世，言桥巷7号的门堂间，就给老朱家占用了，租田当自产，老百姓向来都是这样的习惯，何况那朱家是从乡下来的，乡下人比城里的居民强横，胆子野豁豁，不讲规矩，行动又干脆利落。门堂间一夜之间就姓了朱。

当然，姓朱也只是暂时的，普天之下，莫非姓啥，大家心中是有数的，只是时间未到，尚未来跟你结账而已。

老朱拿下了门堂间，虽然动作粗野，违规违法，却也有可以理解体谅之处。他家的大女儿朱玲娣，小儿麻痹症，一只脚长一只脚短，一世人生也无啥指望了，倘若可以学个裁缝，今后爷娘老去走了，尚可自己养活自己。所以老朱虽然没什么文化，却也有未雨绸缪的周到考虑。可惜的是，这个裁缝铺只有徒弟没有师傅，后来老朱到乡下寻来一个土裁缝，老朱叫朱玲娣拜为师傅，一个朱记裁缝铺，就这样牛牵马绷开出来了。

裁缝师傅姓杜，裁缝铺却姓朱，杜师傅也没有意见，当年他学裁缝也一样是牛牵马绷搞起来的，没有正式拜过师傅，跟在老裁缝身边偷偷摸摸看了几眼就算出师了，所以一直只会做做乡下土装。现在有人拜他为师傅了，还收了拜师礼，自尊心得到满足，自信心也膨胀起来了，跟老朱拍胸脯说，朱师傅你放心，女儿交到我手上，定心帮你培养出来。

这一年是1975年，朱玲娣十二岁。

如果能够确定1975年我十二岁，朱玲娣那一年也是十二岁，她应该和我是同年的，1963年出生。

我们那个宅子里，同年的小孩子有好几个。我小时候偷听过大人说话，他们说，那一年他们吃饱肚皮了，有力气做生活了。

1975年初夏，公安的一个同志和邮电局的两个同志进来的时候，杜师傅正在教朱玲娣踏洋机。其实杜师傅自己也不会踏洋机。他在乡下做衣裳都是手工的，但是到了城里，不踏洋机怎么做裁缝，又不是旧社会。何况老朱早就把洋机准备好了。一台蝴蝶牌缝纫机，老朱费尽力气搞到的，那是一件可以娶老婆的家当了。

杜师傅又不敢坦白自己不会踏洋机，只好半夜里偷偷爬起来瞎摸索，弄了几次，以为差不多了，就来教徒弟了。

朱玲娣脚坏，脑子不坏，聪明伶俐，迟早会超出师傅的。只不过现在她还小，看见洋机还有点怕，杜师傅说你怕什么，洋机又不会咬人。一边说，一边先寻块布头做样子，不敢直接去弄顾客的整块料子。

一只脚踏起来，洋机“嘎嘎嘎”地转起来，杜师傅把布头往前拱，布头却不肯往前去，一边要拱进，一边要抵住，就皱起来，拱不进去，朱玲娣在一旁憋不住要笑出来了，杜师傅又要面子，心急，手往前一送，就听见“啊呀哇”一声，洋机咬了杜师傅，杜师傅的手指头出血了，杜师傅吓得跳了起来，朱玲娣还在一边加剧紧张气氛，啊呀呀，不得了哉，啊呀呀，吓煞人哉，师傅你血淋答滴哉。

师徒两个，大喊小叫，旁边还有一个女小孩，她是朱玲娣的妹妹，叫朱玲玲，却是一声不响，如入无人之境，定定心心地坐在那里，手里捏一只直径五寸左右的圆竹绷子，正在一针一针地绣花，花样画的是一朵牡丹花。

这滑稽的一幕，走进来的三位同志是看见的，不过他们的心思不在平常的日子里，他们要送信。公安的同志寻门牌号已经寻得有点烦躁了，他抢先就问了一声这个宅子里有没有姓余的人家。

杜师傅气得朝他瞪眼睛，说，什么余不余的，你不长眼睛，你不看见我受伤了——喔哟哟，朱玲娣，你轻点，你手脚粗得来，不像个女小人，你手脚这么粗糙怎么学裁缝——

朱玲娣帮杜师傅包扎好伤口，一边笑眯眯地听师傅数落，一边回答公安的同志说，有的有的，你们往里厢走，走到阿末一进，里边有姓余的。

三位同志一听，要紧拔脚往里，要往"阿末一进"去。他们穿过门堂间，就进入备弄了。备弄里黑咕隆咚，阴暗幽闭，不过没事，这个他们也是适应的，苏州城里，到处都是这样的老宅和备弄，他们就像走在自己家一样习惯和熟悉，他们借着两边门洞里透出来的光线，再次核对了信封上所写的收信人的名字，确定他们要找的人家，姓余。

这样就缩小了寻找范围，减少了工作量。而且这一回，比他们寻找9号顺利多了，此时他们都在心里暗暗希望7号就是9号了，不再抱怨这里门牌混乱，也不再希望找到真正的9号了。

他们走到了"阿末一进"——第四进，门是敞开的，走进来一看，这一进总共一字排开五间屋子，前面是一个天井，天井里有东西两厢房，厢房外还搭两个小披间。不光天井里拥挤，走廊上也堆满了各种杂物。傍晚时分，几户人家都在走廊和天井里烧晚饭，搞得有点乌烟瘴气。

害得邮电局的老张同志呛咳了起来。

虽然老张同志咳嗽了，但是院子里并没有人在意他们三个人进来，走廊上有几个十多岁的小孩在打闹，他们是旁若无人的，明明看见三位同志进来，等于没看见。还有一个老太端个小凳坐在煤炉前，拿了一把有好几个破洞的大蒲扇，"啪嗒啪嗒"地扇炉子，她因为年老力衰了，怎么用劲炉火也不旺，温吞吞的，有气无力。

老太也许是老了，对外界的事情不敏感了，她也没有在意有人进天井了，其实这期间她甚至还抬头看了看他们，也没有反应过来。

公安的同志并没有觉得失落无趣，正常的生活就是这样，哪会天天有人在那里等着欢迎你呢，你是谁呀。

邮电局的王同志跟着老张咳了一声，就开始发问。

请问这里是9号吧？

起先没有人应答。过了一会儿，有个妇女从东边厢房的窗户里探出头来说，不是9号。

那，是7号吗？

或者，是11号吗？

那个妇女不说是不是7号，也不说是不是11号，却说，无所谓的，你们说几号就几号。

不仅门牌奇怪，这里的人说话也奇怪，什么“说几号就几号”，什么意思？

那个妇女的丈夫走了出来，他隔着窗户对他老婆说，你啰唆得来——然后他直截了当地问他们，你们找谁？

他的口音不是纯苏州方言，但又有点吴语的意思，有点乡下口音，估计即便不是本地的，老家离得也不远。

终于有人搭话了。但是来的这三位同志他们只是轮番地看了他一眼，并没有马上回答。

因为这个信封上的收信人的姓名，写得有点不符合常规，它是这样的：

“余桂芬（轉濟之）”

将繁体字转成简化字，是这样的：

“余桂芬（转济之）”

按字面上的意思，并不难理解，应该就是一个叫“余桂芬”的人收了信后，转给一个叫“济之”的人。

可是这简单的几个字却也不得不让人觉得奇怪和怀疑。比如那个括号就用得奇怪，既然明确是要转济之，这个括号就是没有意义的，如果不明确要转济之，那么为什么要写上转济之，此为一；其二，这个被转之人叫济之，他姓济吗？没听说过有姓济的呀。并不是说天下就没有姓济的人，但是至少在他们的人生中，从来没有碰到过。倒是说从前有个济公，但是济公的济也不是他的姓呀。

当然，还有更可疑的，只是三位同志暂时没有说出来。到了该说的时候，他们会说出来的。

老张同志笃悠悠地站在王同志旁边，眼睛看着那个信封，点了点头，并不太着急，对于邮局的同志来说，准确地投递信件就是他们的日常工作，日常得和吃饭睡觉一样，该怎么做就怎么做，一步一步来。虽然这封信有点疑难，但是他们碰到疑难信件或者其他疑难投递物，那也是家常便饭。

可是那位公安的同志，看起来性子比他们急一点，因为他的工作性质和他们不一样，也因为他能够一下子击中要害，所以他不像邮局的同志那么腻歪磨蹭，直接就问了：谁姓余？谁是余桂芬？

天井里住有三户人家，朱家的人先出场，就是那个先从厢房里探出头说话的妇女柴美英，还有她的丈夫老朱，现在他们听到了“余桂芬”这个名字，夫妻俩都松了一口气，同时他们的脸上都有了一点复杂的表情，既有一点幸灾乐祸的期盼，也有一点胡猜乱想的激动，那个妇女柴美英喊起来，是余家的信，余家人呢？

声音比刚才响亮多了。

她的丈夫老朱也帮着她喊了一声：余家有挂号信，敲图章。他是瞎喊的，他也没有看清楚信，怎么知道是挂号信。

本来大家缩在屋子里不出来，不想多事，可是经老朱夫妻两个这么一喊，另外两家也都出来了，余家是不得不出来，言家是出来看看形势的。

余白生也出来了。大家都朝着余白生看。

虽然他没有自报姓名，但是公安的同志立刻判断出这一位是余家的人，他走近余白生问他，同志，你是姓余吗？

余白生点头，嬉皮笑脸地说，我姓余，我叫余白生——白颜色的白，生活的生，白生，就是白白地生出来了，我娘呢，是白辛苦，我呢，就是一世人生白起劲，嘿嘿。

紧追着余白生出来的那个妇女是余白生的爱人，她叫姚妍，看起来她心情不好，脸上气虎虎的，手指戳了戳余白生的背，说，你又要马掮掮轧到前八尺，人家又没有喊你。

余白生假作认真地说，可是他们在喊姓余的，我不是姓余吗？

姚妍气呼呼地“哼”了一声，从鼻孔里喷出一股气来。

余白生跟她打棚说，你不要“哼”了“哼”的，我已经向同志介绍了，我叫余白生，人如其名。

公安的同志没有跟着调笑，但也没有直接地板面孔，脸色基本正常，正色地跟余白生说，你叫余白生？那你看看这封信——他把信从王同志手里拿过来，递到余白生眼前，又说，你看看——

余白生看了一眼信封，随即说，给我吧。

公安的同志手往后一缩，警觉地仔细地朝他的脸看了看，公安同志的眼睛真凶，他怀疑说，你不是说你叫余白生吗？你是余桂芬？

余白生要紧摆手说，我不是我不是。

那你为什么要拿这封信？余桂芬人呢，他为什么不出来？

他死了。

公安的同志愣了一愣，也许这个结果没在他的预料和计划之中，也许是因为他找人心切，所以猛地听到“死了”两字，他有些意外，也有些失措，他和邮局的两位同志又互相看看，互相使着眼色，至于旁人能不能看懂他们用眼神传递的意思，他们不管。

然后很快他们就听到余白生说，我是余桂芬的儿子。

父亲不在了，信交给儿子，理所当然。

可是公安的同志，甚至邮局的两位同志，隐隐约约感觉事情不是那么简单的，余桂芬死了，他的儿子余白生收下寄给余桂芬的信，这看起来没有问题，可是，那么，那么济之是谁呢？

没有人回答。

公安的同志已经从开始那一瞬间的纷乱中清醒过来，他的思维清晰而严谨，他的思考也完全符合逻辑，他对余白生说，严格地说，这封信不是寄给你的，而是寄给余桂芬的，至少，也是给济之的，现在你们说余桂芬死了，那么济之呢，济之是谁？

一时间小天井里竟然鸦雀无声了。连吵闹的小孩子也跑到备弄里去玩耍了，他们的嬉闹声，变成了远远的像背景音一样的飘来飘去的声音。

现在天井里的三户人家，家家都有人站在天井里，再加上外来的三位同志，小天井挤得满满当当的，却没有了声音。

谁是济之？

济之是谁？

济之不会是姓济吧？

无论这三位同志怎么发问，始终没有人能够回答他们的疑问，三位同志的目光在他们每一个人的脸上扫来扫去，有的人似乎心虚，避开，也有的人坦然，可以直视，他们需要细心观察再一一做出判断。

后来邮局的王同志说，根据我们的规定，如果这里没有济之，我们需要重新考虑，重新研究一下，这封信能不能交给你们。

公安的同志则说，这封信，除了这个括号里的转济之值得研究，它还存在其他一些疑点的。

邮局的王同志说，是呀是呀，你看比如收信人的地址，你们这里明明是言桥巷7号，这上面却写了9号，害得我们找了老半天，最后没办法了，才到7号里来试试的，如果不是我们负责任，可能就错过了。

公安的同志语气更重一点，他又继续说，你们看看，这个寄信人写的地址和姓名，是什么。

地址写的是苏州“不易弄414号”，寄信人的姓名是“吴易之”。

现在轮到天井里的几个人面面相觑了，有一个叫“吴易之”的人，从苏州“不易弄414号”寄信寄到不存在的苏州“言桥巷9号”，寄给死了的余桂芬，其一可能寄信人不晓得余桂芬早就不在了，其二这属于本埠邮寄，小事一桩，为啥弄得这么兴师动众，来了三个人，而且面目陌生，神情严肃，其中甚至都没有一个是本地段的邮递员。

这个天井里的言家是老苏州人家，对苏州城里大街小巷都熟的，所以一向不怎么说话的言伯邻忍不住多了一嘴，他犹犹豫豫地提出疑问说，苏州，是有一条不易弄的吗？

他虽然是疑问，但是他的疑问分明是否定式的，所以邮局的王同志对公安的同志说，你看，居民都知道。

公安的同志以鼓励的眼光看了看言同志，他坦率地说，不易弄，确实是没有的，这个我们都查过了，地址是假的，姓名也是假的。

其实连查都不用查，只要看一下邮戳，就知道这是假的，但是出于严肃认真的工作态度，他们事先还是详细地查了那个假地址，苏州根本就没有那条街巷，从古到今都没有，既然街巷是空虚的，那么寄信人肯定也是隐藏了自己的真实身份的。他们又查了同名同姓的十几个“吴易之”，经过反复甄别、判断，没有哪个“吴易之”和这封寄给“余桂芬（转济之）”的信有丝毫的关系。

寄信的地址和人名都不存在。

现在天井里的人都十分惊讶，一个不存在的人，从苏州的一个并不存在的地址，寄了一封信给死去的余桂芬，并且让他转给一个不知道是谁的济之，这看起来确实是很可疑，其实再往细里一想，再往平常的道理一想，这样的事情，也有合理之处，有人写信，不希望别人知道他的真实地址和姓名，就用个假地址假姓名，每天在时空中来来去去的信件，难道百分之一百都是真人真事吗？不要说别的不知道的人，就连他们自己，甚至眼前的这三位同志，说不定也都做过这样的事，也或者干脆不编假地址假姓名，就写“内详”两个字，只要贴上邮票，也是能寄到的，只是不能寄挂号信。

大家的思想走到这儿，老朱反应比较快，抢先到达了，他说，看邮戳，看邮戳不就知道了，是哪个邮局盖的寄信章？

那三个同志又互相使一次眼色，才由邮电局的王同志出面说明情况，他说因为这封信其实是从香港寄过来的，但是香港寄就香港寄，现在香港寄过来的信也不少，没有什么大不了，为什么要写个假地址假姓名，所以我们觉得不能简单地投递，请示了有关单位和有关领导，商量研究了一番，决定还是来跑一趟，看看到底是怎么回事。

虽然信封上落款的地址姓名是假的，但他们都是有经验的同志，又都是火眼金睛，正如老朱所说，看一眼邮戳就明白了。

信封的背面，那枚香港维多利亚港口图案的邮票边角上，已经有了两个黑色的邮戳：香港观塘区牛头角邮政局盖了寄信邮戳，苏州道前街邮局落地邮戳。

现在公安的同志已经把信交到居民手上，让他们去辨认和确认，依靠群众，这是他们一贯的工作方法。何况这个朱同志和言同志，看起来还是比较实事求是的，至于那个自称余桂芬儿子的余白生，有点死猫活贼的样子，还要再观察他的表现。

柴美英见信到了老朱手里，也不再立在窗户里边对外讲话了，奔出来就要抢着看，老朱打开了她的手，训她说，你看什么看，你认得几个字？

老朱的口气很戗的，不过柴美英并不在意老朱的口气，因为她自己说话也是这样的口气，他们说话都是一样的口气，都不觉得这种口气是让人不舒服的。柴美英还笑了笑，说，哟，余家还有香港关系呢，我倒不晓得，做了几年邻居，也不讲出来，保密保得好——她见老朱朝她瞪眼，回了老朱一个白眼，又说，香港的信，我还从来没见过呢，我看看邮票——

老朱不给她看，把信交给言伯邻看。言伯邻其实并不想看，他刚才脱口说了苏州有没有不易弄这句话，已经有点后悔了，现在他其实很想回屋去，但是直接走掉肯定是不对的，极易引起怀疑，他又想避开公安同志的盯注，但是他同样也知道，避开是心虚的表现，所以他只能硬着头皮迎难而上，直接接住公安同志的目光审查。

就在那些目光的审视下，老朱把那封信硬塞到他手里，说，老言，你肚皮里有货色的，你看看。他也只好接了，看了看邮戳，他仍然不想说话，但是又觉得大家三头六面地看着他，不说话也不好，就说了一句废话，是香港的邮戳。

看得出公安的同志对老言相对看重一点，他对老言说，你再仔细看看，除了邮票，其他还能看出什么来？

言伯邻假装仔细地把个信封看了又看，他已经看出问题来了，但是这回他小心行事了，他不说话，摇了摇头，说，看不出什么。

公安的同志也不管他是假装的还是真的看不出来，他虽然相对信任老言，却并没有把希望寄托在他身上，他把信接了回去，朝大家扬了扬，说，这封信，其实不是从香港来的，而是从台湾来的。

大家都觉得奇怪，寄信邮戳明明是香港的，从哪里看出是从台湾来的呢。

问题就出在这个信封上，信封背面的最下端，有一行非常小的字，因为字体小，又是繁体字，远一点看过去，就是一行墨团团了。

这行字是这样的：台灣南投縣飛鴻印刷廠。

在香港写信寄信，怎么会用到台湾印刷厂出的信封呢，这就是问题所在。其实这里边的问题，早在信到了苏州的邮局时，就已经经过细致的研究和分析了。首先是分拣员，他被信封上的繁体字难倒了，请教老同志，就惊动起来，接着便发现邮戳是香港的，再细心看，看出了信封是台湾生产的。

所以他们的郑重其事，也是有原因有必要的。

也就是说，台湾的这个寄信人，托人把信带到香港，再从香港邮寄到苏州。在1975年前后，这样的情况挺多的，不足为怪。怪的是寄信人为什么要用假地址假姓名，怪的是“余桂芬（转济之）”这样的写法，所以，他们慎重对待，小心行事，总是没错的。

公安的同志把这个情况大致告诉了这里的居民，他说，台湾那边托人从香港转寄信，这没有什么问题，我们来，也只是想看看这封信能不能送到收信人手里，看看收信人的情况，如果一切正常，那也就是一封普通平常的信而已。

他虽然这么说了，似乎是想让大家放心安心，但是居民似乎不是太肯定他的说法，尤其是那个叫柴美英的，说话行事，向来尖酸刻薄，所以她张嘴就说，同志，你这话说得轻巧，不过我们不会闻你的黄狼屁，不会上你的当，你们肯定是觉得有问题的，不然你们会派三个人来送一封普通的信吗？

她平素信口开河惯了，说话常常说不到点子上，可是刚才这句话，却有一语中的的意思，大家听了，竟都不吭声了，连一直骂她的老朱，也没有骂她，接下来，大家的眼睛都朝着余白生看。

既然公安的同志也说了，即便是从台湾带到香港，又从香港寄信过来，这没有什么问题，知道现在有很多人也这么做，那么剩下来的问题就是要把信送到收信人的手里，也就回到了开头的那个问题：济之是谁？

找不出济之来，这封信是不能交给余桂芬的儿子余白生的，他们好像是这个意思，这个意思其实也是没有道理的，既然信是寄给余桂芬的，余桂芬死了，由他儿子来收信，没有什么问题，合理合情。

所以公安的同志要做个说明，他一直在注意观察余白生的表情，现在开始攻心了，他说，其实实话跟你们说，来之前我们已经开过几次会研究讨论分析过，主要是我们觉得，这个济之，有点奇怪，这个括号，加得更没有道理，同时，我们是这样分析的，这个济之，应该是有点儿年纪的人，这不像是个年轻人的名字——

邮局的王同志点头称是，他说，要不，问问年纪大一点的人——他看了看站在天井里的居民，年纪基本上在三四十岁，也有二十来岁的，年纪都不大，所以他有些犹豫，问言伯邻说，你们家里的老人呢？

老朱也插嘴对言伯邻说，是呀，问问你爷，他个老缩货，晓得这种老法里的名字。

言伯邻摇了摇头。

言伯邻家是有老人的，他的父亲言耀亭和母亲常随香，都已年过六旬了，老确实是老了，可不巧的是，两天前他们出门了，去了安徽。这一走，没有十天半月，恐怕不得返回。

余家的老人余桂芬和余桂芬的妻子早几年先后去世了，而老朱家的老人，从来就没有出现过，他们也从来没有提起过，也不知道他们乡下的家里，是有老人还是没有老人。以前有一次邻居间闲聊，也聊到老朱家老人的事情，可是柴美英没兴趣，她说，不谈老物事，不谈老物事，老物事不是人，老物事就是鬼，鬼有什么好谈的。

她并不是在诅咒老朱的长辈或她自己的长辈，她天生就是这样的观念，乡下的观念，认为老人和鬼，只差一点点距离，一张纸那样薄，手指头一戳，就破了，就通了，所以老人在乡下，存在等于不存在，没人把他们当人。

三户居民，一户的老人去世了，一户的老人出门了，还有一户的老人也不晓得有没有，即便是有，也等于是鬼，更何况，即便真的是鬼，他们也不在这里。呵呵，公安的同志在心里冷笑了一下，他朝走廊那里看了一眼，那边坐在小凳子上扇炉火的老太现在不在那里了，他就指了指说，刚才在这里扇炉子的老太呢，年纪看起来不小了，她是谁家的呢？请她过来问问行吗？

大家朝那个煤炉望望，片刻间天井里的气氛似乎有点凝结了，僵硬了，过了一会儿，柴美英“噢”了一声，说，公安同志，你能看得见？

公安的同志笑着说，我又不是瞎子，我也不近视，再说了，还有他们两个人呢——

邮局的王同志和张同志互相看了一眼，似乎有点犹豫。说实在的，他们进来的时候，没有注意到走廊上有老太在扇炉子。没有注意，就无法说明什么，因为他们既不是没看见，也不是看见了。他们是没有看。

从这一点上讲，他们的警觉性，他们的工作习惯和工作能力，肯定和公安的同志是无法相比的。他们知道公安的同志想请他们做个证，可是他们没有说话，他们既没有说看到了扇煤炉的老太，也没有说没有看到。他们不好说。

公安的同志见邮局的两位同志不吱声，他觉得不可思议，正想要再追问他们一下，就听到柴美英说话了，而且她的声音变得奇怪起来，她憋着小嗓子颤颤乎乎地说，公安同志，你不要吓人哦，我们天井里三户人家，只有言家有一个老太，今天她又不在家，哪里会有老太坐在那里扇煤炉？难道老太会有两个身体，一个去了安徽，另一个在天井里扇煤炉，你一个干公安的同志，怎么会这么说话呢？

因为四周突然的安静，柴美英的声音，在空中回荡滞留的时间比较长，小天井的上空，回响着她的尾音，搞得大家心慌意乱。

公安的同志是不吃这一套的，他可不是被吓大的，在他的工作经历中，什么样奇怪的事情没有发生过，别说一个老太有还是没有，就算是有个特务端着枪站在他面前，他也有办法对付。

现在他在心里盘算了一下，三户人家，其中只有姓言的一户家里有老人，一个老头一个老太，如果有老太坐在走廊上扇炉子，也只能是言家的老太，也许她并没有跟着老头一起出门，如果是这样，那这言家老太为什么在大家都出来的时候，她却悄没声地走开了，她是在回避，是在害怕，还是想遮掩什么？公安的同志一边这么想着、推理着，一边观察言伯邻。他已经不是悄悄地观察，而是直接面对面，等于是在告诉言伯邻，我在观察你哦。

从余白生站出来说余桂芬是他的父亲并且已经去世然后想要拿回那封信的时候，公安同志的注意力一直在余白生那儿，但其实周边所有人的一举一动、一点一滴，他也都是尽收眼底的，其中比较讨嫌的是姓朱的夫妻，但他们讨嫌却不可疑，而不讨嫌的言伯邻，却是有些蹊跷，尤其是他假装专心看信封，眼神却是慌张而散乱的，所有这些公安的同志心中有数，他只是假作疏忽而已。

但是现在既然有一个活生生的老太，而别人都说没有，那他也不必再敷衍下去，他趋近言伯邻说，言同志，我请问一下，你确定你的母亲和父亲一起出门了吗？

当然是确定的。又不是一个几十几百口人、几十几百间房屋的大家庭，谁和谁在家，谁和谁不在家，也许一时半会儿真搞不清楚，可现在他们住的这个地方，总共就那么大，他们家，总共也就两间屋子，谁在家谁出门都是一目了然的，不可能搞错的。

既然没有错，言伯邻直接汇报不就行了，可是他真的很㞞，他居然说，我，我再进去看看——一边说一边慌慌张张地一头钻进屋里去了。

这个举动难道不是更令人怀疑吗？公安的同志刚想跟着进去看看，言伯邻已经出来了，身后还跟着他的妻子陈落薇，陈落薇刚才在屋里忙做家务，还没有搞清楚大家是在干什么，嘴上还在问，谁要找老太，找老太干什么？

她一眼看到了天井站着的三个人，尤其是公安的同志，身上自动散发出威慑的气息，她一下子住了口，眼神和言伯邻一样，躲躲闪闪。

柴美英是狗改不了吃屎的那种性格，不怕事情大，只嫌事情不大，上前插嘴说，喔哟，阔太太，你盘在屋里干什么，同志刚才看见你家老太坐在这里扇煤炉，老太人呢？

陈落薇吓了一跳，她有点儿生气，面色难看，说，柴美英你个鬼侧侧你又说鬼话，老太和老先生前天就去安徽了，我送他们到南门长途汽车站，看着他们上车的。

说法是一致的。但是这种一致，是很方便的，事先对好口风就行了，公安的同志在心里嘲笑了一下，小菜一碟，如果真有问题，将两个人分开一问，就戳穿了，没有难度。这种情况用过去他们经常使用的词语叫订攻守同盟，不过近两年用得少了，基本不用了。

当然现在并没有达到那要分开问话的程度，而且从这对夫妻的脸色上看，虽然有些不正常，但老太应该不在屋里，如果老太躲在屋里，他们却硬说不在，他们就不应仅仅是眼神躲闪了，而是会表现出更多更强烈的可疑的信号。

公安的同志在心里琢磨言伯邻夫妇的时候，邮局的两个人却是觉得奇怪，他们不知道公安的同志是怎么的啦，追问一个扇炉子的老太干什么，他们不是来找余桂芬的吗？余桂芬死了，就找济之呀，他不会猜疑老太是济之吧？

同一个时间，一起走进天井，怎么他们就没有看见老太坐在走廊上扇炉子，会不会是公安的同志眼花了，或者，是他想象出来的画面，因为在苏州的大街小巷无数的宅子里，到处都是这样的画面，一个让苏州人挥之不去的场景——老太太坐在走廊上扇炉子。这个画面也许久久地存在于许多苏州人的脑海中，甚至将它当成了自己的亲眼所见。当然，也可能确实就是亲眼所见、亲身经历。

1975年，苏州人中的绝大部分，都住在这样的老宅子里，每天都要生煤炉，每天都要用扇子扇煤炉。再早一点的时候，用的是煤球，还可以自己搞煤粉回来做，后来有了蜂窝煤，已经方便多了。

邮局的两个同志也在想，公安的同志警惕性也忒高了，联想也忒丰富了。虽然陈落薇出来证实了老太不在家，不可能坐在走廊上扇炉子，公安的同志呢，也不至于进屋去搜查老太，但是公安同志的怀疑，一旦盯上了言伯邻，有点像牛皮糖，很黏，一时间也揪不下来。

言伯邻这个人，看起来唯唯诺诺，甚至有点木知木觉，反应迟钝，但其实那都是装出来的，心里敏感着呢。自从发现公安同志的注意力从余白生转到他这儿以后，他就赶紧动脑筋想着怎么甩掉这个牛皮糖，他心里也是奇怪，同时又大觉冤枉，明明老太不在家，公安的同志怎么会看见老太，然后通过怀疑老太再怀疑到他这儿来，难道他们是有备而来，假装来送信，其实是来查他们什么事的？

他们有什么事呢？

言伯邻的思路再次被柴美英搅乱了，柴美英越说越不像话了，她有点人来疯，也终于等到机会使出她的特长，她鬼头鬼脑地对公安的同志说，同志，没事的没事的，你不用怕的，看见了也不碍事的，我们这里的人，也有能看见的。

她的隐语其实人人都能听懂，公安的同志也听懂了，他特别不高兴，他的语气也不那么平和克制了，他对柴美英说，我们在找济之，你们如果不知道济之，就请回吧，不要干扰我们正常的严肃的工作。

邮局的王同志也帮着公安的同志说几句，毕竟他们是一起来并且要一起完成送信任务的，他对柴美英说，这位女同志，就算是普通群众，也要有自己的觉悟，不能信口开河瞎说八道。

公安的同志虽然对柴美英不满，但他的注意力其实并没有被柴美英搅乱，而是一直盯着言伯邻看，言伯邻的目光越是躲来躲去，他就越是想要捉住言伯邻的目光。眼睛是心灵的窗户，从言伯邻的眼睛里，公安的同志也许真的能发现点什么。

一个要躲，一个要盯，就在他们胶着着纠缠着的时候，就在公安的同志感觉自己快要从那个窗户里看出什么的时候，一直站在旁边的那个人说话了，他说，同志，我知道济之。

说话的这个人，是余白生。

公安和邮局的同志顿时精神焕发了，他们忙了一个傍晚，眼看着天都要黑了，济之还没有出现，他们也着急，现在忽然就柳暗花明了。

所以赶紧问余白生谁是济之？

余白生说，我是济之。

几个到外面玩耍的小孩子进来了，其中一个是余白生的儿子，他听了后觉得奇怪，说，爸，你不是叫余白生吗？

余白生说，白生是我的名，济之是我的字。

余白生说了这句话后，天井里又是一阵静默。那个小孩看着自己的父亲，也觉得不理解。

过了好半天，公安的同志回过神来，仍然没有消除怀疑，他说，既然你就是济之，我们在这里问了半天，你为什么磨蹭到现在才说出来。

柴美英虽然受到教训，却不吸取，也说，是呀，还扯出什么老太扇煤炉。

余白生说，我，不大想——哦，不是不想，是不敢说。

为什么？你怕什么？

余白生其实早就想好对策，所以这会儿就可以对答如流地解释了，他说，现在的人，都没有名和字的区别了，取名都不取字号了，连名带字带号的，都是从前的老习惯、旧习俗，我怕你们说我是封建主义，所以想，能赖就赖吧，但是后来看看赖不掉，你们非要找济之，想想我也不应该隐瞒，也没有什么可隐瞒的，就说出来了。

事情到这儿应该差不多了，既然济之已经出现，而且道理上也是说得通的，寄信的人，是通过父亲余桂芬转信给儿子余济之，这很简单，也是正常的。

但是正常的事情，如果换个角度看问题，也许就不那么正常，比如这位公安的同志，是位老公安了，经验丰富，他就换了个角度，说，余白生，你说你是济之，你能证明你是济之吗？

余白生挠了挠头皮，想了想，无奈地说，不能。

确实不能。因为现在所有的人都只有一个名，无论是户口本，还是工作证，都是余白生。

公安的同志比较细致，再问了问天井里其他人，你们有没有听人喊过余白生余济之？

肯定没有。

没有人回答，连碎嘴子柴美英也不叽喳了。她一向是可以无中生有的，但是在谁是济之的问题上，却没敢抢在前面胡说八道。

那我们怎么相信你是余济之？

余白生似乎有点破罐子破摔了，他假装带点委屈地说，反正我就是济之，如果你们不相信，我也没有办法了。

他又说，如果你们不相信，那这封信，就只能请我父亲余桂芬转交了。

这话虽然以委屈的口吻说出来，其中却是充满了讽刺的意味，他的父亲，余桂芬，已经死去，死去的人，怎么收信再转信呢。

余白生其实是有点着急了，因为他急着要收信。

好吧，送信的这三个人确实没有其他更好的办法来证实到底谁是济之了，且相信了余白生吧。至少这封信本来就是写的他父亲余桂芬的名字，即便直接交给他，也不算有错，只是他们更小心更谨慎一点，才会想到再寻找一下济之的。现在济之出现了，即便里边有什么猫腻，问题也不大，因为下面还有更重要的动作。

这个更重要的动作，也是经过邮局和公安两家商议探讨才最后决定的，那就是希望收信人能够当着他们的面把信拆开来，他们可以不看，但是收信人要看一看里边有没有问题。

余白生显然有些意外，他原以为信都已经交到他手上了，也就是承认他就是收信人了，至于他什么时候拆信看信，那都是他自己的事情，送信的人分明管不着了。却不料事情还没完没了，他们竟要他当面拆开来看，虽然他们说他们可以不看，但其实他们守在这里，不就是想要知道信里边的内容吗？

余白生犹豫了，他似乎感觉有点心慌。他一点儿也不知道信是谁寄来的，更无法猜测里边写的是什么。可是既然不知道，他为什么会心慌呢？

柴美英已经忍了几忍，终于忍不住了，她又要出来说话了，可是老朱一把拉住了她，拉了她一个趔趄，柴美英说，喔哟哟，你拉我一个跟斗了。

老朱说，我拉你一个跟斗，我还要扇你一记耳光呢。

老朱和他的妻子在那边闹，他们闹的是自己的事情，但是这边三位同志肯定心里有想法的，会不会是在指桑骂槐说他们的行为呢。

邮局的王同志向余白生解释说，我们不会拆你们的信的，我们都有纪律和规定的，尊重收信人的权利，我们只是想等一等，看看有没有什么特殊的情况，毕竟，这封信，很可能是从台湾来的，又是从香港转的。

余白生知道是躲不开了，但是他觉得至少不能站在天井当中，当着这么多人的面来拆信看信，公安的同志也觉得他的顾虑有道理，于是公安和邮局的同志就跟着他一起进屋，姚妍也想跟进去，余白生说，你别进来吧。把她挡在外面。

好像拆的不是一封信，而是一颗定时炸弹。

信很短，果然是写给济之的：

濟之吾兄：見字如面。家父垂垂老矣，念念不忘古畫《春日家宴圖》，曾於民國三十七年秋交于吾兄代藏。未知尚安好否？關乎事大，思之心切，言曰不見此畫，死不瞑目。何況許諾在前，食言在後，此即便九泉之下，亦無顏面對侄女婿。

奇怪的是，信上有开头的称谓“济之吾兄”，却没有最后的署名，这就不知道是谁写的信了，不知道这个“弟”是谁。信封是假地址假姓名，信上没有落款，这是唱的哪一出呢。

称济之为“兄”，那写信人应该比济之小，而且他很清楚济之的年龄，他是很了解济之的。对收信人的情况熟悉，自己则不留名——公安的同志心中已经了然，写信的人不署名，是因为他知道，不留名，济之也知道他是谁。

邮局的两个同志后来也想到了这一点，而且他们也都认同，写信人和济之是互相熟悉的，信虽然短，用词也简洁干净，但是隐藏的情感却很浓，没有嘘寒问暖，没有请安道福，这样的方式，常常是用于比较密切的关系之间，不需要更多的言语，一切尽在简洁中。

有时候，简洁反而能够切中要害。

要害早已经切中了，就是信上所关心的“民國三十七年秋”，也就是1948年的秋天，“家父”交于济之代为收藏（暗藏？隐藏？藏匿？）的《春日家宴图》。

这个《春日家宴图》，又是什么？从字面上看，就是一幅古画。但是通常同志们都相信眼见为实，没有亲眼所见的东西，虽然冠有“图”字，也同样不能确定就是一幅图画。再则，即便真的是一幅图画，那又是什么样的图，上面画了什么，有没有暗藏或寄托什么意思，等等。

还有，什么是“许诺”和“食言”，那个“侄女婿”又是什么人？

疑窦丛生。

一切的疑惑、答案，都在余白生这里。所以这时候三位同志的眼睛一直紧紧地盯着余白生，等着他的解释和告知。

余白生蒙了。但是他很快反应过来，他不能蒙，他若是蒙了，说不出话来，那事情发展的方向很可能就要朝着别处去了，所以他必须按照自己临时做出的决定，让事情朝着自己的方向来。所以余白生先解释说，这个写信的人，叫潘公硕，当然，看得出来，执笔的不是潘公硕本人，而是他的儿子，只是潘公硕有三个儿子，因为没有落款，就不知道是哪一个儿子写的了。潘家是他家的一个远亲，1949年春天全家去了香港，后来怎么到台湾的，他不知道，到台湾后情况怎样，他也不知道，因为自从他们潘家离开苏州，后来的这些年中，他们没有任何联系。

其实余白生自己也知道，他的话已经出现漏洞了，既然没有任何联系，而且信上并没有署名落款，余白生怎么知道他是潘公硕，既然没有联系，余白生又是怎么知道，他们家从香港到了台湾？

余白生赶紧再解释是听说的，总之近一两年，不像前些年那么紧了，台湾那边会有一些支离破碎不知真假的消息点点滴滴地传到这边来，他们就是通过收集和拼凑这些零散的信息，分析出潘家后来是去了台湾，甚至分析出他们在台湾做生意，等等，可是很明显，他再说下去，估计漏洞会越来越多。

好吧，公安的同志以退为进，他先退了一步，说，就算写信的人就是你所说的潘公硕，那么你再说说，《春日家宴图》是个什么东西呢？

这个余白生也想好了，他也是顾名思义，《春日家宴图》看起来就是一幅图画，画的就是家里人吃饭的场面，所以他大胆地不假思索就说，就是他们家的家宴。为了证明自己说的是真实的，他不打自招地多了一句嘴，说，从前我在他们家看到过的。

公安的同志一步不松懈地追随着他的信息，一点一滴也不会遗漏或走岔，等到听到“他们家”三个字了，他立刻发问，你是说，他们家，也就是这个潘公硕的潘家，是他们在苏州的老家吧？这个老家是在哪条街巷呢？不会是在不易弄吧？

公安的同志既严肃认真，又带点玩笑，明明都知道苏州没有不易弄了，他这是以子之矛攻子之盾。

余白生顿时慌乱了。人们通常说，说一个谎言，要用无数个谎言去圆，他现在已经开始品尝圆谎的滋味了。

潘公硕根本就是一个不存在的人，潘家的老宅当然也是子虚乌有的，余白生就更不可能从子虚乌有之中听说过甚至看到过《春日家宴图》，但是现在他没有退路，他需要无中生有，信口雌黄。

余白生虽然本性随意，但是平日并不擅长瞎说，他和柴美英、老朱毕竟不是一路人，再编下去，确实有难度了，他就将眉眼耷拉下来，收敛了光彩，低声说，对不起，那时候我还小，我不记得他们家在哪里。

他的考虑真的很不周到，这一句“我还小”，不仅没能让自己摆脱嫌疑，却立刻启发了三位同志的思路，他们同时反应过来了。

余白生，你今年多大岁数?

1975年余白生三十五岁。他生于1940年。1948年余白生八岁。

余白生明显是露馅了。

就算先认同有一个叫潘公硕的台湾人让儿子写信来，也就算认同这个潘公硕曾经在1949年春天带着整个家庭去了香港，后来又转去了台湾，再姑且认同《春日家宴图》是一幅普通的图画，潘公硕在1948年秋天那样一个时候，将它交给远亲中的一个八岁的孩子收藏（隐藏），这样的故事，说得通吗?

说不通。可是问题出在哪里呢?在哪个环节上掉链子了呢?余白生所有的话里，到底哪句是真哪句是假，却是难以分辨。

余白生现在完全束手无策了，在三位同志的穷追猛打之下，他再也编不出故事来了，尤其是“交于吾兄代藏”的那幅《春日家宴图》，到底是什么图，现在在哪里，余白生更是一个字也编不出来了，只能两手交叉环抱在胸前，一副死猪不怕开水烫的姿态了。反正我是说不清了，你们看着办吧。

余白生不说话了，那三位同志就一点办法也没有了，他们只有怀疑之心，却完全没有解开疑团的办法和路线。其间公安的同志出去了一趟，他跑到街角的小店，用公用电话打了一个电话出去，可是这个时间，人都下班了，所以他找了一个值班的同志，想请他到文物单位去了解一下《春日家宴图》。可是那位值班的同志说不行，一是他值班不能走开；二是他也不认得文物单位的人，不认得人要去找他们办事，那是要开介绍信的，现在人都下班了，开不出介绍信；三是文物单位现在也下班了，他即使有介绍信，也不能找到人家家里去呀。

公安的同志在自己同事那里碰了个钉子，返回来的时候，心情不好，但是他并没有要什么态度，只是把那张薄薄的信纸看了又看，嘴上嘀嘀咕咕，《春日家宴图》，《春日家宴图》，春日，家宴，图，念起来怎么有点拗口——而且，怎么家里吃个饭，还要画一幅画呢，会有这样的事情吗？

其实公安的同志可能因为文化积累不太够，他不知道，从前的画，许多都是画的类似这样的场景，许多画也都是这样取名的，比如很有名的《韩熙载夜宴图》就是画的一顿晚饭，比如《捣练图》画的是妇女洗衣服，等等。只是公安的同志和现场的其他同志都不知道，所以他们会奇怪怎么吃个饭还要画一幅画，而且画的名字也太实在了，甚至有点土，一点也不文艺，一点也不含蓄。

他们虽然没有文化积累，但是有工作经验，比如公安的同志，他有职业习惯，想不通的事情、可疑的事情，就换个思路、换个角度去重新想。他果然是有经验的，很快就换了角度，他想，既然这个所谓的《春日家宴图》大家都觉得奇怪，都不能理解是怎么回事，那么有没有可能，它根本就不是一幅画，而是，而是别的什么？

他被自己的新思路刺激着了，他当即把新的怀疑说了出来，他问大家，《春日家宴图》，会不会根本就不是一幅画？

除了三位同志和余白生，其他人并没有进屋，但是不进屋也一样可以参加讨论，在屋外的人，积极性一点也不比屋里的人差。

公安的同志将这个疑问提出来，房门敞开着，外面的人都听清了，公安的同志就是故意分析给大家听的，分明就是要再进一步发动群众，一起进行探讨。他说，现在我们的思路，都被这个“图”字堵塞住了，我们要打通打通思路，另辟蹊径。

那就再想想那个“画”字。“画”是什么呢，几乎大家都晓得，有人就脱口一说，画不就是图嘛。

等于在说废话。

但是废话有时候也能启发人们思考，画就是图，那么图是什么？

什么图？

地图？

藏宝图？

联络图？

大家正在热烈讨论，一听到有人说出“联络图”三个字，突然就全体噤声了，全场肃然静默，柴美英通常是控制不住说话的，她知道自己控制不住，所以竟用手捂住了自己的嘴，不让话从嘴角边溜出来闯祸。

公安的同志见大家噤声，没有按照他的意愿继续讨论，他有些气馁，有些沮丧，但还是要硬撑着往前走，否则他就要退回去，无功而返了。所以只能根据自己怀疑一切的心念走，经过努力，他终于又回到了最早怀疑的那个地方，于是他再一次提出，你们有没有细细想一想，这封信为什么这么短，就只说了一个图，会不会是其他什么意思呢？

老张同志说，是呀，这封信来得也不容易，漂洋过海，拐弯抹角，恐怕走了几十天呢，就写这么几句？

老王同志说，是呀，好多年没有联系的亲人，一旦能够联系上，怎么什么话也不说，连问个好也不问，就只说一个图，会不会真是个——真是个什么图哦——

在门外侧耳倾听的柴美英终于又憋不住了，抢先叫喊了起来，啊呀，是图！

老朱假装去捂她的嘴，假装教训她说，你再瞎说，你再多管闲事，我撕豁你这张臭嘴。

里边的三位同志，听到柴美英在外面说“图”，心中一动，他们也许是想听听群众的意见，也许是想从邻居那里再打听一点什么，就暂时丢开了余白生，走了出来，柴美英一见他们出来，更兴奋了，直奔主题就问，有图，是不是，有个图？

公安的同志立刻追问说，这位同志，你怎么知道有图？

柴美英蒙了，想了一想，才回过神来，反击说，咦，怎么是我知道有图，明明是你们在说图呀。

没有人再接她的口风了，一时间大家都沉静下来，好像都知道到了不能随便说话的时候，随便一说，事情也许就会有了另一种走向。

大家虽然嘴上不说，心里却在想着差不多意思的某个词：

某某图。

公安的同志脸色很严肃，口气已经有点严厉了，他说，你们没有根据不要随便瞎猜。不过他停顿了一下后，又说，但是，没有根据也不能随便排除。

现在事情真的难办了，既不能排除，又不能不排除，这让三位同志怎么办呢？

公安的同志叹了一口气说，这样的话，我们也没有办法了，忙了大半天，信倒是送到了，但结果什么也没有，什么也不知道，那我们回去也不好交代，怎么向领导汇报呢，说什么呢，说济之收了信，但是不知道信里写的是什么。

邮局的王同志也配合他说，是呀是呀，这样汇报肯定不行的，领导不会满意的，等于我们白跑一趟，会批评我们不负责任，做事情脱头落襻——

老张同志考虑得更加悲观，说，吃批评倒还好啦，不晓得会不会受处分。

公安的同志说，你们邮局还好点啦，我们单位，你们晓得的。

他们是在唱三簧，苦肉计，谁听不出来呢，不过听出来又怎样，你们唱你们的，图是什么图，照样没有人晓得。不会有人晓得的。

余白生听不下去了，因为他是济之，他不挺出来谁挺出来呢，所以他对三位同志说，如果你们担心回去不好交代，要不，我跟你们回去，我去向你们领导说明情况，不是你们的责任——他看到姚妍在朝他瞪眼睛，又补充一句说，当然也不是我的责任，这封信确实是奇奇怪怪的。

三位同志乍一听，先是面呈喜色，但是很快，公安的同志就反应过来了，喜色不见了，警觉地说，你去跟我们领导说，说什么？

余白生说，我就说潘公硕是我家的远房亲眷，在台湾，这是真的，但是那个什么图，我确实不晓得，你们肯定也早就发现了，那年我才几岁，八岁吧，他怎么可能把什么图交给我呢，是他的儿子在信里瞎说。

他把责任推到写信的人身上去了。因为写信的人远在他乡，无以为证。

姚妍本来不想管十三点男人的事情，但是她一忍再忍，实在是忍不住。平日里还算知书达理，至少不是个泼妇，但是性子忒急，脾气忒躁，年轻时就进了评弹团，原本是要被培养成评弹演员的，可惜她一碰就发火，一碰就动气，一发火，一动气，嗓子就哑掉，到最后索性倒了嗓子，根本唱不成了，只好派到后勤科，做做杂务，脾气就更加躁了，性子也更加急了，再碰上自己的男人余白生这个搭浆货，真是害得她成天气不打一处来，索性做成个泼妇了。

她竟然说，余白生，你真是白生——

余白生鸡啄米样地点头说，我白生，我不光白生，我还白痴——

姚妍说，你不要嘴花野迷，你不要避重就轻，你余家里，哪来的什么海外亲眷——

公安的同志似乎早已经感觉到了，这个天井里，男的大多不及女的厉害，要是女的出来胡搅蛮缠，他也可能吃不了兜着走的，那样他就无法完成任务，所以他赶紧认同余白生的主意，说，那就麻烦你跟我们走一趟，说清楚了就可以回来的。

余白生刚才明明是自己主动提出要去说清楚的，现在公安的同志同意他去了，他反而有点犹豫了，想反悔却不大好意思，就拖延说，这么晚了，你们领导也下班了吧？

公安的同志就随口瞎说，没有呢，领导还在等我们回去汇报呢。

余白生没有退路了。三位同志说走就走，一人在前，两人在后，中间夹着余白生。

姚妍在背后继续骂人，余白生，你个猪头三，你不要害人哦——

余白生的大儿子十二岁，名叫余又，他有个妹妹叫余来，还有个小妹妹叫余了，三个人的名字合起来就是“又来了”。好笑的。

余又十二岁，半懂不懂，起先也不知道大人们在干什么，这会儿看到他爷跟着人家走了，他娘却还在骂爷，他有点来气，从背后用力推了他娘一下，他娘猝不及防，往前一个趔趄，撞到门上，额头上居然撞了个青胖块。

那边柴美英看见了，叫了起来，喔哟哟，喔哟哟，小赤佬力气大得来。

姚妍手捂着额骨头，责问儿子，你为啥推我？我是你娘哎。

儿子说，你为啥要骂我爷？

娘说，我没有骂他，他是自己骂自己的，白痴。

儿子说，你白痴。

姚妍气得一屁股坐下来继续骂道，小赤佬，碰着点啥了。

柴美英指一指姚妍坐的那个小凳子，阴搁搁地说，刚刚他们看见老太，就是坐在这个凳子上的。

姚妍“呸”了她一口，说，你滚开！

柴美英才不滚开，这里就是她的用武之地，她笑着对姚妍说，女开衫，你凶什么凶，原来你家还有海外关系哦，真是瞒得了一时，瞒不了一世，我们做了几年邻居，你们倒瞒得紧——

姚妍打断她说，你家才有海外关系，你们家和阴曹地府还有关系呢——

余白生的儿子拿出个弹弓，对准柴美英，眼功很准，“啪”的一声，打中了柴美英的下巴，柴美英捂着下巴“啊哟哇呀”地叫，痛得口水都淌了出来。

姚妍说了一声“活该”，转身进屋，其实她心情很沉重，余白生跟着去了，还不晓得下面会怎样，如果他讲不出“图”是什么，不晓得会拿他怎样，会不会不放他出来了。

她只晓得，余白生肯定讲不出“图”是什么。

果然余白生一夜未归。第二天上午，地段上的邮递员骑自行车来送信，在备弄里被余又撞见，余又冲过去一把揪住他，害得邮递员跌下自行车，两只手死死把牢车把，歪了几歪，斜靠到墙上，才算立定，没被掼倒，只听得这个小赤佬说，你还我爷，你还我爷！

邮递员觉得莫名其妙，想甩开余又的拉扯，可余又的两只手像老虎钳，钳住他的衣裳，怎么也甩不开，邮递员冤枉，不会说别的，只会说，小赤佬，我又不欠你一个爷，怎么要我还你一个爷？

余又是个犟横赤佬，说，就是你，就是你，跟你着一样的衣裳！

邮递员气得笑起来，说，着一样的衣裳就是同一个人啊，我要是着上你爷的衣裳，你也喊我——

一个“爷”字尚未出口，看到姚妍也冲了出来，邮递员赶紧住口，不想惹事，对着姚妍装出一副可怜相说，姚阿姨，你看看你儿子，揪牢我做啥，他揪错人了，你叫他放手。

姚妍说，我叫他放手他也不会放的，小赤佬的脾气你晓得的，除非你把事情讲清楚。

邮递员起先真是莫名其妙，后来听大家七张八嘴讲了，总算搞清了一点，原来昨日有两个穿邮局制服的同志，把余白生带走了。

其实也不是带走，邮局的同志是带不走余白生的，是余白生主动提出跟他们走的，而且，主事的也不是邮局的同志，是那个公安的同志，不过现在他们揪住这个小个子的邮递员围攻他的时候，总要把话往重里讲，他们是不会轻易放过他的。有点欺软怕硬。

邮递员听懂后，想了想，说，我晓得了，他们可能是政工科的，我跟他们不是一头的，我是投递科，我不认得他们，跟我一点关系也没有的。

跟他有没有关系，这个谁也不晓得，至于他们认不认得，就难讲了，难道同一个单位的人，分了科，就互相不认得了，就全是陌生人了，谁相信呢。但是邮递员说的“政工科”，他们倒是相信了。

余又年纪虽小，脑筋比大人还拎得清，他松开了手，放过邮递员，对着他娘说，走，我们到政工科去。

姚妍气哼哼道，我才不去，他自己要作，让他自己去收场——

结果她被余又又拖又推，无奈跟着儿子往外走，紧跟着追出来的柴美英站在后面看着他们的背影，追问邮递员，哪哼了，哪哼了？

邮递员火冒冒地说，我不晓得哪哼了。拍了拍肩上的墙灰，扶好自行车，踏走了。

柴美英回进天井里，看见言伯邻陈落薇两夫妻立在走廊上发呆，柴美英感到奇怪，说，咦，你们两个发什么呆，跟你们不搭界的吧。

陈落薇要紧转身进屋，言伯邻说了一声“不搭界的”，也回转进去了。

丢下柴美英一个人，独单单地没有好戏看，骂了一声女儿，小死娘，还不去做生活。

朱玲娣要一瘸一拐地穿过长长的备弄到门堂间做生活去，柴美英想了想，又追到她身边，压低声音说，小死娘，老话讲，裁缝不落布，屋里死家婆，你跟师傅几个月了，一点布条条布星星都落不着？

朱玲娣低着头，一拐一拐往前走，不回答。

柴美英说，你只戆死人，笨煞坯，阿曲西——

骂声不绝，没有听到身后有人奔过来。奔过来的这个人，也是个孩子，言家阿二头，叫言子陈，和余又、朱玲娣同年，十二岁，人却长得人高马大，像半个大人了，她奔过来，故意一脚踏在柴美英的脚背上，这一脚带着少年的力量，带着火气，踏得柴美英“吱吱哇哇”像鬼叫。

朱玲娣顿时面孔血血红，头低得更低了，想要急急匆匆走，却走不快，言子陈经过她身边，像个女流氓，嘴里吹了一声口哨，像一阵风一样跑走了。

柴美英脱下袜子一看，脚背上的皮都给小猢狲踏破了，渗出血来，气得顾不上骂女儿了，只管朝言子陈的背影骂道，你只青肚皮猢狲，你只杀千刀，你只死棺材——

住在对面西落四进的周同志刚好从院子里出来，走过来朝柴美英看看，笑笑说，柴美英，你屋里是开批发市场的啊？

柴美英面孔竟然有点红，说，周同志，你啥意思？

周同志说，我听你骂人，龌龊词语一串串，一批批，一个跟一个，若不是批发，哪来那么多啊，嘿嘿嘿。

老话讲得好，卤水点豆腐，一物降一物，在言桥巷7号这个宅子里，几十家人家，大多数人看见柴美英都要避避开，或者让三分，或者闭紧嘴巴，背后翻个白眼，柴美英是不知羞耻、着地瘫的赖皮货，跟她骂架，休想占得上风，还是不要自找没趣自投罗网了。但唯独周同志不怕她，还吃得住她。周同志是做文化工作的，长得一表人才，玉树临风，他写的剧本排出来的小戏，群众看了都拍手。有一回柴美英也去看了，她从前没有看过这样的戏，激动得面孔通通红。后来听说就是周同志写的，从此对周同志服服帖帖，看见周同志，不凶了，装得文雅了，面孔还会红起来，她不光吃周同志的才华，也吃周同志的卖相。

虽然她骂小孩正骂在兴头上，不肯刹车，但是只要周同志一开口，她就吃软，不作声了，原路返回。

话说余又推推拉拉，逼着他娘姚妍去邮电局，差不多也有九九八十一难，最后终于打听到政工科了，进去一问，人家政工科的同志倒也不赖，承认说，事情是有这样的事情的，不过你们找错地方了，是公安上叫我们派了两个人去的，我们邮电局的人，也只是陪他公安的人走一趟，根本不关我们事，也不是我们要去的，你们要问，应该去问公安。

娘儿俩出来，余又又火冒了，对母亲说，你个屄样，话都不会讲啊？这样就出来了？你真好打发。

姚妍总共有三个孩子，就这个老大跟她犯冲，老大的脾气，既不像余白生也不像姚妍，大家一径寻开心说，不像爷不像娘，像煞隔壁张木匠。

幸好隔壁没有姓张的，不然小赤佬说不定真的会冲到张木匠家，去怪罪张木匠的。

余白生因为“济之”进了局子，姚妍本已经气酥，余又还跟她叽糟，好像余白生进去，是她弄进去的，姚妍也火冒，对余又凶道，你狠，你会讲，你去讲呀。

余又不再理睬他娘，只管往前奔，姚妍不晓得他要去哪里，也只好跟紧，追得上气不接下气。

等到余又停下来，姚妍抬头一看，到派出所了。

可是派出所也不晓得前因后果来龙去脉，派出所的老杨说，余老师不会有啥事体的，如果有啥事体，上头会通知我们派出所的，到现在我们派出所没有接到什么通知，没有通知就说明——

余又等不及老杨啰唆，抢白他说，我爷是跟了你们公安的人走的，你不要假痴假呆，你不要包庇。

老杨本来倒是一番好心安慰娘儿俩，却吃着余又这样的冲，无奈地朝姚妍摇摇头，又朝余又努努嘴，意思是你们家怎么弄出这么个小赤佬，成事不足，败事有余。

姚妍只好低三下四求人家，老杨也算肯帮忙的，告诉他们一些情况，他说，倘若是跟公安走的，那么不在派出所，定是在局里了，你们到局里去看看——

余又拔脚开路，姚妍谢过老杨都来不及，再紧紧跟上，娘儿俩一路奔到公安局，这个地方总算有人认了，说余白生人现在是在他们这里，不过事情没有解决，暂时还不能回去。

姚妍的忍耐已经到了极致，一气之下，喷他们说，好，好，你们管吃管住，省我伙食费，走了。

她想丢下余又自己走。可是她休想，余又不会让她走的，一只手又像老虎钳一样钳住她的手臂，强横霸道地说，你不许走！

姚妍说，我不走，立在这里吃西北风？

余又跟她相骂说，天热了，西北风也呒有得吃，你立在这里等吃生活。

姚妍和儿子争高低说，我吃什么生活，我又不犯错误，我又不做十三点，我吃不着生活，生活寻不着我，不像有的人——

余又晓得她又在阴损余白生，暂且不跟她计较，只是说，你不许走，你要进去的，你进去替爷做证。

姚妍说，滑稽，叫我进去做证？做什么证？证明什么？

余又说，你晓得的，你不要装腔。

姚妍真不是装腔。这桩事情来得太突然，余白生就是济之？

姚妍想不到自家的男人竟然有两个名字，叫了余白生，还要叫余济之，多此一举，还惹出事情来。

即使余白生不是济之，但信封上的余桂芬是余白生的爷，是她的公公，这是不会错的。所以这封写给余桂芬的信，余白生是逃不掉的。但是余家分明是没有海外关系的，姚妍嫁给余白生十多年了，孩子都养了三个，如果有啥秘密，尤其是海外关系这种天大的秘密，她不可能一点风声没听到过，余白生那张嘴，又不牢靠的，根本没有的事情，都会嘴花野迷加油添醋，真正有的事情，恐怕老早就漏出来弄得家喻户晓了。

所以姚妍无法理解这桩转眼间发生的事情，她甚至有点茫然，不由自主地问余又，你要我进去讲啥？

余又凶巴巴地说，有啥就讲啥，你又不是哑巴。

余又虽然只有十二岁，姚妍却拿他一点办法也没有，不是因为他力气大，是因为他火气大。

姚妍腻了一会儿，没有退路，只好重新回去，公安那里的人看见她重新进来，就连忙摆手说，不要进来了不要进来了，你再进来十次也没有用的，他不说出来，不能放回去的。

余又紧跟着冲进来说，什么放回去，我爷又不是你们捉进来的，是他自己要跟过来的，什么放不放，你讲话牙齿筑筑齐，要注意政策！

公安的人听余又这么讲，并没有来火，还笑了笑，说，喔哟，人不大，政策不政策，你也晓得啊，小老卵。

余又晓得自己搞不过公安的，他只管欺善怕恶、欺软怕硬，继续对着母亲凶道，你讲你讲，你到底讲不讲？

姚妍实在讲不出什么名堂来，要证据无证据，要事实无事实，她甚至连究竟出的是什么事情都不太明白，虽然从头到尾都在听着，但是几乎没有听懂，只晓得余白生说他八岁的时候，拿了人家一张图，肯定是这老鬼三信口雌黄，全本无稽之谈，只不过他既说得出口，人家就当是真的了，自然问他图在哪里，他哪里有什么图，拿不出图，人家就不放他出来。这事情就弄僵了。她姚妍全本蒙在鼓里，能讲什么呢。可是偏偏这个犯冲的儿子余又盯牢她不放，好像她不帮余白生讲几句话，今天就过不去了，姚妍真不知道自己到底应该讲什么，左思右想，犹犹豫豫。

这娘儿俩的态度，肯定引起公安同志的怀疑了，在他看起来，这个儿子知道些什么，但知道得不太清楚，而做娘的肯定清楚，可是做娘的不肯讲，儿子正在逼着她讲。

到底是什么呢？不管是什么，反正跟那封奇怪而可疑的信肯定是有关系的。他定了定心，态度也温和多了，请娘儿俩坐下，还倒了两杯白开水请他们喝，是要套出话来了。

姚妍实在是没有什么话可以给他套的，她只好把已经说过的话再说一遍，好歹向公安，也向余又有个交代。

姚妍所讲述、所证明的内容，前面已经讲过两次了，第一次是昨天下晚在现场讲的，第二次是刚才进了分局讲的，现在已经讲第三遍了。她的大意有两层，首先第一层，戳穿余白生的谎言，他说他八岁时拿了人家一张画，肯定是胡说八道的，不能相信他。第二层，余家根本就没有海外关系，余家几代人包括亲属亲眷，都是普通老百姓，又不是什么大户人家，不是什么有钱有势的人家，那时候也不会想到要去香港、去台湾，就算想要去，也不可能去，一无本钱，二无本事。

公安的人开始是似听非听的，因为他已经听过一次了，再听也没有什么意思，三遍抵粪臭，她已经讲了两遍，离臭粪也不远了。

可奇怪的是，就在他似听非听，甚至差不多要打瞌睡的时候，他的晕晕乎乎不清不爽的思路，突然被两个字打穿了，那两个字就是：关系。

他顿时清醒过来，他听了两遍讲述，不是觉得余白生没有问题，而是觉得余白生问题大了，因为现在，他的思路全部纠结在了“关系”上了。

停，他叫了一声，吓了姚妍一跳，她正在有条有理地讲述余家没有海外关系，为什么没有海外关系等等，中间突然被叫停，她只能呆呆地看着公安的这个人。

今天公安的这位同志，比昨天去言桥巷7号的那位同志年纪大一点，经验更丰富一点，他叫停了姚妍后，并没有让她有更多的时间反应，紧接着就问她，你刚才说的，什么关系？

姚妍说，什么关系？没有什么关系呀——她可能觉得这样说话太含糊，会让人觉得莫名其妙，又补充说明道，我是说，写信的这个人，和余白生，和余家，不是亲戚关系。

不是亲戚关系，那是什么关系？

没有关系。

没有关系怎么会写信？

姚妍回答不出这个问题，发愣，余又在一边着急，又下死劲推着她，你讲呀，你讲呀。

姚妍实在是讲不出来，她没有什么可讲的了，她又不是余白生肚子里的蛔虫，她完全不知道余白生唱的哪一出。

公安的人现在感觉离真相越来越近了，他甚至敏感地嗅到了某种气味、气息，不过他并不急迫，他慢悠悠地跟姚妍分析说，你听我说啊，你看对不对啊，人与人之间，有各种关系，对吧，有哪几种关系呢？首先你说他们不是亲人、亲戚关系，好，我们假设先相信你说的，排除掉亲人、亲戚关系，那么还有哪些关系呢？比如，邻里关系，对吧，那么这个写信的人，跟余白生，肯定不是邻里关系，对吧，一个在苏州，一个在台湾或是在香港，根本不可能是邻居，那么还有什么关系呢，同事、工作关系？

这一下子姚妍听明白了，发急了，赶紧说，不是的，不是的，怎么会是同事关系、工作关系呢，他们根本就——

公安的人朝她摆了摆手，意思是让她不要着急，听他慢慢分析，然后他继续往下说，你觉得不是工作关系，是的，从你考虑问题的角度，确实不像是工作关系，因为他们根本不在同一个单位，那都是漂洋过海的距离呢，所以看起来他们八竿子都打不着，对吧，可是你再开拓思维想一想呢——也不一定这就是一个否定的答案哦，工作，也要看是什么样的工作，有些工作，虽是同事，却是不见面的——

这位同志，想起了自己从前做地下党工作的时候，和自己的许多同志也是从来不见面的，有的完全不认得，甚至不知道对方的存在。

在他说这几句话的短暂时间里，姚妍的脸色变了几变，先发白，又涨红，又发紫，再发白，额头上渗出了汗水，嘴唇哆哆嗦嗦，想说什么又说不出来。

十二岁的余又不能完全听懂这个人在说什么，什么关系不关系的，绕来绕去，绕得他肚肠根子都痒起来，正要上腔，却注意到了母亲的脸色，母亲的脸色越来越差，他就知道这个人说的话不利于父亲，余又正在想着自己能够做些什么来扭转这样的不利局面，却不料为时已晚，来不及了，那个人“腾”地一下站了起来，丢开姚妍母子，“噔噔噔”地冲了出去。

余又心里又慌又乱，责问他娘，你瞎说什么了，你瞎说什么了？

姚妍说，我瞎说什么了，你又不是不在场，你都听见了，我有哪一句是瞎说的？

余又说，你为什么要说我爷没有海外关系，人家信都寄来了，怎么不是海外关系？

姚妍说，你小孩子，不懂的，有海外关系，会影响我们的，会影响到你们兄妹，还会影响你们的下一代，三代——

余又说，影响就影响，影响算什么，就你胆小——

姚妍气得说，我胆小，我为啥胆小？

娘儿俩正在斗嘴，有人进来了，不是一个人了，进来了几个人，其中的一个，拿了一张纸头递给姚妍，说，姚同志，你拿着，这是暂押通知。

另一个就说，余白生暂押，你们回去吧。

纸头已经塞到姚妍手边，姚妍想接了，可是余又把她的手拉开，说，不要，我们不要。

那个拿暂押书的人说，不是你们要不要的问题，是我们的工作程序，你们拿不拿都无所谓，反正我们的程序走完了。

姚妍最后还是接过了暂押书，余又狠狠地盯了娘一眼，转身奔了出去。

几个同志纷纷跟姚妍说，姚同志，你家这个小孩，个性厉害的，你在他面前，一点威信也没有。

哈哈，你不像他娘，他倒像是你爷。

也不像他爷，他爷余白生，油嘴滑舌，满嘴谎言，还满不在乎，这个小赤佬，顶真得来。

姚妍又生气又无奈，却也无话可说，朝他们翻了个白眼，走了出去。

余白生就这样留下了，他的人生从此发生了巨大的变化。这是后话。

现在姚妍和余又分头回转，余又在半路碰到了隔壁的言子陈，身上背个书包，手里还拿一本本子，言子陈算是会读书，作业做得好，鲜格格。余又故意侧立到一边，见她过来，脚一勾，言子陈一个老死跟斗跌下去，手里的本子掉落，余又抢过去，撕下一张作业纸，在言子陈的叫骂声中跑开。

余又脾气犟，言子陈也不是好惹的，她还比余又阴险，见余又撕了她的作业本跑掉，小娘鱼悄没声息跟在后面，看到余又一屁股坐在马路边，摸出一个铅笔头，在那张抢来的纸头上写什么。

言子陈没有马上上前，等他写了一会儿，才悄悄地闪到余又背后，探头一看，余又动作倒快，纸头上已经写满了字，言子陈也不管他写的什么，一伸手把纸头夺过去，嘴上责问，余又，你为啥抢我纸头？

余又一见纸头被抢，着急了，但是想要回纸头，也不敢硬张了，立刻好声好气说，言子陈，我不是抢，我借你一张纸头，你小气得来，我借你一张纸头，明朝还你一本本子，你合算的。

言子陈也是个臭脾气，合算的事情也偏偏不要，一下子逃开一大段，估计余又追不着她了，得意地扬扬手里的纸头，唱了起来，胜利啦胜利，哈哈哈，胜利，胜利，哈哈哈——

言子陈扬着那张胜利之纸，一路哼哼唱唱，回转去，把纸头往本子里一夹，又朝书包里一丢，甚至都懒得看一眼余又在纸头上写的什么。关我屁事。

不一会儿隔壁姚妍回来了，进院子，再进屋，没有看见闯祸坯余又，也没有当回事，倒是柴美英还没有过瘾，盯上来问东问西，说，碰着点啥了，碰着点啥了——

这是她的口头禅，也是她的思维习惯，但凡有点什么事情，无论大事小事，只要是她想不通的，她统统认为是“碰着点啥了”，翻译一下，意思就是撞着鬼了。

结果被姚妍冲了一句，鬼侧侧，你一天到晚“碰着点啥”，当心小鬼啄你脚跟。

柴美英迷信，赶紧朝自己的脚后跟看看，嘀咕说，没有，没有，没有啄，是你家出事情，又不是我家出事情，要啄也是啄——

姚妍说，既然是我家出事情，要你这么起劲做啥，你是希望我们一家全进去，全滚出去是吧——她气得把手伸出来朝天井里画了一下，这里的世界，一大半全是你家啦。

平常日子，柴美英和姚妍就是棋逢对手，互不相让，何况现在姚妍碰着事情了，而且是大事情，无处讲理，一肚皮的气，正好柴美英撞过来，就撒在柴美英头上，两个人正在唇枪舌剑，传呼公用电话的人跑进来了，喊言家听电话。

言伯邻跟了去，陈落薇在后面追赶，两个人气喘吁吁跑到烟纸店，接起电话来一听，是言耀亭从安徽打过来的，言耀亭说，我到了安徽，有几日了，可是感觉不对头，心里总是慌慌的，打电话回来问问，家里有没有什么事情。

言伯邻赶紧说，阿爸，你不要东想西想，家里没有什么事情，家里一切都好的，家里一切情况都正常的，都——

言耀亭已经听出不正常了，戳穿他说，如果一切正常，你不会讲这么多话的，你两个字就打发我了。

真是知子莫如父。言伯邻向来胆小内向，少言寡语，一迭连声讲出这么多，恰好说明了他的不正常。不过言耀亭虽然听出儿子的不正常，如果儿子定坚不肯讲出来，通过一根电话线，他也是没有办法对付的。

正在这时候，旁边伸过来一只手，一把把话筒夺过去，对着电话说，言阿爹，你家是没有什么事情，我爷的事情，算不算事情？

言伯邻要紧夺回话筒，对言耀亭说，没有没有，小赤佬阿胡卵，昏说乱话，你不要听他的。

那边言耀亭说，刚刚是谁？是哪个小赤佬？

言伯邻说瞎话，阿爸，你不认得的，后头弄堂里的——话音未落，余又跳起来，凑到话筒边喊了一句，言阿爹，我是余家里的阿大！

言伯邻也不敢再跟父亲胡调，只好老实说，是余又，小赤佬，隔壁掉枪花的货色，不用理睬他。

言伯邻越想要遮掩搪塞，言耀亭就越是要纠缠到底，他盯牢了说，刚刚小赤佬说什么，余白生有事情？余白生有什么事情，你为啥不告诉我——我跟你讲，你要是有什么事情敢瞒我，我回转来给你颜色看。

言耀亭的“颜色”，言伯邻是最惧怕的，因为老先生的“颜色”，不是板面孔，不是骂人，更不是打人，而是作践自己，而且作践起来是没有底线的，甚至不要命的。几年前有一次他生了气，作骨头，从二楼上跳下去，摔断一只脚，送到医院急救，不巧碰到医院里混乱，医生心慌脚抖，结果居然接错一只脚，害得那只好脚也不灵了，坏脚更是错过了最佳治疗时间，一个好端端的人，就变成了跷脚。

再想想今朝不比往日，娘也一把年纪了，爷若是作坏了身体，还是他这个做儿子的和儿媳陈落薇吃苦头，爷是个顶难服侍的古怪疙瘩老人，前次请过一个护工，没做几天就气走了。

言伯邻权衡利弊，还是如实相告，一一说清楚，说余白生收到一封信，信是寄给余桂芬的，信封上落款是本埠苏州的一个不存在的地址不易弄414号，但是邮电局和公安的同志分析过，信是从香港寄过来的，因为有香港的邮戳，再分析，可能是台湾的什么人托人带到香港寄的，因为那个信封是台湾印刷的，如此等等，一点不敢隐瞒，全部交代清楚。

其实，也还是有隐瞒的，第一，他没有把“转济之”说出来，这个说不说也无所谓，这三个字本来也是放在括号里的，既然是放在括号里，那就说明不是问题的核心关键，他就不说了。第二，他没有说余白生到公安局去了。若是说了，他爷必定会追问，他又说不清楚，因为毕竟不是公安局抓了余白生，看起来是余白生自己跟去的，倘是这样如实汇报，以他爷的脾气，是定坚不会相信的。所以干脆隐瞒。多一事不如少一事，就让老头子安安逸逸在安徽多待几日，说不定余白生马上就回转了，等到老头子回来，等于什么也没有发生过。

言伯邻这样一一说了，听起来言耀亭果真相信了，真的假的，言耀亭能听出来，毕竟是有经历的人，靠耳朵就能判断。没有说出来的，他无法判断。所以他没有再追问，他也不会想到信封上还会有什么括号之类的，只是说了一句，哦，台湾寄信给余桂芬？

言伯邻赶紧说是的，公安和邮电局的同志都这么讲的。言耀亭听罢，只讲了一句我晓得了，就挂了电话。

电话好像是突然挂断的，不过言伯邻也没觉得有什么不对的地方，他爷的脾气向来急躁，突然挂断电话，才是言耀亭的作风。

这一趟爷娘去安徽，是去给言氏祖辈上坟的。按道理，又不是清明，又不是冬至，言耀亭怎么突然就想到要去安徽乡下上祖坟了呢？不要问他为什么，不要问他哪根筋搭错，言耀亭做事，向来是不可理喻、任意妄为的，跟言耀亭这样的老老，基本上任何事情，用“道理”两字是讲不通的。

按照言耀亭的计划，既然难得回一趟老家，计划要在安徽多待几日，到月底回转，言伯邻算了一算，到月底还有好几天呢，心里总算放松了一点，假使老先生现在回转，盯牢他问余白生的事情，他是不好面对的。

心里放松了，一夜困得死沉，哪里料到，第二天一清早，起来走到天井里，睡眼惺忪，定睛一看，猛地吓出一个激灵，远在安徽乡下的老爷和老娘，像是从天而降，人已经进来了，立定在天井当中。他爷眼乌珠弹出，死死地盯住他。

言伯邻吓得“啊呀呀”一声大叫，说，阿爸，姆妈，你们不要吓人哦，你们怎么会立在这里？

那言耀亭却不理睬儿子，冲着余家的窗户大声喊，余白生，余白生，你出来！你给我死出来！

此时天色还早，天井里大多数人还没有起床，给他这么一喊，惊醒了，有的要紧着了衣裳出来看，有的则先躲在屋里偷听一下。

言伯邻急中生智，赶紧奔到他爷身边，压低声音说，余白生下乡支农去了，昨天没有回转住，阿爸，你声音轻点，小的都还在困觉。

言耀亭怀疑地朝言伯邻看看，他才不管小的在不在睡觉，仍然大声说，下乡支农？正好我回转，他就下乡支农，这算是巧呢，还是有意躲开我呢？

言伯邻一眼看见姚妍出来了，赶紧朝她眨巴眨巴眼睛，抢先说，姚老师姚老师，我告诉我爷，你家余白生下乡支农去了，昨天没有回转，今天也不一定回转，是的吧？

姚妍不想承认，但是看到言伯邻哀求的眼神，又想到言耀亭暴躁的脾气，无奈地点了点头。

见姚妍点头了，言耀亭也不好再要什么腔调了，他哼了哼说，你通知他，叫他今天回转，我有话要问他。

大家不作声。老头子真的老了，不晓得自己是谁了，也不晓得别人是谁了，下乡支农，是想回转就能回转，想什么时候回转就什么时候回转的吗？

不过大家也不想去揭穿老头子的自我欺骗，跟一个不讲道理的老头，还是避避开为好，连柴美英这样的角色，也惧他三分的。

言耀亭在天井里胡搅蛮缠的时候，常随香始终是无声无息的。她嫁进言家几十年，大家只是晓得她不是哑巴，但是等于是个哑巴，一家门的话，都叫言耀亭一个人讲得去了。

不过常随香也不在意，她本来就不是多嘴的人，大户人家的大小姐，大家闺秀，知书达理，后来成了言家媳妇言常氏，生儿育女，这就够了。

这会儿言耀亭火天火地地发过脾气，晓得余白生不在家，气焰也矮了一点，才感觉肚皮饿了，要回转吃早饭了，所以又要教训小辈，说，我跟你娘，两个老物事，坐了一夜班车，你们就这样做睁眼瞎子，只当看不见？

言伯邻要紧上前去搀扶，陈落薇在一边小心翼翼地说，不晓得阿爸姆妈大清老早就到家了，早饭烧得不多，几个小的吃了要上学堂的，要不我去买大饼油条给你们吃。

言耀亭说，大清老早？你啥意思？嫌我们回转得早了，打搅你们的美梦了。

陈落薇不接嘴，要紧出去买点心。常随香和言伯邻一左一右搀住言耀亭往屋里走，姚妍一个人落在天井里，心里懊糟，自家出了天大的事体，还不能讲出来，不过这个言老老，确实是人人惧怕的，发起脾气来，什么事体都做得出，有几次老物事不知因为什么事体火冒，冲到井跟前，说要跳井自杀，还说啥人啥人啥人，都是跳井死的，吓得天井里所有的人屏牢，个个不敢接嘴，因为大家相信老物事真做得出来的。

只有一回，他没有说跳井，他说要去跳北寺塔，柴美英一听，一开心就脱口说，好的好的，你去跳北寺塔。

老言却又改主意了，说，不行，不跳北寺塔，北寺塔太高了，爬不上去，爬上去气吼吼，我还是跳河吧。

柴美英赶紧说，好的好的，跳河也好的，河上没有盖，你只要不跳井，跳啥都好，你要是跳井，要急煞人的，害我们不好用井水，不好过日脚了。

老朱拍了她一个耳光。她还笑。

言耀亭到底上了年纪，进了屋，虽然肚皮饿，却抵不住瞌睡来了，倒到床上一忽觉，一直困到大半下午才醒过来，只觉得浑身酸痛无力，想爬都爬不起来了。

再躺一会儿，听到天井里有人声了，下班的下班，放学的放学，听到陈落薇先回转来，问常随香，姆妈，阿爸早晨困下去，一直没有起来啊？

常随香简洁地说，坐夜车一夜未困，吃力了。

陈落薇停了停，又说，困的时间也忒长了，会不会有啥不灵了哦。

正巧给柴美英听见了，大惊小怪说，喔哟哟，言好婆，你没有进去看看老老头？有的老老，年纪大了，身体不好，一困就困到一脚去了。

言耀亭气得拼命咳一声，想提醒她们他还活着，结果却没有听见自己的咳嗽声，想想不对，又张开嘴喊了起来，仍然喊不出声，有点惊吓，就用手“啪啪啪”地拍床沿，结果手都拍痛了，也没有人听见。不怪别人听不见，他自己也没有听见。

这就奇怪了，他怎么就没有声音了呢？

他是一个惹人厌的老物事，一般人无啥要紧事情，都不想靠近他，甚至都不想看见他的，现在他发不出任何声音，只能等言伯邻回转，儿子回转，哪怕是规矩，哪怕是习惯，哪怕是应付，也总要进屋来望望他吧。

言耀亭正在气愤中，就听到一阵乱响声，“噼里啪啦”撞进来似的，是余家小赤佬余又放学回来了。

余又进了天井，书包也不放，就只管往言家屋里奔，陈落薇在后边喊，哎，哎，余又，你做啥？

余又睬也不睬，直接冲到言耀亭的房间里，一步就立到言耀亭床头，用命令的口气说，言阿爹，你起来！你去叫他们还我爷！

言耀亭说，做啥？说出来后自己也吃了一惊，刚刚明明喉咙里没有声音，余又个小赤佬一来，他就能出声了。既然有声音了，要紧追问，你爷怎么啦，不是下乡支农吗？

余又粗鲁地又喊又叫，支农个屁，他们骗你的，我爷捉进去了——

追在余又后面进来的陈落薇胆战心惊，赶紧小声解释说，嘘，小赤佬瞎说，不是人家捉进去的，是他自己主动跟过去的。

言耀亭朝陈落薇翻个白眼，叫她靠靠边，陈落薇拎得清，着乖地站到旁边，言耀亭招手叫余又靠近，问他，你爷，不管是捉进去，还是自己跟过去，几天没有回转了，是不是？

余又说是。又说，全怪我娘，她说我爷没有海外关系，人家说，没有海外关系，谁给他寄信呢，人家就怀疑我爷——

正在往下说，言伯邻也下班了，听说余又已经冲进去了，晓得事情穿崩，急急忙忙进屋来，插上来说，阿爸，阿爸，你放心，你放心，余白生无啥大事情的，就是进去问问，问不出啥，也就放了，毕竟现今，跟前几年是不一样了，香港来信，也不算啥大事情。

他见言耀亭要说什么，就把余又扒拉开，自己凑上去，听言耀亭教训说，你为啥要骗我，昨天打电话骗我，今天我急急忙忙赶回转，你还骗我——

言伯邻说，阿爸，我不是想骗你，我是不想你着急担心，再说了，我告诉你有啥用，你也没有本事弄他出来的——

言耀亭听了，竟然两眼翻白，好像要闭过气去了，言伯邻吓得说，阿爸，阿爸，我不再骗你了——

言耀亭已经气若游丝了，上气不接下气地说，单单就凭一封信，不可能进去的，信上写的啥——

言伯邻晓得今天不讲实话过不了关了，叫陈落薇把余又和其他几个进来看热闹的人全部弄出去，自己再俯身到爷老头子耳朵边上，鬼戳戳地说，写，有《春日家宴图》，于民，民——他不敢讲出那个“国”字，改口说，于那一日，交于吾兄代——

言伯邻一个“藏”字未曾出口，言耀亭已经大喊大叫，子虚乌有，子虚乌有，啊呀呀，子虚乌有啊——

言伯邻吓得要紧去捂牢他的嘴，更加低声说，阿爸，阿爸，你不要哇啦哇啦，有个括号，转济之。

见言耀亭没有听明白，只好再说得仔细一点，说，信封上，写的是余桂芬的名字，但是余桂芬三个字后面还有个括号，括号里写的是转济之，余桂芬死了，他们就要找济之，余白生就说他是济之——

言耀亭“啊呀哇”一声绝叫，人没气了。

大家过来掐人中，拍背心，抬脚，一点反应也没有，七嘴八舌说要送到医院的时候，他又醒过来了，嘴里胡乱地叫言伯邻马上去找人来，却说不清要找什么人。

言伯邻说，阿爸，阿爸，你不要乱来，现在是半夜了，半夜里怎么找人，你要找什么人，我明早天一亮就去——此时明明不是半夜，还没到夜晚，外面天色还微微亮着的，言伯邻竟然三头六面地糊弄他，看起来唯唯诺诺，实质是欺负言耀亭人老力衰，眼瞎懵懂，没有能力充老狠了。

言耀亭使尽最后的力气，指着言伯邻说出几个字：

混账东西！

不要面孔的畜生！

言伯邻呆了一会儿，“扑通”一声跪下了。

我终于知道我是谁了。

就在那天晚上，我确认了我全部的身份信息。我，姓名：言子陈。性别：女。身份：言家的第二个孩子，人称言家里阿二头。

那天半夜我尿急了，起来小便，无意中听到父亲和母亲半夜还在说悄悄话，他们的秘密我晓得的，他们经常夜里起来偷东西吃，所以我赶紧踅到他们房门口，只听我父亲言伯邻说，不好哉不好哉，这桩个事情，搞得喇叭腔哉，不过我真没有想到余白生个十三点会这样说。

我母亲陈落薇不经世面的，一向习惯盘在屋里，最好啥人都不要见面，三个同志进天井一番询问，跟她也没有关系，她又不是余桂芬，她也不是济之，却已经吓得脚抖了，这会儿我娘声音抖抖簌簌地跟我爷说，是的呀是的呀，余白生他做啥这样子，他为啥要揽到自己身上去，他什么意思？

我父亲说，我们先不管他什么意思，这个人，天生稀奇古怪，连名字也叫得怪。先不说他了，我们现在，要紧的是瞒住，现在老的已经晓得了，不能再让小的晓得，老的终究会顾虑小的前途，应该不会讲出去，但是小的不懂事，万一让他们晓得了，讲漏嘴，就等于宣告天下了，那就麻烦了，招式也塌光了。

我母亲就跟他分析说，是的呀是的呀，几个小的，阿大问题不大，书毒头，不会乱打听，更不会乱讲张，阿三头老实，笨煞坯，传话都传不连牵，也不碍事，就是要当心阿二头，一个女小人，倒是天生的野路子，青肚皮猢狲，也不晓得是跟啥人学的——

我父亲应声道，是呀是呀，这个阿二头，不像爷，不像娘，说起来，倒有点我家老头子的脾气。

他们说的正是我。

虽然我偷听了他们的说话，但是我没有听懂。完全不懂。

我十二岁。

我正感觉无趣要走开，听到我父亲又开口了，口气也愈加奇怪，愈加神经兮兮，他大惊小怪地说，我一直以为是他们瞎说的，却原来真的有张图，我小时候听我阿爹讲起过，那个图，是把祖宅全部画下来的，大得不得了，房间有几百间，还有花园，还有还有——

我母亲听了，愈加紧张，还有点兴奋，声音也愈加轻了，像蚊子叫，不过我耳朵灵光的，再轻我也听得见，我听我娘说，真的啊，真的这么结棍啊——你刚刚说是祖宅，是什么祖宅，啥人家的祖宅？

父亲“嘘”了她一声说，你轻点，你轻点，隔墙有耳，你个木瓜脑子，你还问是啥人家的祖宅，你说是啥人家的祖宅。

母亲大概想不出来，也可能是想出来了，反正她不作声了，可是只过了片刻，她又熬不牢了，跟父亲提要求了，说，那你说的祖宅，啥辰光你偷偷摸摸带我去看看，开开眼界。

父亲“喊”了一声说，哪里噢，根本不晓得在哪里。母亲奇怪说，咦，既然你说得那么海威，那么野豁豁，怎么会不晓得在哪里？父亲又鬼鬼戳戳地“嘘”一声，说，真的不晓得，不光我不晓得，我爷也不晓得，我阿爹也不晓得，再上代的也不晓得在哪里。我母亲泄气说，都没有人晓得在哪里，怎么晓得有没有呢？

父亲也叹息一声说，是呀，我一直不甘心的，我问过我爷，我爷不肯讲，不肯讲也就算了，他还把我臭骂一顿，叫我滚，莫名其妙。其实我晓得，我爷虽然叫我滚，实骨子里，他自己心里也焦煞，心心念念想要打听的——

他们两个嘀嘀咕咕，又紧张，又神秘，不过他们的兴致，与我无关。既然他们不是在偷吃，我也没有了兴趣，小过便，回头就去困觉，他们对我有啥看法，关我屁事。

第二天天还没亮，天井里就响起一片嘈杂声，言伯邻在天井大声喊，余又，余又，余家里的阿大，你过来，快点过来。不一会儿，余又从屋里出来了。

余又困似懵懂中被叫起来，眼睛却是铮铮亮，他冲进言耀亭的房间，趴到言耀亭身边说，言阿爹，言阿爹，你说，你说呀。

言耀亭张了几次嘴，说了几句话，但是别说在场的其他人，就是耳朵凑在他嘴边的余又，也没有听见他说的什么。

余又十二岁。言阿爹一只枯槁的手，搭在他的稚嫩的手上。

言阿爹什么也没有让他知道。也许是言阿爹觉得不应该让他知道，也许是言阿爹觉得自己讲不出口，也许是言阿爹没有力气讲出来了。

总之，言阿爹的死，是不负责任的。

言耀亭死于心脏病。他本来就病得不轻，跑去安徽一番折腾，一夜长途汽车坐回来，再生气，心脏是吃不消了，他的心脏不肯再被他作来作去糟蹋了，要跟他告别，彻底休息了。

关于言耀亭的死，街坊邻居里，说什么的都有，还展开了讨论。

说他是气死的，他是被谁气死的？

说他是累死的也是奇怪，他又没有啥要紧事，早就退休了，不用上班，为啥要连夜赶回来，他家里到底出了啥要紧事情？

说他是病死的，怎么生了病家属不送医院抢救，看着他死啊？

各种说法，各种怀疑，还都合乎常理，只有柴美英的说法最阿胡卵，她定坚认为，这是言耀亭回老家上坟引来的结果，时辰不对，或者心术不对，上坟就上得不巧，沾上晦气，祖宗怪罪，收他去了。

老朱跟她辩，说，给祖宗上坟，是孝顺，是理所当然的，祖宗怎么会怪罪，你一张臭嘴巴，不要乱讲。

柴美英却振振有词说，这个不一定的，一般给祖宗上坟，确实孝顺，确实正常，可是这个言老老，说怪也怪，这不前不后的日脚，突然回去上坟，啥意思，他想做啥？

也有人相信柴美英的说法，就想到要去问问常随香，但是常随香永远是一言不发的，她嫁进言家，就做了一个闷嘴葫芦，两个人的话，全由言耀亭一个人去讲。

可是现在情况发生变化了，言耀亭走了，如果常随香仍然保持一言不发，那么言家里这对老夫妇，就等于是空气了。

至于常随香到底会不会发生变化，她到底什么时候变，会变成怎样，一切都是未知数，一切都要等时间说话。老话讲过，命里有时终须有，命里无时莫强求。

因为言耀亭去世闹了一阵，大家似乎把余白生暂时地忘记了，余白生一直没有回来。据说，后来有关方面的同志把姚妍叫去，跟她讲道理，他们客客气气、好声好气地对姚妍讲，姚同志，你想想，事情肯定是有事情的，你说对不对？不然怎么会这么奇怪，地址是假的，名字是转的，信上写的内容是看不懂的，当然余同志肯定是看得懂的，但是余同志他就是不肯讲出来，所以不能就这样放掉他的，就这样放掉我们属于不负责任，当然我们也没有确凿的证据证明什么，你看怎么办呢？

他们又说，我们对余白生是十分负责任的，就说那个什么《春日家宴图》，到底是啥，余白生不肯说，我们特意去请教了几个文物专家，专家们都晓得有很多有名的和无名的古画，却偏偏从来没有听说过《春日家宴图》。他们还说出了一长串的图名，都是专家告诉他们的，《清明上河图》《姑苏繁华图》《千里江山图》《富春山居图》《汉宫春晓图》，还有什么什么图，以此证明他们的工作是认真负责做到家的。

他们说，姚同志，你自己想想，连专家都不晓得，这个《春日家宴图》，会不会根本就不是一幅图画，而是——姚同志，你说呢？你说我们拿余同志怎么办呢？

他们竟然还跟姚妍商量呢，姚妍也晓得是假的，说，你问我怎么办，我说放他回转，你们放吗？

他们说就这么不明不白地放了，不好交代，但是不明不白地押着，也不好交代，他们从前也没有碰到过这样的案例，不知道该怎么定性，多次商量下来，就定了个隐瞒海外关系，不向组织坦白，顶这么个名称，怎么定处罚呢，也没有先例，就定了个最轻的，劳教一年。

他们对姚妍说，姚同志，你认真想想，你自己说说，还算合理的吧，我们不是不讲理的吧，何况劳教的场所就在西山岛上，你们要去看他，轮渡一渡就到了，方便的，时间也不长，一年过后就回来了。

他们看姚妍面色不好，再说，我们也对他特殊处理了，劳教归劳教，工作不开除，等他一年后回来，仍然可以上班的。我们还是很照顾余白生的。

姚妍气得说，工作不工作，反正是劳教过了，反正不管你们照顾不照顾，我是要跟他离婚的。

他们一听，有点意外，也有点过意不去，有人劝说，姚同志，你熬一熬，就一年呀，离什么婚呀。

另一个同志说，离婚对人的思想改造，负面作用是最大的，你回去再想想，不要急于做决定。

姚妍火冒地说，我管他负面不负面，他自己要作，他去死，我要对几个小的负责，背了个劳教的爷，还有什么前途。

那几个同志还是劝，说，现在跟从前有区别了，所谓的影响三代、影响几代，那种事情，基本上也已经过去了，大家心里都有数的——

没有人劝得动姚妍，她接过余白生劳教的通知，转身离去，走到外面，把通知撕掉，扔掉，回到屋里，余又问她，我爷呢，姚妍说，你没有爷。

话音未落，又吃了余又一记推搡，余又说，你才没有爷——你告诉我，我爷现在在哪里？

姚妍任凭余又发飙撒泼，咬紧牙关，坚决不讲，余又也不是吃素的，出门去打听，不多时回转来，已经晓得余白生的去处了。

那几天余又起早摸黑，天天去马路上捡废纸，拾垃圾，然后到废品站去卖掉，如此一段时间下来，他终于积攒够了去西山岛的车船钱，喊了宅子里另外两个小孩，陪他一起去西山岛看他爷余白生。

余又喊的两个小孩中有一个叫言子陈，就是我。

我们先走到长途汽车站，乘上汽车到湖边的码头，再上渡船，这一条线路，余又已经事先打探过，甚至已经来走过一趟，所以熟门熟路。

和我们一起去的，还有余又的小妹妹余了，余了比我们小好几岁，那年才六七岁的样子。这是一次远行，好比红军长征一样了，我们还一人掰了一根树枝，准备当武器。我们要披荆斩棘的。

余又来喊我的时候，我说要不要叫我哥言子谌一起去，他比我们大几岁，接近是大人了。余又就瞧不起我了，朝我翻个白眼，还不屑地挥了挥手，说不要不要。余又是对的，就算喊言子谌，他也不会去的。

我们几经周折，先是步行，脚上都走出泡来了，再坐乡下的班车，坐到湖边，再上渡轮，渡轮在湖里遇着了风浪，我晕船，吐得一塌糊涂，恨不得连心肝肠肺都吐出来，余又却一点没有反应，还指着我的呕吐物嘲笑我早晨吃了好多萝卜干，真恶心。小余了表现也比我好，她既没有晕船，也没有害怕。也许因为她太小，还不懂得害怕，也不能体会难受。

后来我们终于到达了西山岛，找到了劳改农场，但是我们没有见到余白生，那里的人告诉我们，余白生已经不在西山农场，他到了西山农场没几天，就自己主动提出要求，要转到安徽的一个农场去。因为大家也晓得余白生的情况，冤枉孽障，所以也不问缘由，就答应了他的要求，和安徽那边联系，那边也同意，就派了两个同志，把余白生送过去了。

他们说，估计是余白生不想家里有人来看他，吃了劳教，难为情的，没脸见人，这种情况常有发生，他们也觉得正常。

我们回转后，天黑了，我听见余又在责怪他娘，怪她不早点去看爷，姚妍气得说，我哪里有时间，我要上班的。余又跟他娘一直是很凶的，责问她说上班要紧，还是爷要紧？姚妍说不上班没有工资，你们要饿死的。余又说我宁可饿死，也要寻找我爷。娘儿俩你一句我一句，争来吵去，他们在屋里相骂，房门开着，我就站在他家门口听，忽然有一只手从后面把我拎起来，我挣扎着回头一看，是我家好婆，她的名字是常随香，但是大家都叫她言常氏。

我家好婆在家里一直是没有声音的，不说话，也不做什么事情，我听大人在背后损她，说她是大小姐出身，家务都不会做的，不过好婆虽然不会做家务，但是她不吭声，不张扬，不烦人，不像我阿爹言耀亭，一点不管家事，却是天天骂你骂他，好像大家都欠了他的账。

现在我的阿爹言耀亭已经死了，我也不再讲他了。

还是来说余又吧。余又并没有甘心，后来他又一个人扒火车想去安徽，结果被铁路上的人捉牢，遣送回来，吩咐姚妍管牢他，不要让他再出去闯祸了。

扒火车是要死人的。他们吓唬姚妍说。

姚妍已经气得麻木掉了，她说，我不管，我不管，我管不住他的。

我现在想起来，夏天已经来了，那天天气热起来了，余又被送回来后，也不进屋，就一屁股坐在井圈上，闷声不响，额骨头上全是汗。

我过去安慰他说，余又，你不要难过了。余又看了我一眼，不说话，也不睬我。不过我看得出他的眼神在问我，怎么才能不难过。我自说自话地回答他，你爷是十三点，你爷是憨卵，你只当你爷死了，人死了，就不难过了。

余又腾地立起来，下死劲推了我一个跟斗，嘴里骂道：滚！

第二部分：动作

我一直坐在尹宁这里。小白始终没有出现。我觉得事有蹊跷，但尚不知蹊跷在哪里。

小白有蹊跷。我自己也有蹊跷。我得先顾虑我自己这边的蹊跷。我很信任小刘，听了他的话，我回到了旧居，看到了尹宁，但是并没有拿到房产证，却看到了小学作文本上的一页纸，纸上满满的“余济之”加问号。

现在我手里拿着这张“余济之”，但我并不知道加在“余济之”这个名字后面的问号是什么意思？

不知道谁是余济之？

怀疑没有余济之这个人？

不确定余济之是什么样的人？

对余济之的身份表示怀疑？

我是来拿言耀亭的房产证的，结果却拿到个余济之的问号，这中间的线路差得太远了。我其实完全可以撇下这些莫名其妙，甩手而去。我本来根本不知道言耀亭有房产证，即便知道了也没有动一动想要的心思，只是因为小刘再三强调，要提前应对，因为动作可能马上就到。我似乎还得再努力一下。

解铃还须系铃人，我得问一问小刘。其实我也猜想，尹宁应该是知情的，不管她现在是不是真的住在这里，是不是真的趁我家没人，混进了我家居住，以我的感觉，这么多年，她肯定是在的，一直在的。不像我，自己把自己扔掉了几十年。只是我不知道尹宁现在是不是在和我玩什么花招，但是我可以猜想，她若是跟我玩花招，目的无二，为了产权。

若我的猜想是对的，那么尹宁大概不会把房产证交给我了，至少不会轻易给我，即便她无法钻政策法规的空子更改户主的名字，但她心里一定很想做这件事情。如果有一天让她的心思得逞，那么事情就走得更远，言耀亭的房产证就不存在了。

我把这张写满余济之和问号的纸朝尹宁扬一扬，我说，这就是我要找的房产证啊，哈哈。

尹宁似乎有点幸灾乐祸，又有点意味深长，她指着那张纸说，言子陈，你确定你是来找房产证的吗?

尹宁的话让我犹豫了一下，我在心里盘算了一下，品了品尹宁这话的意思，随即我就觉得，我确实不太能确定，我怎么会跑到旧居来找言耀亭的房产证，言耀亭的房产证我很喜欢吗？我志在必得吗?

没有的事。

那我找它干啥？难道真的是因为电话里的那个区综改办的小刘的联系和督促？这是一次越过了几十年时间的联系。

我还是把球踢回给小刘吧。我打通了小刘的电话，把事情跟他说了，小刘听了，并没有表现出特别出乎意料的意外口气，他只是说，哦，老师，找不到产权证，也不用急的，可以抓紧补办。

我瞄了尹宁一眼，阴暗的心理促使我脱口说，如果找到了产权证，而产权证上的名字更改了，和你们底档上的名字不一致了，那怎么办？

小刘沉着冷静，应对自如，小刘说，如果一个人有两个名字，除了真实姓名，还有曾用名、化名、笔名等等，那就可能是会出现这样的差错。我赶紧说，不是不是，不是一个人的两个名字，而是不同的两个人、不同的两个名字。

小刘仍然平静地说，如果是这样，我们可以再核对，差错只要被发现，是随时可以被纠正的——对了，老师，听您这样说，您是拿到了产权证？那么再请老师仔细看一看，您现在拿到的这个产权证，除了户主名字不对，地址对不对呢？

我并没有拿到产权证，我只是把自己对尹宁的怀疑假装成事实试探小刘，小刘当真了。既然他当真了，我就顺着他的思路往下走，看看能不能揭穿些什么。

尹宁在旁边一直听着我和小刘通电话，当她听到地址的话题后，她对我说，言子陈，你家的地址，应该是言桥巷7号幸福三里4号-5。她见我疑惑，又跟我解释说，这个地址和从前的地址不太一样，多了个“幸福三里”，从前是没有这个的，对吧。

当然，我能理解，因为这样的事情在古城区的老宅大宅，是多有发生的。这是后来对老宅重新整理重新命名后的地址。从前这里没有“幸福里”，但是因为一个宅院里住的人家多，邮递员拿到寄往言桥巷某宅的信，要在里边大呼小叫大半天，才能找到收信人，还经常冬瓜缠到茄门里，投错人家，弄丢信件，被居民投诉。后来邮局大喊吃不消，就找街道商量，又通过听取居民意见，向民政局申请，向政府报备等程序，最后确定，在言桥巷的大宅里，再增加弄堂名，取名叫幸福里，因为大宅里备弄有好几条，所以就是幸福一里、幸福二里等等，然后再将幸福×里的四进房屋，细分为幸福×里1、2、3、4号，再将每一号里从东往西给每一户杠上门牌副号。

于是，我家的门牌就是这样了：言桥巷7号幸福三里4号-5。

老宅的肌理纵横交错扑朔迷离，就是这样的。

我又想到了小白，我昨天给她的地址，没有这么详细，难道是因为这个原因，她找不到？所以赶紧又给她发了微信，把详细的地址告诉了她。小白收到后，回复说，收到，对不起老师，今天情况特殊，我迟到了，现在正在来的路上。到后再向您解释。

然后我再跟小刘说清楚，我家老宅地址的写法虽然比从前复杂了一点，但本质没有改变，因为地方没错，房子没错——但可惜的是，我并没有看见言耀亭的产权证。

小刘见我的话题又回到没有找到产权证上，他也仍然没有特别的反应，推想起来，恐怕做他们这项工作的，“纠缠”和“纠错”就是他们的日常了。

缠和错，都是历史的积累，并不是现在的哪一个人造成的，厘清和纠错，就是他们的工作，所以不惊不乍。用不着惊乍。

小刘说，老师，您急不急着走？您要是不急着走，您稍等我一下，我忙完手头的事，过来到您那个现场看看。您要是有事急着走，我们另外再约个时间。

真是个周全的沉稳的年轻同志，和我的助手小白有得一拼。

我继续坐等小刘和小白。旧居里阴森森的，我还记得从前的邻居柴美英说，人老了，身上阴气重。她是一个乡下人，一直讲迷信，但是大家一边批评她讲迷信，一边又偷偷相信她的胡诌。

我小的时候，听不懂柴美英说的那些奇怪的话，但是听不懂也不妨碍我能够记住她讲的一些话，我们难道不是曾经记住过一些和另一些莫名其妙的句子吗？这就比如小和尚念经，虽然念的时候有嘴无心，却是会在无意间留在心里的，而且到了一定的时候，他的心也许就明白过来了。比如柴美英说人老了身上阴气重，现在我坐在这里，虽然是春天，还有些阳光照在走廊上，身上却是寒丝丝的。这么多年以后，我才体会到柴美英的意思，我的反应真是来得太慢，太晚。

我打了个寒战，又打了个喷嚏，幸好有尹宁间忽发出些笑声，才体现出这个地方的真实性，我对尹宁说，我等小刘过来，小刘你认得吗?

尹宁说，认得的，他是专门和居民打交道的，笑面虎。

她说小刘是笑面虎，我忍不住笑了一下，小刘才多大年纪，扛得起这个称号吗?不过在我和小刘有限的无线联系过程中，我想象了小刘的样子，他温和有耐心，也许确实少年老成，真的有城府。

没过多久小刘就来了，他进来的时候，似乎有点犹豫，先探了一下头，看到有人坐在走廊上，他才放心进来，进来以后，先自我介绍了一下，说他是区综改办的小刘，然后确认了我就是他要来见面的人，很有礼貌地朝我点头，微笑，然后问到尹宁，听了尹宁的名字，他也同样点了点头，微笑了一下。只是他的微笑是淡淡的，不带色彩的，所以看起来他跟尹宁并不熟识。

我想这也很正常，小刘是区综改办的，他不是居委会的干部，他更多负责的是房子，而不是人，他只要记清楚哪个房子是什么性质什么归属就行，至于什么样的房子和什么样的人配对，那是产权证和户口本配对的事情，只要那两样东西配得上，人长什么样，是男是女，是老是少，都不是问题的关键。

刚才我问尹宁的时候，她说她认得小刘，知道小刘，还说他是笑面虎，这也不意味着尹宁在骗我，老话里就有观音拜罗汉和罗汉拜观音的说法，尹宁知道小刘，而小刘不熟悉尹宁，应该就是一个人和许多人打交道的正常结果。

接下来小刘站在天井里将这个小院子四周扫了一下，又在走廊上走了一个来回，朝那些关闭着的房间看了看，嘴里说，是要动作了，这个地方太破落了，不动不行了。

我朝西边的两间屋指了指，我说我家是西边这两间，尹宁家是东边的，小刘又重新走到西一门口朝里看看，等他看够了，才回过来和我们说话，他先是认真地看了看我，又看了看尹宁，说，两位老师长得很像哎，你们不会是姐妹吧？

尹宁先笑出声来了，说，小刘同志，你年纪轻轻，什么眼神啊，我跟她不是一个朝代的人。

她这是什么话，什么意思，她是在说我苍老呢，还是说她自己鲜活呢？我朝她的脸看了看，我不好意思说你撒泡尿照照自己这样的话，我只是豁达大度地笑了一下，说，怎么不老呢，不老就成妖精了。

尹宁顶我说，嘻嘻，你不是在骂我妖精吧，我常常照镜子时心里嘀咕，我都这把年纪了，怎么看不出来呢，我觉得我看着比实际年龄要年轻好多岁——

凭什么光听她炫耀，我也炫耀一下自己，我拧她说，你那个镜子，不会是风月宝鉴吧？

尹宁果然不知道风月宝鉴，所以她只是“呵呵”了两声，没再敢接我的话头，小刘看我们两个为了年纪斗嘴，他真诚地对我们说，不老不老，你们两个，都看不出年纪，我印象中我好婆也跟你们差不多的样子。

他终于用他的单纯和直率克住了我和尹宁，我们不再说年纪，说了平添郁闷。小刘见机行事，热情地跟我们介绍了动作的情况，说这个项目正在做最后的确认，言桥巷这一带，经多年、多方调研评估，如果确实没有什么特殊的价值，那就是要整体地动迁了。

据我所知，关于言桥巷，不仅有长期以来的反复评估，对于它的传说，对于它的种种可能性，一直是存在争议的。一本由清代人编辑撰写的《古城烟水》中有这样的记载：

> 不易堂，徽籍言氏祖宅。在瑞云坞北，言桥巷内，清乾隆年间建。以“大丈夫一言许人，千金不易”得名。不易堂屋宇数百，园林一座，并与言氏义庄、言氏祠堂合，号江南第一宅。

就是因为古书上的这一段话，言桥巷成为古城中一处最大的可疑之地。

因为言桥巷并没有不易堂，也不存在叫其他什么名字的大宅，言桥巷内最大的宅子就是我们家旧居所在的那座老宅，总共二路四进，排在苏州那许多大宅名宅中间，连个小巴拉子也算不上，哪来的“屋宇数百”，哪来的“园林一座”，还有什么义庄、祠堂之类。

或者是历史的记载出了差错，或者是时代的变迁，把“言桥巷”的巷名从一个地方迁往了另一个地方。也就是说，今天我们所在的言桥巷，可能并不是真正的言桥巷，或者，它不是当年的言桥巷。

且不管言桥巷是不是言桥巷，反正不易堂不在言桥巷。它是一处古代大型建筑群，既然是“大型”，那个规模和动静，可想而知。就算它想把它自己藏起来，可是言桥巷就那么一条小小的小巷，那一个大大的建筑群，它是能上天入地，还是能化作无形呢？

虽然言桥巷没有不易堂，也没有大宅，但就是因为有古书上的这样一段话，使得言桥巷的动作要比别的街巷的动作慢得多，难得多，风险也大得多。

这里的老百姓是盼星星盼月亮盼了许多年了，墙上的“拆”字，也是写了又涂掉，涂掉了又写，写了再涂掉，反复多少回了，小刘还说，他父亲在区综改办工作的时候，就提着漆桶来这里写过拆字。不过那时候那个办好像不叫综改办。尹宁抢着显摆她的知识，说，那时候叫拆迁办。

所以这里好多邻居等来等去等不到拆迁的东风，就怪罪到我们言家了，说若不是有我们姓言的住在这里，他们早就如愿以偿去住新洋房了。

我爷爷言耀亭不是省油的灯，如果他还活着，他的反击必定是命中要害的，他可以到处夸夸其谈，可以对人家说，若是怪我们姓言的不该住在言桥巷，那么言桥巷也就不该叫言桥巷，言桥巷之所以叫言桥巷，一定和姓言的有关系的，等等。

虽然我爷爷已经死了，但是人们还能够想象出他话里有话，内涵丰富，有人甚至还能感受到威胁的意思。怎么不是？如果我们言家可以证明言桥巷里有不易堂，那么言桥巷的动作真的就要叫停了，大家也就不知道还要继续在老宅里再待上多少年了。

当然，那只是我的死去的爷爷的痴心妄想。我爷爷早就不在了。我的父亲母亲也不在了。就算他们长寿，还活着，他们也不会对不易堂有什么想法。从一开始，这个事情就跟他们无关。

所以，该动作，就动作吧。

说到动作，小刘显得特别兴奋，好像他家也是在这样的旧宅里多少年憋屈着，好像盼星星盼月亮的人里也有他。我并不知道他家住在哪里，情形如何，但是聊着聊着，小刘居然真的聊到了这个话题，说他妈妈小时候也是住在类似这样的老宅里的。我问他是哪里的老宅，是不是在附近，小刘说不知道，不清楚，我说你妈妈没有告诉过你吗？你妈连从前住过的地方也不告诉你吗？小刘说，说过的，说过的，不过我没有记住，可能是听的时候没往心上去。

我想我能够理解他，尤其他做这个工作，知道古城中类似的老宅太多太多，到处都是这样的环境，并没有什么值得特别记住的，年轻的一代，以至再以后的多少代，对家里长辈曾经住过的老宅不知道、不记得、不清楚，都是正常的。

小刘虽然不知道他妈妈小时候住在哪里，他却记得他妈妈讲过一个事情，说是让他一辈子都忘不了，因为那个事情听起来寒毛凛凛吓人倒怪的。

他妈妈小时候，有个邻居，也是女孩，比他妈妈大两三岁，胆子贼大，邻居家杀了一只鸭子，生命力顽强，头被割掉了还在宅子里走来走去，人家大人看了都害怕，感觉鸭子成妖怪了，都躲避不及，可那个胆大的女孩，竟然敢去抱住没头的活鸭子在宅子里走来走去——

我和尹宁同时“啊哈”了一声，同时说，就是我呀。

小刘奇怪地看看我和尹宁，呆呆地看着我和尹宁，任凭他聪明伶俐，这会儿他也有些发愣了。

我感觉有什么东西在逼近我，心情竟有些紧张，赶紧问他，你妈妈叫什么名字，小刘说，我妈妈叫朱玲玲。

别怪我激动，别怪我觉得奇巧，小刘居然是朱玲玲的儿子，小刘居然不知道他现在所在的准备动作的这个宅子，正是他妈妈小时候的旧居，我得赶紧告诉他。

小刘听说了这个事情，点了点头，也顺着我的口气说了两个字：真巧。我以为他会有点激动。可是我一点也感觉不到他的激动。他一点也不激动，他虽然嘴说“真巧”，其实他说话的时候，心里一点动静一点痕迹也没有。他没觉得意外，巧不巧的，好像都与他无关。

这很奇怪吗？

一点也不。

年轻一代的人，对长辈曾经住过的地方应该不会有什么感觉，更不要说感情了，他们跟多愁善感、自作多情的另一代人、另几代人都不一样了。

可是他们有他们的想法，他们的想法和做法，也许更合理，或者更直接。比如小刘听说了他妈妈曾经在言桥巷7号住过，他就打电话了，他一边拨电话，一边对我说，既然我妈妈住过这里，她应该知道些什么，我来帮你问问她，你家的产权证上怎么会——不对不对，不是产权证——你是说，产权证没找到，找到一张纸，上面写了人名，那个人名是？哦，是余济之——不等我和尹宁再说什么，电话已经通了，手机那头，就是朱玲玲——我心里又有点激动了。

我印象中的她，还是一个七八岁的无声无息的小女孩。

可是小刘只说了几句话，就挂断了，回头对我们说，我妈是在这里住过，不过她说不记得你们这两位邻居，可能是因为你们和我妈居住言桥巷7号的年代不同吧。

我尴尬地看了尹宁一眼，她虽然无动于衷，我却十分难堪，大有觉得自己是个骗子的感觉，我尬笑了一声，说，你妈还比我小几岁呢，她是不是有点、有点记忆上的问题，比如，比如——

我是想问她有没有得老年性痴呆，但是毕竟不便直接问出口，一时有点张口结舌了。

小刘却一点也没在意他妈不记得我和尹宁，他说，没事没事，记不记得人不是关键，关键是房子在，产权清晰，就行。

我们能说他说得不对吗？

他说得没错。区综改办是改造房子的，不是改造人的。

我心里正在琢磨小刘说的话，小刘的手机又响了，小刘一看来电，手指了指手机，对我们说，是我妈。

也许朱玲玲又想起我们来了？

这回小刘开了免提，让我和尹宁一起听他妈怎么说，于是我们就听到朱玲玲说，小乐啊，刚才我想了想，我提醒你一下，你不要直接对她们说我不记得她们哦，这样对人家不礼貌的——

小刘说，妈，没事没事，记得不记得，都不要紧，我就是了解一下老房子的事情，不会不礼貌的。

朱玲玲说，刚才我又仔细想了想，我回忆了一下，我想起来了，你说的那个言子陈，我好像记得，那个男同学，很安静的，天天捧一本书看，有一次捧着书走错了厕所，走到女厕所去了——

小刘说，妈，你没有想起来，不是男同学，是女同学。

朱玲玲难为情地笑了一声，说，嘿嘿，儿子，我其实真的没有想起来，我是怕你工作上有什么困难，想帮帮你的。她停顿了一下又建议说，要不要打电话问问你阿姨？

小刘捂着手机看着我的眼色，我赶紧朝他摇头摆手。千万不要再问朱玲娣了，万一朱玲娣也和她妹妹一样不记得我，我就更没有面子了。幸好现在还有个尹宁在，她还记得那些往事，否则我自己都要怀疑自己是不是走进另一个空间去了。

小刘有些抱歉地看了我一眼，好像他妈妈记不起来过去的人和事是他的责任似的，我正想给他一个安慰的眼神，就听朱玲玲最后说了一句，小乐啊，你跟她们解释一下，你妈那时候还小，要比她们小好几岁，许多事情都懵里懵懂的，你阿姨跟她们年纪差不多。

电话挂断了，我也彻底醒悟了。朱玲玲露馅了。既然连我是谁她都不记得，她怎么知道她比我小好几岁，又怎么知道朱玲娣跟我年纪差不多，我当然立刻就联想到言子谌和言子辰，他们一定是和朱玲玲串通过的，统一了口径的，这么多年来，我虽然和他们断了联系，但他们之间不仅没有断，说不定还过从甚密。我只是没有想到，我哥言子谌和我弟言子辰，如今能把背后的文章做得如此的周密。

只可惜，他们还是玩不过我，那所谓的周密，也只是他们自以为的天衣无缝，实际上他们的攻守同盟，四处都是漏洞。我且等着再往下瞧。

小刘的通话也结束了，我也不会把朱玲玲露馅的事情说出来，没有必要，这不关小刘的事，这是我们那一代人的纠缠。

小刘对自家的长辈住过哪里不在意，对我住过哪里却很在意，他又确认了一遍我说的西一西二以及西厢房，又看了看尹宁拿出来的那张纸，看到上面写满余济之和问号，他问我和尹宁，这个余济之也是你们的邻居吗？

我和尹宁对视一眼，一时无法回答他的问题。

小刘把我的一时无法回答，误解成我们不认得余济之。他说，没事没事，我记性很好的，我查过的东西，一般都记得——言桥巷7号的户主里，没有余济之这个名字的，你们放心——他看我好像不明白他的意思，又解释说，我的意思是，即便这个余济之的名字出现在你家的产权证上，也难不住的，因为基本上可以确定，这张产权证是假的，只要鉴定一下产权证的真伪——

小刘正说得来劲，有电话来了，他看了一下来电号码，就捂住手机对我们说，对不起，请稍等，我接个电话。

他走到备弄里去接电话。尹宁朝我撇了撇嘴，说，不让我们听，我说的吧，笑面虎。

尹宁的心眼也忒小了。小刘接电话的时间有点长，我在这个时间里，又拨了小白的电话，仍然未接通。小白意外的缺位，竟成了我的一个心结。

过了好一会儿，小刘才进来，我注意到他的脸色有点变化，刚才他很兴奋地向我们讲解动作，显示出他对动作的热衷，而且他还十分认真卖力地要为我确认我的户主继承人的身份，要为我正名，可是现在他在接了一个电话之后，发生了变化，他并不是变得不高兴，他仍然是兴奋的，但却完全换了一个意思，他兴奋地告诉我们，可能动作要暂停了。

那我刚才真是瞎想了他，他因为动作而兴奋，我就以为，动作一旦来了，他会立功，会有别的什么好处，真是以小人（老人）之心，度君子（新人）之腹。

现在的新人、年轻人的心思，是捉摸不透的。那也正常。要想捉摸出年轻人的心思，要想配合上他们的思想节奏，你自己也得成为年轻人。且等着科学的发展吧。

小刘也不向我们隐瞒什么，告诉我们说，刚才的电话，是一个正式的通知，他现在马上就要赶回区综改办，上面刚刚研究决定，暂停言桥巷一带的项目。

我和尹宁同时问他为什么，并且我们为我们的异口同声互相看了一眼，原来我们还是心有灵犀的。

小刘说，听说是因为有一位专家提出来，说言桥巷这一带，有大型的古建筑群，而且是名人故居，千万不能随便动作。

这回我们没有来得及异口同声，尹宁抢了我的先，说，哪里又冒出来的专家呀，你们排查摸底也不是一天两天、一年两年了，怎么到现在动作都在眼前了，才忽然提出来？

小刘说，这个我还不太清楚，他们在电话里不会说这种具体内容的，我只是听说，这位专家就是本地人，但是以前一直在外地工作的，是全国古建筑学方面的顶级专家，现在回到故乡，做古建筑评估工作，是非常权威的。

小刘说得我心里一荡，他不会是在说我吧，“我”和这位“专家”确实有几分相像之处，但是小刘用了“顶级”，用了“非常权威”等词，我不免有点脸热，但我想他说的不是我，我可没有提出过什么言桥巷的古建筑群。我对自己曾经生活过的言桥巷，应该是再熟悉不过了，我们这个7号，已经是言桥巷里最大的宅子了。即便超出言桥巷范围，扩大到言桥巷这一带的地段，也同样没有什么大宅和古建筑群的。在言桥巷的正背后，有一条巷子叫言桥后街，言桥后街的南边，就是言桥巷的房屋，言桥后街的北边，是另一些房屋，大多是些零星小宅小院，不存在古建筑，还群。

当然，如果范围再继续扩大一点，也可以看到一些保存下来的古建筑，我的家乡，一直就是明清古建筑之城，明清古建筑几乎遍地都是，是最江南最典型的了。

比如言桥后街的东北边，有一座园林，叫未沫园，也是一座古典园林，始建于清初，后来曾经几易其主，也是有许多故事的。比如其中有一主的儿子赌输了园子，和著名的拙政园的故事颇有些相像，不同在于，拙政园是名园，而这个未沫园，和它的园名相符，始终如同一个影子，飘飘然然，忽隐忽现——这种状态，就是故事本身了。

只可惜这些内容不在我要讲的事情的范围之内。

或者，至少目前不在。

再比如言桥后街的西北边，有一条街巷叫中吴家巷，巷里有一处义庄，曾经做过小学堂，做过街道办和街道医疗站，后来开了一个茶厂，再后来又成了居民大院，再后来做成民宿，再再后来，也就是现在，它是一个义庄博物馆——历史风云变幻，在它身上都是能够体现出来的。

只是这些，和我家所在的、我现在所在的言桥巷以及言桥巷7号没有关系，它们都站在言桥后街的北边，与言桥巷隔街相望，不曾执手。

在心里将言桥巷以及它的周边范围盘了一下，又在心里稍稍掂量了一下，知道小刘所说的那位“专家”不是我，我也就踏实了，于是我忍不住“啊哈”了一声。

可能这“啊哈”一声里夹着些不严肃，小刘听出来了，他认真地说，其实，这种说法，也不是突然就提出来的。从前就有人说过，甚至有人始终坚持这样的观点，因为言桥巷的一些建筑，虽然规模不大，但是它的房屋特点还有房屋的质量，不像是普通的民宅。专家说，只有真正的大户人家，才可能这样建房屋。

小刘一边说，一边昂起头，在天井里走过来走过去，凡有讲究的地方，他都停下来细细看，一边看还一边咂着嘴，他说，啧啧，看看，这个东西，是叫石鼓凳吧，我也喜欢这种东西的，这个石鼓凳真是光溜细腻得不得了，做得非常规整，一等一的做工，现在都找不到这种做工了，还有这棵白皮松，也有几百年了吧，可惜死脱了，还有西边一路的那几进我都进去看过，里边有个楠木大厅，那边还有一棵三百多年的紫薇树，还在的，每年还开花呢，还有很多很可惜了的，有一座假山全部拆掉了，还有老残石根留在那里，这个宅子，看起来破落，其实是有名堂的——

他还真懂一点哎。只不过我觉得他的随机应变能力太强了，他先前一直在告诉我们动作的重要性和紧迫性，说这里的宅子太破旧了，不动不行了，现在他却在极短的时间里完全转变了立场，他又在夸这个宅子的保护价值了，这中间的遥远的距离，只需一个电话就解决了。

我且不管小刘的真实想法了，因为我听了小刘说的话，心中有所触动，我不由得伸手摸了摸走廊上的一根柱子，这柱子我小时候不知摸过多少回，我又抬头看了看屋檐，看了看陋旧的落地窗，看了看天井前方和前面一进隔断的砖雕门楼，我想小刘只是区综改办的一个工作人员，都能随口说出什么什么，那我呢？我是谁，我就是吃这碗饭的专家，我当然能看得出来，柱子是什么年代的，我的手就是碳-14，砖雕是什么水平，我的眼睛像X光，一眼就能看清它的鬼斧神工以及传递出的理念。

我没有吹牛。但是我有漏洞。我并不是头一次走进言桥巷7号，我整个童年少年以及青年时的某一段，都是在这里度过的。只是因为那个时候，我的眼睛是瞎的，当然不只我一个人的眼睛瞎，大家的眼睛都是瞎的。就算有人眼睛不瞎，也假装是瞎的。

如果一个宅子一个院子里有一两个不瞎的，或者属于不肯装瞎的犟头，日脚就不太平了，就要过得鸡争鹅斗、家翻宅乱了。

我们每一户人家的厨房，都在走廊上，煤炉里天天升起烟雾，一直腾到梁柱上，将雕梁画栋熏了又熏。为此我的阿爹言耀亭曾经站在天井里骂人，他把自家的煤炉都踢翻了，差一点着火烧起来，结果除了那天晚饭我们等到半夜才吃上，其他事情没有任何改变。正如我爷言伯邻跟他爷言耀亭说的，爷，煤炉不放走廊放哪里？放天井里怕落雨，除非放谁的房间里。他再补一句，可惜房间里除了一张床和一只马桶，也没有别的空地方了。

我父亲就是在钝他的父亲，我父亲的意思是说，你不许我们把煤炉放在走廊上，要不把煤炉放到你床头？

结果我爷爷一钝卵，晚饭也不肯吃了，他的那一份额，就给了我们几个小的。父母其实也想跟我们抢着吃，可我们如狼似虎，他们抢不过的。所以他们经常半夜里爬起来偷吃。

那时候的小孩子，是听不懂大人之间的对话的，为啥因为煤炉的烟也要相骂，因为小孩跳皮筋踏碎了青砖，也要骂人，因为“轧煞老娘换糖吃”的游戏，蹭到了砖雕门楼上的灰，也要挨骂。

所以，如我之所说，当年瞎眼懵懂，如今手是碳-14，眼睛像X光，这并不是我个人人生的漏洞，而是历史的漏洞，历史在某些阶段，总会漏掉一些东西甚至漏掉许多东西。但那是历史，那么重，谁也扳不动的，你能哪哼？

我的心思游来游去，小刘并不知晓，关于老宅子，他虽然也能够讲出些子丑寅卯来，但他并不会太关心。一开始他关心的只是户主，因为如果动作真的来了，户主还没有明确的态度，那就是他工作上的失误。而现在情况发生变化，对小刘来说，户主不户主，到底谁是户主，产权证到底在哪里，已经不是当务之急，他现在要急着赶回去，去执行暂停动作和不动作的动作了，所以他突然转变，已经无须急着帮我们寻找产权证和确认真正的户主了。

可是我和尹宁不这么想，我们的心意是一致的，我们觉得，既然好不容易凑到一起，既然是为这个产权证的事情来的，即便不动作，产权证和户主总还是要搞清楚的，以免留下后患，小刘见我们大有留他下来继续纠缠的意思，赶紧劝导我们说，既然动作暂缓或暂停，你们就不用着急了，其实这个地段上，产权不明晰的，户口不准确的，人头对不上的，不只你一家，就连我自己家——你们看，我都不知道我妈妈曾经也在这里住过——他的眼睛始终正视前方，对他妈妈住过的东边那一间房屋，连瞄都不瞄一眼。他只是说，如果我妈妈家曾经租住的那一间，后来房屋可以买卖了，我外公也可能会把它们买下来的，可是我妈说家里并没有老房子的产权证，我这一两年，一直在做言桥巷的房屋情况摸底，在房屋的底档上，也从来没有看到过我外公的名字，所以我就是想说，做我们这种工作的，就是要细心，要耐心，历史交到我们手里的，往往就是一笔糊涂账。

尹宁说，喔哟，小刘，你是故意说给我们听的吧，这样的话，你说给别人听，谁相信呀，你近水楼台，这点事情恐怕早就解决了。

我觉得尹宁说话有点随心所欲甚至罔顾事实，而且我的兴趣在别处，我跟小刘说，虽然你妈妈不记得了，但是我们记得，反正20世纪70年代，或者80年代那个时候，你们家的长辈还都住在这里——我本来是理直气壮的，因为我觉得我是记得清楚的，但是话说到这里，我却忽然对自己的记忆又产生了疑惑，倒不是因为小刘的妈妈朱玲玲不记得我，而是因为尹宁，因为我想不起那个年代的尹宁了，我对尹宁说，那你在哪里呢——可能是这样的，他们家搬走后，你家搬进来的——

尹宁说，不对吧，你再想想，你是不是搞错了时间。其实不用尹宁提醒，我话音刚落，自己也已经想到时间的问题了，在我的印象中，至少到我十二岁的时候，朱玲玲还在的，她姐姐朱玲娣和我同年，坐在门堂间跟杜师傅学裁缝，每天一瘸一拐地穿过备弄往前面走，妹妹朱玲玲总是跟在姐姐屁股后面，好像她跟着的不是一个跷脚女孩，而是一个能够保护她的英雄。而在我另外的一个印象中，尹宁始终是面目不清的，也许她更小一点，小到几乎可以忽视她的存在？那么时间就应该是倒过来的，是尹宁家先住在这里，然后尹宁家搬走了，朱玲娣家搬进来了。

尹宁说，你这个算法也不对，如果我们家先搬走了，那后来我怎么还一直在这里呢，难道是等大家都搬走了，我们又再次搬进来了吗？好马也吃回头草啊？再说了，你怎么会觉得我比你小很多呢，我和你同年的。

小刘匆匆走了，我们对于时间的较真和回忆，与他的工作完全无关。凡与他工作无关的一切事，他都不操心的，哪怕和他的母亲有关，他也一样不操心。

小刘简直像一阵龙卷风，一下子把房子的事情刮到我这儿，一下子又突然地刮走了。当然，风虽然刮走了，房子的事情却是留下了，而且并没有解决，我和尹宁又回到二人世界。那个从旧报纸包里露出来的纸页上的余济之加问号，一直搁在藤椅边的小茶几上。它虽是薄薄的一张纸，却没有被风刮走。

我也该走了，既然小刘不再要求我“早做准备”，他甚至都不再关心户主和产权证的事情了，说明他的工作重心已经迅速转移，我也没有必要追究下去。也许是尹宁玩了什么猫腻，或者是历史有什么差错。这些我都想通了，猫腻就猫腻，差错就差错，原来以为戳穿猫腻、纠错历史的时机已到，现在看来，时机仍然未到。

时机像一片云，曾经飘到我的头顶上，但是现在它又飘走了。

那就等它下次再来。

我不着急，我也不寄予什么厚望，我只留给它一点点的关注度。我有更多更重要的事情要做。

尹宁知道我要走了，她把那一张写满余济之加问号的作业纸重新塞进小学作文本，再用报纸重新将它们包好，我以为她会递给我，可是她没有。我犹豫了一下，说，尹宁，这个还是留在你这儿吗？

尹宁说，放在我这儿，不就等于放在你那儿吗？

从一开始对尹宁的疑惑，然后是种种的奇怪，一直到现在尹宁说了这句话，我忽然有个想法，尹宁并不是小刘或者言子辰叫来的，她好像一直在这儿等我，因为在和尹宁交谈的过程中，我回想起了许多往事，而且是那些我一直不愿意回想、不愿意面对的往事。难道尹宁出现在这里的作用，就是促使我不得不记起这些事情？

然后呢？

我刚想把这个疑点指出来，忽然愣了一下，停住了。此时我和尹宁坐在走廊上，斜对着西厢房的窗户，窗户虽是半开着的，但是因为光线问题，坐在外面是看不清里边有什么的，除非窗口那儿有东西，或者有人。

真的有人。我无意中眼睛朝那边一看，吃了一惊，我竟然看到窗口有个人，好像是个老太，她在朝我们张望。等我想要仔细看她的时候，她的脸消失了。我指了指那扇窗问尹宁，西厢房那一户，是谁家的老太？

尹宁看了看那个窗户，说，那家没有老太，从前那一家的老太，好多年前就死了。我说，我刚才明明看见一个老太在朝我们看，怎么会没有老太？尹宁听我这么说，她惊讶道，啊？真的吗？

我知道她是故意的，这么多年她一直在这里，如果她是鬼的话，那叫阴魂不散，如果她是人的话，那叫了如指掌烂熟于胸。有什么事情是她不知道的，她还会惊讶？我心想，你就装吧，我就看着你表演。

果然尹宁继续装腔说，啊，难道是我搞错了，嘻嘻嘻，难道那时候死的不是那一家的老太，那会是谁呢？我们这一进里，除了她，没有别的老太呀。

我差一点又要笑了，但又有点想生气，我说，尹宁你真是个妖精哦，邻居家死了老太，你都敢说搞不清是哪一个。

尹宁说，喔哟，言子陈你就别装疯卖傻了好吧，你还好意思说我妖精——我说“那一家的老太”，不就是说的你家好婆嘛，不就是言好婆嘛，不就是言常氏嘛，就是常随香嘛。你家老太几十年前就走了，那时候明明你也在的，你还哭了，你都忘了吗？难道你连自己家的好婆都不记得了，你有没有把你自己也忘记了哦——她一边跟我说话，一边小心注意着我的眼睛，然后又说，不过，你别吓人哦，你为啥老是盯住西厢房的窗户看呢，你眼神不对哦，你是不是又看见老太了？你真的看见老太了？你出现幻觉了？

尹宁赶紧把我拉回现实，她告诉我，那个西厢房，现在是两个踏三轮车的男人合租的，他们的老婆小孩都在老家没有出来，这个屋里，是不会有个老太在里边的。

其实不用尹宁提醒，我也已经想起来了，我的爷爷言耀亭和奶奶常随香，原本是住在西一间的里间的。因为房子的开间大，也因为家庭人口多，那时候大部分人家，都会将房子一隔为二，甚至一隔为三，我们家的房间，也都是一隔为二的，西一间里边爷爷奶奶住，外面是吃饭的地方，等于是客堂间，西二间里边我父母住，外边我和弟弟言子辰住，哥哥言子谌住西厢房。

厢房是直对天井的，只有几扇薄嚣嚣的木窗隔一隔，人差不多就等于困在天井里。不过言子谌脾气好，听大人的话，换作是我，我是不肯的。

我爷爷言耀亭去世后，奶奶说西一间是最角落的，里边太闷，宁可搬到厢房来住，后来我奶奶就一直住在厢房，天井里天天吵吵闹闹，不过我奶奶并不嫌吵，也许她那时候耳朵已经不大好了，听不见嘈杂世界的声音了，只是我们不晓得。

奶奶主动提出来住西厢房，把言子谌换去住正房，言子谌心里肯定是开心的，不过表面上看不出来，他就是这种死样子，书毒头，开心伤心全看不出来的。

我奶奶的脸，我已经几十年没有看见，也没有旧照片可看，连梦里也没有出现过，现在我回到旧居，想起了当年的一些情形，眼前有了幻影，这是心理因素所致，这也没有什么奇怪，属于正常范围。

虽然一个人出现幻觉属于正常，但是我记忆中的奶奶却十分不正常，她是大家闺秀，嫁到言家后，几十年都是中规中矩的，走路轻得像在飘，说话是不发出声音的，好像就在你耳边呵一口气，但是到了后来，她整个人彻底变掉了。

我奶奶常随香的种种怪状，是在我离家外出上大学的前一年开始的。后来我曾经苦思冥想了很多年，甚至有一段时间沉浸其中不能自拔，走火入魔，我怎么也想不明白奶奶这是怎么回事。最后我只有一个办法，用文字将奶奶的奇形怪状记录下来。

奇怪的是，我写出来以后，奶奶就好像退走了一样，我的思想里就再也不纠缠我奶奶的事情了。

如果不是和尹宁坐在这里聊天，看到了也许是幻觉中的奶奶，我几乎都忘记了奶奶曾经在我的生活中存在过。

关于记录奶奶在离开人世前一年的不可理喻的情形，我用的是第一人称，也就是用奶奶的口气来记录的。我也奇怪我怎么会钻到奶奶的思想里去，我对自己的举止如同对奶奶的言行举止一样，觉得不可理喻，不可思议。

其实，在那个记录开始的时候，以及整个过程中，我好几次努力地尝试过其他办法，可是换用其他人称、用其他任何办法，都不行。

不用第一人称，我无论如何也表达不出我奶奶的怪诞。

所以，这段文字是这样的……

附录：1981
绰号——祝我一路走好

那个人在我门口走来走去。

那个人是谁?

嘘，别问了，你们不想知道他的。

他走来走去，我就知道我有事了。

这事情说大不大，说小也不小。

这个事情就是死亡。

那个人在我门口走来走去，他一直在撩我，就是不和我说话。不和我说话，是因为他不想告诉我那个准确的时辰。

可是我需要知道那个时辰。我必须要知道了。因为除了死亡，我还有别的事情要做呢。

我从床上坐起来，恰好小娘鱼从外面进来，她是进来帮我揩面的，她手里拿着毛巾，一看到我坐在床上，顿时脸色煞白，吓出个熊样，一失手，毛巾“啪”地掉在地上，她张了嘴，想要尖叫，却叫不出来，好像被鬼掐住了脖子。

她被我吓成这样，我没想到。我确实是长年躺在床上，但是躺在床上的人就不可能坐起来吗？难道她一直以来就以为我是个死人，才如此震惊?

这个我不知道。一直以来他们到底是怎么想我的，我也不关心。

我只关心我现在要做的事情，我下了床，走了几步，在小娘鱼惊恐的目光的盯注下，我走到房门口，回头对她说，我出去一下，回来再吃早饭。

小娘鱼听到我说话，更加魂飞魄散，她往后跌了几步，一屁股坐到我的床上，一坐下的那一瞬间，她又一屁股弹了起来，好像她坐的不是床，是一口棺材，要不就是一块烧烫的铁板。

是的，我平时确实不说话，但那不等于我就不能开口说话。更何况，我还要做我的重大的事情呢。我才刚一开口，她就这腔调，那我要是做出一些事情来，这大惊小怪的小娘鱼，还有其他那些更加大惊小怪的人，他们会怎么样呢？

我才不管他们。

他们应该庆幸，不管我多么奇怪，多么妖孽，反正我也没有多少时间了。那个人已经来了。

天井里没有其他人，刚才围着一眼水井忙早作的人，都散了，上班的上班，上学的上学，不上班不上学的，家里也有要做的事情。假如天气好，也许会有人在外面洗衣服洗被子，可今天天气阴森森的，洗什么洗。

所以我出门的时候很顺利，没有什么阻碍。

这一年多来我确实一直躺在床上，一直躺在床上的一个老年人，两条腿不是要萎缩掉的吗？我怎么能够如此自在又自由地“走掉”，让小娘鱼惊恐万状。

你以为呢。

虽然我们的小天井里暂时没有人，但是这个世界上到处都是人，当我跨出高高的门槛，踏进狭窄逼仄、阴森昏暗的望不到头的备弄，才走了两步，迎面就来了一个人，老妇女，没我老，但也不年轻了，她是对面一进的住户，叫王金花，绰号“金花菜”。这个绰号没什么意思。金花菜的脸，像只扁蒲，跟金花菜没有关系。金花菜是随着她的名字随意起的，体现不出水平，将就着叫一叫而已。这个大院里的人，以及这条街上的人，甚至还有这座城里的人，几乎人人都有绰号。给别人起绰号，是这里的人们生活中的一大喜好。

金花菜小的时候我就认得她，她后来没有嫁得出去，就招了个女婿，又生了几个小孩，一堆人一直赖在娘家住，家里挤出屎来。她的那个招女婿和别人家的招女婿不大一样，他很把自己当自己人，一点也没有“人在屋檐下不得不低头”的意思，他甚至爬到老丈人、小舅子头上拉屎拉尿作威作福，所以得个绰号叫“强告化”，意思是一个强凶霸道的乞丐。这个绰号，比金花菜有针对性。

金花菜和我在狭窄的弄堂里相遇，她看了看我，没有认出我来，所以她脸上没有任何表示，不动声色，我们就擦肩而过了。

我们擦肩而过之后，我没有回头看她。没有必要。但是我猜想她肯定回头看了我。我后脑勺有眼？当然没有。我是不是太敏感，我的感觉准还是不准，这都无所谓。金花菜回不回头，她是不是想多看我一眼，这更不重要。

这只是我了解的金花菜，她半辈子都是这样过的，样样式式都放在心里，心脏比一般的人肥大一点。她明明心里在想我是谁，可脸上一点看不出她的疑惑来，她隐藏得很深。

当然，人说话不能说绝，也许她没有回头，也许时光改变了她的性格，她不再暗侧侧地多管闲事了。

这也不关我事。我有自己的事情要做。

很快我又碰到一个人，宋耀明，这个人的城府比不得金花菜，虽然名字叫得爽爽亮，却不会做人，老是一本正经，刻板不讨人喜欢，典型是个“板板六十四”的户头，所以绰号随人，就叫他“宋板板”了。

宋板板看到我，他认得出我，他既然认得出我，好歹应该客气地跟我打个招呼，哪怕点个头，表示认得的，前后进的邻居，我是长辈，哪有这样看见长辈只当看不见的，他当我是个魂？

不过也不用着急，既然宋板板叫得了宋板板，他也总有他自己的一套，他已经立定了脚步，先不和我搭讪，先朝我的面孔看来看去，大概看不出什么名堂，随后又伸出手掌，在我眼前挥舞了几下。

我忍不住说话了，我说，喂，宋板板，你为啥要晃我的眼睛，你以为我是瞎子？

宋板板认真刻板地跟我理论说，老太，原来你会走路、会说话啊——他严肃地板着脸，一眼不眨地盯着我说，你明明很长时间都不会走路不会说话了，怎么突然之间又活过来了呢？

他的问话简直是逻辑混乱，他是把躺在床上不能走路不能说话的人当成死人了，所以问我怎么又“活过来了”，和小娘鱼有得一比，小娘鱼也是以为我死而复活，吓掉了魂灵头。

我一想到小娘鱼，小娘鱼就出现了。首先出现的不是她本人，而是她的声音，我听到了小娘鱼的尖声叫喊，啊呀呀，不得了了呀，啊呀呀，不得了了呀，老太走掉了呀。

小娘鱼的声音像一支箭，划过长长的备弄，把宋板板划得浑身一哆嗦，说，老太，你真吓人的。

我正在想，我是弄怂他一下，还是原谅他算了，这时候我已经听到了追着小娘鱼的声音而来的那个声音了，是和我们同住一进的邻居老朱的家婆柴美英，就是说我鬼上身的那个女人，她大声问小娘鱼，走掉啦？真的走掉啦？老太昨天晚上托梦给我，讲她要走了，她梦里这张嘴，真毒。

小娘鱼倒是听懂了，赶紧说，不是你说的那个走掉，老太她是真的走掉了，就是，就是，她走出去了，就这样，就这样，神气活现，一步一步，像个人样，就从门里出去，就从这个门里，走掉了。

我能够想象小娘鱼用夸张而又紧张的动作来形容我走出去的样子。

片刻间，柴美英就带头冲了出来，一副要捉鬼的腔调。她的绰号叫“鬼恻恻”，名副其实。这个乡下女人，张口闭口就是鬼，三句不离鬼，大热天天天夜里在天井里摆场子讲鬼话。宅子里的老人，也想批评她的，老人想叫她不要讲鬼，老宅子年头长了，总归会有些不干不净的东西，不讲鬼，鬼不上门，一讲鬼，鬼晓得有人牵记他们，就出来了。

不过那时候她家老朱吃得开，腰里扎根皮带，就算个人物了，走路外八字，像只螃蟹，横行霸道。

老朱吃得开，鬼恻恻就更加人来疯，她回撑批评她的老人说，你们城里人，就是这种触腔，吓么吓煞，听么又想要听煞，听了之后又要骂山门，城里人真的多花腔、死触腔。

鬼恻恻虽然鬼话连篇，但这几句话倒没说错，所以有一阵鬼恻恻差不多成为宅子里的大人物了，风光得不得了，对面东路的一个宅院里有个小毛头的娘，年纪轻轻，思想不进步，倒欢喜听鬼话，天天抱着小毛头，摸黑过来听鬼话，有一日鬼恻恻讲得寒毛凛凛，自己连打几个喷嚏，小毛头娘吓着了，回去的时候，感觉老鬼啄脚跟了，抱着小毛头逃命，结果在备弄里绊了一跤，娘倒没跌坏，跌坏了小毛头，从此小毛头头上有了个瘪塘，小毛头变成了小瘪头。

那时候我家先生还没有走，他心里火冒，但是他有求于老朱，老朱也帮过他的忙，所以不能当面说啥，就盘在家里对我说，不管她，随便她，乡下人本身就是鬼。

他想想还不甘心，又补充说，乡下人，一个人身上背一个鬼。

我不晓得他说这话有没有依据。那时候我也不知道鬼背在身上是啥意思。我也没想到，到后来，我自己身上也背了个鬼。

自从我被“上身”后，鬼侧侧对我的兴趣越来越大，这会儿我刚刚走出来，享受自由自在才几分钟，柴美英就急急吼吼追出来，不知道是不是要捉我身上的鬼。小娘鱼紧跟其后，小娘鱼后面，还有一个人，是我家的儿媳妇，“阔太太”陈落薇，她神色慌张，又夹着些莫名其妙，一迭连声地问，啥事体？啥事体？出啥事体了？

刚才我从家里走出来的时候，她坐在自己房间的马桶上，虽然依稀听到小娘鱼在和谁说话，但并没有听清楚，不知道是怎么回事，她当然万万不会想到小娘鱼是在和我说话的。等她从马桶上起来，才知道“老太已经走掉”了。

陈落薇虽然胆子小，身体弱，好歹是个有点见识的女人，她不会像小娘鱼一样大惊小怪，但是她也吓得不轻。

她已经不是头一次被我吓到了。

按照他们的说法，在我躺倒之前，就已经出怪了，有一次我居然说粗话、脏话，甚至很下作的话。我看到宋板板，我说他“板板六十四，碰碰脱裤子”。

他们都呆掉了。心想一个大户人家有模有样的老太，坐定像尊佛，立起来像南海观音，平时里吃素念经，阿弥陀佛，这些下作龌龊的话是从哪里来的。

其实这不是下作的话，是他们不懂。他们不晓得“板板六十四”天生就和“碰碰脱裤子”连在一起的，他们只知其一不知其二，不晓得“板板六十四”这种民间俗语是怎么延伸出来怎么传出去的。

我也懒得去解释给他们听，就算我认真讲，他们也不会听我的。那时候他们已经开始怀疑我，不相信我，我讲任何话，他们都要反复掂量到底是什么意思，他们在暗地里盯着我的一举一动，暗侧侧地研究我。

暗侧侧研究也好，三头六面打探也罢，总之他们是搞不清我了。

我自己也搞不清我自己。他们算老几。

我听见他们在我背后嚼蛆说，这个断命言常氏，老了老了，变死了。

他们居然敢叫我“断命言常氏”，居然敢说我变死。他们才是变死。从前他们都很尊敬我的，哪怕心里不尊敬，表面上他们也对我毕恭毕敬的，我是有派头的人，我言家和常家，都是有派头的人家，别人是不敢随便轻薄的。

但是现在他们敢轻薄我了。我有啥办法，轻薄也只好任他轻薄了。人老了，世道也老了，你还想哪哼?

言常氏不是我的名字，也不是绰号，就是妇随夫姓那种。夫家姓言，娘家姓常，就是言常氏。这没啥稀奇。从前稍微有点派头的人家，都是如此叫法，一般老百姓就随意得多了，阿猫，阿狗，阿八头他娘，随便。

我娘家和我婆家是门当户对的，他家读书人，我家也读书人，他南书房行走，我翰林院编修，他有叔侄状元，我有连中三元，两家比较，不分高下，连到最后我婆家落魄，我娘家也一样落魄，所以也仍然是门当户对，一直是门当户对。

我嫁到言家，我的大名就很少有人喊了，先是我家先生新箍马桶三日香，给我取个小名，香香子，肉麻得来，害得我曾经怀疑他是日本人。我阿公阿婆先是喊了几天新娘子，后来就统称言常氏了。

我常氏人家，在苏州城里，数不上一二，也数得上三四，若是要细数我们大户人家的规矩，那是一年三百六十五天，天天有规矩，一日二十四小时，分分钟有名堂。

我先生叫言耀亭，从小熟读诗书，一肚皮货色，人却瘦得像根丝瓜筋，身上的肉全叫文化吃得去了，所以整个人好似饿死鬼投胎，一点读书人家的派头也没有，吃起饭来穷凶极恶，狼吞虎咽，得个绰号“薄皮棺材”。

虽然绰号很衬他这个人，但是一个读书做官人家的后生，叫个薄皮棺材，实在塌台，丢人现眼，他爷他娘面孔上无光，他们说了，要是放在从前，我们就买块豆腐撞死算了。

幸好那个时候已经不是从前。

宅子门头上有块匾，匾上四个字：耕读人家。

形象全无。

年纪轻轻，竟是个老宿货了，身上一股子宿笃气，那时候他天天写日记，还跟我商量，要想和我做成沈三白和芸娘。我也不好意思讲他白日做梦。

开始几年，先生的丑脾气还没有暴露出来，还要装装腔调，到后来，腔也不装了，脾气越来越毛躁，嘴巴里总是不清不爽，从前读的书，也不知道是不是拉屎拉掉了。再过几年，到了不惑之年，人却大惑起来了，成天神神道道，这也看不惯，那也不称心。再几年，过了知天命的年纪，居然骂起天命、骂起老天来了。

不骂老天，他去骂谁呢？

他不应该犯忌骂老天的，得罪了老天，老天要惩罚他的。

那时候他在市文管会工作，外头吵吵闹闹，惊天动地，他也不去上班了，天天在家里翻老古董。

言耀亭的古董，基本上都是古籍和古画，尤其古籍稀奇。我曾经听他唠叨，有什么孤本，什么善本，什么节本，珍本，底本，初印本，通印本，啥啥本，我也算是从小读书的，我也听不懂他说啥啥啥啥本。

古籍太多，屋里早就堆不下了，言耀亭就开始盘算了。不过并不是因为古籍越来越多，也不是因为住房越来越小，是因为言耀亭能掐会算，他感觉就要大祸临头了。

虽然心里吓得怦怦跳，但言耀亭暂时还能沉得住气，还能随机应变，动足脑筋，想方设法，把那些古籍送到老家乡下去了，当时足足装了一大卡车。若是言耀亭动作慢一点，到后来形势来了，想运走也来不及了。

古籍送走，就像割了言耀亭的半爿心肝肺，好长一段时间，他一直在我跟前嘀嘀咕咕地抱怨，说话很难听，好像古籍是我弄走的。他说他言家的古籍收藏是闻名于世的，有时候他嘴里念念叨叨，又说他有各朝各代各式版本，他说还有宋代的写本，我不大相信。但是事实胜于我的怀疑。可是我想想还是觉得蹊跷，一千年前的人写的书，怎么这么巧就到了他手里，对这样的事情，平时紧闭嘴巴的我，也忍不住疑问了一句，我说，这历史的潮流，也真是随心所欲了。

言耀亭马上就火冒了，教训我说，喂，你闭嘴，不懂不要瞎说，怎么可能是随心所欲流来的，这是历尽艰辛觅来的。

他早就不喊我香香子了，喊一声“喂”已经算是客气的了，要是不客气，没头没脑就讲话，好像在对空气讲话，也好像我没有名字的。

其实我的名字有好几个，常随香，香香子，言常氏，后来还会多出来。后来的事情，到后来再说吧。

言耀亭整天气不舒，看见我就来气，就拿我出气，说，你也算是常氏后辈？你不要是冒充的哦。

他这是说我辱没了常氏的名头，我无所谓，辱没就辱没，反正即便我不辱没，也自有别人来辱没。

其实我晓得，他才不是为我们常氏着急，他是在吹嘘他们言家，吹嘘他自己，他说话的时候，真的气势磅礴，他说我告诉你，让你开开眼界，长长知识，历代书籍字画浩如烟海，我们家上代头，多少年多少代才集到这些宝贝。

我也是有水平的，但是我不像他，我才不想显摆我的水平，我随口说，这个我晓得，就是“掬水月在手，弄花香满衣”的意思。

我本是想讨好他的，结果马屁拍在马脚上，他又生气了，恼火地说，你这是在讽刺我们家的藏书不多，沧海一粟？

我想说，沧海一粟有什么不好。但是我没有说，一说他又要跳了。

他已经从一个满腹经纶的温和的谦谦君子，变成了一只炮仗，一点就炸。

怪谁呢？

你说怪谁呢？

废话说了几大箩，那时候他脾气丑，我脾气好，不跟他一般见识，他说我，我就笑笑。我笑笑，他也来火，认为我是嘲笑他，看不起他的古籍古画。

等到古籍送走，他手里只剩下古画了，古画是他的另外半爿心肝肺，这些心肝肺，捆捆扎扎，卷卷弄弄，全部塞在几只樟木箱里。

大家都晓得瘦死的骆驼比马大，这话不假，言家现今虽然和别家一样，全家老小都轧在两屋一厢里，但屋内的物事，却是与众不同的。别的物事先不说，单单樟木箱，就有七八只，在言桥巷、在老宅里，都算是很有排场的了。有一次有个邻居阿姨弄到一块毛呢料作，舍不得马上做衣服做裤子，要想园一园，捂一捂，又怕放在自家的衣橱里被虫子蛀了，那邻居就想把这块毛料寄放到我家的樟木箱里。结果你们猜得着，当场被言耀亭弹回去，言耀亭恶声恶气地说，去去去，我家的樟木箱，不是放面料衣裳这种物事的。

这句话暴露出他家的樟木箱里有比毛呢料作更加珍贵的物事。时间不到，大家也只是眼皮薄一薄，时间一到，就有人要出来揭发了。

那几天言耀亭预感不好，围绕着几只樟木箱兜来兜去，摸来摸去，我看他急出乌拉的样子很好笑，我笑了。

笑什么笑，哭的时候马上就来了。

有一天黄昏，言耀亭一个人出门了，不晓得去哪里兜风，一直到半夜，被几个人抬回来，我问他到哪里去兜风了，他躺倒了居然还有力气，还戗我说，长三堂子，哪哼？

吃错药了，一条腿都废了，还想逛长三堂子，一个饱读经书，向来自称“腹有诗书气自华”的言氏长房长孙，居然拿“长三堂子”怄人，说出去，不要叫人家笑掉大牙。

外面早就没有长三堂子了，就算他思想里有，也只能在思想里兜风了。

后来我才听说，那天晚上他先后到了三个地方，先是跑到自己的工作单位，市文管会，找到值夜班的姜主任，申请让文管会来做抄手，求他们把他的樟木箱抄得去。

姜主任不接他的话头，一点反应也没有，好像他就是个聋子，言耀亭哀求苦恼说，姜主任，姜主任，你帮帮忙，你帮帮忙，明天一定要安排人手来抄得去。

姜主任说，老言，哪有你这样的，人家都怕抄，你倒好，主动跑来申请抄，你是不是吓坏脑子了？

言耀亭说，我没有吓坏脑子，我脑子好得很，你安排人抄得去，就归你保管了——

姜主任紧张了，说，老言，你又搞错了，我保管不了的，我已经靠到壁角落了，我不是主任了，也许明天我就是牛——

言耀亭刚听得一个“牛”字，就毛躁了，连忙摆手，不会的不会的，刘主任你不是牛，你也不是马，你是老领导——

姜主任听到“老领导”三字，吓得脚抖，连连纠正他说，没有老领导的，没有老领导的——

言耀亭三言两语没说服姜主任，丑脾气立刻就起来了，强凶霸道地说，姓姜的，我告诉你，你就是文管会的领导，要不然你怎么还在这里值夜班？

姜主任哭笑不得，也不怕家丑外扬了，坦白说，老言，你放过我吧，我不是值夜班，现在根本用不着值夜班，文管会的大门，谁都可以进来，随时都可以进来，用不着值班了，我夜里过来，是我家婆把我赶出门了——

言耀亭还想来强横的，可说时迟那时快，就听得大门那里一阵轰响，姜主任吓出一头汗，嘴上说，来了来了。

言耀亭也不问是谁来了，反正晓得不会是救星来了，必定是煞星来了，只说，好好好，我夹着尾巴从后门逃了。

言耀亭逃出文管会，一脚奔到博物馆，仍旧是这一套，要叫博物馆的工作人员去抄言家。

博物馆和文管会一样，自身难保，自己的馆藏宝贝，还东园西园没地方园，抄他言耀亭的宝货，抄来放哪里，没地方园，结果仍旧一样。

结果，半夜三更，言耀亭一个人在马路上荡来荡去，没有方向了，回家，肯定不行，人回家，那些古画就完蛋了，可是，人不回家，古画也一样完蛋。

那他应该到哪里去呢。

半夜里荡在马路上，一般没有好结果。结果果真就被一队人发现了，他们认定他是出来搞事情的，不由分说抓了就走，走到一处，灯火通明，押到二楼，看见好多人聚在一起，正在七嘴八舌商量着什么，言耀亭眼尖，一眼看到围在中间那个指手画脚的人，正是老朱。

言耀亭急急喊了一声“老朱”。

老朱是个乡下人。

几个月前，他挑一担杨梅进城来卖，一路叫喊叫进了我家这边的小天井，正巧小天井里有一家人家搬家搬出去，房子空出来了，老朱探头一看，空空荡荡的房子好大好气派，屋里的楠木柱子有缸口粗，柱子下的石礅子，都是雕花的，再蹲下来仔细看看，还雕个人物呢，人物还在唱戏呢，还甩长袖呢，活龙活现，老朱惊着了，再退出来一看，屋外廊上的地砖青色里泛出金光，耀瞎老朱眼睛，耀乱了老朱的心。

老朱急吼吼地问，没有人住了？没有人住了？

好像没有人住，他一个乡下人就能住了，做梦。

梦也有成为现实的时候，关键看你敢想不敢想。老朱是敢想的，不光敢想，他还努力了，他努力得不得了，看看这里高大气派的空房子，想想他家乡下的泥坯草房，老朱一定会加倍努力的。

老朱在天井里另外两家人家愤怒的盯注下，退出了宅子，他回到街上，看到有一队人神气活现在街上行走，他走过去，跟在他们后面，也跟着他们一起喊口号，再走到一处，他们停下来休息，老朱就跟他们搭上腔了。

他们问清了老朱的身份，对他很客气，这样那样指点一番，老朱茅塞顿开，回到乡下赶紧收作收作，就带了柴美英和女儿朱玲娣一起进城来。

临走时，他向村上的一个复员军人借了一件军装。老朱身着黄军装，去领了一块红臂章，立刻换了副模样，跑到街道上，自报了身份，要求分配住房，街道吃他的装扮，不敢多说什么，何况老朱早已经打听好，小天井里搬走的那户人家，是被轰走的，轰到苏北乡下去了，那是绝不敢回来倒扳账的。

街道上虽然不敢对老朱说不，但是他们也留有一手的，他们叫老朱写了条子，说如果那户人家回来，他们两家自己商量解决的办法。

老朱爽快地写了条子。他真是做梦也没有想到，梦想实现得这么快。

就这么简单，一个乡下人的家庭，挤到城里的螺蛳壳里来了。

多少年以后，城里的这个老宅遭受冷落、破支落索，摇摇欲坠，无人理睬，而他当初抛弃掉的乡下的宅基地却是身价百倍了，老朱会不会懊悔得要投河上吊呢。

“多少年以后”还没有到来。

其实，要说老朱一家就这样简简单单搬进来、顺顺当当住下来了，那也不太准确。老朱的前期工作，几乎就凭了一件军装，一块红臂章，还有几句口号，看起来确实简单。只是等到他进了小天井，他才知道，这个表面“简单”的过程，还没有结束，还有着许多复杂的前景呢。

何况这些复杂前景，都是在一个老朱完全陌生的狭窄的天地里展开的。

那时候虽然老朱有时代撑腰，有臂章唬人，但是这个小天井里的两家人家，除我们言家外，还有一家姓余，从前也都是人物，都不是吃素的。虽然后来吃瘪了，尤其是我们言家，夹起尾巴做人了，可是关系到房子，兹事体大，怎么也要出来拼一拼。

因为那时候，这两家人家也一样在做梦，早就开始商量怎么瓜分天井里的空房子，当时老朱的头探进来了，他们才没有把一个挑担子卖杨梅的乡下人当回事体。不见得人眼皮一薄，就可拿了租田当自产吧。

天下没有这样的道理。

天下就有这样的道理。

结果就被老朱的梦抢了先头，老朱居然真的就搬进来了，拖家带口，拖儿带女，从此就横在大家面前，像几条巨型蚂蟥粘在这个天井里，甩也甩不掉了。

率先发难的是余白生的家婆姚妍。姚妍也有绰号，叫“女开衫”。女开衫不是随便喊出来的，事出有因。地段上新来了一个邮递员，过来送信，到天井门口，拉直了嗓子喊“姚女开”“姚女开”，开始谁也没有听出他喊的什么，还是姚妍自己心里有数，从屋里冲出来，板着面孔把邮递员手里的信夺过去，嘴上骂道，开你娘个魂！

邮递员一脸茫然，完全不晓得她为什么骂人，还骂娘，一个看上去清清白白的妇女，怎么开出口就这么不干净，邮递员也来火了，说，你嘴巴干净点。

姚妍说，是你先嘴巴不干净的——她把信封塞到邮递员眼前，你眼睛戳瞎了？你念的什么？

邮递员朝信封看了看，莫名其妙说，我念的什么，我没有念错，姚女开嘛，这上面不是写的姚女开吗？

只怪那个写信的人，把妍字劈开，分成了两半。

姚妍的绰号女开衫就这么喊了起来。说来也是奇怪，自从妍劈成了女开，这个女人性格也像遭到了雷劈，散发开来，收不拢了。

姚妍虽然不是什么大户人家读书人家出来的大小姐，但是她嫁到余家，余家几代，都是知书达理的开通人，姚妍要想撒泼，想要无赖，也没有她的场势，通常她哇啦哇啦一顿，余家男人余白生就跟她打棚，嘻嘻哈哈混过去，她不服，不甘心，再哇啦哇啦，余白生仍旧贼忒兮兮插科打诨说，好哉好哉，啥人不晓你姚家里，吃得落乱砖头，吐得出北寺塔。马屁拍得滴溜溜，叫姚妍哭笑不得，作罢作罢。

从“女开”事件之后，姚妍的脾气也变死了，倒是跟我家老言有得一比，等到老朱一家强行霸道搬进来，姚妍就使出了阴刁码子死促狭的本性，阴损人家，痰盂里的龌龊水，甩到老朱门口，害他家的女儿朱玲娣滑过几个跟斗。

姚妍一带头，天井里另一个主妇陈落薇心里也痒起来了，她本来也算是个高雅的人，做不出下三烂的事情，后来居然也学习姚妍，做出来了。

她改变了早上爬不起来的懒毛病坏习惯，每天早早起床，只要天气好，出太阳，她就把屋里所有的被头衣裳统统拿出来，晒满小天井，像插了万国旗，迎风招展，柴美英想轧一小块地方晒晒小孩子的衣裳竟无立足之处。

那时候柴美英刚刚进城，还没有吃透城里人的脾气，还没有摸透这两家邻居的底，所以还不懂得怎么跟他们搞斗争，暂时落得下风。

姚妍和陈落薇，这种丢脸坍宠的事情，做出来，也就做了，也没有遭天打雷劈，也没有夜里睡不着觉，她们方才晓得，从前紧紧抱住的老规矩老想法，到现在不方便使用了。

不过她们之间也不是铁板一块，她们也有自相残杀的时候，有一回陈落薇照例是抢太阳，正好姚妍也大开洗刷模子，一干一潮，挤在一起，潮的就把干的打湿了。

其实干的被潮打湿，也不是什么大事，等一会儿太阳起来，一晒，马上就干了，可是柴美英晓得机会来了，马上到陈落薇那边挑拨离间，一挑就成，陈落薇火冒，就出来指责姚妍，姚妍也不肯吃进，两边就吵了起来。

陈落薇是阔太太，娇生惯养，喉咙小，声音弱，吵不过女开衫，很快败下阵去，一气之下，将晒出来的物事统统收回，说，好，好，我搞不过你们，惹不起，我躲得起。

陈落薇缩进去，柴美英正好伸出来。她的手，她的脚，她家的一切，就这样一点一滴地伸展在天井里，渗透在天井里。

用不了多久，柴美英就要爬到城里人头上拉屎撒尿了。最后她会成为霸主。再最后她会成为瘪三。再后来她会——其实人生原本就是这样，兜来转去。

那时候朱玲娣还小，抱在手里看看蛮标致，放下来一走，喔哟娘，小儿麻痹症，一条腿长一条腿短。起先邻居里讥讥笑笑，柴美英也不敢怎样，到后来柴美英威风起来了，不要说谁敢当面讥笑她家囡囡，但凡听得别人说一个“拐”字，甚至单说一个“脚”字，她都怀疑是在讥笑朱玲娣，骂人家个狗血喷头。

那是后话。

老朱给女儿取名叫玲娣，一听就明白，就是想叫她领个弟弟出来。要想领个弟弟，做爷做娘的就要卖力呀。

这对夫妻确实很卖力，天天夜里强上弓，老宅的板壁，原本都是上好的木材，都是厚实扎制的，可是哪里经得起时间的磨损，磨到后来，越来越薄，这边的动静，隔壁人家听得清清爽爽，什么板壁，差不多就一张纸头，一个指头就捅破了。

天井里几个小赤佬，早上起来，在天井学柴美英发声，弄得柴美英面孔红一阵青一阵白一阵。

啊呀哇，你弄煞我了。

喔哟娘，你杀得来哉。

去去去，今朝肚皮痛。

几个小赤佬，年纪差不多，大的六七岁，小的三四岁，屁也不懂，学得刁嘴笃舌，老朱面孔也没地方摆，心里火冒，又不能跟小赤佬计较，只怪这老宅子出鬼，板壁这么薄，还不如乡下土坯房。

在这个逼仄的世界里，急于要养儿子，天天夫妻生活时，好像有好多双眼睛在看，搞得一个不知道何为思想负担的老朱，硬是负担起思想来了，身体和心思，就有了矛盾，你不听我的，我不听你的，身体在做动作，心思不晓得在哪里，要么在隔壁人家的床上，要么在隔壁人家的面孔上和嘴巴里，眼睛门前、耳朵边上，全是人家的讥笑。

总之养儿子的事情搞得老朱灰头土脸，萎靡不振，夫妻生活弄了一年多，才总算弄怀了孕，结果养出来又是女儿。

老朱恨天恨地恨自己，要是还在乡下，说不定就养个大胖儿子了。

老朱真是拉不出屎怪马桶，睡不着觉怪床，养不出儿子怪板壁。

不过这些都是后话了。

后话太多，先不说了。

先回到那天夜里吧。

那天夜里言耀亭一个人在街上胡乱瞎走，结果给一队人捉牢，言耀亭看见了老朱。那时候，柴美英刚刚怀上，老朱第二个梦想快要实现了，心里喜滋滋，对这个老寿头邻居态度还算不错，笑眯眯地说，呀，是言老师呀，你半夜三更跑出来做啥？

言耀亭看见老朱，居然像看见救星了，他恨不得要去抱老朱的大腿了，往前一冲，如果跌倒，正好跌在老朱大腿前，顺便是可以抱住的。

可是老朱一手扶住了他，不让他倒下来，不要他抱大腿。老朱说，喔哟，言老师，你这是要做啥？你要给我磕头啊？罪过罪过的，按辈分算，我年纪还比你小一辈呢。

言耀亭说，我不是要给你磕头，我是要请你救命。

老朱笑道，言老师，你文质彬彬，瘦骨伶仃，半夜三更独个人在街上瞎逛，不会是有人当你是个女的，要强奸你吧？

言耀亭急得说，不是强奸，比强奸厉害，比强奸厉害——

老朱和他的队伍，拍屁股跺脚地哄笑起来，老朱说，比强奸还厉害，那是什么呢？

言耀亭说，是火烧，要火烧我的画了——老朱救命。

老朱笑说，哦，原来是烧画哦，烧画不关我屁事，若是要烧你这个人，那倒是人命关天，我可以出手救你。

言耀亭说，老朱，老朱，你听我说，这些画，比我这个人还重要，我宁可人烧掉，这些画也不能烧的。

言耀亭不哀求他救人，倒哀求他救画，老朱是不能买账的，老朱甚至有点不乐，心想你言耀亭看不起我乡下人，拿我老朱当洋葱头，我不理睬你。

言耀亭左说右说，老朱仍不答应帮他救画，言耀亭开始晓之以理了，说，老朱，你住我家的房子，你总要报答我一下。

老朱说，房子不是你家的，房子是公家的，我都了解过了，你不要嘴花野迷来骗我。

言耀亭说，老朱，我不和你辩论，你来得晚，老宅子的事体你不晓得的，就算现在是公家的，但从前是我家的——

老朱"嘘"了他一声，说，喔哟哟，你狗胆包天啊，你还敢跟公家抢房子抢啥啥——言老师，我现在还可以尊你一声老师，你再这样瞎说，我一只脚要踏上去了哦。

言耀亭眼见哀求没有用，晓之以理也没有用，再换个花招，要流氓了，威胁老朱说，老朱，你到底救不救？你要是不救，我就从这里跳下去，砰——跌死算你的。

老朱不吃他这一套，说，二层楼，跌不死的。

旁边的人就起哄，说，跳呀，跳呀——

老朱也起哄，说，你跳，我就救你的画。

言耀亭一听，一声不响，二话不说，一踮脚，就爬到二楼栏杆上，动作灵活得像只猢狲，不等老朱"哎"一声喊出来，言耀亭已经跳下去了，跌断了一条腿，躺在地上"啊哟哇啊哟哇"大叫大喊。

老朱发了一会儿呆，才想起来大事不妙了，喊人弄了担架，送医院，一路上言耀亭还盯住老朱不放，老朱，老朱，你说话要算话，你要救我的画，你说话要算话。

老朱不以为然，他也要流氓，说，说话不算话，你能把我怎么样？

言耀亭说，我是不能把你怎么样，但苏州老话讲，说话不算话，养个儿子没屁眼。

这句话说到老朱心尖尖上了，老朱顿时面色大变，先是想回击言耀亭的，但终究被那句老话吓着了，不敢嚣张了，肚皮里开始盘算，怎样才能救得了言耀亭的画，养个有屁眼的儿子出来。

言耀亭感觉自己拿住老朱了，得意起来，顾不得腿痛，居然跟抬他担架的人吹起牛来，说，我跌得巧吧，跌伤一条腿，无啥大不了——

抬他的人本来抬得气喘吁吁，正窝着一肚皮的气，他们抬的又不是什么英雄，是只狗熊，还是一只耍流氓、威胁人的狗熊，所以火冒说，你㞞腔，有本事你头朝下跳。

言耀亭“嘿嘿”一笑，说，哎，你当真啊，我才不会头朝下跳呢，头朝下，砸到地上，西瓜开花，当场去掉。

老朱经言耀亭跳楼这一吓，半天才回过神来，想想气不过，竟然被一个老寿头给威胁了，哪能服气，说，你狠，你跳楼有经验，晓得头朝上还是头朝下，你不是跳楼，你是表演节目。

言耀亭“哈哈”笑道，老朱，我就是表演给你看的，你真的不吃吓，到底是乡下人，不经世面——

老朱气得凑到言耀亭面前，看看他的面孔，他简直有点怀疑，一个刚刚跳楼受伤的老物事，怎么如此轻骨头。

那时候言耀亭已经六十岁了，也算个老人了，老朱凑近了一看他，又吓了一下，一般人老了，眼乌珠子都是混浊的，可这言耀亭，两只眼睛骨溜溜转，铮铮亮，全是贼光。

他摔断了一条腿，一边哇哇叫，一边冒贼光。

言耀亭高兴，是因为他晓得老朱会救他的画了，老朱不敢不救，老朱不敢拿柴美英肚皮里的儿子和儿子的屁眼打赌。

言耀亭那时也没有想到，他高兴得太早，坏事会接踵而来的。

送到医院，值班医生一看这么多扎皮带的人冲进来，哇啦哇啦一片混乱，已经三魂吓掉两魂，问，啥事体，啥事体，怎么搞成这样的？

言耀亭自己回答，从二楼跳下来的。

医生气得说，想死就好好死，你跌成这样，为难我们，你这是作死，还是诈死？

旁边护士也帮医生的腔说，真的想死，跳二楼是死不了的，你干吗不爬到北寺塔顶上去跳下来，那才是真正的自杀，下来就是肉饼了。

言耀亭一向丑脾气，奇怪的是，他跳了楼后，脚摔断了，脾气却好多了，护士讲他是肉饼，他也不发火，还笑眯眯地对护士说，好呀好呀，下趟我去跳北寺塔，先告诉你，你们过去等收肉饼啦。

言耀亭不生气，老朱却生气，老朱先骂言耀亭说，言老老，你牙齿缝里有毒的，你是眼镜蛇，你以后不要随便瞎嚼蛆，当心一屁弹准跳成肉饼。然后他又骂医生说，你们做医生做护士的，不要紧治病救人？你们可以改行了，做教唆犯，教人怎么自杀，你们是救人还是杀人——

不等老朱一声令下，他的队伍，已经在医院里一通乱敲乱砸，病房里的病人逃得动的都逃光了，逃不动的，吓得躲到床底下，躲到厕所里，有的甚至躲到手术室里躺到手术台上盖上白布装死人了。

医生护士吓得脚抖，给言耀亭拍片检查，马上手术，结果慌乱之中，弄错一条腿，把一条好腿当成伤腿开了刀，伤腿却没有收作。

后来一直折腾了几个月，才发现了这是个医疗事故，再到医院去倒扳账，已经找不到那个做手术的医生了，说是全家回江北老家去了。

从此言耀亭也成了拐脚，和朱家小囡朱玲娣，一个朝左拐，一个朝右拐，是天井里和备弄里两道独特的风景。

言耀亭接错了脚骨，很长日子行走不便，一直挺在床上，却养得雪白粉嫩的，就是鹤发童颜那样的，脸上也一直是笑眯眯的，那是因为老朱把他的宝贝都保护起来了。

老朱把言耀亭的几只樟木箱园到了啥地方，谁也不晓得，老朱虽然乡下人，粗俗的，但是真正碰到事情，他晓得轻重，嘴巴紧得不得了，不要说旁人，连家婆柴美英也盘问不出来，一直就是个秘密。也不晓得这个秘密要保到何年何月才能揭穿。

老朱当时说言耀亭是眼镜蛇，牙齿缝里有毒，言耀亭才不把他当回事。老朱一个乡下人，猪鼻头里插根葱——装相（象），言耀亭心底里是看不起他的，只是因为有求于他，所以表面上装出当他一回事，恭敬他的样子。老朱已经十分满意，感觉世道真好，自己一个乡下人，已经可以收拾城里人了。

其实他们都得意忘形了，倘若言耀亭真是一条眼镜蛇，那么他牙齿缝里的毒，一直都在的。

后来言耀亭真的中毒了。

后来的事情——不对了，不对了，人老话多，我讲豁边了，我必须要打住了。我明明是要讲我自己的故事，却扯到言耀亭身上。言耀亭的故事也不是不能讲，但他毕竟是个死人了，活人的事情都还来不及讲清楚，倒把个死人讲得活龙活现，野野豁豁，这是离题万里了，还是回到言常氏吧。

毕竟言常氏现在还在喘气。

常随香叫了个言常氏，本来并无啥稀奇，但是柴美英来了，就有稀奇了，她没有知识，听不懂什么叫言常氏，不光不谦虚，嘴巴却还很老卵，说，什么言常不言常，我只晓得有无常，无常鬼。

老宅子里住的人家，天长日久被宅子里的阴气熏染，特别是那些不用上班的老人，身上阴飕飕，面孔白潦潦，像棺材里倒出来的，你不讲鬼，鬼也就在你面前。

老朱一家搬进来，他们又从乡下带出来不少封建迷信，一会儿九头鸟，一会儿狐狸精，再又是鬼迷张天师啥啥啥，最后讲到我身上，柴美英大惊小怪，说，喔哟哟，言家阿婆，叫啥名字不好，你要叫个无常鬼，无常鬼是十大恶鬼里最凶的鬼——

柴美英的鬼话，给一个旁听的女小孩听到了，女小孩警惕性比大人高，她跑出去报告了，等到人家进来追查，一看是老朱家婆，实骨铁硬的身份，自己人，教育几句，就算了。

等过了几年，他们回过神来了，感觉舌头也松快，想恢复“讲讲张”了，对不起，白云苍狗，日脚过得快，一来兴，我已经老了。

我从言常氏变成了“老太”。言老太？用不着。常老太？也用不着。人老了，不光用不着有名字，连姓都不用的，婆家姓，娘家姓，一概不要了。“老太”就可以了。

若是碰到另一个老太，也不难的，因为我们都有绰号，连绰号带老太，就不会搞错了。

比如我，就是“无常鬼”老太。

比如东横头那个青光眼老太，就是“瞎子”老太。

不会搞混的。

后来过了没几天，我又吓着陈落薇了。

那天我去买香烟，买了一包飞马香烟，刚刚拿到手，正好陈落薇下班，经过烟纸店，看见我买香烟，她先就吃一惊，那时候还没有吓到，她问我，姆妈，你为啥买香烟，屋里有客人来吗?

我说，没有客人，我买给自己吃的。

陈落薇忍不住一笑，她以为我在说瞎话。因为我一直是最讨厌香烟的，从前言耀亭在的时候，有什么心事解不开，弄根香烟呼呼，好像香烟能够帮他解决问题似的。

他是异想天开。

我不相信香烟能够解决什么问题。香烟是我的天敌，一闻到香烟味，我就要咳嗽，打喷嚏，流鼻涕，还会恶心，呕吐，总之十分喇叭腔。那时候言耀亭吃香烟，我就常常跟他作对，偷他的香烟，园他的香烟，还把他的香烟丢到马桶里，总之我一直是跟香烟结仇的。

所以陈落薇看见我买香烟，还说自己要吃香烟，她肯定有点吃惊。

后来她就眼睁睁地看着我，又买了一盒自来火，拆开香烟，抽出一根点着，动作娴熟得像个老烟鬼，我把香烟翘到嘴角边，叼着，不用手的，一路走，一路呼，一路的烟腾起来，跟在我后面的陈落薇，吃了满鼻子的烟雾，陈落薇一路咳嗽，一路开始胆战心惊了。

我一路呼香烟，呼掉一根再续一根，呼掉一根再续一根，走到家的时候，我一开口，我的嗓子变声了，变成一个男人的声音，又把他们吓坏了。

我们的小天井里三户人家，十多个人，这时候在家的，至少也有七八个，他们都听到了我的声音，但是他们不认为那是我在说话，明明是一个粗糙的男人在说话，所以他们探出头来看看是谁，谁跑到天井里放肆。

陈落薇原来是跟在我身后进来的，现在她“哧溜”一下从我身边穿过，躲进屋里去了，其他人还没有反应过来，有人觉得莫名其妙，有人已经开始害怕，只有柴美英，人凶狗胆肥，她慢慢地靠近了我，撩开我面前的烟雾，看到了我的真面目。

鬼侧侧瞪大了眼睛一眨不眨地盯住我，我说，鬼侧侧，你看什么看，没见过吃香烟的人啊？

鬼侧侧两个巴掌一拍，就把我定性了。只见她面孔涨得通通红，激动得跳脚拍屁股大喊大叫说，喔哟娘，先人板板，喔哟娘，吓煞人哉，上身哉，上身哉，吓煞人哉——

她虽然嘴上大喊“吓煞人哉”，可是看起来她并不害怕，一个乡下泼妇，是不会被上身这样的事情吓着的，她是鬼侧侧，乡下野地里坟墩头她也蹲过，城里一方小天井，吓不着她。

倒是天井里其他几个人，听了柴美英的话，似懂非懂，面面相觑，好像要从对方脸上找到答案。

他们找不到答案，上身？上身不就是鬼上身吗？

哪个鬼上了我的身呢？

世界上真有鬼上身的事情吗？

世界上真的有鬼吗？

柴美英喊“吓煞人哉”，栽赃我被上身了，老朱听到，先是随口骂了骂自家女人，老朱说柴美英，“眼皮子薄得来”，“嘴皮子碎得来”，“肚皮里一点物事也藏不住”。

这话表面上是在骂自己的家婆，但其实人人晓得他是支持家婆的，他同意家婆关于上身的说法，他只是怪柴美英不应该讲出来，应该暗侧侧的。

接着老朱就解释说，上身嘛，也没有什么稀奇，没有什么大不了，就是一个人死了，刚刚死哦，新鲜活死人哦，魂灵头还不知道到哪里投胎，也不知道是投到人身上，还是猪身上，还是猫狗身上，还是啥身上，他还没有找到对象，结果黑铁袜搭就爬到你身上来了。

我家的老大言伯邻是个正经人，他明明人在屋里，耳朵却放在天井里，听大家嚼蛆，听见了，听清楚了，他就不高兴，出来放话来说，老朱你放毒——他停顿了一下，想了想又说一句，你说这种封建迷信，要是放在那时候，要批斗，要捉进去的。

老朱说，现在不是不是那时候了吗？

言伯邻说，不过那时候你比现在神气多了，你那时候把后头的“老古董”揿在地上扇耳光的。

老朱说，言老师，大人不计小人过，现在“老古董”碰到我，照样笑眯眯的——

言伯邻不服，说，笑眯眯不等于你没有扇人家耳光——

老朱朝言伯邻作了个揖，说，打人不打脸，你们城里人，打人也打脸啊，跟乡下人一样的嘛。

陈落薇着急想知道我到底是怎么回事，但她又不敢朝我看，偷偷瞄一眼也不敢，只敢低声跟言伯邻说，你听听，你听听，声音完全不对了，根本不是老太的声音呀。

几个男的胆子大一点，偷偷地看我的面孔，左看右看，然后他们偷偷地议论说，面孔看上去倒没有变，皮肤还是白质质的。

又说，上身是上魂，面孔是不会变的，面孔变了，那就不叫上身。

总之他们对上身是有兴趣的，又怕又好奇，又惊又有点稀罕，围着一个行将就木的老太，不肯散去。

柴美英瞎说八道，结果吓着了自己的两个女儿，妹妹朱玲玲瞄我一眼，吓得往屋里逃。我也不知道我是面孔上有鬼，还是身体上有鬼，吓坏小孩子了。罪过罪过。

朱玲玲的姐姐朱玲娣跷脚，一拐一瘸地跟在妹妹后面，两个人逃进屋里，连门带窗都关紧，热天热势，也不怕闷出毛病来。

她们宁可闷出毛病，也好过看我做鬼。

小天井里总共三家人家，朱家里和我们言家里，为我变死、上身的怪事大吵小叫，姓余的人家，却一个人也不出来，他们躲在屋里，是冷眼旁观，还是漠不关心，还是魂飞魄散躲着不敢见我，我才不管他们。

其实我心里有数，最忌惮我怀疑我的是我自家的人，他们表面上对我恭恭敬敬，大的仍旧喊我姆妈，小的仍旧喊我好婆，但实骨子里他们已经完全不相信我还是我了，他们又惊又怕又无奈，因为他们躲不掉，我就在他们身边，就在他们眼前，虽然我是一个人住在西厢房，但是因为家里十分狭窄拥挤，螺蛳壳里做道场，隔一层板壁，那边翻个身，放个屁，这边听得清清楚楚。

你想躲到哪里去。

言伯邻和陈落薇有满满两肚皮的话要交流，一直熬等到半夜，感觉屋里其他人都困着了，他们才开始低声交流。

他们再低声，我也听得见。可是明明我住在西厢房，他们在正屋，我怎么听得见？你说呢。老太的耳朵，灵得不得了，不晓得算不算回光返照。

先是陈落薇“索落索落”翻物事，言伯邻问她你翻什么，陈落薇说她要寻苏打饼干吃。

言伯邻比她实在一点，嘀咕说，喔哟，日脚都落到这一步了，你还这么穷讲究。

陈落薇说，不是穷讲究，穷了是讲究不起来的，我们家从前都是这样讲究的，不时不食，不鲜不食，苏打饼干要买葱油的，不买葱油也要买奶油的，不是葱油，不是奶油，不香的。

言伯邻也吃了苏打饼干，“嗯滋嗯滋”说，香，是香。

陈落薇吃过饼干，出去汏手，言伯邻说，不要汏掉，手指头香的，舔舔，舔舔——

陈落薇大惊小怪说，喔哟哟，言伯邻，你恶心得来，你刚刚手指头抠过脚丫垢——去去去，汏手，再涮涮嘴。

言伯邻笑道，嘴我不涮的，难得嘴里留点香，你倒要叫我涮掉。

陈落薇说，要蛀牙的。

言伯邻说，蛀就蛀，生出来的牙虫也是葱花奶油味道的。

两个人叽叽咕咕，终于吃定当了，陈落薇咂巴咂巴嘴巴，压低了声音，鬼戳鬼戳地问言伯邻，老言，老太一直是大户人家小姐的样子，怎么忽然就变成这样了？

言伯邻简直不是我的儿子，他居然说，你问我，我问谁？她的事情，我怎么晓得——不过他还算是个负责任的人，晓得这样回答应付不了陈落薇，所以过了一会儿又说，从前是听老人讲过，人老了，会变死。

陈落薇说，变死是什么意思，是迷信吧。

言伯邻说道，不是迷信，变死其实就是作的意思，就是作死。

他说这样的话，我也是想得通的，人老了总归是要死的，但是如果一个人虽然老了，但是她一切都好好的，又不生病，又没有横祸，那怎么死得掉呢，那就作吧。

作死作死，作作就死了——大概这就是这个意思吧。

陈落薇仍然是疑惑的，仍然是害怕的，她结结巴巴，探讨说，老太、老太这、这种腔调，不光是作死吧？鬼侧侧刚才说了，是，是上身——

言伯邻立刻说，上身这种迷信说法，你一个知识分子，也听得进去？

陈落薇说，我是听不进去，可是老太实在太妖怪了，太出鬼了，叫人想不通，你听听她的口气和声音，哪里还是你娘？

言伯邻来气说，不是我娘，难道是我爷？

他倒是一个有口无心的反驳，哪晓得这话一出，他自己和陈落薇都惊呆了，冷场了。

他们冷场了。这件事情直接戳到他们的心窝子里了。我开心得拍手拍脚——我成功了，我恶劣的目的达到了——嘘，轻点，正如你们猜测和发现的，我的上身不是被动上身，而是主动上身，也就是说，我是故意装神弄鬼，让他们认定我是被言耀亭上身了。你们早就晓得，我的怪异的行为动作，都是学言耀亭学来的，也都是言耀亭个死鬼挑我的，他死了，也不让我省心。

停了好一会儿，陈落薇才小心翼翼地说，你爷？你爷？老言这是你说的哦，我可没有说哦——不过我仔细想想，真是有点像哎，不是有点像，是很像哎，你爷就是这种丑脾气，讲话不知轻重的，还吃香烟，一根接一根吃。

言伯邻没有再反驳，他甚至有点赞同，说，嗯，声音倒是有点像。

陈落薇可能觉得还不够充分，又补充说，你再想想，是不是你爷有什么纠缠，有什么掉不下手的事情的，要回来——对了，今朝是不是你爷的几周年忌日？

分明陈落薇是七扯八搭，言伯邻居然称是，说，哎，这么说起来，是有点蹊跷。

这个言伯邻，简直是没有立场，刚刚还说迷信的东西不要听进去，一会儿居然跟着陈落薇一起研究到底是谁上了我的身。

我听他们这么议论，心里暗好笑，不过即便他们当了我的面这么说，我也不会戳穿他们，我不会告诉他们真相的。

言耀亭上我的身，他想干什么？他要叫我帮他做什么？

言伯邻被陈落薇带歪的思维，后来还是反应回来了，拨正过来了，他头脑清楚了，但口气仍是不坚实的，支支吾吾，腻腻歪歪说，这个，我好像不能承认的，我爷，脾气是丑，是急躁，但是他不会这么粗鲁野蛮的呀，满嘴脏话，这个好像不是我爷哎。

那倒是，言耀亭脾气虽丑，但是他之乎者也，口吐莲花的。

陈落薇闷不作声了。

我听了他们的分析，也晓得自己有许多没有做到位的地方，也有做得太过头的地方，我的模仿，超出言耀亭的“本身”，接下来我要吸取一点教训，装扮得更像一点。

言伯邻又说，再说了，我爷都走了好几年了，假如按照迷信说法，他应该老早就转世投胎了，怎么现在再回头上我娘的身，说不通的。

陈落薇吃惊地“咦”了一声，说，那最近有没有谁死掉了？

言伯邻想了半天，因为想不明白，想不通，他就来气了，又批评陈落薇说，你当真了？柴美英鬼侧侧，向来信口开河，你不能当真的。

陈落薇也不高兴，语气有点冲，说，你不当真？那你说说你娘到底是怎么回事，算是得了什么病吗？你见过这样的毛病吗？

当然，谁也没有见过我这样的病，我自己也没有见过。因为我没毛病。

他们夫妻偷偷地议论了大半夜，话题兜来兜去，疑问也越来越多，但是他们虽有诸多疑问，思来想去，最终仍然觉得我是被言耀亭上身，他们的解释和自我安慰就是，可能言耀亭死后，一直没有离开，没有投胎，不晓得盘在哪个角落，一直没有出来作祟，过了几年，他出来了，上了我的身，从此我就是言耀亭的代言人了。

他们得出这样的结论，一边胆战心惊，一边早已经哈欠连天了，一个只好说，困了困了，爷要回转，就让他回转吧。

另一个也就附和了，说，困了困了，困着了说不定有人来托梦。

总之从那天之后，大家好像都听信了鬼侧侧的鬼话，真的以为我被上身了，虽然他们不能像言伯邻和陈落薇这样细细研究分析出是言耀亭上身，但是对我被上身这件事，他们的想法是高度一致的。

很好。方便我装神弄鬼。

那几年言家日子不大好过，三个小的要上学，两个大的要上班，不能允许我一个人在家里吃吃白相相，他们眼皮薄，看不下去，要我做家务，烧饭汰衣裳，我金贵身子骨，哪里做得动，就算做得动，我也懒得做。

我就跟陈落薇作骨头，我说，陈小姐啊，你当自己是奴隶主啊，把我一个古稀老人，当老奴用啊。

其实陈落薇早已经从陈小姐被改造成了陈阿姨，天天上班加班，加班上班，还要到农村支农，还要到工厂学工。

陈落薇苦脑子，可怜巴巴哀求我说，姆妈，你就当积德行善了，做好事会积在子孙身上的。

她入我家门几十年，始终不了解她的婆婆是什么货色，我倒是希望她眼睛擦亮一点，能够看穿我，可她偏偏看不穿，眼睛像瞎掉一样，所以我怀疑她是装瞎，假装不知道我是啥样的人。

既然她假装，我也不客气，我就直说了，我对她说，陈小姐，我是天生懒怕的，小时候算命先生看过，说我一世人生，吃用现成，我不能违背天命，把自己变成个做煞坯，老天爷要生气的。

陈落薇对我是既怕又怨，拿我一点办法也没有，只好站在我的背后朝我翻白眼，我说，你不要翻白眼。

陈落薇又吃一吓，说，啊，你后头也看得见？

我说，那是当然，不然怎么叫上身，上身就是先人。

陈落薇满脸怀疑，胆战心惊、犹犹豫豫地说，上身怎么是先人，上身不是鬼吗？

我说，啊呀，你顶真得来，鬼和先人，差不多的——我拍了拍自己的后脑勺，又唬她说，反正我这里能够看得见。

陈落薇不吱声了，她不晓得我说的话是真是假，要等言伯邻回来才能印证，或者也不得印证。她看了看煤炉，煤球马上要熄火了，说一声，喔哟哟，煤炉要熄灭了，要加只煤球了。

柴美英向来多管闲事，也来插一脚，朝我们家的煤炉看看，说，老太，你一个下午都坐在这里，你不晓得要加只煤球了？

我无赖说，我老了。

柴美英还不服，跟我斗嘴说，你老是老了，但是我看你力不亏的，加只煤球你也加不动？

我强横说，我加得动加不动，关你什么事。

柴美英同我论高低，要是放在从前，她家老朱吃得开的时候，我也可能输她一脚，幸好六十年风水轮流转，现今轮到老朱吃瘪了，我肯定要把爬在我们头上多年的柴美英掀下来，踏翻在地。

陈落薇和柴美英向来有矛盾，现在她竟然站到柴美英一边，帮腔柴美英来和我作对。我才不怕她们，不要说这两个女人联盟，就算再加上女开衫，就算再加上大宅子里其他的所有的女人，也不是我的对手。

因为她们自己说的，我上身了。

她们应该惧怕我才是。

她们确实惧怕我。连柴美英这样的势利小人，都对我刮目相看了。

谁也没有想到，第二天就发生了一件既奇怪又不奇怪的事情，我在天井里跌了一跤，跌断了脚骨头，送到医院绑了石膏。

这事情真搞不清到底算是奇怪还是不奇怪。

说它奇怪，是因为那天天气很好，地上不潮不滑，我也没有在天井里做家务，我坐在天井里晒太阳，立起来的时候，就一跤跌倒了，真是奇怪。

说它不奇怪，是因为我老了，一个老不死的老太，在天井里跌一跤，这一点也不奇怪。

陈落薇想不落，陪我到医院，再从医院弄回来，弄我到床上躺下，她已经上气不接下气，比我还惨。柴美英过来看戏，跟陈落薇咬耳朵说，活该，老天有眼，装神弄鬼，连子孙都不肯顾及的人，老天哪哼不要弄她头颈？

陈落薇哭笑不得，柴美英说说风凉话，无关痛痒，陈落薇却是屋漏偏遭连夜雨，本来指望我帮她处理家务，结果我跌坏了，她不仅要自己处理家务，还要腾出精力照顾我。

心里憋屈，也不敢跟我多说什么，怕我跌坏了脚再生出新的歪念头，使出新的坏点子，所以她任凭柴美英挑拨离间，一声不吭。一直熬到言伯邻回来，陈落薇也等不到半夜讲悄悄话了，甚至当着小辈的面就直接跟言伯邻摊牌说，你看看，你看看，妖怪不妖怪，出鬼不出鬼，连跌坏的脚，也是同一只脚——

言伯邻也疑惑呀，嘀咕说，好像真是——不对不对，我记得我爷好像是跌坏的左脚？

陈落薇来火了，说，你这个儿子，怎么当的，你爷根本不在你心上？你爷明明也是跌的右脚，结果是医院接错了，才害得左腿也不灵了——你倒是跟我说说，你解释解释，你爷跌坏右脚，你娘也跌坏右脚，哪有那么巧——

我差一点要脱口而出了，人又不是八只脚，人总共只有两只脚，不是右脚就是左脚，各有百分之五十的可能，百分之五十算什么巧不巧的，又不是芝麻掉在针眼里。

我才不会这么说，我要的就是他们相信我是言耀亭上身。

现在我终于有最充分的理由躺倒不干了。

我可以心安理得享受言耀亭在家里的待遇了。

我已经躺倒了，再凶也凶不到哪里去了，但是他们起先还是不敢相信的，因为他们知道我会作祟，会出妖怪，因为在他们看来，这个“我”已经不是“我”了。那么跌跤跌坏脚的那个到底是不是我，到底是哪个“我”？

过了一两天，他们见老太躺在床上动弹不得，作不出什么妖怪，他们开始骨头轻了，开始嚼蛆，拿我的痛苦当他们的快活。

先是老朱问一声，你家老太，还没有爬起来呀？

不等我家的人回答，柴美英已经抢在前八尺说，是呀是呀，老太躺了好多日脚了，还是不能动。

陈落薇也不甘沉闷，加油添酱说，老太这一跤，跌得重了——我听人家讲，老人是最怕跌的——

女开衫比陈落薇强横，但平时也有点惧我，现在我躺倒了，她和陈落薇、柴美英一样，好像感觉压在头上的一座山塌掉了，也乘机阴损我几句，是的呀，是的呀，有的老的，一跤跌下去，就再也爬不起来了。

柴美英赶紧一吹一唱说，人家老的，一跌倒就一脚去了，也免去小辈麻烦，你家老太，跌倒还不肯走，还拖累小辈——

老朱批评她们说，你们嘴巴碎得来，人家老太躺在里边，听得见的——

柴美英不买账，说，听得见怕她啊？

老朱说，不是怕不怕，老太已经这样了，不作兴再说她什么了，街道医院的刘医生来看过老太，说老太这把年纪，跌得这么重，恐怕再难爬起来了。

大家七张八嘴，个个称是。

他们做梦。

他们中间，也有个别有点脑子的人，比如言伯邻的第二个孩子，我的孙女言子陈，因为从小调皮，像个男孩子，所以给她取个绰号叫“青肚皮猢狲”。猢狲就不相信我的表现，她怀疑说，老太只是跌坏了脚，怎么连话都不会说了？

那一年她十八岁了，读高中，稍微有点脑子了，不像她娘。

确实如此，自从我跌倒躺到床上，我就再也没有说话，有什么要求，不管有理无理，我只用手势来表现，这样做我自己是有点麻烦，但是他们有更大的麻烦，他们需要猜我的手势，若是猜准了，我就点头，若是猜不准，我就拍床沿，拍得砰砰响，他们一听我拍床沿，思想就混乱了，他们思想一混乱，理智没有了，就胡乱瞎猜。有一回我要吃鸡蛋，我就展开两只手臂，做了个鸡扇动翅膀的动作，结果他们误会了，以为我要吃鸽子，商量了半天，到哪里去弄只鸽子来，菜市场没有鸽子卖，邻居老孙家倒是养鸽子的，但是那些鸽子是老孙的命根子，他们要是敢去偷一只来给我吃掉，老孙定会冲过来把我吃掉的。

他们找不到鸽子，我吃不到鸡蛋，两不相安，后来我也懒得再做手势让他们猜了，我也不为难他们了，叫他们拿来纸笔，我一写，他们就看懂了。

但是别以为他们看懂了，事情就解决了。有很多时候他们明明看懂了，却不想执行，比如大冬天我写了我要淴热水浴，这个要求真是难煞他们了。

不要说大冬天，就算是夏天，在这种逼仄的老宅子里淴热水浴，也不是一件容易的事，所以基本上都是冷水浴，女人盘在屋角落，用热水擦擦身子而已，要想淴热水浴，那可是一件惊天动地的事情。

我听见他们到晚上又商量了，陈落薇对言伯邻说，你娘异想天开，这么冷的天，要在屋里淴浴——

言伯邻不等她再说下去，就下结论了，说，她作死。

陈落薇说，她是你娘，既然你都这么说，那我也不睬她了。

还是言伯邻脑子拎得清，反问她说，你不睬她，她能放过你？

陈落薇不服气，反戗说，她不放过我，她能把我怎么样？

言伯邻阴搁搁地说，你说她能把你怎么样？

陈落薇一下子就被吓住了。她胆子真小，我其实真的不能把她怎么样，但她却偏偏认定我能把她怎么样，认定我一定有办法对付她。

我现在都不能开口说话了，就算我能开口，我也不会告诉她我不能把她怎么样。

陈落薇决定承接我的要求，帮我溜热水浴，她把家里的木浴盆洗干净，搬浴盆的时候，她还拧了一下腰，好在不太严重。她考虑周全，怕我受凉，专门去买了街上刚刚流行的浴罩，又顺手买了几根丝瓜筋回来，她一定是估计了我身上的老垢，靠家里那一点点丝瓜筋不够用的。

溜浴的物事备齐了，陈落薇还是犯难，因为她一个人完不成这个艰难的任务，她虽然养了个女儿，可是这个女儿比男小人还野，不要说帮好婆溜浴，除了吃饭困觉，其他时间叫她在屋里待五分钟也待不住的。

陈落薇先是去求姚妍，结果遭到姚妍一口回绝，姚妍说，老太看起来只有出气没有进气了，不要溜到一半断气了，算谁的？这些年我家已经霉到根上了，我再也不做这种险加乎的事情了。

陈落薇又去求柴美英，柴美英倒没有拒绝，就帮着陈落薇一道，帮老太溜热水浴。

虽然世道早就变了，阔太太陈落薇也已经吃了不少苦头，天天在做那些阔太太不会做的事情，但是结果却没有大的改变，基本上依旧手无缚鸡之力，做起事情仍然抓手抓脚，一碰打翻面盆，一碰烫着自己的脚。

柴美英虽然比陈落薇能干，但是她的动作太过粗鲁，她不是在帮老太溜浴，她是在杀鸡，用牛刀杀鸡。

两个笨女人合作摇船，一个牵绷，一个扳梢，牵的牵过分，扳的又扳过头，弄个不能动弹的老太，像一只在河里横过来竖过去的船，滚在木盆里滑来滑去，好样式。

柴美英一边搞我，一边还嘴里不清不爽，说，老太你真是一只怪，你躺在床上这么多日脚，身上的肉一点不少嘛，你像只馄饨，哦，不对，你像只肉汤团——她一边讥讽我，一边咽馋唾。

一场浴潹了我两个多钟头，把我封在浴罩里，差一点闷死过去，不过我没有生气，毕竟难得潹到热水浴，这是难得的享受，我怕我嘴巴一凶，把她们气走了，把我扔在热水里，大冷的天，一歇歇热水就变冷水了，再过一歇歇，就要结冰了。所以我闭上我的臭嘴，一声不响，随便她们把我怎么样，只要把我泡在热水里就好。

她们终于精疲力竭，最后把我弄到床上，盖上被子，我浑身舒畅，暖暖烘烘，惬意，她们却像两只落汤鸡，身上头上湿漉漉，浑身索索抖。

我不会感谢他们孝顺的，他们才不是孝顺，他们是怕我。他们怕我什么呢，一个躺倒了又不会说话的老太，有什么可怕的呢？

可他们就是怕。或许，我的这些行为，在他们看起来，就不是一个人的行为，他们或许早已经不把我当人看待了？

那就对了，一个不是人的人，躺在他们的家里，他们是会害怕的，他们会想象出无数可怕的情形，晚上他们还会做噩梦。

这正中我的下怀。我要的就是这个效果。

既然陈落薇对我的要求有求必应，我也就不客气了，潹过热水浴后不久，我又写道：我要到玄妙观去看猢狲出把戏。

然后我又写：

我要到朱鸿兴吃头汤面。

我要去乾泰祥绸布店做一身旗袍。

我要去拙政园看菊展。

我要什么什么什么……

陈落薇实在吃不消了，忍不住问我，姆妈，我们哪里没有伺候好你，我们到底哪里得罪你了，你为啥要这么弄怂我们，收作我们？

她这么问，我正中下怀，我反问说，你自己说呢？你摸着良心想想呢。

陈落薇真的下意识地摸了摸胸口，不过她是摸不到良心的，无奈地说，姆妈，我实在想不出理由来。

她想不出理由，我却有充分的理由，我家老死鬼言耀亭临走前托付我的事情，几年来像块大石头压在我心上，害得我透不过气来，眼看着他们个个无事一样，我心里就火冒，就忍不住要作弄他们，要叫他们吃苦头，我不能让他们浑身骨头轻，我心里的负担，要转化成另一种负担压迫到他们身上。

我跟陈落薇说，万事有因必有果，有果必有因，你们早知今日，何必当初。

陈落薇个木货，听我说“当初”，就更加迷茫了，说，姆妈，什么当初，当初是啥时，当初有什么？

她的眼神惶恐不安，对于我的盯注，她想看又不敢看，一副作孽相，真是活该，当年谁让你们做缩头乌龟，天网恢恢，疏而不漏。不要以为天知地知就你们两个心知。

陈落薇虽然不晓得我说的什么意思，但是打破水缸洇过来，洇湿了她，她是晓得的，自己无解，就去告诉言伯邻。言伯邻比陈落薇精怪，阴刁，他晓得我在作祟，竟然敢来责问我。

他来得正好，我正愁没机会收作他，二话不说，憋出言耀亭的声音，重复他临死前骂言伯邻的那两句：

混账东西！

不要面孔的畜生!

混账东西!

不要面孔的畜生!

我反复说了几遍，言伯邻吓得面孔夹料丝白，连奔带跑逃了出去。

后来陈落薇反复跟言伯邻商量后，他们终于忍痛割肉，出钱请了一个人来照顾我，服侍我的吃喝拉撒。

小娘鱼就来了。

小娘鱼是有大名的，叫个胡里梅。这个名字古怪，拗口，我不喜欢。我说，你干脆叫个狐狸精算了。她不肯。我就直接喊她小娘鱼，她也无所谓，反正她是拿钱做事，喊她什么她不在乎，只要不喊狐狸精。

也有人去挑拨她，说老太不拿你当人，连名字都不喊，只管喊小娘鱼，这是老太看不起你。

小娘鱼的境界跟我有的一比，她说无所谓的，我反正跟老太一样，老太也没有名字，你们都喊她老太，我也喊她老太，她喊我小娘鱼，扯过，两不相欠。

人家挑拨不成，就讥讽小娘鱼，说，喔哟，你倒跟老太一条心。

小娘鱼跟我才不是一条心，她只关心她的工资，她的意思就是，你们的闲事我才不管，只要你们工资不少我，你们喊我什么我都没有意见。

一个服侍老太的小用人，还开口工资，闭口工资，好像她是在国营厂工作，真有样。

小娘鱼照顾我，说不上有多卖力，但至少也对得起那份工资，她学过几天护理，对付一个不能动的老太，不算太难，早晨帮我揩面，喂我吃粥，我要是不想吃粥，她会去帮我买豆腐花，买糖芋艿，买咸豆浆。

苏州人不时不食，春天来了，百花开了，我心里也要开花了，嘴巴也馋了，我要吃青团子，小娘鱼说，老太，青团子很黏的，你吃起来要当心哦，昨天街上一个老太，吃青团噎死了。

她吓不倒我的，我不说话，我可以写给她看，我写道：你只管去买来我吃，噎死不要你负责。

小娘鱼呆若木鸡地点点头。

她真以为我七老八十，行将就木，连青团子都不会吃了。

我除了要吃青团子，春天我还要吃酱汁肉，还要吃青蚕豆，还要吃蚌肉烧豆腐，还要吃塘里鱼炖蛋。天气再热一点，我就要吃枇杷，吃杨梅，吃桃子。

小娘鱼经常坐在我的床前，奇怪地看着我，我晓得，她在想，一个躺在床上一动不动的老太，吃这么多东西到肚皮里，是怎么消化掉的？

她当然是想不通的。

后来就是那一天，我说爬起来就爬起来，说开口就开口，小娘鱼在惊吓之余，说了一声，原来。

她如梦初醒。

可是天井里其他人好像不服，你一个躺倒了再也不可能爬起来的老太，凭什么说爬起来就爬起来了。

本来嘛，我的身体我做主，我想做啥就做啥，你们管得着？

他们还真是想要管一管，他们在老宅子的长长的备弄里展开了大讨论，挡住了其他邻居的来路和去路，那些邻居不仅不生气，一听他们在研究老太，反而一起参加进来，七张八嘴，备弄里吵翻天了。

真理越辩越明，一讨论，他们就想起了许多不可解释的事情，我跌倒的这一年，隔壁邻居曾经经历过许多奇怪的事情，但是没有人往老太身上去想，那是当然，一个躺倒又不能动又不能说话的老太，还想哪哼？

柴美英最积极，抢先提供自己的第一手资料，她家的痰盂满了，她半夜里起来倒痰盂，从老太的窗户里看到里边有个鬼影子在晃动，柴美英吓得打翻了痰盂罐，逃回去。

柴美英一讲到半夜里的影子，大家都烘托她了，积极核对，核对下来，天井里除了年纪小的人半夜不会爬起来，凡是有点年纪的，半夜起来过的，差不多一大半以上，都在夜里看见过我的鬼影子。

我不高兴了，我说，你才鬼影子，我在我房间里，那就是我本人呀。

大家感觉受到了我的弄怂，气得要命，指责我说，老太，你好好的人不做，要做鬼来吓人啊？

我说，我怎么是吓人呢，我根本就没有吓人，再说了，我明明是个人，怎么说我做鬼呢？

他们气愤得异口同声了，说，那你为啥夜里要爬起来？

我说，这不是明摆着的吗？我老是躺着不起来，肌肉要萎缩的，我要起来走走，锻炼锻炼，这点知识你们都不懂啊？

他们更加莫名其妙，说，那你既然能爬起来走路，为啥白天不起来，要到晚上偷偷摸摸爬起来吓人？

我说，我懒。我白天爬起来了，你们又要叫我做家务了。

他们气闷过去了，过了半天，再回过神来，继续追问，那你明明能说话，为啥一直不说话？

我说，我懒。我要是开了口，你们就要来攻击我，你们攻击我，我就要还嘴，你们就再攻击，我就再还嘴，烦不烦，累不累？我懒得跟你们废话。

他们没有见过这么懒的人，更没见过这么懒的老太，所以他们讨论不出结论来，索性拦住了我，不让我走。

我说，做啥，你们想做啥？

陈落薇说，罪过罪过，我们一直把你当菩萨供，没想到老太你这么恶掐，你明明能吃能动，却忍心看着你的小辈受苦受累，忙得脚都要掮起来，你是油瓶倒了也不扶。

我说，为啥要我扶？人老了，就是要别人扶的，你想叫一个将死的老太帮你们扶，天理难容。

他们讲不过我的，因为我平日不开口，一开起口来，就是一鸣惊人，金句迭出，杀人不见血。

他们围拢来，围得水泄不通，我想钻出去，却连条缝也不给我留，眼看着我被这帮无聊的邻居像绑架一样架住了，走不出去，我心里着急的，我不能错过我的时辰，不过还好，老话说，命中有时终会有，救星来了。

救星就是我。

救我奶奶的就是我。我叫言子陈，绰号青肚皮猢狲。这种绰号，一般是用在男孩子身上的，而我是个女孩子。

我奶奶的叙述，本来就是我写的，奶奶正讲得起劲，我横戳枪出来显摆自己的功劳，我是怕大家只顾了听我奶奶乱讲，误以为我奶奶就是“我”，忘记了真正的“我”的存在。

我对那些人说，你们这帮赤佬，真是闲出蛆来了，围住一个老太有什么意思，老太面孔上又没有花。

从来只有大人骂小孩子“赤佬”，我一个中学生，却喊大人

“赤佬”，他们也是头一回碰到，气呆掉了，趁他们呆若木鸡，我连搀带拖，把奶奶从邻居手里抢了出来，送到大门口。吹了一声口哨，腿一甩，骑上自行车走了。

我终于走到门口了，出了一口气，心里谢谢青肚皮猢狲。虽然她是我的嫡亲孙女，但是再嫡亲也要谢谢的，这种青肚皮猢狲，好起来好煞，恶起来恶煞，今朝大概正好是她做好事的日脚，所以帮我从唾沫星子的枪林弹雨中闯出来。

我正好穿过门堂间的门口，就随便朝朱玲娣望一望，看见朱玲娣面孔血血红，我心里好笑，你红个屁，人家女小孩随便吹一声口哨，又不是男青年发给你的暗号。

朱玲娣一个人有两个绰号，一个绰号因为她是跷脚，随便就喊她“阿翘（跷）”，另一个绰号，就有点阴损了，也不晓得是啥人想出来的，叫她“新鲜活美人”。苏州方言里有个“新鲜活死人”，比喻有的人，活着虽然有一口气，却是无声无息，遇事回避，不肯开口，他们改造一下，变“新鲜活美人”，也算是别出心裁。

我穿过备弄从里边走出来的时候，朱玲娣十八岁了，学裁缝也有好几年了，已经不用跟师傅，自己独立，已经是朱师傅了。

我从门堂间走出来，看到陈落薇慌慌张张从我身后出来，她不敢看我，径直朝前面的烟纸店过去，那里有公用电话，我猜她就是打电话去了。

走近了一看，果然不出所料，她在给言伯邻打电话，又紧张又害怕地说，你快点回来呀，你快点回来呀，家里出怪啦！老太出怪啦！

估计那边言伯邻在问出什么怪了，她就回答，你回来就看见了，你娘——

她既然点到我名了，我走过的时候，就朝她笑笑，她却始终不敢朝我看。

其实陈落薇没来打电话的时候，风已经把消息吹过来了，烟纸店的人都已经知道我的情况了，他们一个跟着一个朝我张望，有的是瞄一眼，马上收回去，不敢多看，有的只敢用眼睛的余光斜着看一看，也有个别胆大好奇的，直直地瞪着我。但是无论胆子有多大，无论心里有多奇怪，也没有人敢上来和我搭讪。

难道我不是老太？

我不管他们了。我也不管我是不是老太，我现在急着要到东横头的荫条巷去找一个人。

我要去找的这个人，叫“老隔年”。

一听就晓得又是个绰号。苏州人给人起绰号，是生活习惯，是日常现象，分分钟就冒出来了，不假思索就起出来了。不起绰号的，不像苏州人。苏州俚语俗语那么多，不用白不用。

比如一个人不肯安安逸逸孵在家里，老是要往外头跑，出去瞎混，就叫他“白脚花狸猫”。不是白猫，不是黑猫，不是大黄猫，不是波斯猫，却是白脚花狸猫。这不是随便叫的，里边是有道理的。这个道理是动物学家研究出来的，他们说这只花狸猫个性各别，一回家就吃饭，一吃过拔脚就跑出去轧朋友。它的脚不一定是白的或者花白的，这个白脚，其实就是拔脚。在苏州话里，这两个词完全同音。

同样是猫，也有人被叫作“煨灶猫”，这个比较浅显，一看就明白，这个人是懒洋洋的，打不起精神。还有“三脚猫”“瞎猫拖死老虫”等等，这是猫。还有猪，猪就更多了。“猪头三”“猪猡”“猪五杂六”之类。再比如“鸭屎臭”里也是有知识的。其实牲畜拉屎没有不臭的，为啥不叫狗屎臭鸡屎臭要叫鸭屎臭呢？因为据说鸭子是一边跑一边拉屎的，拉的又是稀屎，简直就是一路拉过去，屎的面积大，臭味浓，所以用来形容一个人声名狼藉。这是鸭。还有狗，还有鸡，老甲鱼，捉兔子，青肚皮猢狲，羊妈妈千跟头，其他动物统统榜上有名。

你若是碰到一个“新鲜活死人”，还是不要同他商议攀谈，这个人肯定是一不开口，二不表态，三无立场。

假如有个“花擦擦”，女同志还是避避开，一不当心，被他擦上来，擦掉了一层皮。不是真的皮肉，是感情的皮肉，比真皮肉更痛。

再假如有一个人绰号叫“黄伯伯”，你一定不要托他什么事情。这个人天生不牢靠，做啥啥不成。那又为啥叫黄伯伯呢，为啥不是李伯伯、张伯伯呢？姓黄的人也没有得罪苏州人呀。这里边又有道理。这个道理扯得有点远，一直要追溯到那个叫黄巢的人身上。对的，就是唐朝农民起义的那个黄巢。黄巢在家里排行第六，又叫黄六。说这个黄六年轻时极不安分，容易闯祸，任何事情只要他轧进一脚，就做不成，就会坏事。所以黄巢的小名黄六，就成了苏州人的口头禅，凡是事情办坏了，就说黄六了。苏州人还喜欢衍生，黄六后来又说是黄落、黄脱等等，总之意思就是这样，对于不守信用、做不成事的人就叫他黄伯伯。

还要再啰唆一句，因为苏州人口语中“王”“黄”不分，所以“黄伯伯”也有人称作“王伯伯”。

现在看出一点苗头了吧。苏州人起绰号，不光多，还形象，有趣，关键还有文化。难怪要称苏州为文化苏州，取个绰号也要讲究来龙去脉，也要出个典故，要埋点知识在里边。真是文化打翻了。阿猫阿狗，油盐酱醋，全是文化。

老隔年也是有出处的。它的出处是蚊子。一般的蚊子，都过不了年的，冬天来的时候，它们就死翘翘了。没有年夜饭吃的。其实在深秋那时，夜里睡觉耳朵边上还在嗡嗡嗡，但是已经嗡得没有力道了，也戳不动人肉，吸不到人血了。再过几天，北风一起，就结束。不过世界上万事万物，也难保没有特殊之处。虽说大部分蚊子过不了冬，可是偏偏也有几只筋骨好，生命力强，挺过年去，做了隔年的蚊子。这样的蚊子，苏州人就叫它老隔年，把一个人叫作老隔年，不出意料，就是因为这个人生命力顽强，该死不死。

但是我今天要找的这个老隔年，却又和别人不一样，别人都是连名字带绰号的，先有名字，后有绰号，而这个老隔年却只有绰号，没有大名。不要说周边街坊邻居不晓得他从前叫什么名字，连他自己也说不出自己的大名。

不仅有没有大名是谜，老隔年的年纪也是个谜。老隔年应该是很老了，调皮的人看到他，都会说，老隔年，你还没有死啊。或者说，老隔年，你差不多了，你真的该死了。

难说。其实谁也不晓得他该不该死，因为谁也不晓得他多大年纪。人的相貌跟实际年龄不一定成正比，看上去老，不一定年龄就真的很老，甚至还有人相貌上返老还童，或者心理上返老还童，那就更捉摸不透了。但是老隔年确实是个老物事，这是事实。现在住在近段的人，睁开眼睛的时候，老隔年就在这里了，老隔年一直就在这里。

但是所有的人，睁开眼睛就看见老隔年的，都不晓得老隔年的底细。因为老隔年比他们先到。

我也是。

有时候起什么风了，有人要来查查老隔年的身份了，问来问去，最后总归会问到我头上，可能因为他们觉得，我的年纪，和老隔年比较接近。

接近个鬼。

他们若是问我，我会告诉他们，我嫁过来的时候，老隔年就已经是老隔年了，就已经很老了。

我会不会记错了？我会不会瞎说？当然有可能。但是我就算记错，就算瞎说，你能拿我哪哼？

反正按他们恶毒的说法，我是个老不入调的老太，绰号无常鬼，说话也无可相信。

后来他们也不再找我打听老隔年了。他们再也无处打听老隔年了。所以老隔年到底该不该死，老隔年到底叫什么名字，老隔年到底几岁，老隔年到底是谁，始终没人晓得。

无字无图无真相。

我又扯得远了，真是人老话又多，我又豁边了。

我不是来介绍老隔年的，我是来找老隔年办要紧事情的，我往前面走了走，巧了，我看见老隔年从对面过来了。

我们两个人面对面过来，我立定，老隔年也立定。

真是奇怪。老隔年是个瞎子，他怎么知道我立定了呢？老隔年不仅立定，他还对我说，我晓得你立定了。

瞎子耳朵好，老隔年真的听到我的脚步声了？可是我走路一向是没有脚步声的。这话说出来叫人身上寒毛凛凛，一个人走路怎么会没有脚步声？鬼走路才没有脚步声。不过不要紧张，我们讲的不是鬼故事，是现实的真实故事。我没有脚步声，不是因为我瘦，是因为我老，老了就像一根灯草，不然为啥有油干灯草尽这样的说法，人老了，走路又慢，你再闭拢眼睛想一想，这样一个老太，走路会有声音吗？

我们不研究老隔年是怎么知道我立定的，也许他是闻出来的，也许他是猜出来的，也许他是想象出来的，也许，他是假瞎子。

有个中年阿叔擦我们身边走过，朝我看了看，又朝老隔年看了看，他看不惯，不满说，咦，两个老物事，戳在路当中，做打桩模子？挡别人道路？

年纪老了，就不算人了，他们叫我们物事、老物事，我们也不会生气的。大家都是这样的习惯，谁都会老的，谁都会成为物事和老物事。想得通。阿叔虽然说话难听，不过他也晓得我们这两个老物事不会跟他计较，他自己跟自己笑笑，就擦身走开了。

我立定了，老隔年立定了，两个老物事站定在小巷中央，就开始攀谈了。本来是我来找老隔年的，结果老隔年抢先开了口，他是一只隔年的老蚊子，叮起人来又尖又毒，当下说道，无常鬼，你个老物事还没有走啊？

我也不生气，我不会生他的气，我回他道，我马上就要走哉，我家老言天天夜里来叫我过去。

老隔年笑道，喔哟，稀奇你有老爷叫，我却没有太太喊，稀奇你有你的归去处，我还不晓得要到哪一天能过去呢，我也不晓得自己能够过到哪里去呢。

他居然和我争抢起来，还吃我的醋，我有点急了，我说，老隔年，我已经等得心焦煞了，今朝你不要同我争抢，我今朝不和你论你的生死，我是来请你帮帮忙，掐掐我的生死时辰。

老隔年仍笑道，喔哟，无常鬼都做了无年数了，还要论个什么生死时辰？

老隔年只管打棚，我却是认真的，着急的，我一着急嘴巴上就不客气了，我说，老隔年你个老物事，你又要白相阴刁是不是？你到底掐还是不掐？

老隔年愈发有趣了，他怪笑了几声，咯咯咯，嘻嘻嘻，老太，你也是大户人家出来，又嫁到大户人家，苏州大小姐呀，讲话不要这么粗糙，腔调不要这么野蛮好不好？

我见他一径打棚，只管讲不关痛痒的闲话，要紧扯篷把他扯回来，言归正传说，好了好了，我服你宜兴夜壶——独出一张嘴，我同天底下的人辩，我也不同你辩，你帮我掐手指头吧，我是昨日巴今日，今日巴明日，还真是死不掉了，今朝我晓得差不多了，那个人来了，时辰肯定也跟得来了，所以请你来帮我掐掐看，到底是啥时辰？

老隔年总算回到正题了，他假模假样掐一掐手指头，嘴巴里叽里咕噜，煞有介事地说，快哉快哉，明日清早。

我一听，眼睛一亮，心里一跳，要紧问，明日几时？

老隔年答道，明日辰时。

我要细致点，又问，辰时几刻？

老隔年又答，辰时三刻。

两个老物事，说话都气喘吁吁，一问一答几个回合，吃力了，先停一停，歇一歇。

这时候我有点犯难，有点糊涂，想了想，想不通，再问清楚，辰时三刻，现在算起来，是几点几刻？

老隔年说，你个老物事，老得都不通古今了，现在算起来，就是早上七点三刻。

老隔年把我的时辰给我讲解得如此清楚，我心里一喜，眉开眼笑了，我说，哦，晓得了，明朝我要早点爬起来。

老隔年要走开了，他立得脚酸了，他不想再立下去，他想起来了，没有意思的，言常氏，一个老物事，来掐掐时辰，问问几时死，真没啥大意思，老隔年吊不起精神，提不起兴趣。

不过，我临了又说明朝要早点爬起来，做啥？逃跑？逃得过阎王，逃不过小鬼。阎王叫你三更死，谁敢留你到五更。想来必是有掉不落的事情要做，这倒叫老隔年感觉有点意思了，他重新立定了，说，你早点爬起来做啥，有啥掉不落的事情要留到临走前才处理？

老隔年了如指掌，不用掐手指头就晓得，我要交代事情了。

所以他重新立定不走了，他不会以为我是要把事情交代给他吧？他真是想多了。

我确定是要交代事情的，但是我不会交代给老隔年的，老物事面目不清，自己是谁都不晓得，不是可靠之人。

我有可靠之人吗？

两个老物事立得腿脚抽筋了，我跟紧老隔年，到居委会门口石凳那里坐定，老隔年敲敲脚膀，慢悠悠地道，言家向有规矩，老爷死的辰光，屋里秘密从来不告诉小辈，都是告诉管家的。

言氏的这个规矩我是晓得的。不知者不罪。但是我不一样，我不是不知，我是知的，所有的事情我都经历过。所以我是知者有罪。我“哼哼”一声说，言家这一手蛮毒的。

老隔年说，毒，也是归到别人头上的毒，对自家来讲，说不定是好事。秘密，从来就不是什么好物事。承担了秘密，就承担了危险。

我赞成老隔年的观念。我跷跷大拇指，他也看不见，我就称赞他说，到底是老隔年，说出话来就是有隔年隔代的宿笃气。

老隔年笑道，比方说吧，秘密是一张藏宝图，你觉得会是好事体吗？

我照样冷笑说，是呀，所以托付的难事，只管托给管家，不难为自家的子孙，只管难为管家，管家十三点呀。

老隔年又笑道，你看看，你看看，又粗糙了，又粗糙了，是不是？我怀疑你根本不是苏州大小姐。

老隔年只管打棚，他无事一身轻，我却是有心思的。我要交代后事了，所以我的心思有点乱，我来求老隔年掐时辰，要掐得准，也就是说，我要交代的后事，一定要在临死之前讲出来。

到底什么事情，什么话，这么金贵，为啥一直要拼到死到临头才做这件事情呢？

嘘，你们轻点，因为这桩事情说出来，我就没脸活了。

我问到了我的时辰，就要紧走了，我走路无声无息的，像鬼。但是老隔年晓得，他听得见，面孔上浮出一层奸笑。中年阿叔走过说，老隔年，你个阴刁麻子促掐鬼，你又阴刁促掐了。老隔年笑道，不是我要阴刁促掐，老太要走了，我是挡不住的，我又不是阎王，我也不是菩萨。阿叔亦笑道，老隔年住“阴刁巷”，绝配。

这条巷子叫荫条巷。本来蛮有诗意，蛮雅致，不料苏州人不光给人起绰号，给巷子弄堂也起绰号，荫条巷就起了个阴刁巷。

我从床上爬起来的这一天，天井里的邻居、弄堂的街坊，个个表现得淋漓尽致，但是也有人不出面的，比如隔壁余家，就没有人关心我。

余白生出了事情，跑到安徽去，劳教了一年，人家通知他，事情结束了，叫他回转，他却发憨劲，不肯回转了。也不晓得留在安徽是啥意思。反正女开衫从此以后是再也不见她的笑脸了，余家三个小的，余来、余了两个，本来就没有什么声音，那个大煞坯余又，原本狠天狠地、气吞山河，现在弄得天天面孔铁板，好像天底下所有的人，都欠了他家的。这个小赤佬学习成绩倒是蒸蒸日上，跟我家孙女言子陈同班，两个人别苗头，今朝考试你第一，明朝考试我第一，伯仲之间，不相上下。

真是人老话多，我又扯到余家去了，还是收回来吧，等到需要用他们的时候，我再寻着他们便是。

言耀亭曾经托梦给我，他在梦里警告我，说一个人倘若瞎作骨头，是要遭报应的，我才不睬他，我不怕报应，我对他说，要说报应，你已经先遭去了。言耀亭即便是在我的梦里，他也吃瘪。

这一天是一个好日脚，我一个躺倒一年多的活死人老太，居然爬起来，顺顺当当走出去，顺顺当当寻到老隔年，顺顺当当问到了时辰，我心中有数，胸有成竹了。

这天的夜饭，我关照他们要让我吃得称心，吃得满意，吃得过瘾，他们只能照做，不敢问为什么，但是他们试探的眼神告诉我，他们希望的是什么。

我吃得饱饱，一夜困到天亮，好困得不得了，简直就是“春眠不觉晓”“春朝贪睡起床迟”——其实夏天已经来了。

第二天早晨醒过来，一看辰光，吓了一跳，差一点困过头了，要错过老隔年帮我掐的那个时辰了，我赶紧叫小娘鱼，小娘鱼进来，我批评她，问她为什么不叫醒我，小娘鱼胆怯心虚地移开眼神，眼睛盯在地上说，老太，你昨天夜里没有关照我叫醒你，我以为你还要多困一歇的，不敢叫你。

她真不敢。

反正最后一次了，也还好没有错过时辰，我也不跟她计较了，我对她说，我时辰快到了，你去告诉他们，叫他们去叫人来——小娘鱼不明白时辰是什么，她的眼光终于从地上抬起来，死鱼眼样地白瞪着我，真是个笨煞坯，我只好直说了，我说，我要翘辫子了，我要死了，死的那个时刻，就叫时辰。

小娘鱼吓得连连后退，说，老太，老太，你不要吓我，你眼目清亮，你还会讲话，声音也蛮响，怎么时辰就到了呢？

我说，你年纪轻，不懂的，有福气的人，就是这样，说到就到，说走就走，你还不去喊人？

小娘鱼跌跌爬爬滚了出去，高声大喊，快来人呀，快来人呀，老太时辰到了呀！

陈落薇一直在等这一时辰。无论是白天做家务的时候，还是晚上睡觉的时候，都心心念念地等着。此刻听到小娘鱼叫喊，真是又惊又喜，又怕又疑，奔进来小心地跟我确认，老太，你时辰到了？

见我默认，她总算心上一块石头落地，态度马上好得不得了，躬着身子凑到我跟前，问我，老太，你要叫人来？叫谁来？

我说，还能叫谁？叫老大。

陈落薇转出去，一会儿把言伯邻叫进来了，立在我的床前，说，姆妈，我来了。

我朝他翻个白眼，说，去，不是你。

言伯邻把脸凑到我面前，说，姆妈，你看清楚，正是我，我是老大。

我来火说，你走开，你不是老大。

言伯邻吃不透我，小心着说，姆妈，你老糊涂了？我是伯邻呀，我弟弟仲勤，妹妹淑银，我是老大。

我对他是一脸的嫌弃。

言伯邻想不通，说，姆妈，你怎么对我一脸嫌弃，一直都是我们在伺候你，养你老——

我不客气地打断他说，你养我老？我有退休工资的。

言伯邻说，姆妈，你要用用人，你要吃好的，还要吃时令的，都很贵的，你还要吃营养，你那一点点退休工资，哪里够用的，都是我们贴的，宁可小人饿着，都先尽足你的。

你尽足我，我也瞧不上你，我对他说，你去找老大来，我马上要翘了，你还不去喊来，你们不想听遗嘱了？

言伯邻和陈落薇动了动脑子，算是想通了到底谁是老大，他们马上把他们的大儿子言子谌叫来了。

言子谌跟他爷一个模子里倒出来的，他进来就跟他爷一样，立在我的床前，一声不响，严肃认真，等着给我送死。

我不想把嫌弃的脸给孙子看，我只是对他翻个白眼，他虽然看起来呆若木鸡，但心里跟明镜似的，他已经晓得，我要见的人不是他，但他还是努力了一下，认真地说，老太，是我，我是阿大，言子谌。

他是白费口舌。他的爷和娘也看出来了，他们手足无措地站立了一会儿，小声地商议起来。

一个说，会不会她要叫阿二头言子陈来。

另一个说，不可能的，言子陈既不是老大，也不是男孩。

也有不同声音说，可是老太一直是喜欢猢狲的。

再有说，也是的，人家老太都喜欢孙子的，唯独我们老太，喜欢孙女。

再一个说，喜欢归喜欢，可是老太说要叫老大的。

这一个又说，老太应该是糊涂了，以为自己喜欢的人就是老大——要不，我把阿二头叫来试试？

我又生气了，赶紧叫停他们，去去去，不是不是，我要叫老大。

我又不是老大。就算老太要叫老二，我也不会去的。

我忙着吃早饭，忙着去上学，忙着做功课，忙着和余又比成绩。马上要高考了，时间就是分数，我虽然听到他们七张八嘴，但是我理都不理睬他们，听到说老太喜欢女孩子，可能要喊我进去，我赶紧狼吞虎咽地吃，吃饱了我拔腿就跑。

我才不要进去听什么遗言。老太那张嘴里，能有什么好东西说出来？

两个老大都不对，老二也不对，还有哪里有老大呢，他们面面相觑，愈加感觉老太捉摸不透，将死之人，还能这么精怪地捉弄活人？

他们这是在耽误我的阳寿，我的阳寿已经所剩无几了，再耽误下去，阳寿耗尽，我就做不成我要做的事情了，我气得用劲拍床沿，把手也拍痛了，我骂人了，我说，滚，滚，一群废物，蠢货，叫个人都叫不来，要你们干什么用？

言伯邻小心地说，嘘，老太，你好歹也是个苏州大小姐，应该是端庄文雅的，你怎么骂粗话？

我说，是，我脑子跌坏了，你哪哼？

陈落薇更加小心翼翼，跟我探讨说，老太，当初你又不是脑袋落地的，你是摔坏的脚吧？人家还说你是装腔，是假死，要是真的想死，你就从北寺塔上头朝下跳——

她竟然把我混乱成了言耀亭。

她真是纠结。

言伯邻和言子谌都晓得陈落薇头昏了，陈落薇话一出口自己也晓得出问题了，现在他们三个，都呆呆地立在我床前，看我死又不死掉，活又活不像，真拿我没有办法。

看来我真是高估了他们的智商。我本来是想让他们猜猜谜的，结果他们一个比一个蠢，越走越远，离题万里了，我只能自认倒霉，放弃跟他们玩游戏的天真想法，直接吩咐说，去，去，把隔壁掉枪花叫来。

我明明口齿清晰，他们却听不明白，反应不过来了，过了半天，还是言子谌年轻一点，反应过来了，说，老太，隔壁掉枪花不是余家老大吗？

我说，是呀，余家老大，就不是老大了吗？

我这一说，无疑是指向明确了，我要叫的人，就是隔壁掉枪花，大名余又。言伯邻和陈落薇都急了，说，姆妈，掉枪花虽然也是老大，可他是余家的呀——余家是余家，言家是言家，不搭界的呀。

他们言外之意，你不能把言家的遗产，交给余家的老大呀。

他们就这点出息。他们以为，人临死之前，必定是要交代遗产的，所谓的生不带来死不带去。

我偏不。

我说，不搭界？谁和谁不搭界？你们说余家和言家不搭界？我不相信你们能说出这样的话。

从前的余家，做过言家的管家。管家也是传代的，爷爷做了父亲做，父亲做了儿子做，只是到了余白生这一辈上，就没有管家这一说了。

余白生始终不在我的故事里，因为1975年，他已经离开这个故事了。

但是他很快就会回到故事里来的，这个我有把握，因为我今天要做的事，就是这个事。

我的宝货儿子、媳妇、孙子，还在纠结余家和言家搭不搭界，怎么言家的老太临终要见的是余家的子孙，他们想不明白。

难道那是个私生子吗?

难道那里面有什么惊天骇人的秘密吗?

他们真是想多了。

人想得越多，就越不明白。

他们不明白的事情多着呢。

他们就不是些明白人。

我威胁他们说，你们叫还是不叫?掉枪花不来，我这口气，是咽不掉的，就这样半死不活吊着，吊死你们哦。

他们怕被我吊死，只好去喊隔壁掉枪花。

余又跟言子陈基本是一样的动作，抓紧时间吃早饭，抓紧时间到学堂，抓紧时间做功课，要和言子陈一决高下。这会儿言伯邻进来叫他，说，老太临终了，老太说要见你一面。

这掉枪花余又也觉得奇怪呀，隔壁一老太，要死了，临死之前，要找人说话，可能是交代什么事情，不找自己家的小辈，反而找他，他也搞不清其中的蹊跷，却也不便拒绝，只管先过来再说。

走到言家门口，就被言子陈挡住了，强横霸道地说，凭什么，老太凭什么喊你不喊我?你掉什么枪花?

隔壁掉枪花和青肚皮猢狲，两个同年，虽是一男一女，却如鸡同八脚，见面就掐。余又明明不晓得原因，却偏要跟言子陈作对，随口编故事说，这你都不晓得，我才是你们家嫡长子，老太要把家产传给我吧。

言子陈“呸”他一声说，嫡子个屁，要么血滴子。

余又笑道，对了，我就是你的血滴子，专门针对你。

他们还在门外调情，门里的我，等得急煞了，千呼万唤，余又终于出现在我面前了。

余又和他们不一样。他不惧怕我，走到我的床前，抓起我的手，把了把我的脉，怀疑说，老太，蛮好的嘛，心跳正常。

他又不学医，假模假式的，我臭他说，掉枪花，你不要跟我掉枪花，你算是安慰我的吧，你瞎搅百叶结，你以为我喜欢活着，你以为我贪生怕死，我跟你说，我这口气，不是为我自己撑着的，我是为言耀亭挺牢的。

余又嘲笑我说，老太，我倒不晓得你们感情这么好，我只记得，小辰光言阿爹老是喊你“喂”，你老是说，我没有名字的啊？

我说，你记性好，你眼睛凶，我服你，我改个说法，我不是为言耀亭活着，我代表言耀亭活着，言耀亭有话要跟你说，我不把话带到你那里，我不能死的。

余又说，老太，你不要又来套路我，我这几年不是一直在吗？你为啥要等到今天、此刻？

我说，掉枪花你年纪轻，你不晓得，这句话讲出来，我是没有脸再见人了，我只有脸去见阎王。

余又冷血动物，冷冰冰地说，哦，我晓得了，老太你时辰到了，再不讲，就要带走了。

我说，掉枪花，你明白就好，你听清楚我的话——我，姓言，名耀亭，字济之——

余又没有听清楚，只好再凑到我跟前一点，他闻到一股味道，皱了皱眉头，说，什么味道？

我“咯咯咯”地笑了，我说，死人的味道。

余又很生气，他想说什么来攻击我，但是没有说出来，估计他顾虑到言家的一家人，都堵房门口偷听呢。

算了算了，他不理睬我的捉弄，只管问道，老太，你刚才说谁的名字？什么之？

我说，掉枪花，你年纪轻轻，耳朵不灵啊，我在告诉你，我的名字——我一边费力地说话，一边把一条手臂费力地从被子底下伸出来——不知为什么，余又一出现，我就没有力气了，先前我跟我家小的们做游戏、弄怂他们的时候，我还劲道十足，现在余又来了，我的时辰大概也差不多了，我没有力气了。我想把我的手臂抬起来，但是已经没有力气抬了，我只好把手放在床上，幸好眼睛还能示出点意思来，说话也还剩下最后的一点点声气，我再使出劲来说一遍：我，姓言，名耀亭，字济之，号——

号个屁——余又说，老太，我告诉你，你跟他们装神弄鬼，他们吃你这一套，我才不会理睬你，你别跟我来这一套！

他虽然粗鲁不讲礼貌，但我喜欢他这样子，爽，不像我家那几个屎货、蠢货，表面唯唯诺诺，实质口是心非，一肚子坏水。

我夸赞余又，我用尽最后的力气跷了跷大拇指说，你是这个，你真的不需要吃我这一套，你就当我不是我——

余又不礼貌地打断我说，你不是你，你是谁？

我说，他们不是都说言耀亭上了我的身吗？我就是言耀亭嘛，所以你看起来是一个老太在和你说话，其实是那个死鬼在和你说话，你先搞清楚这一点，我再跟你说话。

余又“啊哈”了一声，他才不信，他说，老太，不要装神弄鬼了，无非就是言阿爹死的时候，有什么话交代你，叫你到时候再讲出来——说话至此，他忽然眼乌珠一弹，他想到什么了，他甚至有点紧张起来，呼吸也急促了，面孔也涨红了，他盯住我说，老太，你刚才说什么？什么之？济之？你说济之做啥？

他虽然反应慢一点，但也在情理之中，毕竟那个时候，他才十二岁嘛。现在长大了的余又，终于被我点着了。我就是在用生命最后的力气点燃他的生命之火，我跟他说，你说济之是谁？

他又反过来责问我，你说济之是谁？这个赤佬的口气，好像我不是个七老八十的应该被尊重的老太，好像我是他孙子。

好在现在终于挨到了我的时辰了，我可以直接说出来了，因为这句话放在肚皮里好多年，早已经烂熟，所以我脱口而出，济之，不是你爷，不是余白生。

那济之是谁，济之是谁——余又一迭连声地追问我，我以垂死的眼神，看着余又的面孔，简直难以形容，一个将死的老太，无论如何也形容不出他的复杂又恐怖的脸色来了，我只好说，济之是我。

你是谁？

我是言耀亭。

就这样，一切都真相大白了。

事情可以这样解释，言耀亭上了我的身，叫我把一些事情讲出来，比如济之。

当初余白生自认的济之，其实是言耀亭。

言耀亭是言济之。

余白生不是余济之。

我和余又的对话很简洁的，但是余又很容易听懂，恐怕也只有他，能够听懂“我是言耀亭”的意思，并且立刻相信了“言耀亭是言济之”的事实。换作他人，又要大惊小怪，又要搞七捻三，研究上身不上身迷信那一套了。

余又大惊失色，他故作镇定也没有用，我看到他眼皮子在跳，连声音都有点颤抖了，他是掉枪花呀，一个专门跟人耍花招的小青年，大滑头，居然如此失态。我心中暗喜，我要的就是这个效果。

余又完全不顾我的死活，自问自答地说言耀亭言济之？又说，言济之是言耀亭？又说，言济之不是余济之？又说，那怎么会有余济之——他的脉息乱了，他这样高声乱说，我估计守在门外头偷听的几个家伙要晕头转向莫名其妙了。

哈哈。活该。

我示意掉枪花到我的床垫下摸一下，我以为他需要摸索一会儿才能摸到，不料他手上长眼睛，眼功狠，一伸手，就捉到了那个用手帕包的小包包，我和他都还没来得及吱声，在门口偷听偷看的陈落薇惊叫一声，一只包裹！

紧接着，大家七嘴八舌地问，包裹里是啥物事？

然后又七嘴八舌地猜测：

遗书？

房契？

黄货？

珠宝？

啥啥啥啥……

就在大家七嘴八舌“啥啥啥啥”的时候，余又紧闭嘴巴，紧紧抓住手帕包，推开拥堵在门口偷听的几个人，夺门而走，我的孙女青肚皮猢狲言子陈在背后追着喊，掉枪花，掉枪花，你立定，你立定，你再不立定，我要——

陈落薇长叹一声说，歇搁了，全弄得去了。

他们再回头看我，围过来，想再跟我纠缠，再从我这里挖出秘密，挖出他们想要的东西，可惜他们希望落空，化为泡影。

那个一直在我门口走来走去的人，进来了，他扒拉开其他人，走到我跟前，对我说，走啦。

我说，好的，走吧。

再会了。

祝我一路走好。

余又已经冲到天井门口了，没有人敢挡他，也没有人敢追他。只有我敢。

我是言子陈。那一年我十八岁，余又十八岁。我们正在备战高考，互相不服气，要比谁考得好。

我三步两步追上了余又，他居然拿了我家好婆的东西逃走，岂可容他随心所欲，可是我追上他的时候，并没有向他讨要好婆给他的东西，我只是问他，余又，你到哪里去?

我问的这句话，要不就是多此一举，要不就是先见之明，这时候的余又，和我一样，应该去上学，马上要高考了，不上学做功课备考，还能干什么？可是我为什么会突然问他要到哪里去，难道我已经知道他要离开，我从哪里知道的呢，从他的脸上看出来的？从我自己的思想里跑出来的？难道这就是所谓的“感觉”？

以余又的脾气，他是不会回答我的，他会卵也不卵我就径直走掉，我问也是白问。可是这一天不是一个正常的日子，太出乎意料了，余又居然停下来，朝我看看，大声地说，我去叫我爷回来！

余又的这句话，简直惊天动地，比老太去世的震动要大得多得多。十二年苦读，马上高考，他却在这个时候要去外地，去安徽的一个乡下，要去把他父亲找回来。

围在老太屋里的言家的人，躲在自己屋里的余家的人，还有一直在盯注观察的朱家的人，统统拱到天井里，一出好戏就要开场了。

先是姚妍急叫，余又，你个赤佬，你给我回来，哪里也不许去——见余又不睬她，她又说，你爷个猪头三，阿屈死，老早就可以回来了，是他自己不肯回来——

余又的妹妹余来年纪虽然小一点，却比阿哥懂道理，她对余又说，阿哥，既然济之是言济之，爷的事情，早晚弄得清爽，不在乎这几天时间，等你高考结束，我们再一起去喊爷回来。

我父亲言伯邻，虽然老娘刚走，虽然老娘临终重要的话都是讲给外人余又听的，手帕包也交给了余又，但是听到余又要去安徽，可能会影响甚至放弃高考，我爷也有点替他着急了，走上前也想帮忙劝劝余又，哪晓得余又朝他蹬鼻子上脸，张狂地说，你走开，你没有讲话的资格。

平日里余又虽是强横，但是对长辈终究还是讲点规矩的，这会儿居然对我父亲这种态度，我父亲也是奇怪，被他一冲，居然一点不敢恼火，还唯唯诺诺，像心虚的样子，退了一步，不说话了。

我不服了，上前跟他计较说，余又，你狠什么狠，你对我爷什么态度——吓得我父亲要紧拉住我，叫我不要再说了。

掉枪花向来诡计多端，现在碰到自己父亲的事情，变成一根筋了，定坚要马上出发，跟他娘说，你急啥急，我打个来回，来得及，赶得上高考。

我也对他使用激将法，我说，余又，别以为我不晓得，你是逃避，你是怕考试考不过我。

别人说的话，他句句能反驳，能顶回去，但是我说的这话，余又却没有反驳，他朝我看看，说，言子陈，你说得对，我怕考不过你，所以逃走。

倒把我钝了个哑口无言。余又为了马上找回他的父亲余白生，居然可以认㞞，居然可以吃瘪，个赤佬。

姚妍晓得她是说不动余又的，只好改变方向，骂人说，害人精，害人精，害了自己害小人。

余又一听，顿时怒不可遏，朝他娘怒目切齿，本来别人也不太清楚姚妍骂的是谁，结果一看余又这种腔调，才晓得姚妍骂的又是余白生。

可是现在按照老太临死坦白出来的事实，余白生是做好人好事，当时人家问谁是济之，天井里那么多人，没有一个人立出来承认，余白生就冒名顶替了言耀亭去做济之。虽然言耀亭那时不在家，并不知道这个事情，但是他的儿子言伯邻知道自己的父亲是济之呀，他却不说。至于我的母亲陈落薇知道不知道，作为儿媳妇，推想起来她也是知道的。

这个我可以做证。我曾经在半夜里偷听过他们讲话。后来再回头想一想，就猜得出他们说的就是这个事情，对得上榫头。再则，等到余白生跟人家走了，我家爷爷也回来了，他也戳穿了我父亲的阴谋，晓得了余白生代他做了济之，他却没有当场去承认，所以他死的时候，把这个罪过交给了我奶奶。算我奶奶倒霉，整整六年时间，天天背着这个罪过，直到死去，总算可以卸掉这个负担了。

我的父亲母亲这两个人，什么人呀，眼睁睁地看着隔壁邻居代己受过，却能挺牢不说，也算是贼骨铁硬，可惜是硬在了面皮上，面皮老得可以开火车了。我奶奶说，她要到临终的时候才能讲出来，因为一讲出来，她就没脸再见人了，只能去见阎王。

只是我的父亲母亲，现在怎么见人呢?

我才不管我父亲母亲怎么见人，反正他们面皮厚，他们老是说，人活着，面皮老老，肚皮饱饱，就是他们自己的写照。

我的心思在余又那里，我不许他跑到安徽去耽误高考，我们还要在高考战场上拼高低决一死战呢，没有了对手，我无趣的。

只可惜，我再怎么野路子，我毕竟搞不过余又。我只不过是一只青肚皮猢狲，最多调皮促掐，难以教养而已，他是隔壁掉枪花，比我厉害，他会玩阴谋诡计。结果果然，我们还没有在高考战场上见，他已经先赢了我一局，跑掉了。

余又跑到安徽，并没有见着他的父亲余白生。余白生在县文研馆工作，单位里的同事都很重视他，尊敬他，在余又面前好话说尽，说余白生给他们县文研馆文管工作做了好多事情，帮他们挖掘了许多珍贵历史遗存，尤其是古建方面，许多即将毁灭坍塌的老建筑，在他手里被发现了，上报了，有救了。

余又去的时候，余白生不在县城，去乡下做调研，考察绩溪县古建，乡下尚未通电话，余白生像一只断线的风筝，也不知道盘在哪一个角落，也不知飘在哪一片天空，一时半会儿是找不到他的，只有等他自己回转。

余又留下一张字条，告诉他父亲，真正的济之终于出现了，他可以回家了。

其实正如姚妍所说，余白生早就可以回家了，是他自己不想回家，不知道盘在安徽的一个县里，到底有什么意思。

这里边还是有不解的谜团。真正的济之是谁，余白生又不是不知道，他是早就知道，又因为当初场面尴尬，才自愿出来冒名顶替的。就算余又急着要告诉父亲，根本不需要放弃高考跑到安徽乡下去，他只要想办法给余白生打个电话就行了。余又却偏偏去了安徽，留了那一张字条，真是多此一举。

余又脾气犟，嘴巴紧，他分明是去给他父亲余白生送老太留下的那个手帕包的，手帕包里到底是什么东西，他是决不会透露出来的。在后来长达几年的时间里，任凭大家怎么死盯活缠，他也没有说出来。大家东拼西凑，合理推测，胡乱猜测，最后仍然只是存疑。

不断有人心痒难耐，去问余又，他跑到安徽交给余白生的，是不是这个，是不是那个。

余又只给一个字：滚。

一直到很多年以后，这个手帕包里的秘密才被揭开，里面是安徽绩溪县一家当铺的收据，却又不是典当物品的收据，而是购物收据，购买的是当铺的一件绝当——清代乾隆年间的古画《春日家宴图》，收据的时间是1966年4月，购当人签名：言耀亭。当铺签章：安徽绩溪县红升当铺，罗明章。

1981年夏天，高考前一天，余又急急忙忙赶回苏州，他本来是算好了时间的，却不料途中长途汽车抛锚，修车用去大半日，余又回来参加高考，少考了两门。

少考两门的余又，分数跌掉一半，上了本地的一所专科学校，而我，言子陈，如我所愿，考上了名校，清华大学建筑系。

余又个赤佬，活该。

动作暂停了，我估计小刘暂时也不会再来找我麻烦了。本来因为他的执着，我甚至都有点烦他，有点怕他了。可是一旦得知动作暂停，他忽然就消失了，一下子就无影无踪了。我却又有一点失落的感觉。

似乎小刘的这种纠缠，还是很有意思的，很有生活烟火气的，也好像天生和小刘有一点亲切感似的。

也许是因为我离开得太久。也许是因为我几十年和家乡的亲友们联系得太少，也许是其他的什么原因。但是不管怎么说，我都不会无事生非。小刘就从我人生的这一页翻过去了，翻过去就翻过去，我不会再去翻回来。我还有我的重大的课题要完成呢。

虽然旧居的问题仍然存在，但是存在就让它存在，存在而不得解决的问题，多了去了。现在我松了一口气。我可以抽身离去了。

一直等到我打算要离开的时候，小白还没有到，也没有她的信息和来电，我把手机拿起来看了看，手机像睡着了似的，一点动静也没有。我有些怀疑，会不会老宅里有什么东西遮蔽，影响了手机的信号。我问尹宁，尹宁说，这里信号没有问题的，我们都用得好好的，又不是什么深山老林，只是老宅而已，宅子虽然老了，天空却天天是新的哦。

她还说点哲学给我听呢，但我还是表示怀疑，正在犹豫要不要出去给小白打电话，小白的电话却打进来了，小白的声音比刚才语音里更着急了，她说，老师，老师，整个不对头了，司机把我载到快到郊区这地方了——她可能是怕我不相信，故意大声和司机对话，说司机带着她兜圈子了，然后我就听到司机在那边跟她急，说，妹妹，我没有绕你路哦，你可以查行车路线的，你要到严家巷，严家巷就是在这边的。小白说，什么什么，我明明说的是言桥巷。司机仍然没有听出来，说，是呀，你说的是普通话，普通话的“严”，我们苏州人叫“年”，幸亏我是开车的，听得懂普通话。小白急得说，不是严家巷，也不是年家巷，是言桥巷，我写给你看——我估计小白是设法写出了“言桥巷”三个字给司机看到，司机一看，才明白了，立刻说，言桥巷？哪里来的言桥巷，妹妹你搞错了，那地方早就没有了。小白生气说，你存心骗人哦，怎么会没有，我老师现在就在言桥巷等我。我听到司机奇怪地“咦”了一声。不等司机再说什么，小白急道，师傅，你现在快点开过去吧，我老师一直在等我。司机说，对不起，我没有本事开过去，那个地方没有了，你叫我往哪里开。

我听了听，基本判断司机的想法和做法没有问题，他无非是和我，和言子谌、言子辰等许多人曾经的认知一样，以为言桥巷早就拆掉了，所以误将言桥巷听成了严家巷。我担心小白跟他起冲突，赶紧对小白说，小白，我这边没事了，你就不用赶过来了。本来这个言桥巷，也不是我们的项目中的内容，只是我的一件私事。小白估计也被搞昏了，声音都有点疲惫了，她说好的老师，现在时间还早，要不我现在直接去城建档案馆吧。我说好，我这边也完事了，我们在档案馆会合。

如果没有忽然莫名其妙插进来的言桥巷7号旧居的这个事情，本来我和小白今天的行程就是去城建档案馆查资料。

我和小白通过电话，打算和尹宁告辞了，我说了一声，我还蛮庆幸的，一找就找到这里了。尹宁笑道，你住过嘛，有气息，有痕迹的。我接过她的话说，哦，就像狗一样，一路走一路撒尿留下气味。尹宁说，那是。

我临走之前，尹宁说，要不我们加个微信，有事方便联系。我就和尹宁加微信。尹宁一边操作一边说，哎，干脆我把你拉到我们“言桥往事”群里吧——她见我有点疑惑，又补充说，这个群名可以吧，是我想出来的，有一本旧书，就叫《往事重现》，你看过没有？写的就是你们言家的旧事，所以如果换个醒目点的书名，也可以叫《言氏旧日》什么的，言子陈，你可以去找来看看。

我没有兴趣，我说，往事也好，言氏也罢，未必和我有什么关系，我也不想去攀个五百年前是一家的亲戚，我也不认同天下同姓是亲人的意思。

尹宁笑道，你个臭脾气，几十年了，你的气还没消呢——她并没有征得我的同意就拉我进群了，我正想着要不要把我的微信名改成真名，尹宁却说，你不用改真名的，这里边好多人都不是真的，再说了，你进群又不会冒泡的，拉你进群，你潜水就行，方便偷窥群里大家的样子。

我稍有一点不自在。她说我潜水偷窥，倒真是打在七寸上。我说，我又没有要进群，是你拉我的。尹宁说，大家都是假的比较好，对不上号，也就生不了气，也就不顶真了——再说了，就算你改成了真名，也未必有几个人知道你。

我入了这个群，瞄了一眼，群里人不算多，也不算少，大多不是真名，我也没有瞄到尹宁的名字，我问尹宁你在这里边叫什么。尹宁说无所谓啦。我也就不再多看了。

尹宁见我已经说了两次要走了，却还在犹豫，还意犹未尽，欲走不走的意思，她大概明白我的心思，就跟我直接说白了，言子陈，你不要瞎想了，房产证真的不在我这里。

我确实是有些瞎想，而且一直在瞎想，从我走进我家旧居的这个小天井，遇见儿时的邻居尹宁后，我就一直在想问题，我的思想一直在往前走，走到这会儿，我的所思所想已经不是尹宁有没有拿我家的房产证，而是尹宁本身了。只是我始终没有想出，也没有看出尹宁本身有什么问题，何况现在她已经存在在我的手机里，还在同一个群里，我已经没有什么要继续怀疑和猜测的了，所以我对尹宁说，房产证现在也无所谓啦，它爱在哪里就让它在哪里待着吧。

尹宁点了点头认同我的意思。

我又补充了一句，如果小刘下次又要动作了，我再来找它。如果动作一直不来，也许等我忙完了手上的事情，我会和言子谌、言子辰他们商量一下怎么处理，毕竟我们的爷爷言耀亭还在底档那里等着我们呢。

虽然在短短的时间里，从动作到不动作经历了比较大的变化，但那个变化和我关系并不大，所以我并没有什么懊丧也没有什么欢欣，对我来说，我此行的收获是基本上了解了我家旧居的现状，所以即使动作又来了，我也不用再去求着言子谌或言子辰问东问西了。

我们家的旧居，确实如言子辰推测的那样，现在由尹宁管理着，钥匙也在她那里，产权证在不在她那里不重要，即便丢失了，按小刘的意思，那也不是什么大事，可以补办的。

虽然尹宁始终没有直接说明，是不是我父母亲去世前将一些东西托付给她，但是推想起来，这种可能性也是存在的。至于最后的最大的那个疑问：我家的旧居，我的父母亲为什么不交给言子谌和言子辰，而是托付给尹宁，我也不想过问了。我自己的工作压力也挺大。

半个小时后我到了城建档案馆，小白已经站在门口等着了，我看了看她的脸色，就知道她还在对找不到言桥巷的事情耿耿于怀。我理解一个好孩子难得失误一次的那种懊丧心情，我跟她说，小白，别说你了，我也是找了很长时间才到的。

小白这才稍有安慰，但她想了想又说，可是为什么大家都说不知道，我明明查了言桥巷是在新马路附近的，可是到了新马路，那边的居民也都不知道，那个出租车司机干脆就说根本没有。

我跟小白说，这算不了什么，一个古老的城市，经历了无数朝代岁月的改变，肯定会出现各种奇怪的情况的，就比如今天我去的这个言桥巷，是我小时候的住处，后来听说它拆掉了，再后来又听说拆的不是它，说它还在那里，但只要你没有脚踏实地去现场考察，没有亲眼所见，就不知道它到底是在还是不在——

小白“嗯”了一声，同时还轻轻地叹息了一声。我知道她还在为自己的缺席感到遗憾。

我又想，我这么说，似乎不够全面，所以又补充道，当然，即便物质的它不在了，但是因为它曾经存在过，它会留下痕迹，留下许许多多的信息，这样的信息，不会消失，它们会一直传到后来，再后来。比如我今天去了言桥巷7号，它还在，但是就算它不存在了，它也会存在于我的精神世界中。虽然许多年来，我似乎是在刻意地忘记它，丢弃它，但其实它是轰不走赶不掉的，它永远都在那里。

小白立刻明白了，她特别擅长举一反三，说道，老师，我知道了，正因为如此，老师才会有现在这个“已毁古建筑群现状评估”，这个课题才有它的价值和意义。

在我的“已毁古建筑群”目录中，有一处“不易堂”建筑群。这个不易堂，是所有我想要关注的建筑群中记载最少，消失得最彻底的一个“群”，所以也是我的调研项目中的一个重点，一个难点，甚至是一个最难的点。

那本清朝人写的《古城烟水》说不易堂在言桥巷，分明是一个历史的误会。而在其他的一些历史书籍中，关于不易堂的记载少得几乎没有，我们东寻西觅，大海捞针，只看到过几个比较空洞的说法，比如“江南第一豪宅”“一宅不易堂，半座姑苏城”，再比如“天下无第二家”之类，最最具体的一段内容，也只是一个大概的描述而已：“斥资五十万两白银，历经十二载，翻建老宅地，扩至十八亩，坐北朝南，五路七进，又与宅园、义庄连成一片，鳞次栉比，巍峨气派，空前绝后。”说的是康熙年间的事。

尽管对于不易堂的形容相对抽象，但曾经的它是一个较大的建筑群这一点应该无疑。可疑的是对不易堂所在地的描述却是不确定的，除《古城烟水》的差错外，又出现了好几个地名，一说在玄妙观之西嘉裕坊，一说在玄妙观之东郡长巷，还有一说：“不易堂，位于城南严家巷中段。”

难道古城之中，竟有几个不易堂？那还了得，所谓“一宅不易堂，半座姑苏城”，如果有几宅不易堂，那岂不是包去姑苏的全城还不够它用的。

这些自相矛盾的记载很快就被后人一一否定了。但它们并非无依无据的，记载所指的那几条街巷，确有言氏旧宅，可惜它们都不是不易堂。

通常大户人家会碰到一些误会，他们也许曾经有多处老宅地，关于这个康熙年间“翻建老宅地，扩至十八亩”的事情，后世写“史”的人没有下功夫、做功课，就误会到了另一条街巷；再比如，多房子孙各有不同的居所，几百年前究竟哪一支在哪一处宅地上建造或翻建，也许会以讹传讹。时间长了，后人也都四处散落，寻根问底的事情，就越来越难了。

也许正是因为这个不确定，在万能的网络世界里，竟然也没有不易堂的信息和位置，我和小白轮番在网上搜索，始终只有“不易”不见“堂”。

不易堂几乎是一处信息全无的“已毁古建筑群”，我将它列为课题项目之一，纯属自找麻烦，自加压力。其实现在小白已经明白了，从我昨天联系她要去言桥巷，她立刻就联想到了《古城烟水》中的记载。

那明明是一个错误的记载，是一个不准确的信息。也许在小白眼里，她的老师就是明知山“无”虎，偏向虎山行。

城建档案馆所收存的历史建筑档案，并不是历史上留存下来的，而是在后来漫长的日子里，尤其是近几十年的时间里，经过组织专家对完整的或已经不完整的历史建筑进行实地考察，对建筑风格、施工工艺水平、保存现状、历史价值、文化价值等项目一一打分，严格筛选和精准鉴定所确定的历史建筑名单以及各种资料。因为古城历史建筑的面广量大，这项工作前面已经分三批确定了二百四十五处，第四批的调研任务还在进行中。

我是因为我的课题“已毁古建筑群现状评估”而来，所以我的自相矛盾是显而易见的，既是“已毁”，专家们的“实地考察”就不存在，“实地考察”不存在，后面的一系列工作，就无从下手，他们凭什么打分，从哪里去筛选，又如何去鉴定“已毁”的价值呢。

这个名单里，会有“已毁”吗？

尽管有如此之大的漏洞，我还是来了，还带着助手小白，因为我们没有别的出路，这几乎是我们最后的希望了。如果在这里仍然没有不易堂的线索，那我就得考虑修改我的课题提纲，把不易堂从课题中排除掉。这是我的事业中从未发生过的事情，如果真要这么做，也算得上我人生中从未有过的挫败。

经过后人重新整理出来的历史建筑档案，仍然十分庞杂，这些建筑资料，有的以年代分，有的以街巷片区分，也有的以规模分，凡以人名分的那多半是名人了，也有以建筑类型分的。

我们要找的不易堂，因为它是没有全貌的，别说全貌，甚至连尺椽片瓦一鳞半爪都没有，所以很难从街巷或者规模、类型入手，它好像也不是什么名人故居，所以唯一的渠道，就是根据年代去查找。但是由于不易堂的建造年代久远，我们手头只有一个“1720年”的说法，就只能往历史最深处去了。

我和小白进了城建档案馆，事先联系过一位姓吴的同志，见了面一看，是一位年轻的女同志，她一看到我们，就热情地介绍起城建档案馆完成数据化的过程以及现在已经达到的程度，不由得让我想起了那个区综改办的小刘，他们的工作态度、业务水平，都有得一比。

小吴说过去查询档案都是靠人工的，现在馆内的当代和近现代部分已经全部数据化，查询的难度大大降低。小吴主动从里边一个柜子里，取出一个厚厚的大本子，说是从前某一年的档案总目录，我们探头一看，确实眼花缭乱，很复杂，上面是密密麻麻的钢笔笔记，记录着包括日期、项目编号等详细内容。小吴拍了拍那个沉重的大本子，欣慰地说，现在就不用这样麻烦了。然后她把大本子放回去，又对我们说，现在数据化了，只要知道所查的建筑地址，即可准确定位对应档案，现在这种简便的方法，是我们窗口查档的主要方式了。然后她又想了想，觉得还有遗漏的，又补充说，就算市民忘带身份证、房产证，刷脸就行了。

小吴介绍得真好，让人振奋，可惜与我们无关。所以后来小吴听说我们要寻找的是历史建筑资料，而且这个不易堂是一个年代久远，连网络甚至其他任何地方都找不到的古代建筑群，小吴就面有难色了。她的意思好像是我们找错地方了，她先说了说人工查询的手续很复杂，难度很大。但她这么说了，分明又有些犹豫，可能担心我们会觉得她是推卸责任，又赶紧解释说，不是我怕麻烦，我担心的是，可能费了半天劲，结果根本就没找对方向。最后她的意思我们也听出来了，她认为我们应该去图书馆的古籍部，从古籍里去找。

她的这个建议我们何尝没想过，可古籍这两字，是什么概念，什么范围，我和小白两人，即便把自己淹没在其中，混为一体，恐怕也难以摸着不易堂的一片瓦一块砖。

小吴见我们为难，又替我们想了想，说，手续我可以给你们办，但是民国之前的历史建筑档案，已经很长时间没有人动过了，我到这里来上班，就没有看到过有人查这些，因为这些资料，现在到处可查可见，用不着费劲地跑到档案馆来寻找，所以馆里存放历史建筑资料的那两间屋子，基本上没有人进去——还有，我先说明一下，你们所说的这种几百年前的古代建筑，原始结构图肯定是不存在的。

我赶紧打消她的顾虑，防止她打退堂鼓，我们还得依靠她专业的指点和帮助呢，我说我们不是要看房屋结构图。小吴说，那你们是要看房屋哪方面的资料？

我无路可退，只得实话实说，我说我们的第一步，还不是要看具体的房屋图或者房屋介绍，我们首先需要确定不易堂的存在。

小吴没有听明白我说的话，她又问了一遍你们要干什么。我只好换了个说法，我说，我们现在要做的事情，是确定有没有不易堂。

这回小吴听懂了，听懂了她就忍不住脱口“呵呵”了一声。可小白分明有点不爽了，她也许是听出了小吴“呵呵”中夹带着的一点嘲笑，小白说，正因为不确定，所以要来查询嘛。

进档案馆和进图书馆肯定是有一些区别的。进档案馆查资料，一般不会是大海捞针，而是有针对性，有明确目标的，但是现在我的针对性却是一个不确定的未知数。或者也可以说，是一个零。

后来小吴带着我们到了存放历史建筑资料的那两间屋门口朝里看看，说，老师，您看，就是这里，虽然也有打扫，也有管理，但是因为无人进来查询，没有人气，阴气好重的。

现在我和小白都有些犹豫，我们本来是抱着希望、奔着目标来的，结果被小吴这么一说，心里就有些疑惑，不是疑惑这里边能不能找到不易堂，而是疑惑我们的行事方法有没有问题，再往根子上推，可能会怀疑到我的课题——“已毁”。

说实话我是心有不甘的，所以我还是再朝里边看看，看仔细了，就发现里边是有人的，有个人正坐在里边的长桌上看书，我特意朝小吴看了一眼，心想你不是说没有人进到这里边来的吗？

小吴知道我的疑问，赶紧解释说，她不是来查询档案的，她是我们馆里的老同志，去年退休了，可是近几天她说要查询一点东西，每天都会来一趟，平时都是上午来的，今天改成下午了。小吴见我脸色仍然疑惑，又补充说，余老师说她本想在退休前把这一块的旧籍再梳理一下，但是因为单位事务太忙，一直没有抽出时间，所以只能在退休以后再来了。

我一听她说“余老师”，心里忽然就“怦”地一跳，我说，她是余老师？她叫余什么？小吴脸上立刻“嘻”了一下，说，余老师叫余了。小白在旁边一听，说，余了？哪个了？小吴说，就是了，了不起的了。小白笑道，呵呵，是了啊，余了，这个名字，嘿嘿。

我赶紧往里边走，却已经迟了一步，余了已经迎了出来，对我笑着说，言子陈，你刚才站在门口，我就知道是你了。我有些不服，说，你刚才连头都没抬，你怎么会知道是我？余了说，因为我知道你会来呀——言子陈，你比我预想的到得早，你哥言子谌告诉我说你回来了，我就知道你会来这里，只是没想到你来得这么快。

她似乎带着些炫耀的口气，但其实这一点也没有什么了不起，既然言子谌告诉她我回来了，那估计他也跟她说了我要做的那个课题，既然要做那样一个课题，找到城建档案馆，也是必经之路。她算不上有什么先见之明，但是她却有着十分明显的意图。我说，余了，你是特意在这里等我？余了说，那当然啦，你不会以为是巧遇吧？

余了和我哥言子谌、我弟言子辰不同，甚至正好相反，他们两个对我是能躲尽躲，最好我不要去纠缠他们，可余了得知了我回来的消息，却是守株待兔似的候着我，十分主动。

也许他们就是背道而驰，也许他们是殊途同归。这许多年我和他们断绝往来，但是他们之间肯定是有联系的，言子谌一边对我的归来躲躲闪闪严加防范，一边却又急急忙忙地告诉了余了，他们八成是商量好了来对付我的，只是有的唱红脸，有的唱白脸，分工不同。我无所谓，且行且观察吧。

我们一起到敞亮的会客大厅坐下，余了手里拿着一本旧书，再次证实她是有备而来，若不然，谁会带着这么一本旧书出门呀。这本书是大开本的，封面都已经发黄脱落了，她递给我，我一看，是一本20世纪60年代编印的区志，然后她指着中间折页的那个地方，说，你看看这一段。

这一段是这么写的："顾耀楼，原名言耀楼，住本弄8号。系徽籍富商言氏九代孙，曾有人形容顾耀楼：'专一穿花街，吊柳巷，吃岁月酒，用脂粉钱，满面春风，挥金如土。'顾耀楼生性豁达慷慨，凡人告贷借款，无不应允，甚或拱手相送。得'吴中第一阔少'称。因名声在外，始终未能娶妻成家。言氏长辈，多次限时改邪归正，均不得改正，一气之下，遂断绝关系，轰出门去，断所有钱财，并吩咐义庄不得接济。言耀楼无以为生，改母姓为顾，冒充顾氏族人，栖身于姑苏最残破的一人弄里一间小屋，靠顾氏义庄每年助些银钱生存。解放后仍孑然一身，生活潦倒，依靠政府按月救济，在公园拉胡琴度日，并将其祖其父日记、手迹、字画、手抄诗词等陆续变卖……"

我看的时候，小白也凑在一边看，看了看，小白有些奇怪，说，老师，这个人姓言，和老师同姓，姓言的人，并不多，会不会是——

当然就是。看看名字就一清二楚的了，我爷爷叫言耀亭，这个后来穷困潦倒的人原名叫言耀楼，基本上可以肯定，他就是我的叔公。我的这个叔公，我小的时候，有没有听我爷爷，或者我的父亲或母亲提起过，我记不得。但是如今推想起来，言耀楼既然是被轰出家门甚至改了姓，成了顾耀楼了，又是如此的辱没门风，恐怕家里不会常有提起，即便提起，也不能当着小孩的面提，所以在我的记忆中，应该是没有言耀楼的也没有顾耀楼的。

可是余了却能够在浩如烟海的史料中，找到关于言耀楼的这一段文字，实属不易，同时也引起我的兴趣。言耀楼姓言，所以这似乎应该是我该做的事情，却被她抢先做了去。

但是余了找到言耀楼干什么呢？我找言耀楼又干什么呢？追忆往事，因为往事如烟或者不如烟？才不。

在这之前，我是根本不知道有言耀楼存在的。当然也许小时候是听到过大人提及的，但是因为这个人实在太不重要，真人也从来没有出现过，所以即便大人提过，对于小小年纪的孩子来说，也根本不可能记住，很快忘了才是合理的。所以如果不是在几十年后的今天碰到了余了，我恐怕一辈子也不会知道曾经有一个言耀楼的存在。

言氏家族上代的，再上代的，人多了去了。言耀楼以及和言耀楼差不多关系的族亲，对于我们，跟陌生人也差不多。据说言氏家族和别的大家族有所不同，有许多大家族，子孙并不兴旺，所以各房里需要嗣来嗣去，弄到最后，谁是谁家的，谁是哪一房的，讲故事的人也讲不明白，后来的传人也都说不清楚自己的来龙去脉了。

而言氏却是个人丁兴旺的大族。大族跟我无关。我只认得我的爷爷言耀亭和我的父亲言伯邻。

言氏家族往事跟我都无关，跟她一个姓余的又能有什么关系呢。可余了分明是找到了言耀楼的一点信息，所以特别守着我等着我，要告诉我。

果然，余了将书往我前面推了推，指着那几个字说，你看这里："将其祖其父日记、手迹、字画、手抄诗词等陆续变卖。"我一看就明白了，而且立刻产生联想，我说，是不是你找到了这个顾耀楼言耀楼卖掉的什么东西？余了点头说是有些东西在她那里，她一直等着要给我看看。

现在我有了双重的好奇，好奇余了手里会有什么东西值得她等候我这么多年，一直等到我出现，要给我看。若是我永远不出现呢？我还好奇，余了为什么对我们言家上代的人和事这么好奇，好像有一种使命感似的。她能够找到七十年前言耀楼卖掉的东西，这算是一个事实，还算是一个奇迹呢？

我忍不住问她怎么才能找到七十年前就已经丢失的东西，她说，靠她自己确实是很难做到，先是言子谌给她提供了信息，但是没有结果，后来言子辰也有信息，忙了一阵，也是乌龙，最后还是她的女儿和女儿的男朋友帮忙找到的。

既然言子谌、言子辰都有信息渠道，为什么他们自己不去找，毕竟姓言的是他们两个，而不是余了。我问余了，余了说，言子谌、言子辰有他们自己要做的事情。这话没毛病。

余了说，你这么多年不回家，现在终于回来了，我也告诉了我姐，她也想见见你，要不明天我们约着吃个饭，我把要给你看的东西带来。我说好。心里想的却是我家的哥哥言子谌和弟弟言子辰，他们不像我的兄弟，余了、余来倒像是我的姐妹。

后来我就和余来、余了见面了。是余了主动约我一起吃饭，我心情有点激动，去得早了，我问服务员那个包厢有没有人到，服务员说有个女的到了，我以为是余了，进去一看，却不是余了，我愣了片刻，她却朝我笑，还红了脸，她这一红脸，我想起来了，她是朱玲玲的姐姐朱玲娣。

朱玲娣小时候在门堂间里学裁缝，被她娘柴美英天天骂笨煞坯，柴美英的理由是，裁缝不落布，屋里死家婆。朱玲娣是老实小囡，不敢落布，给她娘骂了，面孔血血红，也不敢回嘴，我对她说，朱玲娣，你让她去骂，要说死家婆，死的是她自己，你又不是家婆，她才是家婆，她才去死。

柴美英真的已经不在了。

朱玲娣总是会被我逗得笑半天，其实我说的什么，一点也不好笑，但她就是喜欢听我说话。

见到居然是朱玲娣先坐在这里，我起先有些意外，但随即就想明白了，也就是说，当年我们那个天井里的几户邻居，无论后来家庭和个人发生了什么样的变化，他们都还一直是有联系的。当然，除了我。而现在因为我的回来，他们又聚集起来了。

我上前拉了拉朱玲娣的手，她的手很温热，不像我，一年四季手脚冰凉的。我们已经有好多好多年没见面了，朱玲娣看到我，仍然面孔红了红，我忍不住笑了。

朱玲娣说，言子陈，我晓得你要笑我的，言子陈，我很笨的，我笨煞坯，那时候我娘一径骂我的，你一径帮我腔的，不过我确实是笨，我小时候以为你是个男孩子，嘻嘻——

小时候我很皮，我会像男孩一样吹口哨，口哨一响，她就会脸红，原来她一直误以为我是言子谌哎。

朱玲娣说已经泡好了茶，让我喝茶，然后跟我打招呼说，今天她老公老郑本来也要来的，但是临时收到一个信息，说市里请来一位古建筑专家，开了一堂课，讲苏州古城中已毁的建筑群，他要去听一听。

我不免有些奇怪，这个讲课人应该就是我呀，我确实是准备了这样一堂课的，但却不是此时此刻，因为此时此刻我人在饭店呢。也许是老郑搞错了时间。

当年我虽然从自己的家乡和亲人友人身边绝尘而去，但是几十年来，家乡和亲人友人的点滴消息，我总是能够得到一点的。关于朱玲娣，我知道她从小学裁缝，手艺好，声誉也好，后来给国营服装厂招进去做设计师，她的小儿麻痹症，经过长时间治疗和康复，已经好转多了，但仍然看得出一只脚高一只脚低，因而十分自卑，一直不肯谈对象。

她父亲老朱，也有了精彩的人生，开了古玩店，在这个行当里，老朱等于是个白痴，好多人都来糊弄他，其中有个小郑，骗他最多，老朱其实早就发现了，也没有戳穿他，也不追究，只是自认自己没有水平，眼睛瞎的，被人欺骗是活该，所以加紧练就火眼金睛。后来小郑出事了，给公安抓了去，公安还请老朱去指证，老朱却坚持说不是小郑骗他的，是他自己打眼，不怪小郑，又说小郑是块好材料什么的。那时候柴美英还在，一直骂老朱是猪头三，老朱自己也承认。小郑出来后，到老朱家来感恩，那天老朱不在家，只有朱玲娣一个人，朱玲娣给小郑讲了父亲老朱的事情，结果小郑就和朱玲娣对上眼了。

老朱竟然做了个不在场的媒人。

我对朱玲娣说，你先生，我听说过的，以前人家都喊他小郑的，现在是老郑啦。

朱玲娣说，那时候人家也挑拨他的，说他眼睛瞎啦，说我两只脚不一样长短的，小郑说，两只脚不一样长短有啥要紧，两个人的想法一样就可以了。

小郑后来一直辅助老朱搞古玩生意，那时候老朱全国各地到处跑，但凡得到一点不知真假的信息，哪怕刀山火海，哪怕天涯海角，都要去，全都是小郑陪同一路走过的。再后来也有人责怪小郑，问他为什么不戳穿老朱的幻想和胡思乱想，害得老朱到头来一无所有。小郑却有自己的见解，他说有幻想的人，一世人生才是完全的，幸福的。而且他也不赞同别人说老朱一无所有，他认为老朱是很富有的。

从小郑到老郑，朱玲娣的老公一直执着地做一件事，就是帮助老丈人实现心愿。可惜的是，现在他的老丈人老朱身体出了问题，再也走不动了。

我和朱玲娣聊了一会儿，余了就来了，余了的女儿余末末也一起来了，余末末长得不像她妈，估计是像她爸，她跟着余了姓余，估计余了的婚姻差不多也触礁了，或者是有什么别的故事。我没有问。我知道自己是有点八卦。尹宁的事情我想窥探，余了的事情我也想知道。

余来还没有到，我去了一下包厢的洗手间，刚要开门出来时听到余了在和谁说话，那个谁在问余了，你怎么找她说这些事情，余了说，阿姐，你明知故问噢，人家都说，一个人倘若脑子这个，可能就是天才噢，大家都说，也许只有她才能找到——那个人打断余了说，算了算了，别说了，我知道了。

我从洗手间出来，发现那个人是余来，我不记得我们有多少年没见了，但是我一眼就认出她来了。余来看到我，立刻站起来迎过来，一时间我竟有点恍惚，余来和她的妹妹余了长得不像，她像她的哥哥。

菜是余末末点的，点完后把菜单给我看，我本来不想看，但对年轻人的热情和好意，我也不好意思轻慢，就看了一眼，发现点的大多是合我口味的菜，我有点奇怪地看了余末末一眼，她朝我笑了笑，说，我妈经常跟我说起言老师的。

她不喊我阿姨，却称我言老师，是尊敬呢，还是生分，我分辨不出来。但感觉不是生分。我对余了说，难怪呢，原来我不在的时候，你们一直在议论我啊。

余了说，那是当然，我们忘得了任何人，也忘不了你呀，虽然你不理睬我们——

余末末在旁边“扑哧”了一下，余来出来添油加醋说，言子陈何止不睬我们，她连她哥她弟也不睬的，六亲不认。

余了也配合说，言子陈你那时候跟疯了一样。

余来说，不是跟疯了一样，就是疯了。

我赶紧说，打住，打住，你们姐俩，嘴上积积德吧，你们这么说我，末末他们小一辈的，不明就里，还以为我真是个疯子呢。

余了和余来同时“啊哈”了一下，余来说，难道不是吗？余了说，后来你就失踪了。

总之她们姐妹俩，一搭一档一吹一唱胡乱编派了一下我的过去，我也无所谓啦，即便在小辈面前，我也一样无所谓，至少她们要比我的一兄一弟强多了，她们还愿意守着等着我回来，还主动请我吃饭，连下一代也都带来了，至关重要的，余了还有东西让我掌眼。

余了告诉我，她所说的找到了言耀楼卖掉的东西，是一本言耀楼的日记本——我忍不住“哈”了一声说，哟，那样一个人，还写日记。余了说，你可别小看言耀楼，人家还是上海圣约翰大学文学学士呢，有知识有水平的，只是生性那样，怎么办呢。

我才知道我浅薄了。脸上有点尴尬，我说，那是那是，那时候的人，即便落魄，即便潦倒，身上总还是有些光芒的。

后来我才知道，言耀楼的这本日记，是余末末找到的线索，我听后不由得“咦”了一声说，末末，你年纪轻轻，对这些老缩货，倒有兴趣哦，你是学什么专业的？余末末说她是学医的，现在是医院心内科的医生。

余了又告诉我，余末末和她的男朋友刘乐乐在刘乐乐外公的旧书堆里，整整翻腾了半个月才发现了这本日记，得来真是不容易。

我想问一问刘乐乐是谁，刘乐乐的外公又是谁，但是余末末并没有等我的问题问出口，她已经拿出了言耀楼的日记本，交到我的手上，这是言耀楼1952年的一本日记，已经残破不堪，好在内容尚在，一本大约七八十页的本子，只记了前面十几页，后来就都是空白了。因为言耀楼死了。所以这十几页的日记，就是言耀楼生命最后的印迹了。

日记里其他内容我就不一一复述了，离我们太远了，我只说一说余了为何要让我看这本日记，因为这本日记里，有这样一则：

6月3日，晨6时起。至观前朱鸿兴，生意照旧，进店落座，伙计熟络，喊三两焖肉面，宽汤，却不料朱掌柜从灶间出来，摇头摆手。余向以至信至诚作保，每日可赊得焖肉面一碗，手中但有周转，即刻归还。俗言“有借有还，再借不难”。未料于今日遭拒，问为何故。掌柜言曰世间已无“信”“诚”二字，从此本店概不赊账。不轰而走，饿了肚子，丢了面子，着实难堪。

去家取了相伴数十年的胡琴，往宫巷大众当铺二楼，那当铺老儿，狗眼看人，接过去胡乱拉了几下，竟不收胡琴，言琴皮有破洞，皮开肉绽，又言其声音如公鸭，如哭丧，晦气。我据理力争，毕竟那上等紫檀木材，好歹也值几个。老儿仍不给价。余已饿得虚脱，只得诳以《春日家宴图》，老儿一听，眼珠子发定，约定两天后将此图送来抵押，才收了胡琴，得了面钱。

下午至大公园，心中手中，皆若有所失，想来是因胡琴之故，再想那胡琴已经入肚，再过个把时辰，便成粪土，不免懊恼沮丧——

我的眼睛在第一次掠过《春日家宴图》时，并没有将这几个字和什么事情联系起来，但是这几个字却一直在我眼前晃动，干扰了我继续往下看言耀楼的日记，我停顿了一下，余了就说话了，余了说，言子陈，你看见了吧，就是那个图。

是的，就是那个“图”。

1975年初夏。有三个人走进了言桥巷7号，他们三人以及巷弄里所有的人都不会知道，他们这一步走进来，后来改变了这么多人的人生。

他们是带着这样一封信来找人的：

余桂芬（轉濟之）

濟之吾兄：見字如面。家父垂垂老矣，念念不忘古畫《春日家宴圖》，曾於民國三十七年秋交于吾兄代藏。未知尚安好否？關乎事大，思之心切，言曰不見此畫，死不瞑目。何况許諾在前，食言在後，此即便九泉之下，亦無顔面對侄女婿。

那时候经历了各种研判、审查和纠缠，最后仍无人知晓古画《春日家宴图》，究竟是有还是无，究竟是图还是别的什么。根据疑罪从有的时代标准，后来就发生了那么多事情。

那么多事情，是建立在无图无真相的前提下的，可是穿越回到1952年，却可以在言耀楼的日记里看到《春日家宴图》。可惜言耀楼死得太早，无人做证。

我却在几十年以后急得脱口而出，真的有《春日家宴图》——余了朝我摆了摆手说，言子陈，你先别着急，你再看看，还有这样一则：

6月9日，晨6时起。至朱鸿兴。身无分文，不得近前。闻几下味道，咽着唾沫欲离去，即有人拍肩胛，却是掌柜。掌柜主动来邀，明知并非好事，却抵挡不住馋虫和饿鬼的两面夹攻，遂随掌柜入店，掌柜吩咐上焖肉熏鱼双浇。

原来那当铺老儿已将《春日家宴图》之事炫耀出来，朱鸿兴掌柜得讯，竟以双浇诱之。并许以朱鸿兴定座，一日三餐，慷慨免费，意在《春日家宴图》。

呜呼哀哉。

何来《春日家宴图》。只是在多年前，偶听伯父和家父谈论，其时余尚年幼，不明二老谈论之意，既未曾亲眼见过，更不知图在何处。

故，言氏如若确有祖传《春日家宴图》，那也只是一幅耳中之图而已。

真是跌宕起伏，一波三折。一会儿有，一会儿无，是人弄怂人呢，还是造化弄人呢。我有些泄气，但仍然能够照着言耀楼日记的思路再往里想一想，言耀楼的伯父，也应该是我爷爷言耀亭的叔伯，言耀楼知道的事情，言耀亭怎么会不知道呢？那么到底是我爷爷言耀亭不知道，还是知道了不说？我更倾向于后者。当年他连自己是济之都不敢承认，结果这个真相就把他自己给憋死了。

余了见我看完了言耀楼的这两则日记，跟我说，后来我们都搞清楚了，言耀楼这里边写的“伯父”，就是当年从台湾辗转香港寄信给余桂芬转济之的那个人，也就是信中所写的“家父”，名字叫言文良，写信的人是他的儿子，叫言耀祖。而那个初夏的傍晚在我们天井里余白生所说的，是他凭空捏造胡编出来的，他造出来一个名字叫潘什么。余来补充说，叫潘公硕，一个不存在的人。

我来理一理辈分和人物关系：

我爷爷的父亲，即我的曾祖父叫言文钊，言文良是他的堂兄弟，他们那个“文”字辈，还有没有其他的兄弟叫言文什么的，我就不再管那么多了，既然言文良和言文钊与那幅不知有无的《春日家宴图》有纠葛，而我的人生以及好些人的人生，都与这幅不知有无的《春日家宴图》有关，那我接下来要做的事情，无疑就是要确认《春日家宴图》是否存在，这恐怕也是余了安排今天见面的目的吧。若不然，我会奇怪余了和余来怎么把我家长辈的事情了解得这么清楚。

所以我应声说，余了，余来，你们既然找到了言耀楼的日记，你们是不是也知道了《春日家宴图》的下落呢？

余了说，言子陈，你看看这个言耀楼日记你就晓得了，可能根本就没有《春日家宴图》。我心有不甘，我觉得余了、余来她们包括小一辈的余末末，还有一个尚未见面的刘乐乐，都为了这个事情费了老大的劲，最后仍然得出一个“无”的结论，既对不起他们的努力，也让人颇觉遗憾，而且，我也不能相信——如果始终是“无”，他们摆出这样的阵势，兜了这么大的圈子，从余了在城建档案馆守株待兔，到余末末这样对别人家的历史有这种莫名其妙的兴趣的年轻女孩历尽艰辛去寻找言耀楼日记，再到他们几个商量妥了来见我，等等，难道一切只是为了让我知道一个“无”吗?

我说，你们没有找到就说没有找到，怎么能断定没有找到就是没有，就是“无”?

余了说，是的是的，不能因为没有找到就断定“无”，但是没有找到同样不能断定“有”，言子陈，所以我们今天才会跟你聚在一起呀。

我其实已经猜出个八九不离十了，现在余了说了出来，我做出恍然大悟的样子说，原来你们是想把进行到一半的事情交给我呀。

这么看来，他们也不愿意相信“无”，他们努力了大半辈子，无论如何不甘心以一个“无”来写总结。

我的这趟故乡之行，本不是为了私事而来，我一直认为我在这个地方已经没有私事了，如果要说几乎每个人对自己的故乡都会存有一些情感，那么我的课题“已毁古建筑群现状评估”可以证明这一点。这样的一个课题，放在任何一个有点历史的城市，都是可以进行的，没人会不欢迎，评估出来的东西，都是为自己的城市脸上贴金增光的。

我却没想到，我的故乡之行却不是那么简单和单纯，我的课题还在进行中，我以为不存在的“私事”就扑面而来，裹挟了我。先是冒出来一个旧宅房产证的事情，尽管我并没有把一处破房的房产证看得很重，但它竟让我得知言桥巷依然存在，几乎是失而复得的意义；接着又是言耀楼日记，他提到《春日家宴图》，虽说是“耳中之图”，却也让我心生希望，有人提及，有人谈论，推想起来，无论从前还是现在，人们应该不会去谈论一个“无中生有”的事情。

哪怕是道听途说，也有无风不起浪之说。

我正做着白日梦，包厢的门被推开了，又进来一个人，是个年轻的小伙子，进来就朝我微微一弓腰，也和余末末一样，称我“言老师”。他的眉眼，却看得出来是余家人。外甥不出舅家门。果然余了介绍说，这是余来的儿子，叫池到。

那小伙子十分礼貌，说，言老师，不好意思，我迟到了。我忍不住笑说，啊哈，你叫迟到，难怪你迟到了。余了说，他是池塘的池。

然后池到开始讲述他迟到的原因，在他讲述的过程中，余来和余了也插了些话，让我了解了另一些事情。

都是他们几个亲口说给我听的，我却没有用“事实”来表述，而是用了“事情”。因为我对他们所说，总是心存疑惑，比如说，学霸池到，就业时好工作任其挑选，却任何单位都不进，非考公进公安系统不可，最后如愿以偿。

池到说，老郭病危了，说最后要见我一面，我们处长就让我赶快过去送他最后一程，没有想到，我去了后，他却精神抖擞起来，拉住我说了半天，他们说是回光返照，开始我还不相信，他说话条理清楚，声音也很正常，完全不像个临终的病人，但其实果然是回光返照，等他跟我讲完了话，最后他说，我要说的，都说了，我安心了。就眼看着那个心电图的波纹迅速地拉直了。

后来我才知道，老郭是谁。

他是1975年走进言桥巷7号的那位公安的同志。

后来我也才知道，池到为什么非进公安系统不可。

他是为了1975年的那封信。

池到和余末末，两个90后的孩子，为了1975年发生的事情，背负着责任？那时候，他们的妈妈，都还不到十岁。我记得，那一年，我十二岁。

池到进入公安系统后，一边工作，一边开始寻找老郭。只是他那时候根本就不知道老郭姓什么，叫什么，在公安的哪个部门工作，当他想要询问1975年的事情的时候，几乎所有的人都告诉他，1975年，我们都不在这里，谁都无法回答你，除非你去找找退休的老同志。

余来曾经跟池到说过，1975年走进言桥巷7号的这位公安同志，当时约莫三十多岁。按这个年龄推算，池到进单位时，这位公安同志应该是退休了。

但是其实这个年龄也不是确定的，一个不到十岁的孩子记忆中的成年人年龄，本身就不可靠。

但是池到并不担心可靠不可靠，只要有一点点可能性，他就会不折不挠地追下去。

池到很像一个人。

功夫不负有心人，再说了，一个市的公安系统，要说大，是很大，但是要说找个人，也不是太难的事，公安系统，吃的就是这碗饭。

后来池到终于找到老郭家里，见到了老郭。他问老郭1975年有没有去过言桥巷。池到本以为老郭得认真回忆，细细想一下才能记起来。老郭这一辈子，工作几十年，走街串巷，南来北往，追查和寻找嫌疑人，怎么可能全都记得。

池到却没有料到，他一说出“言桥巷”三个字，老郭立刻就接上去说，去过，是言桥巷7号，我去送信，信封上写的9号，但是我们在7号找到了收信人。

池到惊讶老郭的记忆力，老郭却还嫌自己记得不够清楚，他说他有日记，日记里的内容，应该是最可靠的。老郭当即就拿出了陈年旧账。他都不用翻箱倒柜，好像这个陈年旧账就在手边，好像他天天还在看着似的，一点灰尘也没有。老郭还说，幸好那时候的人，大多有记日记的习惯，不然我今天再回想起来，也可能会出差错，毕竟时间太久了。

老郭找到1975年的日记本，自己都不先看一遍，就直接递给了池到。池到说，您自己不用先看一下吗？老郭说，这个言桥巷的事情，我一直都记得，我之所以拿出日记，是为了让你知道，事实到底是怎样的。

池到奇怪地说，前辈，您一生破过的案子，恐怕是不计其数的吧，您怎么能记得这么清楚？老郭说，案子和案子是不一样的，言桥巷7号的这个事情——你自己看吧。

老郭日记之一：

1975年6月2日

今天下午和邮政局王同志、张同志去言桥巷找9号送信，结果却在7号找到了收信人。

今天碰到的事情太可疑了。信是送到了，但是整个过程，让人感觉十分奇怪，总觉得哪里藏着问题。

有几个可疑之处，之一，收信人明明住在言桥巷7号，写信人为什么在信封上写9号？是写信人记错了，还是故意写错，声东击西？故布疑阵？之二，信封上写的余桂芬（转济之）的那个济之，余白生说就是他。既然他姓余，为什么不写明他的姓？是写信人马虎了，还是别有用心或者是什么暗示？之三，信上有开头的称谓“济之兄”，却没有最后的署名，这就不知道是谁写的信，不知道这个“弟”是谁，他为什么不署名，是怕暴露什么吗？之四，这个写信人不署名，应该分析为他知道自己即使不署名，收信人也会知道他是谁，余白生应该知道他是谁，但是余白生没有说实话，他先是胡诌了一个姓潘的什么人，后来他又承认自己在瞎说，根本就没有姓潘的这个人，这算哪一出？之五，信封是假地址假姓名，信内又没有落款，只能证明一个事实：写信人、寄信人心中有鬼。之六……

池到看了这一则日记，不由得笑了起来，说，前辈，你的警惕性太高啦，据你所说，那封信的全部内容总共也不过几十个字，你却从中疑出了这么多的问题。老郭感叹说，是呀是呀，那时候的我们，脑瓜子里天天绷着一根警惕的弦，我们的工作，就是怀疑一切。

池到说，其实现在这种情况也很普遍呀，现在你碰到一个陌生人来跟你搭讪，你首先不就怀疑他是不是骗子吗？

老郭认同池到的说法，他说，这是六十年风水轮流转，中间好多年，我们已经不再随便怀疑，可是现在又来了。

池到说，但是从法治的角度来讲，现在是大大进步了，疑罪从无。

老郭说，是呀，那时候是反过来的，疑罪从有，所以就把对余白生的怀疑上升到——唉，不说了——小池啊，你们没有经历过，还有更厉害的呢，还有莫须有，无中生有，说你有你就有——池到说，有些情况我在书上看到过。老郭说，我这么多年一直在反省，比如说余白生的这封信，无论如何，凭着一封莫名其妙的来信，就给予处置，那不是法律。虽然那个时候，已经过了癫狂的顶峰时候，对于余白生的处置，后来也给予撤销了，但还是给他的家庭带来了永远的不可弥补的伤痛。

后来在老郭的建议下，池到又看了老郭的另一则日记：

1975年6月9日

事情仍然是可疑的，余白生说他就是“济之”，他是余济之。从前的人的确是连姓带名，还要再取字取号，可是余白生这个年纪，生于20世纪40年代，那时候还取字号吗？当然，他说自己字济之，他就是余济之，但是既没有证据可以证明他在瞎说，也没有证据可以证明他没有瞎说，所以也只能先承认他就是余桂芬的儿子余济之……

这则日记的主要内容，仍然是怀疑。池到说，前辈，我找您帮忙，向您求教，主要是想能不能找到当年的那封信，我们可以用今天的眼光再来看一看信上的意思，说不定就能理解一些疑问？老郭叹息了一声说，那封信其实我也一直想找到，可一直找不到，现在已经记不清了，是我带回单位的，还是邮局的人拿回去了，或者就是交给收信人了——当然，起先在审查问题的时候，肯定不会交给收信人，但是后来不是撤销了处罚吗？尤其是后来知道了谁是真正的济之——撤销就是说，这个案子曾经有过，但是不作数了，那封信的意义也就不存在了，所以会不会在那个时候把信归还给了收信人呢？

当初的收信人余白生，后来的几年一直待在安徽绩溪县文研部门，帮助他们搞文物普查和保护工作，同时也在完成自己的心愿：找东西。所以这封信即便是归还了的，也肯定没有归还给余白生本人，而在姚妍这里，那时候她可是压抑了满腔的火气，见谁都是一副戳腔，就算有人负责任，专程把信送还给她，她说不定当场就撕毁掉了。

池到也问过外婆，外婆不记得信有没有归还。但是她已经没有火气了。

后来池到又到公安的档案里去查询了很长时间，也终究没有找到那封信，他有点沮丧，老郭劝他说，小池，你其实不用失落，那一张信纸，有没有，都不碍事，因为我们大家，所有接触过这件事情的人，都能背出来，不信我背给你听，不信你可以去找邮局的王同志、张同志，他们也能背出来。

这一点池到不怀疑，他家里的人，他的妈妈，他的阿姨，甚至他的表妹末末，都能背出来。

> 濟之吾兄：見字如面。家父垂垂老矣，念念不忘古畫《春日家宴圖》，曾於民國三十七年秋交于吾兄代藏。未知尚安好否？關乎事大，思之心切，言曰不見此畫，死不瞑目。何况許諾在前，食言在後，此即便九泉之下，亦無顏面對侄女婿。

池到还顺带讲述了另外一件事情，和池到既有关又无关。就是自从池到找到退休多年无声无息的老郭，老郭从当年的余白生事件，引发出安全隐患的担心，他担心会有其他的案子搞错了，等到池到不再联系他，老郭就开始了自己追查自己的行动，他把几十年来自己所有办过的案子、做过的事情，一一回想，一一查询，结果搞得人人烦他。他们跟他说，老郭，几十年都过去了，这么多当事人，说不定他们自己都不记得了，也说不定都已经不在了，要你这么刨根究底干什么？老郭却说，就算当事人记不得，就算当事人不在了，事实真相也要搞清楚，否则人家九泉之下，难以瞑目的。人家再劝阻老郭说，再说了，又没有人投诉，又没有人倒扳账，你干吗自找麻烦？老郭说，没有人投诉不等于没有错。

后来大家发现老郭整个人都变了，刚退休的那几年，老郭精神萎靡，心灰意懒，自己说自己是在一日等一日地走向死亡，后来却完全变样，他变得龙腾虎跃，生机勃勃，他的生活有了新的追求，他的人生有了新的希望。

老郭一辈子办的案子，余白生这一个，算是其中最轻最小的了，几乎可以忽略不计，也几乎算不上一个案子，而且处置了两年后就已经撤销了，但奇怪的是这个早就撤销了的案子，一直压在他心上。自从池到找了他以后，他更是把余白生的事情放到了自己人生追求新目标的首位，他到处询查《春日家宴图》，往各地文管部门、博物馆、书画展馆等地方打电话。后来又听说拍卖会上常会有一些冷门爆出来，他就闻讯而去，去赶拍卖会的场子，有一回听说荣宝斋有一幅“春日图”，自费赶去北京现场，才发现是一幅《春日郊游图》。

至于老郭的日记，他交给了池到，让池到带回家，给母亲余来看，他姨余了也看了，连言子谌言子辰也都看了，都觉得事实就是如此，一一都对得上，没有添油加醋，也没有凭空栽赃，没什么可追责的。

但是池到并没有就此罢休，只是他已经不再纠缠于找到当年的那封信，老郭的话提醒了他，也说服了他，对于一封几乎所有知情的人都能背出来的信，找到找不到，在与不在，并不是问题的关键。

关键在哪里呢?

这也是我的疑问。我听了池到的讲述，心里颇为感动，当年我的愤怒怨恨，几乎是对着那个天井里的所有人的，但是没想到，原来那时候的所有人，甚至他们的后代，不仅始终没有忘记当年的事情，而且一直在努力，想要还原事实的本来面目。

相比之下，该惭愧的是我。

当年我是感觉所有的人都愧对了我，亏欠了我，我才一去不返的。

我还没来得及反省一下自己的过往，又有一个人进饭局来了，不过他并不是直接进来的，他在余末末的电话里，余末末接电话时，对她妈妈余了说，是乐乐的电话。就到外面去接电话了。

余了跟我解释，说刘乐乐是余末末的男朋友，相处一年多了，大家感觉都不错。看得出余了对这个准女婿是满意的，我就随口问了一下，他在哪里工作呀。余了说刘乐乐在古城区综改办。我不由得“啊哈”了一声，我说，哦，那不知道他们单位里有几个年轻的同志姓刘，如果只有他一个的话，我可能见过他呢。

余了和其他人都有些茫然地看着我，好像听不懂我在说什么。我说，就是前几天的事情，我去了言桥巷7号我们的老宅，区综改办的一位小刘，来帮我处理房产的事宜。可惜我没有问他叫刘什么。

我这样随口一说，却发现他们一个个都目瞪口呆了。我不知道他们为什么会这样，就继续说明了一下，我知道他是朱玲玲的儿子，觉得世界真是太小了，不过那天他并没有跟我说他是余末末的男朋友，我们只是谈了谈老宅的事情，那天尹宁也在，因为后来又说言桥巷那一带暂时不动作了，他就走了，就再也没有见过。

余末末接听过电话后进来，我又问了余末末，区综改办有几个年轻一点的刘同志，余末末倒是清楚的，她笑了笑说，好像只有他一个。不过要说从前的话，倒是还有一个姓刘，但他是个老同志——说到这儿她又笑了，说，那个姓刘的，就是乐乐的父亲老刘，他退休后，乐乐才进的区综改办。

这样说起来，那天去言桥巷7号的应该就是刘乐乐了，但是我心里总觉得有些奇怪，那天的那个小刘，好像对往事没有什么兴趣，哪怕是他母亲曾经住的老宅，也只是他的正常的工作对象，他并没有表现出多一点点的关心关注。而现在在余了她们口中的这个刘乐乐，却是和余末末一起费尽周折找到言耀楼日记的那个人。他们会是同一个人吗？

所以我还想证实一下，我正想问问余末末手机里有没有刘乐乐的照片，我想看一眼，恰好池到的手机响了，打断了我的提问。池到看了一眼来电号码，朝他妈和他姨指了指手机，说，是小莉。然后对着电话说，小莉，你快到了吗？我们都在等你吃饭呢。那边小莉说了什么，池到又说，在的在的，都在，那我开免提了哦。他一边对着余来和余了说，妈，阿姨，小莉想你们一起听听，一边就点开了免提。

余了悄悄地对我说，小莉是池到的女朋友。我点了点头，就听到电话里的小莉在说，池到，本来我已经在来的路上了，后来接到外婆的电话，我就过去了一趟——

余了轻轻地对我说，言子陈，她说的外婆，就是我妈，你还记得吧，她叫姚妍。

我点了点头。怎会不记得。

听到小莉继续说，外婆告诉我，外公又要出发了，而且好像很着急，明天就想走，这一次他想要去平顺——

池到“咦”了一声说，平顺，是哪里？

现场听电话的几个人都有点蒙，一时想不起这个“平顺”在什么地方，但是我知道，我随口就说出来了，平顺在山西，太行山西南部的一个小县城，属于长治。

他们都冲我点头，感觉有点佩服我，我虽不是学地理的，但我是学建筑的，建筑和地理是有着千丝万缕的联系的，这不太知名，至少普通老百姓不太知晓也不会太关心的山西小县城，保留有大量古代建筑。

我们继续听小莉说，但是平顺这条线，现在我们旅行社还没有开旅游线路，我了解了一下，其他几个社也都没有，所以我正在跟外婆商量，要不，我就请几天假，专程陪老人家走一趟？

小莉等着池到的答复，池到却有些犹豫，看了看他妈和他姨。余来微微皱了下眉头，说，怎么想到去那个地方，旅行社都没安排的地方，交通方便吗？安全吗？

那边小莉听到了，赶紧说，阿姨，安全是没有问题的，就是路途辛苦一点，老人家毕竟上了年纪，要倒几次车——只是我估计我也说服不了外公，外婆也叫我不要劝外公。

池到很细心，他估计是怕我听不太明确，补充了一句，说外公这些年经常要外出，他上哪儿，外婆都会陪着。她一直陪着外公。

这是姚妍。

我不由得想起了从前的日子。我记得当年那个小天井里的情形，大呼小叫的。那时候的每一天，姚妍的早晨，都是从骂余白生开始，晚上则以骂余白生收尾。好像不骂余白生，她就不会说其他的话了。

一时大家都没了声音，我估计大家都有些担心，两个八十多岁的老人，去偏僻的地方旅游，但是听口气，估计是没有人能够阻止这个事情，我得安慰他们一下，我告诉他们，如果有个年轻一点的人陪着，应该没问题，虽然这边的旅行社没有这条线路，但是山西当地，应该是有专线的，先到长治市，离平顺也不远了，办个一日游或二日游——

余了朝我看看，说，言子陈，你去过？

我当然去过。我说，古建筑集中的城市，哪怕是县城甚至乡村，我去过的不少。

余了和余来对视了一眼，我看得出她们的眼睛在说话，但是我不知道她们在说什么。

余来站起来，对我说，言子陈，我要过去看看我爷我娘，倘若他们真的明天就要出发，我得给他们安排一下，对不起了，让余了陪你吧。

然后她带着池到和余末末一起走了，余了留下陪着我，我们边吃边聊天，余了告诉我，池到的女朋友姜小莉，在旅行社工作，他们的结缘，就是从余白生和姚妍的旅行开始的。

我有些奇怪，余白生留在我最后的印象中的形象，是一个失忆者的形象，当时他已经不认得任何人，也不记得任何一件事，但他还能说话，面对着一天井的“陌生人”，面对着紧紧抱住他的余又，他只会反反复复说：余又？余又？余又是谁？我怎么不记得余又？

余了告诉我，其实后来没过多久，余白生就开始恢复记忆，当然不是一下子全部记起来的，是一点一滴地恢复，恢复的过程持续了好多年。他先是记起了家人，然后是邻居街坊，然后是同事朋友，到最后，甚至连几十年前的小学同学也想起来了，几乎是应知都知，几乎是一个一切都正常的人了。然后余白生又恢复了工作，一直干到退休。

余了说到这儿，叹了口气，又说，其实，他并不是完全正常的，他身上还是有一些疑点的。

这些疑点我也能想到。

其一，我们都知道，余白生最应该想起来的是谁。但余白生始终没有想起来，几十年都没有提起过。也许是因为在余白生的身边，从头到尾没有人提这个人的名字，一切可能呈现他样貌的照片或其他东西，一切可能证明他曾经存在过的东西，都被收藏起来了，家人亲友，不想让他再受刺激，不想让他再一次伤心，所以选择了隐瞒。

其二，余白生想起了一个人，却是所有的人都不记得的。余白生说他记得有一个人名叫梅辛。曾经有一阵，他有点走火入魔，见人就问，四处打听，却没有一个人知道梅辛到底是谁。他翻箱倒柜，寻找从前的照片或其他能留下一个人痕迹的东西，仍一无所获。大家也曾经跟他分析，想打消他的可能的妄念，也许是因为失忆造成的记忆差错。他却坚持说他的生命中一定有这个人，说这个名叫梅辛的人，是他生命中一个十分重要的人，只是因为记忆没有完全恢复，他一时记不起梅辛是谁，不知道这个人和他是什么关系，也不知道为什么他会认为这个人在他生命中很重要。

我忍不住逗余了一下，我说，会不会是你爷的初恋哦？余了也笑了，说，那个也都猜测过了，都查过了，连我爷的中学同学都问过，没有，什么痕迹也没有，在我爷的生命中，根本没有出现过这个人，否则不可能一点痕迹不留下吧。

我说，有时候，留在心里的痕迹也是痕迹。余了赞同地点点头，又摇了摇头说，但是他心里的痕迹是一条永远不能弥补的巨大的裂痕。

那条裂痕也同样在我心里。

后来余了又说，医生也分析可能是失忆引起的思维的部分混乱，因为问我爷这个梅辛是不是女的，我爷说好像是男的，再问他梅辛是不是男的，他又说好像是女的，他始终都说不清梅辛是男是女，是老是少，长什么样子，一概没有具体描述，只有一个抽象的名字。

我心里“咯噔”了一下，我怀疑余白生记忆中这个模糊的人，是余又。

余了继续说，好在后来时间长了，我爷也从执着中走了出来，不再常提这个梅辛了，即便偶尔想到，经人开导一下，也就不再坚持。我们就不说这个梅辛了，反正一直到现在，他的名字出现已经有三十多年了，一直也没有找到。就只能当他是不存在的——我还是说说我爷的情况，我爷退休前，就开始热衷于旅行了，经常请假出去，单位对他也是很照顾的，只要请假都准许，因为每次我娘都要陪着我爷一起出去，我娘也提前退休了。

我说，想不到，从前你娘对你爷是咬牙切齿的，还开口闭口要和你爷离婚，几十年过去，你娘倒成了你爷的依靠。

余了说，与其说我娘是我爷的依靠，其实我觉得，事情可能恰好是反过来的，我爷才是我娘的依赖。

我一时没有想明白余了这话的意思。

余了说，我们起先也觉得奇怪，我爷从前虽然也是贪玩的人，但对出门旅行如此执着，应该也是有原因的，只是大家都不知道原因。

头一次，余白生提出来要去北京，他并没有先和家人商量，就向单位请了假，并且买好了去北京的车票，临走前一天晚上，整理行装的时候，家里人才知道。

余了说，我和我阿姐都不同意他去，虽然那时候他年纪还不算大，但毕竟受过伤，失过忆，谁知道会出什么问题，万一旧病复发，认不得回家路了可怎么办，那几年，我和阿姐的孩子都小，工作压力又大，自己的小家都顾不过来，无法尽孝陪同我爷。可我爷决心已定，去北京那是他首战出征，决心大得不得了。我们当时只顾着劝说我爷，没有注意我娘，其实我娘一听我爷说已经买了票要去北京，她就出门去了。后来正当我和阿姐劝说不动，束手无策的时候，我娘已经从外面回来了，她也去买了一张去北京的车票，并且也向单位请了假。

有我娘陪着，我和阿姐放心了不少，后来这就自然而然成了我们家的习惯，只要我爷说要出门，我娘就去买两张车票，他们先后去过北京、西安、洛阳、开封，除了往北往西，南边也走过不少，比如浙江的杭州、宁波，福建的一些地方，但是再后来，走着走着，他们两个年纪渐渐大了，自由自在地旅行已经有点吃力了，我们也不放心了，就商量着找到一家旅行社，请他们出面替我爷我娘安排照顾行程，当时姜小莉还没有参加工作，过了两年她才进的那家旅行社。那时池到也长大了，外公外婆的出行，他愿意替他们去张罗，就这样和姜小莉认识了。

我心里重复地念叨着余了提到的那些地方，不由得掠过一些奇怪的感觉，这些地方，我都去过，有的还不止一次，它们有一个共同的特点，就是古代建筑，尤其是古民居建筑保存得好，有些地方甚至堪比日本的京都、奈良。

后来余了终于停止了叙述，我也停了一会儿，我们都有很多心思要想一想。我知道，今天我所见到的所有人，几乎都是余家的，他们在我面前，一直小心翼翼，他们可以提及任何人的名字，但有一个名字，他们始终缄口不提。

他们不提，我也不会提。

但是还有个疑问一直在我心里，就是刘乐乐到底是不是小刘，我问余了，余了说，这个我不太清楚，既然末末说乐乐单位没有别的姓刘的，那估计就是他了。她又觉得我的问题有点奇怪，反过来问我，言子陈，你问区综改办的事情做什么？

我说，前几天他们联系了我，后来我们约了在言桥巷7号见面，那天尹宁也在。说到尹宁，我又问余了，尹宁现在和她们还有没有来往。余了听到“尹宁”这个名字，有些意外和惊讶，过了好一会儿才犹豫着说，尹宁？哪个尹宁，我怎么不记得？

其实我早就发现，余了的记性很好，可是她却不记得尹宁，这很奇怪。尹宁和我同年，余了比我们小几岁，也许差几岁就会差很多记忆的，所以我也不会强求她去回忆。我现在对旧居已经释然，我的心思移回到我的课题上，更确切地说，项目进展到此，我的重点基本上都集中在不易堂了，所以余了记不记得尹宁，认不认得尹宁，甚至有没有尹宁这个人，我也都暂且放到一边去了。

余了却没有放过这个“尹宁”。余了说，言子陈，你好像还是那个捉弄人的脾气，你忘记了，我们小的时候，你经常欺负我们，吓唬我们，有一回，你弄了一个死人骷髅头的面具戴在脸上，晚上盘在备弄里吓人，你说你叫婴宁，那时候我们都不知道婴宁是谁，你还讲故事给我们听，我们才知道，婴宁是个狐女，吓死我们了——到现在我还清楚地记得，余来说她那天晚上还做噩梦了。

我一听，笑了起来，我说，瞧你们姐妹俩的胆子，你搞错了，我说的尹宁，不是婴宁，她不是狐女，她是女人，是我们的邻居，她家和我们住同一进的。

余了先是摇头，后来又追问我，尹宁家是什么时候住在我们那个天井里的。我说，在言桥巷7号住过的人家，时间肯定有先有后，可能你们家和尹宁家属于时间未曾重叠的邻居，也就是没有见面的邻居，是擦肩而过的邻居。

可余了却说，不会吧，你走之前的三家我都记得，你走了以后，我们家后来也一直住在那里的，没有新的邻居搬进来，后来那种老宅也不稀罕了，大家都买商品房了，一直到言桥巷动迁。

我说，那还是你记错了，我前两天见到尹宁了，她和我同年，你比我们小几岁，也可能没记住。没记住也正常，无所谓，算了，你也不用费神了。

余了又想了想，却还是不能了却心念，她的名字虽然叫“了”，她却事事不能了，她又说，会不会是她家先住，后来我们才搬进去？

这个问题我在碰到尹宁的时候已经想过，我觉得不会，如果是尹宁家搬走后，我们家和余了家才搬进去，那么怎么可能尹宁现在还住在里边，难道他们家后来又搬回来了，这种可能性太小太小，小到几乎没有。

我否定了余了的假设，我说，不是的，尹宁和我们是同时期住在那里的，一直到现在，她还住在那里。

余了“哦”了一声，脸上似笑非笑，有点古怪，她说，言子陈，你是说那个尹宁，还住在那里？言桥巷7号吗？我说是呀，除了言桥巷7号，我们曾经做过邻居的，还有其他地方吗？——我看着她的眼神，忽然想明白她为什么这么惊讶，我说，我知道了，你和言子谌他们一样，你和许多人都一样，都以为言桥巷拆掉了，不在了，对吧？其实那是个误会，当年最早的城市改造，拆的不是言桥巷，是另一个街巷——

余了说，谁说的？

我说，我说的呀，因为你们都相信了那个误会。

余了说，为什么说那是个误会？

我说，因为事实摆在面前，事实就是，言桥巷还在呀。

余了的眼神更加疑虑了，我见她如此不相信我，我说，我去过了，前几天我去了言桥巷，我走进去了，7号还在，我们家住过的东路第四进也还在，我就是在那里，碰到了尹宁的，她家的房子，也还在里边。

余了一直静静地呆呆地听我说，但是她看我的眼神，却不断在变化，渐渐地，她好像要躲避我了，她好像不敢直视我了，好像心虚了。也许他们确实有什么事要瞒着我，或者他们家曾经和尹宁家闹出过什么不愉快，甚至有比较大的矛盾和仇恨，但这都与我无关。

既然与我无关，我不再和余了探讨言桥巷的事情，余了也没有再和我说这个话题，我只是再向余了介绍了一下我的课题，介绍了一下关于“已毁”。因为她曾经在城建档案馆工作，各种资料看得多，各种信息也会多一点，我告诉她，我现在的难点，卡在不易堂了。

余了先前已经表现出一些不安了，后来听到我说要做不易堂的课题，她张了张嘴，好像想说什么，但终究没有说出来，她的那些许不安又加剧了，更明显了，她偷偷地看了几次时间，我估计她想要早点结束这次见面，但又不好意思直说，正在为难的时候，她手机响了，池到来救她了。

余了接了池到的电话后，告诉我，今天余白生在研究平顺的行程，看平顺地图时，忽然又说出了“梅辛”这个名字，表现得很激动，他的意思就是好像梅辛就在平顺。这分明是思维有些出错了，医生曾经多次提醒，一旦发现他的思维错乱，要及时就医，要警惕脑损伤后遗症。因为他们明天一大早就要出发，所以余来他们决定这会儿马上去找医生诊断。

我说那你赶紧去吧。她一听，如获大赦，赶紧喊服务员买单，告诉我还有主食和水果，让朱玲娣陪我吃了水果再走，她自己匆匆忙忙走了。

望着她慌慌张张离去的背影，我想，她的离去，可能有余白生的原因，但更多的是因为我。而我却不知道是我的哪句话哪件事说错了，让她像变了个人，她那个理智而热情、亲切而带些幽默的人设，在一瞬间就坍塌了？

一晚上大家说事情说得热火朝天，朱玲娣也没怎么说话，真是三岁看到老。她一直笑眯眯地听着大家说话，直到剩下我和她两个人，她送我出来，才说了一句，言子陈，我爷也想见见你的。

我正想要说什么，就听到揣在兜里的手机有叮咚声，来微信了，我掏出手机瞄了一下，发现是尹宁拉我进去的那个“言桥往事”群里发出的声音。那天进群的时候，我忘了设置“消息免打扰”。现在才知道，这个群里动静很少，少到几乎没有，已经好几天了，也没有打扰到我。今天是第一次从那个群里发出叮咚声，我看了看，居然是有人在艾特我，再仔细一看，我简直如雷轰顶，那一瞬间，有一种灵魂出窍的感觉。

艾特我的这个人，是“余又”。

我赶紧先和朱玲娣道了别，然后找个安静的地方定定心看手机，我先在群里查看“余又”的朋友圈，想找找有没有什么线索来证明“余又”是谁，结果“余又”的朋友圈里空空荡荡。我也不敢主动要求加“余又”的微信私聊，唯一的办法，只能在群里回复“余又”说，请问你是谁？

等了半天没有回音，“余又”没有回应我，其他人也没有声音。我再语音了一次说，你是谁？

群里仍然没有动静，好像大家都睡熟了，我又等了一会儿，仍然没有等到“余又”和任何别人的消息，尹宁的微信却来了，她跟我私聊说，群里的“余又”，就是她。

我觉得太不可思议，我说，奇怪了，你怎么会用“余又”这个名字？尹宁反问我说，怎么，用余又不行吗？我说，不是行不行的问题，是根本不可能，你怎么可能用“余又”的名字做你的微信名？尹宁说，怎么啦，个赤佬，个独幅，个憨卵，他是我前夫，我借用他的名字不行吗？

我忍不住脱口“啊哈”了一声，我想说什么什么什么，可是竟然一句话也说不出来，只能让那个“啊哈”的余音在自己的耳朵边上回荡。

尹宁听到我“啊哈”，就说，言子陈，你以为我在和你开玩笑？为什么余又不能是我的前夫——

我终于能说出话来，我说，他怎么可能是你前夫，他是我——

尹宁笑着打断我说，难道他是你前夫？

余又不是我的前夫，他是我的初恋，那时候我爱余又，爱得惊天动地，爱得死去活来，当时我家里人、他家里人，所有的街坊邻居单位同事都知道，尹宁若真是我的邻居，不可能不知道，为了余又，我甚至改了名，我曾经改名叫言余，后来觉得言余还不够，我甚至又改了姓，我都不要姓言了，我自己让自己姓了冯，我叫冯余。

我急赤白脸地对尹宁说，曾经很长一段时间，我的名字就叫冯余，你难道不记得吗？——冯就是逢，相逢的逢。

尹宁说，也可能吧，但是冯余，那时候你在哪里呢，你连人影子都不见的。我说，你别管我人在哪里，总之你不可能不承认当时的事实，我和余又的故事，你不会不知道，我是为了余又才离家出走，才和家人断绝关系的。

尹宁嘲笑我说，是呀是呀，我可以相信你，你人在天边，你的心可以和余又谈恋爱甚至结婚，对吧？她算是讽刺我，不过我可以不在乎，我只在乎我曾经爱过余又。我说，我有证据，我改名叫冯余，就是最好的证明——我告诉你尹宁，我这个曾用名冯余用了很长时间的，我读硕读博、参加工作，都叫冯余，一直到我爷我娘去世，我才改回来叫言子陈。

尹宁不认，说，这算什么证据，你自己都承认的，你年轻的时候，脱头落襻，比男孩子还要无法无天，改个名字算什么，改个名字什么也说明不了——再说了，按你的说法，既然你们如此相爱，你怎么不和余又结婚，你后来逃到很远的地方去不回来了。

我果断地打断她说，停吧，你别说了，我知道了，你不是尹宁，你也肯定没有在言桥巷7号住过，你根本不知我们这个宅子里发生了什么，你什么也不知道，你问我为什么不和余又结婚，那是因为，因为余又不在了。

尹宁说，余又不在了？余又不在你那里，但是他可能会在我这里。言子陈，你说呢？

我说什么呢。我只知道，余又不在这里，他留在1985年了。

附录：1985
地名——言桥茶厂和某氏义庄

言桥茶厂是1956年成立的，开在苏州的一条小巷里，巷子叫中吴家巷。这个名字有点拗口，意思也有点含糊，念起来，这个重音到底应该是在一个“中”字上，还是应该在“中吴”两个字上？因为无论是中吴家巷的周边，还是苏州城里其他地方，都没有东西南北吴家巷，所以这个“中”字，就显得有点异样，如果有东西吴家巷，或者有南北吴家巷，那就比较好理解，这条吴家巷夹在东西或南北之中，所以叫中吴家巷。但是既然没有东西南北，也没有上下左右，哪来的中呢？

这个地理位置似乎是可以存疑的。

在它的南边一点不远的地方，倒是有一条巷子叫言桥巷，还有一条巷子叫言桥后街，所以这一条巷的巷名，也许叫“中言家巷”更靠谱一点呢？却可惜言和吴，毕竟是不能混为一谈的，任凭牵强附会，生拉硬扯，也扯不成一家。

那这个“中吴家巷”的中心意思，会不会是“中吴”呢？如果是中吴，中吴又是什么意思呢，是吴的中间的意思，那等于是说吴地的中心，也就是苏州的中心，甚至骄傲一点，也可以以为这就是整个江南的中心哦。这也是方位的概念吗？或者，又因为是情感的因素，是中意于吴地，钟情于苏州，那也可能是外来的人氏，实在是很喜欢苏州了。

反正可能性是很多的，只是它们已经沉淀到历史长河的河底去了。苏州人的性格糯是糯一点，糯的东西，都是黏黏的，这个黏字，如果换个好听点的说法，也可以是“执着”。执着的苏州人，对苏州的许许多多东西，都是要寻根问底的。关于中吴家巷巷名之意思的寻根问底，也是一直没有停止和中断的，只可惜，寻问出来的结果和说法，都不太一样，简直是各执一词。尤其到了后来，时代进步了，到盛世了，大家都忙着修史，修了好多史，中吴家巷自然也在被修之列，但是修出来的“史”，却有多般面目——当然，这是后话。

还是说回中吴家巷的这个吴字吧，它是这个巷名的“主语”。苏州城里吴姓人家很多，吴姓是苏州的大姓，且好多吴姓都是大户人家，有响当当的“贵吴”和“富吴”，有顶呱呱的“明吴”和“清吴”，有辣豁豁的“苏吴”和“徽吴”。

比如说“徽吴”。苏州在历史上，明清两代，以及更早的朝代，有好多富户，都是从安徽来的。为啥都是从安徽来，因为他们家是经商的，经商的人家，要往商贸发达、交通便利的地方去，他们先往东走，苏州可能就是他们的第一站，没想到到了第一站，他们就被迷住了，他们被自己对于苏州的喜欢拽住了前行的脚步，原本打算要多走几站，比比看看的，结果他们到了苏州就不再走了，走不动了，他们也没有想到，软绵绵的苏州居然有这么大的力气，把他们拉住了。所以，这些经商的安徽人家就到苏州来做生意了；或者，他是个读书人，诗人，喜游山玩水，有一次就游到了苏州，一到了苏州，你个诗人还走得了、离得开吗？然后，他不光自己来，还把家庭和家族都迁来苏州了。

苏州是好地方，其实何止是安徽人，其他地方的人来得也很多，比如从山西来，从江西来，从陕西来，也有从山东来，从广东来，等等，总之好像是大家都愿意往苏州来，来了就要住下来，住下来就不走了，就成为苏州人了，用现在的话说，叫新苏州人。新苏州人在苏州城里造房子，这是给苏州添砖加瓦，是大大的好事情，苏州人喜欢。

虽然苏州人友好和善，宽容不排外，但是外来的人，还是习惯抱团取暖，毕竟是有家乡情和家乡念在里边的，大概就是后来所说的乡愁吧。这就有了各地开办在苏州的会馆，那可都是十分了得的建筑。比如有一个全晋会馆，历经风雨，百十年过去，到今天还在显摆着晋商的牛掰；再比如山塘街上的陕西会馆，且不说它那建筑如何了得，门头如何高大光鲜，光是给它取别称就取了好几个，全秦会馆、陕甘会馆、雍秦会馆、雍凉公墅等等，牛皮真不是吹的；或者你再看看潮州会馆，明末那个时候明明是始建于金陵的，后来就迁到苏州来了，后来又不断扩建增修，广东人厉害呀，仅仅一个地市级的潮州会馆的产业，在苏州就挤进了前二，这都是有碑文为证的，百十年间，潮州会馆不停地增置房产不动产，产业有数万两银子，虽然不太清楚折合今天的人民币是多少，但反正是不少，足够会馆为在苏州的潮州人生老病死提供优质服务。

说了西，又说了东，难道就没有南北吗？当然是有的，有一个八旗奉直会馆，顾名思义，想必是北方来的吧。

总之是说，东也好，西也好，南南北北都很好，来的都不少，但是终究不如安徽人来得多，翻翻苏州大户人家的老底子，好像有一半以上都是从安徽过来的，安徽的徽州、滁州、阜阳各地的人，他们朝着东偏南方向或者东偏北方向，走啊走啊，就走到苏州了。

苏州实在是有说头，拉得开，扯得远，明明是要说苏州吴姓人家，却又说到安徽去了，还是拉回来说吴家吧，否则真是要天南海北天马行空了。

从前有一本书叫《宋平江城坊考》，写书的人叫王謇，并非姓吴，却在书里写道："吴氏为吴中第一世家，朱张顾陆莫能望其项背。"

所以有人就可以在"张文朱武陆忠顾厚"后面杜撰出一个"吴富贵"。虽然是杜撰出来的，但是大家都认，都服。

吴姓的大户，都是有大宅子的，苏州城里，到处有吴姓的宅子，但是偏偏中吴家巷里，没有吴宅。

也许从前是有的，后来没有了，或者，也可能这个巷名本身就是以讹传讹。比如说，在苏州的方言中，吴和鱼是同音的。明朝中期的《姑苏志》中记载苏州曾经有过"鱼城（吴城）"之称，"吴王控越之地，本名吴城，方言谓鱼为吴，故误称耳"。所以，说不定从前这个"吴"就是个"鱼"字，也许这里曾经是一个鱼市场，苏州本来是鱼米之乡，小巷里有一个鱼市场，也是合理的推想。

当然，如果有人去考证，即便考证出这个"吴"真是这个"鱼"，是中鱼家巷，后来误成了中吴家巷，那也不一定就能说明这里从前有过鱼市。苏州的街巷名，本身就是一门很奇奥的学问，你捉摸不透的。有的街巷名，就是有啥叫啥，比如定慧寺巷，巷里就有个定慧寺，比如混堂弄，从前这里溷浴场子多，苏州人都到这里来孵混堂。可是也有一些街巷名，恰好相反，叫啥没啥，比如仓街，仓，想必这里是粮仓吧，这个确实没错，仓街曾经是清朝官仓所在地，可惜这地方只有仓没有店，面店饭店饮食店，一概全无，冷冷清清，仓街又长，走着走着，肚皮饿了，怎么办，总不能到官仓偷把生米嚼一嚼。所以苏州历来就有“饿煞仓街”的俗语。真是应验了苏州人常说的“戤米囤饿杀”的老话。

也有的巷名，文不对题，词不达意，陡生歧义；或者张冠李戴，声东击西，顾左右而言他，叫人摸不着头脑。就说有一个王洗马巷，你问问苏州老百姓，你再看看字面的意思，大致猜得着吧，从前有一个姓王的人，在这里开了一个洗马场，如此而已。

但是如果真的如此而已了，专家就要跟你拼老命了，专家说，哪里是什么姓王的开洗马场，你怎么不说4S店呢，那“洗马”，可不是真的洗马，洗马是古代的一个官名，是什么什么什么，什么什么什么。

有以地势象形而名的，比如鹅颈湾、梗子巷之类。也有很奇遇的，比如有一条巷子从前就叫马济良巷，后来真的有个名叫马济良的医生住过来了。到底是听说苏州城里有这条马济良巷才特意住过来的，或者甚至是改了自己的原名，把本来的马某某改成了马济良，还是碰额骨头碰得来的，谁知道呢，假如有人异想天开编故事，编出来又是一番好听的瞎话。

误会又搞大了，百叶结越结越紧，解不开了。

不过这也没有什么了不起，往事本来就是这么搞来搞去的。

所以，既然是扯不清的往事，就不管他了吧，想管也管不过来。反正后来的事实就是，一个茶厂，开在了小巷里，那是诸多不便的。虽然苏州的小巷里边也是别有洞天的，也是别开生面的，甚至你走进去还会十分吃惊，甚至大吃一惊。但问题是进进出出的货物，送进来的没有加过工的茶草，运出去的加工制作成的茶叶，一担一担，一车一车，走在小巷里，十分逼仄。何况这巷子里的人家，哪家又不是拿了租田当自产，好像小巷里的路，也是他们家的，不占白不占，倷家放一只煤炉，伊家摆一道晒场，摊得一天世界，跌脚绊手，碍脚碍手，惹气，戳气。

可惜，你惹气也好，戳气也罢，从前在苏州，你开店开厂开啥，不想开在小巷里，你又能开到哪里去。苏州的别称就是小巷嘛，苏州的世界就是小巷嘛，你不在小巷里，你还想上天啊？

苏州有什么，除了小巷，还是小巷。

所以到了茶厂收购茶叶的季节，就看到东山、西山、广福等地的茶农，肩挑背扛，吭哧吭哧把茶草送来了。

乡下煞坯，蛮力气是有的，不过在田横头手脚放肆惯了，收缩不起来，规矩不成功，挑着担子走在苏州的小巷里，横冲直撞，招来苏州老伯伯老好婆的叫骂。

喔哟哟，杀得来哉。

喔哟哟，你赶杀场啊。

喔哟哟，你充军啊。

老好婆晒的萝卜干打翻了，老伯伯泡的茶水泼脱了。

你个杀千刀。

你个死棺材。

你个乡下瘪三。

大家哄哄一笑，担子就过去了，老好婆重新摆好萝卜干，老伯伯重新泡好茶水，太阳已经到头顶心了。

这是茶厂刚开始时的情形，后来也有了板车，又有了黄鱼车，也有用自行车载来，景象就多起来了，小巷里更加混乱，更加闹猛，大喊小叫，吵骂声不绝于耳。

其实一点也无所谓啦，乡下茶农早已经吃透了这一套，他们早已经不吃这一套了，就当听苏州人唱唱山歌，解解厌气。

骂骂山门，过过日脚。螺蛳壳里做道场，这是苏州人经常用的一句俗语，也是苏州人的平常日子。

倒不是苏州人贱骨头，欢喜螺蛳壳，实在因为现实就是这样，现实就是螺蛳壳。

你还想哪哼？

不过且慢，你如果以为茶厂的日常工作就是在这里展开的，那才是一叶障目。被小巷隔断的背后，被围墙围起的空间，那才是茶厂的天地。

背后，那是一条河，茶厂的房子是沿河而筑的，更多的货色，是从河里上来下去的；内里，更是一个世界，茶厂的大门虽然没有什么了不起，既不大，也不高，普普通通，走进去以后你才看到里边既开阔气派又曲径通幽的模样，层层叠叠，引人入胜，完全不像门外的小巷那样逼仄直白。

从1956年到后来，厂长换了几任。现在的厂长姓许。许厂长年纪三十出头，卖相不好，良心不好，脾气不好，嘴巴不好，样样不好，只有一样好，对茶叶好。

人家都晓得，搞茶的人，一般脾气都好的，温和的，可是许厂长不温和，性子躁得不得了，也可能因为他当茶厂厂长时间不够长，等时间长了，也许茶会将他泡得温暾起来。到时候再看看吧。

其实一个茶厂厂长，也不要求他很多，他对茶叶好，那就足够了。

余又来茶厂报到的时候，对茶厂的位置倒没有什么想法，因为苏州人从来都是住在小巷子里的。这样的情况，到了后来，会发生很大变化。

只是，现在还是现在，现在还不是后来。

现在余又才刚刚进茶厂呢。

余又自己的家，也在小巷子里，言桥巷，从地理位置上讲，距离茶厂并不远，但是这中间尽是街巷和河流，横七竖八，九穿十拐，一路绕来绕去，居然问了好几次路，才找到中吴家巷。

星罗棋布的苏州小巷，纵横密布的苏州弄堂，像一个大棋盘，是迷魂阵，是迷宫，小巷又窄又深，往里边走着走着，就好像走不通了，走到头了，因为它越来越窄，越来越闭塞，前面越来越不像有路可走的样子了。

其实才不会。

苏州有句老话叫苏州路路通，这是真的。就在你担心走不通的时候，小巷就拐弯了，拐了弯，仍然是小巷，那是另一番同而又不同的风景了。

1984年余又从电力职业技术学校毕业了，那时候的毕业生很抢手的，传统的“男要进纺织，女要进钢铁”想法还很顽固，所以那些丝绸、纺织、纱厂，看到余又这样的学电力的毕业男生，都是眼乌珠弹出，馋涎欲滴的。却不料余又卵都不卵他们，闷头径直朝着茶厂去了。

真是个怪人。

大家讲他独幅，真是名副其实、货真价实。

余又的娘，凶霸霸的一个妇女，可是碰着这个儿子她一点办法也没有，恨得要死，从小辰光的小赤佬，一直骂到长大变成大赤佬，不光赤佬，还有其他，你个赤佬，你个死赤佬，活戳腔，你个鸭屎臭，你个搭浆货，你掉枪花掉到自己头上了，人家初中毕业都不肯去茶厂，你好歹一个大专生，到茶厂去做啥？作死？

姚妍也晓得，她再怎么骂，也骂不动这个赤佬。余又个赤佬，从小就是个黄鱼脑子，一根筋，他想要做的事体，十八头黄牛也拉不动，他要奔死，阎罗王也挡不住他。

按道理讲，余又抛开那么多好单位不去，只到茶厂，算是大材小用了，算是屈尊了，却偏偏茶厂并没有如获珍宝大喜过望，他们对他爱理不理，余又是茶厂第一位大专生，也没有开个欢迎会之类，甚至余又来厂报到那天，根本就没有人晓得。

余又刚刚走到厂门口，还没有进厂，就产生意见了，他看见那块牌子上写着“言桥茶厂”，对这个名字他就有想法了，不知天高地厚地说，言桥茶厂？凭什么叫言桥茶厂？

许厂长一听就不高兴了，批评他说，小赤佬，还没进门就老三老四，“言桥”这两个字是你家的，我们不可以用？

余又本来心情就不好，许厂长正好戳到他的火头上，他才不怕厂长，还嘴说，这里又不是言桥巷，叫什么言桥茶厂，投机取巧啊？

许厂长针锋相对地说，你什么意思，不是言桥巷？你真以为言桥是一条巷吗？

余又被这句话闷住了，也有点想不通，他家就在言桥巷，言桥难道不是一条巷，那言桥是什么呢？

许厂长得意起来，一边走开一边挥挥手，不屑地说，不懂装懂露馅了吧，言桥是什么，还是你自己去想吧。

余又不服，气闷，但是一时却不知道怎么反击，到底年纪轻，嫩，听得出许厂长话中有话，但听不懂话中的话是什么意思，哪像许厂长老江湖，兵来将挡，水来土掩，应付自如，游刃有余。

1984年的初秋。在前两三年的春天，就开始“五讲”“四美”的活动，到了这一年的秋天，已经有点深入人心了，所以许厂长最后对新来的青年技工余又的要求就是，小赤佬，嘴巴不要太老，要五讲四美。

余又暂时闭嘴，还是五讲四美吧。

厂里有一位品茶老师傅，闲来听到厂长和余又说话，有些好奇，因为讨嫌厂长，等到厂长走开后，老师傅特意过来问余又，咦，这位新来的小同志，你家住言桥巷吗？

余又不知道住在言桥巷有什么好奇怪的，咦什么咦呀，不在意地说，言桥巷，破弄堂，破房子。

老师傅笑笑说，言桥巷，宅子再破，也是这个——他竖起大拇指跷了几跷。一个温和的从来没有腔调的老师傅，大拇指头从来都用不着的，怎么一说到言桥巷，就有点浮夸起来了。

等他听说余又家在言桥巷7号，却又面露疑色了，甚至有点诧异，说话也有点语无伦次，7号？7号是几号？

余又差一点笑起来，不过老师傅他还是要尊敬一点的，如果是十三点厂长，他早就嘲笑开了。只是老师傅的话实在令人费解，7号是几号，这算是什么问题呢？余又总不能回答他7号是7号。

果然，老师傅沉吟了一会儿，犹犹豫豫地说，7号？7号里厢很大吧？

余又冷冷淡淡说，不大。

老师傅又奇怪了，说，不大是多大？

余又知道老师傅肯定是有什么疑惑，只是老师傅的脾气古怪，有疑问不肯直接说，老是拐弯抹角，老是说些让人摸不着头脑的话，余又干脆直接告诉他，不大就是不大，四进五开间——

老师傅“哦”了一声，说，四进？怎么会是四进，四进？那，那就不对。

余又眼睛盯牢老师傅，要等他说出什么不对，哪里不对，可是老师傅偏不说清楚，只是咬定了说，不对，反正不对——假如对的话，那就不对——这是说的什么话，语无伦次，颠三倒四。

他说到来劲的时候，看起来好像想做一个手势，但是最后并没有做出来，好像什么样的手势也表达不了他想表达的是什么，也就作罢了，他只是嘴上说，那个，是很那个的。

老师傅真是个弯里曲绕的人。老师傅古怪的表情和神经兮兮的腔调，余又也犯不着去在意他了。

反正跟他没有关系。

老师傅意犹未尽，他大概头一次说了几年都没有说过的那么多的话了，他又向余又靠近了一步，甚至还压低了声音，显得有点鬼鬼祟祟，哎，小同志，哦，你姓余，余同志，你家住的那个7号，是言宅吧？

余又本来是想尊敬一下老师傅的，可是看了看他这种贼头鬼脑的腔调，就尊敬不起来了，本性就流露出来，阴恻恻地回怼说，言宅？什么言？老师傅说，就是姓言的言，言论的言。

余又嘲笑说，那倒不是，只有盐书包的盐，滚他青胖盐鸭蛋的盐，盐也不是盐的盐。

老师傅闷滞一根筋，听不出余又的嘲讽，甚至都没有听清余又说的什么，他的思绪好像已经飞到言桥巷7号那里去了，所以他居然连连点头，自说自话道，是的是的，言家，派头的。

余又自然就联想到邻居言子谌，三棍子打不出一个闷屁，棺材里倒出来的一张面孔，不由得笑了起来，不过他笑的时候，心里动了一下，言家除了言子谌，还有言子陈呢。

言子陈就是我。

余又想到我的时候，我也在遥远的他乡想到了他。我又给他寄了一大堆复习资料，我写信跟他说，你高考没有考得过我，我们就一起考研究生，再比一回。

他没有理睬我。

我们是不打不成交的一对。我们曾经相互较着劲要一起考名校的，结果他高考失利，上了个技校，我进了名牌大学。大家恭喜我如愿。其实我没有。

本来我的愿望要实现并不很难，我和余又一起考名牌大学是十拿九稳的。但是余又自己作掉了。他作掉了自己的前途，也作掉了我的愿望。

但是余又再怎么作，也作不掉我们的关系。

他心里是有我的。但是他更惦记他的父亲余白生。他母亲姚妍说得真好，余白生真不是个东西，无论出于什么原因，他的做法，结果是害了所有人。

不过这样的话，我可不敢和余又说。

即使不见面，即便只是通通信，余又和我翻脸的次数也比翻书还多还快，每一次都是因为谈到他父亲，他父亲就是他的血滴子。

厂长在新来的大学生面前要摆茶厂的派头，他一边抬起胳膊，对着厂子画了一个大大的圈，一边沾沾自喜地说，小余，你看看，你看看，我们茶厂，还是很有场面的哦。

茶厂所在的这个宅院，很大，四进五开间落北朝南的房子。前面第一进，大厅，堆放茶叶，大概是为了方便运货；第二进，还是大厅，茶厂布置产品展示；第三进，做炒制茶叶的车间；第四进，办公室，还有单身职工宿舍，倒也安排得定当周到。

余又面无表情地看了看。许厂长对茶厂的热面孔，却碰了余又个冷屁股，厂长看不惯余又，来气，算了算了，自认没趣，他想走开时，余又却又说话了，问茶厂这是使用的什么宅子，怎么这么高大，比起一般的老宅，它的派头更加宽大壮阔。

许厂长当厂长时间并不长，他一来就晓得要抓生产，还没有来得及关心茶厂宅子的来龙去脉，当场被余又问倒了。

好在那个关注言桥巷的老师傅知道，老师傅虽然不待见厂长，但是毕竟说到他心心念念的物事，所以忍不住又过来了，有意别转身体，屁股对着厂长，面孔朝着余又说，这是从前人家的义庄。

许厂长不懂，不懂就不高兴，不高兴就不同意，所以质疑说，什么义庄不义庄，义庄怎么会变成茶厂？

老师傅说，义庄讲起来，是从前封建家族残余，要革除的，到解放来，庄产就归公了，先前是区政府办公的，后来嫌避阴森，就搬场了，正好要建茶厂，就放在这里了。

许厂长听了，好像有点发怵，挠了挠头皮，愣了好一会儿，才说，阴森？啥阴森？我怎么不觉得阴森？

老师傅笑笑说，老话里讲，阴森的人，不会觉得阴森，阳气足的人，就会感觉阴森了。

许厂长挥了挥手，好像要把“阴森”赶走，他只关心茶厂，关心茶厂所在地从前到底是什么地方，所以把话题拉回来说，老师傅，这里真的是义庄吗？谁家的义庄有这么大，范庄前的义庄恐怕也没有这种派头的。

这个问题好像把老师傅问住了，他犹犹豫豫地说，义庄开在中吴家巷，按说应该是吴家的，可是，可是——这一带分明没有吴宅，倒是有言宅——所以，要么是吴氏义庄，要么是言氏义庄——老师傅提到言氏，口气里好像隐藏着不少的秘密和骄傲，也好像他自己就姓言。

其实才不是。

余又招工进厂这时候，茶厂已经有好多年不招新人了，除了建厂时和建厂后三三两两招进来的几位茶艺技工和品茶员，其他大多是没什么文化却有丰富制茶经验的茶工老师傅，余又大专毕业进厂，算是茶厂的高级知识分子了，许厂长虽然和他有点逆面冲，后来又干了几架，但是人才还是要用起来的。余又电力技校毕业，本是来当电工的，厂长却想培养他做茶，开始引诱他，结果三下两下，却被余又给引诱了。

整个过程十分简单：

厂长：小余，你肯定喜欢喝茶吧，有好习惯？

余又：我从来不喝茶。

厂长：那你为啥要到茶厂来工作？

余又：我想做茶呀，其实我是有研究的，茶做得好不好，茶源很重要，茶厂生产的品种多不多，跟茶草的来源关系很大，厂长其实你心里也清楚，我们厂的茶叶品种实在是太少了，只有一个炒青，一个茉莉花，你再不广开茶源，关门拉倒吧。

对于余又的批评，厂长是承认的，但是承认了又有什么用。厂长奇怪说，茶草的来源？我们这里除了苏州乡下茶农采青送来，哪还有什么其他来源？

余又说，厂长，这个我也已经研究过了，我们需要主动出击，我们可以去安徽采购，如果成功，我们就可以扩大生产，生产出更多的品种。

厂长听到“安徽”两字，觉得奇怪，一个刚刚进厂的电工，怎么会想到要去采购安徽的茶草来制作茶叶？不等厂长产生怀疑，余又的要求就更直接了，他直接就说，厂长，我知道安徽哪里有好的茶源，你派我去采购吧。

厂长已经警觉起来了，一警觉，就不再被他忽悠，说，小赤佬，你那点心思，我早就一眼看穿，你无非是想公费出差，到处去野白相，可是你怎么想到要去安徽呢？

余又说，是呀，如果是想公费出差，我干吗不去更远点的地方呢？确实就是因安徽有好茶嘛，厂长你想想，你听说过的，那些名茶，黄山毛峰，六安瓜片，太平猴魁，屯溪绿茶，等等，不都是安徽茶吗？

厂长说，你个小赤佬，我倒差一点给你蒙住了，还以为你真的在研究茶叶呢，原来是个外行头，不懂不要装懂，人家核心产地的茶，可不是随随便便可以拿到外地加工生产的。再说了，这茶叶，你看起来只是个叶草，却不晓得它们是非常金贵非常讲究的，土壤，水分，温度，光照，环境，等等，这些条件不一样，就只能生产不一样的茶，你以为随随便便到外地采购茶叶，回来一炒就是黄山毛峰啦？

余又说，不是随随便便，我们这个地区，和安徽一些地区纬度相近，气候相似，连生活习惯也差不多，我们可以赶在恰当的时间——厂长，你听说过安徽绩溪的金山时雨茶吗？——他开始给厂长介绍金山时雨茶：

此茶为上品绿茶，创名于清道光年间，原名“金山茗雾”。它产于著名学者胡适先生的故乡———绩溪县上庄镇上庄村的邻村金山村。早在清代末年，时雨茶就由上海汪裕泰茶庄独家经销。到了民国初年，时雨茶已销往中国香港、新加坡等十多个国家和地区。

金山时雨属绿茶珍品，条索紧细，微带白毫，汤醇厚，味芳香、爽口，回味甘，汤色清澈明亮，叶底嫩绿金黄，耐冲泡，第六次始淡——

厂长打断他说，行了行了，你这是从哪本书上背出来的吧——也难怪厂长心中犯嘀咕，一个电力职业技术学校的学生，来茶厂做做电工而已，怎么会对安徽一个小地方的普通绿茶这么感兴趣?

过了几天，厂长打听清楚了余又的背景，才来找他说话，毫不客气就戳穿他说，小余，你个小滑头，原来你是想去安徽看你爷，你以为你是解放军，还有探亲假啊——说实在话，你若是真的为茶而去，我是蛮开心的，不管你懂不懂，至少你把心思放在茶上了；或者你是要借口出去看看风景，我虽然不开心，但是我也能理解，年纪轻贪白相嘛，正常；可是你偏偏为了要去看你那爷，刚刚进单位就骗领导，我就不明白了。

余又说，有什么不明白的，难道我去看我爷，不比看茶叶更重要，不比看风景更重要?

厂长说，看爷自然重要，但是你也不想想，你那个爷，算个什么爷，我听人家讲，你爷是只憨卵，别人家的事情，他去顶替，纯粹十三点嘛，寿头嘛，人家还讲，连你娘都骂他是只憨棺材，是只——

余又脸色顿时大变，面孔铁铁青，眼中喷火，一拳头戳上来，差一点就打在厂长眉眼中心，拳头到了面前，一歪，一拳砸到墙头上，用力过猛，手上顿时血淋答滴。厂长一看，吓得脚软，心想这一拳头若是打在自己面孔上，恐怕是要七孔淌血了。

余又却没有在意自己的手受伤了，他的目光，盯牢墙上被他砸出的破损处，里边竟是一块刻了字的石头，余又“咦”了一声，说，这墙壁里哪哼会有石头?

厂长也忘记了刚刚差点吃生活的恐惧，回头趴到墙上仔细看，嘴上说，咦，哎，哎，真的哎——回头急吼吼喊人说，去叫周师傅过来，去叫周师傅过来。

那老师傅听说墙壁里砸出石碑，他激动了，不顾年老体弱，几步奔过来把墙上的石灰纸筋扒落掉，果然裸露出一块完整的石碑，竟是砌在墙体里的。

石碑上有四个字，是篆体字，厂长不认得，余又也不认得，叫老师傅看，老师傅也认不出来，有点尴尬，不肯承认，嘀咕说，不是不识字，这个字，有年头了，磨得糊涂了。

厂长二话不说，骑上自行车就出去了，不一会儿，自行车上带了一个人过来，跟大家介绍，这是文化馆的翟老师。翟老师是书法家，认得篆体字，上前辨了一辨，说，后面三个，看出来了，“氏义庄”，可惜第一个字，可能因为时间长了，磨掉了，只剩下小半个，具体地说，你们再看看，只剩下两横，就是一个残缺的“二”，所以识不得了。

一个残缺的“二”，肯定不会是姓氏。现在就只晓得这是某氏义庄的石碑，却认不出最关键的一个字，某氏，到底是啥氏，这言桥茶厂，到底是开在谁家的义庄里呢?

大家凑过来辨识这第一个字，说什么的都有，有自以为是，说肯定是吴，有半信半疑，说像是言，也有简化一点说是于，也有搞复杂了说是韦（韋），等等。

总之都还不算太离谱，因为这几个字中间，都有二横画。最后大家都等着翟老师判断，翟老师谨慎，说，说不准，说不准，你们说的都有点像，但是看不到原来的模样，不敢妄加揣测。

有人不满意翟老师的推托，说，那这个义庄就让它叫“某氏义庄”啦。翟老师笑道，我听大家说的，恐怕都是心里想什么就觉得是什么。

最后翟老师遗憾离去之前，又回头到石碑跟前，再仔细地看了看，甚至用手去摸了摸那个看不清的第一个字，嘀咕说，奇怪，奇怪，这个字，怎么会磨损得这么厉害——再看看想想，想不通，又嘀咕说，不像是自然磨损的，倒像是给人故意凿掉的。

这算是什么猜测，胡乱猜测，磨掉就磨掉，从古到今，被磨掉的字多了去了，都属正常，有谁会故意去凿掉那一个姓氏呢，这个翟老师这么说，是什么意思呢？等翟老师在众人奇怪的注视下心有不甘地走后，大家仍然兴致勃勃地继续研讨下去。

此碑出现之后，厂长一直抢在前八尺，这会儿见大家为那个姓氏争论不休，他暂时顾不上确认某氏到底是啥氏，却在心中念叨，这是发现了一个老古董了，因为砌在墙壁里，那个时候没有被那帮赤佬敲掉，算是额骨头了——厂长想着想着，突然浑身一个激灵，俗称尿摇头，感觉尿急了，其实不是尿急是心急，因为他惊醒过来了，回到当下了。

已经进入20世纪80年代，到处都在搞房屋普查、文物普查，厂长是没有大局观的，只顾虑自家茶厂的一亩三分地，心想，查来查去，千万不要查到我茶厂来。茶厂到底有啥呒啥，厂长是不晓得的，但是听听人家普查的初步成果，猫屎弄堂狗屎街，遍地宝货。厂长越想越急，顿时板起面孔，对不知天高地厚的余又说，小余，我跟你讲清楚，你脑筋拨拨清爽，什么石碑不石碑的，不许你到外面去乱讲。吩咐过余又，还不放心，又对在场所有的人喊道，外面的人若是知道了，来找茶厂麻烦，我就找你们算账——

大家七张八嘴，没有理睬厂长的警告，只是把兴趣放在老古董上。

咦，有义庄，怎么没有碑文呢？

咦，碑文是不是给你们搞掉了？

其实这个“某氏义庄”是有碑文的，镶嵌在第一进大厅永泽堂的四周墙壁里，是由十二块精磨的黛黑页岩石组成，每块岩石宽三米，高一米，由清代的著名书法家吴子谦用小楷书写，碑文记载，某氏致富后，为赈助家乡族人，筹建义庄的主要经过和办理赡赈的经济来源，经理人员配备，义庄管理规则，等等。

碑文中有类似这样的内容：

“不论贫富，一律分给，永远遵行。”

“捐白金一百两。”

“买良田藉之学，岁收其入储之，以备修祠之助。”

“郡益大治，深仁厚泽，沦肌浃髓矣。”

“乃跻祀公于名宦，报公崇德。”

“救灾周急，恤孤矜寡，排难解纷，兴学育才。”

不过且慢，这个碑文内容，只是个剧透。其实某氏义庄的碑文，现在并未见天日，并没有人知道它们还存不存在，也不知道它们到底存在在哪里。

还是再等一等吧，等到有一天它露出面目来了，再说它吧。

现在着急的是厂长，厂长赶紧关起大门，吩咐传达室，凡有陌生人来，必须先通知到厂长本人，由厂长亲自出来接待，经得允许，方可入内。

搞得大家笑起来，说，茶厂变成保密局哉。

厂长说，就是保密局，现在我们大家的任务，除了做茶就是保密，不对，只有先保了密，才能继续做茶，才能保住饭碗头。

大家都想保住饭碗头，却又不肯听厂长的话，有人甚至嘲笑厂长是七石缸门里大，现在嘴上说得凶，等到人家政府人员上门来查，真的关门？他敢？

厂长不服气，火冒说，政府人员，什么政府人员，全是些七老八十的老宿笃，从前夹着尾巴做人，现在神气活现了。

大家正在七张八嘴瞎议论，有人敲门了，厂长在院子里问是谁，那边在外面答，搞普查的，有市政府红头文件。

厂长一听，吓得脚抖，面色白潦潦，亲自去开了门，请进来一看，果然不出所料，是几位老先生，身体有点老态龙钟的样子了，眼睛却是炯炯有神，闪闪发光，规规矩矩拿出红头文件交给厂长，厂长一看，心里一气，脱口说，触霉头，说鬼鬼就上门。

一位老先生就笑了，念叨说，白天无谈人，谈人则害生，昏夜无说鬼，说鬼则怪至。

基本上没有人听得懂，也无所谓，随他说啥吧，说不定他们一来，茶厂就要关门，至少也要搬场。

厂长就把气出在老先生身上，愤愤地说，都这把年纪了，不晓得在屋里歇歇，享享老福，还要出来捣江湖，恶促狭。

拿红头文件出来的这一位，是他们的组长，自称姓陆，大家叫他老陆，老陆自我介绍后，就解释说，我们几个，其实早就退休了，现今要普查，人手不够，政府请我们出来，我们都是临时工。

就算是临时工，厂长也不高兴，说，既然请临时工，为啥不请年纪轻的。

老陆说，年纪轻的也请的，他们主要做普通的房屋普查，文物普查，他们做不来。

另一个老顾就说，就文物两个字，啥意思，他们也没有搞清楚。

厂长脸上青一阵白一阵，好像说的就是他。其实确实说的就是他，他也确实不知道文物算什么，所以对文物普查没有好声好气。

老顾这个人有点老茄，要摆点老资格，说，搞文物，那可是很专业的学问，我从十八岁进大学，就开始吃这碗饭水，我——

厂长不高兴地打断，嘲讽说，那你们算是专家啰。

那几个临时工老专家有点尴尬，难为情，已经有好多年，没有人称他们专家了，现在重新听到这样的称呼，他们不适应了。

总之就是风水轮流转，转到哪里是哪里。

临时工老先生立在院子当中，拿出图纸，拿出几本破支落索的本子，翻翻看看，手一指一戳，马上方位就出来了，几个人二话不说，就直奔第一进大厅去了。

大厅里只有茶草，没有其他，厂长等着看好戏，嘻嘻哈哈地说，看吧看吧，查吧查吧，查点花茶炒青带回去吧，我家不小气的。

老话说，没有金刚钻，不揽瓷器活。专家毕竟是专家，工作虽是临时的，专业却是终身的、正宗的，他们眼光尖利，眼神毒辣，进到大厅，虽然光线有点暗，眼睛却更加亮堂，朝大厅两面墙壁一扫，有了，就是它。

什么？墙壁？

许厂长抢到前面，急吼吼说，墙头？你要拿我的墙头干什么？

老陆说，我们要找的东西，就在墙头里。

茶厂大厅的墙壁，有一面墙整个用三夹板钉住，许厂长进厂的时候，就觉得奇怪，想必是前任厂长为了防潮，做的手脚，现在看几个临时工老先生对着这面墙头的态度和气势，可不像是防潮这么简单了。

马上叫了人来，当场把三夹板拆开，原来真相一直就在里边，现在露出面目来了，就是义庄的碑文，满满当当嵌了一面墙。

几个早年进厂的老师傅就在旁边偷笑，议论说，喔哟哟，你们忙得来，一会儿遮上去，一会儿拆下来，一会儿藏起来，一会儿又挖出来，兜兜转转。

厂长觉得自己上当了，有点气愤，责问老师傅这是谁搞上去的，谁用三夹板钉墙头的？

那几个临时工老先生顾不得问谁谁谁，也不管谁是谁，他们激动得扑过去，摸来摸去，恨不得要上去亲一口才好。

不过毕竟是专家，晓得分寸的，即刻将激动转化为责任，戴起老花镜，哼哼哈哈念起了碑文。

除了前面剧透的“不论贫富，一律分给，永远遵行”“捐白金一百两”等，开头是这样的：

“古立大宗，以馀财归之，有不足者资之于宗。（此处省略百余字）范文正公修其法，号曰义庄。公之心，岂以义自居哉？以为仁事也，而义名之，然后使吾子孙知如是则义，悖是则不义。（此处省略数十字）而天下之大，人心之同，必有慕义无穷，而奋乎千百世后者。”

“华阳某氏之迁于吴也，距文正公七百年矣。族落落大满——”

且慢，相同的问题再一次出现了。

某氏是何氏？碑文这里的这个姓氏和那块“某氏义庄”石碑上的那个姓氏一样，已经看不清楚了。不仅如此，下文凡有姓氏之处，皆已模糊。所以，实际上这个义庄，仍然不晓得它姓啥。也许那些临时工老先生是晓得的，所以他们并不在意字迹的模糊，只管激动兴奋，只管照着上面的文字念叨：

“吴之人以为今之某、昔之范也。”

“而江、河乃愈增其大。然则某氏之以仁为富也，乃其善于持富也。”

等等。

厂长又听不懂，又生气，说，讲的啥，讲的啥，上面啥意思?

余又在一边打棚说，就是五讲四美。

厂长朝他翻个白眼，你个小赤佬，又来瞎缠三官经。

临时工老先生听了余又的解释倒蛮中意，老陆先朝余又看看，点点头，说，小同志，你看得懂碑文?

厂长见临时工老先生对余又有意思，马上接过话头说，他看得懂，他样样懂，猢狲戴帽子，像煞有介事，你们把他弄走吧，叫他跟你们去临时吧。

虽然临时工老先生难得碰到看得懂碑文的年轻人，不过他们可没想带谁走，毕竟他们自己的饭碗也刚刚才重新端起来，不想让人抢了去，再说了，就算他们想带，那也不敢开口，毕竟他们自己也刚刚恢复不久，觉得自己屁股上的屎还没有擦干净呢，除了普查、登记文物，其他方面，尾巴还是要夹紧的。

余又才不想跟着临时工老先生们去吃饭，但是厂长阴森他，他也不是好惹的，专拣戳厂长心境的话讲，说，厂长你好日脚到了，茶厂要保护起来，厂也不厂了，厂长也不厂长了，你回家抱孙子吧。

人家厂长还不到四十，就叫人家回家抱孙子，分明是显摆自己年纪轻，厂长说，我厂长不厂长，你先工人不工人，我厂长，是上级领导安排的，不做茶厂厂长，也会去做别厂厂长，你青工一个，前途暗淡。

临时工老先生，围着碑文，揩灰的揩灰，记笔记的记笔记，老陆还不满意，搓手跺脚说，唉，唉，可惜没有照相机。可惜没有照相机。

忙了半天，临时工老先生的生活做好了，叫人重新把三夹板钉起来。

这下子不光厂长奇怪，几个老师傅也奇怪呀，纷纷说，咦，已经搞出来了，怎么还要藏起来？

咦，难道你们是弄弄白相的？

厂长挖苦说，咦，重新围好，等于没有发现，我还以为你们要把我茶厂的墙头挖掉了。

老陆讲，不会的，这些东西，要经过确认，最后定性，在这之前，谁也不能动的。

果然的，这边钉好了三夹板，将石碑围挡好，封上敲过红印的封条，一切就定当了。

厂长不仅不服，他甚至怀疑到老陆他们带来的红头文件的真实性，又要过来左看右看，看不出是真是假，拿在手里，不想还的样子，老陆伸手取了回去，说，你要还给我，我下一站还要用的。

老陆是个认真的人，收回红头文件，又解释说，我们的任务，就是普查，查到了，记下来，向上头汇报，至于下一步怎么搞，政府会出面的。

大家不响。不知道该说啥。

只有老顾知道该说啥，老顾说，辛辛苦苦查出来了，认认真真汇报上去，只怕没有反应。

老陆朝他看看，想说什么，结果也没有说出来。

老顾一屁弹准。

临时工老先生走后，厂长一直提心吊胆，不知道哪一天，一纸红头文件，要来拆他大厅的墙了，甚至说不定哪一天，就要来拿他的茶厂了。

那只拎在政府手里的靴子一直不肯落地，吊住厂长的心境，厂长起先还在想对策，想了种种办法，要保住茶厂，结果一个对策也没用上，因为人家根本不来，没有动静，没有声响，正如当初厂长所说，好像一切从来都没有发生过。

时间一长，再回想想，就好像是做梦了。

所以茶厂的日脚照常过，茶叶照常生产、出售，厂长的心也从喉咙口放回肚皮里了。

后来过了很长时间才听说，这一次文物普查，查出来苏州的老古董简直了，多得满天满地，一天世界。怎么不是，本来嘛，苏州城里，随便踏一块青砖，就穿越千百年历史了，随便摸一摸墙头，就摸到老祖宗的额骨头了。

那个时代，真所谓百废待兴，政府要做的事情实在太多太多，先要让老百姓吃饱肚皮穿暖身体，再要让老百姓的口袋满起来，再要叫大家富足小康，这一忙，不知道要忙多少年呢，普查出来的文物清单，就先放一放了。

放下之后，就一直是老样子了，政府也没有来看过，连临时工老先生也没有再来过，他们一家一家地走，一家一家地查，也不知道走完没有。

茶厂的境况倒是越来越好了，老百姓吃饱了肚皮，就想到要吃茶了，吃茶的人越来越多，对茶也越来越讲究，从前日脚，茶叶末子都当宝贝，管他红的绿的，管他花的清的，管他当年的隔年的，到手就泡，泡了就吃，吃不出滋味，吃不出名堂。

现在不一样了，嘴巴刁了，要求高了，茶厂的花样也就跟着多起来，不多不行的，吃茶的都是上帝，你连上帝的要求都不理睬，你想哪哼？

从前言桥茶厂只制两样茶，一样茉莉花茶，一样炒青，厂长在余又的启发下，心思也活起来了。他虽然没有让余又去安徽看爷顺带购茶，但是厂里却开始计划逐步增加和开创各种不同香味的花茶，绿茶以碧螺春为主，加之炒青，又加之雨花茶，再后来又开发红茶，总之，到了后来，茶叶生意好做，订单像飞舞的雪片一样飞进来，茶叶包像集束炸弹一样飞出去。

不过现在还不是后来。现在还只是现在。

临时工老先生们来过的一年后，事情终于出现了一些端倪。1985年春天，有两个人到茶厂来了。

这两个人进来的时候，厂长一看他们的模样，顿时吓了一跳，他以为那只高高悬挂的靴子终于掉下来了，砸到厂长的心尖尖上，厂长痛得叫喊起来，下意识地张开两只臂膀迎了上去，好像要挡住他们似的。

这两个人也被厂长的动作吓了一跳，因为厂长展开来的臂膀，可不是欢迎的模样，好像是要打人，这两个人身坯不大，文质彬彬，明显不是厂长的对手。那一瞬间，他们急了，脱口而出，我们找余又。

厂长一听说是找余又的，心上石头顿时落地，立马变忧心忡忡为幸灾乐祸，指着余又说，喏，这个，就是余又。一边朝余又挤眉弄眼说，喔哟，小余，你怎么啦，你做什么啦？

那两个人看到余又，顿时就妥帖了，被厂长吓得怦怦乱跳的心也安稳下来，拿出介绍信交给厂长，厂长一看，又奇怪，说，咦，园林局？园林局找余又干什么？又回头朝余又看，说，难道你到园林里偷什么东西了，可是园林里的东西，都是着地的，树啦，假山啦，亭子啦，你偷得走？

园林局的李工，自以为幽默，打棚说，要是偷园林，就不是我们来了，那要公安来了。

另一个刘主任稍微严肃一点，说，我们来，其实不是要找余又，我们要找的是余白生。

厂长听到这个名字，有点陌生，想了想，对余又说，小余，余白生是谁，没听你说过，是你爷吧？

余又不搭理厂长，他面色不好，朝那两人看看，口气戗戗地说，你们是未沬园的人？

那两人赶紧点头称是。

余又戗他们说，你们是我爷从前的同事，同事怎么会找不到同事？

李工的幽默在余又的脾气面前用不上了，只能和刘主任面面相觑，过一会儿，刘主任缓过一口气来，小心翼翼地说，我们，后来确实是断了联系，因为到那一年，未沬园就关门了，我们几个同事，都作鸟兽散了。

余又没好气地道，散了就事不关己、互不关心了。

刘主任道，其实我们还是关心的，1975年的事情，我们都听说了。唉，后来老余去了安徽，我们去过你家，想要他的地址，可是你娘坚决不肯告诉我们，还说你家里没有余白生这个人，还说——没有再“还说”，看看余又的面孔，住了嘴。

这一年，余又二十二岁。特意来茶厂找余又的这两个人，跟余白生年纪差不多，四十奔五十了，但不知怎么回事，他们在余又面前，竟然像在长辈面前，点头哈腰，小心伺候的样子，好像他们很心虚，好像他们做了什么见不得人的事情，好像他们欠了余又什么。

其实没有。

他们只是想通过余又，联系上余白生。因为余白生曾经工作过的未沬园，又要重新开放了。

园子不园的状况已经有十多年了。起先是关闭前的破坏，然后是关闭后的无人问津，加之偷盗，加之风雨摧残，再然后又是被人挤占居住，总之小小一个园子几经折腾，已经破旧损毁得差不多要废了。想把一个废了的园子重新整理好，可不是简单轻巧的事情。

余白生从20世纪50年代中后期开始，就一直在未沫园工作，对未沫园的一草一木，一砖一瓦，都了解透彻，熟记于心，缺少了他，要恢复未沫园，确有寸步难行之感。

厂长在旁边听着，又好奇了，插嘴说，未沫园？就是那个被人家专家称为“汤包”的小园子？

李工眉眼间顿时露出喜色，说，哎，厂长，你懂的——这未沫园，可是苏州园林中以小见大的典范。

厂长说，这有什么稀奇，未沫园离我们厂也不远，碰到桂花大年，我们都能闻得见香哎。

未沫园是余又的父亲余白生工作过的地方，早年园子开着的时候，余又还小，未曾有机会去，等到他十来岁了，园子已经关闭，他曾经和几个小学同学，去找过未沫园，只记得走了很长很长的路，绕了很多的街巷，最后也没有找到。

那天回家，筋疲力尽的余又问余白生，未沫园到底在哪里，他希望父亲能带他去看看。

当时余白生就说，现在去了，也进不去，不能翻墙头吧。等等吧，等到能进去了，我头一个就带你去。

只是余白生的这个“等等”，一直等到余又二十二岁，也没有实现。

余白生也在十年前的1975年离开了家乡，走了。这十年中，他逢年过节也会回来，但是在家待不了几天，又离开了，所以除了家人，其他所有的人，似乎都忘记了余白生的存在，也从来没有人问过、找过他。

余又一直和父亲通信，父亲只是说自己在安徽有事要办，到底是什么事，怎么办了这么多年还未完成。余又问父亲到底什么时候能够回来，父亲却从来没有确切地说他什么时候回来。后来余又也习惯了，不再追问。

有那八分邮票的连接，他和父亲，就不会真的分开。

可是现在，有人来找余白生了。

未沫园，一个久违了的名字，重新出现在余又的生活中了。

厂长向来是个多花头，跟他八竿子打不到一块的园林，他也不能放过，不等别人说话，他又抢在前面说道，未沫园，在凤池弄，顶头，走到底了。

李工也乘兴说，从前苏州人，造园都是这样的。

厂长又显摆了，结庐在人境，而无车马喧。

余又“哧”了一声。是嘲笑。厂长想要玩文化，但是翻来倒去，就是这一句，也不知道什么时候记住的，印在心底里就是它了。

那李工却和厂长蛮对胃口，李工说，这是苏州士大夫文人造园选址的原则和标准，他们都是远往来之通衢，僻处于小巷之深处，杂厕于民居之间，你看看拙政园、网师园之类，大门都是开在小弄堂里的，何况未沫园的主人家，向来低调——

厂长赶紧打断了李工说，主人家是谁家？

李工说，按说应该是吴家，应该是吴家的后花园，但是凤池弄上，却是没有吴宅的。

厂长又觉得奇怪，说，没有吴宅，怎么会有吴宅的后花园？忽然就联想到自己的茶厂所在的中吴家巷，说，可能是你们没有搞清楚，就像我们中吴家巷，没有吴宅，结果发现一个某氏义庄，也不知道是吴氏还是什么氏。

李工说，那是那是，那么多年的混乱，没有搞清楚的事情多着呢，慢慢搞吧。

刘主任见李工老是和厂长七扯八扯没完没了了，赶紧将他们拉回来说，李工，我们还是找余白生更要紧。

厂长却还在一边伤脑筋，自言自语，吴宅，到底是哪个吴宅，到底是哪个吴家？明吴？清吴？贵吴？富吴？苏吴？徽吴？

李工又忍不住要接厂长的话头，说，这正是我们现在要寻找余白生的原因，今后不光要把未沫园恢复开放，还要确认未沫园的前世今生，我们现在可以查到的资料很少，只知道，50年代初，园主把未沫园捐献给国家了。当时的未沫园，不像其他园子那样破落，收作得还像模像样的，所以稍微整理一下就开放了，一直开到后来，就——

厂长说，咦，这个事情有什么难呢，既然有记载是人家捐献的，找到那个捐献的人不就真相大白了吗？

李工说，就是找不到呀，捐献的这个人，连名字都没有留下，而且当时此人好像不在苏州，只是委托别人办了一下捐献手续，留的联系方式，都是50年代初的，现在到哪里去找呀？

厂长朝余又看看，说，难道小余他爷就知道？

李工说，余白生50年代开始就在未沫园工作，情况应该是熟悉的，心里应该有一本账。

刘主任几次想把话题扯到余白生身上，几次被厂长和李工打岔，刘主任只得撇开他们，问余又，我们知道你爷在安徽，但是没有他的具体地址——

余又告诉他，他父亲在安徽绩溪县文研馆，刘主任听了，居然有些意外，好像还吃了一惊，说，什么？老余在安徽绩溪县找工作了？

余又说，也不算是正式工作。过了一会儿，又补一句，帮忙做点事情。

刘主任松了一口气，还好还好，我们马上跟他联系，小余，你把你爷的联系地址给我们吧。

余又犹豫了。这么多年，除了逢年过节，余白生一直没有回来，肯定是要做的事情还没有完成，但他也不想去跟这个李工和刘主任多说什么，说了怕他们也听不明白，就把绩溪县文研馆的地址写了交给他们。

刘主任收好地址说，我们回去马上写信联系他，小余，你给你爷写信时，也帮我们劝劝你爷，未沫园在你爷心中，是有分量的，也许就是他心底里的念想。

厂长又犯嫌了，说，咦咦，为啥是念想——他送走刘主任和李工，回头还在心心念念，他朝余又看看，实在憋不住，又问余又，喂，小余，为什么他们说你爷对未沫园有什么念想，难道未沫园——

难道个屁。余又说了句粗话，一甩手，下班了。

余又骑自行车回家。

言桥巷东西向，7号靠东头，骑过书院街，往左一拐，就到了言桥巷的西横头。余又却舍近求远从西头进去，因为这里有个言桥烟糖店，余又要买香烟。

言桥烟糖店，名字叫个烟糖店，其实不只是卖烟卖糖，就是一个大杂货铺，吃的用的，差不多什么都卖。单说日用品，肥皂、草纸、牙刷、牙膏、针针线线、宽紧带、橡皮筋、纽扣、刀片、剪刀、钳子、灯油、蜡烛、灯泡、自来火、纱绳、麻绳、皮鞋带、跑鞋带、木梳、头绳、生发油……这种杂货店，从前苏州人称为烟纸店，后来时代有所发展，旧的称呼渐渐淘汰了，就叫它烟糖店了。烟糖店虽然不算大，开在小巷里，但是它是有靠山，有背景的，是烟糖公司的分店，虽然店员只有三四人，也还像模像样，有店长，有会计出纳等等，上规矩的。

余又自行车停到门口，就听到店里的相骂声，进来一看，又吵起来了，今天是因为丢失了一张提货单，等到发现，电话打到批发站一问，早已经给人家冒领掉了。

损失了价值二百块的货，虽然钱不算太多，但货却是紧俏商品，是店长打通了关系开后门才搞到的，价廉物美的佳佳牌洗衣粉，好多人早就听说要进这个货，等着来排队呢。

一个商店，只要有人排队购物，就不愁人气不旺，甚至有些滞销商品都能带卖掉。店长何美珍，是中心店派下来的，原来在公司坐办公室，伺候领导的，所以开始大家是不服的，这三四个鸟毛人里，想当店长的恐怕倒有五六个。可是何店长来了不久，店里生意真是大有改观，她虽为女流，年纪也不大，却懂得生意经，想方设法去搞紧俏货来销售，搞得小小的烟糖店，门口三天两头排着队，看着都觉得发达。

可是现在货丢了，事情就搞大了，就吵了起来，你推我，我推你，单子是店长交给小陶的，小陶死活不承认，没有人证物证，店长也不能把小陶怎么样，但是店长也不能自认呀，所以吵得不可开交。

余又打断他们说，喂，买香烟。

他们不理睬余又，继续论理。

店里有个新来的小姑娘小丁，大概有点暗恋小陶，想主动承认，替小陶背锅，也不管自己赔得出赔不出这二百块钱，就勇敢地站出来，哭出乌拉地说，是我，是我放在口袋里，忘记了，回去洗衣服洗掉了。

可是人家何店长什么眼光，人家小陶也不领这个情，竟然异口同声喷她说，你走开。

小陶甚至还说了一句，狗抓老鼠多管闲事。小陶真是良心给狗吃掉了。

小丁想牺牲自己也牺牲不掉，余又看着，好笑，就笑了起来，说，多管闲事的狗退开，狗咬狗的狗只管咬，生意都不要做了。

小丁知道余又嘴凶，怕小陶跟他吵起来，赶紧过来，把余又要的牡丹烟递给他。余又接了牡丹，又指了指柜台里的飞马，说还要一包飞马。小陶倒来插话了，说，咦，余阿哥，你还要飞马做啥？余又说，你管我。接过飞马装进口袋，把牡丹拆了，抽出一根叼在嘴上，没有点着，又抽出一根，甩给小陶，小陶眼明手快，接着了。

小丁赶紧献殷勤，阿哥要自来火？

小陶白了她一眼，自己拿了打火机，过来给余又点上，自己也点上，抽了烟，情绪好些了，口气也不那么戗了，但是问题仍然没有解决，这笔损失，总是要有人承担的，最后店长的意思，要么小陶赔，要么大家分摊。

话是这么说，但是分摊肯定是搞不定的，连嫌疑人小陶也不同意，他同意，就意味着他心虚。

何店长终于来火了。其实她刚刚进店的时候，大家也刁难她的，她一直很沉着，很大气，一心扑在工作上，不计较得失荣辱，对大家一直和颜悦色的，可是今天忽然就不沉着了，小肚鸡肠露出来了，说，你们这些人，素质这么差，真是扶不起的刘阿斗。

大家开始没有听明白，这是什么意思，扶不起的刘阿斗，难不成她还想着扶着大家干什么呢？

何店长说，烟糖店要是关门的话，我本来还想推荐你们到其他店去做，你们这种腔调，我才不高兴，你们哪怕失业，也不关我事。

啥啥啥，烟糖店要关门？

为啥为啥，烟糖店为啥要关门？

啥个意思？

啥个名堂？

大家七嘴八舌。

何店长哼一声，说，你们一天到晚缩在小弄堂里，不看外面的世界，现在是什么时代，你们不晓得啊，大发展呀，到处都要拆迁，小街小巷破弄堂都要拆，市里区里的拆迁方案堆到天花板上了——

刚刚要想离开的余又一听，脚步收回来了，奇怪说，言桥巷，怎么会拆？

何店长说，你不懂的，言桥巷这么破旧了，凭什么不能拆，早拆早好，这种破店，开着有什么意思。

余又本来是立在这里看戏的，结果在他离开言桥烟糖店的时候，心里忽然有点异样，也说不清到底是什么感觉，似乎有点沉重，有点悸动，甚至还有一点疼痛感。

他忽然就想到了父亲。

父亲还没有回来。

他真的有点疼痛。

他又想，如果言桥巷真的没有了，父亲回来，家就没有了。

他今天晚上要给父亲写信，告诉他，未沫园有人来了，还要告诉父亲，言桥巷可能要拆了。

他摸了摸口袋里的飞马，那是给父亲买的。父亲向来只抽飞马。

言桥巷是东西走向的，这时候，天色将晚未晚，从东边走来一个人，故事又要重新开始了。

这个人叫言子陈。就是我。

我已经读完了四年本科，并且通过了清华建筑系本届硕士研究生的初试。我一点也不担心考试成绩，就在等待复试通知的日子里，我回来了。

我是为余又回来的。

余又现在就走言桥巷，他就在前面。我还没有看见他。

余又在回家路上，看到老瞎子老隔年又在说瞎话，又扯到当年余白生替言家顶“济之”的事情。

对余又来讲，余白生的任何事情，任何人都不能说，说余白生好也不行，说余白生不好也不行，就是不许别人提及余白生。就为这个事情，余又没有少和街坊邻居相骂，老隔年这里，余又更是数次冲上门来警告。

可惜这个老隔年，已经老得没有什么可怕的事情了，他想说什么就说什么，想说余白生，一样张嘴就说。

余又一听，立刻上去对老隔年开腔，老鬼三，你又在昏说乱话了。

喜欢听老隔年说书的人，颇不服，批评余又，你个小赤佬，老隔年的年纪，做你阿爹的阿爹都绰绰有余，你什么态度，你什么家教——

老隔年却不在乎余又的态度，瞎子面孔上居然还会笑眯眯的，正常正常，余家老底子是做言家司阍的——

听客中有不明白的，自然要问问清楚，什么司——阍？

余又火冒说，老隔年，你嘴巴清爽点，撕你个魂——

旁边有个自作聪明的赤佬，多嘴多舌说，司阍就是看门狗。

老隔年说，司阍是管家，不能算是看门狗，不过反正是帮东家做事的，都是狗，看门是看门狗，管家是忠——

余又飞起一脚，踢翻了路边一只煤炉，煤球和火星子滚了一地，巷子里顿时响起一片叫骂声。恰好姚妍下班经过，被踢了煤炉的人家，不敢追究余又，只有吃瘪，但是一看到姚妍，就不肯放过了。

骂声像倾盆大雨一样落下来，落得姚妍一头一身。不过她晓得儿子理亏，也不敢回嘴，只有骂余又几句来泄泄气。

余又，你个赤佬，做啥又恶死做？

他敢说我爷，我就请他吃生活。

你爷个害人精，说不得？死也死得，有什么说不得？

你死得，你才死得，你去死——

巷子里的街坊，啧啧叹道，哎哟，这娘儿两个，也不怕牙齿缝里有毒，都毒到自己人身上。

喔哟哟，儿子叫娘去死，什么人啊，什么人家啊。

天作有雨，人作有祸，这种人家，早晚要喇叭腔。

不是不报，时辰未到，时辰到了，不晓得会报在啥人身上。

这些街坊，才是牙齿缝里有毒。

后来余又的两个妹妹余来和余了，听说娘和阿哥又在巷子里相骂了，要紧跑出来，一个拉阿哥，一个拉娘，一家人这才往回走了。

余又和他娘，一前一后，都包了一肚皮的气，回到家里，刚刚踏进天井，后面邮递员的自行车的铃声就来了，停到门口，朝天井里喊，姚妍，电报！

天井里大家都笑，说，这里没有姚妍，只有姚女开。

他是专送电报的邮递员，对这里的人家不熟悉，听说叫错名字了，又看了看电报的封面，居然还检讨，说对不起对不起，是姚女开吧，他们把女开两个字写得太靠拢了，就是一个妍字了。

大家笑得更凶了，姚妍仍然板着面孔，过去接了电报，撕开来看，上面只有几个字：23日到家。

阿二头余来接过电报，没有看到发报人的姓名，奇怪说，23日到家？啥人呀，也不晓得是啥人。

姚妍咬牙切齿地吐出两个字：死鬼。

余又本来已经走到房门口了，一听“死鬼”这两个字，马上回出来，从余来手里抢过电报，对着那几个字翻来翻去地看，自言自语道，23号，今朝20号，还有三日——

他娘到井边上淘米汰菜，嘴上仍旧废话连篇，唠叨不息，死回来做啥，有本事一辈子都不要回来。

余又一听，面孔又铁板了，又要跟他娘上腔了，正在这时候，备弄里有几个小孩子一路喊一路进来了。

来哉来哉！

两个人搀一个人进来哉。

小孩的喊声未落，天井里大家朝门口看，果然有两个面孔陌生的中年人搀扶着一个头发花白的人，站立在天井门口朝里张望。

那个头发花白的人，面孔上贼忒兮兮，眼睛却是定洋洋的。

大家看他，面熟陌生，好像有点印象，再仔细一看一认，柴美英眼明嘴快，抢先叫了起来，啊呀呀，啊呀呀，是余白生，余白生回来了！

大家拥过去，跟余白生打招呼。

余白生，你总算没有白生。

余白生，你总算还晓得回转。

老余，你头发都白了，你叫余白发啦。

老余，你哪哼眼睛定洋洋，你不要吓人哦。

大家的热情，余白生似乎完全感受不到，他的贼忒兮兮的笑容，似乎也是无意识的，大家跟他说话，他也不回话，看起来，这个天井里的人，他都觉得很陌生，一个也不认得。

姚妍从余又手里拿过那封电报，走到余白生跟前，朝他扬了扬说，你不是说23号回转吗？怎么提前了？

余白生明明听到姚妍问他话，却不回答。他的面孔一直是似笑非笑的样子，看起来有点奇怪，也确实有点吓人。

搀扶着余白生的那两个人，都显得有点心虚，不敢正视姚妍，也不敢正视其他人，他们低着头，只管把余白生往天井里送。

余又一看情形不对，上前扒拉开那两个人，急吼吼地说，做啥，做啥，你们搀他做啥，他不会走路啊？

其中的一个人低声说，对不起，对不起，余老师受伤了——

余又一听，一边朝着余白生全身上上下下看，一边急得大喊，受伤？我爷哪里伤了，爸，阿爸，你说话呀，你哪里有伤？

余白生仍旧一副贼忒兮兮笑眯眯的样子，呆呆地看着余又。

余又虽然没有看到父亲身上有什么伤处，但是凭他的感觉，晓得父亲出问题了，问题很大，他回头对着那两个陌生人吼道，你们对他做了什么？

冤枉孽障。那两个人进了天井，见大家慌乱，他们也一阵慌乱，一句解释都没有交代出来，直到余又这一声吼，眼看着事情要落到头上了，这才想到要赶紧说明事实，才好摆脱自己的嫌疑。

他们是安徽绩溪县文研馆的工作人员，也就是余白生的同事，两天前，余白生在单位的藏书楼架了梯子爬高去寻找资料，结果失足掉落，摔着了后脑勺，昏迷了一天。当时单位急着救人，也没敢及时通知家人，想等抢救过来再说。后来余白生人倒是醒过来了，眼睛也睁开了，能走能动，也会说话，就是不认得人，身边的同事一个也不认得了，甚至忘记了自己是谁。别人和他说话，他都是呆顿顿的，也不晓得他能不能听懂。医生做了无数次的检查、试验，跟他说话，问他问题，然后给他纸和笔，看他能不能写出什么来。医生说了，余白生大脑受损伤，失忆了。

天井里一片静默。

余白生失忆了。也就是说，他不认得从前认得的任何人，也不记得从前发生过的任何事了。

谁也不晓得应该说什么，谁也不敢说什么。过了好半天，姚妍才说，你们叫他找什么东西，他本来是个抓手抓脚的笨煞坯，你们要他爬那么高？

余白生的同事指天发誓说，天地良心，绝对不是我们要他找什么东西，是他自己要找的东西，这几年他一直不肯回家，待在我们那边，工作上确实是帮了我们不少忙，但是凭良心说话，他其实是一直在找自己要找的东西，到底要寻找什么东西，他也不肯跟我们说。他跑遍了绩溪县各个乡镇，那么多的村子都去过，基本上每次回来，都垂头丧气，但是终于有一天回来时兴高采烈，说事情终于有眉目了，很可能他需要的东西就在文研馆的藏书楼里。

然后他搭了梯子爬上去，还没有来得及寻找，就摔了下来。

姚妍再次扬起电报说，这个是谁发的？

同事承认，确实不是余白生发的，是他们代发的。因为本来打算让余白生恢复几日，到23日休息日送他回来，不料余白生醒过来后就闹个不停，晚上不睡觉，白天不吃饭，大家也不晓得他闹的什么，想尽各种办法，都解决不了，最后有个同事说，他是不是想回家了？

这话一说，余白生居然不闹了，乖乖地吃过晚饭睡觉了。他们才决定提前送他回来。

姚妍愣了一下，反问说，那他不是听得懂吗？

余又上前紧紧抱住余白生，大声叫喊，阿爸，阿爸，我是余又！

余白生虽然仍然呆顿顿地看着余又，但他终于说话了，他说，余又？余又？谁是余又？我不认得余又。

余又看到余白生眼角有泪水，他替父亲擦去泪水，自己的泪水却再也控制不住了。

余又日思夜想的父亲，变成了一个什么也记不得，什么也不知道的白痴，余又失控了，他紧紧抱住余白生，号啕大哭起来。

有一个人，恰好在这个时候，也踏进来了，看到了这一幕。这个人就是我。

我是言子陈。

我也失控了。我去抱住余又。

余又一点感觉也没有，他完全不知道我抱住了他。他一直紧紧地抱着余白生哭。

从安徽的同志搀扶着余白生进来，天井里几家人家几乎所有的人，都从房间里出来了，言伯邻和陈落薇，还有言家的两个儿子言子谌、言子辰，觉得不宜走得太近，全都轧在走廊上，目不转睛朝天井里望，纯粹看戏的样子。

正当他们看得起劲，发现场景里多出来一个人物。

言子辰眼尖，反应快，抢先叫了起来，阿姐，是阿姐！

言伯邻和陈落薇在走廊上站不住了，一前一后冲到天井里，看到从北京回来的高才生，为他们言家长脸的天才宝贝女儿，紧紧抱在余又的背后，夫妻俩要紧去拉她。

言子陈却像一条蚂蟥，叮在余又身上，叮得死死的，怎么也拉不开，两只手，简直像两把老虎钳，钳住余又，怎么也掰不开。

陈落薇急得要哭出来了，哀求苦恼地说，阿二头啊，言子陈啊，你总算回来了，你放手呀。

言子陈朝她翻了个白眼，好像不认得她，也不回应，只管从背后抱住、贴住余又。

言伯邻眼看劝不动，想板起面孔唱白脸训她几句，不料还未曾开得了口，言子陈已经反弹过来了，她开骂道，你滚开，你们滚开，全怪你们，你们言家门里，个个不要面孔！

骂得言家的人，头也抬不起来。她也不想想，她自己就是言家的人。

陈落薇吓得退开几步，言伯邻一时也僵住了，不知道下一步该怎么办，任由言子陈这样紧紧佮牢余又，又是贴又是抱的，坍招势不说，要坏事情的。但是言子陈的脾气和腔调，大家都了解的，在这样的火头上，浇冷水砸冰块，也都是火上浇油，言伯邻难煞了，进退不得，两只手臂本来是钳起来要去拉言子陈的，结果自动落下来，荡在身边，像只斗败的公鸡。其实他是一斗也没斗。他根本不是斗争对象的对手。

言子陈不会因为父母吃不住她就放过他们，她继续坍他们的宠，直戳他们的心境，说，若不是你们言家不要面孔，不承认自己是言济之，余又他爷怎么会去安徽，他不去安徽，他就不会受伤，他不受伤，余又就不会哭——

好像余又一哭，天下再无比这个更大更重的事了。自己的父母，自己的已经去世的爷爷奶奶，自己的哥哥弟弟，都不是东西，死活都无所谓，眼里心里，只有一个余又。

言伯邻虽然左右为难，但总想要做点什么来解决难题。他咽了一口唾沫，让自己定了定心，小心地看着言子陈的脸色，胆战心惊地说，可是，可是，言子陈，阿二头，你也是晓得的，余白生当时受的处分，后来很快就撤销了，等于没有处分，原单位也没有开除他，他早就可以回来了，可是——

言子陈大喝一声，你，住嘴，没有你说话的分儿！又指着母亲说，你，滚开点，我不要看见你！

她的哥哥言子谌，毕竟是家里的长子，二十好几了，人生得长一码大一码，看见自己爷娘给妹子欺负，当灰孙子一样训斥，而且还当着这么多外人的面，言子谌觉得妹子太过分了，他又觉得他自己也是有血性的，也是血气方刚的，他想立出来给爹娘帮一帮腔。

结果，言子陈只用了一个眼神，就把他吓回去了，索性盘到走廊上去做缩头乌龟了。

也只有弟弟言子辰了，到底年纪小两岁，还不晓得轻重，他大胆说，阿姐，爷娘巴你回转，已经巴了好多日脚，巴得头颈都伸长了，你怎么——

言子陈早已经眼乌珠血血红，六亲不认了，照样呵斥言子辰，小赤佬，你懂个屁，滚你的青胖盐鸭蛋！

一边余又抱着他爷哭，一边言子陈抱着余又，又指着她自己家里的人骂山门，搞得天井里乌烟瘴气。那两个安徽的同志，完全摸不着头脑，云里雾里，眼睛白瞪白瞪，又担心余家不放他们走，要他们承担责任，所以他们肚皮里在想计策，想怎么逃脱。

陈落薇眼看着僵局解不开，任凭一个二十多岁的大姑娘抱牢一个男人，真是坍宠坍到没脸见人了，赶紧要求助，想想那朱家的人，是求不着的，他们不做煽风点火的事情，已经算是谢天谢地了。

除去朱家，只有余家。余白生倒是个好人，肯帮助别人的，可惜现在憨掉了，什么也不知道了，人也不认得了，那就只剩下姚妍了。姚妍脾气丑，刀子嘴，陈落薇平时也不太敢惹她，但现在不是平时了，现在她为了女儿，也要豁出去了。

自此陈落薇的眼睛，就一直死死盯牢姚妍，眼睛里全是哀求的意思。姚妍也不笨，她晓得陈落薇的意思。只是她的心思，却是跟言子陈讲的话一样，事情的起因，就是你言家，你言家的人一个个不讲仁义，碰到事情就做缩头乌龟，结果害了余白生，影响到余家，现在倒好，反过来还要求助余家，烦扰余家，这算哪门子道理？

姚妍跟儿子余又，像是天生的冤家，鸡同八脚，虽然同住一屋，却是碰到就要到互啄的腔调，一切也都是为了余白生，一个恨余白生，一个爱余白生，就算是娘和儿子，也是三日两头就要打架相骂的。

余家的阿三头余了，余又的小妹妹，胆子小，心肠软，看到言子陈使尽全力佮牢她阿哥，也不晓得言子陈什么心思，她就生怕阿哥吃亏，要紧去推推姚妍，姆妈，姆妈，你去劝劝阿二头阿姐，叫她不要佮牢我阿哥，我阿哥吃力的。

姚妍看他们三个人一个佮一个，确实不像个样子，这才过去劝言子陈说，阿二头，阿二头，言子陈，你听我说——

不料这言子陈简直疯了，谁的账也不买，跟姚妍说，你别以为你是余又的娘，我就会听你的，你跟余又什么腔调，我就跟你什么腔调——眼乌珠朝姚妍一翻一弹，又说，你们大家听好，从今往后，不要喊我言子陈，我不叫言子陈，我叫言余，余又的余，听懂了没有？从今往后，你们谁再喊我言子陈，我就跟谁上腔。

言子陈此话一出，大家面面相觑，一时间哑口无言。过了好半天，言伯邻才小心地试探说，阿二头，你要改名字，我们好好商量商量再说，名字也不是随随便便就能改的，再说了——

言子陈打断他的话说，不用你多嘴多舌，我跟你们没有话说，我现在就到派出所去改名。

意气之下，竟然放了手，一放手，才想起刚才一直是佮牢余又的，佮得太用劲，手臂都已酸得抬不起来了。现在既然放了，也不好再佮上去，干脆一跺脚，奔出门去。

她真的到派出所去了？

她真的去改名字了？

她真的盯牢余又了？

1985年的那一天，我确实是奔到了派出所。但是名字并没有改成。

正如我父亲言伯邻所说，改名字不是那么容易的，居然还要问理由。什么理由，我爱余又就是理由。

派出所的公安都笑起来，说这不能算理由。

我再跟他们纠缠时，他们就问我要单位证明。我被将军了。

言子陈放开了余又，余白生也从余又那里挣扎出来了，他奇怪地看了看言子陈的背影，又看了看余又，说，你是谁，你抱牢我干什么？老李呢？

安徽的老李赶紧上前说，老余，老余，我是老李。

余白生朝他看看，却又忘记了，说，老李？老李是谁？

老李急得说，老余，我是绩溪县文研馆的老李，我们已经共事好几年了，你把我也忘了。

姚妍气得说，我都跟他结婚二十几年了，他还不照样把我忘了。

余又又气又伤心，眼看着父亲这种混沌状态，想到父亲现在等于是走进了一个完全陌生的地方，在一群陌生人混乱的包围之中，大家七嘴八舌，他却完全不知道发生了什么。余又心疼父亲，却无能为力，他镇定了一下，再次转向老李问道，你们那边的医生还说什么了，有没有说什么时候能够恢复记忆？

老李说，除了我们那边的医生，我们还请了省里大医院的专家给余老师会诊的，医生说脑部受伤失忆的病人，有的一辈子都不能恢复，也有的会恢复，只是时间长短说不准。

余又一听“说不准”，心里又毛躁了，着急说，说不准？说不准是什么意思？

老李却不知道“说不准”是什么意思，他无法代替医生解释，只好说，医生开了药——老李一边说，一边吩咐另一个同志把药拿出来交给余又，又关照说，这些药怎么服用，这上面都写清楚的。还有，还有医生再三叮嘱了，要让病人的大脑得到充分的休息，刚才像你们这样瞎闹，肯定是不利的。还有，医生说，除了休息，还需要家人和朋友的关注关心，避免患者出现不良情绪，医生说，这叫，这叫什么治疗来着？

老李的同事接着他的话头说，这是情感治疗。

再也不知道自己是余白生的余白生就这样回家了。从他离开这个家到今，已经有十年之久了。

两个煞坯，言子陈和余又，惊天动地。现在言子陈奔走了，余又也逐渐冷静下来了，天井里终于安生了一点，送余白生回来的安徽的那两位同事，一直小心翼翼，不敢说要走。其实把余白生交给家人后，他们的任务就完成了，但是他们见到刚才的阵仗，吓得不轻，所以一直到姚妍骂骂咧咧地把余白生搀进屋里，他们还像木头一样竖在天井里，一动不动，就像犯了天大的错误，可怜巴巴等着处罚的小学生。

姚妍回头看了他们一眼，说，你们还有事吗？没有事的话，请回吧，人已经这样了，也没什么好说的了。

两位同事如释重负，如获大赦，赶紧往外走，走了几步，老李停下来，交代说，我们走得急，没来得及收拾，老余还有些物品在我们那里，改天再想办法送过来吧。

姚妍朝他们摆了摆手说，人都憨掉了，还要物品做啥，你们该怎么处理就怎么处理吧。

姚妍这话一说，刚刚立到门里边的余白生忽然有了反应，在里边高声说，一封信，一封信。

余又扒拉开母亲，凑到余白生跟前说，爸，爸，什么信，信在哪里？我帮你去找信，我是余又。

余白生却对余又视而不见，嘴上仍然嘀嘀咕咕，余又？余又是谁？我不认得余又。

柴美英只嫌事情不够大，挤到余家门口，伸头进去问余白生，喂，那你认得自己是谁吧，你是余白生哎。

余白生听到“余白生”这三个字，愣了一愣，仍然嘀咕说，余白生？余白生是谁？我不认得余白生。

柴美英手指着自己的鼻子，又想说什么，被老朱一把头颈从后面拎走，柴美英一边挣扎一边嚷道，干什么，你干什么，我又没怎么他，我就是问问他认不认得我——

老朱一松手，顺势把她朝天井里一搡，骂道，认你个恶掐鬼、恶毒妇。搡得柴美英一屁股坐到井圈上，“哎哟哎哟”叫屁股痛，又喊腰断掉了。

其他院子里赶来看热闹的邻居，大多在“啧啧”叹息，有人说余白生命苦，先是顶替人家吃苦头，弄到后来，连自己也不认得自己了。

也有人说，不认得自己，不认得别人，也不见得就苦，说不定是福，什么也不用操心了，我们认得自己，也认得别人，天天操不完的心，不苦吗？

余又向来听不得大家议论父亲，讲好讲坏都不行，现在他父亲都这样子了，大家还嚼舌头根，简直让他撕心裂肺，于是一声怒吼，把人都赶走，转身对他娘吼道，走！

姚妍还没有完全从震惊中清醒过来，听到儿子冲她吼，叫她走，整个人都是蒙的，说，小赤佬，走到哪里去，你又要做啥？

余又一边搀着余白生往外走，一边继续凶他娘，到哪里去？爷都这样了，不要去医院看医生啊？

姚妍这才反应过来，急忙到屋里取了点钱，关照余来、余了两个小的要看好家，急急忙忙追上去。

余白生进医院一番检查，诊断的结果和安徽的一样，头部损伤，失忆。至于后面病情走向的可能性，说法也差不多，可能能治愈，恢复记忆，也可能永远也想不起曾经的经历、曾经的人和事。如果是那样的结果，对于余白生来说，一切就都是全新的了。

前面几十年，都白活了。余白生不仅是白生了，也可以改名叫余白活了。

待在医院里的余白生，显得很烦躁，一直不能安神。医生告诉姚妍和余又，这样的病人，住院不一定有作用，最好是让他能够待在熟悉的环境中，有利于他记忆的恢复，他表现出来的烦躁，很可能是陌生环境造成的。

余又一听，二话不说，赶紧从医院把余白生接回家。刚刚安顿好，小店里管公用电话的老师傅就追来了，一路喊着，余白生，电话，余白生，电话。

沿路的邻居笑道，余白生，憨脱了，啥也不晓得了，你还喊他听电话，搭浆哉。

那师傅说，我不管的，我只管传达，人家对方叫啥人听，我就传达啥人去接电话。

大家说，师傅，你传达的人，余白生，白生了，不会接电话了。

那老师傅不睬他们打棚，一路喊到第四进的天井门口，继续大声道，余白生，电话！

姚妍正忙着烧夜饭，没好气地说，人都憨脱了，还有谁找他听电话？哪来的电话？

那师傅说，长途电话，安徽的长途电话。

姚妍赶紧摇头摆手，回头回头，不接不接。

姚妍话音未落，余又已经一阵风似的冲了出去。

电话是绩溪县文研馆余白生的同事老李打来的，他告诉余又，他们刚刚回到安徽，因为走得急，也因为余白生受伤，不记得事情了，所以还有好些东西留在那里了，问余又怎么处理，又说好像是余白生一直在收集的什么东西，还有一个上了锁的藤条箱，他们也不便擅自打开，老李又问余又要不要寄包裹回去。

余又气得说，你们什么人，什么同事，不关心我爷的身体情况，倒关心那些破物事，现在我爷人都这样了，什么也不记得了，要那些破物事做啥，随便你们处理吧。语气冲得电话那头的余白生的同事，耳朵都要震聋了。

余又挂断了电话回家，余白生已经在吃晚饭了，从医院回家后他的情绪平稳多了，尽管不认得谁是谁，也不知道自己是谁，但他对大家都很和气，脸上笑眯眯的。不说话的时候，余白生看起来一切正常，手脚好好的，行动自如，咀嚼吞咽功能也没有问题，甚至面部表情还能表现出他知道哪个菜好吃，哪个菜味道不怎么样。

吃着吃着，余白生忽然开口了，他重复了刚才喊接电话的老师傅的叫喊，模仿得很像，大声说：余白生，电话，余白生，电话。

余又赶紧说，阿爸，阿爸，你是余白生，你就是余白生，你想起来了？

余白生没有想起来，仍然重复着：余白生，电话。他没有想起来。他只是在盲目地重复。

余又紧锁眉头，为父亲的惨状心疼不已，过了不多久，外边又有声音了，是邮递员来了，喊，余又，余又，收信。

余又心里只有父亲余白生，什么信不信的，一概不睬，她的小妹妹余了跑出去，替哥哥把信拿了回来，交到余又手里，余又本来不想接，可是眼睛一扫，瞄到信封上的字迹竟是父亲的，余又一个激灵，一把把信夺了过去。

这是余白生失忆那天早上寄出来的平信，比人走得慢，过了三四天才到。谁能想到，信到的时候，寄信人却已经忘记了一切，包括这封信。

余白生在信上跟余又说，余又我儿，这许多年来，我对不起你娘和你们兄妹三个，我欠下的债，一定要还的。现在好了，多年的努力没有白费，现在结果就在我面前了。真是踏破铁鞋无觅处，得来全不费工夫，我如何想得到，它竟然就在我的眼皮底下，十年来一直陪伴着我……

余又郁闷淤塞的内心忽然打开了，他晓得自己该做什么了，他对余白生说，阿爸，你有物事留在安徽没带回来，他们说要寄回来，万一寄丢了怎么办，还是我跑一趟，去拿回来吧——他看到站在一旁的母亲的脸色，知道母亲要说什么，赶紧堵住她的嘴，说，医生说了，要让他有熟悉的环境，要接触熟悉的东西，有利于恢复记忆，爷在安徽这么多年的记忆，也许都集中在那些东西里边，也许看到那些东西，他就恢复记忆了，我一定要去拿回来。

姚妍知道阻挡不了儿子，叹了一口气，随他去了，别说去安徽帮余白生拿东西，小赤佬就是要上天，也只得由他上去。

余白生一直呆呆地看着余又，余又说要去安徽替他取东西回来，他并不明白是怎么回事，因为他的记忆中已经没有安徽，也没有任何东西，甚至没有儿子余又。

余又像哄小孩子一样哄着余白生，阿爸，你等一等我，我一来一去，两天就回来了，你等我回来，我是你儿子，我叫余又。

余白生眼睛眨巴了几下，说，余又？好像他的反应有一些变化，余又激动地说，阿爸，是我，我是余又。

余白生的眼睛里却又是一片漠然，机械地重复着说，余又？你说谁是余又？我以前认得他吗？

余又一着急，一时间竟忘了余白生已经失忆，追着问他，阿爸，阿爸，我晓得，你一直在安徽，你是在找东西，后来你找到了，是不是，我说得对不对？

余又当然是知道的。

1981年夏天，他宁可错过高考，也要把我奶奶常随香交给他的东西送到父亲那里去。那时候他就知道，父亲一直在找《春日家宴图》，我奶奶临终前，交给余又的就是《春日家宴图》的线索。

我奶奶交给余又的，是一张小小的当铺的收据，更是一个大大的重担，重到余又可以把十二年的苦读付诸东流，甚至可以牺牲自己的前途。

那时候我很生余又的气。但是我还不知道，余又将要为这个重任付出更大的代价。

后来我听说，余白生拿到了那张当铺收据，立刻纠正了他的调查方向，但是最终仍然没有结果。1966年的当铺早就关门打烊，连店铺的房屋都拆了，原址上后来建了一个银行办事处，倒是和当铺多少有一点传承意义。

《春日家宴图》始终如同泥牛入海。

先是余白生冒充言济之，后是余白生替代言家的后代，为一封莫名其妙的来信寻找《春日家宴图》，后来又牵扯上了余又。

倘若《春日家宴图》价值连城，那如果找到了算谁的呢？

倘若《春日家宴图》无足轻重，那余家父子岂不是白费周折？

但无论价值连城还是无足轻重，都应该是言家的人去做这件事。我无法责问言家的人。我也是言家人。我叫言子陈。

1985年春天，我满脑门子的想法，就是动员余又考研，考到北京去。

我的想法和余又的想法相去太远了。

我们差不多已经是两股道上跑的人了。这两股道，并不平行，甚至是反方向岔开的。我们越跑，就会离得越远。

但是可惜，那时候我并不知道。

余又决定再去一趟安徽，他要替父亲把东西取回来，也许那些东西能够帮助父亲重拾记忆。

姚妍在一边发脾气，乒乒乓乓噼噼啪啪地搞着锅碗瓢盆，但她毕竟有点惧怕余又，不敢三头六面地骂他，只能嘴上嘀嘀咕咕，你跑什么跑，你都几天不上班了，你爷已经这种腔调了，你再卖力也叫不醒他了，你自己不要弄到给单位开除，饭碗敲掉，我可养不起你——姚妍一说开了，就收不住，碰到这样一个男人，又碰到这样一个儿子，总是为别人家的事情瞎起劲，她真是气不打一处来，唠叨不停，事到如今了，你还没受够这老猢狲的累啊，当年要不是为了他，你也不至于只读到一个技校，人家言子陈，功课还不及你，考得上清华——

余又说，你打住，我和我爷的事体，不用你管，安徽我是必定要去的。

姚妍不甘心呀，管不住自己的嘴，继续自言自语，什么宝贝物事，要专门跑去拿回来，一个十三点变白痴的爷，只会影响儿子的前途——

余又不再给他娘数落的机会，一转身，去长途汽车站买车票。

余又要去安徽的事情，并没有告诉言子陈。买好车票临走的前一天下午，言子陈从余了嘴里听说了，她一口气奔到余又的单位，大家正在下班往外走，看到言子陈冲进来兴师问罪，都停下脚步看热闹。

言子陈手一伸，戳到余又眼前，说，你把车票给我看看。

余又起先不肯，说，这是我和我爷的事情，你不要管。言子陈强横，挡住了余又不让他走，弄得余又单位里的人都笑话他，他只好把车票拿出来，捏在自己手里，朝言子陈扬一扬说，喏，车票，我明天一早就出发。

言子陈二话不说，夺过余又手里的车票，一下就撕了，将撕碎的车票，扔到地上，说你等着，我重新去买两张。

余又的同事看不明白了，说，你是要跟余又一起去呀，再多买一张就是了，干吗要撕掉？浪费一张票。

另一个同事明白，说你个猪啃啃，笨得要死，人家是要坐在一起。

在大家的笑声中，言子陈奔出去，一脚往长途汽车站买票去了。

言子陈性格果断，敢说敢做，买到两张车票，乐滋滋回来，她没有想到的是，有一个消息正在家里等着她。

复试的通知到了。她必须在当天晚上乘坐夜班火车赶去北京，否则就要错过面试了。

余又说，你看你看，人算不如天算，我说不要你去，你偏要去，现在好了，老天爷也觉得你不应该去。

言子陈抓狂了，她一会儿恳求余又，一会儿对他摆脸、和他吵架，总之她是想让余又等一等她，她想先去复试，然后立刻回来陪他去安徽。

其实言子陈也知道余又是不可能答应的，她又耍无赖，又想撕他的车票，但这一次没有得逞，余又把车票藏起来了。

现在言子陈的家长急火攻心了，他们怕这个天才宝贝女儿真的会放弃考研复试陪着余又去安徽，言伯邻也顾不得脸面了，出来对余又说，你还是不要去了吧，东西叫他们寄回来就是了，你想想，你爷人都回来了，还有什么东西比人更重要的。

余又是不会听人劝的，他说，他人回来了，可是魂没有回来，我去帮他把魂找回来。

言子陈在一边猛烈攻击父亲母亲，她说，他爷的魂，就是你们言家弄掉的，要去应该你们去，如果找不回他爷的魂，你们也没脸回来。

余又见言子陈一味地胡说八道，居然退了一步，答应她说，好吧好吧，言子陈，我答应你，你先去复试，我等你回来我们一起去安徽。

言子陈知道他不会等她。

但是她假装相信了他。言子陈走了。

1985年3月16日。是我的人生面临重大选择的日子。

我选择了两个我中的一个我。

我选择了今天的我。

余又一个人去了安徽，他重复了余白生的动作，在县文研馆的馆藏柜里到处乱翻，结果却是一无所获。

余白生的同事小心翼翼地伺候着他，帮他扶着梯子，帮他端着凳子，他爬上去的时候，他们在下面胆战心惊的，一个个昂头挺胸，张开手臂，好像要接住掉下来的余又似的，他们生怕他和他爷一样，再出事故。

他们却没有预见，不知道余又将要出的事故是什么样的事故。

余又没有找到余白生信上写的“就在我面前”“一直陪伴着”的那幅画，他最后的心愿就是，将余白生留在安徽的一些生活用品带回家，也许，熟悉的物事，能够刺激到他爷的记忆。

余又先在安徽给家里打了电话，他让大妹余来去接，那天余来不在家，结果是小妹余了接的电话。

余又让余了告诉父亲，东西都拿到了，箱子也拿到了，他很快就回家。

可是余又没有回家。

在回来的路上，遇到了山洪暴发，整个车辆滚下了山崖，车上的人，无一生还。

每年的山洪，多发在5月、6月，那一年，3月份就来了。

据说后来柴美英还散布说，其实阎罗王四年前就想收他的，没收成，过了四年，还是带走了。

是的，1981年，那辆车就在路上抛了锚。

后来在家属认领遗物的时候，没有找到任何遗物，也没有看到那只箱子，估计是被埋在深山老林的泥土之下了。

我知道余又再也回不来的那一天，收到了研究生的录取通知书。我回了一趟苏州，但是我没有回家。余又的墓地还没有办好，他的骨灰盒暂存在殡仪馆，我去殡仪馆看了他。

他平时很少有笑脸，却在照片上对我笑着说，你看你看，人算不如天算，老天爷都不想让你去。

我回到学校，想尽了办法，终于改了名字。

我先是改了名，改了几次，后来觉得还不够，干脆连姓也改了，我不再姓言。我改名冯余。

我的家人并不知道我改了名。他们再也找不到我了。他们给我写的信，被贴上“查无此人”退了回去，他们打长途电话到学校找言子陈，也同样是无人接听。

我的父亲母亲急疯了，他们甚至赶到北京来找我。虽然我原来的名字没有了，但是我这个人还在的，所以我爸我妈在北京费尽周折，十多天以后，他们终于找到了一个名叫冯余的女儿。

那一天，当我看见他们满脸焦急又满脸庆幸地朝我走来的时候，我正式向他们宣布，我和我的家庭脱离关系。

余了和余来那天说我，一个说言子陈你那时候跟疯了一样，另一个说，不是跟疯了一样，就是疯了。

我承认。

余又死于1985年。

尹宁说余又是她的前夫。这是个弥天大谎。

尹宁分明知道我知道她在撒谎，她还是理直气壮地撒了。

第四部分：书信

我不想再和尹宁玩什么猜谜游戏了。她这是要跟我比智商还是要跟我躲猫猫，我不上她的当了。我决定直接戳穿她的谎言。我给她发了微信，我说，尹宁，我不管你为什么要对我撒谎，你撒的谎，太low了，拜托你编圆一点再来行吧。

尹宁回复我说，我知道你不相信余又是我前夫，但是我会让你相信的，从前我给余又写过很多情书，近几年我都把它们拍成图片了，一会儿我发几封给你看看，你看过以后，再决定要不要相信我。

真是个多作怪的妖精。我不想理睬她了，就没有再回复。可是过了一会儿，我的手机叮咚叮咚响个不停，她真的给我发来了好些图片，我一看，她果然是把从前的一些手写的信拍成了图片。

我明显感觉受到她的捉弄，我好像又看见了她的不怀好意的笑，冲动之下，我甚至想把她的来信全都删除，然后把她拉黑。但是我没有做到。我做不到。

因为我想通过尹宁写给余又的信，看到余又的样子。

我以为尹宁发给我的真是她写给余又的情书，结果发现不是。完全不是。

第一封信：

余又：

你个赤佬，你只憨卵，为啥不回我的信？我给你写了好几封信，你一封都不回我，你忙得后脚跟踏前脚跟，奔来奔去，家也不归，到底要哪哼？

前几天言子陈从北京打电话过来叫你听，我没有理睬她。她为什么还要盯牢你？你和她还有联系是吧，一直有联系是吧？你不要忘记，当初她是甩掉你去北京的，是我跟牢你的。你不要没有良心哦。

我没有接她的电话，她倒好，写了一封信给你，正好撞到我手里，我就不客气了，就私自拆了，你要骂我，你尽管骂。

我把她的信，抄一遍给你看，她什么情况，莫名其妙。

看起来尹宁真的重新抄了一遍，因为这里的字迹和前面的字迹相同。

但是我不明白尹宁为什么要重抄一遍。她如果真的想让余又看到言子陈的信，只要把言子陈的信夹在她的信里寄去不就行了？搞不懂她。这个大家都不记得的邻居，确实有点古怪。

以下是言子陈写给余又的信：

余又：

告诉你一桩事情，一周前，我从北京出发，到了安徽绩溪。虽然你曾经一再反对我管你的事情，但是我偏偏就是要多管闲事——因为这不是闲事，这是你余又的事情，就是我冯余的事情。

这是假期里的社会实践和专业调研，跟我的专业是对口的，所以也不全是因为你才去的。

我去了几个比较著名的村子，龙川村，仁里村，浒里村，北村，太极湖村，尚村，等等，这里的房屋大多是徽派建筑，古民居比比皆是，砖、木、石三雕精妙绝伦，自然山水秀丽极了。我很想你。我只能想象着你也在。

你不在。

我和村里的一些老人聊天，有人还记得你爸来过。我想，你本来也是要来的，现在我替你来了。

他们说你爸是来找言氏后人的。我很奇怪。你爸姓余，他找言氏后人干什么呢。不过我知道你已经有答案了。

既然你爸找言氏后人，你若是来了，你一定是沿着你爸的脚印走的，所以我也有了方向，我就沿着你的脚印——虽然你没有来得及踩下来，却已经有了非常清晰的脚印。走。

我在小山村里到处打听有没有姓言的人家。后来在一个无人居住的山坳里，找到了一位孤老，他说他姓言，我曾经反复跟村里人确认，他到底是不是姓言。村里人说，他自己说他姓言。反正他一个人住在那个山坳里，在山坡上种点粮食蔬菜，养几只鸡，养活自己，也不来烦扰村里人，也不怎么跟村里人交往。人畜无害的。他说姓言就姓言吧。他说姓啥都可以。

我到姓言的老人家家里去看他，我还有点担心这个姓氏会不会搞错，因为找了很多地方，才找到了这一带唯一的一个姓言的人，所以我站在门口就问他，老人家是不是姓言？

老人家笑了起来，说，前几年也有个人来找我，也像你一样，站到门口招呼也不打，就问我是不是姓言，我就反问他，你是不是姓言？他说他不姓言，我说既然你不姓言，那你辛辛苦苦地翻山越岭找姓言的干啥？

我看到他停下不说了，就急着问，老人家，那个人怎么说？

老人家说，呵呵，你和他一样性急，他说他是受人之托来的，这一带姓言的不多，好不容易才找到我，我也不忍心让他白跑一趟，我就把我知道的言家的情况跟他说了说。

原来安徽绩溪这一系的言家后来整个败了，曾经惊为天作的巨大宅群被一个军阀三钱不值两钱地收购去了，后来军阀倒台，大宅又归了许姓人家，许姓人家后来也败了，又归了钱姓人家，反正数易其主，最后就分给大家住了，正因为这么多人家住着，家家都小心保护着自己的家，所以这个宅群至今仍然是完整的。

我朝村子张望，巨大宅群？我却看不出来。老人家说，你爬到山顶上往下看，就看清楚了。我就爬到山头往下看，果然看清楚了它的面貌，虽然分给了很多村民住，但面貌并没有改变，还是一气呵成，鳞次栉比，十分壮观的，几乎整个一个村子，都是包括在一座大宅的群落之中的。

老人家和我说，听说言氏的某一代，到了苏州，后来就按照老宅的这个规模，建了一个苏式派头的大宅宅群。

可是我奇怪呀，他这个地方，基本上与世隔绝，他是听谁说的呢？老人家告诉我，就是上次来的那个人，那个人姓余，叫余白生。

余又，我思前想后，好像这么多线索我都可以串联起来了，我想明白了。

你爸一直在找言家的旧宅。

我这才知道，原来我一直说，你的事情就是我的事情，现在明白了，不是你的事情就是我的事情，而是反过来，我的事情是你的事情。本来就是言家的事情，却由你们余家的人在做。

言家这一家人，全是阴刁模子，不是东西。反正我也不姓言了。

…………

以下是尹宁的补充：

言子陈的信除了以上内容，后面还有一些肉麻的话，我不抄了，不让你看，我不想你被她动摇，她现在分明是因为她的专业需要了解这些老宅的情况，才又和你勾搭上的，你不要被她利用了。

不过她说“言家这一家人，全是阴刁模子”，这句话我是赞同的。

现在我也想通了，难怪尹宁要抄言子陈的信，而不是原信附上，她是不想让余又接收到我传递给他的感情。

尹宁写给余又的第二封信：

余又：

你个赤佬，你个煞坯，野在外面这么长时间，还不回来，你不会忘记你已经结婚了吧？

你个没出息的货色，你想想，你自己的两个妹妹，还有言家的几个子女，都上了大学，只有我跟你两个，被耽误了，你还天天野在外面不顾家，你到底要哪哼？

家里这边，这一阵有很大的动静了，你要紧回来吧，许多事情要你拿主意的。言桥巷要拆迁了，墙头上已经写了大红的“拆”字，到处都乱哄哄的，大家心里七上八下，不知道应该怎么办。老朱家早已经搬走了，据说当年他们是强行搬进来住的，没有任何手续和批文，他们根本没有资格住这个房子，所以现在被赶出去了。活该。

你们余家和隔壁言家，都想轧进一只脚去占朱家的房子，结果屁，公家收回去了。

昨天政府已经来登记了，征求意见，到时候是回迁还是住到城外的公寓楼去，你要是问我的意见，我是要回迁的，大家都说，宁要古城一张床，不要新区一幢房。可惜回迁的份额很少，只有百分之十左右，我们家轮不到，挨不着，除非你回转跟他们争一争，还有点希望。

我也问过他们了，为什么回迁的份额这么少，他们说，拆了言桥巷这一带，不是为造新房子，而是要开新马路，所以造不了多少新房子。我们的家，很快就要变成大马路了，你还不回来吗？

还有就是，言子陈最近没有再盯牢你吧？我听人家说，她年纪轻轻已经要升副教授了，这种忘本负义的货色，不要说升副教授，升到女王也不稀奇，我永远也不要看她，你也永远不要理睬她。

尹宁写给余又的第三封信：

余又：

我昨天经过凤池弄，朝未沫园里张望一下，看见一个背影，跟你很像。你不要说就是你哦。就是你的话，你也太不像腔了，明明回来了，却不来见我，倘若真是这样，我要跟你上腔了。

我告诉你一个消息，言桥巷的拆迁好像要暂停了，听说是有不同意见，所以先放一放。不过放也放不了多长时间了，这里的房子，老旧破落，都要成为危房了。

我也要为我们的家早作打算了，等到黄梅雨来，这个破房子穿风漏雨，不要坍塌了才好——我是一张乌鸦嘴，反正你也不在家，坍塌下来压着的也是我，跟你无关。

不过我还是要去看看商品房，现在大家都去看商品房，你猜我昨天在新楼盘那里碰到谁了？是老朱。

老朱乡下人比城里人狠，来事，他们家被赶回乡下后，他就在乡下办厂了，办厂他也来事，眼睛一眨，老母鸡变鸭，就发达起来了，他又回到城里买房子了。

老朱还向我打听了你，我说你在外面野游，老朱居然还笑，还说理解理解。我说你瞎理解什么呀。老朱说，他不就是要帮他爷找东西吗？其实我们都会帮忙的。老朱还说他前不久开了一家字画店，说他现在做古董生意了，进来的老旧字画古旧书籍不要太多哦。

我真是没想到，一个乡下人，居然开什么字画店搞古玩收藏，他大字恐怕也识不得几个。不过人不可貌相，也许正是老朱这样的人，没有负担，无知无畏，才能做成事情。

只是他说“我们都会帮忙的”是什么意思，“我们”是谁，“帮忙”，又是要“帮”什么“忙”？

类似这样尹宁写给余又的信有好多，我从图片里找来找去，只找到一封余又的回信。

余又的回信是这样的：

我在这边一切都好。你不用惦记，做好自己的事情就好。

既没有称呼，也没有落款，我怎么知道是余又的回信呢。

我就是知道。

尹宁的图片拍得颠来倒去，横七竖八，我一一把它们翻转过来，再细看。这时候小白也在我身边，她正在翻阅一些资料，她看我用心在搞手机，有点好奇，但是既然我不跟她说我在干什么，她就不会问，向来如此。所以她仍然可以非常安心地翻看资料。

翻着翻着，小白忽然“咦”了一声，我朝她看了一眼，不知道她“咦”的什么意思。小白说，老师，我翻的这本书，老师您也看过。

我接过那本书看了看，是一本《宋城坊考》，这书我应该是看过的，但是小白又怎么会知道我看过呢？我问她，她从书里拿出一张纸条，说，老师，这是您做的记录。我说这纸条都发了黄，你怎么知道是我写的？小白说，老师，您的笔迹我认得出来。

我就接过来看了一眼，这字迹真的好熟悉，因为正是我的笔迹。现在我们都很少用笔写字，对笔迹都生疏了，但是这张纸条上写的字，我太熟悉了，刚刚才见过。

就是尹宁发给我的图片，手机里图片上的那些字迹。

那些字、那些信，都是我写的？

我只觉得脑门心“轰”的一声，有什么东西蹿出去了，难道就是通常人们形容的灵魂出窍吗？

我强逼着自己镇定下来，但是我已经不敢再看手机，我回想刚才在看信的时候，确实有过一些疑惑，觉得这些信上的字迹十分熟悉，只是因为相信尹宁的念头在先，也因为我更关注的是信的内容，更急迫地想从内容中看到余又的影子，所以对写信人的笔迹没有很在意，以至于连自己的笔迹都忽略了。

这些写给余又的信，是我的笔迹，那无疑就是我给余又写的信。可是我给余又写的信，还有余又的一封回信，怎么到了尹宁手里？那个时候，余又已经跌进了安徽的深山，永远留在那里了，他怎么会给我回信？

我鼓起勇气又重新看了一下余又唯一的一封回信，发现那上面的字迹也是我的。那就是说，是我自己给自己回的信。也就是说，我明知余又不在了，却假装他还在，我给他写信，假装他还能收到，然后再假装我也能收到他的回信。

这又有什么不可能的呢。

他们不是说我疯了吗？

其实疯了也好。疯了才好。疯了才能想怎样就怎样。

但可疑的是这些信怎么到了尹宁手里。我给尹宁发消息询问，尹宁没有回复我，我等不及，又到“言桥往事”群里去艾特她，也没有动静。这个“言桥往事”群，从我进入以后，除了尹宁用“余又”的名字和我互动了一下，别的就再无声息了。我简直怀疑它是否真的存在。

好像把信发给我以后，尹宁的任务就完成了，她可以消失了。可我却由不得她这么任性，她设下的套，得她自己来解。挖地三尺，我也要把她找出来。

也许根本用不着挖地。她不就住在言桥巷7号吗？我去她家找她即可，找不到我就守在那里，守不到就再找邻居打听，再找社区居委会查询，或者甚至可以去区综改办小刘那里问问。总之，根据“六人法则”的理解，任何的两个人之间的关系带，基本确定在六个人左右。也就是说，在两个陌生人之间，通过六个人就可以建立联系。何况，尹宁又不是陌生人。

我和小白说了一下，我说我要再去一次言桥巷，但她不必和我同去，她继续查阅资料。最近一阵，可能是受我的情绪影响，我们的工作进展缓慢下来，我希望她能够心无旁骛，抓紧一点。小白说好。她向来对我的吩咐百依百顺，绝对服从。

我出发往言桥巷去。网约车还没到，我接到言子谌的电话，他问我在哪里，我说我正要去言桥巷找尹宁。言子谌说，言子陈你能不能先不去言桥巷，我这里有一个比言桥巷更重要的事情，老朱病危了，他听说你回来了，想最后见你一面。

我说哪个老朱，我认得老朱吗?

言子谌说，言子陈你别装呀，老朱你不可能忘记的。老朱的老婆叫柴美英，前几年过世了，他们有两个女儿，大女儿叫朱玲娣，小女儿叫朱玲玲，朱玲玲的儿子叫刘乐乐，刘乐乐是余末末的男朋友，他在区综改办工作。

绕了一大圈。我“啊哈”了一声，随即又重重地叹息了一声，我跟言子谌说，真是世事难料啊，小时候的邻居，想成一家的，没成一家，结果缘分留给了下一代，他们倒是结上亲了。

言子谌不接我的话头，只顾说老朱，他说老朱已经病了很久了，早已经奄奄一息了，瘦成了一根丝瓜筋，却一直不走，大家猜测，估计他还有什么心思没放下，或者还有什么人没最后看一眼，现在知道了，这个人可能就是你。

我想言子谌这样说可能有点自作多情，老朱不会为了一直等我而咽不下最后一口气的。但是我又想，人之将死，其言也善，所以不管老朱是不是在等我，好歹从前我们曾经邻居一场，我去看看他，也是人之常情。

我答应了言子谌，言子谌把医院的地址发给我，我们约了医院见。网约车到的时候，我就请司机改了路线，司机说，改了就好，原本我也有点奇怪。

我不知道司机说的“原本我也有点奇怪”是什么意思，想着是不是要问他一下，却又有电话来了，她说自己是朱玲玲，然后说，言子陈，你的手机号码是你哥给我的，听说你要去看我爸，谢谢你，我这会儿也往医院去，我们医院见。

我问朱玲玲她爸情况怎样，朱玲玲说的和言子谌说的差不多，总之就是在等时辰的意思了，最后她又回过来说我，言子陈，你回来了我都不知道，刚才你哥告诉我，我才知道。

我感觉她此言不实，我需要试探她一下，也可以顺便试探一下“小刘”到底是不是刘乐乐。我说，咦咦，朱玲玲，你记性这么差呀，前两天我们通过电话，你忘了？就是你儿子刘乐乐帮我到言桥巷7号处理房产证问题的那天，我们在天井里，你儿子给你打的电话，他还开了免提给我们听，你还假装不记得我了哈哈。

朱玲玲支吾了一下，尬笑了一声，说，哦呵呵，刘乐乐啊，小赤佬经常瞎寻开心，他算是幽默的。

我说，他不仅幽默，他工作很认真负责的，不过那天我忘了问你的情况了，你后来怎么样了？

朱玲玲说，我开始跟我阿姐学裁缝的，那时候你还在的，可是后来裁缝没有学成，学了刺绣，现在是绣娘，我在平江路上有个工作室，你有空过来看看。

我吃了一惊，我早就知道有一位苏绣大师叫朱玲玲，但我没有想到那个朱玲玲就是这个朱玲玲，居然就是我儿时的邻居，我一激动，说，朱玲玲，朱大师哎，你发明的点点绣轰动世界的。

司机听到，也热情地插嘴说，跟你打电话的是做刺绣的朱大师啊？朱大师可不得了，名气大得不得了，她的刺绣，美国总统、英国女王都要抢的。

司机这么说了，我也倍觉骄傲，我说，是呀是呀，我也才知道，朱大师就是我小时候的小伙伴哎。

司机是个好人，竟跟着我一起开心，说，那你撞大运了，我也跟着沾沾光。好像他载了我一次，就能沾上朱玲玲大师的仙气似的。不过只要他真是这么想的，也挺好。

我到了医院的病房，老朱身边围了好几个人，老朱闭着眼睛，一点动静也没有，看不出还活没活着。

朱玲娣上前喊道，爷，爷，阿二头言子陈来了。

老朱没有反应。

接着大家喊出一片声音：

老朱老朱，阿二头来了。

老朱老朱，阿二头回来了。

老朱老朱，言子陈真的回来了。

老朱老朱，这回没骗你，你睁开眼睛看看，真的是言子陈，是真的言子陈。

这话说的，好像他们前面曾经找人扮演过我似的，而且那个假的言子陈还被老朱戳穿了？老朱虽然病入膏肓，但目光依然锐利？

无论大家怎么喊，老朱始终不吭声，也不睁眼，有人在我身后轻轻推了我一下，意思让我上前喊老朱，我心里并不愿意。但是事到如今，如果真是因为没有见到我，他咽不下这口气，这么不死不活地吊着，大家受罪，我也是于心不忍的。所以我虽然不太情愿，也只得听从他们的安排，走上前，靠近老朱，俯下身子喊，老朱，老朱，是我，我是阿二头，我是言子陈，是真的言子陈。

真灵。老朱紧闭着的眼睛一下子就睁开了，而且我还看到了他眼睛里的亮光，我听到有人在旁边低声嘀咕，回光返照。

老朱眼睛闪着光，他的一只瘦得像根枯柴的手，慢慢地伸了出来，他这是要和我握手吗？我有点忌讳，但也只是稍一犹豫，我还是拉住了那根枯柴。

好像我给老朱供了血，老朱有一种满血复活的气色，他的脸上竟然有了像笑意一样的表情，我想尽快完成仪式，把我的手收回来，所以我赶紧说，老朱，我是言子陈，你看清楚了吧？你相信了吧？我来看过你了。

我多说了一个“过”字，这是有言外之意的。我都看过你了，你也好安心去了，免得大家都被吊在一根绳上下不来。

老朱喉咙里“咕”了一声，说，言子陈，我认出你来了，你还是你——

旁边立刻有人惊叫起来，说，老朱说话了，老朱说话了。

另一个更是惊愕地说，老朱已经有好多天一言不语了。

老朱根本不在乎其他人说什么，他只对我有兴趣，他的枯柴在我的手里居然渐渐地温热起来，然后老朱开始说话了。他牙白口清，无半点含糊。

老朱说，言子陈啊，你晓得的，从前嘛，我是个搭浆户头，阿胡乱，只晓得混吃混喝混日脚，后来嘛，幸亏得来了政策，把我们赶回乡下去了——

大家都听清了，所以都觉得老朱病入膏肓，感觉马上就要去了，“赶回乡下去”，还算是“幸亏”？他这是开始说胡话了。其实我发现，老朱的头脑，从来没有这样清醒过。就听他气息奄奄地说，现在回想起来，我还要谢谢老太——就是言常氏老太，我们刚刚轧进你们那个天井的时候，一无所有，困觉的床都没有，柴美英盘在屋里哭出乌拉，那时老太耳朵还好，听到了，把我喊过去说，喏，厢房角落里有四块屏风，可以当床困的，你们搬吧。

我听老朱说什么“言常氏老太”，不就是我奶奶吗？——我心想，老太呀老太，你可真会送东西，你也真敢送东西。你出手真大方。

一边心里还在为从前的事情着恼生气，一边听老朱接着讲，四块屏风做两张床，我们一家门有床困觉了，只不过屏风做床硬得不得了，困得骨头痛，后来总算换了棕绷床，四块屏风老太没有向我讨还，我就不客气地吃没了，后来我们被扫地出门时，带回了乡下，也派不着用场。

我着急关心屏风，问他屏风到哪里去了，有没有被他卖掉。老朱说，言子陈，你不要急，屏风要卖脱的，东西全要卖脱的，现在我还有几口气呢，我还来得及，你听我慢慢讲，除了屏风，还有几只樟木箱在我家，是你阿爹言耀亭从前托付给我的，我在城里没地方园，就搬到乡下旧屋里园好，果真没有人想得到。到我们回转，把樟木箱打开看看，里边全是一卷一卷的图画。我再跑到城里去问你家好婆，要不要搬回来还给言家。好婆说不要，叫我想怎么处理就怎么处理。

天哪，我奶奶什么名堂？她难道忘记了，我爷爷言耀亭，就是为了保护这些古画，才从二楼跳楼，跳成一个跷脚的。

老朱说，言子陈，你肯定怀疑，我为啥不问你爷你娘，要去问老太，我坦白，我是贼心贼胆，想吃没这些古画的，我估计老太已经老糊涂了，而且老太清醒的时候就很海威，糊涂了就应该更加大方，所以我是乘你爷你娘上班时，偷偷摸进去问你好婆的，因为当时有一个人，已经来看过樟木箱里的货，他要一并收得去，折倒。

我急得叫了起来，老朱，你肯定上当了，那个时代，多少古董，都是三钱不值两钱地出手了。

老朱眨了眨眼睛，对我的话表示赞同。他说，后来许多年，我一直在懊恼中过日脚，老是要打自己的耳光，老是想，要不跳河算了，吊死在屋里吓人的。再后来，我想通了一点，我有奋斗目标了，我办厂，发财，有了钱，我要把樟木箱里的物事全部弄回来——

我忍不住“扑哧”一声，不过面对一个将死之人，我不好嘲笑他，不作兴的，我假装咳嗽了一下，掩饰过去。老朱却十分清爽明白，说，言子陈，你不要急着嘲笑我，你听下去再说，那时候我一日到夜累死累活，等到歇下来，有点空闲了，就在屋里围着屏风转转，看看，结果呢，越看越要看，越要看呢，越是看不懂。

我不以为然。这四块屏风，当时在我家，也不知道算不算上等好货，反正肯定是老太不当回事，才借给人家当床板用的。老太怎么不送给人家当柴烧呢。不过无论这货色如何，也就是屏风而已，有什么看得懂看不懂的。

老朱却不同意我的说法，老朱说虽然屏风是你家的，不过你也不一定识货，屏风上的人，雕得这么鲜活，像活人一样，我天天看，看得都认得他们，都可以跟他们说话了。

老朱越说越有劲，眼睛闪闪发光，后来我们都忘了老朱已经是个将死之人，没有多少时间了，只是听老朱讲得有趣，忍不住嘻嘻哈哈起来。我说，你跟屏风上的人说话，那老朱你还是老朱吗？

老朱没回答我他还是不是老朱，他继续说他的故事，就是因为这四块屏风，也因为他办厂发财，有资本了，老朱一个人的长征就正式出发了。他开始跑古董市场。他还炫耀他跑得早，独是捡漏，后来名气越来越响，成为古玩市场一只鼎。

朱玲玲是准备来给老朱送行的，本来悲悲戚戚，凄凄惨惨，结果听老朱吹牛三，也摒不牢了，笑道，爷，你只晓得吹你一只鼎，你不听见人家帮你起的绰号——

老朱说，我晓得，他们叫我朱国宝，说我的东西全是赝品——

大家都忍俊不禁，老朱自己也笑了，虽然他的笑，已经算不上是笑了，只是个意思而已。

见大家捧场，老朱来劲了，继续说，赝品就赝品，我喜欢，谁管得着，钞票是我自己赚的，哪怕拿来打水漂，哪怕拿来当纸钱烧，也是我自己的事情——实际上，我心里坦得很，什么赝品不赝品，全是他们妒忌我，泼粪泼到我头上——

老朱的第三代，朱玲娣的女儿郑丹丹支到床前戳穿老朱说，外公，我听我娘讲，外婆就是被你气死的，说有一回人家骗你，说哪里哪里有一幅古画，你就追得去了，结果——

她的阿姨朱玲玲拉了她一下，不让她讲，老朱看见了，却说，你拉她做啥，买画的事情，我本来就要讲出来的，不等到言子陈来，我还不想讲呢。言子陈，幸亏你回来了，你回来得正是时候，不然我就要带到棺材里去了。

接着，还剩下人生最后一口气的老朱，居然有条有理、层次分明地讲了一个故事。

有一年老朱得到可靠消息，说河南有一家叫云广斋的古玩店，收到了一幅清代《家宴图》，巨幅长卷，长达十米，内容画的是江南某大户人家，春天的夜晚在家中宴请宾客，主人客人加上仆人，画面上有头有脸的人物，有二三百人之多，且有猫狗鸡鸭动物凑趣。长卷分为五个部分，分别画的是主宅、花园、街巷，还有义庄等场景。老朱日夜兼程，赶去一看，已经有了几分眼力的老朱，一眼就知道上当了，这是一幅当代的高仿。

但老朱并没有被一个“仿”字气走。他围着这幅假画，转了无数个圈，他在心里念叨，画是假的，内容却是不假，画面里的房屋，屋内的布置，屋外的场景，人物的姿态服饰，桌上的饮食点心，天井里的假山树木，等等，好像就是专门为了他而出现的，或者说，就是他心中一直酝酿一直想象着的《家宴图》的模样。所以他既是疑惑的，又是不甘心的，既然有仿作，就应该有原作，仿的在这里，那么原作在哪里呢？

老朱纠缠住了古玩店老板，要跟他聊聊谈谈探讨一番，他是一心要找到这位仿作高手。可是人家才不想理睬他，不要跟他探讨，你都看出来是假画了，还有什么好谈的。老朱已经在这行当中混了好些年，他是个懂规矩的行内人，这一回却大失水准，完全不按规矩做事。

老朱真是拼了，为了得到一点消息，居然花重金买下假画，才得到了一点线索。

就这样老朱一路撒钱，买到的线索越来越多，线索引领着他最后到了一个偏僻的小村庄。

这是一个专门制作假画的村子，在这里老朱见到了画《家宴图》的那位高仿高手，一见之下大吃一惊，原来是一位大字不识几个的农村老太太。老太太牙齿差不多都掉光了，却能弄出如此精美的仿作，也算是一绝。

老朱赶紧上前请教，问老太画仿作的时候，参照的那幅画在哪里。老太骗他说，那是清代名画家的真迹，不是随便什么人可以开眼的，除非是识货的金主。

老朱赶紧说自己就是那个识货的金主，又有眼光又有钱，你还要什么条件？老太笑道，那我就让你开开眼。

结果马上就有人在旁边举报说，喂，老板，你当心，这老货在骗你，她有个屌毛真迹。

老太说，孙子哎，打人不打脸，你帮着外人打我的老脸，你是想要我这张老脸哈，你拿去便是。

他们在那里一顿好笑。老朱却被他们真真假假地搞得云里雾里，不知真假了，如果没有原作，那仿作是怎么仿的呢，那就不是仿作，而是创作了。

虽然云里雾里，老朱还是穷追猛打，然后那个假装戳穿老太的人，又出来骗他，说老太是骗人的，其实这幅《家宴图》并没有原作，老太仿的时候，只是有个人在旁边口述。

老朱就更惊讶了，都知道口说无凭，而这个假画村，却达到了口说有凭的境界，只要有人站在旁边说出画面，这个画面就真的能够画出来。

老朱对这个地方刮目相看。老朱的思路是畅通的，既然有人口述就画出了画作，那么口述的依据又是什么呢？他要通过这里的骗子们，再去寻找口述的那个人，也许那个人，是拥有真迹的，至少也是见过真迹的，他只是不愿意让真迹示人，所以通过口述的方式让人仿出来。

就这样，老朱左钻右钻，彻底钻入了人家给他量身定制的圈套，见到了那幅专门替他准备好的《春日家宴图》假真迹。

这个时候，老朱基本上已经千金散尽了。

千金散尽老朱也没有心疼，他觉得自己是用一个千金，换来了另一个千金。可是等待他的却是白茫茫一片大地真干净。

柴美英喷出一口血，一抬脚去了。

老朱说，我家婆临走前，说了一句，我看你是余白生上身了。

老朱不服，回拧她说，余白生又没有死，上什么身。

柴美英说，那就是余又上身了——

老朱这话出口，大家顿时噤声，还有人小心地偷看我的脸。

其实并不是到最后，在那个过程中，老朱已经发现问题了，这是一次有组织有计划的十分周全的钓鱼行动。大概因为此前老朱在他自己的那个圈子里，见人就打听《春日家宴图》，一传十，十传百，广为人知。

引鬼上门，就是这样的故事。他们精心设计了一个大大的圈套，一环套一环，简直天衣无缝，让老朱费尽周折钻进去，感觉踏破铁鞋，感觉尽心竭诚。老朱在中途发现他们的破绽后，却没有及时止损，他一直沿着人家给他设置好的线路走下去，老朱想，在路的尽头，也许会有惊喜在等着他。

没有惊喜。什么也没有。

精明如老朱，却做出此等羞煞人的蠢事，不是鬼打墙，还能是什么。

柴美英气死后，老朱觉得有些愧对老婆，他对着柴美英的遗像说，唯一能够让你安心的办法，就是继续找图。

老朱又找了几年。后来的几年，一直是有小郑和老郑陪着的，但是老朱自己跟前面的几年那是无法比的了，那个识货加金主的老朱，差不多是一个穷光蛋了。老朱的反应也越来越迟钝，他完全看不懂别人嫌弃他的目光，他仍然像个大佬似的反背着双手，摇摆着走路，嘴里不断发出“嗯？嗯？”的疑问声。老朱的追索行为，一直延续到他生命最后一刻，他躺倒以后，还没有甘心，但凡有人探病，老朱无不如托孤似的拜托这件事，竟然还要求人家赌咒发誓讲诚信。搞到最后，来探病的人，都怕了他，本来哪怕假装关心也得在病床前坐一会儿，胡乱安慰几句。结果他们一个个都怕老朱托孤，更不愿赌咒咒自己，所以到老朱病房，就成了真正意义上的“看一眼”。看了一眼，屁股不沾凳，搁下保健品、水果就开溜了。

老朱还反应不过来，他颇觉奇怪，说，我也就躺倒这几天，难道外面发生了巨变，难道地球的转速加快了，不然大家都这么急急忙忙干什么，我还有话跟他们说呢。

就这样，老朱的最后一口气一直吊到我的出现。

老朱见到我，讲了他的故事，大事了了，老朱要走了，走之前，老朱长长地出了一口气，说，言子陈，谢谢你。我不知道他都死到临头了，还要谢我什么。所以我无言以对。老朱说，我一直很遗憾，我本来是死不瞑目的，我四十多岁开始找古画，几十年经手画作数百上千，就是找不到《春日家宴图》，我躺在病床上一直在想，我买块豆腐撞死算了，寻根稻草吊死算了——言子陈你知道的，他们一直在等我交代后事，等得焦心了，可我偏偏就是不交代。其实我不是故意为难他们，不肯交代后事，我是有苦难言，我不好交代，我没有完成我自己给自己确定的人生的任务，我找了几十年也没有找到。有人告诉我，说图在海外，也有人说，根本就没有这个图，还有人说，图早就毁了，反正说什么的都有。不过现在好了，现在我用不着撞死，也不需要吊死，我直接死就可以，现在有人接手了。

他说“有人”，难道是在说我吗？

不是我，又是谁呢？

当老朱轻松地说出“有人接手了”，大家以为老朱这下子该要告别了，可老朱还不想走，他还有话说，他继续用目光把我召近一点，跟我说，对不起，真的很对不起，我没有想到要找一幅画会这么难，我一开始以为小菜一碟小事一桩，却不料花去了一辈子的时间，最后还是对不起你。

我赶紧摇头。老朱怎么会对不起我，这是从哪里纠缠到哪里了，余又又不是他杀死的，即便退上一万步说话，就算余又的死跟他有关，他对不起的人应该是余又，怎么会是我呢，当年的那个毛毛躁躁的单恋者。

老朱继续给我释疑解惑，他说他当年看到我和我父母吵架的样子，吓坏了，他说那时候他听到我吵架的声音，完全不是我的声音，像是余白生，又像是余又，又像是他们父子俩的声音的混合。老朱说，总之那一天，我忽然知道了余白生和余又的心思。

知道了余白生和余又的心思又怎样，那是人家的心思，是余家父子的心思，与你老朱何干。但是余家父子的心思，如同一条死缠烂打的蚂蟥，从此死死地叮住了老朱，进入老朱的灵魂深处。

真是奇怪。

只有用柴美英的观念，才能解释这样的奇怪，那就是“上身”，讲得更书面一点，是“灵魂附体”。

我站在临死的老朱面前，心情却是出奇的镇定，我回想了我回到故乡后所碰见所遭遇的一系列事情，似乎发现了一个真相，余家父子的心思，不仅侵蚀了老朱，它如同一种强力的传染病，几乎传染给了周边所有有一点关联的人，甚至连同他们的后代。

我曾经觉得是他们所有的人，逼死了余又，逼傻了余白生，所以我与他们断交，永远不再交往。当然，我所认为的“所有人”，主要指的是言家的人，也包括我自己。所以我也与自己断交，一辈子都不和解。

老朱说，言子陈，我对你有信心，你一定能找到《春日家宴图》，到那时候，别说是我，柴美英知道了，也会高兴的。

老朱一提柴美英，朱玲玲想娘了，她在一边叹息了一声。

我说，其实朱玲玲才值得骄傲呀。她都成了苏绣大师，连出租车司机都知道她。

朱玲玲说，可惜无论如何，我娘是看不见了。

老朱却认真地说，怎么看不见，她看得见，她看得清清楚楚。

我一听他这话，忽然就没来由地打了个喷嚏，身上起了一层鸡皮疙瘩，好像柴美英在什么地方看着我呢。

老朱这才渐渐地将目光从我身上移开，移到他的小女儿朱玲玲那儿，说，朱玲玲，叫你带的物事，带来了没有？

朱玲玲说带来了。她将一幅绣品取出，展开来一看，绣的是一座园林，园林里有各式人物，正在举办宴会，一眼看上去，根本看不出是刺绣作品，感觉就是一幅画，是一幅照片，其艺术之精湛细腻，简直登峰造极。

朱玲玲将绣品放到老朱面前，老朱说，你给我看做什么，我马上走了，看了也没有用。你给言子陈看。然后又朝着我点头说，言子陈，我今天告诉你，我是死不瞑目的，我没有找到《春日家宴图》，我刚开始找的时候，雄心勃勃，我没有想到，一直找到死我也没找到，我很失望，我不甘心，所以我唯一能做的，就是叫朱玲玲把我的心愿绣出来，可是她绣不出来，她只绣出了这个。

朱玲玲把绣品移到我面前，我认真看了，这不是大家所熟悉的著名园林，不是拙政园，不是留园，不是网师园，而是一个陌生的园林。

但是我不觉得陌生，里边的人物和场景，我都有一种亲近的感觉，不过，还没有等我问出口，朱玲玲也还没来得及说话，老朱已经抢先了。

老朱说出了他留在人世间的最后的三个字：未沫园。

附录：年代不详
园林——叙述者不详

从前有一天，具体时间不详。

余桂芬带着他的儿子余白生，走进了一个园子，这个园子叫未沫园。

那时候余白生还小，大约十岁刚出头，似懂非懂，余桂芬却觉得他已经长大了，可以当他大人一样对话了，所以什么话都跟他说。也许是因为余桂芬高看了自己的儿子，以为他聪慧过人，也许是余桂芬心中有话，却无处诉说，所以只好把一个十岁的小孩子当成了倾诉对象。

余桂芬那天告诉余白生，他听文管委员会的人说，未沫园的园主已经将园子捐给国家了。他还嘀咕说，捐一个园子，可不是捐一张桌子一把椅子，可那个园主连脸面都没有露一下，只是拜托了他人，留了一个纸条子，落款也不是人名，只写了“未沫园主”，真正的隐姓埋名，无偿捐献，不求回报，捐过后就更加无影无踪了。

也就是说，政府是白白地得了一座园林，也不需要搞什么表彰，不需要开会做形式，连张捐赠证书都不用发了。

可惜余白生才不是什么聪慧过人，一个笨煞坯小孩，听了余桂芬说的话，他除了翻几下白眼，别无意思。他既不晓得这个园主为什么要这么做，更不晓得要向他父亲去追问些什么，不懂就不懂，反正什么事也都与他无关，他只是父亲带来开开眼界，看看苏州园林长什么样子的。

从前，有一个人这样写道：

有一个人在路上走着走着，他就走到苏州小巷这里来了。他走着走着，呼吸着弥漫在小巷表面的生活的烟火气，他想，原来深深的小巷是肤浅的，是一览无余的呵——其实，其实什么也不用说了，因为这时候，他看到一扇半掩着的黑色的门，一种说不清的意图，让他去推这扇门，他的手触摸到了生锈的铜环，门柱在门臼中吱吱嘎嘎地响。

他不曾想到他推出了另一个世界。秋风渐渐地起来了，园子的树叶落了，叶子落在地上，铺出一层枯黄的色彩。他踩着树叶，听到松脆的声音，有一些乌青的砖，让脚下的小路绕过障目的假山和回廊，延伸到园子的深处，有一个亭子的亭柱剥剥落落，上面的楹联依稀可辨：

风风雨雨暖暖寒寒处处寻寻觅觅
莺莺燕燕花花叶叶卿卿暮暮朝朝

旧了的园子，是另一种风景，留得残荷听雨声，他想起了从前读过的句子。这是一个深藏着的精彩的天地，它是小巷的品格，结庐在人境，而无车马喧。

将它留在僻静的那里，他是要继续走路的，他又经过小巷里这一扇和那一扇简朴的石库门，他是不敢再轻视它们了。在这个简单的门和这个平白的墙背后，是有许多东西的。假如我是个诗人，我会写诗的，他想。

苏州的园林，不是一成不变的，在余白生跟着余桂芬踏进园林的时候，它基本上就是这个样子。

若干若干年以前或以后，园林也许是另一种样子，比如曾经有人这样写道：

这哪是一座园林，这分明就是一个破旧衰败的大杂院，和它那个颇有意境的园名完全不沾边了。园内的建筑残破不堪、摇摇欲坠，总共不多的房屋中，住进了三四十户居民。拥挤、破旧，三桶一炉，违章遍地，对古建筑的破坏性使用，年久失修，损失严重，许多人家共用一个水龙头，煮饭烧菜都是家家户户集中在一起，百十年的烟熏火燎风吹雨打，老宅垮塌的危险时时存在。

园子更是面目全非，假山已经不在，只剩一个残破的底座，水池填土，上面建了简易住房，曾经唱过主角的树木花草，被挤夹在人类生存的缝隙，苟延残喘，亭台楼阁，分裂得七零八落，挤占得踏不进一只脚去，甚至连九曲石桥，也成了居民堆放杂物的临时露天仓库……

幅幅画面简直不忍直视，又恍若隔世。

满目疮痍，哪里还有墨影拂光的风姿；一个大杂烩的旧天地，哪里还有苏式园子的清雅。

再过若干若干年，园林还会是再一种样子，再另一种样子。

余桂芬的心情，摆在脸上了，跟少年余白生的无忧无虑没心没肺完全不一样，他一定是有什么放不下的心事。

不过这不关余白生什么事。余桂芬的心思，又不是他的心思。他是没有心思的。

园门是关闭着的。一座不大的石库门门框，两扇黑漆木门，油漆已经剥落了一些，门环也陈旧无光泽，看起来十分普通。余桂芬敲打着门环，喊着，里边有人吗？他的声音从门缝里穿进去，在里边打了一个来回，又出来了，却没有人应声。

余桂芬又对余白生说了，园子现在还空关着，虽然已经捐给国家了，但是现在政府的同志都忙着更大的事，尚未腾出手来，整个园子还一动未动呢。

余白生并不十分好奇，但他还是从门缝朝里张望了一下，问余桂芬，爸爸，这里边有什么稀奇，为啥一个人也没有？

余桂芬很有把握地回答他说，肯定有人的，至少也会有个看门人的，他要不就是没有听到我敲门，要不就是人走出去了，我们就在这里等吧，他不会走远的——未沫园，不可能没有人管着的。

余桂芬似乎对未沫园了如指掌，他好像是拿着租田当自产了。其实连十岁的余白生都晓得，这个未沫园，跟他们姓余的人家，半毛钱关系也没有，连租田也算不上。

其实想要看园子，苏州有名堂有名气的园子多得去，偏偏这个未沫园，名字叫得拗口，又默默无闻，不为人知。余白生不知道父亲进来要看什么，还要带上他的年幼无知没兴趣的儿子。

余桂芬摸了摸余白生的头顶，对他说，余白生，我告诉你，今朝不是带你来白相的，我今朝跟你说的话，你要记住了，这是责任，你懂吧，到时候，你也要一模一样说给你儿子听，你还要告诉你的儿子，等到他的儿子长大，他也要——余桂芬终于发现自己扯得太远了，八竿子都打不着了，才住了嘴。

余桂芬也真是个人物，余白生才十岁，他就要关照十岁的儿子去跟他的儿子吩咐什么，还要吩咐儿子的儿子什么的，余白生眼睛白翻白翻，什么也不懂，也不要听。

余白生从小就是个懒人，背个书包都不愿意，肯定是懒得背负什么责任的。所以余白生跟父亲调皮了，说，阿爸，可惜我儿子不在这里，我孙子也不在这里，不然你就一并说了，大家一淘都听见了，省得到时候我再多说一遍。

余桂芬向来好脾气，余白生跟他调皮，他也不生气的，只是又强调一遍说，余白生，你现在可能听不懂，但是听不懂不要紧，只要记牢就好，以后你会懂的，等你懂了，你再告诉你的儿子——这个未沫园的园主，虽然现在我不晓得他是啥人，他把未沫园捐献给国家，也是对的，但是从前，未沫园很可能就是我们隔壁言家的，只不过后来历经变故，经历了好几任园主，再也姓不回言了。

他真是对牛弹琴。

余白生虽然年幼，却也是有脾气的，就不服了，说，爸爸，人家的园子，不管姓言姓啥，反正不姓余，你瞎起劲个啥？你起劲了会送给你吗？

余桂芬认真地说，言文良言先生临走时托付过我，我答应了他的。

余白生年纪虽小，但是对隔壁邻居言家这个人家，向来没有好感，因为平常日子里，他们有事无事，大事小事，都要来麻烦他的父亲余桂芬。余白生从小喜欢偷听，常常听到他们说话，不能全部听懂，也能一知半解。知道这家人家，个个全是缩头乌龟，胆小如鼠。

所以余白生又跟父亲计较了，说，那个人不是逃走了吗？他自己都逃走了，他自己都不管了，阿爸你为啥还要帮他——

余桂芬惊讶地朝儿子看看，他大概是在想，这样的事情，这个小赤佬怎么会知道，于是又细声细气地跟儿子解释说，余白生，你听好，我是言家的管家，东家的事情，就是自己的事情。

十岁的余白生，虽然不聪慧，却很叽糟，他已经可以跟他父亲继续纠缠了，他说，阿爸你自己说的，现在都改朝换代了，没有管家了，你就有理由推托不管了。

余桂芬十分耐心，他继续好言好语地跟余白生说，好像要把十岁的余白生说成二十岁的意思。

余桂芬说来说去，就是一个意思，答应人家的事情，总要尽力做好。

余桂芬也晓得儿子不想再听，便改成了自言自语，自己对自己说，园子再也姓不回言了，但是园子的前世今生，今后总是要弄明白的，现在已经没有人晓得，这个园子曾经是言家的了，这样下去，再到后来，再死掉几个老人，根本就不晓得谁是谁了。

余白生厌烦余桂芬一个人自言自语，无趣，所以想出花样经来了，对父亲说，我们还是走吧，这个园子里，一个人也没有，连看门的人也不出来，不会是被鬼捉得去了吧。余桂芬笑眯眯地朝他说，余白生，你不要胆小——

他自以为眼睛毒，看得出余白生是害怕了，其实余白生才不害怕，从小在老宅里生老宅里长，本来就是被吓大的，其实他就是不想进去，因为他已经搞明白了，父亲根本不是带他来白相园林的，父亲心事重重，想要在这个园子里看出点究竟来。

连一个十岁的小孩，都晓得这是痴心妄想。这个一根筋、憨吼吼的余桂芬，凭什么在一个破旧的园子里走走看看，就能看得出它从前是不是言家的了？

再说了，言文良虽然逃走了，但是言家的人又没有死绝，言文良有啥心思，为啥不告诉他们言家的人，为啥他们自己不去寻找，不去证明，却要姓余的来帮他们做？

后来余桂芬叹了口气说，言家，一个大族，仅在苏州这边，恐怕就有几百号人口，逃走的逃走，失踪的失踪，四散的四散，缩头的缩头，现在联系得上的，只剩下言耀亭这一支了。

言耀亭和余家同住一个院子，隔壁邻居。大宅子里的人，背后议论言耀亭，说言耀亭是宜兴夜壶，独出一张嘴。又说这个人只是嘴巴凶，其实他啥也不敢做，只会当个缩头乌龟。

大家当面跟他客气，称他言先生，背后叽叽咕咕说他是夜壶，所以连小小年纪的余白生，也晓得他们对他的尊敬是假的。

言耀亭的大儿子叫言伯邻，跟余白生同年，跟言耀亭也有得一比，书毒头一个，胆小如鼠，大白天一个人也不敢走备弄，总要约两三个人一同走。要指望这爷俩为他们言家的园子正名，等于是托了隔壁黄伯伯了。

所以言文良屁眼精，不交代给自家后代，却要余家帮他承担，偏偏余桂芬忠诚老实，无论东家吩咐不吩咐，无论东家还是不是东家，他都要马掮掮轧到前八尺去承担起来。

余桂芬是好脾气，却又是犟脾气，他始终认为言家的人，一定也在做什么事情，不过他们屁股上不干净，有屎，臭烘烘的，走到哪里别人都闻得见，他们只能偷偷盘盘地做，缩手缩脚地做，难度很大，再说了，言家的产业，又不是只有一个未沫园，大家各做各的，他走他的路，我走我的路，走到最后，说不定就碰头了。

现在立在未沫园的门口，面对紧闭的大门，余白生看看父亲余桂芬，余桂芬也看看儿子余白生，父亲希望爷儿俩心往一处想，力往一处使，做儿子的却希望父亲不要多管别人家的闲事。

只可惜儿子年纪尚小，力道比不过他爷余桂芬的力道，余桂芬要做什么，余白生是反对不了的。跟着就是。

于是这父子二人，站在未沫园门外讨论来讨论去，一个一门心思，急于表达，一个似懂非懂，似听非听，如同鸡同鸭讲，白费口舌。

就在这时候，他们听到大门“吱嘎”一声响，开了。

看守园子的人一直在里边，他明明听到了余桂芬喊门的声音，却不应声，只管过来开门，心里也许有把小算盘。

他是一个上了年纪的人，一个典型的苏州看门老老。

看门老老开了门，他把自己的身体放在门当中，挡住余家父子，他朝父子二人看了看，大概没有看出这两个人的身份，他的眼神里立刻表现出怀疑和拒绝的意思。

余桂芬还是有两下子的，他懂得先发制人，就抢先问老老说，老人家，你现在在看这个园子啊？你是老东家的人，还是政府派的工作人员？

余桂芬这一问，真是天问呀，很厉害的，关于身份，本来应该是看门老老问来人的，本来应该是来人向看门老老交代的，但是现在余桂芬抢先一问，老老果然中计，他竟然忘记了询问来人的身份，他要为自己的身份负责了。

看门老老明显有点紧张了，他摆着手，对余桂芬说，你不要问我，你不要问我，我是一问三不知的。

余桂芬觉得奇怪，他奇怪地说，老人家，我就是问问你的身份，就是问问你是啥人，叫啥名字，你难道连自己是啥人都说不出来。

余白生在一边听着也觉得好笑，一个小孩子，也知道回答别人我叫什么名字，这个老老却不敢说自己的名字，说个名字也是一问三不知。这个看门老老实在滑稽，他是必须要笑的。

一问三不知，一般是要保守秘密才这么说的，但他自己是啥人，叫啥名字，又是啥人叫他在这里看门的，等等这些，这个肯定不是秘密，他不说，自会有人知道的，他是瞒不住的，就算瞒住了，又有什么意思呢。

所以余桂芬又说，哦，既然老人家你不肯说自己是啥人，但是你既然在未沫园守门，未沫园的情况你不会一点不晓得吧，园主姓甚名谁，哪里人氏，现在何处，你总可以告诉我们吧。

看门老老仍然是惊慌的表情，仍然摇头摆手说，我不晓得的，我不晓得的，我只晓得看门，别的你不要问，一问三不知。

想必也是，他连自己是谁都不肯说，怎么可能说出其他的任何信息。他不说自己是啥人，让人一下子就看出这看门老老的古怪，余白生恶死做，过去拉了拉他的衣襟，喊他阿爹，吓得他一把扒开余白生的手，说，你怎么喊我阿爹，我不是你阿爹。

余桂芬虽然碰了钉子，但没有气馁，他是固执的，他定了定心，想了一想，又换了个方向，打探说，老人家，你在这里看门，他们给你开工钿吗？是谁给你开的呢？

看门老老一听到“开工钿”，才稍微有了点缓和的脸色，点了点头说，工钿有的，没有工钿，啥人肯白做——刚说了两句，立刻发现可能要入套了，赶紧挣脱出来，说，不说了，不说了，一问三不知。

余桂芬“呵呵”笑道，老人家，是不是有人关照你，只要把“一问三不知”挂在嘴巴上，就万无一失了。

看门老老说，是的呀是的呀，一问三不知，你们就打听不到了——话说到这儿，他才反应过来，他是被自己说的“打听”两个字提醒了，警醒了，他奇怪地说，咦，不对呀，我是看门的，是你们要进园子，怎么是你们盯着我问东问西呢，应该是我问你们呀——老老终于镇定下来，想明白了。他一旦想明白了，就立刻开始反攻了。

余桂芬赶紧解释说，老人家，我们是从前的园主的朋友——

看门老老立刻打断他说，不对不对，你说你是从前的园主的朋友？刚才为啥还问我园主姓甚名谁、哪里人氏、现在何处——他说着说着，越发觉得余桂芬和余白生这二人来得蹊跷，他开始怀疑他们有什么不轨之心。

余桂芬已经心中有数，这个看门老老的脾气，倒和他自己有点相像，受人之托忠人之事，所以他也不难为老老了，也不要麻烦他猜谜了，干脆坦白说自己是受了言文良所托，来未沫园看看。

看门老老听到言文良的名字，态度有所改变了，面色好看一点了，但他分明还是有点犹豫的，他端详着余桂芬的面孔，说，言文良？言文良是你什么人？

余桂芬说，从前言家是我东家，虽然现在没有东家了，但是东家托付的事，总还是要帮他完成的。

余桂芬说的话，绕来绕去，兜来兜去，腻答答，不清爽，既然都没有东家了，哪里还有东家托付的事情呢。

奇怪的是，余桂芬这样颠三倒四地说话，看门老老却听得进，他不光听得进，他居然还笑了，他笑着说，呵呵呵，呵呵呵，原来，我跟你，脚碰脚，差二不三，这个未沫园，也是我东家托给我的——他话一出口，又知道自己说漏嘴了，赶紧补回去，说，不过我跟你们把话说在前面，你们不要问我东家的事体，你们再怎么问，我都是一问……

现在余白生也听懂了，也可以插嘴了，所以他抢着老老的话头就说，一问三不知。

老老说，对的对的，我就是一问三不知。

看门老老虽然态度已有改变，但是余桂芬还是怕老老再作梗，又进一步介绍说，原本分配工作，我是要求到未沫园来的，可惜领导说了，未沫园暂时不开放，不需要人进来工作，只用一个人看门即可，原来重任就交给你啦。

看门老老听了，实现了自我价值，感觉良好，虽然他始终一问三不知，但是情况已经有了很大的改善，首先他暴露了自己的身份，他是未沫园的故人，其次，他对余家父子二人的态度改变了，所以老老的身体已经不再横在门洞中央了，他一边让开了一条路，意思是可以让他们进去了，一边嘀咕说，现在反正已经归了政府，就算你们想干什么，你们还能干得了什么。

他这么想了，总算减少了一点对余氏父子的警觉，余桂芬终于能够带着余白生一起进未沫园，径直往里走，老老虽然降低了警惕性，却不能完全放心，所以紧紧跟在两人后面，他们走到哪里，他就跟到哪里。

曾经有人称未沫园为苏州园林中的“汤包”，正所谓麻雀虽小，五脏俱全，苏州园林中的各种要素，应有尽有。

隐蔽在小巷里的大门，穷巷寡轮鞅。

精心布置的咫尺山水，抒情写意。

瘦皱漏透的太湖奇石，鬼斧神工。

古雅幽洁的花草树木，寄物抒情。

风韵多姿的亭台楼阁，亭者停也。

花样繁多的洞门漏窗，透风漏月。

幽深僻静的园林书房，耕读隐逸。

…………

那是余白生头一次走进未沫园，小赤佬根本不明白园林是什么，本来也没有什么兴趣进来看看，却没有料到，一脚踏进来，顿时眼花缭乱，虽然无法领会未沫园的内涵，却已经被它惊艳到了，震撼到了，走到哪里，看到什么，就惊叹起来，啊呀呀，喔哟哟。

余桂芬算是见多识广，但见余白生如此夸张，他竟也更加兴奋了，激动地说，余白生，你没有见过世面，此样园林，苏州大街小巷，不晓得藏了几多，等你以后长大了，你就懂了。

余白生懂个屁。

余氏父子两个，心怀不轨，一路贼眉鼠眼，东张西望。余桂芬已经不是头一次进来，但是对眼前的景致，仍然很有兴趣，走到哪里，看到什么，都要评论一两句，同时他还一心两用，还要和紧随着他们的看门老老一路说话。

他一直在探看门老老的口风。他到底是要打探这个看门老老死活不肯说出来的捐献者呢，还是想要了解未沫园前世今生的真相？无论他的目的是什么，他后来真的得逞了，因为看门老老一路和他说话，也许是放松了对他们的警惕，也许是因为同行的天然的亲近，看门老老主动讲了一个关于未沫园易主的故事，完全违背了他一问三不知的原则了。

故事讲的是某一任的未沫园园主，生了一个好吃懒做又有盘龙之癖的败家儿子，公子早晨出门，走到路口，碰着一算命先生，公子并未曾想要算命，他的命好得根本用不着算的。不料公子经过，那瞎子突然大叫一声，哎呀好哉，大运流年，贵公子今朝五官有异，运道来了。

公子本来无须算命，恰巧今日心情不错，有心调戏算命先生，说道，先生眼瞎，怎么看得见我今朝变相？

算命先生闭拢眼睛矜持一笑说道，眼瞎心不瞎，人生本来不是用眼睛看物事的，公子以为然否？

公子倒有兴趣，问道，哦，先生真看得见我面相，那你说说，我今朝是眼睛瞎了，还是鼻头塌了。

那算命先生有备而来，一一道来：

公子今日，头发乌黑铮亮，气血旺盛，好运来哉。

公子今日，眼睛炯炯有神，思路清晰，万事顺利。

公子今日，鼻翼挺括变厚，福气已至，财源滚滚。

公子今日，耳朵如何如何。

公子今日，眉毛如何如何。

公子今日，下巴如何如何。

……

如此等等，细细述来。

一个瞎子，能够把他的面相描述得如此生动精准，不由得公子不动心。公子心想，这算命瞎子，原本全靠一张嘴唬人，抖搂一点三脚猫知识而已，却不料今朝讲到他的面相，句句着实，难不成是个假瞎子，于是上前捉弄检验一番，乃是真瞎。

公子遂喜滋滋丢下银两，谢过而去。

果不其然，这天夜间，公子在赌场真正是紫气东来，手到擒来，心想事成，稳吃三注。直到大半夜，气势依旧，对手一个个败下阵去，只剩下无名氏一人，大有不扳回老本决不撤退之意。此人演技高超，只见他面色铁青，眼乌珠弹出，浑身颤抖，拍出一张巨额银票。已经被胜利冲昏头脑的公子再想起今日早晨算命先生的吉言，于是乘胜追击，银两不足，遂以未沫园做了赌注。

结果就是一开始就注定的故事结局。未沫园公子输掉了未沫园，终成天下传奇。

至于那个眼瞎心明亮的算命先生，早就卷了铺盖逃回老家，因为那晚上最后决战时的六个骰子，谁投谁掷都是豹子通杀。

看门老老有滋有味有声有色地讲述了这个故事，但是他却不知道这个故事发生的年代，甚至不知道故事发生时的园主是谁，得手的那个无名氏是谁，得手后转手接盘的那个人又是谁，他一概不知。

余桂芬知道这个人是谁，他给这个故事做出总结，说，这个接手的园主，就是你的东家吧。

看门老老急得连连摆手说，不晓得，不晓得，一问三不知。一边拍打自己的嘴巴，骂道，你这张臭嘴，叫你多嘴。

结果他们两个一起笑了起来。余白生在一边，嘴里“嘁”了几声，无趣，不晓得有什么好笑的。

这个看门老老，一方面是晓得自己应该闭紧嘴巴一问三不知的，另一方面估计一个人看园子太闷了，难得见到有人进园，实在熬不住要讲点什么，结果把自己搞得喇叭腔了。

喇叭腔的看门老老也晓得言多必失，再也不吱声了，他任凭两个姓余的在里边横来横去，四处乱窜。

余桂芬其实是有明确目标的。这是后来余白生长大以后回想时才明白过来的。不过当时余桂芬却假装跟别人一样，没有直奔目标，而是东张张西望望，好像很随意，走到哪里算哪里的感觉。后来他还顺便跟余白生说起了苏州园林的各种讲究，最后说到了洞门和漏窗。

洞门和漏窗是苏州园林的特色，就是那种不装门扇的门洞，还有那种不装窗扇的窗孔，就是那种站在门窗一面，可以看到另一面的全部景色，称作透风漏月。也还有一种是不透不漏的假窗，就是在墙壁上弄个不穿透的洞，里边做成花草、树木、鸟兽等图案。

这些洞门和漏窗，足够他炫耀一阵子，可他并没有讲得太多，只是蜻蜓点水似的点了一下，好像只是为了撩拨余白生一下。幸好余白生不像他那样投入，不关心造园艺术，所以也没觉得有什么遗憾。而且很快，余桂芬的目的就暴露无遗了，因为他的话题已经引到未洙园的小姐楼那里了，他对看门老老说，小姐楼那里的洞门，就是很典型的。

看门老老还没来得及表态，余桂芬已经打头走到了一个门洞前。

这是一个圆形的石门洞，门洞上雕刻着一些花卉动物，栩栩如生，从外朝里看，里边是一个天井，天井虽然不算大，却也是琳琅满目，假山，水池，木樨树。

余桂芬已经等不及从外面朝里看了。在他进园后一直到走到这个洞门前的这段时间，他是缓缓而行的，显得十分悠然，似乎真的就是随便走走看看，但是这个洞门的出现，让他身上假装出来的从容顿时消失了，焦急的气息散发出来，他一步踏到洞门口，指着里边说，这个里边，还有小姐楼。

他这样一着急，立刻把前面的那些假象全部自我否定了。其实他就是冲着小姐楼来的。

看门老老似乎是想要阻挡，他犹豫着说，那个洞门，不要进去吧，前些时是封住的，用一块竹篱门挡在那里，后来刮大风刮倒了。你看那个竹篱门还在地上，我没有来得及把它扶起来竖好。其实它还是封着的。

余桂芬却不同意，说，刮倒了没有再竖起来，就算是没有封了。他在跟看门老老讨价还价呢，怕老老不同意，他又多说几句，反正进也进来了，园子也走得差不多了，也不差这月洞门里这一小块地方了，你就让我们看看吧。

看门老老说，月洞门后面，也没有什么了，就是一个小姐楼。他分明还是不想让余家父子进去，却也没有硬劲阻拦，而是半推半就的样子，也许他自己也想仔细看看小姐楼呢，也许是他自己讲的末沫园的故事，把他打通了，贯穿了，不再坚持一问三不知了。

余桂芬见他不再坚持，就只管乐滋滋跨过月洞，往里厢进去了。

小姐楼是一座二层的小楼，已经荒落落的了，一楼空空荡荡，也没有摆什么家具，不知道是从前就没有家具，还是捐献后家具被搬走了，余桂芬一心要去看小姐楼，也顾不上问家具啥的了。

余白生只管好奇，抢先往二楼去。

那老老却在背后喊道，小朋友，你慢点，这地方阴搁搁的，小心上面有啥物事。

他是想吓唬余白生，可是余白生还小，小人是不晓得害怕的，所以余白生不会听他的劝告，一脚往上面奔，奔到二楼，整个楼面是打通的，又长又宽一大通间，里边放满了纸糊的大大小小的各种物事，红颜绿色，花里巴拉，大的有轿子、床、屏风之类，小的就多不胜数了，都是些日常用品，衣裳、帽子、鞋子、锅盆碗筷，甚至还有拐杖、马桶、痰盂罐之类，真是考虑周到。

余白生虽然年纪不大，但是看见过巷子里的人家办丧事，见过这些物事，晓得是活人烧给死人用的，烧的辰光，活人还要叫喊，阿爹呀好婆呀，阿爸呀姆妈呀，你来拿去啊，你多带点去啊，到那边用起来顺手顺心啊。

一股阴风吹过来，纸糊的物事嗦落嗦落乱响，害得余白生冷不防地打了个喷嚏，浑身起了一层鸡皮疙瘩，尿急了。

余桂芬和老老他们没有跟上二楼来，余白生要紧奔下楼来，看看余桂芬，再看看那老老，他们都若无其事。

虽然那些纸糊的物事五颜六色，煞是亮眼，不过余白生可不想多看，他心想，除非它们是烧给我的，我才会多看一眼，用心记下，到那边尽情享用。

余白生抬起手臂指了指楼上，问看门老老，楼上那些东西是要烧给啥人的，啥人死脱了。

看门老老没有回答，余白生就钝他说，一问三不知。

老老赶紧说，是呀是呀，我又回到一问三不知了。

余白生是一个小孩子，是百无禁忌的，他就笑着说，那就烧给我吧，反正人早晚都要死的。

看门老老不同意，“呸”了一声说，小朋友，小心牙齿缝里有毒，我告诉你，不是你说烧给谁就烧给谁的，你说你要死，我还说我已经死了呢。

余白生听老老这么说，身上有点寒丝丝的，他再仔细看看这个老老，心里顿时害怕起来，因为他真看不出来他是人是鬼。

趁余白生和看门老老说话，余桂芬在一楼那里踏地板，这边踩踩，那边踏踏，一边踏，一边伸长耳朵听地下的回响，搞了一会儿，他有些失望，嘀咕说，没有，没有，这边没有，那边也没有——

看门老老乘机说，走吧走吧，什么也没有。余桂芬终于认了，叹口气说，真的没有，没有空当，就是地板下面的龙骨，其他什么也没有——

余白生年纪小，生性好动，在一个地方待不了多久就厌气不耐烦了，他也不想再看余桂芬一径踏地板，所以一个人跑去假山那儿玩耍，结果看到一个和他差不多大的小孩，躲在假山旁边索索发抖，他上前仔细一看，认出来了，竟是隔壁邻居，言耀亭的儿子言伯邻，余白生奇怪这个胆小鬼怎么会跑到一个没人没活气的老旧园子里来，来做啥，来捉鬼啊？

余白生上前推了他一下，说，言伯邻，你怎么来了？言伯邻缩在那里，声音从嗓子眼里憋出来，咝咝咝地像鬼在说话，我爷逼我进来的，我爷逼我进来的——后面就带着哭声了。

既然他都吓哭了，余白生也不捉弄他了，只是问他，你是怎么进来的，我明明看见看门老老把门关紧的。言伯邻说，我爷在围墙外面，推我的屁股，把我送进来，我跳下来，屁股吃一记坐臀，吃着生活，又酸又痛。他一边说一边翘起屁股来揉。

余白生说，那你爷呢？

言伯邻人小肚肠弯，翻着白眼说，他不敢进来的，逃走了——说话间，他脸色一变，愈加神经兮兮，手指放到嘴唇上，“嘘”了一声说，你听，你听。

听个屁，什么声音也没有。

再听，有风在假山里窜来窜去，有呼呼的声音。余白生说，言伯邻，你怕风啊。看他屄样，余白生也不想跟他废话了，叫他一起钻进假山里白相，他却不敢进去，说，我爷叫我守在这里，看好你爷从小姐楼里出来。

余白生起先还想问一问言伯邻，为啥要看着他父亲余桂芬从小姐楼里出来，后来又另一想，这不关我事，还是钻进假山去玩了。

余白生在假山的山洞里转了几圈，言伯邻果然不敢跟进来，结果出去的路也不见了。余白生毕竟年纪小，不经事，一着急，在山洞里乱窜，额骨头撞到石头上，头撞痛了。

撞痛了头，脑子却顿时清爽了，脑子一清爽，余白生简直大惊失色。人虽然在黑暗的假山山洞里，眼睛一抹黑，心里却亮起来，他突然想起一个问题，他发现整个事情根本是不对头的，这是一个天大的漏洞，这是一个无法解释的现象，是一个令人惊愕的谜团，是一段完全不能让人信服的讲述——我是余白生。

余白生已经失忆了。

万事万物，既有来，就有往，既有果，总有因。余白生挠头不解，我来替他分析一下试试。

以上的内容，究竟是怎么表达出来的，这些人物，应该是走不到一起的：

余桂芬，虽然曾经有过这么一个人，但是他的名字只出现在一个信封上，这个人，从来就没有在任何现场出现过，他几乎是一个不存在的人。

余白生，失忆，虽然后来逐渐恢复，但是以上这一段内容的叙述时间，未知，无法判断这是不是余白生的记忆。

言伯邻，三棍子打不出一个闷屁的夙货，别指望他能够滔滔不绝地讲故事。

所以，以上的叙述，有几种可能。

其一，余白生恢复了记忆。哪怕是恢复了一部分。或者恰好是恢复了这一个部分。内心深处存在的某种力量，触动他想起了这个部分。这个力量，不仅让他记起了这一个部分，还帮助他把过去发生的这么多事情一一联想和联系起来，有条有理地讲述出来了。

其二，叙述者是另一个人。

这个人应该就是我。

但是这个叙述的内容是从哪里来的呢，肯定不是我的亲身经历，那时候还没有我；我也从来没有见过任何的实录记载，所以它不是有根有据的事实。

难道是我从余白生的记忆中发现的，这个推测又太不合理。倘若是艺术创作，或许还有可能。我也恰好看过一部电影，叫《思维空间》，说的就是有人能够看见别人的记忆。但是我不能。所以也并非是从余白生丢失的记忆中拣出来的。

那就只剩下唯一的一种可能，应该是我自己想象出来的，是我推理出来、虚构出来的。

所以，这里的状况很可能是混乱的，年代不详，前后颠倒，人物混乱，生死无状，故事结构毫无逻辑，文本完全不合情理。

信不信由你。

我是言子陈，但是如果我们一起慢慢往前走的话，你们也许会看出来我是谁。

我十岁时跟着我爷余桂芬到未沫园来白相，那时候我不会想到，几年之后，我初中毕业，就被安排工作进了未沫园。

起初干的是绿化，后来又做陈设工，又做过绘图，做过景观设计，总之园林里的全套工种，我差不多全摸索过了。

我不光熟悉了未沫园的里里外外，还因为未沫园，我认得了姚妹妹。姚妹妹那时刚刚参加工作进了评弹团，跟师傅学说书，那辰光学说书，大多都有小姐私订终身后花园的情节，可惜姚妹妹没有天赋，师傅无论怎么卖力地教，她无论如何卖力地学，总是说不像小姐的样子，也说不像后花园的样子，被师傅骂笨煞坯，要敲掉她的饭碗头。

姚妹妹听说饭碗头要被敲掉了，也着急了，哀求苦恼地说，师傅，你叫我怎么说得像小姐，怎么说得像后花园，我从来没有见过小姐，也没有去过后花园，我也不晓得大小姐和后花园是哪哼样子的，叫我哪哼说得好？

师傅一听有道理，受到启发，说，姚妹妹啊，大小姐你是看不见了，就算还有几个大小姐，现今也都是大老太了，不过后花园倒还是有的，后花园里虽然已经没有大小姐，却有大小姐留下来的气味。于是师傅关照姚妹妹的师姐带师妹到后花园里去看看，又关照不要走得太远，就在离评弹团不远的凤池弄，走到底头，就有一座后花园，师傅说那是真正的后花园，不需要去看拙政园、留园那样的大园子。

师姐得令，带了姚妹妹到未沫园，买了三分洋钿的门票，姐妹两个，一人撑一把洋伞，在园子荡了荡，荡了荡，看得我和刘主任连同小鬼三、乡下人老叶一个个眼乌珠弹出了。

两个婀娜多姿的小娘鱼，一边荡园林，一边唱评弹，不要说看在眼里了，你光闭拢眼睛想一想，哪哼不要头昏，哪哼不要垂涎三尺。

那天姚妹妹还结了一条丝绸围巾，荡来荡去，看景看得心旌摇曳，围巾滑掉了也不晓得，正好给我机会了，我捡起围巾在背后喊，姚妹妹，姚妹妹，你的围巾掉落了。

姚妹妹一回头，两只丹凤眼朝我瞪一瞪，我浑身骨头酥脱，只听姚妹妹说，你啥人，你为啥喊我姚妹妹？

我心想明明你师姐也是喊你姚妹妹的，我跟着喊，怎么就错了呢，我辩解说，我是听你阿姐喊的。

那姚妹妹说，阿姐喊得，你喊不得，我有大名的，我大名不叫姚妹妹。

后来我才晓得她的大名叫姚妍，再后来的事情，大家都晓得了，我也不多嘴了。

还是回到未沫园吧，不然就要扯到豁当里去了。

有一年秋天，上级决定要在未沫园办菊展，这个事情刚刚定下来，未沫园里的几个工作人员还没有商量具体的方案，住在我家隔壁的言耀亭，忽然就一脚踏进来了。

记得那天一早，我照例是头一个上班进园子，看见言耀亭进来，卖门票的小鬼三还没有来，我要紧对言耀亭说，言阿伯，你稍微等一等，小鬼三马上就到，你进来要买门票的。

言耀亭“哼”了一声，朝我翻个白眼，似乎是想说什么，但没有说出口，就立定了，也算是给我几分薄面。我们虽然是邻居，但是我没有给言耀亭面子，我不让他混进来，叫他买门票进来，我算是铁面无私，他也算是中规中矩。

等到管门票的小鬼三来了，言耀亭买了门票，仍然朝我翻个白眼，说，现在可以进了吧。

其实他早就踏进来了。

我不想吃他的白眼，就嘀咕说，女人才老是翻白眼。

言耀亭老脸皮厚说，我老了，老人不分男女的。

我跟他打棚说，那我叫你言老太噢。

言耀亭说，随便你。一边脚下生风，一径里边去。动作气势一点不像个老太，也不像个老头。他急走了几步，见我没有跟上，他停下来，回头等我。

我要紧往旁边走开，想避开他，他过来一把拉住我说，余白生，你不能走，你要陪我的。他见我不情不愿，嘴巴又凶起来，余白生，你脑子拨拨清爽哦，我是游客，我买了门票进来的，要有人讲解的，你做讲解员吧。

我摇头摆手，他要我做讲解员，必定又是在钝我，给我挖坑，等我上当。我赶紧说，不行的，不行的，我刚刚参加工作，没有知识，我讲不来的。

果然的，幸亏我机灵，没有去做他的讲解员，他见我谦虚，他就不客气了，说，那好，那我来做你的讲解员，我给你讲讲苏州园林的楹联吧。

雨后静观山意思，风前闲看月精神——余白生，小赤佬，你听都听不懂吧，物我交感，你晓得是啥意思?

四壁荷花三面柳，半潭秋水一房山。清风明月本无价，近水远山皆有情。曾三颜四，禹寸陶分——好了好了，我也不背给你听了，你听也是白听，一只耳朵进一只耳朵出，算我对牛弹琴，自找没趣。

我总算松了一口气，不要听他上课了，不料一口气刚刚吐出，他又念叨起来，今日归来如昨梦，自锄明月种梅花。

我仍然听不懂，不作声，言耀亭却不再讲解，只是盯牢我看，我给他看得心虚起来，说，言阿伯，我面孔上有啥?

言耀亭说，我等你回答——我问你，你晓不晓得这副对子在哪里。

我晓得在哪里，我故意说我不晓得，果然他嘲笑一声说，余白生，你真是个白生——走走走，我带你去看。

再次脚下生风，三步两步，往园子角落里去。

我拿他没办法，只好跟着他，但我心中有数，他才不是进来看风景，他也不是真心要给讲我什么楹联匾对。我索性直接戳穿他说，言阿伯，你要到小姐楼去就说要到小姐楼去，假装背对联做啥，再说了，现在不比从前了，里边没有小姐了，你倘是有鬼眼，说不定可以看见小姐的魂灵头。

言耀亭顾不得跟我计较了，他已经看到小姐楼的洞门了，心急慌忙奔过去，因为动作太急，差点被洞门下端的边框绊一个老跟斗。

跌进了洞门，看见了小姐楼，言耀亭眼乌珠弹出，有点激动。他嘴里念叨的那副对联，就在小姐楼一楼入门处的两根柱子上：今日归来如昨梦，自锄明月种梅花。

他的动作神态，害我想起我爷来了。我小时候我爷带我进来，也是这副腔调，先是假痴假呆，东张西望，七扯八扯，总之就是要假装无意地扯到门洞，由门洞扯到小姐楼，一扯到小姐楼，就心急露馅了，不再装腔作势，一脚奔过去了。

他们怀的是同一个心思？

这个心思，肯定不是要到小姐楼里看小姐，两个老货，再怎么好色，也不至于抢着去看一个早已经成为往事的“小姐”。

其实我早已经有了预感，言耀亭的心思，和我爷一样，就是踏地板。

果然不出所料，言耀亭一进了小姐楼，就开始踏地板。

我奇怪，忍不住说，我小时候，我爷带我来过，我爷也是跟你一样，一进来就踏小姐楼的地板，难道小姐盘在地板下面？

言耀亭不理睬我，他的心思全在地板下面，没有听到我说什么，但他踏来踏去也踏不出什么名堂。光听他的踏脚声，我就晓得他有点毛躁了。他比不得我爷的耐心。

我怕他太着力，把地板踏穿，好心劝他说，言阿伯，你不用踏了，从前我爷也来踏过，踏起来比你有模样，不像你这样穷心穷恶地乱来，踏的时间也比你长，结果我爷也没有踏出什么名堂，估计这个地板下面，确实是没有什么名堂了。

言耀亭听我这样讲，眼睛朝我白瞪白瞪，绕口令似的对我说，余白生，我告诉你，你爷是你爷，我是我，我不是你爷，你爷不是我，我才不会跟你爷一样没名堂。

他嘴巴虽凶，但是踏不出就是踏不出，踏得脚膀酸痛，叹口气，停了下来，盯牢我看，说，你没有骗我吧，你爷真的来踏过?

我说，言阿伯，你不要装腔作势，那时候你明明叫你家言伯邻跟踪我们的，言伯邻回转不向你汇报?

言耀亭“嘁”了一声，他是满心满脸瞧不上自己的儿子，说，没出息的小赤佬，叫他到未沫园看一看，回转居然发寒热了，等到高烧退了，问他，他忘记了，说没有去过，明明是我托他的屁股把他推进去的。

既然他的亲儿子都没有回答他，我更不好回答他，我只是撇了撇嘴，又耸了耸肩，我的意思是说，你信就信，不信我也没有办法。

他倒是信了，自言自语说，原来余家也晓得?他居然比我早晓得，他怎么会比我早晓得，他又不姓言，我才是姓言的，天下没有这个道理的。

我说，可惜我爷已经挺尸了，要不然你去把他叫起来问问。

言耀亭说，余白生，你个小赤佬，瞎胡调，你不怕舌头上长疔疮——我问问你，你晓得不晓得你爷来这里踏什么物事?

我又调皮，我说，言阿伯，必定的，你踏什么物事我爷也踏什么物事，未沫园虽小，却是亭台楼阁齐全，可惜你们哪里都不去，偏偏要到小姐楼来，小姐到底留了什么宝贝，叫你们掉不落心思。

我是暗侧侧讥讽言耀亭的，他却没有听出来，顺着我的口气说，小姐留了什么宝贝，说出来吓你几个老跟斗。

他脚筋也踏得酸了，跟我爷当年一样，踏不动了，嘀咕说，没有，没有，什么也没有——和当年我爷余桂芬说过的话，简直一模一样。言耀亭心里十分沮丧，火气没地方去，就朝我发过来，不客气地批评我说，余白生，你都比不得你爷，当年你爷想到未洙园来工作，没有来得成，心里还一直牵记未洙园的，你倒好，被安排到未洙园工作了，条件得天独厚，却不晓得长进，不晓得用心，阿胡乱，天天在里边荡来荡去，白荡——

我不知道他怎么看得见我在未洙园的工作是天天“荡来荡去”。其实他讲得也不错，我确实是荡来荡去。园子小，又没有名气，来的人少，没有服务对象，就在园子里荡来荡去。但即便是荡来荡去，也是在做工作，哪里石子碎了，哪里瓦片掉了，哪里花木蔫了，不荡来荡去，怎么看得见，看不见的话，怎么收作，不收作的话，园子就会越来越破落。

言耀亭见我吃了批评没还嘴，以为我心虚认错了，也就不再继续批评指正了，其实不是他要饶过我，是因为他的心思不在我身上，而一直都是在小姐楼上，所以虽然脚膀酸了，停止了踏地板，但是他的思想并没有停止，立在二楼走廊，朝下往天井里看看，跟我说，余白生，听说你们要办菊展了，我过来看看，有没有什么需要我指点指点的。

我差一点喷笑出来。不过他毕竟长我一辈，我也不便直接嘲笑他，只是我对他的行为实在不理解，且又感觉太好笑。言耀亭在家里从来是四脚朝天，油瓶倒了也不扶的，突然跑到园子里来指点我们做工作，我也晓得事体没有这么简单，虽然一时看不穿他的心思，我也不着急，一步一步来，狐狸再狡猾，尾巴总要露出来的。我且看他出的什么洋相，揣的什么鬼心事。

他又朝一楼的天井指了一圈，说，这个地方，小姐楼这边，你们要不要摆菊花?

我要想摆脱他的纠缠，就告诉他，我们还没有商量方案呢，本来打算今天开会的，结果你来了——说实在的，现在的小姐楼里，并没有从前我看到过的祭祀用的纸糊的物品，但是当年看到的那一幕一直深深地刻印在我脑子里，我眼前经常会浮现出来，所以平时非必要我是不到这个洞门里边来的，这会儿虽然是陪着火气十足阳气冲天的言耀亭，但我的心里还是寒丝丝的，所以我一说要开会讨论菊展的方案，赶紧就要借机开溜了。

言耀亭说，那你要跟他们讲，一定要讲清爽哦，小姐楼这里不要摆菊花，不要进来的人太多。

我心想你又不是我领导，你也不是局领导，我为什么要听你的，我才不会帮你去传达。但是我怕他纠缠，所以嘴上我尽管说好的，我一定传达。拔脚要走，言耀亭又“喂”了一声说，等一歇你的同事倘若看到了我，你不要告诉他们我姓言。

我问他为啥？他不说为啥，只说，叫你不要说你就不要说，小赤佬废话这么多。

我的领导刘主任上班进园，听小鬼三说一早就有游客进来了，觉得稀奇，紧追进来，上二楼，看看言耀亭，面熟陌生，我就介绍说，这是言老太，我家隔壁邻居。

刘主任批评我说，余白生，你不要调皮，你家隔壁姓言的——他朝言耀亭恭敬地弯一弯腰，说，是言耀亭言先生吧——又回头瞪我一眼说，你怎么叫他老太？

我说，我调皮的。

刘主任明明是在拍言耀亭的马屁，言耀亭却不领情，不领情也就算了，他还挑剔，眼睛四周一扫，不满意说，蛮好的一个园子，本来明明是满园春色，现在给你们搞的，像什么腔调，冷清得要出鬼了，秋风扫落叶，凄凄惨惨戚戚啊？

刘主任马屁拍在马脚上，还给马踢了一脚，他没有涵养的，立刻翻面孔说，喔哟，言老先生，你过日脚过昏头啦，忘记季节啦，现在正是秋天呀。

言耀亭钝他说，你以为我说的是季节吗？停顿一下，觉得钝得还不够力道，又加一句说，好像到春天你这里就会有人来似的。

言耀亭是我家邻居，我了解他的臭嘴巴臭脾气，可是我们刘主任不了解，头一次碰到这种不讲道理的人，所以跟他动气，拂袖而去。

言耀亭没有了落场势，又来怪我说，余白生，小赤佬，叫你不要告诉人家我是啥人。

我说，我没有说你的名字呀，我只说你是言老太，你的名字是我们刘主任说出来的，我们刘主任本来就认得你，只是你眼界高，不认得人家罢了。

言耀亭抱怨说，我眼界高什么，都低三下四做人了，都低人几等了，都低到尘埃里去了。

低到尘埃里，嘴巴还这么臭，要是放在从前，这言家还不晓得有多猖狂呢，我把这些想法放在肚皮里，毕竟他是我家邻居，低头不见抬头见，非必要也不用伤和气的。

我急着要离去，言耀亭却没完没了，又拉住我再一次叮嘱说，喂，余白生，你不要忘记，去跟你们那个十三点领导讲，叫他不要在小姐楼放菊花。

他还真当自己是个人物，好像他金口一开，大家就要听他的，他说哪里放菊花就放菊花，哪里不放就不放。其实我们领导看见他的时候，还是蛮客气蛮尊敬的，称他言先生，是他自己狗脾气，把我们领导得罪了。凭我们领导那点狭小的胸怀，绝不会要他来多管闲事，更不可能听他的指派。所以我嘴上只管答应，实际是不会去转告领导的。若是言耀亭亲自去向我们领导提这个建议，必定吃喷。我们领导说不定就偏偏要把多多的菊花放在小姐楼，也好显示他心胸果真狭窄。

至于言耀亭为啥提出不要在小姐楼里搞菊展，这个我就不明白了，我也不想搞明白，不关我事。言家的人，天生与众不同，脑子里少一根筋，也可能是多一根筋。总之个个都是各别各色。

我一脚从小姐楼奔出来，奔到听枫轩，那是我们领导召集我们开会的会场，我跑到一看，人已到齐了，连领导，连我，连小鬼三，总共三个人。

小鬼三先天性贫血，面孔白潦潦，皮肤黄渣渣，腿脚也不便当，照顾他的身体，分配在未沫园工作，只管卖门票收门票，其他一概不管。

其实另外还有一个人，老叶，他不是编制里的，是个临时工，乡下人，在老家种种苗木，请来管理园中树木花草，蛮卖力的，这会儿代替小鬼三看门守门。这个人上不了台面，叫他开会也不来，只是说，我不会开会的，我也听不懂开会的，你们吩咐我做啥，我就做啥，没有意见的。

这样几个人，要办菊展，简直就是泰山压顶了。大眼瞪小眼，刘主任愁眉苦脸，抱怨说，菊展放在未沫园，这种角落，这种冷园，会有几个人来看，劳民伤财，白费工夫。

我们开会的时候，小鬼三从来不讲话，好像他不光是脚坏了，嘴巴也坏了，哑巴了，我总不能让领导一个人唱独角戏，就硬着头皮应付领导说，是呀是呀，应该放到那种“游人如织”的大园子去办。

刘主任叹了一口气，他很容易认屄的，才只抱怨了一两句，就认屄说，唉，可是局里领导说了，大园子接待任务重，再压担子，怕他们吃不消，搞得喇叭腔。

我又嘴滑说，那我们也搞他个喇叭腔，以后局里就怕了我们，不来压担子给我们了。

刘主任面孔难看，说，余白生，你年纪轻轻，好吃懒做，不思进取，局里都说了，把菊展放给我们未沫园，是为我们好，可以提高知名度，拉动游园的热度，再说了，局里保证的，会派人来帮忙的。

派来帮忙的这个人，说来就来，已经到了，他就立定在听枫轩外面，听到了刘主任的话，就一步踏进来纠正说，我是局里派来的，我姓言。

我一看，笑了起来，不就是言耀亭嘛，他怎么成了园林局的人了。刘主任也没好气地说，言先生，你冒充园林局做啥，你干脆冒充公安局。

言耀亭说，我冒充公安局做啥，你们又没有犯法，我是公安也抓不着你们。

言耀亭这个人看似聪明，其实脑子是有问题的，既然是冒充，无论是公安还是园林，要抓的肯定就是冒充者。他倒好，先把自己当真的了，一下子就联想到我们有没有犯法，却不想想冒充才是犯法。好在他的行为还算不上真的冒充，首先因为我们都认得他，充其量就是个瞎说，不算冒充，而且他也确实去找过园林局的领导，跟领导讲了自己的想法。领导也不想当面拒绝得罪他，就把他推到未沫园来。领导说，办菊展是未沫园负责的，具体的布置，怎么安排，都是他们自己决定的，你有什么想法，跟我说还不如直接去跟他们说。

言耀亭就这样被推过来，按照他的想法，既然局长这么说了，等于就是派他来了，所以也不能算他冒充。他的态度实骨铁硬，好像不听他的就是不听局长的意思，他向刘主任假传局长指示，说不允许在小姐楼展菊，三句两句，两个人就吵了起来。

刘主任的一张嘴，平时到底练得少，没有对象，所以关键时候肯定说不过宜兴夜壶，嘴上说不过，心里很来气，来气就冲着我乱来，说，余白生，你搞什么鬼，我告诉你，这个地方，没有你说话的分儿。

我有数，他这句话，既是说给我听的，更是说给言耀亭听的，不管你言耀亭找没找过局长，也不管局长是什么想法，只要局长没有直接下命令过来，刘主任一概不理睬，他看见言耀亭站在面前，都觉得惹眼戳气，会也不开了，立起身走出去。

我要紧跟出去，小鬼三倒是不急不忙，他急也急不起来，脚里没有力气，慢慢腾腾出来，天底下也没有让他着急的事体。

等到言耀亭走了，刘主任才又把我和小鬼三圈拢来，气哼哼地对我们说，你们听好了，今天我们开会，就是讲怎么布展的事情，布展布展，那就要尽量展开来布，整个未沫园，每个角落都要有菊花，那才叫园林菊展。

果然不出我所料。

也许本来他并不想往小姐楼去布，因为那个角落去的人确实不多，有人走到那个洞门口，吹到阴风，就退出来了。只是因为言耀亭说小姐楼不能布展，所以刘主任就非布不可了。

我的任务是画图，把摆放菊花的地方，在园林的平面图上一一地标出来，标到小姐楼的时候，我对花盆数量吃不大准，就去请教刘主任，刘主任说，哦，小姐楼那里啊，你尽管摆，摆满就好——他看我不甚明白，再解释得更详细一点，说，就是说，等到花到了，先尽足小姐楼摆，听懂了没有？

我听懂了。等到大量的菊花一盆一盆地运来了，我们先要往小姐楼这边摆，摆满了，才轮到园子的其他地方。我觉得刘主任有点过分，言耀亭的话，在他心里真有这么重的分量，害他影响工作了，我支吾了一声，没有把话说出口。

刘主任说，你支吾个啥，我这么安排是有道理的，小姐楼向来阴气重，不少游客走到那边要逃开的——

我又嘴贱了，我说，主任，我听说，那边死过人，阿是死的小姐？还是死的丫头？死了几个？

刘主任光火说，余白生，你不适合在这里工作，哪有工作人员嚼自己工作单位这种烂舌头。

刘主任虽然光火，说话口气也硬邦邦的，但是他的眼神我看得出来，并不是那么硬气的，游来游去，躲躲闪闪。其实我晓得，我说小姐楼的那几句话，是说到他心眼里去了。

小姐楼是未沫园的一个软肋，里边空空荡荡，冷冷清清，因为少有人过去，自由自在、窜来窜去的动物就多了，“咻”一下窜过来，“咻”一下窜过去，看的人眼神没有它们快，就会眼花缭乱，就容易出传说。眼睛看花了，看见一只小松鼠，当它是黄鼠狼，看见黄鼠狼，当它是狐狸精，有一次地上掉落一根草绳，于是又说里边有蛇精。当然传说最多的并不是动物，还是人最关心的东西：人不人，鬼不鬼。

秋风来得快，办菊展的事情刚定下没几天，菊花就快要开了。运送菊花的工作开始了。因为凤池弄是条小巷，十分狭窄，卡车进不来，只好停在巷口，先搬到小板车上，再用小板车推进来，巷子是石子铺路，所以一路小车“咯噔咯噔”，就有几只花盆震碎了，到得园子门口，板车又进不去，再一盆一盆搬下来，挪进去，真是一番事情，多番手脚。

菊花有近千盆，未沫园从来没有承接过此类工作，所以对工作量是无法预测的，搬一千盆菊花，这么大的工作量，靠未沫园里的仨瓜俩枣是做不了的，幸好局里帮忙派了几个临时工来。

临时工做惯重体力活的，搬几盆菊花，对他们来说，小菜一碟，轻轻松松，推了板车在弄堂里快步如飞，结果影响到巷子里的行人走路，大家就吵吵嚷嚷起来，只管埋怨，有火气大的，甚至拦在路当中，不给板车过去，甚至还七嘴八舌骂人了。

角角落落，办啥个断命展，办一百个展，你未沫园还是个鬼角落。

啥人想出要办菊展，菊花是送死人的。

哪哼不是，清明给祖宗上坟，不是带束菊花吗？

我们活人要上班，你们拿死人挡活人。

老百姓讲话，就是这样的腔调，只要触犯到他们的自身利益，什么难听的话，都能说出口，百无禁忌。

不要说刘主任听了来火，我听了也不高兴，除了小鬼三面无表情，连老叶也有点动气了。

幸好有那几个临时工，他们才不在乎老百姓的几滴唾沫星子，照样推着板车横冲直撞过去。

菊花摆好后，看着养眼。只是老叶这一阵工作量大增，幸好老叶天生是个做煞坯，要伺候这么多菊花，他倒没有怨言，做得心甘情愿。有时候看他手叉在腰上，立在一大堆菊花面前，好像是指挥千军万马的将军。老叶每天细细观察菊花结蕊的情况，看到开始结蕊，马上施肥接护养。叫人一看，这是个行家。

就这样忙了一阵，开展的菊花都到位了，跟未沫园的气息也投合了，身子都伸展开来，样子也活起来，但等它们盛开怒放时，菊展就开始。

我以为言耀亭会再过来看看我们有没有执行他的指示，结果一等二等也没有见他来，心里不免有点奇怪，但也只是一丁点的奇怪而已。一扫而过。不关我事。

过了几日，眼看着菊花已经开出来了，开展的日脚也已经确定了，刘主任指挥大家在园子里再来一次大扫除，准备迎接观展的游客。

开展的前两天，走进来一个人，说要看菊展，小鬼三向来态度不端正，叫他后日请早。

这个人就有点尴尬，立了一会儿，想出办法来了，说，那我不看菊展，我进去看看园子。小鬼三叫他买了票，才进了园子。

此人进园子后，因为园子小，我和刘主任以及老叶都看得见他的，但是并没人注意他，他一边看路两边布置的菊花，一边往园子深处过去，最后走到小姐楼那边去了。

后来也不晓得那个人是什么时候离开的。大约过了个把小时，园林局的一个局长和一个科长一起急匆匆地进来了，那科长看到我们开口就说，你们赶快，动作快点，把贴出去的菊展的海报统统收回来。

刘主任一惊，说，啊？菊展不办了？是不是有什么问题？是我们哪里搞得不好？

那科长想说话，被局长挡了一挡，局长和颜悦色地说，不是不办哦，是要办得更好，要更高规格更大规模地办——不是因为你们搞得不好，是因为你们搞得太好了——

我们三个，面面相觑，完全蒙了。

领导又说，今天上午，就是刚才，一个钟头之前，王市长到这里来过了吧，你们也不向局里报告，弄得局里很被动——他见大家莫名其妙，呆若木鸡，他心中是有数的，所以又说，王市长的作风，你们都不晓得吗？市长向来是微服私访的，市长来看过你们的菊展，夸赞得不得了，就是觉得，这么好的菊展，放在未沫园这样角角落落默默无闻的小园子里，可惜掉了，不会有多少人来的，所以提出来，要放到大园名园去办——

直到这时候，我们才想起那个独自进园来的中年男子，刘主任后悔得直跺脚，说，哎呀，哎呀，我其实应该是可以认出他来的，我其实，看他有点面熟的，怎么就没有想起来就是王市长呢。一边说一边回头瞪着我，又瞪着不情不愿被叫过来的小鬼三，好像要把罪过甩到我们头上了。

不过他已经没有时间甩罪过给我们了，局长快刀斩乱麻，直接布置，说现在来不及追究责任了，局里刚刚研究过了，决定把菊展改到沈园，那里地方大，名气响，游人多，效果好。

那个科长在一边补充说，搬迁行动，由我们局长亲自挂帅。

局长笑了笑说，我不挂帅，是市长亲自挂帅——

我听了半天，终于要插嘴了，因为心里实在是有疑问，我说，市长都是忙大事的吧，他怎么知道我们这个角角落落的无名的未沫园要办菊展呢？

局长笑眯眯地说，这要归功于你们的宣传工作做得好，办菊展的活动，先前确实是跟王市长汇报过，经市长同意的，但是王市长分管的重大工作多的是，不可能有闲工夫特意跑到这么个小园来看菊花预展，估计是被你们夸大其词的吹牛误导了。

那科长也补充说，听说市长原来的专业就是搞花卉的，而且特别偏爱菊花，后来从了政，也没有时间弄花了，这次看到海报，估计是有了兴致——我还听说，市长家里墙上挂的照片图画，大多和菊花有关——

刘主任已经急得冒汗了，忍不住打断科长说，那怎么办，难道这些菊花，再重新搬走？

科长没有回答，看着局长，局长自是胸有成竹，笃悠悠地说，那是当然，时间很紧，不过刘主任你别着急，我们已经有了方案，按照市长的指示，仍然是后天开展，不然就会错过花期的。

老叶在旁边说了一句，这倒是内行话。

刘主任又瞪老叶一眼，局长晓得老刘心里不爽，还耐心做他的工作，说，老刘，其实对我们园林局来说，办在哪个园都一样，老刘你说不是吗？

刘主任只能说是。

那科长朝门口那边张望了一下，说，搬运工马上就到，刘主任，这回不要辛苦你们了，我们找了足够多的人手。

话音未落，搬运工的声音已经响起来了，一个人在嚷，人呢，人呢，园子里的人呢，叫我们搬什么呀？

另一个说，不是说搬菊花吗？

他们老吃老做，也不用人指挥，自己指挥自己，说搬就搬，动作娴熟精准且有节奏，看得园子里的人目瞪口呆。

好像是排练了一场闹剧，等到搬运工人把菊花搬空，园子里顿时恢复空荡冷落的样子。其实这个园子本来一直就是这个样子，倒也没觉得有什么异样，但是后来菊花来了，闹腾起来，鲜活起来，像换了个园子。再后来，菊花又走了，再换回来的园子，还是原来的园子，却又不像是原来的园子了。

那些幸灾乐祸的居民，还过来嘲笑我们，说我们是只有丫头的命，却想升做小姐，结果一场空。

那天我和小鬼三还有老叶，分别吃了刘主任一顿批评。但是就算狠狠地批评了我们，他也仍然无趣，心中来火，说散了散了，既然不把我们园子当回事，我们也不用瞎卖力了，大家早点下班吧。大家就垂头丧气下班回家。

我走回言桥巷7号，因为今天下班早一点，天井里的人气还没有升起来，安安静静的，我脚步轻，耳朵好，就听见言耀亭在自己家里跟言常氏说，幸亏我眉头一皱，计上心来，把他们的菊展搞掉了——

言常氏“嘘”了一声说，你轻点。

言耀亭还很老卵，嘴巴硬，说，听见怕什么，谁怕谁，又不是我下命令的，是王市长下的命令，他们咬我啊？

我总算是想明白了，哪里来的王市长关心菊展，原来是言耀亭搞的鬼，可是言耀亭这种在社会上吃瘪的人，怎么会和一位市领导勾连上呢？

这个其实不用我操心，言耀亭自会炫耀出来，果然很快大家就知道了，是言耀亭给王市长写了一封信，危言耸听，说未沫园的小姐楼已是危房，园子里却在那里搞菊展，堆了这么多菊花，到时候万一影响大，游人多，压塌了楼，是要出人命的。

王市长怕出事情，先到小姐楼里去视察一番，结果看到了满楼满天井清一色白菊花，浑身一激灵，真是灵魂出窍的感觉，再看看小姐楼的建筑，确实断井颓垣，不蔽风雨，有点摇摇欲坠的样子了。

办菊展这个事情先前是园林局直接请示他，他批准了的，现在却要出尔反尔，突然叫停，谁的面子也过不去，于是就想出了一个换场地的主意。

罪魁祸首找到了。其实也不是找到的，是他自己吹牛吹出来的。但是我不敢去报告刘主任，毕竟言耀亭是我的邻居，刘主任若是揪不住言耀亭，到最后板子肯定还是打在我的屁股上，我年纪虽轻，脑子却不缺筋，这件事情，就让它闷下去算了。不关我事。

但是经过这件事，我对言耀亭的怀疑更大了，他这么做，分明是想要保护小姐楼，我不晓得他对小姐楼有什么样的执念，小姐楼到底算什么，我爷余桂芬也是心心念念地牵挂，一直到他躺倒爬不起来了，还跟我讲，等他好了，他还要我带他去未沫园，去看小姐楼。当时我一边答应我爷，一边心里嘀咕，这一次我不会马马虎虎了，我一定要看看清爽，你们到小姐楼去，到底想干什么。

可惜我爷一旦躺倒，就再也没有爬起来。

一直到很多年以后，余桂芬和言耀亭都不在了，但我仍然在这里，即便我的身体不在这里，我的思想仍然在这里，不会离去，因为天长日久的，我终于想明白了，我爷余桂芬，还有隔壁的言耀亭，他们的思想，已经移植到我的脑子里来了。对于小姐楼的执念，那条死死纠缠的蚂蟥，现在不去叮我爷了，也不去叮言耀亭了，因为它叮不着他们，就来叮我余白生了。

我或许是自觉自愿，或许是无可奈何，总之，带着那条附在我灵魂里的蚂蟥，我一直就在这里。

直到后来有一天，我看到我的同事刘主任和园林局的李工走进了未沫园，我大喜过望，赶紧上前和他们打招呼，不料他们却看不见我。

我才明白，待在这里的，曾经是我这个人，后来大概就是我的念想了。

我又不得不要多一嘴了。

我是言子陈。

当余白生处于失忆状态的时候，或者是他恢复了部分记忆的时候，他的叙述都是极不可靠的，这里分明又出了差错。

是时间的差错。

老刘和李工这两个人，余白生刚刚参加工作的时候，就和他们打过交道，一个是他的顶头上司，未沫园的刘主任，另一个是园林局的李工程师，隔三岔五就来未沫园指导工作的。余白生跟他们熟得很。

许多年过去了，他们又出现了，仍然是老刘和李工，职务仍然是那么个职务，年纪也仍然是那么个年纪，长相也仍然是那么个长相。

也许是因为，在余白生曾经丧失的记忆中，时间混乱了，事件混乱了，人物年龄混乱了，人物关系混乱了。

但是并非所有一切都是混乱的。比如未沫园，没有混乱。它始终就是未沫园。它始终是许多人关心的又似乎并不值得如此关心的一个小园子。

因为是“年代不详”，所以也许不需要太过计较那些“混乱”，更不要试图去纠正和厘清那些“混乱”，只有“混乱”的存在，余白生才能继续他的叙述。

倘若叙述者不是余白生，而是我，是我在替代或冒充余白生叙述，那么，一切不合理的情节，全部归咎于我。

归咎于我混乱的逻辑和病态的妄想。

我是言子陈。

不过其实你们并没有，还没有发现我是谁。

余白生思考出的结论没错，他的思想，刘主任和李工是看不见的，虽然这个思想很强大，但是再强大也成不了形状，它只能飘浮在刘主任和李工的身边，或者能让他们感受到一点不同的气息。但倘若他们麻木不仁，也就感受不到。

看得出来，他们两个，是有心思的，重重的心思，所以他们愁眉苦脸，一路走来，一路激烈地争吵。

那李工前些年全家被扫地出城，去了乡下，做了几年农民，后来总算又弄回来，也算是吃过苦头、受过惊吓的人了，却仍然是那个虚张声势的脾气，牛三吹得豁边，说，老刘，你不要泄气，未洙园的修复，早晚的事，未洙园的再生，要比从前更加辉煌。

老刘叹口气说，李工，你吹牛三也要看看对象，你在我面前，就不要神之乎之了，你真是异想天开，这样一个未洙园，你居然想要重新开放，还要更加辉煌，你以为自己是谁？你以为你有三头六臂？

李工说，我不需要三头六臂，我只要寻找到余白生，寻不到余白生，寻他的儿子余又也行。

老刘顿时面呈惊恐之色，说，李工，你说话先把牙齿筑筑齐，不能乱嚼舌头的——

李工不服，说，我怎么乱嚼舌头啦，余白生曾经和你同事多年，你又不是不晓得，后来他钻研成了园林老法师，对未洙园了如指掌如数家珍，他的儿子余又，上次去茶厂你也见过的，虽然不及他爷，但是从小耳濡目染，听他言说几句，看他那副腔调，多少也是有点花头的，老刘，我告诉你，我看人眼光凶的，我依靠他们爷儿俩，未洙园恢复指日可——

老刘打断李工说，李工你真是闷死根筋，两耳不闻窗外事，他们余家，出大事了，就是我们去茶厂过后，那个余白生，在安徽跌了一跤，失忆了。现在人倒是在苏州了，可惜什么都不记得，谁也不认得。他的儿子余又，就更惨了，为了帮他爷去安徽拿什么重要物事，结果汽车出事故，掉落悬崖，人就去掉了——

李工一听，跺脚拍腿说，没有道理，没有道理，怎么可以这样子——完结了，完结了，未洙园还能靠啥人？

老刘气得说，李工，你真是狼心狗肺，不心痛人家余家出事，倒是先顾虑未洙园怎么怎么，难道未洙园比人的性命还重要吗？

老刘情绪低落，不想再和李工多说什么，他是被李工骗过来的，现在进来看看未洙园里这一天世界，心凉了大半截，他实在不晓得李工的乐观是从哪里来的，心里窝火，且打他个当头一棒，不客气地说道，李工，你的意思，我们两个，在这个破园子里，要做居民的搬迁动员工作？

李工赶紧否认说，那是不可能的，那怎么可能，这种泰山压顶的事情，我们怎么做，我们是两手空空且手无缚鸡之力的文化人，我们既不能制定政策，也不会做群众工作——

老刘说，既然你什么都明白，要你急吼吼抢在前八尺过来做啥？我跟你说，这个是政府的重点工程，听说正在为方案吵相骂，吵得不可开交，两派观点，水火不容，势不两立。

李工说，我也听说方案的事情了，听说是要趁着言桥巷拆迁的大动作一并安排这里边的人家，什么拆多少还多少，什么回迁还是迁出之类——不过我是不管什么方案不方案的，我对安排居民的方案不感兴趣，我只对未洙园负责，我只管寻找从前的未洙园。

他这话说的，叫老刘也哭笑不得，从前的未洙园，不就是他们现在站着的地方嘛。他找个什么魂。

李工见老刘有些迷惑，特意跟他解释说，老刘，你赶快把你的昏里糊涂的脑筋拨拨清爽吧，只有寻找到未洙园的前世今生，我们上报修复方案，才有依据，才有分量，才更有把握，它到底是谁？仅仅是一个不知名的普通人家的后花园，还是我们反复猜想推测的言氏建筑群的一部分，决定了对于它的修复的重视程度和行动力度。

言氏建筑群？

这是什么？

老刘对这几个字并没有什么特别的反应，他甚至还撇了撇嘴，露出不屑的表情。难道是因为他从来没有听说过，表示不相信？或者，他早就听说过了，表示无所谓。

可是我不一样，我一听，顿时血脉偾张，心跳加速。

我是言子陈。

我一直在做古代建筑群的调研工作，几十年来，我的专业水平发挥到极致，可以说是所向披靡，节节胜利，走到哪里，成功就到哪里，许多的无数的曾经的建筑群，无论它今天是什么样子，都被我一一地寻找得来，记录下来，描绘出来，甚至，还能修复修建起来。

一直到我回到家乡，开始不易堂的寻踪，我就开始走下坡路了，可说是屡屡碰壁，屡战屡败，正在灰心丧气之时，耳边忽然听到“言氏建筑群”这几个字，怎么不要情不自禁、百感交集？

但是你们已经发现了，叙述在这个地方又出问题了。时间更是混乱得不成体统没有脉络了。

原本这里的叙述者是失忆了的余白生，或者是曾经失忆的余白生？

但是根据我回来后接触了余家和言家的下一代、再下一代的诸多人物，所了解到的余白生，他即便恢复了记忆，但是记忆中始终缺少一个人。余白生不会提及这个人，所以，这里的叙述者不是余白生。

不是余白生，难道是我吗？

如果是我，我怎么会对李工所说出的“言氏建筑群”如此震惊？

所有这些话，包括李工所说的，不都是我虚构出来的吗？

李工不再和老刘啰唆，拔脚就往里边的小姐楼去，一路走一路说，我要去看看未沫园著名的袖珍假山。

那座袖珍假山，在小姐楼的门洞里，明明早就给住户挖出来卖掉了，居委会也曾经上报过，却是无人过问，李工不会不知道。余白生后来想起来，有一次李工来的时候，还诅咒了卖掉假山的人，骂得很凶，牙齿缝里全是毒，一个知识分子，园林工程师，会说出这样粗糙的语言，害得周围几个人都怀疑他骂人的那个时候就不是李工了，而是别的什么东西。

现在他一进园子，却又提出来要去看袖珍假山，分明是一个借口，他就是要去看小姐楼，和曾经的余桂芬，和曾经的言耀亭一样。

他们对于小姐楼痴迷的谜底，到现在还没能揭开来，真是一群愚蠢的人。

老刘也是个蠢人，但愚蠢归愚蠢，却看不得别人三头六面地瞎说骗人，所以李工话一出口，就被老刘戳了个穿。老刘说，李工，你自己瞎说的话自己要记住，不然下次你又会瞎说一遍，你上次来，明明已经晓得袖珍假山被住户卖掉了，只剩下一个底座了，你今次来，怎么又要看袖珍假山了呢，你是不是忘性很大？

李工被戳穿，也不脸红，神态自若，他大概早有准备，笃悠悠地说，老刘，我不是看假山，我是看看假山底座，要修复未沫园，不要说一座典型的袖珍假山，就是一片树叶，一棵小草，也要让它们恢复原貌的——一边说着就往里走，心急慌忙，脚步匆忙。

小姐楼天井里的袖珍假山，从前是未沫园一宝，太湖石中的精品，体形虽小，却是姿态万千，剔透玲珑，充分体现出太湖石“皱、漏、瘦、透”之美，曾经有人称之为“汤包”里的“蟹黄”。

现在蟹黄消失了，汤包也已经七穿八孔，老刘看着剩下的那个假山的座脚，叹气跺脚，心痛得不得了，嘀嘀咕咕说，不像腔，不像腔，全弄光了，全弄光了。

李工以假山为名进来，却对假山底座视而不见，对老刘的感叹，也没放在心上，他一进来，眼睛就盯牢了小姐楼。

不看不知道，一看吓一跳，以为是走进了另外一个世界。

从前头一次，余桂芬带余白生进来，这里边空无一人，楼上堆满了纸糊的祭品，吓人倒怪。现在过去这么多年，送给死人的祭品一件也没有了，全是活人的物事，脚桶马桶，煤炉煤球，尿布鸡屎，吃喝拉撒的，摊得一天世界，一只脚都插不下去。

小姐楼里住着的居民人家，正在大哭小叫闹腾着，看到有人进来，顿时叫停，全都轰拥出来，围牢李工和老刘，直接开骂。

你们当官做老爷，吃饭还是吃屎的？

当官不为民做主，不如回家卖红薯。

什么什么什么，一通乱喷。

老刘要紧摆脱责任，摆着手说，你们搞错了，你们搞错了，我不是当官的，更不是老爷。

可是这里的居民都认得他，他抵赖不掉。

居民说，你不是刘主任吗？主任不算官吗？

老刘说，天地良心，你们不是不晓得，你们现在住的这个院子，从前就是一个小园林未沫园，我就是这个未沫园的主任，手下头有三个工人，其中一个是跷脚，还有一个是编外的临时工，你们说说，这算不算官，我和你们半斤八两，差二不三。

余白生的思想一直守在他们身边，现在听到老刘这么说，他竟有点吃醋委屈了。老刘说他手下三个人，提了小鬼三，提了老叶，却偏偏不提余白生，真是不拿余白生当个人物了。

老刘倒是想跟居民套近乎，可是居民不尿他，异口同声说，主任就是官，我们有困难，就是找你这个当官的讲道理、讨公道。

他们的抱怨像洪水一般倾泻出来，电力不够，电风扇都吹不起来，你家开了我家就要停，我家来客人，要和他家商量叫他们不要用电；自来水水管太细，通到最里厢的小姐楼，水龙头出来的像眼泪水，居民要半夜里爬起来等水；上等楠木雕花门窗，风吹日晒，已经老态龙钟浑身是裂痕……

好像这一切，都是老刘造成的，老刘冤枉孽障，两手举起，做出投降状，脚步连连后退。

李工因为无官一身轻，骨头也有点轻，竟然横到老刘前面，对居民说，你们这些老百姓，一点觉悟也没有，你们看看，你们看看，把雕梁画栋的园林建筑，搞成啥腔调了，烟熏火燎墨墨黑，什么未沫园，干脆改名叫废沫园算了——你们真正是拆家败呀，我肉痛呀，这些砖雕木雕，这个假山小亭，都是祖宗精心打造，均为名家之作，糟蹋成这样，你们罪过的——

李工简直是声嘶力竭了，简直要泣血了，居民本来是得理不让人，强横霸道，个个是一副老虎要吃人的腔调，听到李工这一番讲法，他们倒愣住了，一时不作声了，有人看看那些被糟蹋的老物件，有人伸手摸摸门框窗棂，啧啧叹气，也不知他们心里在想啥。

李工吃相虽然有点难看，但是他说的话却不无道理。举例说一说，比如未沫园小姐楼的书房，有四块落地门板，一面是漆雕，一面是木刻，漆雕以画作为主，木刻是诗作。到底是啥人在多少年前刻下了这些诗画，现在肯定没有人晓得了，也许是一些名人、文人，即便他们就是一些普通的工匠，也一样，因为今天看起来，他们也一样都是名人、文人，以及鬼斧神工的匠人。如果说这四块门板的价值抵得上整座小姐楼，恐怕也没有人会顶真会计较会反对。

可惜李工、老刘上楼走进房间的时候，这四块价值连城的门板并没有人看得见。这家人家有个十五六岁的小娘鱼，搬进来时，看到这四块黑乎乎的漆雕门板，上面雕刻了一些古古怪怪的人，模样古怪，动作古怪，不晓得在作什么鬼，小娘鱼觉得阴森森的，而且还脏兮兮的，小娘鱼爱干净，想办法找人去讨了些白报纸来将它们糊上。

糊上白报纸再看看，感觉舒适些了，房间里洁净多了，也亮堂多了。白报纸上面，后来又贴了明星的照片，就更加养眼了。小娘鱼就在那里度过了她的青春时代。

等到再过些时，长大了的小娘鱼和她的家人以及住在未沫园的所有人家全部搬出去以后，有人将小娘鱼糊上的纸撕下来，才发现了这四块门板，它们被保护得完好无损。

是不是可以说是小娘鱼和她的家人、邻居，与宝贝擦肩而过。与此同时，他们也踏踏实实地走过了历史，走过了自己人生的某个阶段。因为他们的不识宝，更因为那个时代教育他们，宝可能不是宝，而是罪，所以他们与宝擦肩而过，一无牵挂地走了。

这四块门板没有被人拆下来带走。设想它们被拆走了，或许哪一天在鉴宝节目中能够看到它。可现在它们安守在原来的位置上，时间走过了无数个年头，它们没有移动，没有坍塌，没有破损，没有挂到别人家的新房子墙上去做装饰品。

这些都是后话了。

虽然居民的嚣张气焰暂时被李工压了下去，但其实李工的话是有些偏颇的，要说糟蹋，也不能完全怪到居民头上，他们住在这样的螺蛳壳里，如何能够小心呵护这样的传世之宝。

等到居民内疚的心思掠过，一个跟着一个反应过来了，他们就来反攻了，本来只是盯住老刘，对李工还算客气的，现在发现李工竟然比刘主任还要凶，还要毒，所以掉转矛头直指李工。

你眼乌珠装在裤裆里了。

你怪我们糟蹋园子，我们还要怪你糟蹋我们老百姓。

有办法的，啥人愿意轧到这种场化住？

这种场化，根本不是人住的。

鬼住住还差不多。

鬼也不肯住的。

是呀是呀，住了这么多年，连一个鬼也没有看见，鬼也不肯来的场化，你叫我们住在这里还要保护好它，我看你是吃错药了。

我看你是中街路的鬼，专拣软的惹人。

我看你是猢狲戴帽子，像煞有介事。

一迭连声，这些居民只管爽口过瘾，只管出气撒泼，喷得李工张口结舌，面孔涨得血血红，青筋凸起，血管都要破裂了，于是和老刘一样，一边后退，一边气得嚷嚷，不可理喻，不可理喻，不过我告诉你们，你们这些强横坯，日脚不多了，马上叫你们滚蛋，还我未沫园——未沫园是啥？你们根本不晓得，我若是告诉你们，要吓煞你们。

李工情急之下吐真言，这一下彻底现场炸锅了。居民中间早就在传说，要搬迁，要改造，要什么什么，只是打听来打听去，政府的工作人员咬紧牙关，一字不透。不等方案落地，谁敢随便开口，改造拆迁，这可是一颗定时炸弹，不是谁都能担肩胛有胆量去拉开那根引线引爆的。

但是现在李工透露出来了，事情似乎是现在得到了证实，于是乎，未沫园小姐楼的这个小天井里，顿时掀起了惊涛骇浪，叽叽喳喳，哇啦哇啦，吓得树上的老鸦都逃走了。

你们想要把这个场化抢回去，想都不要想。

我早就看出来了，你们是黄鼠狼给鸡拜年。

你们宁可要园子，也不要老百姓的日子。

我们坚决不走。

我死也要死在这里的。

什么什么什么。

两个人被粗鲁的语言围攻，终于败下阵去。不再回嘴。也不屑回嘴。李工朝老刘使个眼色，低声说，老刘，你别听他们，走不走，关键看条件，条件满足了，一个比一个走得快，条件不满足，一个比一个嘴巴凶——

这话老刘听得进去，他们对居民都是十分熟悉了解了，屁股一翘，就晓得他们要拉什么屎。

叽叽喳喳闹腾了一会儿，双方心中都有数，现在立在这里的人，没有一个说话可以算数的，所以嚷到后来，大家也无趣了，收场了，嚷也是白嚷嚷，气也是白生气，大家鸣锣收兵。

起先李工和老刘见居民穷心穷恶，吓人倒怪，已经打算赤松开溜了，结果发现居民听说拆迁后，先是情绪激烈，但很快就渐渐平复，他俩又骨头轻，不想走了，提出要进房间去看看，居民说，看就看，房间破支落索，没啥物事怕你们看得去。

李工并没有东张西望看居民家里的物事，他立在过道上，就开始踏地板，一只脚，点来点去，这里踏踏，那里踩踩，然后口中喃喃，没有，没有，什么也没有。

不晓得这是历史的重演，还是命运的规定，当年余桂芬带余白生进来，余桂芬也是东踏踏，西踩踩，不晓得要做啥；后来言耀亭也来踏过，也没有踏出什么名堂。现在几十年过去了，往事又重现，这个李工，跟余桂芬有得一比，和言耀亭也有得一比。

但是言耀亭、李工他们，怎么也和余桂芬得到相同的却又是错误的信息呢，原来那些以讹传讹的故事，他们个个都相信呢。

后来我问过朱玲玲，老朱为什么要她绣一幅未沐园的作品，朱玲玲告诉我，其实老朱对千金换来的那幅假画，一直还是存在着一点希望的，虽然他也表现得追悔莫及，痛不欲生，他也认定那是一幅假画，但在他的内心深处，是有个疑问的，他觉得，疑问就是希望，就有可能再次带着他走向正确的道路。

那些年里，老朱经常一个人自言自语，尤其是病了以后，躺在病床上，他不关心自己的病痛，却一直在嘀嘀咕咕地念叨：

奇怪的，想不通的，他们怎么会晓得我要什么样的画？

奇怪的，想不通的，他们怎么造得出我头脑里的东西？

奇怪的，想不通的，那个口述画面的人，怎么述得如此精准，他是谁呢？

老朱虽然承认他买了假画，但是他对假画的来源，有他自己的判断和警醒，如果没有样本，也没有人看到过真正的《春日家宴图》，那么制作假《春日家宴图》的依据又从何而来呢？

老朱吩咐把那幅令他倾家荡产而且颜面丢尽的假画拿到病房，每天只要输液一结束，他就下床，将画铺展在地上，围绕着它，兜来兜去，看来看去。

画上的那些古建筑，已经十分陌生，老朱无法将它们和自己认识的苏州老宅对上号，最后老朱终于将目光定格在画的最后一部分：后花园。

只是那时候老朱并不知道那就是未沫园，也没有人知道那是未沫园，但是老朱偏偏觉得这个小园他是认得的，从前好像就在他家附近，老朱就拖着病重的身体，让家人陪着，到离家不远的那些不知名的，甚至无人知晓的小园林去。

小辈们对老朱很孝顺，因为刘乐乐的原因，还带动了余家的后代，余末末，还有池到，他们轮番陪着老朱，一路听老朱讲他的购画征战史，颇受感动。

他们陪着老朱走了三四个小园子，老朱已经衰弱得走不动路了，但是他失望的情绪还是十分强烈，他总是喘着气说，不对，不对。

又去另一座小园，仍然说，不对，不对。

后来他们小辈的只能用轮椅推着他了，家人都很担心，担心哪一天推出去后就在半路上走了，带着他心中的遗憾。

老朱也预感到自己来日无多，他也已经明白如此漫无目的地行走，恐怕他是走不到头了，他嘀嘀咕咕说他来不及了，时间不够了，他说他想不到家的附近竟然有这么多的小园——突然地，就在他嘀咕到“家附近”几个字时，灵光闪现，老朱突然大声说道，家，我知道了，不是现在这个家，是从前我们在言桥巷的家。

大家觉得老朱可能是进入临终前的迷糊状态了，言桥巷早已经拆除，老朱已经忘记了。

但是他们并没有告诉老朱他错了，对于一个临终的老人、病人，就顺从他吧。他们陪着他，推着他，一起往老宅的方向走，经过凤池弄的时候，老朱霍地一下，从轮椅上站了起来，手朝前一指，说，到了。

随后他跌倒了。

前面就是未沬园。

老朱没有力气再去走未沬园了，刘乐乐和余末末代替他进去看了未沬园，拍了许多照片，再回来对照假画上的园子，如出一辙。

老朱从被子里伸出手来，一拍床沿，激动地说，我说的吧，我说的吧，不是空穴来风，不是没有根据的。

朱玲玲说，后来我爸就让我照着假《春日家宴图》绣出来，我不敢跟他说那是不可能的，我那时候正在忙着赶一个很大的订单，但是我知道这是我爷最后的意愿了，我放弃了那个大订单，组织了二十个绣娘，十几天时间，绣出了这个未沬园。

李工还在踏，踏得起劲，但是看得出老刘却是蒙在鼓里的，他不仅没有踩踩踏踏，还对李工的行为感到吃惊奇怪，低声说，老李，你做啥，踏什么踏？这些地板，已经经不起你这样踏了。

李工鬼鬼祟祟，凑到老刘耳朵边上，说了一句话，老刘听了，却仍不以为然，泄气地说，我还以为什么惊天的秘密呢，你那就是一个传说而已，传说有时候就是瞎说，人家还传说，不易堂就在言桥巷呢，你看见言桥巷里有不易堂吗？

李工说，不是传说，不是瞎说，是我阿爹告诉我的——他见老刘一脸不信任的样子，着急了，嗓门也大了起来，说，老刘，你别拿这种眼神看我，我告诉你，我阿爹从前就是未沫园的看门人，关于未沫园的传说，我阿爹可以说出一大箩——

余白生一听李工说“我阿爹”，脑子里有两根分开的筋，突然之间“啪”地搭上了，想起来了，当年他爷余桂芬带他进来白相时，是有个看门老老，余桂芬问过他，他说他姓李。原来就是李工的阿爹。

果然，又听李工说道，我小时候，我阿爹经常带我来这里玩的，我还在假山那边碰到过一个鬼，一个小鬼，看起来比我大一点，我跟小鬼捉迷藏，把他引到山洞里，他出不来了。

余白生一听，先是心里一喜，以为是碰着了几十年前的偶遇，但很快却又奇怪起来，他记得那一次在假山那里碰到的小孩，明明是邻居言伯邻，难道后来他爷余桂芬又带他来过，他又在假山那里碰到另一个姓李的小孩？可惜的是前一次他想起来了，后一次却没有想起来。

虽然没有想起来，但余白生愿意相信他曾经在未沫园见过李工，多少年后，竟然又在这里遇见故人了，所以余白生赶紧过来对李工说，那个不是小鬼哎，那个是人，就是我哎。

不过李工并不理睬他，因为也可能跟他说话的这个人并不是余白生，“他”只是余白生失忆了的混乱的思想而已。

所以李工听不见，他只管煽动老刘，想要老刘相信他的话，相信小姐楼里的秘密。他又告诉老刘，他阿爹看门的那几年，来过不少人到小姐楼去东看西看，余白生的爷余桂芬来过，言家的言耀亭也来过——

打住，这里又有混乱了。

言耀亭到未沫园来踏小姐楼，又横戳枪搞掉了未沫园唯一一次出头露面的机会——菊展，那时候余白生已经参加工作，看门老老早已经死了，李工说他阿爹看见言耀亭进来，难道他人死了，眼睛还留在园子里？吓人倒怪。要不就是李工自己异想天开随便瞎说说。

余白生想上前去纠正他，但是想想算了，他又不听，可能根本也听不见，说了也是白说。

李工虽然嘴上失望地嘀咕“没有，没有”，实质上他肯定是心有不甘的，继续在过道里踏来踏去，又走进居民的家里踏来踏去，他一直重复这样的动作，叫人看了肚肠根子都发痒，他也不打开思路想想，这么多人都踏过了，也踏不出名堂，怎么能轮得到他呢。他算老几？

还是老刘做事比较实在，他用心观察居民使用小姐楼住宅的情况，探头朝房间里看来看去，看了这一家，又去看看另一家，家家都一样，屋里摆得密不透风，中间一家，五口人同居一室，家里还养了两只鸡，两张大床，一张小床，一个大衣柜，一张吃饭台，一只鸡笼子臭烘烘，就放在床前，这个家里就没有一块能够让人转个身的空间。

老刘嘀咕说，我算是想明白了，在一间堆满了家具住满了人的屋子里，就算是遍地秘密，恐怕也是发现不了的。

这话一说，李工也听进去了，晓得自己是白费工夫了，结果失望而归，他们下得楼来，拍拍身上沾到的灰尘，其中一个沮丧地说，没戏，走了。

另一个还有一些残存的希望，说，下次再来看看。

两个人正要往外走，迎面冲进来一个人。

冲进来的这个人是我。

我是言子陈。

余又没有了，我从北京赶回来，我已经追不上他了。但是我不甘心，不服气，我一直以为我会一辈子追着他的。

所以我在大街小巷到处乱走，凡是记忆中余又走过的地方，我就去走，那时我父母亲看我的眼神，就像看一个疯子。

我难道不是吗？

我想起余又曾经说过，有时间要和我一起到未沫园，去看看小姐楼，我问他为什么要看小姐楼，余又说小姐楼里可能有答案。

所以我一头冲了进来。

我冲进来，未沫园里并没有余又，小姐楼也没有余又。我只看到两个面目不清的中年男人，贼眉鼠眼的，一路东张西望，准备往外走，我大喊一声，你们停下。

两人果然听话，停下了，呆头呆脑地看着我。他们不认得我，我也不认得他们，但这不妨碍我问话。

我眼尖嘴凶，指着他们说，你们不是这里的居民，你们到小姐楼来干什么？我这口气，就像小姐楼是我家的，我就是小姐。

两个人一听，有些迟疑，可能因为不知道我是谁，所以一时不知如何回答，只是见我这强凶霸道的腔调，不免心虚，赶紧自我介绍，其中一个说，我姓李，是园林局的工程师，另一个说，我姓刘，我是——

我又没有打算要认得他们，也没有问他们的名字，他们主动报来，是什么意思呢，我不耐烦地打断了他们说，你们叫什么、干什么，跟我无关，我找余又。

我找余又，其实是我的口误，说完整了，就是余又曾经说过小姐楼可能有答案，我是来找答案的，所以，我虽然貌似疯癫，其实我心里很清楚。我是故意口误的。

他们两个一听，反应强烈，那李工小心地看着我，小心地、半问半试探地说，你，你是说余又？你说的是余又？

我说我嗓门够大的，你不聋的话应该听得见。李工赶紧说，不聋不聋，只是因为你说你找余又，我有点不相信自己的耳朵了。

两个人面面相觑，步步后退，胆战心惊地看着我，像看着一个正在发病的精神病人。

难道不就是我吗？

那个李工再次小心地趋近我，更加小心地问道，你，你认得余又？你是不是知道余又知道些什么？

老刘则在一边给他打气说，余又肯定知道些什么，他爷余白生，从未沫园开园的时候就参加工作到了未沫园，在未沫园工作了好多年，他肯定晓得些什么，也肯定会告诉儿子的——小娘鱼，你认得余又，你有没有听余又说过，未沫园的小姐楼，是不是真的有什么？

我看得出来，他们有点害怕，但也有点兴奋，他们也许在想，如果余又真的从安徽回来，又真的带回些什么消息，对于他们，对于未沫园，说不定会有大的帮助。

余又死了。他们却不在乎余又的死活，只关心小姐楼里到底有什么，他们还异想天开，竟想从我这儿打探些什么。

我怎么不来火。我气得冲他们说，你们自己去问他吧。

两个呆头鹅，探询心切，尤其是那个李工，居然顺着我的匪夷所思的思路问我，你叫我们去问余又？余又真的晓得？他查到什么了？可是，可是，我们到哪里去问他呢？

我说，到余又去的地方去问呀，难不成你们还能把他叫回来问？

两个人这才听懂了我的愤怒、嘲讽和攻击，不作声了。

未沫园安静下来，居民生活的嘈杂声，也已经成了远远的背景音乐，在空中飘忽。我们三个人站在未沫园的门口，感觉是若有所失，其实是一无所有。

响起了一个声音，我看不见这个人在哪里，但是我听见他说，言子陈，你不在的时候，我们一直都在。

我听出来了，这是余白生的声音。

余白生在说话。

他一直都在这里。

我已经休息了太长时间了。

按理说，从梯子上摔下来的那一刻开始，我就进入了安眠期，我不用再费尽心思（也许是枉费心机）去找那个《春日家宴图》了。

但我实在是心有不甘。

为了获得《春日家宴图》的消息，我自甘堕落成一个劳教人员，然后抛家弃子，设法去了安徽，一待就是几年，我几乎寻遍了安徽绩溪县的乡村城镇，四面出击，到处打听。起先完全是瞎摸瞎撞，一直到余又把当铺的收据送过来，我才有了新的方向。

收据是安徽绩溪县县城的红升当铺开具的，当物名称：古画《春日家宴图》。

但是这张收据却又不同于一般的当铺收据，通常的当铺收据除了要写上当物名称，还应该有当户签名和当铺签章、时间等。

而这张收据上，时间是有的：1966年4月15日，也有当铺签章：罗明章，却没有当户，收据上写的是购当人，签名的是：言耀亭。

也就是说，言耀亭在那个时间，不是去当铺当了什么，而是购买了红升当铺的一件绝当——古画《春日家宴图》。

如果只从收据的字面看，事情是清楚明白的，并没有什么蹊跷之处，但是再仔细想一想，这张当铺收据是有很大问题的。

1966年，言耀亭确实去了安徽老家园他的那许多古籍，但是那个时候，言耀亭不可能在红升当铺买到了《春日家宴图》，倘若他买到了，后来就不会有那么多无法解释的纠缠和误会。

幸亏有人细心，又在收据的背后，看到一行备注，写明今有言耀亭购买红升当铺绝当《春日家宴图》，预付订金多少，剩余部分多少，约定于取画之日结清，最后言耀亭签名按手印。

这就是说，言耀亭虽然购买了绝当《春日家宴图》，当日却没有拿到图，所以也没有结清全款。

绕了一大圈，事情又回到了原点。言耀亭手里没有画，至于他有没有见到那幅画，推想起来，恐怕也是没有的事，因为倘若言耀亭看到了那幅画，他是万万不可能再让它滑走的。

何况言耀亭那个人的做派，他那张抿不紧的嘴，他若是真的见到了《春日家宴图》，他能守得住秘密吗？

言文良是个惹事精，既然多年前就离开了，离开了就不要再回来。可他离开后一直阴魂不散，1975年又让他的儿子言耀祖写信回来追问，信上既不留姓名，也不留任何信息，害得我还得给他另起一个名字叫他潘公硕。不过反正我无论说什么，公安的同志和邮局的同志，都不会相信。

尽管言耀亭并没有购回画来，但一幅始终不知有无的画，却终于露出一点迹象来了，所以即便言耀亭的名字莫名其妙地出现在当铺的购物收据上，不甚合理，我也不能放弃这条线索，这是这么多年来，我得到的唯一有据可查的线索。

我按图索骥，找到当年当铺的位置。当铺已经消失了二十多年了，我去的时候那个小店铺是一个卖茶叶的小店，我听到有人喊店主老罗，心里一激动，因为当年的红升当铺的签章人就是姓罗，叫罗明章。我赶紧上前认他，我说，老罗，你是罗明章吧？

那个老罗笑了起来，说，我爸是罗明章。我这才反应过来。我心太切，居然忘记了时间，忘记了时光是一直在流逝的。

我说，噢噢，对不起对不起，我搞错了，我还以为是从前呢——从前你爸是开当铺的，对吧。我一边说一边拿出那张收据，递给老罗，老罗看了看，感觉比较陌生，说，这个我说不上来，我懂事的时候，我爸的当铺已经没有了，这也是我头一次看到那时候的收据——老罗看我一脸的焦急，有些同情，但仍然是调侃的口气说，老同志，你来晚了，我爸已经走了，你追不上他了。

我心里“咯噔”了一下，赶紧追问老罗，他爸有没有留下当年当铺的绝当当品，也就是当户后来因为种种原因没有赎回去的东西。老罗又笑了起来，他说，老同志，你是从哪里来的噢，这几十年你是在哪里过的噢，倘若你经历过这几十年的日子，你是不会这么问我的吧。

我的心再一次沉落下去了。老罗说得不错。

老罗又说，你过了这么多年来找什么东西，时过境迁，物是人非，就算找到了，恐怕也不是你想象中的那样了。

虽然老罗的话有一定的道理，但是我肯定不会就此罢休的，我追着老罗问，他爸还有没有什么遗物，能不能找出来让我看看有没有什么线索。老罗见我固执，也不再多话，就带着我到了一家人家，敲门进去，有个老人躺在藤椅上，视力模糊了，看不清我们，耳朵也听不见。老罗凑到他耳朵边上说了几句，那老人听到了，说，噢，你找小罗啊，小罗比我有福气，没有挨到老得讨人嫌就走了。

老罗又凑过去讲几句，老人再说，噢，小罗的当铺，我也入股的，当铺关门打烊的时候，我们还偷着乐的，好多好东西都没有赎回去嘛，那就是我们的了嘛。不过没乐上几天，就叫人家抄了去，听说是一把火烧了。不过我没有看见，我不想去看，小罗心肠倒硬，他还赶去看了。他回来我问他怎样，他却不肯说了，光是摇头，咂嘴，叹气，估计那形那状也是无法说得出来了。

言耀亭和言常氏共同隐藏了多年才拿出来的线索，就这样一把火烧了？

我不甘心的，我沿着老罗这条线，往下追，后来我又追到了当年点火的那个人，他是小姜。

小姜一大把年纪了，却是一副可怜相，甚至眼泪汪汪的，他听我说了来意，立刻摇头摆手，说他已经得到报应了，他得了一种怪病，每日每夜身上奇痒，查不出病因，怎么治也治不好，生不如死。他哀求我不要再刺激他了。

既然他是这样的人生态度，我就要耐心地劝一劝他，那一刻间，我忽然变得能说会道，口若悬河，我苦口婆心对他说，小姜啊，一个人要是真想赎罪，就要面对现实，现实就是你当时作了恶，你得正视它，如果一味回避，这个恶就一直附着在你身上，永远清除不掉。

这个小姜可能也是因为求医无门，竟然信了我的胡话，他好像如梦初醒似的，说，啊，原来是这样，难怪我的病怎么查也查不出来，怎么治也治不好——那我全部坦白出来，告诉你吧，当时那次行动，说是“火烧旧世界”，其实并没有全部烧掉，我们哪有那么傻，看到好东西，都会事先偷偷地藏起来，等到事过，再转移出去。

我一听，就暴露了自己的本意，着急问有没有古画。小姜根本也不在意我的目的，他为了止痒，什么话都肯说的。他说古画不要太多哦。我又急问，有《春日家宴图》吗？

小姜停顿下来，想了想，痛苦地说，你这个难倒我了，我哪记得那么多那么细，再说了，画不是我偷的，我们是有分工的，我只拿玉石翡翠这一类，小龚拿金表金笔，画是谁拿的，让我想一想。

我忍不住插了一句嘴，这样东西都被你们拿完了，烧的时候，烧什么呀。

小姜说，你傻呀，当铺的东西何止这些，我们分的这些，是高档物品，毕竟是少数，还是穷人多呀，大多是些衣服啦，鞋帽啦，甚至雨伞，饭锅，甚至煤炉，什么都有，还有当短裤的，当袜子的——小姜话说多了，记忆也回来了，他后来想起来，画是分给一个叫小胡的人拿的，但说出小胡后，他又说不是太确定，毕竟年数长了。

无论确定不确定，我得找到这个小胡，他现在应该是老胡，甚至老老胡了，或者他也和小罗一样，死了，但无论死活，我都得去。

我找到小胡，小胡也不觉得有什么要保密的，坦然承认画是他拿的，但是因为不太懂得画的价值，拿回家也就随手扔在旮旯里，后来过了一些年，有人打听到了，特意找到他家来收购，基本上是称斤论两拿走的。我再问他记不记得有《春日家宴图》，小胡也一样没有印象，但是他还记得来找他收购画的人叫毛三，毛三后来走私文物，抓进去了，关了几年，出来不多久，也生病走了。

我仍然没有停止，我总觉得真相离我越来越近了，我又找到了毛三的女儿毛毛，毛毛又说出另一个人，另一个人又说了再一个人，反正就这样一个一个地追，一个一个地挖，我也许是舍近求远，也许绕了很多冤枉路，但是最后我终于找到了出口，可能是功夫不负有心人，也可能是我的行为惊动了什么人，最后有一个人言之凿凿地告诉我，确实有《春日家宴图》，早在20世纪50年代，就由县文研馆收去了。

蓦然回首，那人却在灯火阑珊处。

我又花了很长的时间，最后终于在县文研馆1954年的登记簿上，看到了《春日家宴图》的入馆登记。

当年我可以回苏州却不曾回去，我确实是想留下来寻找《春日家宴图》，但是在完全不知情的情况下，我怎么会一脚就落在了绩溪县文研馆，好像那时候就认定它了，我想不出理由。也许冥冥之中有什么暗示，只是我自己木知木觉而已。

那天晚上我给余又写了一封很长的信，我告诉他我多年的努力没有白费，现在结果就在面前了。我写好信，糊好信封，贴上邮票，晚上睡了一个安稳觉，第二天一早，我就把信塞到路口的邮筒里了。

那一天，站在绩溪县文研馆的那架梯子上，在我摔下来之前，我确信，《春日家宴图》就在架子上面，已经触手可及了。

我却没有得到它。

所以余又替我去了。余又也是用的那架梯子，他爬了上去，可是架子上并没有《春日家宴图》，它再一次离去了。或者，它从来就没有出现过。

就像小时候在河边玩耍，看到蜻蜓蝴蝶，小孩子就会去追去捉，但是只要你靠近它一步，它就往前飞一飞，你再靠近一步，它又往前飞一飞，让你永远看得见它，却永远捉不住它。最后，你只顾着看蜻蜓蝴蝶，你忘记了脚下，你掉进了池塘淹死了。

所以一直都有老人说，池塘边的蜻蜓蝴蝶，是落水鬼。

百试不爽。

每年都有小孩子为了捉蜻蜓蝴蝶落水而亡。

余又也和我一样，他不会甘心的，既然他爷余白生能够花几年时间，追寻《春日家宴图》的踪影，他也会追究到底的，无论要用去多长时间。

余又出事后，绩溪县文研馆的同事又来了一趟苏州，他们告诉我，当时余又不仅把架子上面的这一层，还把仓库里每一个架子的每一层都找遍了，还是没有找到他要找的《春日家宴图》。我的同事跟我说，其实你们可能忽视了一个最大的问题，那就是时间。

在如此长的时间里，谁知道到底出现过什么样的变故呢。

因为出了如此之大的事情，县文研馆组织了人力，沿着我们父子的路，去追寻《春日家宴图》，几经周折，找到当初在文研馆工作的老人，才知道，由于20世纪50年代收进的东西太多，馆里根本没有办法有效地保管保存保护，所以在20世纪60年代初曾经清理了一大批，把部分没有什么价值的东西整理出来，作价给了其他单位或个人，馆里的工作人员，也可以自己取舍。但可惜的是，这唯一的一次处理，可能因为觉得都不是什么重要物品，所以并没有及时登记，登记册也没能及时更新。

也就是说，登记册上的《春日家宴图》，在20世纪60年代可能已经被某人或某单位购去，从此再无音讯。

另一个同事补充说，其实也不是从此再无音讯，你们所说的这幅《春日家宴图》，从来就没有什么声息，好像从来就没有存在过似的。不要说我们后来的人，就连当初在单位工作的老人，也没有留下一点印象。

我在绩溪县的同事，查得清清楚楚，说得头头是道，不过那时候我并没有听懂他们说的是什么。我已经什么也听不懂了。

他们叹息说，你们父子两人，一个失忆，一个送命，为的竟是一幅没有人见过、没有人有印象的图画，你自己走火入魔也就算了，你还害了余又，年纪轻轻，太让人心痛。

是的。余又是被我害死的。他一直看见我在池塘边捉蜻蜓蝴蝶，我成了他的榜样。本来是应该我掉落下去的，但不知道是哪个环节出了差错，结果余又掉下去了。

余又被我害死了，我却仍然没有放过他，我什么话也听不懂，什么事也记不得，却一直记得余又。这样会不会害得余又死后都不能安心。所以我想，即使余又没有死，他还是会再次被我害死的。

后来，日子一天一天过去，我的记忆逐渐恢复，直至完全恢复，但是我自始至终没有提过余又的名字。因为我身边所有的人，也没有一个人在我面前提余又的名字。我们是互相守护着，不想让对方再次受伤。尤其是姚妍，她是母亲，我害死了她的儿子，她却担心着我伤心。

所以余又一直没有再出现。

其实当我一切正常，恢复了独自行动的能力以后，我一个人独处的时候，我是会提到余又的，我经常提到他，来温暖我自己。

比如我会去离家比较远的陌生澡堂子洗澡，我会买两张浴票，看门人问我一个人为啥买两张浴票，我会说，余又在后面，一会儿就到。

比如，天气冷了我会找出两件棉衣，一件穿上，一件叠好放在手边。我心里会想，这是余又的衣服，我会叫他穿上，他的那个工作环境，是个老宅子，阴气重的。

再比如，我去吃汤包小馄饨，也是点两份，我吃完一份走的时候，会关照那一份不要动，等会儿会有人来吃的。但是因为余又不会来吃，店家肯定会以为我有毛病。好在苏州的小吃店多得很，我从来不重复进同一家，以免时间长了，他们认出我来，我记得余又的事，就难免传到家人的耳朵里。

我处处小心，做到滴水不漏。

——其实你们也别太当真，我的叙述是不可靠的，因为我是一个失忆者，一个曾经的失忆者。所以我一直在怀疑，也许看起来是我在叙述，看起来这个“我”是一个名叫余白生的人，其实可能是有人冒充了我。他以失忆的我的名义叙述往事，是为了让这些往事显得更加不可靠，更加扑朔迷离。

我一直在到处走动，不知道通过旧地重走，能不能唤醒更多的记忆。

那就试试吧。

于是我又去了未沫园。

那一天我来的时候，我看到言伯邻和陈落薇也来了。其实在我的印象中，这对夫妻平常很少出门，上班就上班，轻手轻脚地走出去，当自己是影子。下班回来，仍然无声无息，往屋里一盘，休息日更是整天盘在家里，没有什么动静，最多能够听到一点嘀嘀咕咕含含糊糊的说话声，也不晓得他们在做什么文章。也许他们什么文章也不做。不敢做。

言伯邻和我同年，但我看着他觉得他很老颜，太阳透过树叶穿来照在他的脸上，脸色愈发黄蜡蜡。初看之下，还以为是他爷言耀亭呢。过了一会儿我才反应过来，他爷言耀亭已经死去了。死去的言耀亭并没有把他气哼哼凶霸霸的性格留转给长子言伯邻，言伯邻从一开始到最后来，都是一副死样活气的戳腔，说话有气无力，做事缩手缩脚，外面山崩地裂，一切与他无关。

一个缩头乌龟言伯邻，手里还捏着一本书，带着一个从“阔太太”变成了“吓势势”的陈落薇，结果却大摇大摆跑到未洙园来了，他们想做啥?

我闪在一边，没有上前打招呼，且看他们如何动作。

果然有异，那言伯邻刚刚还一副㞞样，一进到园中，立刻像变了个人，背也挺直不驼了，眼神也亮了，样子和平时不大一样，估计他以为这里没有熟人，可以放肆一点。

他忘记了隔墙有耳，他也不晓得园中有眼。

言伯邻开始咂嘴弄舌，嘴里嘀嘀咕咕，脸上神采飞扬，他先是高高地昂着头，甚至还学着言耀亭的样子，反背着双手。一会儿细细地看着园子里门口的石雕砖雕，一会儿又低头看着手里拿着的那本书，好像在一一核对书上写的和眼前见的，是不是一致。

“细砖雕刻，砖有多细呢，细得如粉捏成的吧。雕刻有多精呢，雕个人物，人物就是活的，雕个动物，动物就是真的，雕朵花，这朵花是鲜艳的，雕棵树，这棵树是有生命的。门楼上，层层叠叠地雕刻着各种各样的传说，文王访贤、三国里的故事、郭子仪拜寿、八仙、鲤鱼跳龙门、牛郎织女，再就是象征幸福，象征长寿，象征吉祥的种种图案，蝙蝠、佛手、麒麟、鹿、牡丹、菊花……”

书上是这样写着的，言伯邻念念叨叨，赞叹说，是这样的，真是这样的，活龙活现的。

他又昂着头对陈落薇说，那时候我们来，年纪轻，啥也不懂，看了等于没有看，你说是不是。陈落薇说，你的头一径昂起来，不酸啊？

言伯邻确实感觉到头颈疲劳了，眼睛也有些酸了，所以言伯邻低头看地上了，他是近视眼，看不清，就匍匐下去，头颈伸长，差不多面孔要碰着地面了，地面是漂亮的鹅卵石或潇洒的散石精心铺成各种图形，言伯邻赞叹道，书上说的，你走进苏州的园林，你就走进了一个精心安排的世界呀。

不过我早就晓得，言伯邻在未沫园大门这里细细观赏，完全是装出来的，他并不是来观赏未沫园的造园艺术的——果然不出所料，他们只是在大门口稍稍耽搁了一会儿，就直奔里边的小姐楼去了。我当然是紧紧跟随。

这时候的小姐楼，搬迁已经进入尾声，居民住家，都撤走了，只剩下一些丢失的杂物。小姐楼虽然人去楼空，但是已经回不到从前我爷余桂芬带我来时的那种感觉，也回不到我们要办菊展时的那种气氛了。居民的长期居住，留下了满世界的烟火俗气。

言伯邻一脚跨进小姐楼，他的动作我太熟悉了，和我爷余桂芬，和他爷言耀亭，和李工，都一模一样，踏地板，听地板的声音，搞得好像一个个都是防空洞专家一样。

他什么也听不出来。

他所在的地方，是小姐楼一楼的书房，地板已经七翘八裂，言伯邻踏着踏着，一脚踩空，一个跟斗栽下去，幸好一手扶住板壁，才没有跌成个狗吃屎。不过他这手一伸碰着板壁时，只听得“刺啦刺啦”一阵响，糊在门板上的白报纸、明星照全部撕开，一下子露出了四块落地门板的真面目。

言伯邻顿时变了一个人，激动得一边在屋里兜来兜去，一边手指着门板说，我说的吧，我说的吧。陈落薇也凑过去看看，疑问道，你说的啥呀?

言伯邻顾不上和陈落薇说话，他从身上掏一掏，居然拿出一个放大镜，果真是有备而来。所以虽然老房子有点阴暗，但是放大镜一放，字迹花纹看得清清爽爽了。

四块落地门板，一面是木刻，一面是漆雕。木刻内容是诗作，全是唐诗。漆雕以画作为主，画的是人物和景致。

四首唐诗：

枫桥夜泊

［唐］张继

月落乌啼霜满天，江枫渔火对愁眠。

姑苏城外寒山寺，夜半钟声到客船。

送人游吴

［唐］杜荀鹤

君到姑苏见，人家尽枕河。

古宫闲地少，水港小桥多。

夜市卖菱藕，春船载绮罗。

遥知未眠月，乡思在渔歌。

登阊门闲望

［唐］白居易

阊门四望郁苍苍，始觉州雄土俗强。

十万夫家供课税，五千子弟守封疆。

阖闾城碧铺秋草，乌鹊桥红带夕阳。
处处楼前飘管吹，家家门外泊舟航。
云埋虎寺山藏色，月耀娃宫水放光。
曾赏钱唐嫌茂苑，今来未敢苦夸张。

乌栖曲

［唐］李白

姑苏台上乌栖时，吴王宫里醉西施。
吴歌楚舞欢未毕，青山欲衔半边日。
银箭金壶漏水多，起看秋月坠江波。
东方渐高奈乐何！

言伯邻一边看一边将四首诗念了一遍，我闪在一边察颜观色，感觉他的神情有变化，开始是惊喜，渐渐地，就有点失落和不甘了，好像并没有达到预期的目的，这个言伯邻，从前囥囥瞒瞒的心思，现在已经暴露无遗了。

言伯邻没有从这一面看出名堂，再去看另一面，那是四幅画：

第一幅：《春日探花》

第二幅：《夏日纳凉》

第三幅：《秋日赏月》

第四幅：《冬日踏雪》

春夏秋冬齐全了。

我也上前看了一眼，一眼就看穿，这四幅漆雕所画场景，便是现在的所在之地未沫园，所画人物，因为是古人，不认得。

言伯邻看了半天，又想了半天，怎么也对不上榫头，所以他嘴里又念念叨叨起来，说，这上面看不出嘛，没有呀，什么也没有呀。

我在一边猜想，他说的“什么”是什么呢，他以为四块门板上有什么呢。

我不晓得言伯邻说的“什么也没有”的“什么”到底是“什么”，但是我看得出言伯邻并没有放弃，他应该还会有其他动作做出来的。

果然，等言伯邻细细地看过门板，就起身出去，满园子找，最后找到了工地负责人，跟他商量这四块门板作价收购。

我一猜就中，言伯邻是想把四块门板弄回去，定定心心再细细研究，至于他到底要研究出什么来，就是他刚才说的那个“什么也没有”的“什么”。

那个负责人一听，立即找人去维护门板，回过身和言伯邻说，这位老先生，你搞啥脚筋，未沫园的这个小姐楼，浑身上下都是国宝，现在这四块门板，更是宝中之宝，怎么能随随便便拿出去卖给随随便便的人。

言伯邻立刻不高兴了，反问说，你说谁是随随便便的人，说我吗？

那负责人倒也不吃他这一套，说，就算是说你，也没有说错，我又不认得你，你上来就问我要四块门板，你说你是不是太随便，太高看自己了。

两个人还没有搿上几句话，那边李工已经得信，急吼吼一路跌跌冲冲奔过来，一路喊道，啥人？啥人？啥人想要动一动试试看！

一看到言伯邻，脸面有点熟，想了想，想起来了，说，哟，是言先生，言耀亭言先生。

我在一边偷偷地笑。我刚才在园子门口犯的错，李工又犯了一遍，比我错得还结棍，我只是在头脑里想了想，他竟然说出口了。

言伯邻倒不动气，还解释说，我不是言耀亭，我是言伯邻，不过人家都说我像言耀亭，你认错人，也是有道理——

李工打断了言伯邻，因为他着急的不是眼前这个人到底是言耀亭还是言伯邻，他既有点阴阳怪气，又有点心急火燎，说，反正都姓言，言先生你消息灵通，我们刚刚动手，你就想动手动脚了。

言伯邻也顺着他的口气说，那是那是，这种事情，就是讲究一个快，动作慢了，一场空。

李工说，言先生，我跟你说清楚，修复未沫园的方案，是铁板一块，必须是原样恢复，不仅在原来的位置上，原先的建筑材料、假山树木，所有一切，都要原地安置，决不能移作他用，一旦移走了，就不是恢复，而是重建了。

言伯邻成竹在胸地笑了笑，不怀好意地说，李工，据我所知，因为你们这帮人叫得凶，政府也拿你们没办法，修复未沫园的方案，随你们去做，但是资金是不可能到位的——

李工面孔涨得通红，言伯邻的话戳中了他的心思，他很气愤，对“言先生”也不讲礼貌了，直接指着说，你不要挑拨，你不要居心叵测，政府的资金是不会赖皮的，已经到了——

言伯邻一味给他泼冷水，说现在来的只是一个鱼饵，先让你们尝点甜头卖力去做，后面的大头部分，不晓得猴年马月才能到账呢。

搞得李工信以为真，急赤白脸了，说，这是政府工程，政府资金怎么会不到位，一定会到位的。

言伯邻阴险道，会的会的，我也相信会到位的，只是时间不设限的，李工你年纪也差不多到把了，我看你面色也不好，体质也很弱了，等到资金全款到账，都不知道你还有没有时间——

李工气得不想理睬他了，转身要走，言伯邻目的没有达到，话也没有说完，赶紧挡住李工说，其实你不如置换掉几样，资金的问题就迎刃而解了。

李工冷笑说，置换掉几样，你说得轻巧，以为未沫园是我家的哦。

言伯邻说，未沫园是国家的，但你是专家，国家听专家的，这样很好，你提出来——

李工斩钉截铁说，无论是国家还是私家，这里的一块砖一片瓦都别想弄走——说话间，起风了，风吹瓦动，一块瓦片“啪”地摔下地，碎了。

李工蹲下去，心疼地捡着碎片。言伯邻也知道自己黔驴技穷没有指望了，他不再将自己的妄想坚持下去，而是从随身带着的背包里，取出一台相机，说，不肯给我带走，我拍照总可以吧。

李工满是怀疑的眼神盯着他，不满地说，你要想拍照，苏州可拍的园林多得去了，干吗盯着未沫园？

言伯邻说，今天的未沫园如此衰败，拍下来，等到你修复了，对比对比，你会有成就感的，还有一个原因，我看这个地方电线乱拉私接，好多都老化了，全是赤膊线了，太危险，万一失——

一个“火”字尚未说得出口，被李工一声喝断，你闭嘴，未沫园若是有啥不测，我找你算账。气得一甩手，走了。

言伯邻真是乌鸦嘴。

下班之前，有个工人烟瘾上来了，临走时抽了一根烟，一点点火星子，居然点着了小姐楼的地板。此时工人都已经下班，等到巷子里的居民发现火光，再报火警，救火车却又因为巷子太窄，开不进来，等到消防员扛着水枪奔进来，为时已晚，小姐楼烧得精光，只剩下一堆黑焦的木炭。

小姐楼的地底下，果然“什么也没有”。

第二天的新闻做了大文章，上升到了古城保护的层面，许多文章写得声情并茂，也有的声泪俱下，有人引用郁达夫说苏州的“街上的石块，和人家的建筑，处处的环桥河水和狭小的街衢：没有一件不在那里夸示过去的中国民族的悠悠的态度”；有人哀叹古建筑的风烛残年、灰飞烟灭；有人反省当代人的责任和态度；有人统计出近些年被大火摧毁的古城古建筑，排出一长列名单，每一幢被毁老宅的名字，都像一把尖刀，戳刺人心，疼痛难忍；也有人把这些毁灭了的老宅曾经有过的辉煌翻了出来，告诉世人。

还有好多老苏州，听说过未沫园的，听说过小姐楼的，纷纷赶来，如同是沉重伤心的送行。

要说最最伤心哀痛的，莫过于李工了。他从年少时起，就跟着阿爹在未沫园跌打滚爬，亲山近水，小小年纪就已经与未沫园相处得如鱼得水了。也正是这种相处，使得李工后来一辈子的心思和精力，都用在了园林建筑专业上。

在小姐楼火灾的教训总结会上，李工的发言，大失水准，语无伦次，简直像中了邪，一通胡言乱语后，他竟然把责任归结到言伯邻的乌鸦嘴，把不在场的言伯邻骂了个狗血喷头。

那天言伯邻在家里无缘无故地打了好几个喷嚏，言伯邻擤着鼻涕说，今天有人在骂我哦，骂我做啥，小姐楼毁掉，最跳脚的，不是别人，就是我。

言伯邻的那个“什么”，就成了永远的“什么”了。

我醒了。

我其实早就醒了。

许多年来，我经常外出旅行，已经习惯在火车上睡觉。人家都说火车上睡不好觉，我却刚好相反，在火车上睡觉，我总是觉得很惬意的，睡得很好，摇摇晃晃，摇摇晃晃，像睡在摇篮里，脑子里乱七八糟的想法，就荡然无存了。

也是，一个睡在摇篮里的婴儿，怎么会有很多想法呢。

火车上的早晨，总是很早，很热闹。

我以为我早就醒了，其实别人醒得更早。我睁开眼睛的时候，姚妍正拿了一块热毛巾，要给我擦脸，小莉从上铺探下头来，笑着看着我们说，外公外婆，你们像新婚夫妇一样恩爱哦。

姚妍抬头朝她笑笑，并不影响她替我擦脸。其实我自己会擦脸，我什么都会。姚妍一定是老了，糊涂了，她一直误以为我还是那个受伤失忆、丧失了能力的我。

当年我从梯子上摔下来，受伤失忆，住院的时候，她伺候了我一阵，时间不长，却养成了照顾我的习惯，后来的几十年里，明明我不用照顾，我都可以照顾她，我也跟她说过无数遍，但她却始终不改，坚持到底。我也只好任由她去。只是有时候在小辈眼里，我多少有点难为情，好像两个老年人故意在他们面前秀恩爱似的。

姚妍十分细心，动作轻柔，就像在给一个小婴儿服务。她还笑眯眯地对我说，老余，现在火车上的条件好了，你看，水龙头里都有热水，毛巾是热的。

我说是呀，枕头也比从前软了，被子上还有香味。姚妍见我已经彻底清醒了，又跟我说，老余，还有一个小时就到长治了，到了长治——

这个行程我早就熟记了，所以我就抢先替她说了，到了长治，会有人接我们的，是小莉的同行。

小莉在上铺“嗯哼”了一声，姚妍笑道，老余，你倒是越老越清醒噶，我现在记性不及你好哦。

对面上铺的一个旅客，一个中年妇女，她在铺上侧过脸看着我们，十分羡慕的表情，说，二老看起来精神抖擞，有七十了吧？

我和姚妍对视一笑，小莉说，二老都八十出头了。

那中年妇女惊讶地张大了嘴，瞪着眼睛，又朝我和姚妍看了看，仍然不相信，说，不可能吧，看不出来呀，我母亲还不到八十，已经行动不便了，在小区里走一走也走不动了，你们两位，八十多还乘火车旅行啊，真是厉害。

姚妍笑着说，我们经常出门，适应的，习惯的，比在家里还自在。

时间差不多了，小莉也从上铺跳下来，去洗漱了，趁这个空当，我伸了伸懒腰，悄悄地跟姚妍说，我睡得可好了，我还做了个梦，长长的梦，我梦见我们已经到平顺了，我看到了那座大宅，大宅里有许多人，都是我认得的，你也在，余来、余了她们都在，小的也在——

姚妍朝我的脸仔细看了看，好像有点不放心，她小心翼翼地问我，你看到我们都在，在干什么呢？

其实她没有必要这么小心呵护，她好像真的忘记了我早就恢复了记忆，也恢复了正常的思维。

我得让她清醒过来，不要钻进我的梦里去，所以我故意夸张了我的模糊不清的梦境，我说，我记得很清楚，我也有点奇怪，大家都在吃饭，每一间屋子里都有人，院子里也有人，都吃得津津有味，我都闻到香味了，我还看见了——

小莉动作快，一会儿就返回了，她打断了我的梦。姚妍跟她说，小莉啊，外公是越老越厉害了，他好多年不和我说梦了，刚才说昨天晚上做梦了，还记得清清楚楚——

我感觉姚妍可能要把我的不知真假的梦告诉小莉，我感觉这样不妥，万一她们都认了真，要追究我的梦，我可就难办了。我怕她们看见我的梦。我索性抵赖并且顺便捉弄一下姚妍，我说，老姚，你真是老了，你不光耳朵不好，还可能有幻听，我一夜睡到天亮，睡得很沉，没有做梦。

姚妍有些发愣。小莉一开始只是关心地盯注着我的脸色和神态，她的眼神警觉而尖锐，但她看不出我一丁点的异常，然后她的关注如我所愿，转移到了姚妍那儿，她甚至有些茫然地看向姚妍，怀疑着说，外婆，你是不是听错了——

对面铺上的中年妇女插嘴说，是呀是呀，老太太你可能太辛苦了，人吃了辛苦，有时候也会出现幻觉幻听的——

我就更加离谱，乘机加油添醋，我居然说，姚妍，你再仔细回想一下，会不会是你自己做了一个梦哦——

我已经把她们可能对我产生的怀疑，转到了姚妍那里，姚妍笑呵呵地说，好的好的，我想一想，是不是我做了一个梦——

姚妍一点也不生气。现在她的脾气好得不得了，我一直怀疑是不是另一个人扮演的姚妍。

果然过了片刻，姚妍就顺着我的口气说，是呀是呀，可能的吧，可能是我自己做的一个梦——

小莉这才松了一口气，转身去问列车员，早餐什么时候到，列车员说快了，马上就到。

姚妍回头朝我笑着说，余白生呀，你都憨脱这么多年了，你还在弄怂我呢。

其实我真不是弄怂她，因为我真的做梦了，我在梦里看见了余又，刚才我说“我还看见了”——差一点就脱口说出了那个名字。

就在差一点脱口而出的时候，我突然惊醒了，突然住口了。

难道在我的身上、我的脑子里，会有一个开关吗？

如果真的有一个开关，那么又是谁在操纵这个开关呢？

服务员用小推车推着早餐来了，我伸头看了一眼，有小米粥、鸡蛋、米糕、扬州酱菜。

表面看起来，这是一个失忆后又恢复记忆者的胡乱穿越，实际上是很容易被看穿的，那其实就是我在梳理故事的脉络。

我并非想要梳理余白生的故事，我想搞清楚的是余又，余又和他的故事的前因后果和来龙去脉。但是事与愿违，我越梳理，逻辑越混乱，越梳理，我愈发不能自圆其说。

因为自始至终，没有人提及余又。

但是至少，我有一个发现，我和他们所有的人，也就是我曾经发誓和他们断绝关系、断绝来往的那些人，我们在做着同一件事情。

在确定不易堂作为我的“已毁古建筑群现状评估”课题项目内容之一的时候，我也曾经犹豫过，从来对我深信不疑的小白，对不易堂项目也稍有异议，因为不易堂的难度实在太大，要给已毁的不易堂做评估，简直是异想天开。

所以在确定课题之前，我也曾经几次把它从项目中去掉，但是后来又放进去，再去掉，再放进去。

后来小白看明白了，小白说，老师，这个不易堂，你是去不掉的了，就放进去吧。

小白年纪虽轻，却有看人的本领。她了解我。

我和小白联系，我跟她说，明天我们哪里也不去，就坐下来，专心探讨一下对不易堂的理解。

小白说，老师，这几天我一直在梳理关于不易堂的线索，有些完全不靠谱，已经作废，有些似乎还能再试试，老师你放心，我一丝一毫也不会放过，现在我这里又有了一个新的信息，但是尚不知能不能算是线索。

我问她是什么，她却说，老师，你稍等一等，等我确认后，我马上报告老师，我不想让老师一而再再而三地空欢喜了。

我听她说我一而再再而三地空欢喜，心情有些沮丧，却也不好怪她用词不当，她说的是真心话，何况，有类似遭遇的，又何止是我。

第五部分：故事

我的课题“已毁古建筑群现状评估”最后就卡壳在不易堂这个部分了。我和小白加大了行动力度，只要有一点点信息，有一点点蛛丝马迹，我们都会立刻出动，奔赴现场，一探究竟。

小白一直是最守纪律的那一个，但是自从进入不易堂的摸底排查后，她竟然也有了一些反常，虽然不过分，但毕竟是意外，也让我觉得有些不解和奇怪。除了那次因为找不到言桥巷而错过，今天她又迟到了。

她给我电话说，今天不是找不到地点，更不是不遵守时间，是因为她在等快递员，她从旧书网购到了一本书，经与快递联系，得知书已经在来的路上，她想等拿到这本书，再和我碰头。

那我自然就会猜想，这就是小白说的新的信息，尚不知算不算线索的信息。现在看起来，这本书对摸底不易堂应该会有帮助。我问小白是一本什么书，小白说书名是《往事重现》。

我一听，脱口说道，哦，是《往事重现》？你怎么会知道旧书网上有这本书，是尹宁给你提供的消息吗？

小白没有马上回答我。我不知她在犹豫什么，难道她和尹宁私底下有默契，有需要瞒着我的事情？

片刻过后小白的回答就来了，小白说，老师，您刚才是说谁？音咛？音咛——呵呵——老师您是在说我吗？或者是另一个和我同名的人？

小白这么一问，我才想起来，从一开始我就一直喊她小白，老是小白小白的叫惯了，竟然忘记了她的大名，她叫白音咛。

然后小白就说，老师，不是别人告诉我的，是我自己在一篇文章里看到对这本书的介绍，介绍虽然简单，但我觉得可能和我们的课题有关系，我就到旧书网去搜了一下，果然找到一本。

我有点不好意思，脸上微微发热。是我的思想太胡扯了吗？我怎么感觉似乎所有的事都和我家的旧居，都和旧居里的那个尹宁有关似的。

是我想多了，还是本来就应该多想一想？

后来小白就把这本书拿来了。是一本很旧的书了，因为旧，和它的书名就更加贴合。

《往事重现》

言耀兰　口述

尹　宁　编写（果然还是和尹宁有关，不是我的思想有多扯）

出版于1995年

打开来的时候，里边飘出一张很小很薄的纸，掉在地上，我捡起来一看，是一张当年的购书发票，“苏州市新华书店零售发票”，扉页上还有一行字：“王标，1996.7.11，苏州观前街。”

果真是往事来了。

但是我先得责问一下尹宁，明明是她自己做的事情，为什么跟我说的时候，偏不肯明说，遮遮掩掩，好像她只是道听途说而已。我给尹宁发了微信，没见回，又打了语音电话，也没有接听。我只得暂时作罢。好在她是逃不掉的，等我有时间再去言桥巷老宅里守她，她总会出现的。

还是先认识言耀兰更重要。我从我认得的姓言的亲戚里想了一遍，没有想到言耀兰。“耀”字辈的那一代祖宗，我知道的就是我的爷爷叫言耀亭，还知道言耀亭有个哥哥叫言耀台，他们的那个被赶出家门又改了姓的堂房兄弟叫言耀楼，那个写来一封莫名其妙的信的言耀祖，还有一个姓言的惹事精叫言文良，他就更长一辈了，是“文”字辈的，他是我爷爷言耀亭的堂叔或者堂伯。而且也不知道“堂”了几“堂”。还有几个言文什么，像文硕、文藻、文隽，等等，或者言耀什么，像耀书、耀棋、耀琴什么的，似乎有所耳闻，但也仅限于名字有所耳闻，其他情况一概不知。至于口述言氏往事的言耀兰，这位姑奶奶，很抱歉，我都不知道曾经有她。

我也无法去家谱里翻翻看看，因为家谱是不记女性的，我也不想再大费周折，就化繁为简，直接打了个电话给言子谌。

言子谌果然知道。而且这回他一改前面一直支支吾吾的腔调，变得很爽快，直接就告诉我说，言耀兰，是有的，她有一本书叙述的就是言家的旧事。当然，他又给我泼了一点冷水，说，不过，言耀兰写的那个“言家”，跟我们这个“言家”，隔得比较远，虽说一笔写不出两个“言”字，但毕竟不是同一回事，言子陈，你看看就看看，别太顶真了哦。

总之我知道了，这位言耀兰，是我的一位远房的姑奶奶，由她口述，尹宁编写的《往事重现》，现在就在我的手中，它的封面是黑白的设计，设计元素里有老宅，有小桥流水，小街小巷，还有一张言小姐的旧照片，着的素色旗袍，撑了一把油纸伞。

总之让人一看，哦，明白，说的是苏州大户人家的往事，苏州大小姐的故事。

根据记录编写者的说明，这是言小姐八十二岁时，编写者去北京待了一个多月，每天上门，请言小姐讲述，印象深得不得了，她说八十多岁的言小姐，仍然风趣幽默，十分调皮，思路清晰，娓娓而谈，妙语连珠，每天讲述结束，言小姐还送她出门，到了门口，言小姐都会说，我今朝高兴，我要香香你的面孔。言小姐就和尹宁贴一贴脸，十分清爽愉悦。

这本书基本就是言小姐的回忆录，从小时候写起，一直写到老去。

言小姐的一生，既惊心动魄，又安之若素，我一发不可收地往下读，读着读着，就笑了，再读着读着，就哭了。

我看到小白在注意观察我，我也有些不好意思，我自嘲说，唉，人老了，多愁善感。眼泪也不值钱。

小白说，我读的时候也和老师一样的。

奇怪了，她不是刚刚从快递员手里拿到书就直接来了吗？她什么时候读到的呢？

不过我现在顾不了这些疑问。我被言小姐吸引住了，尤其是关于“婚姻”的那一部分。

> 我第一眼看见他，就不要看他，逆面冲。一副大老粗江北乡下人的样子，黑皮，小眼睛，大鼻头，茄门相的，我不欢喜的，我看不起他的——

那时候言耀兰从女中毕业，参加了革命队伍，进了文工团。

大小姐，生得漂亮，既端庄又活泼，会唱会跳，既是大家闺秀，又是鲜活小娘鱼，要啥优点有啥优点，引人注目。

后来就有一位首长注意到她了，寻个借口，就叫警卫员把她叫去。

我进去的辰光，个家伙低倒个头，面孔血血红，一直红到耳朵根子，眼睛看地皮，不敢看我。我火冒的，是你叫我来的，我来了，你却只顾看地皮，也不看我一眼，我倒要问问，他啥意思。我就故意憋紧喉咙喊，报告首长，我来了。个家伙吓得一哆嗦，结结巴巴说，嗯哪，嗯哪，嗯哪。

我气得“扑哧”一声笑出来。

他听我一笑，头一抬，我才看清了他的面孔，最过分的是两只眼睛的眼角，朝两边塌下去，看上去实在好笑，像只哈巴狗。我在文工团里，看见生得不漂亮的人，我就熬不牢要马掮掮帮人家去化一化妆的。现在看到个家伙这一副戳腔眉眼，我的手又痒痒了，我过去帮他把两只眼睛的两个边吊起来，朝上翻，我说，喏，要这样，就好得多了。

他更加紧张了，“啊呀呀啊呀”地乱叫，两只手在空中乱抓乱舞，身子往后面躲避，结果仰得过分了，一个后滚翻，连人带椅子翻倒地上。

外面的警卫员，听见屋里轰轰响，不晓得出了什么事，拔出枪就冲进来，差一点拿我枪毙了，嘻嘻。

不过他也有可爱之处的，就是他在我面前的自惭形秽，让我自我感觉好得不得了。我是苏州大小姐，他是乡下穷瘪三，他巴结我，拍我马屁，我一个眼神，他就搞得六神无主，话也不会说，不晓得该怎么办了。

其实我晓得，我也见过，他在部下面前，是威风凛凛的，凶得不得了，一碰就拍拍屁股上的枪盒子，骂人说，我日你个奶奶，我毙了你个狗日的。

这种骂法，差不多就骂到自己身上了。嘻嘻。

不过等我去过几次以后，他稍微镇定一点了，也开始敢直接看看我了，看着看着，他就“唉”了一声。

我说，首长，你叹什么气？

他老老实实地告诉我说，我家里有女人了，我参加革命出门前，就结婚了。

我拔脚就走，他也没有拉我，没有叫我留下，仍然是“唉”了一声。

有好几天他没有再叫警卫员找我，我也就不把他当回事了。我本来就没有把他当个人物。

可是过了一阵，他忽然又出现了，照例是让警卫员来喊我过去，我一进去，他居然上前就拉我的手，吃了豹子胆，像变了个人了。

他拉住我的手，可是他的手上好像带着什么刺痛人的东西，刺得我“啊哟哇，啊哟哇”地叫了起来，我把他的手甩开，说，你手上拿了什么，是刺刀吗？你要刺杀我啊？

但是他的两只手明明是空空的，什么也没有。所以他也不明白了，他把自己的手翻来翻去地看了又看，说，没有呀，你看，什么也没有。

我也再看了看，确实什么也没有，那就是他的手实在太粗糙了，自带肉刺，戳痛细皮嫩肉的我了。嘻嘻。

后来他也不敢随便拉我的手了，怕戳痛我，他低头立在我面前，像个犯了错误的小学生，他嘟嘟囔囔地跟我说了一大堆，我也听不太懂，但是感觉他是在向我表忠心，直到最后两句，我听懂了，他说，你放心，我乡下的老婆，我把她办掉了。

我吓了一跳，我不知道“办掉”是什么意思，如果按照他在部队的脾气，“办掉”肯定就是把一个人干掉了，杀掉了。我说，你，你不会把你老婆枪毙了吧。他就傻呵呵地笑了，说不是枪毙，是离婚了。

他说了这句话以后，又想来拉我的手，可是一想到我可能会尖叫，他就缩回去了。他继续跟我解释说，我们乡下，离了婚的妇女是不能再嫁的，但是我不封建的，我允许她再嫁的，我还找人做了媒，把她安顿好了，有了个好人家，我才好对你有交代。

居然渐渐地，我对他有点刮目相看了。从一开始的逆面冲，不要看他，到后来一看到他我就要笑，而且越看越觉得好笑，那时候不晓得是怎么回事，现在说起来，大概就是断命的爱情来了，嘻嘻。再到后来，看不到他，就有点想他了。

我自己想想也是出鬼。怎么可能呢。

但是不可能的事情就这样发生了。

我们开始谈恋爱了。一谈恋爱，两个人走得近了，相处得多了，了解得深了，又喇叭腔了，我要跟他谈谈说说，我跟他说的，是我们言家的家长里短，除此之外，我一个苏州大小姐，也没有别的好讲，不过我讲的言家的事情，他听得津津有味，听了还要再听，这倒吊起了我的胃口，自我感觉好得不得了。

反过来，轮到他讲的事情，他就讲他打仗的那些事情，开始听一两次，还有点意思，有点吓势势，紧张兮兮，也有点热血沸腾的，后来讲得多了，就厌气了，想听点新鲜的了，可是除了打仗，他没有什么话好讲的。

我心里有点打退堂鼓了，心想今后倘若一起生活，要几十年，一辈子，都要听讲打仗，没有意思的，无趣的。却没想到有一日，我们开谈之前，我无意中听他嘀咕了一句，讲了几个字，我没听清爽，我说，你讲啥？

他小心翼翼地看着我，有点吃不透我的态度，不晓得是鼓励他再讲一遍呢，还是认为他讲得不好，应该闭嘴。他只管盯着我的面孔看，好像从面孔上能够看出我的心思。

我说，叫你讲啥你就讲啥，你研究我的面孔做啥？

他这才相信我确实是想再听一遍，所以他又鼓足勇气说了一遍，竟然是“小轩窗，正梳妆”。我吃不透了，以为他很有文化呢，我说这是一首宋词，你背给我听听。

他面孔涨得血血红，尴尬得不得了，最后只好坦白，是他的秘书给他出的馊主意，教了他，让他念给我听的，秘书教了好多句，可是他只记得这六个字。因为其他内容他都听不懂，他只理解了这六个字的意思，他一想到我梳头发的样子，这六个字就不会忘记了。

我又好气又好笑，我一口气把这首词背出来：

“十年生死两茫茫。不思量，自难忘。千里孤坟，无处话凄凉。纵使相逢应不识，尘满面，鬓如霜。　　夜来幽梦忽还乡。小轩窗，正梳妆。相顾无言，唯有泪千行。料得年年肠断处，明月夜，短松冈。”

我背出来后，他傻傻地看着我，分明还是没有听懂。我说，你不懂是吧，这是写给死人的，你当我是个死人啊？我看到他慌张的样子，有些于心不忍了，说，算了算了，不会背就不要硬撑了，再说了，你一个军人，怎么让你背这个呢。你应该背另一首呀，我又将那一首背出来：

“老夫聊发少年狂，左牵黄，右擎苍。锦帽貂裘，千骑卷平冈。为报倾城随太守，亲射虎，看孙郎。　　酒酣胸胆尚开张，鬓微霜，又何妨！持节云中，何日遣冯唐？会挽雕弓如满月，西北望，射天狼。”

他仍然听不懂，但是他更加崇拜我了，两只眼睛又往下塌了。我想我也不能太打击他的信心和自尊，我假装夸了他一句，说他很不简单，带兵打仗的人，居然会背诗词，有点三脚猫功夫的。

他居然以为我真的在夸他，面孔红通通，摆着手说，没有没有，我不行的，我跟你，是鲜花插在牛粪上。

他真有自知之明。

后来三天两头凑到一起，熟了，我才发现，他的眼角原来不是塌的。他一开始是故意塌给我看的，个家伙倒蛮会演戏，装老实头。后来他的眼角翘起来了，人家还说他英俊呢。

等到有人说他英俊了，我们也已经结婚了，结婚以后，他仍然对我言听计从，可惜我们许多想法都不合，我想要扭转他的思想，他倒不想扭转我。但是他很固执，要扭转他我也很吃力的，我就跟他相骂，吵得他头昏，认输。也有的时候他不肯认输，就说，你不要老是说苏州话讽刺我。我说，嘻嘻，苏州话你不是听不懂吗？你怎么知道我在讽刺你？他说，反正我知道你是在讽刺我，你以后不要当着外人的面讽刺我，我是革命老干部，我是经过战火考验的。

他炫耀自己是老干部，我就不喊他名字了，我喊他“萝卜干”。他问我为什么是萝卜干。我说理由有几个：第一，从你嘴巴里说出老干部这三个字，江北腔，听起来就像萝卜干；第二，萝卜干也是经过考验的，要长时间用盐浸腌，还要赤脚去用力踩踏，这个考验也厉害的；第三，你的面皮看起来黑赤赤，皱巴巴，也像萝卜干，所以应该叫萝卜干。

他听了我的解释，倒也乐滋滋的，认了这个绰号。反正我叫他什么他都乐滋滋的，不动气。只有一回，我说我是资产阶级臭小姐，他发火了，叫我闭嘴，不许我乱讲，他说我是革命干部家属，是老革命的老婆，有贡献的，我生小孩，也是对革命的贡献。

说到小孩，后来我们有了好几个小孩，他跟前妻生的两个儿子，都带出来跟我们过，我们自己也有一儿一女两个，总共四个，不过那辰光小人好带，大的小的混在一起，吃饱肚皮，准时上学就可以了，我跟萝卜干都要上班的，家里一个保姆，老吃老做，听见大哭小叫，只当听不见。

萝卜干因为婚姻问题，是吃到批评的。本来他还有得提拔，后来就搁下来了。他倒也无所谓。按他自己的说法，他跟我结了婚，就不想进步了。也幸亏得后来不打仗了，若是叫他再去打仗，他要当逃兵的。

后来有一次，他大概在单位里听同事说了言家的一些事情，说是枪毙掉了两个姓言的，就回来问我，是不是你们家的这个言家，是不是一家人，还问我那两个枪毙鬼我认不认得，跟我是不是亲眷。

我没有听说过那两个枪毙鬼的名字，虽说他们也姓言，但是姓言的在苏州有很多人，很多支，所以也可以说是一家，也可以说不是一家。

看他眼睛巴瞪巴瞪，听不懂的样子，我就再说说清楚，虽然他们也姓言，我却不认得他们，不认得的人，能算自家人吗？

因为言家的枝蔓繁盛，什么里字辈，为字辈，奕字辈，文字辈，耀字辈，滴滴答答，拖拖拉拉，带出来像一张天罗地网，同一张网上的人，互相之间，有的认得，有的不认得，有的根本不知道对方的存在。

但是说他们不是自家人，也不对，偏偏他们就是自家人，统统称为“苏州华阳言氏”，从几百年前的“兆九公”来到苏州，一直繁衍到后来三十六世孙，就是子子孙孙，不可穷尽的意思了。

我的语言之间，是有矛盾的，一方面说自己不认得哪个哪个姓言的，好像与我无关的意思，但另一方面，却带了一点吹嘘的意思。但是这个吹嘘的意思，并不是我有意为之，言氏这么大的阵仗，即便是平平淡淡说出来，也等于是在吹嘘了。所以萝卜干听了，目瞪口呆，咽馋唾水了。

萝卜干后来居然比我这个姓言的小姐，更关心言家的事情。到处伸长耳朵，人家讲，他就凑过去听，人家不讲，他就撩拨人家讲。后来他又听到一桩事情，说凤池弄里有一座小花园，从前是言家的，里边有一座小姐楼，曾经有个言小姐吊死在里边，那个故事讲得活龙活现，萝卜干听得如痴如醉。

他又回来问我了，说言家曾经有个言小姐吊死，这个你不会也不晓得吧？我不晓得他为啥对言家的这些旧事这么有兴趣，我有心弄怂他，我说，那个言小姐，我认得的。

萝卜干虽然是老干部，但他有一点迷信思想，他从前肯定是很迷信的，后来参加革命队伍，消灭了迷信，不过他消灭得不彻底，跟我结婚以后，迷信思想又回来了。所以他一听我说认得吊死的言小姐，吓得半天说不出话来，一直盯牢我的面孔看，眼睛一眨不眨。

我说，怎么了，你一直盯牢我看，你是不是看出来了，我就是那个吊死的言小姐。

他又吓着了，说，不是不是，不是的，我是在想，那个言小姐，是清朝时候的言小姐，你怎么会认得她呢？

我继续胡说八道，她是我的老老老祖宗，我怎么不认得她，我还跟她商量过我的婚事呢。

他掰着手指头算了算，更加不解了，急得说，可是，可是，你们相隔了近一百年，你到底是在哪里碰见她的。

我看他又急又顶真，我快活煞了，我终于把他捉弄够了，最后我坦白说，我告诉你吧，我是在梦里看见她的，她在梦里对我说，我的夫婿，是个武夫。

我信口胡诌，萝卜干又当真了，他又紧张又兴奋，问我，真的？真的？她晓得有我的？她说得真准。我说那是当然，要不然怎么叫祖宗呢，祖宗就是什么都晓得，关键看他们肯不肯跟你讲。只有祖宗最最重视、最最放心不下的子孙，他才会托梦来关心。

萝卜干开心得不得了，说，我晓得了，我晓得了，你就是吊死的言小姐最最重视、最最放心不下的子孙。

我本来是弄怂他的，结果被他反制了，我气得说，你当什么真，我骗你的，我没有做梦梦见老祖宗。

他却穷追不放说，你不是做梦梦见的？那你是怎么见到的，奇怪了，隔了百年，除了做梦，还有什么办法相见呢？

萝卜干走火入魔了。

萝卜干居然寻到凤池弄那个小花园去了。小花园的门是关闭的，他就敲门，敲了半天，有个老老出来开门了，老老年纪大了，动作倒利索，一出来就把花园的大门带上了，不让萝卜干朝里边看。

老老火冒冒地说，做啥做啥，花园还在收作，暂时不开放，不许人进来的。

萝卜干和气地说，我不一定进去，我就问一问，里边有没有小姐楼。看门老老却不和气，硬戗戗地说，有小姐楼，你想哪哼？萝卜干又问，小姐楼有没有小姐吊死？

看门老老又发火了，嘴巴就不干不净了，说，你想做啥，你阶级敌人搞破坏啊？一边朝花园里喊，小赤佬，小赤佬，你出来。

应声奔出来一个十来岁的小孩，看门老老凑到小孩耳朵根上说了几句，小孩又应声而去。

小孩没有看门老老这么警觉，他奔出来的时候，没有把门带上，萝卜干眼睛朝花园里张望，看见里边好像有人，他不服气了，对看门老老说，你不是说花园没有开放，不许人进去吗？这个小孩不是进去了吗？里边还有别人，我看见的。

看门老老说，别人是别人，你是你，别人能进去，你就是不能进去。

一口气读到这里，我心里忽然“咯噔”了一下，我觉得我需要捋一捋这整个过程中的时间和事件了。我被言耀兰的故事吸引，已经忘记了我的思维早已经混乱，差错百出。

我自以为是地进行了合乎逻辑的分析，我估算了一下时间，能想得到，那时候萝卜干在那个园子门口朝里看，他看见的是谁。

中年余桂芬。

少年余白生。

我继续读《往事重现》：

萝卜干跟看门老老纠缠了一会儿，还没有来得及亮出自己的身份，那小孩已经带着派出所的两个公安来了，看门老老对萝卜干说，哼，你想搞什么阴谋，你逃不掉了。

两个公安奔过来，本来是来捉阶级敌人的，可是走到跟前，其中的一个朝萝卜干一看，啊呀，认得的，是老首长，“咯噔”敬一个礼。

原来是萝卜干的老部下，从部队转业到地方，进了派出所工作。

当兵的一看看门老老把首长当敌人，也不高兴了，气吼吼地对看门老老说，你知道他是什么人？你对他什么态度？我们首长，火冒起来，屁股一拍，一枪毙了你。

看门老老不吃他这一套，还嘴说，这是你们首长？首长还讲迷信，首长要到小姐楼去看吊死的小姐啊？你们晓得小姐是啥时候吊死的，一百几十年了，你今天再来看，看魂灵头还是看什么呀。

萝卜干被看门老老戳穿，面孔上有点挂不住，毕竟当着老部下的面，如果真的承认自己是来看吊死的小姐，那确实不像腔，坍招势了，所以萝卜干赶紧说谎，说自己是有任务来的。

其实他这时候已经不在部队，也不在公安，因为婚姻的牵绊，他已经调出了要害部门，到水利部门工作了。一个负责水利的同志，跟花园小姐楼以及吊死的小姐，实在是牵扯不上关系。

他的老部下也是知道的，但给足了老首长面子，对看门老老说，我们首长，是负责秘密任务的，你不要多嘴，更不要多管闲事，首长要做什么就做什么。

倒是萝卜干自己，有点自惭形秽，连忙告辞了。只是回到家里，想想还是觉得意犹未尽，所以他又来跟我纠缠了，他说他去过花园了，里边是有小姐楼的，可惜看门老老不让他进去看看有没有吊死的言小姐，他还问我有没有去过那个小花园。

据我所知，言氏在苏州城里的宅第颇多，但凡大一点的宅子，都会带一个花园的，有的就简称后花园，也有的花园比较大，算得上一个正宗的园林了，就会取一个正式的园林名字。但是这些大大小小的园子，后来出卖的出卖，捐献的捐献，败落的败落，真正像样的恐怕也所剩无几了，再说它们又不是我这个言家的，我不晓得，也不关心。

至于凤池弄里的那一个，我也从来没有听说过，更没有去过，反倒是因为萝卜干关心，我才听说了。既然有人说从前是言氏的，那就是后来也转给了他姓人家，不再姓言了，管他作甚。

我被萝卜干纠缠得也有点不耐烦了，我看不惯他，一讲到吊死的言小姐时，他总是贼忒兮兮，他就这么喜欢吊死的女鬼吗？真是个没见过世面的乡下人。我吓唬他说，言氏大户，命运多舛，横死的言氏，不计其数，吊死算是最正常的，他若是想听听其他死法，我可以一一道来。

萝卜干听了有点发呆，呆了半天，仍然想不通我这是正话反说，还是反话正说，犹犹豫豫地反驳我一句说，你夸张了吧，言家有多少横死的人呀，我想象不出来。

我火冒起来就说，乡下穷瘪三，两间破茅屋，自然是想象不出来。

平时我跟萝卜干打嘴仗，他打不过我的，一般我说什么，他都吃进，不回嘴。可是这一次不晓得是不是搭错了神经，他居然要争面子了，他居然说他不是乡下穷瘪三，他虽然吵不过我，理屈词穷，但是居然说出“我家里也不算穷”这样的话，又说秋天收割的时候，忙不过来，还雇人劳动的。

我马上接过话头说，好呀好呀，你原来是老地主，原来你是冒充穷人混进革命队伍的。

这样一说，萝卜干又吓坏了，跟我解释说，不是老地主，不是老地主，就是有几亩田。本小姐瞧不起他，撇嘴说，三亩薄田，那你还跟我老茄茄，我今天告诉你，我们言氏，有个不易堂，说出来，吓死几个你。

我其实不想说什么不易堂，我又没见过，我更没去过，只是听从前上代、上几代的老人讲起过一两嘴，也都是他们的上代、再上代传下来的，内容既不详尽，更因所传多有错讹而自相矛盾，我本来没有什么兴趣的，只是随口说出来，只不过是想杀一杀萝卜干的威风。却不料萝卜干一听，眼乌珠弹出，盯牢我，再也不移开了。他要听我讲不易堂了。

我自认倒霉，自己闯的祸，自己收拾，我就把从前道听途说的言氏不易堂的一些内容，东拼西凑，胡乱诌给他听，萝卜干听着听着，两眼发直，再听着听着，他霍地立起来了，说，我要去看看。我倒给他搞得头昏了，我说你要去看什么，他说要去看不易堂。既然不易堂如我所说这般那般，那他若是不能亲眼看一看，不能开开眼界，死不瞑目的。

我“啊哈啊哈”地嘲笑他了，我问他要到哪里去看不易堂。他说他就等我告诉他不易堂在哪里，他拔脚就走。我故意跟他兜圈子，闹白相，我说，我才不带你去，让你死的时候，眼睛睁开。

他当真了，哀求苦恼地说，你带我去看看吧，不然我肚肠根痒的。我说，你肚肠根痒断掉，也看不到不易堂。我这才告诉他，言氏不易堂，只存在于大家的嘴巴里，至于它到底立足在哪一块地皮上，那既是众说纷纭，又是莫衷一是，真不知道到底在哪里。

他听了我这话，开始皱眉头，动脑筋想，嘴巴里嘀嘀咕咕，自言自语，我听他在说，怎么会不知道在哪里呢？又说，说得天花乱坠，怎么会没有呢？又说，这么大的宅子，已经不能算是一个宅子，那就是一个庄子，一座小城了，怎么会不见了呢？最后他终于把问题想到了我的身上，他开始怀疑我在骗他，怀疑我在吹牛，怀疑根本就没有我口中的那个不易堂，怀疑全是我吹嘘出来的。

但他又不敢直接责问我是不是吹牛，就转弯抹角地试探我说，你是大家闺秀，苏州大小姐，不作兴骗人的哦。我才不理睬他的试探，我说，反正我是告诉你了，必定是有不易堂的，但是又必定是不晓得在哪里的。你相信不相信，随便你，你可以不要相信的。

他急了，说，我相信的，我相信的，我自从认得了你以后，我就知道言家了，我相信言家有不易堂的，但是你不带我去看，我没有亲眼看见，心里终究是遗憾的。

他的这个心愿，我是无法满足他了，也怪我逞一时痛快，脱口说了不易堂，害得他心心念念不能忘记，一直到他临终，还在牵扯不易堂，他最后说的一句话是：不易堂在哪里，我要去看看。

一个老革命老干部，一头栽到一个找不到的不易堂里去了。

不过现在还没有到他去世的时候，他还有任务没有完成，他所起的作用还没有发挥出来。

但是很快，他的作用就要发挥出来了。有一个姓言的人，上门来找我。我并不认得他，他说他叫言文良，我们两个排了半天，排出来无数姓言的人，最后也没有搞得很清楚，到底言文良是哪一房的，我又是哪一房的，但至少是弄清了我们的辈分，他长我一辈，我应该喊他堂叔。

我的堂叔言文良从前是发电厂的总工程师，这一阵日脚过得胆战心惊，厂里已经开除了两个人，一个厂长，一个副厂长，他不晓得自己这个总工程师算什么性质，也没人找他说话，他也不敢去问，据说是动作再快也赶不上查出来的人多，所以大家都在排队，却又不晓得，排的是哪支队伍，不晓得排到头上，是开除，还是重用。

言文良读书出身，又是搞专业的，对其他事情一概不关心，现在事情快要落到他的头上，他是有预感的，所以半夜里听见狗叫也会吓得跳起来，走路时有人从后面拍一记肩胛，也会吓得脚抖。实在没办法了，他的夫人给他出主意，听说族里有一个言家的小姐，嫁了老革命，如果寻到这个亲眷，请她的先生撑撑腰，说不定能够躲过一劫。

言文良费了不少周折，才打听到言耀兰，也就是我这个悬空八只脚的堂房侄女，再打听到家庭住址，原来是住在干部楼，那天他走到门前，就犹豫了，竟然不敢去敲门，正好我们家的保姆出来，才将他引了进去。

后来我家的保姆跟我说，那个人立在门口，像个瘪三，眼神也不对头，不敢正眼看人，你讲他是你堂房阿叔，读书人，工程师，我看不像的，我还以为是个贼人呢。

我不晓得是不是我们家这个保姆目中无人太言过其实了。

言文良来的时候，萝卜干还没有下班，我跟他攀过亲后，就问他什么事，他支支吾吾，被我问急了，只说等侄女婿回转再说，然后就低倒了头，一声不吭坐着，我给他泡的茶也不敢喝，真像是犯了大事。

好在萝卜干恋家，一下班就往屋里赶，很快到家了，言文良才把自己的情况和担心什么告诉了他。萝卜干在家里向来看我的眼色行事，所以他朝我看了看，我说你看我做什么，你打个电话问问。

他很听话的，打电话问了，过来告诉言文良说，不好不好，你问题大了，你危险了，你不是工程师，你是副厂长。

言文良吓得语无伦次说，我是，我不是，我是，不对的，不对的，我是总工程师——

萝卜干说，但是他们说花名册上你是副厂长。言文良说，不对的，不对的，副厂长是挂名的，我是做业务的，我只管发电——

萝卜干说，那你发的电呢，给啥人用得去了，支持啥人了，你想清楚没有？

言文良面孔夹料丝白，上下嘴唇索索抖，上下牙齿也相打了，一句也说不出来了。我看他作孽，责问萝卜干说，叫你帮帮忙的，你反过来吓唬人，你存的什么坏心思?

萝卜干这才笑起来，说，我骗骗他的，我没有看见花名册，我又不分管那一块，谁会把花名册给我看，那个副厂长是我自己想出来的，一般当总工的人，都会兼个副厂长的嘛。

听萝卜干这么说了，言文良应该放宽一点心的，却不料他更加紧张，想得更多更远，疑心病就更重，他结结巴巴地说，我，我晓得，我晓得你是在安慰我，花名册上肯定有我的，我晓得我这一次逃不脱了——

萝卜干也有点于心不忍，况且是看在我的面子上，就对他拍拍胸脯说，你不要害怕，有我在，我可以保你的，我虽然不分管发电厂，但是我说话他们还是要听的。

言文良此时却已经听不进去了，他满脑子就是那两个被开除的同事，萝卜干这一两年，处理这样的事情比较多，也有经验，他就把话题扯开去，让他不要钻牛角尖。

那么扯什么话题呢，肯定就是萝卜干心心念念惦记的不易堂。既然不易堂姓言，现在又来了个姓言的，他此时不问更待何时，所以萝卜干赶紧就直截了当了，他对言文良说，言厂长，哦，不喊你厂长，喊你厂长你害怕的，你是言工程师，我问你一桩事情，你要是答得出，我必定保你下来。

他问的就是不易堂。

言氏到底有没有不易堂，不易堂到底在哪里——他有点放肆，他这是在怀疑我瞎说嘛。

不过我暂时不跟他计较，等他先救言文良要紧。

言文良正在自己吓自己，忽然间听闻不易堂，他吃不透了，感觉更加可怕，不敢讲，也不敢不讲，更不敢瞎讲。想了半天，只能承认说是有的，那个名字确实是叫不易堂。

萝卜干一听，顿时眼睛发亮，两只眼角翘起来，追着说，在哪里？不易堂在哪里？你带我去看看。

言文良真不晓得不易堂在哪里，就算晓得他也不敢说，但他又不敢说不晓得，因为感觉上，他的命运，就在这个人手里了，他有求于人，所以言文良只能如实说来，从前书上写是在言桥巷，但是写错了，言桥巷没有不易堂。

虽然言文良仍然没有说出不易堂在哪里，但是萝卜干却已经十分满意了，至少他知道真的有不易堂，甚至书上都记载过，那就跑不了，只要有不易堂，他相信一定能找到。

所以萝卜干乘人之危，出了个馊主意，他对言文良说，那你先去把不易堂找出来，让我亲眼看看，看能不能把我吓死了，如果真吓死了，帮不了你，你也不能怪我，只能怪你们言家太厉害。如果没有被吓死，我一定想办法帮你过关。

一个交易而已。一个儿戏般的交易而已。

当然，儿戏部分，只是对萝卜干而言，对于言文良，如果说是儿戏，那就是以生计为代价的儿戏了。

言文良战战兢兢，没敢直接回家。他想了想，就去了堂兄言文钊开在卧龙街上的远见书店。言文良虽然已经吓破了胆，但是脉息还没有全部乱掉，他没有去找开纱厂的言文硕，也没有到开办银行的言文喜那里去，他晓得他们都自身难保，唯独言文钊，开个小书店，应该可以遮遮风，避避雨，不至于天天暴风骤雨。他们言家，都是熟读诗书，知晓历史的，晓得历史上虽然有“焚书坑儒”和“文字狱”，但毕竟哪个朝代也是要读书的。

言文钊虽然开个书店，他自己却不待在店里，言文良去的时候，书店里只有店员，言文良想问问言文钊在哪里，却又不敢开口，犹犹豫豫。店员看他鬼头鬼脑不正经的样子，十分警觉，眼睛一弹，就把言文良吓了出来。

言文良迫不得已，只好到言文钊家里去找他，但是到言文钊家里，他更加小心，周围邻居可能会认出他来，所以言文良不敢在大白天去，他在马路上，在大街小巷兜兜转转，走得脚膀抽筋，一直挨到天黑，才敢偷偷摸摸闪进了言文钊的家。

言小姐讲得太多了。

我一直没有机会开口。我也是言小姐。

我终于憋不住了。因为言小姐终于讲到的我太爷爷言文钊和我的爷爷言耀亭了。

但是言小姐的讲述，已经超出了她的个人视角，她明明没有跟着言文良一起走，她怎么晓得言文良的一举一动，还讲述得绘声绘色，好像她就在旁边一样。

用苏州人的习惯用语来表达，她是在“说书”。

在《往事重现》言耀兰自己写的“后话”中，言耀兰弥补了这个破绽，她说，有些事情，她虽然没有亲身经历，但是当事人事后自己说出来，然后传开来的。比如言文良去找言文钊那件事，就是后来她从别人的口中听说的。

言文钊是言文良的堂兄，年纪要比言文良大十多岁，那个时候差不多已经七十多岁了，过了不久就去世了。这样的一位老人，应该不会多嘴多舌，也轮不到他多嘴多舌。估计是言文钊去世以后，他的儿子言耀亭讲出来的。

言小姐的分析是有道理的。我的爷爷言耀亭从来就是一只宜兴夜壶，嘴巴稀松，即便是在夹着尾巴做人的那些日子里，他仍然管不住自己的嘴。

还是回到那个关键的夜晚吧。

天黑了，言文良蹑手蹑脚摸进了言桥巷言文钊的家，那天晚上言文钊家另外还有一个客人。这个客人言文良是认得的，从前两家来往的时候，见过。所以要说他是客人，也不是很准确。

他叫余桂芬，从前是言文钊家的管家，现在是言文钊家的邻居。余桂芬虽然不再做言家的管家，但他仍然关心老东家家里的事情，每天过来看看，有没有什么需要相帮的。

正因为如此，他和言文良碰到了。

也正因为这天晚上他和言文良相遇了，才引发出后面的许多故事。

言文良向堂兄言文钊讲述了自己的担心，甚至又讲了萝卜干说的，看到花名册上有他。虽然后来萝卜干又说是骗他的，但是他坚信这是真的。他坚信萝卜干没有骗他，只是想安慰他。

言文钊听他这么说，晓得他吓出毛病，属于不正常了，差一点要笑了，但他毕竟是知书达理的，怎么能在人家将要落难时笑话人家呢，更何况这还是他的堂弟，一笔写不出两个言字的。

但是言文钊捉摸不透言文良在这个吓人倒怪的紧张时刻，跑来找他干什么，他去找言小姐的丈夫是对的，找他言文钊却是没有道理的。

言文钊耐着性子听他往下说，听着听着就觉得整个事情方向不对了，豁边了。稀奇百怪了。

言文良居然说，言小姐的丈夫，那个老革命萝卜干提出来，只要言文良告诉他言氏不易堂在哪里，带他去看一眼，他就可以出手救言文良。

即便言文钊不管言文良所说豁不豁边，也不问萝卜干的要求稀奇不稀奇，但是言文钊也和言文良一样，也和言氏的许多后辈一样，只听说过不易堂，却完全不晓得不易堂到底在哪里。

现在言文良上门求助，希望言文钊帮帮他——不是帮他的忙，而是相当于救他的命，好像只有找到不易堂，堂弟言文良才能有活路。

但是打听不易堂，这本身是一件很奇怪很难弄的事情，言文良和言文钊一样，都姓言，又同辈，他自己不知道的事情，凭什么言文钊会知道，他自己不去打听，为什么要求言文钊帮他去打听。

言文钊的长子言耀亭，人倒是长一码大一码，嘴巴却特别碎，虽然家教严格，他平时不大敢插嘴他爷的事情，可是听到堂叔要叫他爷去寻找不易堂，他觉得这没有道理，忍不住多嘴了，他说，阿叔，你要救你自己，那为啥你自己不去寻找，却要委托别人？

言文良说，阿侄啊，我自己去寻？你说得出口，我怀疑现在我已经被人盯上了，我若是再到处乱跑，去寻一个不晓得到底有没有，到底在哪里的不易堂，叫人家看起来，我不是坏人也是坏人了。

言耀亭吓了一跳，又火冒，说，你说有人盯上你，那你跑到我家来，岂不是要牵连到我们——

还是他爷比他有担当，他爷打断言耀亭说，你少说几句，什么牵连不牵连，人人屁股上都有屎，你以为你屁股上比你阿叔清爽啊？

言耀亭“吭哧”了一声，心里不服，又有点惧怕他爷，所以过了一会儿才又说一句，阿叔，言氏的后代多的是，光光你们文字辈的，就有好多个，为啥偏偏要我爷帮你？

言文良说，因为，因为，因为只有你们住在言桥巷呀，书上不是说不易堂在言桥巷嘛，言桥姓言，其他言家住的地方，都跟言姓没有关系。

这话不假。

《古城烟水》上有记：不易堂，徽籍言氏祖宅。在瑞云坞北，言桥巷内，清乾隆年间建。以“大丈夫一言许人，千金不易”得名。不易堂屋宇数百，园林一座，并与言氏义庄、言氏祠堂合，号江南第一宅。

但是其实大家都晓得，这实在是个大大的差错，是历史的误会。

言耀亭急吼吼地要摆脱关系，赶紧说，没有的，没有的，书上根本是瞎写的，阿叔你也不是不晓得，我们言桥巷，根本就没有不易堂。

气得言文钊说，走走走，你给我出去，少在这丢人现眼坍招势，我们言家，怎么出了你个没有担当的屄货——他真的要把言耀亭从房间里赶走，言耀亭却不肯走，屁股钉在凳子上，身体不动，说，爷，我不是怕担当，一码归一码，该我担当的，我自会担当，我们自家的事情，我自会担当。

言文良见自己的到来，惹得言文钊父子互撑，有点不好意思，但是再怎么不好意思，他也只能硬着头皮，老着面皮挺下去，他一定要得到言文钊的承诺。

一直坐在旁边不说话的余桂芬后来也说话了，他对言文钊十分了解，晓得他肯定会答应言文良的。但是答应归答应，答应了就要做，怎么做，言文钊是没有思路，没有办法的。所以余桂芬替老东家承担起来，他对言文钊说，东家——

言文良要紧“嘘”一声说，小声点，小声点，没有东家了。

言文钊倒不像他这么害怕，只是关照余桂芬说，不同的辰光有不同的规矩，我们都要遵照规矩的，你不要再喊我东家了，我也不发工铀给你了，你叫我言先生即可。

余桂芬点头，说，哦，好的，言先生，这桩事情，你交代给我，我来完成，前几天街道通知要安排我工作了，有几个单位可以去的，我争取到园林局去工作，做这个工作，打听老宅也比较方便的。

言文钊朝言耀亭看了一眼，说，老大，你在文管会做事，那是更加方便，你和余桂芬一起，抓紧去打听。

言耀亭为难，嘀咕说，没头没脑，一点线索也没有，我都不晓得从哪里开始。

言耀亭其实比他爷有定性，他不会随便应承，他需要把事情想清楚。但是一想清楚了，就会打退堂鼓。毕竟传说中的不易堂“建成”已经有两百多年了，两百年的言氏，主干旁枝，都在里边，世世代代，有的枝繁叶茂，有的断子绝孙，有的家道中落，就算真的有过那样一个庞大的建筑群，恐怕也早就保不齐全了。说不定今天割掉一点，明天卖掉一点，后天再收回来一点，也不会再成一统了——

言文钊果真思路闭塞，死蟹一只，他居然对余桂芬说，不晓得那时候造房子，会不会有图纸，若是能够找到——话说到一半，看到大家面色，晓得自己出丑了，赶紧打住。

他想得好美。当年是哪年。若是当年真有图纸，倘若图纸还在，不易堂怎么会“消失”呢？

但是言文钊的图纸说，却启发了言文良的思路，他想了一想，小心翼翼地说，我提供一条，你们看看，能不能派上用场——他已经把他的事情变成“你们”的了。

言文良说，他曾经听上代人说过，言氏曾经有一幅长卷古画《春日家宴图》，足有十多米长，画下了不易堂初建时的全景全貌，如果找到这幅图，说不定就能按图索骥，找到不易堂。

言耀亭又性急了，问图在哪里，被他爷言文钊喝了一声说，多嘴，要是你阿叔晓得图在哪里，还用来找我们帮忙吗？

虽然言文钊和余桂芬都应承了，但是言文良心里还是不踏实，他恨不得要叫言文钊和余桂芬写一张契约，相当于现在的保证书，可是他毕竟不好意思开口，所以面呈焦虑之色。

余桂芬毕竟管家出身，会看脸色，他晓得言文良的心思，为了让他安心放心，他对言文良说，言先生，大丈夫一言许人，千金不易。

言文良顿时激动地跳了起来，说，老余，这是你说的啊，这是你说的啊，千金不易。余桂芬摇头摆手说，这不是我说的，是古人说的。言文良却要赖皮说，我不管是啥人说的，我是从你嘴巴里听见的，就是你说的，男子汉大丈夫，说话要算数——千金不易。

他们说话间，余桂芬的儿子，喊着“爸爸爸爸”跑了进来，他叫余白生，那一年刚好十岁，调皮鬼，听见言文良说的最后两个字，就追问道，爸爸，爸爸，啥叫不易？

他爷说，小鬼三，你听不懂的，千金不易。

余白生听得懂“千金”，听不懂“不易”，嚷嚷说，我要千金，我不要不易。

说得几个大人都笑起来，连一直紧张兮兮面孔壁板的言文良，面色也松弛起来，甚至嘻出了一丝笑容。

言文良离开言桥巷言家，回到自己的言家，感觉心里踏实多了，好像不易堂已经在某个地方等着他了，他心里默默念叨，感谢老祖宗悯恤照顾。

其实他更应该感谢应承他的言文钊和余桂芬，他却去感谢老祖宗——

且慢。

言小姐这里的叙述，再一次脱离了她自己的视角。这明明是言文良的心理活动，言小姐为何了解得如此透彻。

当然，也可以这样理解：言小姐是根据人物性格分析出来的。但是这样的叙述的可靠性就大打折扣了。

要不然，言小姐就是把真实的往事当成小说来写了。

言文良好多天没有睡个安逸觉了，那天从言桥巷回来，晚上睡着了，还做了梦，梦见自己走进了不易堂，他正想要看清楚不易堂的面貌时，就听见有人敲门，醒过来，开门一看，是言小姐。

言小姐就是我。

我一大老早找到言文良家里，肯定是出问题了。言文良一夜好困，我却一夜无眠。昨天半夜，听到萝卜干接电话，听到他说话时“言家、言家”的，而且口气不像平常那样轻佻，接过电话回到床上，也不像平时那样轻骨头了。我感觉不妙，问他是不是出事了。他说，不关你事，你困觉。我说是不是言文良的事情，还是言家其他什么人的事情。他说就算是言家的事情，也不关你事。

我晓得问不出真相了，心里忐忑不安，天一亮就爬起来跑到言文良那里。

其实我并不晓得是不是他出事情了，但是提醒他一下，叫他有所防范，总是对的。

我想得太简单了。我提醒了他，叫他怎么办。等于是一个人要死了，你告诉他了，叫他怎么办，他又不能不死，只能眼睁睁地看着自己一天天走向死亡。

我立在言文良家门口，精神有点紧张，面孔上也表现出来了，言文良一看，心里一沉，晓得大事不妙，他慌乱之中，竟然朝我身后张望，他不会是以为我带人来捉他了吧。

看到我身后没有人，他才稍稍放了心，赶紧向我汇报说，侄囡吾，侄囡吾，你帮我去向首长汇报，我已经托人了，他们今天就去寻找不易堂——

我要紧跟他解释说，阿叔，你不能听他的，他是跟你闹白相的，不易堂跟你发电厂的事情浑身不搭界，他居然轻重不分，拿别人的前途开玩笑——

我的话音未落，萝卜干居然也追来了，听到我数说他轻重不分，拿别人的前途开玩笑，他不服的，说，你这样说不对的，形势一日千里，我也没料到变化这么快，昨天我真的去问过了，言阿叔确实没有——

我一边打断他说你不要多嘴了，一边跟我阿叔说，阿叔你不能听他的，他这种人，不能相信的，就算你兑现你的承诺，他也不会兑现他的承诺——

萝卜干更加觉得委屈，也有点火冒，可能是觉得我和他没有一条心，我的心还是偏向言家的，哪怕这个言家的姓言的人，悬空八只脚，根本不认得。所以萝卜干索性破罐子破摔，把自己装扮成坏人了，他对言文良说，我老实告诉你吧，昨天夜里我的内线给我打电话了，花名册又增加人员了。

他虽然没有说其中增加了言文良的名字，但是言文良已经吓瘫了，两眼发直，嘴里说，增加的就是我，增加的就是我。

萝卜干面孔上掠过一丝笑意，被我捉牢了。我认为他是小人之心，幸灾乐祸。因为我跟他的婚姻，言家人是看不惯的，所以他对言家人也不感冒，平时不来往，等到言家有事相求了，他就可以挟私报复了。不过现在我顾不得生他的气，我要紧关心的是言文良怎么办。

怎么办还得请教萝卜干，我问萝卜干，萝卜干说，既然上了名单，肯定是逃不掉的，逃过了今日，逃不过明日的。

言文良惊慌之中，还问了一句，这是秘密吧，你怎么透露出来，怎么敢告诉我呢?

萝卜干说，哎呀，阿叔你问到点子上了，我是属于被

“腐蚀”的，你们家的言小姐“腐蚀”了我，我才偷偷走漏风声给你，讨好言小姐，嘿嘿嘿嘿——他最终露出了轻骨头的坏笑，让我一下子清醒过来。

原来萝卜干接到的电话跟言文良完全无关，他在电话中说到的“言家”，其实不是“言”家，而是“阎”家。

他个江北口音，害我误会，自然我也有责任，这两个字，在北方人读起来，是一样的，可是在苏州人这里，却是不一样，“阎”应该是“年”，加之我心情紧张，一听见“阎”，没有想到“年”，一下子就以为是“言”了。

萝卜干被我戳穿，索性“哈哈哈哈”笑起来，真是个狼心狗肺的家伙，人家吓得半死，他却笑得没心没肺。萝卜干一边笑一边说，言阿叔你不要害怕，没有你的事情，我讲话算话的，只要你寻找你们的不易堂，带我去看看，我包你一辈子无忧无虑。

萝卜干狮子大开口，包拍西瓜，那时候我没有意识到他的无知和狂妄，我只是为言文良担心，我只是以为，萝卜干开口越大，言文良的危险就越小。后来我才知道，夸下海口也是要付出代价的。

萝卜干还说包人家一辈子无忧无虑，没过多久，萝卜干自己的忧虑就上身了。

此是后话。

回到言文良家门口，虽然萝卜干已经承认是他骗人的，他还再一次强调了骗人的目的就是想让言文良带他去看不易堂。但是言文良已经彻底吓怕了，他无论如何也不再相信萝卜干的话了。只是表面上他还必须装得深信不疑，甚至装出对萝卜干崇拜迷信的样子，他连连点头说，那就好，那就好，那我就放心了——侄囡吾，你这个先生调皮的，吓煞我了，吓煞我了——他一边讲一边拍心口。

萝卜干高兴得哈哈大笑，拍了拍言阿叔的肩膀说，我吓吓你，主要是对你的督促鼓励，叫你卖力一点。

言文良连声说，我卖力的，我卖力的。

结果他卖力地逃走了。先是独自一人假装去上海出差办事，再让家小在另一个时间过去，到上海团聚，然后一家人从上海坐船漂向大海。

我这边萝卜干心焦气躁地等着言文良来报告消息，结果一等不来两等不来，火冒了，派人到言文良门上去喊人，才知道那边一家老小早已经天涯海角去了。

后来我无意中碰见过另一个堂房阿叔言文钊，言文钊告诉我，当时言文良虽然决定逃走，但那时候他还是做了两手打算的，他并没有想到这一走就再也没有回来，他也许只是想出去避一避风头，等几天风头过了，他再回来。所以临走前他仍然叮嘱余桂芬要兑现承诺，继续寻找不易堂，并且吩咐余桂芬，让他有了消息就立刻写信告诉他。他还说了，等他回来时，再找到萝卜干，也许就能派上用场。

他没有想到他再也回不来了。

当然，就算他后来回来了，他会发现，几十年前他所拜托的那件事情，一点进展也没有。

他还会知道，即便是有了进展，初衷已经丧失了。那个一心想看一眼不易堂的人，也早已经不在了。萝卜干死于言文良逃走后的第三年。

萝卜干终于栽了跟斗，这个跟斗跟我有关，他是因为我而栽倒的。都怪我给他吹嘘不易堂，听了我的吹嘘，萝卜干从此有了执念，而且越是见不到不易堂，执念就越深，后来他在单位开会时居然给大家介绍起不易堂来，讲到精彩之处，简直眉飞色舞，简直口吐莲花，下面的同志，大多听得如痴如醉，如梦初醒。

但是也有个别没有文化的，完全听不懂的同志，其中就有一个想学习进步，却又学不好的同志，他实在想不通，他的顶头上司直接领导在政治学习的会上讲这个不易堂是什么意思，他完全摸不着头脑，又怕自己不能领会首长的言外之意，或者有什么暗示，最后他只能硬着头皮站起来发问。

萝卜干也没有被问住，他理直气壮地说，在政治学习时讲不易堂，就是因为学习比较枯燥，他想搞得活泼一点，通俗易懂一点，他还连连责问那个提问的同志，怎么，我讲得不好听吗？还是不易堂没有意思？

一直等到萝卜干的上级领导找他谈话时，他还木知木觉，不知道自己出了什么问题，甚至现场就给领导介绍起不易堂来。

结果可想而知，萝卜干被处分了，看在他曾经出生入死的分上，处罚不算太重，削职下放，回到老家苏北的县里去当了县委的二把手。萝卜干向来服从命令，但是他坚决不带家属，一个人回了老家。

第二年的春天，萝卜干在一次下乡检查工作时，急性阑尾炎发作，没有及时送医，阑尾穿孔，人就没了。

后来他们县里的同志告诉我，他去世的时候，眼睛是睁着的，他们帮他合上了。

萝卜干一语成谶。他曾经说过，他若是不能亲眼看一看不易堂，他会死不瞑目的。

后来细细回想起来，我竟始终无法确定，我当时怎么会跟他讲到不易堂。在我所认得的、见过的言家的所有人中，谁也没有见过不易堂。不易堂只是一个传说。我竟用一个传说去哄骗我的丈夫，不仅让他跌入深坑，还早早地丢掉了性命。

我倒是一直活着。

现在我八十二岁了。

我还能再活多久，这个我也不知道。

在萝卜干之后，我也有过追求者，都比萝卜干有水平，有卖相，有背景，可是我一个也没有考虑。我一个人拖儿带女，把他们养大，我自己单身到老。

一辈子将尽，一直到今天，我一睁开眼睛，一闭上眼睛，还是能够看到萝卜干的眼睛，他的眼角原本是向上翘的，可是他见到我的时候，他的眼角就塌下来了。

言耀兰讲述往事的时候，已经八十多岁了，往事中有许多沉重的东西，但是这本书的文风，却是十分调皮，像一个十八岁小娘鱼的口气。我不知道这是不是言耀兰的口气，还是尹宁在整理文字时融入了她自己的性格。

现在我读过了《往事重现》的“婚姻”这个部分了，我又要自作主张来整理一下思路了。

也就是说，整个故事的脉络是这样的：初衷已经丧失了，托事之人也不再见。但是，这个托付却依然存在。始终没有停止，却也始终没有进展。

或者我可以换一个更加直白的方式来叙述，也就是说，初衷似乎是个玩笑，一个儿戏。只不过是一个特殊年代的特殊儿戏。

一个早已经不在的人——老干部萝卜干，委托了另一个早已经不在的人——言小姐言耀兰陌生的堂房阿叔言文良，去做一件没有什么意义的事情。

起先只是因为萝卜干想要验证一下言小姐是不是在吹牛，但是很快萝卜干彻底排除了怀疑，言氏不易堂已经刻入他的骨血和灵魂了，所以他必须要找到不易堂，去看一眼不易堂，否则他是死不瞑目的。

另一个早已经不在了的人言文良，他自己没有条件去做这件事，又委托了另一个早已经不在的人——余桂芬。

几经辗转，似乎所有的人都不在了，事情却一直在往下做，往前走。

后来继续做着的人，也许并不知道前人为什么要这样做，但是却延续了承诺。他们不断地再次地重复了前人努力过的努力，要确认确实有（或者曾经有）不易堂存在。

但是始终无法确认。

如果真有这样的故事，实属不易。

虽然言耀兰的回忆录《往事重现》里提到了不易堂，但不易堂并不是《往事重现》的主题，不是它的主要内容，那只是为了叙述她的婚姻，为了叙述她的婚姻的真实性，才提及的。

这本书，是言耀兰个人的经历回顾，与不易堂关系不大，甚至可说基本上没有什么关系。

不过我也有一点胡乱的猜测，也许言耀兰在讲述过程中，会有更多的关于不易堂的内容，但是记录和编辑者，不能将它们大量地、全部地收录进去，因为那样就会偏离此书的主题。

这是尹宁干的。

她最清楚。

从我走进言桥巷见到尹宁，尹宁似乎就已经是促进故事向前的推手了，现在又有了这本她记录整理的言耀兰回忆录《往事重现》，讲故事的虽然不是尹宁本人，但是整理故事的人，肯定是有目标的，她想让故事沿着哪个方向前行，这都是由她掌握的。

尹宁还有多少事情瞒着我，我要问问她。

我照例先给她发一条微信，但是她没有回复我。我等了一会儿，有点心急，就想到群里去看看。

那个群叫“言桥往事”，是尹宁把我拉进去的，我在群里的名字是“冯余”。尹宁是“余又”。

只是我再也找不到“言桥往事”群了。

一个群消失了。

原因可能是各种各样的：

我被踢出群了。

有人在群里胡说八道，害群之马害群被封了。

群主因为何种原因不干了，把群给解散了。

群主擅自改了群名。

如果是最后的这一种，那么改名的群主至少应该在群里通知一下。当然，也可能群主倒是通知了的，是我自己没有在意，就错过了。因为群太多了，每天早晨晚上，有事无事，就是顺手划掉它们，有时候心烦意乱，就连应该、需要、必须关注的群也给划掉了。

划掉了没事，因为不用一会儿，又有人说话，群又出来了，只是上面的楼已塌，你爬不上去看风景了。

不看就不看，好看的风景多的是，每一个群都很精彩，只有你想不到，没有群呈现不出来的。

当然也有例外，就是那些被称为“僵尸群”的，特别沉着冷静，始终死一般寂静，你一旦划掉了它，它就会很长时间不出现，甚至好像是再也不出现了。

你平时会嫌弃群们太多太烦人，但却不能保证什么时候，你需要群了呢。

如果忘记了群名，或者群名被改你却不知道，那就得想办法去寻找。

我现在就要去寻找了。要从许许多多的群名中判断出来，哪一个是那个曾经的“言桥往事”群。它是一个冷清的群。它也曾经热烈过，热烈过后是寂寞。这很正常，许多事物都是一样的规律。

我按部就班，先打开“发起群聊”，再点开“选择一个群”，所有的群名立刻呈现出来，我先粗粗地扫了一眼，有些还记得起来，有许多因临时的工作或聚集而建的群，被宣布过“移出”的，倒确实是不存在了。但是还有更多的可疑的不知道到底存在不存在的群仍然存在，加起来足有一两百个。

群友人数也是恣意任性，多的达五百人，最少则是三人。而且我发现三人群竟然有好几个。

我再认真地看了几眼，想起许多事情，觉得好笑。有一次三个人约了吃一顿饭，也建一个群。有一次四个人约了打牌，也建个群。还有几个人一起参加半天的培训，也建个群。

我好奇，调皮了一下，在其中的一个群里发了一个：“在吗？”

没有人回答在不在。估计早已经“打烊”了。

现在我得在这一大堆的群中，看看能不能发现曾经的“言桥往事”群。现在不知道它叫什么。我完全无从推断。

我还庆幸我入的群，大多是实用性的，实用性的群，一般群名都比较实在、直接、明了，比如“双牙交流团”，望文生义，这是一个出国时用的群，和谁谁谁谁一起去了西班牙、葡萄牙。再比如直接用群里的人名做群名的，张三李四王二麻子，那更是见字如面了。

且慢。先别那么乐观。

我又看到一个群，姓名用的是四个人名，我看了一下，这四个人中，除了我自己我还认得，另外的三个人，我已经完全不记得他们是谁了。

即便从实用出发，有时候也会抵达到莫名其妙的虚无的终点。

比如有一个群名叫“南渚行”，我就尴尬了，南渚是什么，推想起来应该是一个地名，一个乡或一个村之类，但是它在哪里呢？我只知道有个西渚，还有一个东渚，我都去过，也都建过群，但南渚我想不起来了，和一群陌生的人一起去了一个想不起来的地方。这种事情，是恐怖呢，还是荒诞？

我再往下看群名，才知道原来也有一些不怎么实用的，云里雾里的，异想天开的，完全不像群名的。

比如：

你是哪根葱

陌生人2

不必拥有

几根藤上的一只苦瓜

…………

这算什么群名，像是群主自己的微信名。明明是孤独，却硬要建群，明明不合群，却还是硬着头皮往里拱，不知是担心被时代潮流抛弃，还是故意拧巴。总之，当初无论什么理由建群，最终终是僵死。

我浏览了这些僵尸群，无法从中看出和“言桥”有一点半点关系的内容，只得抛弃“僵尸”，投向那些新鲜活跃的、发言不断的群。

有一个叫“只此一家”群，正在活跃，消息不停地闪动，许多人在里边发言、发表情，我开始以为是一个亲属群，看了一下，发现不是，跟亲属无关，群里正在热烈讨论的主题是靠机器人养老靠不靠谱。

我觉得这个不像是从“言桥往事”转换过来的，又换了一个看看，这一个叫“线上订阅”，看似是一个推广书籍或其他什么知识的群，却也不是，他们正在讨论童装的风格，跟“订阅”无关。

后来又发现了一个“家在古城”，我不由得心里一动，感觉这个可能对了，进去一看，虽不是很热烈，但至少有那么几个人在谈古城的保护和建设的话题，我看了看，虽然都是泛泛而谈，不咸不淡，但等我再点开看了一下群友的名字，我顿时有些激动。虽然没有看到“余又”，也没有“尹宁”，但是我看到了许多熟悉的名字：

大块头

矮冬瓜

盐书包

四眼狗

脑膜炎

鸭屎臭

…………

这些都是我小时候邻居和同学的绰号，我赶紧在群里发言说，是言桥巷的小伙伴吗?

过了好一会儿，才有个人回复说，我是四摆渡的。

再过一会儿，另一个也说，我是三元坊的。

然后一个一个报出来：

混堂弄的。

豆瓣街的。

采莲浜的。

锦帆路的。

豆粉园的。

简直了，眼花缭乱，东拉西扯，说东道西，几乎苏州城的东南西北中都有，如此散乱的地段，这些人是怎么进入同一个群的呢?而我，又是怎么进去的呢?

这个难不倒我。任何事情总是有原因的。我稍稍研究了一下群里讨论的内容，推测出来，这个群虽然不是我要找的“言桥往事”群，但是它和古城，和古建筑有关，和我的工作也多少有关系，也许就是在某一次的工作中，遇到了其中的某一个人，或者是大块头，或者是矮冬瓜，或者其他哪一位，他们随手把我拉进去的。

许多人进许多群，难道不就是这样糊里糊涂进去的吗?很快你就会忘记了初衷的。包括前面看到那些谈机器人的，谈童装的，现在我觉得好陌生，好莫名，可是当初应该是有理由有想法的。

那一天我就净在玩手机，净在各种群里穿梭巡检，玩弄了半天，心思都散了，野了，索性又看了几个群，有的很倒胃口，有的则大开眼界。后来我又进了一个叫“精神病人欢乐多”的群，先是好奇自己怎么进了这样一个群，想了半天没想出个头绪来，也不知道是谁拉我进去的，更想不出来初衷是什么，干脆不想了，去看看里边在干什么。

真是不看不知道，一看吓一跳。他们不是开玩笑的，竟然真的在讨论治疗精神疾病的药物的问题。

一眼望去，页面上竟全是药名，还认真地分了类，有治疗精神分裂症的药物，有抗抑郁的药物、抗焦虑的药物，等等：奥氮平、利培酮、富马酸喹硫平、氨磺必利、氯氮平；盐酸舍曲林、氟西汀、帕罗西汀、西酞普兰、盐酸度洛西汀、米氮平、阿戈美拉汀；丁螺环酮、坦度螺酮，还有抗焦虑的苯二氮草类药物，如地西泮、艾司唑仑、氯硝西泮。

看得我竟有点胆战心惊了。

我觉得药物名称也是有暗示性、诱惑性的，即便如我一类精神健康甚至坚强的人，看多了这些药名，也有些恍惚起来。

就在我退出来的那一瞬间，我看到一个熟悉的名字：小白。

小白刚好在发表情，先发了一个“生无可恋”，又发一个“我死了”，我一看，差一点笑了。然后我醒悟过来，我好像误把这个群里的彼小白当成我的助手此小白了。但是再转而一想，为什么不能就是此小白呢？既然在许多陌生的名字中有一个熟悉的小白，那也很可能就是小白拉我入的群呢。

我给小白私信，问她是不是正在一个群里发表情，小白的反馈立刻就到了，而且，她一反平时的谨慎态度，直接打了我的手机，她跟我说，老师，我正要跟你联系呢，我可能找到不易堂的来龙去脉了。

她虽然没有回答我的问题，却给我带来了好消息，我已经顾不上群里的小白到底是不是小白了，赶紧问了她一句，来龙去脉？在哪里？

“来龙去脉”虽然只有四个字，但是要想说清楚多少人久寻不见、久思不得的不易堂的“来龙去脉”，恐怕在电话里三言两语是难以解决的。

所以，我以为小白应该是一下子回答不出来的，结果却大大地出乎我的意料，小白只用了两个字，就说清楚了：评弹。

附录：1860
评弹——言小姐，言小姐

从前黄昏的时候，从苏州的大街小巷走过，看到一位老人坐在门口，身边或是一方小桌或是一张小凳，上面放一只小小的收音机，里面在唱着苏州评弹。

这样的老人，曾经是遍布在这里的。

苏州的评弹，是普及寻常百姓家的。

也有一些老人，一边听着评弹一边喝着老酒，并没有很多很丰富的下酒菜，简简单单的一两样蔬菜，听到得意处，或喝到得意时，情不自禁地跟着哼上一段，那种小情小趣，有人会羡慕的。

其实不要以为他们就这样坐在家门口听听广播里的评弹，你不晓得他们下午一场书已经听罢回转。哪怕赶去老远的书场，哪怕天寒地冻，哪怕烈日炎炎，这场下午书是必定要听的，听过之后还不杀念，听完回转来，又抱住收音机不放了。

曾经有一篇文章，写一个特殊年代的事情，说那时候，天天听书，一天都不能中断的书迷，别说听说书了，许多日子都见不到自己追捧崇拜的评弹名角，只好到批斗会上去见。那些人被关押起来，书迷也有从窗口翻进去的，送些慰问品和精神鼓励，然后再从窗户里翻出来逃走。

这是真实的事情，有亲历者记录过的。

坐在自家门口听收音机里的评弹的老人，他自己也许并不会唱，可是他的孙囡吾能唱，老人兴致起来，把孙囡吾叫出来，让她唱。孙囡吾从小学过，有几下子，回屋拿琵琶出来，自弹自唱了一段开篇《蝶恋花》，虽然嗓子尚嫩，却也已经唱得字正腔圆，形缓舒徐，很有了些架势，老人在一边听得直是眯着眼笑，不时地说一句，这是徐调，或者说，这一句够味，那一句不正宗，评头品足，十分内行。若要问小女孩是不是受了爷爷的影响才学评弹，女孩摇头说不是，问她为什么要学唱评弹，她却是说不出来。

好像对这样的问题不解似的，好像根本不需要，不应该提出这样的问题。学唱评弹，本不是一件什么大不了的事情。

这是民间的评弹场景。

也有相对正规的书场。比如光裕书场。光裕书场的前身，是光裕公所。光裕公所是由曾经给乾隆皇帝说书，说得皇帝龙颜大悦的王周士创办的，奠定了苏州评弹业的基础，使说书成为一种专业。最兴盛时，苏州城里有书场好几十家，评弹艺人数以百计，评弹不仅唱腔曲调动听，而且文字雅俗共赏，所以深得社会各阶层喜爱，广泛流行于苏州城乡。

即便是随意地走进某一家书场，无论书场规模档次如何，表演的节目，大多会是经典的曲目，《孟丽君》《描金凤》《啼笑因缘》《珍珠塔》等。

苏州可以听评弹的场所也是多的，形式五花八门，最多的是那种被称为“茶馆书场”，实际是开了一爿茶馆，除了经营茶水业务，还有评弹演出业务。

这样的茶馆，里边的布置，都是围绕一个似舞台非舞台的中心，面积不大，但是像模像样，让人家一看就晓得，这里是可以唱戏的。

苏州人不会把“唱戏”这两个字领会错的，这个“唱戏”，基本上就是说的评弹演出。评弹，就是苏州老百姓的戏。

小小的不算是舞台的舞台，台前边的挂帘上，写着四个字：歌舞升平。后面的帘子上也有四个字：普天同庆。

用紫红的绒布做的背景幕布，已经旧了，但是仍然有点喜气洋洋的感觉，台面是木板的，也漆成了紫色，只是已经掉了色，颜色很淡了，中间再铺一方地毯，摆一张桌子两张椅子。

虽然评弹表演的形式有一人、两人和三人的，但是到茶馆来演出评弹，一般不会是三个人的，两人双档为多，也有单档一人，唱独角戏，说评话。

舞台前面，就是茶馆了，摆几张、十几张甚至几十张桌子，摆好凳子，排得比较紧密，想多坐一点人。不过一般稍大的茶馆，是坐不满的。

评弹演出和放电影及其他戏剧不大一样，不讲究大，不讲究人多，只讲究知音。

茶馆里听评弹，更加烟火气，听客可以吃茶，吃瓜子，也可以轻声地交谈，不影响演出的。只是现今的茶馆书场里的听客，已经改变了成分，大多是外地游客了。苏州本地人很少了。

本来一杯茶水一角二角，现在三十五元起价，要想吃到碧螺春、西湖龙井这样的好茶，非七八十元不够。

苏州评弹跟其他艺术不一样，它是一场持久战。比如看电影，一场电影一个半钟头，至多两个钟头，结束，明天不会再来看了。但评弹却是要你天天报到，一日不能漏空的。一日漏空，小姐已经变成老太，岂不是要急煞人了。

喜欢评弹的老百姓，哪能天天泡一杯三四十元的茶去听评弹。外地游客不一样的，他们是慕名而来，走到风景区，走到古街区，腿脚走酸了，进茶馆，吃杯茶歇歇，老板送一支弹词开篇，完全没有听懂，却听出滋味来了。

主要是此时此情此景此曲此音，让他心动了。

但是他明天不会再来了，他是游客，明天就去往另一个景点了。不过不碍事，明天会有另一个“他”来到的。

苏州评弹的弹唱，是以说表为基础的，各种噱头，要依赖说表才能表现出来，运用好说表这种艺术手段，评弹演员不用化装，不用假借道具，一开口，就可以把各种人物刻画得栩栩如生，把情节铺排得娓娓动听，让人纵声大笑，让人悲伤落泪。

所以说到底，外地客和老苏州，对评弹的看法应该是不一样的。

比如说评弹所要求的五到八技，五到即心到、目到、口到、手到、脚到，八技是八种特殊的口技，如擂鼓、吼叫、马嘶、鸟啼、狗吠、吹号等等，在开篇这样短短的一段唱词中，基本是不需要，也无法使用出来的，真正要将苏州评弹艺术的表现手段说、学、弹、唱、演发挥到极致，那肯定是要到传统的经典的长篇评弹曲目中去施展的。

小白把地址发给我，我按约定的时间到了那里，小白已经站在门口等我了。除了言桥巷的那一次失误，小白没有出过任何差错。

这是一个街道居委会开办的书场，本来就是为民服务的，所以不存在高价茶水的问题，十块钱一杯茶，买月票或年卡还能打折，书迷大致能够负担。长篇评弹就这样开场了。

这个书场所处的位置，有点偏僻，我不知道小白是怎么发现这里正在表演一出名叫《不易堂》的评弹曲目。

小白告诉我这个消息，我大吃一惊，十分震惊。许多人，许多年来，一直在做着的一件事，一直没有做出名堂的一件事，居然由一个艺术形式表演出来了？

我也不知道这个评弹节目是一个老的传统曲目还是新创作的，一切的疑问，我得进到现场才能找到答案。

小白告诉我，这出曲目是三天前开演的，她也知道我担心错过了什么重要内容，又赶紧补充说明，因为这是个长篇曲目，所以前三天的书，开头的开头还没有说完，不易堂三个字还根本没有出现。

这个我晓得，评弹的细腻，是达到了极致的。比如在长篇评弹《珍珠塔》那个曲目中，有一个小小的情节，就是丫头采萍说服小姐下楼去看方卿，她父亲也要小姐下楼去问问方卿是否得中功名，小姐下扶梯，怕越礼，怕难为情，欲进又退，进退维谷。

采萍又教小姐见了面如何说话，于是小姐就这样唱了：

虽则联姻无聘礼，
未定花烛有批评。
此际果然遵父命，
大家羞涩不堪云。
面面相觑待怎生？
问不出隐情开不出口，
彼此相逢无一声。
岂非白白到园林？

唱词是小姐的内心表白，内心的声音都表达出来了，按道理小姐应该走到楼下见方卿了，可就是这十几级的楼梯，说书先生足足讲了三天，小姐还没有从楼上走到楼下。

所以我不用担心。我还不算迟到。

我和小白往书场里去的时候，小白告诉我，这个消息是我的哥哥言子谌言老师告诉她的。我就奇怪，言子谌怎么会有小白的联系方式，更奇怪的是，言子谌为什么不联系我，而要联系小白。

小白知道我的疑问，她会解答的，她说，老师，言子谌老师的联系方式，是你给我的，我们刚回苏州的时候，老师凡是有事要找言子谌老师，都是让我给他打电话的，估计他就把我的电话留下了。而关于苏州有一个书场里有一个评弹节目在说唱不易堂的消息，小白是这么解释的：言子谌老师是先联系老师的，他打老师电话，老师没接，他就联系到我，让我转告老师。

言子谌的电话我不会不接，除非他又换了一个新号码，我没有储存，当成了诈骗骚扰，就没接。这也成立。

好了，现在我不用再多想了。如果小白解释说是她无意中发现的，我会怀疑，这个书场所在的街道，是比较偏僻的，以小白工作范围所设定的行走路线，应该走不到这儿，所以不大可能在她偶尔经过的时候，无意中看到了门口的演出布告。

现在小白用“言子谌相告”的说法打消了我的多疑。我就只管安心地听听这个评弹是怎么说唱不易堂的，我甚至已经急着想要知道，它说唱出来的不易堂，是什么样子的，它在哪里，它是不是我们大家一直挂在心上的那个不易堂。

其实我不能着急的，听长篇评弹，就像听妈妈讲那过去的事，得有耐心，得从头听起。

这是一出双档节目，男女两位演员，男演员年纪稍大一点，五十来岁，是“上手”，坐在右侧，操三弦，女演员年纪三十来岁，也很成熟了，做“下手”，坐左边，弹琵琶。

苏州评弹的双档节目，这样的搭档基本上是演出长篇评弹的标配。我和小白坐下，刚好演出开场。

上手（表白[①]）：昨日说到，言曾玮言老爷去了武汉，又转道上海，接触的全是开明官绅，全是开过眼界的人物，相谈之中，无不对“红眼睛，绿眉毛”的长毛又恨又惧——长毛是啥人，就是太平军，格歇辰光，太平军早已形成气候，势头越来越大，越来越强横，一路攻城略地，杀到南京，建立太平天国。定都之后，太平军并没有太平，不断地南征北战，近日已经一路东征，逼近苏州城。所以大家议论纷纷，对形势很不乐观，其中有不少苏州籍人士聚集一淘，探讨时事，观点基本一致，认为苏州难保，早晚失守。

言老爷听在耳中，记在心上。隔一日回到苏州，打算收作收作，全家且往沪上避难。却不料屋里的老太太死活不肯走，还发了脾气。

此时下手开动了。琵琶稍弹一两记，她起的是言老太太的角色。

下手（言老太太，官白[②]）：跑得和尚跑不了庙，你把家业丢掉，出空身体无担当，你倒放得落心——

① 表白，是说书人在评弹中叙述和刻画人物的主要手段，包括介绍事情的来龙去脉，描述书中人物的外貌、行为、思想等，描画书中的场景，穿插必要的评论，解答听众的疑问。

② 官白是角色的白口，包括自报家门，以及人物间的对白等。

上手（言老爷，官白）：母亲大人，孩儿也不想丢弃家业，但是不跑，你能哪哼？你打得过长毛？

下手（言老太太，官白）：打勿过，也要守牢，人在宅在，宅毁人亡——

下手（托白[①]）：喔哟哟，这位老太太，虽是女眷，脾气却着实刚烈，听她这口气，是打算要同家宅家业同归于尽了。

上手（言老爷，官白）：母亲大人，留得青山在，不怕没柴烧，先去沪上避一避，权宜之计，人走屋空，长毛总不至于放把火把空房子烧掉——

下手（言老太太，官白）：玮儿你不要再多言，你娘我阳寿也没多少了，人到老了，不要随便移动，不然到头来，落得个横死他乡，死无葬身之地，你哪哼讲？

上手（言老爷，官白）：这个，这个——

下手（托白）：这边言氏娘儿两个正在别扭，一个硬劲要劝走，一人硬劲不听劝，弄僵了，娘儿两个既是无奈，又是火夹夹的，覅注意已经有人进来立在一边听了一歇。这个人是言老爷的女儿言于飞言小姐。言小姐起先是立在一边听，等到听她爷讲到长毛不至于放火烧空房子，言小姐马上联想到一个更可怕的事情，熬不牢，立出来了。

下手（言小姐，官白）：爹爹，屋里倘是没有人，房子空脱，长毛轰进来住，拿了租田当自产，那可怎么好，想想也恶心，想也不敢想——

---

① 托白是说书人对书中人物的言行进行补充说明或评述。

上手（言老爷，咕白[1]）：囡鱼这几句话，说得也在理，长毛攻进城，自然要拣上等好宅占得去，你房屋空关，家中无人，人家正好乘虚而入，倘若是家中留下老年人呢——长毛也是有老爷老娘的人，不至于对老人动手动脚，毕竟长毛要杀要打的是官军——

上手（托白）：这个言老爷，没有见过长毛，只是听说过长毛，不了解长毛的做派，想当然地把长毛当成了只是和朝廷对抗的反贼，所以既然老太太坚决不肯走，他心里也动摇了。说白了，就是言老爷轻敌哉。

上手（言老爷，官白）：母亲大人，你若是定坚不肯动，屋里得有人留下照顾母亲大人，母亲你倒是希望哪个小辈留下来呢？

下手（言老太太，官白）：用不着的，用不着的，只要余老娘陪我即可。

下手（托白）：老太太口中这个余老娘，是言氏的管家余千帆的娘，余千帆的爷余多金，从前也是言氏的管家，后来年老生病过世，管家的重任交给儿子余千帆。言氏特地把余老娘也请进言宅一同生活，余千帆也是忠孝两全了。东家和管家，基本上就是一家人了。东家的难事苦事尴尬事，通常都是管家去做的。余老娘住在言宅，也是力所能及地帮助自己的儿子去帮助言氏——喔哟哟，帮来帮去，我勒浪绕口令哉。

上手（言老爷，官白）：母亲大人，去和留，你自己做主，但是啥人留下来陪你照顾你，不能听你的，一个余老娘，七老八十哉，怎么照顾得动你？

---

① 咕白是角色的自言自语。

上手（托白）：啥人留下来，伤脑筋的，这言老爷两个儿子一个囡鱼，手心手背全是肉——偏偏这一日商量去留时，囡鱼进来了，言老爷心想，这大概就是命运的安排吧。

上手（言老爷，官白）：女儿啊，老太太向来最疼爱你，不如你留下来陪伴老太太，乖囡你意下如何？

不是言老爷不欢喜囡鱼，只不过把儿子和囡鱼摆在一淘，比一比，称一称，孰重孰轻就称出来了——孰重孰轻呢，当然是男重女轻啦。

下手（表白）：立在一边的言小姐，看见爷朝她张望，那个眼神一瞟，言小姐几化聪明，心中早已有数，等到爷的话一出口，晓得事体着落了，她要留下来了。

看起来小姐是当场呆掉，隔一歇，两朵眼泪滴下来，作孽兮兮，害得做爷的差一点点心肠软下来。

实骨子这是言小姐掉的花腔，千万不要上了她的当，不要以为言小姐不想留下来陪好婆，马上就要一哭二闹三上吊了。留在苏州，正是言小姐进来听老太太和老爷讲张的目的，她还做了几手的准备，想了各式办法，无论如何也要留在苏州。却不料进来一听，老太太不肯走，再一听，爷要想让她留下来，言小姐怎不喜出望外，几乎没费吹灰之力，她目的已经达到。

既然爷叫她留下来陪伴老太太，是正中下怀，但言小姐还要装一装腔，得仔便宜再卖乖，小姐看上去柔柔弱弱，实骨子里蛮有主张，蛮有心计。

至于小姐为啥要留在苏州，聪明的听客，心中自然有数，想不通的听客，可以慢慢地想起来。

此是后话，暂且不表。

接下去，上手言老爷和下手言小姐，各唱一段短的唱词，坦白了各自的心思，然后风头一转，言老爷带着两个儿子和其他家眷用人，去了上海，不表。单表留在苏州的言老太太和言小姐。

上手（表白）：言老爷走后，苏州城里的风声越来越紧，人心惶惶，言老太太盘在深宅，不问外事，言小姐却是如鱼得水，不要太快活，和她的意中人相约黄昏后，也用不着偷偷盘盘哉。

言小姐的意中人，亦是吴中绅士人家，姓程，屋里排行老二，人称程二郎，熟读诗书，一表人才。程二郎和言小姐虽是门当户对，但他们的相识，并不是大户人家之间往来交流，却是新法，用现在的话讲，是自己看中的。

也就是讲，他们互相看中的辰光，并不晓得对方的身份门第，属于天生有缘，一见钟情哉。

下手（表白）：话说这位言老太太，虽然七老八十，眼睛也花了，耳朵也不灵了，脑子却不糊涂，对孙囡鱼愿意留下来陪伴她的“孝心”看得清爽，全部吃进，认账。

等到言老爷带仔其他家眷赤松，老太太就更加睁一只眼闭一只眼了。程二郎上门拜访，老太太说要困觉了，拉仔余老娘走开，让位给二个年轻人，真是一位拎得清不讨嫌的老太太。

上手（表白）：这边厢言小姐既是大喜过望，还有点含羞答答，不料那边程二郎却是急急匆匆，一副心事重重的样子。

原来程二郎有个阿叔程维卓，苏州地面上算个人物，个性强，为人海威，样样事体总要自己出面摆平。自从听闻太平军一路东进，要攻打苏州城哉，他就要强出头哉，自封“会防局”头头，叫大家有钱出钱，有力出力，弄出一支队伍，他自己天天亲自操办团练，天天叫大家“嘿、嘿、哈、哈”地舞刀弄枪。

程维卓身边，也不乏有识之士，他们几番提醒，光靠操练这些软脚蟹小巴拉子，拿大刀长矛弓箭恐怕是不来赛了，格歇辰光，清军早已经开始用火器了，太平军也有了火枪火炮，你小巴拉子的冷兵器，哪哼抗得过人家的火器。

程维卓也是见过世面的人，虽然脾气犟，但是懂道理，能够听人劝，所以想方设法费尽力气，弄进来四台制造火枪的机器，辟出程家祠堂置放好。打算先领人到沪上的制造局去学习，再聘请洋人当师傅，然后回来再开始制造火枪。

程阿叔自己无儿无女，所以定坚要阿侄程二郎跟他一起去沪上。结果程二郎一口回绝——喔哟哟，打住打住，说书说到豁当里去哉，火枪火炮，打打杀杀，吓人倒怪，倒人胃口，不及程二郎言小姐卿卿我我有意思。再说了，打打杀杀是程阿叔要做的事体，程二郎浑身不搭界。

这一日，阳光明媚，莺飞草长，程二郎搭仔言小姐，相约来到言宅后花园。

上手（程二郎，拨弦，唱）：

早春二月百花萌，鸟语花香伴春风。

程二郎我远望天空风筝舞，近看园中的雪梅落纷纷。

我园中等待言小姐，望眼欲穿颠倒神魂。

言小姐，她是大家闺秀善良心，她是花容月貌清雅人。

…………

上手（托白）：这程二郎对言小姐是实头欢喜到心坎

上，一边等言小姐来，一边熬不牢要如此这般歌颂一翻。

下手（托白）：这边厢言小姐已经匆匆来哉。

下手（言小姐，弹琵琶，唱）：

听得二郎声声唤，不由得心跳脸红脚步慌。

程二郎，他是富家公子情谊长，他是舍我复谁有担当。

…………

下手（托白）：女方跟男方一样的心思，欢喜煞了嗨，一路走过来，一路唱过来，句句全是唱的心上人——用现今的话说，彩虹屁吹上了天。

两个唱段收场，半场结束，休息十分钟。

我一直在认真听，努力品味，就怕漏掉了什么重要的信息。可怎么听怎么品，都是云里雾里，想不通怎么搞到太平天国，搞到操办团练什么的去了。

才回想到这说书的，一旦说开去，一日千里，扶摇直上，飞流直下，如同风筝脱手，一眨眼就到了九霄云外去了。

我这里不由得看了小白一眼，恰好小白好像也在观察我的神色。我说，小白，这个说的是不易堂吗？问过之后才想到，问小白有什么用，看她的眼色，她恐怕也和我一样，摸不着头脑呢。评弹演出和别的戏曲表演也不太一样，没有那种戏曲开场前通常会印发的内容简介之类的戏单。

小白明白我的意思，起身去问了问管理书场的人，那个人的回答我也听见了，他说这个不能有的，人家就是要天天吊胃口，听客才能天天来听，你把故事几句话讲清楚了，有的人就不来了。再说了，凡是能够天天来的人，都是讲究人，不能漏掉其中一句对白一句唱词的，讲究的就是这个娓娓道来的过程。

小白索性问不易堂什么时候才能出来。那个人笑而不语。小白又问，书里说的言宅，就是不易堂吗？那个人还是笑，对小白说，你听下去，听下去就晓得了。

他说的肯定不错，听下去就一切真相大白了，但是不知道需要我和小白花多少个下午的时间耗在这里。

大白的真相，是艺术的真实，还是生活的真实呢。如果在这出评弹节目里真相大白，但却不是现实中的真相大白，岂不是不仅浪费了我们的时间，还把我们引向歧路。

但是既然无法预测“后来”，唯一的办法就是听下去，一直听到“后来”。

休息过后，又开场了。

上手（表白）：虽然程二郎如约前来，和言小姐情话一番，相互传递。但是这言小姐啥等眼色，几化聪慧，老早就看出来程二郎神情异于平日，肯定有心事，追问一番，起先程二郎不肯说，再追问一番，终于说了出来。

原来这程二郎，为仔言小姐，一口回绝了阿叔，覅跟阿叔一淘去沪上办事，但不过人虽留下来，心中终是有亏，晓得自己儿女情长，英雄气短，终究不像个有担当的男子汉。

下手（表白）：言小姐听闻程二郎坦露心声，晓得二郎心中愧疚，皆由她起，言小姐心里，不由得又喜又哀，喜的是看见程二郎对自己一番真情深情，哀的是害得二郎不能挺起胸膛做个男子汉，言小姐心里难过，要紧对二郎道，二郎啊，你不要担心，但凡程家里有什么要承担之事，我同二郎一起扛——

二人执手相视，互表心意，互相安慰一番，这边心情刚刚好转些，结果横戳枪的事体又来哉。

上手（表白）：程阿叔虽然人在沪上，消息却是灵通，晓得屋里要出事体哉，派身边随从，管事的三官从沪上匆匆赶回。三官一脚回到家中，不见程二郎，心下有数，一路寻到言宅，急急叫喊程二郎，说二爷从沪上带下来急信，要程二郎立刻马上，想办法把四台机器园起来。

却原来，太平军队伍虽然还覅进城，探子已经先派进来了，探得城中各类消息，程氏购买四台机器之事，已经走漏风声，等到太平军攻进苏城，恐怕属于首当其冲的目标了。

果然不出程阿叔所料，后来太平军攻进苏州城，成立军械所，抢夺了城中所有有用之物，用于打造火枪火炮——此为后话。

程二郎白面书生一个，从小饱读诗书，养尊处优，未曾经历风雨，碰着这等性命攸关之事，难免有点慌张、慌乱，情急之下，对三官说道——

上手（程二郎，拨弦，唱）：

三官你速速带信去沪上，告诉阿叔兹事体大，我一个人无商无量无本事扛。

这么大的机器铁家什，又不是什么小物事，我根本不晓得往啥地方园。

瞎园八园，弄不好露出马脚来，太平军夺走机器无话讲。

夺走机器事体大，倘若阿叔不回转，我顾不住机器要哪哼？

倘若阿叔不回转，还要连累老宅里阿爹好婆三叔四姨堂兄妹子众一堂。

杀头充军掳掠去，程家门灾祸临门要哪哼？

下手（三官，弹琵琶，唱）：

叫一声二郎少爷你休推托，火烧眉毛已经到了生死关头，倘若机器园不成，天大的灾祸就在眼前头。

你听一听来想一想，阊门外头火光已冲天，太平军攻城略地已经闹吼吼，声声响响敲丧钟，声声响响砸心头。

二郎少爷啊，照你二叔的吩咐你要马上就动手。

二郎少爷啊，你倘若定坚要等阿叔回转再来商议，怕只怕一切已晚到时懊恼来不及。

上手（表白）：三官催促，程二郎心焦，程二郎心焦，言小姐心更焦，心焦情急，不假思索，言小姐在旁边主动说道，这事体不难，搬到我家便是。

言小姐话音落下，程二郎和三官都呆掉，一时半会儿，竟没有人接她的话头，场面好像僵脱了。

话说言宅，苏州城里顶顶大的大宅，宅门里厢，相当于又是一个小世界，五落七进，有后花园，再连同不远处的言氏义庄，七七八八加起来，占了城东南 大片场化，人称“一宅不易堂，半座姑苏城”。

不易堂出现了。

本来已经昏昏欲睡的我，耳朵里忽然钻进这三个字，顿时精神大振，身体也竖起来，我注意到旁边的小白，也和我一样，眼睛闪亮，精神头上来了。

节目继续——

上手（表白）：言小姐脱口而出的主意，程二郎当然是要拒绝的，自家的祸水不能引向他人，更何况，这个“他人”不是别人，是他心尖尖上的言小姐呀，是他情愿用自己的性命去护她周全的人，所以这桩危险的事体，无论如何也不能连累到言小姐的。

下手（三官，官白）：二郎啊，你阿叔如同热锅上的蚂蚁，也如同是一个落水之人，捞到一根救命稻草也是好的，何况言小姐的主意，可不是什么没有分量的稻草，她这是上上大吉的好主意，她这是聪明机智的好想法，言家家宅之大，要园物事园在言宅是最最妥当的呀。

上手（表白）：至此程二郎真是左右为难，进退两难，三官的话，也是句句击中他心坎的，但是从骨子里，从心底里，他就是不愿意接受言小姐的建议，所以他思来想去，还是要寻找借口来拒绝。

上手（程二郎，官白）：言小姐啊，你的一片心意，焐热我心肠，鼓舞我志气，但不过这样大的物事，就算搬到言宅置放，也不见得就会保险。放在我家会走漏风声，放到你家，同样要走漏风声的。

下手（三官，官白）：二郎少爷啊，程家毕竟比不得言氏的庞大，言氏不易堂，你不是不晓得，兜兜转转，半天辰光也走不到尽头、转不尽角落的。只要想办法园得隐写点，总要比园在程家保险得多。

下手（言小姐，官白）：二郎啊，三官先生说得有道理，不易堂里厢到底有多少间房间，有多大的场化，我自己也搞不清爽的，反正我听我好婆讲，像我长到这个年纪，最多也就走过不到一半的场化，所以不易堂里隐写的场化多的是，我来走一走，再看一看——

上手（表白）：这言小姐和三官一搭一挡，一吹一唱，讲得又不无道理，程二郎开始动摇了，心思在肚皮里转了几转，一时间还不能下决心。

下手（表白）：可是这三官心里着急呀，人家言小姐已经表态表得这样明白无误了，你程二郎还要腻腻歪歪到何时，时间不等人啊，他急出乌拉，撇开程二郎，直接跟言小姐商议起来哉。

下手（三官，官白）：言小姐，若是照你说的做，物事搬过来，你能做得了你爷的主？言老爷规矩大，苏州城里无人不知无人不晓——

下手（言小姐，官白）：三官先生，巧么巧得来，我爷带仔一家门，到沪上去了，现今只有我和我好婆，还有一个余老娘在宅子里，我好婆是不管事的，就算她不是眼瞎耳聋，她也向来都是随便我做啥的。

下手（三官，表白）：三官听罢，又是开心，又是着急，开心的是言小姐深明大义又情深意切，着急的是放着这么好的机会，这个程二郎还在腻腻歪歪，犹豫不决——再转念一想，这个着急时刻，要出点花头促他一促，将他一军了。

下手（三官，弹琵琶，唱）：

二少爷昏头又转向，轻重不分乱颠倒。

老爷沪上等回音，害我三官心焦躁。

下手（三官，官白）：二郎少爷啊，我临走老爷千叮万嘱，倘若你着实无法将机器园起来，就索性抛开机器不要管它了，太平军弄去就弄去，人命关天最要紧，太平军晓得你阿叔带头与他们作对，必定饶不过程家门，你快快带上全家人，沪上去会合——

上手（表白）：不出三官所料，三官这一来兴，将着程二郎的军了，阿叔要他带上全家人去上海躲避，他岂能丢下言小姐独自逃走。但是难就难在目前他跟言小姐的关系，尚处于不明不白的尴尬之境，既不是父母之命，也不是媒妁之言，倘要携家眷沪上躲避太平军，断是不能连同言小姐一起走的。话再说回来，言小姐亦不是言小姐独自一人，她屋还有两个老太太，七老八十，行动不便，思想更是不便，连自己的儿子都带不动老太太走，那言老太太怎可能跟仔别人家赤松？即便言小姐不怕流言蜚语，豁出去愿意跟他程二郎走，但是假使老太太不走，言小姐也决不可能丢下两个老太太逃走——所以，总之一句话，程二郎心里明明白白，带言小姐走，想也不用想，根本不可能。

那么程二郎心里也就下决心，言小姐不走，他也决不走。不走可以，那就要将机器园起来，否则全家人性命难保，程家门是灭顶之灾。

机器没地方园，人又不能逃走，难煞格读书郎程少爷，逼煞格文质彬彬程少爷了。

下手（表白）：那边程二郎无路可走，逼得他团团转，这边言小姐看在眼里，急在心里。

下手（言小姐，弹琵琶，唱）：

世道崎岖乱事多，二郎你休要一人扛。

你我早已经心连心，命缠命，千难万难两人当。

你若有三长两短祸事到，我断不会独自享安康。

你若是困难重重不能解，我岂能安于宅中心无恙。

二郎啊，我言氏大宅似迷宫，尽你盘来尽你园。

上手（程二郎，拨弦子，唱）：

听得言小姐一番真心话，程二郎我心潮不能平。

乱世之时人心乱，人心叵测难确定。

难得你言于飞女子却有大担当，这样的小姐哪里寻？

不愧为名人之后，肝胆相照真性情。

上手（托白）：两个人你要顾我我要顾你，卿卿我我，唱来唱去，兜来兜去，又回到开头了，立在一旁的三官急呀，实在熬勿牢哉，不顾礼仪规矩，戳出来就直接发问言小姐哉。

下手（三官，官白）：言小姐，倘若按你的办法，机器搬过来，你打算园在哪里？

下手（表白）：这言小姐的心思，一直用在说服程二郎上面，还覅考虑到具体的操作，现在听三官直接追问了，心下却是一惊，言宅虽大，但是倘若随便找一处房间置放四台机器，弹眼落睛，昭然在目，恐怕等于是引狼入室——言小姐毕竟没有见过这样的世面，没有经历过这等事情，家中一切大小事体，都是父亲做主，现在事体摆到她眼门前，她就是那个拿主意决定命运的人了。

虽然脉息有点乱，但言小姐毕竟大家闺秀，从小受到良好教育，遇事不慌，动脑筋想一想，哪哼才能万无一失。

下手（言小姐，官白）：二郎，三官先生，依我的想法，是要掘地三尺埋下去的，四台机器，勿是四只鸡咯咯，勿是四块豆腐干，这么大格夯榔头，铁老虎，勿园到地底下，肯定勿来三的。

上手（表白）：程二郎眼见言小姐已经越过“要不要园”，进入“哪哼园”的阶段了，心知这个言小姐的主意是拗不过来了，干脆索性，和言小姐心往一块想，一淘商量起来。

下手（表白）：三官也晓得事体有着落哉，面孔上仍然不露声色，心里却已经放松了不少，三个凑到一淘，细细商量。

上手（表白）：言小姐建议，先把场化定下来，就园在言宅的东落七进，是宅子里最最角落的地方，平日无人去到，放放杂物，堆堆旧货，一等一的高堂大宅，却等于是处杂物间，真正是朱门酒肉臭，豪宅空间多。

三个人这番那番商定，把潭潭挖在那个角落，再把机器埋下去，重新铺好地面，再做旧，再堆上杂物垃圾。只不过这挖潭潭的生活，他们三个人是做不来的，四台铁老虎，三个人也是抬不动的，格末再商量人手，对这几个人手要求高的，既要有力气，能干，更要嘴巴紧，忠诚，这样的人手，到哪里去寻去请呢？

三个人脑筋转了好多个弯，最后三个臭皮匠，合成了一个诸葛亮，计策不可谓不妙，主意不可谓不赞。

下手（表白）：先是三官跑到程家乡下的佃农那里，寻来几个好身坯的农民，叫他们到言宅去挖潭潭——专门等到天黑了再领过来，乡下人有几个倒是识得程宅，不过到那辰光领过来一看，这明明不是程宅，也不晓得是啥场化。有人也想多嘴问一问的，三官说，不该你们问的不要问，不该你们说的一律不要说出去，挖好潭潭，拿上铜钿回转，比你们做一年的农活还要有赚头。

乡下人黑漆抹搭，挖好潭潭，揣上叮叮当当的铜板，连夜回转了。估计后来假使有人回想这一夜的事体，也是懵懵懂懂，只当是做梦。只当是天上掉下铜板来了。

潭潭挖好，隔一日再从程氏药材库，寻了几个有经验的货运员，推仔几部推车，把四只铁老虎蒙上黑布，装车，“轰隆轰隆”推到言宅，“吭哧吭哧”抬进去，抬到第四进，落地。叫他们走。

上手（表白）：这算啥格意思？潭潭明明挖在第七进，为啥抬到第四进就落地，这也是三个人商议的计策——为防止走漏风声，到四进过后，再换人抬到七进，等到机器落潭，又再换人，铺地覆盖做旧堆物。从头到尾，一律摸黑瞎做，不点蜡烛，没有光亮，那一天又恰好阴天，天上月亮也帮忙，盘起来了。大家摸黑忙了一夜。

一番事体几番做，各人各做一段，做得莫名其妙。弄到后来，除掉三个始作俑者，其他过手的人，几乎没有一个人能够完整地了解那几天晚上到底发生了什么事体。

下手（表白）：尽管如此，三个煞费脑筋的人，还觉不够妥当，万一其中有人发现蹊跷，或者说漏了嘴，那就是前功尽弃加大祸一场。所以由三官出面，一方面给予丰厚的报酬，另一方面加强语气吓唬他们，太平军已经兵临城下，你们手里有这么多铜钿，如果不早早逃走，到辰光太平军进来，你缴是不缴？我问问你，要命还是要钱。连骗带哄把他们骗出了苏州城。

到天蒙蒙亮，三个人到杂物间看看，一切如旧，挖过后重新铺上的地面，盖满了灰尘，堆满了杂物，一股子霉气，进去要捂住鼻头，出不了气。

三个人你望我我望你，心里蛮激动，面孔上还要摆出无介事的样子，趁着天刚刚亮，程二郎和三官，要紧出言宅，不要说两老太，连早起的看门老老也没有碰着面。

我的手机调成了静音，一点动静也没有，可以安心听评弹。但是这场书实在有点无趣，一百多年前，园几台机器的事体，讲这么长，啰里巴嗦，啥意思？跟我要了解的不易堂有啥关系？明明没啥关系。所以我听着听着，又想要打瞌睡了。

不过我也是懂规矩有礼貌的人，要么你不要看演出，你既然来看演出，就不能表现出不文明，再怎么想打瞌睡，也要挺住。

那就看看手机解解厌气吧，但是在演出场所看手机也属于不礼貌，所以要悄悄的，不动声色的，没有声响的，不影响他人的。

我手伸进口袋，摸出手机，才发现上面有几个未接来电，都来自同一个人：言子谌。

我穿过那些略有点零乱的桌椅，走到外面，回拨了言子谌的电话，小声地说，言子谌，你找我？

言子谌说，言子陈，我打了你几次手机，你终于回电话啦，我以为你又动气不睬我了，还好还好，最近我没有得罪你。听他说的，好像我就是那种小肚鸡肠碰不得的人，不过我也懒得再跟他计较了，反正在他心里，我的形象就是这样了。我说，你打我电话，啥事？

言子谌说，我昨天碰着余了，听她说你和她们余家姐妹碰过头了。他这样说话，分明又是故弄玄虚，虚头滑脑，我和余了她们碰头，他明明事先是晓得的，现在又说是才晓得，不过我也不想再戳穿他了，随便他吧，他用心思用在我身上，没有意思的。

言子谌见我没有回音，就接着说，我和余了商量了一下，我们当时天井里的三家人家，约好了，一起去——

我顿时有点激动，打断他说，约好一起去老宅看看？言子谌停顿了一下说，言子陈，我好好地跟你说话，你又跟我打棚。

我不晓得我跟他打什么棚，我又说，言子谌，我有点记不清了，三家人家里，有没有尹宁家？

言子谌索性不作声了。

我“喂”了两声，他才重新发声说，言子陈，随便你怎么想，我们是想约了一淘去看看余阿叔，过几天余阿叔和姚阿姨他们从长治回来，听余了说，这一趟走得蛮辛苦，再说我们也蛮长时间没有去看他们了，言子陈你去不去？

我说去。言子谌说，那我先把时间和地址发给你，不着急，他们要下周才回来。我收到后，正要挂断电话，言子谌又“哦”了一声，说，对了，言子陈，我再问你一下，你听了评弹《不易堂》没有？我说我正在听。他又问听到哪里了。我想了想，我说，无聊，听到哪里了，听到一百多年前了。

言子谌说，言子陈，你耐心一点，听书就是讲究个味道，讲究个过程——

我打断他说，言子谌，我从来就不是个书迷，这么听下去，肚肠根都要断掉的。

言子谌“呵呵”了一声，说，你还是那个急脾气，忙了一辈子，闲下来听听书也没有耐心。

我说，我是忙了一辈子，但是现在并没有“闲下来”，我要做的事情多得做不完，没有时间慢慢听他们“当当里当当，当当里当当”一唱三叹，一步楼梯走三天。言子谌，你若是晓得结果，你就直接告诉我。

言子谌说，不瞒你讲，我也没有听过，我现在要忙孙子忙家务，根本没有时间听书啥啥。

我心里仍然疑惑。自从回到故乡，心中的疑惑就此消彼长，从未断过，现在我又有新的疑问了，我说，言子谌，你是怎么晓得有这样一出稀奇古怪的评弹节目的呢？言子谌说，姚妍姚阿姨告诉我的。

我反应快，马上指出他的漏洞，我说，言子谌，你刚刚跟我说有一段时间没有去看余阿叔了，你在哪里碰见姚阿姨的呢？

言子谌对答如流说，我有姚阿姨微信的，姚阿姨现在也蛮潮的，她和余阿叔都是用智能手机，年轻人会的，他们都会，前一腔有一款“鸡了个鸡”的游戏，小赤佬都打不通，姚阿姨一下子就打通过关，狠的。

我还是奇怪说，姚阿姨不是一直陪余阿叔在外面到处跑吗？她怎么会晓得的啥个书场在说啥个书，再说了，这个书场，偏僻的，角落里，书场也不大，估计也没有几个人晓得。

言子谌说，言子陈，你忘记了，姚阿姨从前就是评弹团的嘛，估计她和团里的人一直有联系的，这有什么奇怪的，你不要老是七想八想，想到歪朵里去。

他竟然说我想到歪朵里，我不服的。我说，就算我想到歪朵里，也是你引我过去的。

言子谌大约是感觉到我的拗劲又上来了，赶紧说，不多说了不多说了，你先听评弹吧，我们改日到余阿叔家里见面吧——他可能觉得这么匆匆忙忙挂断，我又会起疑心，所以又补充道，言子陈，你不要多想了，很简单的事体，就是我听姚阿姨告诉我，有一支评弹叫《不易堂》，在哪个书场演出，我就想到你的工作任务，可能对你有用，可是你又不接我电话，我就告诉小白了。

你能从他的回答中发现什么问题吗？

我不能。

也许只是暂时不能。

我回到书场里，继续往下听。

我希望在我给言子谌打电话的过程中，这边的内容有一点进展，稍微加快一点，不料坐下来一听，基本上还在原地转圈圈。

上手（表白）：四台机器园好，一切搞定当，天刚蒙蒙亮，程二郎同三官要紧回转，躲过人眼，以避嫌疑。

言小姐心里却是活窜活窜，毕竟物事园在言宅，她是要担当心思的。

言小姐回到屋里，看见老太太同余老娘一淘坐定在她房里，两个老太平常眼瞎搭闭，这歇辰光却眼目清亮地盯牢言小姐。

言小姐觉得奇怪，老太太多年前就已经老木了，平常日脚，你同她讲话，总是冬瓜缠在茄门里，稀里糊涂的样子，今朝哪哼会变得如此清明，昏花的老眼，变得如此清澈，差一点点眼睛就要讲话了。

难道这言老太太，一向以来只是假痴假呆，难道一切都在她眼里，都在她肚皮里，不至于吧，这也太凶险了。

言小姐上前，给老太太行过礼，试探老太太的意思。

上手（言小姐，官白）：好婆啊，人家屋里的老太，都困不着觉，半夜三更当天明，你这个老太不一样，一向欢喜困觉早的，太阳晒屁股也勿肯爬起来。今朝东西南北刮啥个风，害得好婆你老老早早爬起来。

好婆啊，我从小到大，你从来不到我房间，你说是老人阴干，要吸掉小人身上的阳气，所以离我远一点，今朝又为啥，大清老早跑过来——

下手（言老太太，表白）：这言老太太不是一般人物，眼睛贼亮，却不肯开口，听见小姐问话，她眼睛转过去盯牢余老娘，意思是叫余老娘说。

下手（余老娘，官白）：小姐，老太叫我说，我就说，小姐你要晓得，我跟你说的话，是老太叫我说的，说的不对，你不要怪罪我，你怪罪老太便是。

不等言小姐再说什么，那余老娘已经开腔了。

下手（余老娘，弹琵琶，唱）：

叫声小姐你休要装出一副无辜腔，问声小姐你昨夜里到底做得个啥模样。

黑灯瞎火，黑漆抹搭，你偷偷盘盘弄进人几帮。

一队人进，一队人出，一队人出，一队人进，进进出出，出出进进，忙到天亮。

虽然不出声，没有光，但是老太听得明明白白，看得清清爽爽。

上手（表白）：言小姐一听，心中大惊，又颇觉奇怪，往日里，老太太一到黄昏，就关紧房门，盘在屋里，息索息索吃点心，吃到称心杀念，就困觉，哪怕外头天塌下来，也不关她事。

格末昨天夜里他们的动作，是摒到小半夜过后才开始的，余老娘说老太看得清爽听得明白，难道老太一夜天覅困觉，一直都跟在他们身后？

上手（言小姐，官白）：余阿婆，你不要吓唬我，我好婆夜里才不会跑出来，七老八十老好婆，走路都走不连牵，黑漆抹搭跑出来，跌煞老跟头一脚去哪哼办？你余老娘就是服侍老好婆的，想起来你也不会任凭老太太夜里在大宅子里乱跑。

下手（余老娘，官白）：小姐啊，我勿吓唬你，这桩事体着着实实，你同两个男客，一个年轻书生，一个四十啷当，三个人的勾当，全叫老太太看得去了。

言小姐听罢，吓得差一点昏过去。

若知后事，且听下回分解。

我和小白一起走出来。

我和小白商量，要查的资料，要看的书，还有许许多多，要走的地方还不知道在哪里，实在没有很多时间来慢慢听说书了，要不兵分两路，小白听书，我忙我的事情。

小白似乎有点犹豫。不过这回我倒没有洞察出来小白犹豫的是什么，是她自己也不愿意再听下去呢，还是她觉得我应该继续听下去。

到了第二天吃过午饭，本来安排是要去博物馆的，却总觉得心神不定，结果赶到书场，刚好开场。

小白朝我笑了一下，好像在说，我知道老师会来的。

上手（表白）：上回说到言小姐的秘密行动，居然被两个摸得着棺材板的老太太晓得了，言小姐哪哼不要吃惊，她倒不是担心老太太走漏风声去告密，她是惊诧老太太怎么会晓得，她更是担心，连老太太都晓得，旁人会不会更加眼明心亮，心知肚明了。设计得如此周密，进行得如此秘密的这桩事体，难道已经大白于天下了？

上手（言小姐，弹琵琶，唱）：

我是思来想去太奇怪，这桩事情太蹊跷。

两老太七老八十七荤八素，冬瓜茄门乱纠缠。

现如今怎么可能一夜之间有了神仙眼，

样样式式式式样样全看穿？

且让我来试试戳穿她——

上手（朝下手瞄一眼，意思就是在看老太了。继续唱）：

一看眼神我吓一跳，两老太昏花的老眼像射箭。

盯牢我，戳牢我，急得我六神无主心乱窜。

本以为抵赖一番可蒙混，却不料事体穿绷老太已经变判官。

百口莫辩我已经没有退路过不了关……

上手（表白）：这一下子言小姐真的紧张起来了，想想如此秘密的行动，他们三个，都自以为保险保到地底下去了，不可能有人知有人晓，结果却不料连个瞎老太聋老太都晓得了，难道是老太太成了老妖精，什么也逃不过她们的神仙眼？要不然就是三个人的行动自以为保密，实质是个喇叭腔，他们只是掩耳盗铃，自欺欺人。老太已经全晓得，会不会大家都晓得了？

上手（言小姐，弹琵琶，唱）：

晴天一声霹雳响，眼见得一场祸事由我起。

连累到二郎哪哼办？这这这，难煞我言氏大小姐，急得我七上八下如坐针毡……

上手（表白）：这个言小姐真是个憨煞坯言小姐，明明是程二郎连累到她言小姐，她还担心自己连累程二郎。

言小姐心念至此，急得要哭出来了，话也讲不连牵了。

上手（言小姐，官白）：好婆，余阿婆，我，我，我——不，不，不——

下手（余老娘，官白）：小姐啊小姐，你不要不不不，啥啥啥，生而为人，要敢作敢当——这不是我说的，是你家好婆说的哦——

下手（言老太太，咕白）：喔哟哟，托这个余老娘，赛过托了个黄伯伯，算哉算哉，我自己来吧。

下手（言老太太，官白）：余老娘你闭嘴吧，颠三倒四，语无伦次，十三点兮兮。

下手（言老太太，弹琵琶，唱）：

小娘鱼啊，你人小心大肩胛硬，

你年纪轻，见识少，懵里懵懂充老狠。

你做这桩事体欠思量，

你以为园在后头无人知晓天衣无缝。

你以为掘地三尺就算深埋无隙可乘，

小娘鱼啊，

你掘地三尺挡不住妖魔阴风阵阵。

你封掉宅门抵不住鬼怪强横，

你自己想一想来思一思，

你是不是考虑不周瞎布阵？

下手（连连咳嗽）

上手（言小姐，拍拍下手的背，官白）：好婆，阿是伲昨天夜里动静太大，把你们吵醒了，全看见，全听见了？

下手（言老太太，官白）：小娘鱼，你定定心心放宽心，昨天夜里你们轻手轻脚，像三个贼骨头，看门老老和阿玉阿坤，困得像死猪——

上手（表白）：那余老娘在旁边“扑哧”一声笑，言小姐听出名堂来，为啥看门老老和另外两个年纪轻的用人困得像死猪，两个老太太反倒眼目清亮？

下手（余老娘，官白）：小姐你定定心心放宽心，我在他们的夜饭里放了点好物事，叫他们困得着着实实，比猪猡猡还要惬意。

上手（托白）：听得此言，言小姐更加心惊肉跳，这样看起来，这两个老太老早就晓得了他们的计划，居然下了蒙汗药，叫看门老老和用人阿玉阿坤困倒不醒，好让他们甩开手脚做事体？

下手（咕白）：言老太太眼见孙囡鱼面色大变，晓得她慌了手脚，乱了方寸，要紧把话讲明白。

下手（言老太太，官白）：孙囡鱼啊，你小娘鱼做事体脱头落襻，不是好婆怪你这桩事体做得不对，不好，不应该，事体是做得对的，应该的，不过好婆是要提醒你，你们自以为天衣无缝，滴水不漏，实骨子里，你们做得不地道，筑室谋道计策不灵，你们也不想想，长毛啥等样人，凭你们埋到地下就万事大吉安逸了？

上手（言小姐，官白）：好婆，那哪哼办呢，除掉我们言宅最后这一进，其他没有场化了，园到哪里去呢？

下手（言老太太，官白）：孙囡鱼啊，天下没有不透风的墙，你从程家搬到言家，早点晚点会走漏出去，到辰光长毛冲进来，你当他们全是憨大，不拿言宅翻他个底朝天，怎会放过？

上手（言小姐，官白）：程宅已经走漏风声，所以搬到言宅，假使言宅也不保险，那，那哪哼办呢？好婆你帮我想想办法呀。

上手（托白）：言小姐要哭出来了，她已经动足了脑筋，费尽了心思，再也想不出别的万无一失的办法了。

下手（言老太太，官白）：孙囡鱼啊，这桩事体本是你自己主动应承的，你要自己想办法，我人老力衰头脑昏咚咚，想不出好办法的，我总之实骨铁硬一句话，不能让人家传出风声，物事园在言宅。

上手（表白）：言小姐一夜未眠，在床上翻来翻去贴大饼，老太的提醒，一直在耳朵边上回响，物事不在言宅，物事不在言宅，物事不在言宅，赛过老和尚念经了。

言小姐情急智生，突然就想通了，她晓得怎么样才可以做到“不在言宅”。

这个言小姐，真正大户人家大小姐，大气派，大量围，一夜勿困，天蒙蒙亮时她做出了一个脱天荒唐的决定：拆掉言宅一进房子。

等到天亮马上爬起来，跑到好婆房间。

上手（表白）：言小姐想去和好婆商量这桩脱天荒唐事，哪怕好婆怪她拆家败，哪怕好婆骂她贱骨头，哪怕好婆要敲打她，言小姐都不在乎，她是坚定了心念，定坚要做成这桩事体。

这边言小姐是做了充分的准备要去说服老太，却不料言老太太连门都不肯开，不让她进去，不跟她商量。

下手（言老太太，表白）：小娘鱼啊，你自己的事情自己担，不要拿我老太再做挡箭牌。我还覅困醒呢，我要困回笼觉了，你走开吧。

上手（表白）：言小姐一听，大喜过望，分明老太是支持她的，昨天夜里对她啰里啰唆，实骨子是因为她做得不够隐写，不保险，而不是要阻止她，反过来看，老太还很卖力的，晓得她做得不到位，还特意大惊小怪，吓唬她，实质是为提醒她。

思想至此，言小姐精神面貌大振，干劲十足，只等二郎一到，细细商议。商议定当，即刻动手。

话说这言小姐，真是脱天的大胆，无魂的大仙，是个吓不煞的言小姐。

下手（表白）：且慢且慢，这位听客，我看得出你心里不服帖哉，你阿是要说我吹牛三哉？言小姐拆房，可不是拆脱一间房，而是拆脱整整一进房，从东到西，从西到东，言宅第五进，总共有十五间正房，八间厢房，拆为平地，如此之大的动静，为啥竟不曾惊动外人，悄无声息，眼睛一眨，一进房间就这样消失了？真正鬼出现哉，啥人相信？

上手（表白）：鬼是不会出现的，但不过这样的稀奇事体，要叫人相信，却也是不容易相信的。那么好，这就要说到不易堂哉。

“一宅不易堂，半座姑苏城”，牛三不是吹的，货真价实。不易堂大门开在言桥巷。叫是叫大门，实骨子里是一扇不大的门，黑漆漆的木门，对称的两扇，门的当中，有两个铜色的门环，底座是椒图，称为“神兽护宅”，门环不大，却十分精致。

下手（表白）：你立在那扇门的门口，是想象不出门里厢的世界是哪哼样子的。

下手（唱）：

赛过是吃喝拉撒衣食住行大世界，赛过是城墙里厢样样有保障。

宅堂里厢踫跟斗甩虎跳，唱戏做道场，外头也无人知晓无声响。

下手（表白）：话再说过来，言桥这一带，因为有了言宅，周边方圆，就没有什么小户人家了。好比把自家的小房子造在言宅旁边，坍招势，没面子。不怕不识货，就怕货比货。同啥人比不好，要同言家去比，那是自找没趣，自己没有落场势。

所以言宅周边，基本上没有什么街坊相邻，言桥巷本身也不长，光光言宅一宅，宽阔五落，已经占去巷子大半。所以尽管言宅里人丁兴旺，人声人气却不曾穿过围墙传出去。何况言氏大户，有规有矩，宅子之内，主人低调，用人也是悄然无声的，无论什么出身，哪怕从前是走街串巷磨刀削剪刀，哪怕是扛沙包喊号子的，大喉咙的，急脾气的，进了言宅，不用多少辰光，自然而然降低嗓门，温和脾性，到后来，连走路都是蹑手蹑脚，养成习惯，不觉得拘谨，反倒是看见有的客人不讲规矩，他们还会看不入眼，嫌避人家。

上手（表白）：话说这个言宅不易堂，关起门来一个小世界，一个小社会，一座小城池，里厢甚至还有一条小河，从东北方向的后花园流进来，在大宅西南角上的水池里打一个弯，再转出去。

从前日脚太平，子孙兴旺的辰光，言家的女眷就在自己宅子里坐船赏景，也算一绝。

就这一条宅内小河，到了言小姐这里，就派上大用场了。

拆房子拆下来的砖头木料，全部用小河里的小船运出去，人不知鬼不觉，等到全部拆定当，第五进空空荡荡不存在了，不过格歇辰光还不能拆围墙，要在第五进废墟的位置上，修出一条街巷来，铺好石卵子，做成旧街巷一样，最后一切完工，再等到一个半夜三更，将东西两边围墙拆脱。

啊呀呀，活脱脱一条新街巷就凭空出现，就像从天上掉下来的。

它就叫言桥后街。

言小姐心细，脑筋动足，按照其他街巷的样子，做了一块街名牌子，摆在显眼的位置，有人走过一看，噢，这条巷叫“言桥后街”。

下手（表白）：言桥后街，虽然从前覅听说过有这条街巷，但是现在眼门前就是它，就在脚底下，这叫眼见为实，只能说你从前孤陋寡闻，短见薄识。

上手（表白）：至于言宅原先的第六进第七进，本来也不派什么用场，现在既然已经割裂，索性叫用人把乡下的家眷全领出来住进去，那些上无片瓦遮身下无立锥之地的用人，一夜醒过来，无房户变成了宅主人，简直不敢相信，以为自己还在梦里头呢。

偶有路人经过，也一样不敢相信自己的眼睛，以为自己还在做梦；也有的以为早晨起早眼瞎搭闭，走错了场化；还有一个人，以为自己撞邪了，吓得叫喊起来。

下手（咕白）：勿好哉，勿好哉，碰着鬼哉，碰着鬼哉，全变脱哉，认不出来哉——鬼打墙哉。

上手（表白）：一直守候在这里的程二郎和三官，就出现了。

上手（程二郎，官白）：

哪哼变脱了，哪里变脱了，一点也没有变，这条言桥后街，本来就是这样子的。

上手（三官，咕白）：让我来帮衬一下二郎少爷。

上手（三官，官白）：是呀是呀，你看看这块路牌，一直就是挂在这里的，言桥后街，写得清清爽爽，你碰什么鬼，你没有碰着鬼，你们睁大眼睛看看，我们是人不是鬼。

下手（托白）：他们确实是人不是鬼，不过他们伙同言小姐做出来的事体，一般的人是做不出来的，如同鬼出现，如同鬼斧神工，这不是鬼，又是什么？

上手（表白）：最后这个糊涂的赤佬，也不再去研究是不是鬼打墙了，服哉，认哉，说，噢，原来从前就有言桥后街的，我不大往这边来，所以不晓得。

其实他是一个卖菜的小贩，从前他是天天经过这一带的，不过他现在有点鸡头昏了，思想已经不连牵了，脑筋已经动不起来了，他只管点头承认，是的是的，言桥后街，一直就在这里的。

人家都说是，假如他说不是，人家会以为他憨脱了，他不想憨脱，也不能憨脱，他还要到横街去贩点菜来卖菜，养活一家老小，千万不能憨脱。他要紧捏一捏自己的面孔，啊哟哇，痛的，才放了点心，还晓得痛，没有憨脱。一路走开，一路回头，口中念念有词，言桥后街，言桥后街——

我听到“言桥后街”四个字，忽然就贯通了，一通百通，我几乎把所有的事情都串联起来了。

我之所以没有马上跳起来，是因为我对评弹《不易堂》所讲述的故事表示怀疑，为了程家的几台机器，言小姐拆掉一进房子，将不易堂拦腰斩断。

这是什么逻辑？

虽然疑问多多，疑虑重重，但是两位演员绘声绘色的精湛的表演，却是吸引了我，即便不易堂消失的原因已经揭晓，但是我被故事拉扯住了，我很想听下去，言小姐怎么样了，程二郎怎么样了，那四台机器又怎么样了。

上手（表白）：这言小姐本就是心思缜密之人，再加上老太太吓一吓，敲过魂灵头，提醒过，更加考虑周全了，她和二郎、三官，三个人一起行动，先到言桥巷北横头的中言家巷，将其改名为中吴家巷，又到巷内言氏义庄，把石碑上的言字统统凿得模模糊糊，叫人认不出那个“言”字，最后对后花园的处理，言小姐更加心狠手辣，索性封掉了言宅通往后花园的通道，在后花园所在的凤池街，开出园林大门，给本来没有名字的言宅后花园，取名为何氏未沫园。刻有“何氏未沫园”五个大字的匾牌，立时三刻就挂了起来。就好像是这一个姓何的人家的园林了。

下手（官白）：喔哟哟，老兄你讲得慢点，听客听不懂哉，啊有格种稀奇事体的，一世人生也没有听说过，啥个街名庄名园名，要改就改，要哪哼就哪哼，呒规矩的？还是我来补充几句，讲讲清爽吧——事到如今，言小姐已经顾不了规矩，也顾不了礼数了，再说了，言桥这一带场化，基本上都是言家里的地盘，言氏义庄里的人，即便不姓言，也是为姓言的打工，中言家巷的居民，也是言姓的为多，他们多半要依靠言氏义庄扶持，所以都往义庄附近靠拢，至于后花园，改成何名，更是碍不着旁人啥事。

至于像经过言桥后街的那个小贩之类，长毛的杀声，早已经把他们吓得昏咚呼混淘淘，顾不上管你言小姐改名不改名。爱改不改，都是你言家的事。

上手（表白）：这边言小姐的动作实头是快，人在沪上的言老爷，得到消息，跺脚也来不及了，喷出一口血。言家里出了这样一个拆家败，出了这样一个丧门星，哪哼不要喷血，连老命都要气掉了。

下手（管家余千帆，咕白）：老爷是真的又气又急，要气出心脏病来哉，要急出神经病来哉，让我来劝他一劝。言老爷啊——

下手（拨弦，唱）：

老爷啊，

只要留得青山在，人就不怕没柴烧。

只有家人能安顿，家宅才能保得牢。

小姐虽然拆家败，却是人善心地好。

既然木已成了舟，不如顺水跟着跑。

先渡难关再重振，不易堂雄风不会倒。

下手（官白）：老爷啊，你平常日脚，一径教导子女，为人做事，要有担当，要有信用，你总是拿“不易堂”三个字放在嘴边，子女听得进去，学得像样——

上手（言老爷，咕白）：我哪哼晓得教导出一个戆囡吾来哉，真是气数想勿落。

上手（表白）：不过言老爷毕竟是个知大局的人，再加上余管家一番合情合理的劝说，已经想通一大半了，气归气，却不能一气之下回苏州去寻囡鱼倒扳账，一来拆家败已成事实，倒扳账已经扳不过来了，就算把囡鱼打杀，不易堂也已经四分五裂了。二是太平军的打杀声，早已经在苏州城外响起来，攻破城门，分分钟的事体。

上手（弹琵琶，唱）：

阊门内外赛天堂，店肆林立万商行。

一派繁华胜京都，有古诗云：

阊门四望郁苍苍，始觉州雄土俗强。

十万夫家供课税，五千子弟守封疆。

…………

下手（表白）：结果阊门吃家生哉，吃大家生哉，吃的是内外夹攻，城内的巡抚为了不让城外的太平军攻进，纵火；城外太平军攻城，纵火，阊门鱼鳞万瓦化成灰烬，可怜苏州城里生灵涂炭，几十万人口最后仅剩三四万人。作孽啊作孽，总归一句话，打起仗来，最最作孽的总归是老百姓。

上手（表白）：咸丰庚申四月十三日，就是1860年6月2日，太平军攻陷苏州城。再回过来说程宅的秘密，既然早已经落到太平军手里，自然逃不过那一劫，太平军寻踪觅迹，来晚哉，扑空哉，不出所料，程宅里果然有人贪生怕死，供出了言小姐。

下手（表白）：太平军立刻转道城东南，直奔言宅而来。

上手（表白）：此一时言宅更加空空荡荡，下人早已经打发走了，回老家的回老家，住言桥后街的住言桥后街，已经和言桥巷的言宅全无关系哉。

言小姐已经盘到同言宅完全隔断不搭不连的未沫园去哉，大小姐细枝末节考虑周全，在未沫园三个字前又加上何氏两个字，明明是言宅的后花园，结果成了何氏人家的园林。

这未沫园为啥不姓王不姓张偏要姓何呢，想必也是这大小姐的用心，等到有朝一日雨过天晴，人家问起来，何氏究竟是何氏，即答，何氏即言氏。言小姐真可谓足智多谋，运筹帷幄，只可惜天命难抗，收场凄凉。

那边言宅，大门紧闭，无声无息，宅子里只剩一个看门老老同仔两个老太太。

太平军杀进来，声势震天动地。不过呒意思的，三个老人，耳朵都是聋的，不要说喊打喊杀，即便是天塌下来，地陷下去，老老和老太也都木知木觉了。

尤其是两个老太，都已经老糊涂，已经搞勿清自己是啥人了。太平军进来问谁是言氏，两个老太都戳戳自己的面孔说我是言老太。

太平军也不是没有脑子的，不然也走不到如此风光的地步。他们到言宅，是要直奔目标的，不是要老太命的。

下手（表白）：这边两个老太，根本不把太平军放在眼里，她们为仔要说自己是言老太，吵了起来。

下手（余老娘，官白）：余老娘啊余老娘，你个老物事，你老糊涂哉，你个乡下瘪三免讨饭，你还想冒充我堂堂言氏掌门人。

上手（言老太太，官白）：余老娘啊余老娘，你个老物事，你老昏头哉，你个十三点，杀你个千刀不解恨，你天生的穷命你不足道，尘垢秕糠你充栋梁。

下手（表白）：两个老太，嘀嘀咕咕，说的都是苏白，太平军听不懂，但大致意思晓得，火冒得不得了，一把把看门老老拎过来，叫他指认哪个是言老太太。

两个老太太又一同上前，凑到看门老老眼门前——

上手（言老太太，官白）：是我。

下手（余老娘，官白）：是我。

上手（言老太太，官白）：我是言王氏。

下手（余老娘，官白）：我是言王氏。

上手（表白）：老太太娘家姓王，嫁到言家，自然成为了言王氏。这“言王氏”听起来和“阎王氏”一模一样的，那太平军听得两个老物事都说自己是“阎王”，再看看她们的面孔，一个青面獠牙阴搁搁，一个似笑非笑坏肚肠，反倒有点吃不透了，也不再纠缠哪个是真言老太太，哪个是假言老太太，就算晓得她们是装痴卖乖装疯卖傻，也拿她们没办法。

太平军在言宅也和在程宅一样，从第一进一直搜到第四进，刮到一堆瓷器珠宝，推开第四进的后窗朝外面望望，结束哉，那里已经是另一条街巷了。

上手（太平军，一把把看门老老拎过来，官白）：那条街巷是哪里？

下手（看门老老，官白）：那里是言桥后街，另外一条街，跟言宅浑身不搭界。

上手（表白）：这一来兴太平军也奇怪哉，传说言宅有多么了不起，大得吓煞人，结果过来一看，也就这么三四进的房屋，看起来传言也是有误差的。

我忽然想到一个问题，据我的了解，一般长篇评弹，若是古代题材，大多是从前创作的，后来创作的大多是现实题材作品。但是倘若从前就有这一出《不易堂》，苏州听评弹的人那么多，了解曲目的、耳熟能详的、如数家珍的，多的是，怎么从来没有人听说过《不易堂》。

更何况，在我的身边，就有那么多人那么多年一直坚持寻找不易堂，也没有听到过一点点风声，全不知道不易堂一直就在这个长篇评弹中等待着大家呢。

那么也有可能这个评弹《不易堂》是后来才创作出来的，甚至就是最近才刚刚写出来的剧本？

中场休息的时候，我过去和两位演员搭讪，想打探一下这个长篇评弹《不易堂》的脚本是谁写的，结果两个演员你望望我，我望望你，好像有点难为情。一个说，这个真不太清爽。另一个说，团里关照排节目，我们是听团里的安排的，叫我们排什么我们就排什么，没有打听是哪位老师写的。

我再去试探书场老板，老板没有说不晓得，他有点似是而非，想了想说，这个脚本好像从前就有的。然后重新想了想，又说，勿对，勿对，自相矛盾哉，倘若从前就有的话，怎么从前没有人演过呢，我大半世人生一直在听评弹，也是头一回听到《不易堂》。

他自己说自己自相矛盾。

这里边确实有许多矛盾的地方，我会一一去追寻清楚的。现在下半场开始了，我要继续听下去。

上手（表白）：虽然在程宅言宅两次受挫，不过人要拎得清，要晓得太平军是不会罢休的，他们还要设圈套，用计策，引出程二郎。暂且不表。

话说言宅两老太，一个大户老太，一个管家阿妈，倒像是一只模子里倒出来，风度一样的好，心思一样的密，两个人配合默契，弄怂了太平军。

只不过言宅还是有损失的，看门老老不禁吓，太平军前脚刚走，他后脚两腿一软，掼倒，掼倒就一脚去脱哉。要说是吓死的，也不过分。

言小姐得知，自是伤心难过。她独自盘在已经不是后花园的后花园，心里惦记二郎君，这一日早晨起来，右眼皮噗噗噗跳不停，贴张白纸头叫它白跳也呒啥用，后来就有人来报信，程二郎出事体哉。

下手（表白）：原来那程二郎思来想去实在不放心，虽说言宅已经拆掉一进，基本上是万无一失，但是万一再有人走漏风声，言小姐是凶多吉少，性命难保。

二郎思想至此，决定再施一计，再做一层保护。

上手（表白）：程二郎连夜和三官往沪上去，明明随身覅多带什么，却叫了四驾马车，车厢密封，车身沉重，走在石子路上“咯噔咯噔”响，路上自然有人看见，记在心里，要紧去告密领赏。

这边太平军在程宅言宅两处碰壁，正在气头上，忽然得报程二郎有四驾马车出城，呔，不是他还能是谁？

追！

下手（表白）：程二郎为救言小姐，引火烧身，自取灭亡，等到太平军追上程二郎的马车，打翻车厢一看，里厢装的全是石头，难怪车身沉重，“咯噔咯噔”，追兵火冒八丈高，骂骂咧咧，抱怨宝贝变石头，作孽二郎与三官，“嗯哼”一声都来不及，就踏上了黄泉路。

上手（言小姐，弹琵琶，唱）：

天塌地陷两情相隔，天昏地暗生离死别冲天恨。

二郎为救我舍身饲虎不惜命，二郎啊，我言小姐怆然涕下泪纵横。

我虽然大宅里生，大宅里长。

风不吹来雨未淋，娇生惯养父母恩。

只不过，我眼睛不瞎心里明，中意二郎没有看错人。

如今二郎已不在人世间，我不如追了二郎去重生。

下手（表白）：言小姐听到程二郎噩耗，伤心欲绝，方寸大乱，要追随二郎而去，这桩事体要豁边哉。

上手（言小姐，托白）：我言小姐，活，要活得漂亮，死，要死得其所，我不能白死。

下手（唱）：

二郎含冤西去无踪影，千斤重担就落在自己肩。

二郎被害恨比天高，二郎所托义薄云天。

我定要保住铁老虎，不让狂徒来得逞。

再去九泉和二郎把面见。

上手（表白）：小姐此时甚急促，随看门老老急步到堂前，大门不出二门不迈的大户人家大小姐，虽说出身高贵，却是未曾见过什么大的世面，爷和阿哥，是跑天下的，她却是名副其实的盘房小姐，但此时盘房小姐已经蜕变成巾帼女子，分分钟想出主意来，吩咐看门老老出去放风，宝贝物事埋在何氏未沫园里。

下手（表白）：这看门老老一听，吓一大跳，长毛攻进苏州城，城里百姓逃都来不及，小姐如此做法，岂不是引鬼上门？

看门老老朝小姐左看右看，也看不穿小姐的心思，只得照办。

看门老老一夜嘞困落忽，似睡似醒心中慌，天亮就听得轰门声，跌跌冲冲，连奔带跑到门洞，正好和太平军撞个正怀。

看门老老一回身，和进来的太平军一样，全体都呆掉了。

门洞中央，一条白绫，一身白衣，荡着一个人，一个年轻女子。

上手（太平军，官白）：这是什么人？她荡在这里干什么？

下手（看门老老眼泪汪汪，官白）：她，她她她，吊死了。

上手（表白）：进来的几个太平军，原本是气势汹汹，凶神恶煞，结果一头冲到吊死鬼面前，大觉晦气，又感觉这园子里阴气阵阵，有人要退缩了。

下手（太平军，官白）：那我们还要不要进去搜？吊死鬼会不会把好东西藏在小姐楼里？

上手（太平军，官白）：就算有宝，死人荡在门洞里，你进去？

下手（太平军，官白）：那就不寻了？

上手（表白）：再说了，这个何氏未沫园，明明姓何，是何氏人家的园子，根本也不是言宅，不是不易堂，本来只想进去搜刮财物，搜寻美女，苏州人结棍的，居然用死人来看门，不吉不利，会触霉头，不进去了。

下手（太平军，官白）：不光死人吊在门洞里吓人，里边会不会有什么陷阱挖好了等我们进去，算了算了。

上手（太平军，官白）：正是正是，苏州大户人家多的是，珍珠宝贝海海威，眼门前一个小园子，望进去清汤寡水，吪啥稀奇，搜搜刮刮也不见得有啥花头——

上手（表白）：且慢且慢，这里是不是讲出毛病来了，他们不是来搜铁家什的吗？怎么扯到珍珠宝贝啥啥啥上去了——却原来，这桩事体本身就是子虚乌有一场空，程家里自己摆个乌龙自己担，太平军要搜四台铁家什的消息，却是程家自己揣摩出来的，自己吓自己，自相惊扰。

下手（表白）：无风不起浪，程家的揣摩也不是无缘无故，想想这道理也是明摆的，太平军打进来，自然先要壮大武装，打造火枪火炮，应当是首当其冲，却不料，太平军的首领就算卖力，但是下面的那些小巴拉子，哪有他们想象得那么卖力，倘若真那么卖力，恐怕也不至于最后败落，攻进城的那一刻，他们就想好了，要去城中大户人家烧杀掳掠抢财宝。

结果言小姐这样一吊，倒是真的保住了未沫园里的物事，无论是啥，也无论多少，也不管到底有无。

上手（表白）：那看门老老看在眼中，不由得伤心丧气，一脱口说，难道你们不是来寻铁家什的，小姐啊小姐，作孽小姐你白死了。

下手（表白）：这边太平军嘲笑说，老东西，你啰唆什么，什么铁家什，我们要的是真金白银真价实货，我天国的军械所何等派头，缺你几台破家什？

下手（表白）：这话倒是没有吹牛三，太平天国苏州军械所遗址本为邱氏宅第慎修堂，建于明代。全宅占地六七亩地，坐北朝南，三路四进。中路依次门厅、轿厅、大厅和楼厅，房间大小几十间。轿厅、大厅阔大进深，明代建筑风格，宅内其他建筑多为清代重建，西路书房前一株白皮松，大可合抱，高约三丈，亦明代时物，等等等等，总之一句话，这是一座苏州典型的老宅、大宅。

话说这慎修堂宅主，眼见阊门方向火光冲天，听得北边杀声震天，晓得太平军要攻进来了，吓得携眷连夜离城避乱。

上手（表白）：宅主一家逃走，等到太平军过来，轰开门进去一看，哈哈，空空荡荡，场化倒蛮大，腔调蛮好，中意的，正好拿来派用场，后来就做了他们的军械修造工场。

据说有记载，等到宅主回转来一看，只见厅堂庭院中有煤、铁、炮之类。再到后来，还从庭院地下发现并出土了石炮弹、圆形铁地雷、锯断的铁炮、太平军军刀之类兵器，估计为当初重修宅第时就地掩埋的。

有一天散场的时候，书场老板特意在门口守着我，他告诉我，他打听过了，这个脚本是一位姓言的老师创作的。我有点吃惊，赶紧问，姓言，叫言什么？那老板说，好像叫言子chén。我又赶紧问，是哪个chén。

老板一脸尴尬，回答不出了。这也难怪他。他怎么晓得我家兄妹姐弟三人，是同一个发音呢。

我赶紧打言子谌的电话，没有接，我等不及，又打给了言子辰，言子辰接了，我不跟他兜圈子，直接问他，长篇评弹《不易堂》是不是你写的？我以为言子辰又会兜兜转转腻腻歪歪向我隐瞒什么，不料这一次他倒是坦白爽快，说是的。可他这么坦白，我偏就不信，我说，言子辰，你一个学财会的，在机关待了几十年，做了几十年的账，全是数字，什么时候你成了编剧，你天才啊？

言子辰既然承认是他写的，他自然会有说辞，他说，阿姐，我以前跟周老师学的。我不知道谁是周老师，我说哪个周老师，你凭空捏造出来的周老师哦。言子辰说，阿姐，我以为你记性好，从前所有的事体都记得呢，可是你看看，周老师你都忘记了，就是我们言桥巷7号的邻居，住我们对面，东落四进，从前在文化局工作的。我仍然没有想起来。言子辰又说，就是柴美英的血滴子。

一说这个我想起来了，那个又会写戏、人又长得神气的周老师——可是不对呀，那个时候周老师年纪已经蛮大了，好像比我爷我娘他们那一辈还要大一点——我立刻就揭穿言子辰，我说，不对不对，你怎么可能拜周老师为师，周老师有多老了。我都怀疑他人还在不在世呢。

言子辰似乎有点得意骄傲，他算是难住我了。他说，阿姐，你不要管周老师有多老，还在不在，反正我就是跟他学的，我写脚本的本事，就是他教我的，阿姐你要是不相信，我也没有办法，死无对证。

我这才知道，周老师已经去世了。这样我确实无法证实言子辰的话是真是假。我且撇开他怎么会写评弹脚本这件事，我更感兴趣的，是这个长篇评弹《不易堂》的内容，倘若言子辰所编所写，是真实的事件，那么言子辰是怎么弄清楚这段历史的，分明没有任何的记载，难不成有人托梦给他——那真是黄粱美梦、痴人说梦了。

但是再一想，倘若这完全是虚构的，言子辰又怎么会想到要虚构这么一出戏来，苏州的大堂、名堂多的是，玉涵堂，墨影堂，躬厚堂，留余堂，怀厚堂，等等，哪堂不是赫赫有名，无人不晓，更关键的是，这些堂，那些堂，都实实在在地存在于大地上，有可寻可见的地头脚跟，有图有真相，而不易堂，只存在于人的思想里，言子辰选择写不易堂，肯定是别有用意。

我说，言子辰，你不要跟我虚头滑脑，你老实告诉我，你跟我说清楚，你写的这个本子，里边的内容到底是真是假。我知道我的口气带着点责问，有点不讲理，好像因为我被他捉弄了。

言子辰好脾气，笑笑说，阿姐，你好歹也是有知识的人，你怎么问出“是真是假”这样的问题，这是写作，是创作，是艺术作品，你说是真是假呢？他不等我反驳，又说，苏州评弹中那许多经典名目，像《描金凤》《玉蜻蜓》《打金枝》《双珠凤》《珍珠塔》，还有不少，你说是真是假？

我再次吃了他一转。那些评弹名篇，大多是艺术创作，历史上、生活中可能会有一点点因头，然后根据这一点点的因头，进行大量的艺术创作加工，所以我急着说，言子辰，难道这个《不易堂》，都是你编出来的故事？

言子辰在电话里“呵呵”笑一笑，他不再解释了，让我自己去瞎猜瞎想，他晓得我的脾气，等着我再追问，他是以退为进。

是的，他的判断不错，我还有很多的问题，我说，如果是你编出来造出来的，你为啥要编这个《不易堂》，你说书？

言子辰承认说，阿姐，是的，我说书。

“说书”，在吴方言中，有两层意思，一层就是表面的意思，就是评弹演出；另一层意思，倘若某人信口开河，夸大其词，胡乱吹嘘，甚至无中生有，完全不顾事实，别人会说他“你说书”。

至于言子辰承认自己是“说书”，我认为他就是后一层意思，所以我不客气地说，言子辰，你搞了一个虚构的《不易堂》，你想哄谁呢？

言子辰这个老会计，现在还真有点文艺创作的口气了，他说，阿姐，艺术来源于生活，虚构也是以真实生活为基础的。

他又在和我绕，我烦了他，我说，言子辰，你就实说吧，你写的这个《不易堂》，到底是写实还是虚构。

言子辰笑道，阿姐，你说呢。

我气得说，脚本是你写的，书是你说的，难道我说什么就是什么？

言子辰说，阿姐，不是一向如此吗？我们都听你的。

言子辰我真是小看他了。

比较之下，我的念头又转到言子谌那儿去了，我甚至觉得可能还是言子谌好对付一点，虽然言子谌吃相难看一点，说话口气冲一点，却不如言子辰的心机深，所以我丢下满嘴假话的言子辰，再去问言子谌。

言子谌这回也和言子辰一样，没有回避我，他甚至主动邀我到他家去聊天。我去的时候，没看到他天天伺候的孙子，他说他孙子跟着父母出去旅游了，所以他才有闲工夫来跟我瞎扯。

他给我泡了我喜欢的白茶，我都顾不上尝一下，急急忙忙就把问题砸过去，砸在他头上。

喂，言子谌，你一定晓得，这个评弹《不易堂》，言子辰究竟是怎么写出来的？

言子谌说，这个言子辰，他又唬你了？我说不是他唬我，这个节目确实是他创作的。言子谌说，嘿嘿，洗脑成功。我一时没有听明白，想了一想，我又问言子谌，你的意思，是说这个内容是言子辰胡编乱造的？但是我想不通，他为什么要这样做？

言子谌说，也许吧，他晓得大家心里有这个结，这个结太大了，而且一直不得解，始终解不了，而且它还会长大，越长越大，大到心脏承受不了重负了，所以他编个故事，帮助大家把心结解了，让所有心心念念的人，有个着落，画个句号，这何尝不是一个办法，至少尝试一下，也许有用呢，也包括你，你说呢？

我说还是不对，你说他是胡编乱造，但他说艺术是以生活为基础的，生活呢，什么生活，他是怎么知道，怎么了解得到那些生活的？那样的生活，哪里有？

我的言外之意，我和小白费尽了力气，兜兜转转，历经了几乎所有从前的人和事，除了有一些似是而非的说法，其他几乎仍然是一无所获，如此推断，言子辰是不可能得到那些生活素材的。

言子谌听我如此怀疑，也不再坚持，退了一步说，那你就当他是胡编乱造，其实我也是心存怀疑的，我是觉得，凭他的水平，是写不出来的。

我不想被言子谌牵来扯去，我先撇开言子辰写得出写不出，也撇开到底是谁创作了长篇评弹《不易堂》的真相，这个长篇评弹《不易堂》，说的是一百多年前的故事，悬空八只脚，确实不值得相信，至少不能随便相信，但是我看到过另外一个言小姐言耀兰写的书，书里说过，不易堂被分割了，面目不清了，但是只要看到《春日家宴图》，就能知道不易堂的原貌，也就能知道不易堂的位置，我现在还没有听完长篇评弹《不易堂》，我就从书场抽身找到言子谌，主要因为我太心急，等不及慢慢听后面的故事情节，急于想要知道结尾。

我对言子谌说，言子谌，既然这出弹词是言子辰写的，你肯定晓得他后面写的什么，有没有涉及《春日家宴图》，不是一直都说，只要看到《春日家宴图》，就能知晓不易堂的全部真相。言子谌“呵呵”了一声说，你又听谁胡诌的？

我顿时泄气。

本来我是鼓足了追求真理真相的勇气和决心，我下死劲地往前走呀走呀，最后却发现，每当我刚要拐弯看到曙光的时候，一个连着一个的弯转立刻就横在我的面前，我转了无数个弯，也没有看到光亮。

或者换个说法，这个事情，翻转再翻转，一再地翻转，到现在，在我这里，我已经目瞪口呆了。

我终于想到要喝一口茶了，茶真是不错，是我喜欢的感觉，可是我从言子谌这儿依然什么也没有参透看破，忙活半天，一无所获，我对言子谌说，还是茶香。

言子谌说，那是当然，在你那里，我们都是臭不可闻的。我回撑他一句，你们有自知之明。

其实我没有心思和言子谌互撑，我直接说了言耀兰言小姐的回忆录，还强调了是我们的邻居尹宁记录整理的，言子谌又“呵呵”了，但他分明知道他的“呵呵”在我这里是糊弄不过去的，只好坦白说，言耀兰的回忆录当然知道，我们都知道，你更知道。

我奇怪说，为什么“我更知道”？他反问我，你说呢？我不想和他玩猜谜，我说，言子谌，你们老是这样遮遮掩掩、吞吞吐吐，有意思吗？你又不是不了解我的脾气，我既然回来了，我既然有这个课题，我是一定要完成的，无论你们怎么掩饰，甚至弄怂我，我也会完成的。我这一生，一路走过来，就没有完不成的目标。

言子谌赶紧说，那是那是，你是言子陈呀，你是言小姐呀——然后他叹息了一声，似乎是无奈了，似乎终于要承认什么也瞒不过我，跟我说，有许多事情，不是谁要瞒着你，从你十八岁离开之后，许多年来，我们逐渐逐渐地听说了一些事情，了解了一些事情，可是你不在呀，你永远都不在。我生气说，我不在，你们不能告诉我吗？言子谌又是叹气又是摇头，说，告诉你？找得着你吗？就算找得着你，你会理睬我们吗？你把我们都当成了敌人——好了好了，不说从前了，你已经看到《往事重现》了，但其实言耀兰重现的，只是一个侧面而已，我们的爷爷言耀亭，才是故事的中心。

果然不出所料，我早就怀疑言子谌是成竹在胸的。不过我不管他跟我玩什么花招，只要他肯告诉我事实真相，一切我都可以原谅。

以下就是言子谌的叹息一声以后，“无奈”地给我讲述的我们的爷爷言耀亭的一些事情：

言耀亭绰号宜兴夜壶，独出一张嘴，但其实那种腔调只是他的某一面而已，甚至就是假装的一面，实骨子里，他是很会肚皮里做文章，也非常懂得察言观色、揣摩形势。比如从前有一年，他忽然预感到了什么，也不跟任何人说话，就异想天开地租来一辆大卡车，把家里收藏堆积的古籍，统统运到老家乡下，放在村里的仓库里。小队长也不知道这些破纸古书有什么意思，也不去管他，反正那时候基本上年年歉收，仓库基本上只是个摆设，放放没人要的破旧农具之类，现在给言氏的后人放放书，只当做好事了，何况还有不薄的保管费，何乐不为。于言耀亭来说，那些祖上传下来和他自己精心收集的古籍，至少暂时安顿下来，销声匿迹，无人问津了。

那一次回老家，言耀亭还顺带做了另一件事，就是把家中仅剩的几件首饰带到县城当铺去当掉。那时候苏州城里也还有一些当铺，但是言耀亭的这些东西，不敢在苏州露面，言家在苏州是有点名气的，大家眼睛都戳牢他们，一不小心传出去，总不是好事。

所以，虽然这些东西不是偷来的，是祖传的，但是言耀亭却把它们当偷来的那样小心处理。

言耀亭将古籍交给了小队长小心保管，自己返回县城，去了县城里唯一的一家当铺，叫红升当铺。

掌柜的是个中年人，面善，也善言，自称姓罗，他见言耀亭比他年长一点，就谦虚地说，同志，你称我小罗即可。

言耀亭也不敢过多讨价还价，小罗鉴貌辨色，心中有数，但是他也没有胡乱压价，双方都比较克制，拎得清，都不黑心，所以价格很顺利就谈好了。

小罗取出典当票据，填写之前，要求言耀亭出示身份证明，言耀亭随身带着户口本，小罗看了一眼，脱口说，哦，言同志，也姓言。

言耀亭奇怪说，什么叫也姓言，你也姓言吗？小罗笑笑说，我不姓言，我姓罗，因为以前也有一个姓言的人来当过东西，所以记得。

言耀亭就有些警觉，说，你记性这么好，当过东西的人你都记得？小罗又笑道，那哪可能，因为言这个姓比较少见，所以记得住。

言耀亭不说话了，看着小罗填写，可过了一会儿，他又问，那个姓言的人，当的什么东西，小罗说，是一幅画，是古画。

言耀亭忽然就有一种感觉，好像灵魂被照亮了，他赶紧追着小罗问，是什么画，小罗说，我记得那幅画的名字叫《春日家宴图》，可是——

言耀亭都来不及听“可是”后面是什么，急得说，啊，啊，画呢，画呢，《春日家宴图》在哪里？都等不及小罗回答，他自己又抢着急着，说，是不是赎回去了，不在你这里了？

小罗则很平静，开当铺的，各种人物也见得多了，像言耀亭这样的，开始沉着冷静，大将风度，但是一旦触碰到他哪根筋了，就冲动起来，控制不住自己。这样的人，他也不是没见过，不足为奇。所以小罗平平淡淡地说，赎回去倒好了，可惜没有赎回去，好像有几年了，一直没来赎。估计也是日子不好过吧。

言耀亭又急，说，绝当了？那你是不是早就转卖掉了。

小罗说，我倒是想转卖，可是没人要，没人稀罕，即便有人对书画感兴趣的，有时候也会从我这里收一两幅绝当去，但是他们看看《春日家宴图》，都不要，那也是，现在大家手里都紧，都没有什么闲钱，要想买绝当品，多半是实用的，像铁锅啦，旧衣裳啦，比较走得快，收音机闹钟什么的，也还好出手，字画之类，除非特别喜欢又特别值当还要有闲钱，才有可能，可惜这种“可能”太少了，所以那幅《春日家宴图》一直没有人要。

言耀亭大喜，赶紧说，我要我要，你给我，我现在就要，带走。

小罗挠了一下后脑勺说，喔哟哟，言同志对不住了，那画现在不在我这里，我有个朋友，来我店里玩的，随便翻翻，看到这个画，说家里小孩在学画画，借回去给孩子照着画画，临摹一下，就借走了。

言耀亭一听，“啊呀呀，啊呀呀”地叫喊起来，吓了小罗一跳，说，言先生，你干吗？

言耀亭说，你怎么可以这样瞎搞，这么好的东西，你就随随便便丢给小孩子去瞎玩？

小罗也稍有点不乐了，但他还是很客气的，说，我没有瞎搞哦，成了绝当，东西就是我的了，朋友借着用用，这很正常呀，再说了，言同志你又没有看见东西，你怎么就知道是好货呢？

言耀亭按理是被小罗一番话问住了的，但是他嘴硬嘴凶，强横地说，我不看也知道它是什么东西，所以你赶紧去要回来，我要了。

小罗有些兴奋，也有些疑惑，看了看言耀亭，说，你确定要？你看都不看一眼，只是听了一耳朵，就决定要了？

言耀亭坚定不移地说，要。

小罗想了想，觉得不是太放心，又说，我那个朋友不住在县城，他在乡下镇上，我若是远远地跑一趟，万一拿回来你又不要了，我岂不是驼子跌跟斗，两头不着实，又得罪了朋友，又白费了工夫。

言耀亭听出了小罗的意思，赶紧说，我知道了，我知道了，我先付你订金，也就是说我买下来，你先收钱，这样你总归相信了吧。

小罗又动小脑筋了，因为他看出言耀亭一心要这幅画，可以趁机敲一下竹杠，但又不敢敲得太厉害，怕买主一气之下不要了，所以小罗小心翼翼地看着言耀亭，试探说，言先生，你出多少价？

言耀亭虽然心急，吃相难看，但他可不是什么憨大冲头，他也见过世面，他更有知识水平，不会轻易被宰，所以言耀亭放慢了心情，跟小罗玩心计说，你说有个姓言的人来当的，那时当了多少钱呢？

小罗急于出手，于是赶紧查了1963年的收货登记，很快查到了，拿出来给言耀亭看，说，喏，你看，在这里，当了十块钱。

言耀亭“啊哈”了一声，他稍有些失态。言家许许多多的后代子孙孜孜不倦、梦寐以求的《春日家宴图》，竟然被其中一个姓言的三钱不值两钱地当掉了，甚至都不再想办法赎回，让其成为绝当。幸亏今天让他碰到了，否则很可能就当成废纸一张，让小孩子拿去糟蹋了。

这个姓言的，也配姓言？他若真的姓言，必是个不肖子孙。

言耀亭眼神不济，他指了指那张旧收据的底根说，这个过期失效的收据上，当户写的什么名字，他叫言什么？

小罗再看了一眼，发现上面没有签名，只盖了一方印章，本是红色的，因为时候长了，褪色了，只有一点淡咖啡色了，四个字的字迹也有些模糊，勉强看得出“言文”和“章”三个字，到底这个叫言文什么，却是一笔糊涂账了。

小罗却不甘心，拿来放大镜放大了看，看了半天，犹豫着说，好像是个“康”字哎。

言耀亭也看了看，说，不像是“康”，有点像是“章”字。

小罗不服，又去看，看了半天，说，不像“章”，有点像“良”，良心的良，这个人难道叫言文良？

言耀亭“啊哈”了一声，又有些失态了，他觉得事情太奇怪，太蹊跷，怎么可能是言文良，怎么也不可能是言文良，不可能是当年来求他的父亲言文钊救命的那个堂叔言文良。

如果言文良早就拿到了《春日家宴图》，他也许早就找到了不易堂，早就向侄女婿萝卜干介绍了不易堂，侄女婿早就保了他下来，然后生命的轨迹就朝着另一个方向走了。不知道是更好一些，还是更坏一些。

总之当年言文良如丧家之犬的时候，最想做的事情，就是找到《春日家宴图》，正因为他无法找到它，所以拖家带口地逃离而去，再也没有回来，再也没有一丝一点的信息，他又怎么可能在十多年后忽然出现在老家的县城当了那幅关乎他命运的画呢？

如果这三个字，真的是言文良，估计就是有人冒充的了，也或者就是守在安徽老家的言氏的一个旁支中的一个人，名字就叫言文良。一个大家族里，同名也是正常的。平时不晓得，到了修家谱的时候，就看出来了。

当然，如果打开思路，也还存在另一种可能，如果可以大胆设想，言文良会不会根本就没有离开，而是一直藏在哪里，对外假称去了海外，风风雨雨就打扰不到他，甚至他可能换个名字活着。那他就不叫言文良。

言耀亭正在心里胡乱地判断一番，就听那小罗又犹犹豫豫地说，哎，还是不对，也不像是“良”字，是“库”？不像不像，是“痒”？也不像——

小罗越说越离谱了，都是胡乱瞎猜，既无根无据，又有嘴无心，因为当初到底是谁来当画的，与他关系不大。可言耀亭却心有不甘，他还想打听点什么，他问小罗还记不记得那个当画的“言文啥”长什么样子。小罗想了一会儿，说，好像，好像，和你样子差不多，一笔写不出两个言字嘛。

小罗这话，听得出是在应付了，小罗现在心急的不是从前那个当画的人，而是眼前的这个买画人。对于这个绝当，小罗早就死心了，就算朋友拿给小孩学画搞坏了，甚至搞没了，也就算了。但是现在却突然峰回路转，有人急着想要这个无人看得上眼的绝当，小罗自然会在心里劝自己，不要黑心，等于是捡到的便宜，是意外的惊喜和收获，所以小罗对言耀亭说，价格不抬，童叟无欺，小店信奉诚信二字。

这边言耀亭心里也一直在打鼓，他也不再计较当画的人到底叫言文啥，目前的当务之急，是要敲定小罗，不能允许他反悔。而言耀亭自己虽然有身份，却又是囊中羞涩，若不然也不会带着家里最后的几件首饰跑到小地方来当，他看着小罗笑眯眯的脸，有些后悔，后悔自己太沉不住气，一听到《春日家宴图》，就露了馅。但是话又说回来，凡是知晓《春日家宴图》的，谁发现了它的线索会无动于衷、波澜不惊呢？

现在听小罗表明了态度，言耀亭总算松了一口气，趁小罗反悔之前，赶紧掏钱，而小罗也是着急的，也是趁言耀亭反悔之前，赶紧开了一张购物收据，写明今有言耀亭购买红升当铺绝当《春日家宴图》，预付订金多少，剩余部分多少，于取画之日结清，最后言耀亭签名按手印。

一手交钱，一手交收据。

言耀亭并不放心，问小罗画什么时候可以拿回来，他说自己这几天就在县城的招待所里等，等拿到东西再走。小罗也就不好意思拖拉，答应第二天就到镇上去取回来。

那天下午，言耀亭从红升当铺回县城招待所，因为兴奋，还在路上买了当地的特色小吃毛豆腐干和米饺带回来，打算晚上弄点小酒喝喝，踏进招待所嘴里还“嗯哩嗯哩”地哼了哼，他还不知道，那里有什么在等着他呢。

等着他的是一份加急电报，单位发来的，令他当天立刻赶回单位报到，运动来了，明天动员大会，全体人员一个也不能少。尤其是像言耀亭这样的人物，更是首当其冲，名单已经上报，明天开会要点名的。

言耀亭不敢不走，当下收拾了东西，在去往长途汽车站的路上，特意又绕到当铺，没有告诉小罗他要返回苏州的真实情况，只是吩咐小罗尽快去把《春日家宴图》收回来，说他过两天就会来取。小罗连连答应，说明天一早就去。

言耀亭这才一步三回头地离开了县城，踏上了归途。

言耀亭坐在车上，汽车缓缓驶出县城，天气很好，但是言耀亭却有预感，预感要有暴风雨来了，他在心里盘算，这一次，恐怕少说也得有个一年半载，他才能再回来，他心心念念牵挂着差一点就到手的《春日家宴图》，幸好动作够快行动够力，已经将画购回了，言耀亭小心地捧着自己的包包，里边的那张收据，不仅抱紧在他的手里，也已经刻印到他心里了。

一辈子会盘算的言耀亭，这一次的预感，与现实的发展却大有误差，属于老鬼失匹。

言耀亭一走就是九年。

再回来就是1975年了，言耀亭和言常氏一起回老家，当铺早不存在，小罗也不知踪影，但是言耀亭并不太担心，就这么小个县城，还能找不到一个小罗？

他满怀信心、计划周全开始寻找小罗的时候，早晨起来，言常氏神神秘秘地过来跟他说，做了一个梦，梦见自己掉了一颗牙齿，从前听详梦的人讲过，做梦掉牙齿不好的，屋里会有事情，不会是小辈他们有什么事吧？

言耀亭正在兴头上，准备出发，被言常氏的梦一搅，顿时有些怒火，信不是，不信又不是，数落言常氏说，你也算是大户人家出身，你不要来这一套，你又不是柴美英。

言常氏向来不和言耀亭争辩，既然他叫她不要相信梦，她也可以不相信，她甚至还笑了笑，说，那你就当我没有说，就当我没有做梦。

言耀亭真的就当她没有多说，只管按照自己的计划，去打听小罗。

可是整整一天，言耀亭不仅白费时间和力气，什么线索也没找到，而且一整天都觉得心神不宁，右眼皮跳个不停，老是感觉有什么事情在等着他，想来想去，就怪一大早言常氏的那个梦。

言常氏做了一个梦，自己倒没有记住，结果钻到言耀亭思想里去了。挨到傍晚，他挺不住了，给苏州挂了一个长途，叫儿子言伯邻听电话。

放下电话，言耀亭回到旅馆，收拾行李就走，言常氏向来不问，跟着就是。倒是言耀亭不停抱怨，说怎么几次来这里，都要赶夜班车回去，真是碰着点啥了。

第二天一大早，言耀亭和言常氏就站立在宅院天井里了，如同从天而降，把大家吓了一跳。

这个事情的后面半段，也就是我爷爷我奶奶那天一大早突然回到苏州，我是知道一点的。但是言子谌所说的言耀亭在安徽县城的那些经历，以及《春日家宴图》所经历的遭遇，我不知道，这是头一回听说，我应该相信言子谌呢，还是从中发现疑点呢？

正如同言子谌让我别听言子辰胡诌，我不知道言子谌自己是不是在胡诌。

言子谌对我的心思掌握得透透的，他说，言子陈，你可以不相信我，但我还是要找个机会跟你讲清楚来龙去脉。

小白的电话来了，她向我汇报今天的内容，她的口气有点异样，不像她平时一贯的沉着冷静，我甚至感觉出她有一点激烈，她说，老师，我听得莫名其妙了，老师你猜猜，那四台机器到底怎么了？

她也知道我猜不出来，就告诉我，说评弹是这样演出的：等到太平军的事件过去后，苏州恢复了正常，所以程家阿叔来到言宅，到曾经的第七进那个地方去挖，结果根本就没有挖到，又听说言小姐为了阻挡太平军进后花园，吊死在后花园的小姐楼，就怀疑言小姐将它们园到后花园了，再去挖，也没有，最后追索下去，又听说言小姐其实早就用船将机器沉到运河里去了。

这个言小姐真是心思缜密，心计够深，七窍玲珑，还异想天开，匪夷所思。

又有人听信了，下河打捞，也没有捞到，可能因为时间长了，水流力道大，将沉在河底的铁家什，移了位置，也有人说，你们都上当了，也许根本就没有扔进河里，想想也是，在那样的形势下，要将大铁家伙扔进河里，谈何容易。

这话也不是没道理。

小白说，老师，总之今天我听的这一段内容，我感觉不是在讲故事，而是在设谜题。

我无言以对，只能让小白明天继续再听书，而我的心里，则对长篇评弹《不易堂》越来越持怀疑态度，或者不应该用“怀疑”两字，我只是越来越觉得它就是一个艺术创作，而不是真实事件。

过了一天，言子谌又约我了，他现在分明已经是变被动为主动了，难道他是下决心要跟我把事情说清楚了？我们去了一家名叫“故事”的民间美术馆，这个美术馆我有所耳闻，由叶兰小姐开办，展出一些有故事有经历的画作，叶小姐也是一时念起，抱着试试看的态度，结果竟是老少皆宜，不仅得到许多本身有故事有经历的过来人的青睐，也得到无什么故事无什么经历的空空荡荡的年轻人的追捧，可谓一个金点子，救活一个馆。

美术馆的入口处，写着这样一句话：

书画于人，譬之烟云之过眼，去而不复念也。——苏东坡

美术馆展厅的外间，有咖啡茶座，言子谌在那里等我，他让我坐下，我喝茶，他喝咖啡，各取所需。

以下是言子谌一边喝着咖啡，一边告诉我的所谓的“来龙去脉”：

余又的跌落，本来以为他带走了余白生所有的秘密。但是过了不久，余白生在安徽的同事无意中又找到了余白生的一些物品，因为他没有放在自己的住处，而是放在文研馆的办公室。后来来了新同事，要使用余白生的办公桌，打开了抽屉的锁才发现的，有一个用旧手帕包的小包，里边就是那张红升当铺的购物收据，交易时间是1966年，购买者名是言耀亭。

余白生的同事将这个手帕包寄了过来，姚妍收到，打开一看，是言家的名字，就直接交给了言子谌。

言子谌说，当时我也没有在意，就随手扔在家里的抽屉里，后来过了几年，有一次我家搬家，我注意到了躺在抽屉里的这个手帕包，往事立刻出现了，1981年我家好婆去世的时候，把这个手帕包，交给了，交给了，交给了——

多少年过去了，他们仍然不敢在我面前提及“余又”，我看他想说却不敢说出来，面孔涨得通红，还是我替他说吧，我大声地说，交给余又了。

言子谌终于听到了这个名字，长叹一声，如获大赦，赶紧接着说，是呀是呀，竟然交给余又了，我们当时都围在好婆的房间门口，看到了，急得大喊小叫，跌脚捶胸，那个情形，就在眼前。

虽然一直是言子谌在说话，但上面的这个“我”，有时候是言子谌，有时候是我，因为我想说话的时候，我是不会忍住的，我随时都会插个嘴的。

我是言子陈。

现在我冷笑一声说，言子谌，你的意思，是好婆害了余又。

言子谌说，不是谁害的谁，是命运决定的。我不服，我说，那命运为什么不让好婆把手帕交给你，你比余又还大几岁，你还姓言，余又姓余——我还觉得不够解气，又补了一句恶毒的，我说，若是交给你，你会去安徽吗？你若是会去安徽，掉下去的就是你，你若是不去安徽，你觉得你——我没有把更恶毒的话说出来，因为我不说，言子谌也能听到。

言子谌沉默了一会儿，说，你知道的，我们言家上代头一直都有个规矩的，家里有什么秘密，都不告诉自家的子孙，而是告诉管家——我气得打断他说，是呀，把祸端引向旁人，这就是言家一向的做派。

言子谌说，所以呀，我们言家的后辈，名字里都缺少一个后鼻音，我们兄妹三个不用说了，我们的爷，叫伯邻，阿叔叫仲勤，孃孃是淑银。我说，不对，首先阿爹应该改名，他自己凭什么有个后鼻音，他应该叫、叫——我一时想不出tin这个读音的字来，卡住了。

话题仍然交给言子谌：

其实后来我也去了安徽，我找到当年小罗的儿子，现在已是老罗。老罗说，咦，怎么不断地有人来找什么家宴图，你是第二个找我的，我听我爸说，他在的时候，就有人找过他。

我猜想，那应该就是我阿爹言耀亭了。

老罗继续嘀嘀咕咕说，这么看起来，我那老子还真欠下了不少旧债，幸亏不是什么风流债，不然弄出几个陌生的嫡亲的兄弟姐妹，那真是一出好戏、几出好戏了。

我拿出老罗的父亲小罗亲笔填写的当铺收据，老罗看了看，说，是的，是我父亲的字迹，我认得，上回来的一个姓余的人，也是拿的这张纸，怎么又到了你的手里？其实姓余的来的那一次，我把我知道的都告诉他了，你还要想了解什么，干吗又要大老远地跑过来？你去问问他就行了，他叫余白生，那些年好像在我们这里待了蛮长时间的，不过后来听说他好像生病了，回苏州老家了，他不会是死了吧？

我只是跟老罗说，余白生没有死，但是我也不能去问他——言子谌停下来，小心地看了我一眼，小心地解释说，那段时间，余阿叔还没有完全恢复记忆，许多事情他还记不起来，虽然医生说要帮助他恢复记忆，需要用过去的熟悉的事件去刺激他，但是我们都不敢，怕刺伤了他。只能由他慢慢地顺其自然地恢复。

我未置可否。言子谌见我脸上没有怒色，已经很受鼓舞了，他知道自己可以接着往下说：

当时我只能麻烦老罗再仔细回忆一遍，看看当初他给予余白生的那套说辞中有没有漏洞，因为余白生沿着老罗提供的线索，虽然追到了他自己所在的县文研馆，但其实图并不在那里。文研馆的同志后来把馆藏翻了个底朝天，也没有发现《春日家宴图》。

我这么一提醒，那个老罗果然认真起来了，他一边细细回想，一边将当初说给余白生听的那一套，重新又说了一遍，然后停下来，想了又想，接上我的问题说，漏洞？漏洞肯定有的，这么多年了，又经过那么混乱的阵仗，怎么会没有漏洞——他指了指我手中紧紧攥着的那张当铺收据，说，这张收据就很诡异呀，怎么转来转去又出现了呢，这里边究竟隐藏着什么事情，我父亲临终前没有全部交代给我，带走了，那就一点办法也没有了。

他的语气充满遗憾，害得我也跟着绝望起来，但是我不甘心，我眼前又出现一条可能产生的岔道，我说，既然当初当铺里有好些绝当，既然是绝当，就可以自由买卖，会不会有人买走了，而不是后来被毁了，或者中间转来转去最后不知所踪了？

老罗说，当然有这种可能，但是绝当如果出手，当铺也是有登记的，不会遗漏的，上次我们看过那时候的全本登记，没有出售《春日家宴图》的信息。

我一边泄气，一边再一鼓作气，我怀着侥幸说，那个绝当出售的登记册，还在吗？

老罗无奈地笑了笑，说，哪可能还在，当铺都关了多少年了，这些东西怎么还会留在家里，家又不是废品收购站。他竟然称之为“废品”。

不甘心的我，终于看到了“绝望”在朝我微笑，我已经无话可说，在老罗这里再待下去，也没有什么意思了，虽然老罗很热情，并没有赶我走的意思，他甚至还很同情我。但是没有用。

我要告辞了，老罗家的门开了，老罗的老婆下班回来了，老罗给我介绍了一下，说，这是我老婆林美，小学老师。

林美也朝我点头笑笑，说，我上美术课，教小朋友画画。

老罗说，你少吹几句啊，人家言先生可是大学老师，你那点三脚猫功夫，拿不出手的。

林老师仍然笑笑，说，所以嘛，就教教小朋友嘛。

老罗跟我介绍说，林美没有经过专业的训练，小时候是自学的，后来居然考了个师范艺术系，毕业回来就当小学老师了——对了，林美，我想起来，我曾经听我爸说过，你学画时，你爸曾经借过我爸当铺里的绝当画——

我猛地心中一荡，赶紧问他们，借的什么画，现在还在不在。林美说，借过好几次呢，时间太长了，几十年都过去了，不知道还在不在，我进去看看。她进里屋翻了一下，在自己陪嫁的箱子里，找出一幅一尺见方的旧画，拿出来时我就抢先瞄了一眼，那么个小幅，又是静物画，心里顿时凉了半截。

老罗接过那幅画，带着些不屑的口气说，喔哟，原来你就是照着这个学画画的——他忽然间激动地大声喊起来，咦，咦，这不就是《春日家宴图》吗?

真的就是《春日家宴图》。

这是一幅晚清无名氏画的静物图，画的是春天的菜蔬，韭菜油菜小白菜香椿芽，也有一些普通的荤菜，有鸡和鱼，春天菜蔬少，所以没有琳琅满目的感觉，画中多了一些空间。

我不知道这是不是《春日家宴图》，但它确实就是《春日家宴图》，难怪小罗的朋友，林美的爸爸会借去给小孩子学画，若是一幅如同《韩熙载夜宴图》《千里江山图》那样的长卷古画，小孩子又怎么学得来。

可是老罗表示怀疑，说，这怎么是《春日家宴图》呢，这上面，除了几样菜蔬，哪里有家宴，这个画名，简直瞎搞。

林美却不这么理解，她说，这个画名可能就是隐喻式的，有了这些菜，就能做春日家宴了，也可以理解为，春日家宴，就是用这些菜做起来的，你看这上面画的菜，确实都是春天的菜蔬。

老罗仍然不认，说，不带这样隐喻的，这算什么隐喻，倘若这也算，那我画一幅拉屎的图，细心一点，在茅坑外加一棵柳树，也可以命名为《春日家宴图》，就是吃过家宴，拉出来了吧。

林美“扑哧”一笑，说，老罗你粗俗得来，人家言教授要笑话我们的。

他们夫妻没轻没重在打棚，我心里却是翻江倒海，犹如坐过山车，翻得都要晕厥了。

言子陈，你想想，你体会得到我当时的心情吗?你不可能体会得到。

我是言子陈。

我当然能体会，我怎么不能体会，我这大半辈子，几乎都是在这种体会中度过的。我时时刻刻，分分秒秒，都在体会着寻找和失去，失去和寻找。

我说，言子谌，也许从来就没有传说中以及我们想象中的那个《春日家宴图》。言子谌将杯中的咖啡一口喝完，站起身，说，走吧，我们去看看。

是的，我在“故事”美术馆的一面墙上，看到了那幅《春日家宴图》，是一幅静物画，画面上是一些春天的蔬菜和少量的荤菜。这是言子谌从老罗、林美那里带回来的，交给了他的红颜知己叶小姐。

它确实就是《春日家宴图》。但是你们认为我会相信吗？

除了我，还有言子谌，他会相信吗？

还有许多人，他们会相信吗？

对了，你们还记得那封信吗？

> 濟之吾兄：見字如面。家父垂垂老矣，念念不忘古畫《春日家宴圖》，曾於民國三十七年秋交于吾兄代藏。未知尚安好否？關乎事大，思之心切，言曰不見此畫，死不瞑目。何況許諾在前，食言在後，此即便九泉之下，亦無顔面對侄女婿。

一个从戏言开始的承诺：“无颜面对侄女婿。”

一句为了承诺而产生的谎言：“交于吾兄代藏。”

这就是历史的本来面目吗？

尾声一：我是言子陈

我打电话告诉小白，余白生和姚妍从山西平顺回来，我要去他家看望二老。小白问我什么时候去，我说约了今天下午，这会儿差不多快要出发了。只听得小白“哟”了一声，好像着急了。但是我并没有邀约她一起去，这事情和她无关，我不知道她“哟”的什么“哟”，也没太在意。

到差不多时间，我出门了，刚刚走到街口，迎面看到小白急冲冲地奔了过来，她只顾着朝我的方向张望，没注意其他，不小心被一辆骑得飞快的电瓶车撞了一下，还好没撞到身体，却把背着的包包拽掉了，不仅掉落在地上，而且包包还打翻了，里边的东西撒了一地。女孩子包包里东西真多。我赶紧上前帮她捡东西，小白还在和电瓶车骑手计较。我看到小白掉落的东西中，有一张医院的工作证件，证件上的姓名是白音咛，医院是广仁医院，我觉得这个医院名字很熟，想了想，想起来，这是一家精神病专科医院。我起先还以为是另一个同名同姓的小白，但是因为上面有小白的照片，我才确信是我的助手小白。

小白和电瓶车骑手简单计较了一下后，就赶紧回来和我一起收拾东西，我把证件递给她，想看看她的反应，结果她并没有反应，只当是收了一包纸巾一样平淡，将证件放进包里。

既然她无所谓，我也不会多问她，她做我的助手，做得很好，这就行了，人与人的关系，就应该是简单的，直接的，关于她协助我工作之外的任何其他事情，我都可以不闻不问。

小白说有事要向我报告，她说她恰好有个同学在山西长治文管单位工作，她委托同学向平顺县博物馆打听了一下，得知古建筑界对平顺的几座五代木结构建筑十分重视，已经多次组织专家前往调研考察，他们发来了几张专家合影，其中有一张合影，她同学还特意将照片的反面也拍了发过来，因为那张合影的反面，当初还留下了专家的名字。

按照从前往后，从右往左的排列，第一排左起第三人，叫梅辛。

我肯定会奇怪，余了那天晚上和我说的余白生失忆以后以及恢复记忆过程中的一些情况，包括他想起“梅辛”这么一个可能并不存在的人，这些事情我并没有和小白说过，这个和我们的课题好像没有什么关系。不知小白是怎么知道这个也许根本不存在的人的，她不仅知道了，她还动作了，甚至发动了远在山西工作的同学，一起费力寻找。她真是个好助手。

但我肯定会怀疑她的，我就直说了，小白，你怎么会知道梅辛，甚至还知道她的职业？

小白说，老师，这个肯定是你告诉我的，不然我怎么会知道，你说余白生老师一直记得一个叫梅辛的人，但是却想不起来他到底是谁，到底存在不存在。

我心里顿生疑惑，我说，就算是我告诉你的，那我还让你去查询了吗？小白说，老师倒是没有明说要查询，但是老师的心思我也许能够了解，老师虽然跟我说这也许是一个子虚乌有的人，但其实老师是非常想找到这个人的。

我不由得“啊哈”了一声，小白一口一个“老师”，一口一个“也许”，口气谦恭，但言外之意却很明白，也很强烈，明明就是她在替我做主，她十分果断地在代替我，做那些我不知道自己该不该做的事。

但是说实在的，她的解释实在无法让我信服，反而更增添了我的怀疑。我说，小白，就算我曾经在你面前提起过一个叫梅辛的人，但是他，只存在于余白生的记忆中，连余白生也说不出他到底是谁，是干什么的，你怎么会想到要在古建筑这个行业里寻找呢？

我以为小白这下子该被我问住了，不料小白却仍然对答如流，小白说，老师，因为从前我曾经听到过“梅辛”这个名字，就是我们这个行业里的一位专家，那时候我刚刚进大学，什么也不懂，人也不认得，第一次听到这个名字时，我还搞错了，我以为有一个人名叫“没心”呢，我无知地笑了出来，当时被我的老师批评了嘿。

她越是说得逼真，我越是不相信她，我说，好吧，就算你说的都是真的，但是古建筑行业的专家多的是，他们可能会全国全世界到处跑，你怎么就专门挑选了长治平顺去询问呢？

小白对我，真是应付自如，说，咦，老师，是老师告诉我的呀，说余白生余老师他们去了长治平顺，我才——

我终于服了她，赶紧摆手说，行了行了，我明白了。

小白却还没有完成她的使命，当然我也不确定到底是谁交给她的使命，她一边注意着我的神情，一边掏出手机给我看，说，老师，这就是平顺那边发来的照片。我说，照片你转发给我就行了，干吗还要特地跑一趟？小白真是百问不倒，永远对答如流，说，我本来想转发给老师的，但是这照片像素比较低，有些模糊，再转来转去恐怕都认不出来谁是谁了，所以我特地跑一趟，给老师看——老师你看，这都是专家在平顺那边的合影，有点模糊，但人脸的大致模样还是看得出的。

有一张照片中，有一个我。

这一点也不奇怪。我是去过平顺，考古古建筑，我在那里和同行们一起拍过照片，在博物馆留下合影，这都是事实，也都很正常，但问题是，这些与小白有什么关系呢？

难道小白认为我是梅辛？

就是这张照片背后，一一标注出了合影人的名字，我很容易就可以看一看那个背后的真相，一一对上人名，但是我不想这么做了，现在我对小白的兴趣，已经超出了对我自己的兴趣。小白的脑路九曲十八弯，和我有得一比——不对，她更胜我一筹，她真是青出于蓝。

我敏感地盯着小白看了几眼，这个一直跟着我做助手，而且做得相当出色的助手，我忽然觉得她有些陌生，她的眼神竟有些躲闪和散漫，后来我甚至警觉起来，她居然有精神病院的工作证件，她又不是学医的。我不是精神病患者。难道她是？

我试探她说，小白，我最近就要着手起草，总结我们课题中的不易堂这个部分，我想听听你的想法，在整个课题的十处已毁古建筑群中，你觉得不易堂可以总结出哪些特点？

小白说，老师，根据这些天我们对不易堂的梳理，我有一点想法的，在我手机里——小白把手机递到我面前说，老师，你看。

我一看，发现她搞错了，我说小白，你这是一个群，还挺热闹，有人在发言。小白说，老师你看看群名，我再一看，群名是

“故事”，有一种既熟悉又陌生的感觉。

小白说，老师你也在群里的，你还是群主呢，这个群是老师建立起来的，我们经常在里边讨论一些故事，这是老师以前给我们出的题目。

我却没有什么印象，有点尴尬，自己建的群自己都不记得。小白十分善解人意，说，老师，你进的群太多了，顾不过来，后来你退群了，不过这个群一直存在的。

我看了看大家的发言，挺感慨，在一个现代的微信群里，讲述古建筑群的故事，好像是历史与现实握了握手。我想看看小白关于不易堂发表了什么样的见解，向下翻了一会儿，终于看到了“白音咛”的名字和她的微信头像。

小白的确是发了一段文字，但却不是她自己的文字，她将别人的文字拍成了图片，贴了出来。

那段文字是这样的：“‘历史上谁最像穿越者’，说谁的都有，但是有一个人的发言特别打动人，他说汶川地震时，桑枣中学地处震中，全校却无一伤亡，原因就是校长叶志平长期定期开展教科书式的撤退演练，多年坚持创造奇迹。要知道在汶川地震之前，是没有人会重视地震演练的，而他却坚持了多年，才在5月12日那天拯救了全校师生。他就是那个从未来穿越回来拯救大家的人。”

原来小白是这样理解不易堂的。

她的理解有问题吗？

这算是答非所问吗？

尾声二：老头

今天是我们相约去看余白生和姚妍的日子，我出发之前却收到了余了的消息，约我先去她家里坐坐，因为她的父母还没有到家，我以为是火车晚点了，就先去了余了家。

余了已经泡好了茶在等我了，她告诉我，她父母亲乘坐的火车本来应该是昨天晚上到站，昨天下午火车经过安徽的时候，小莉正在午睡，因为这趟旅行一切正常，尤其是余白生情绪很好，他在平顺找到了梅辛，虽然并不是找到了本人，见到的是照片，但是有照片有人，终于和他的记忆对上号了，余白生兴奋不已。所以小莉也很宽心，这会儿眼看着就要到家了，便有些放松，人一放松，就睡得沉了，结果二老居然悄悄地丢下小莉下了车，等小莉醒来，才发现人不见了，赶紧手机联系，又赶紧到下一站下车后，等到了反方向的火车，上车，一路追赶，幸好有当地旅行社同行帮助，最后终于在大半夜，在安徽绩溪县县城的一个派出所，找到了老两口，他们正津津有味地吃着民警给他们泡的方便面。

小莉说我一看到他们，简直都要哭出来了，我陪着二老出远门，是有责任的，既是工作责任，更是亲情责任，万一二老出了什么问题，于公于私都无法交代，现在终于见到了余白生和姚妍，不仅毫发无损，而且大半夜了，还精神抖擞，小莉口中连连说，你们吓死我了，你们吓死我了。

姚妍笑眯眯地说，小莉你不用害怕，我们到家了呀。余白生坐在姚妍身旁，附和着说，是呀是呀，出来好多天了，想家了。

派出所的民警也向小莉使眼色，其实不使眼色小莉也明白，二老很可能是因出门在外时间长了，太辛苦了，这会儿又是大半夜了，他们都有点犯糊涂了。

余了跟我说，言子陈，你说吓不吓人，别说小莉，换了任何人，两个八十多岁的老人，在火车上失踪，肯定是魂飞魄散的，所以我听小莉说到这儿，赶紧安慰小莉说，小莉，你肯定吓坏了，也肯定累坏了，以后我们再也不放他们出去了。小莉却又说，阿姨你不用担心，虽然二老都说了些糊涂的话，但是其实外公是清醒的，他还朝我眨巴眼睛，我都怀疑他是装出来的糊涂，因为我发现他偷偷地藏了一张绩溪县地图，也不知道他是从哪里搞来的，地图上画了好多记号，好像他对自己要去的地方非常明确——

余了说了几个地名，我忍不住脱口而出，他要去的那个地方，是绩溪的一处山区，那里的房屋大多是徽派建筑，古民居比比皆是，砖、木、石三雕精妙绝伦，自然山水秀丽——

余了并不奇怪，对我说，言子陈，那个地方你也去过。我说是。我掏出手机，里边有尹宁发给我的我手写的信。其中有几封信，就是介绍那个地方的。

我把手机递给余了看，余了看了一眼，说，这个我知道，言子陈，你的事情我们都知道。

我说我这么多年都漂在外面没有回来，你们难道是安装了跟踪器？

余了笑了笑，没有直接回答我。她最后告诉我，今天，现在，小莉正陪同二老往那个地方去，小莉估计，至少得再有两三天，才能回家。

然后其他一些人，余来以及他们的孩子，也陆续来了，唯独没见小刘，我嘀咕了一声，刘乐乐真的很忙哦。余了赶紧给我解释说，刘乐乐他们区综改办，最近又有大的动作了，好像是要整体修复某个大宅，上上下下总动员。

余末末也多嘴说，苏州的大宅老宅太多了，他们天天在总动员呵。

余了说，那是，要更新，永远有做不完的事情。

她见我面色有些凝重，以为我想见见刘乐乐，问我要不要打电话叫刘乐乐过来，我赶紧说不要不要。我没什么遗憾的，其实我已经很欣慰了，小一辈的都在继续做我们要做的事情，我们可以安心了，再说了，我回老宅见到的两个人，小刘和尹宁，后来都再没有见着，也算是命运的安排吧。

我说到尹宁，余了他们都不作声了。我也颇觉奇怪，尹宁再也没有联系过我，更不要说来找我，一丁一点关于她的消息也没有，她曾经拉我进入的那个“言桥往事”群倒是还在，但它似乎一直是个僵尸群。

我想再问一次，在吗？

却发现找不到这个群了，是不是解散了，还是改了群名，我不知道。我又给尹宁发私信，却得到这样的结果：“你还不是他（她）朋友，请先发送朋友验证请求，对方验证通过后，才能聊天。”我才发现，不要说那个群，连尹宁的微信也没有了，她把我删除了。

一点痕迹也没有留下，好像这个尹宁从来没有出现过。

我把这个奇怪的遭遇告诉了余了，余了又告诉了余来，余了和余来的小辈们以及朱玲娣、朱玲玲他们也都一起参与了分析，经过大家七嘴八舌的猜测和推测，最后我终于明白了尹宁是谁。

你们猜到尹宁是谁了吗?

后来我从余了家出来，走出不多远，迎面碰到一个老头，我没有在意，他却认出我来了，说，我认得你，你是言子陈，我是你小时候的邻居，言桥巷7号的，后来我们家和当初的几家邻居一起迁到现在的这个小区，所以现在还是邻居。我说，啊，那你家从前是住7号哪路第几进的。他说西路第四进。

我又想起了尹宁。不过我不再纠结了。

我说我最近刚刚去过，宅子的模样还在，第四进也还是那个样子，只是更破旧一些。他笑了笑说，你说书，我早就听人家讲，言子陈会说书，果真的，你又说书了。我本来已经放弃计较尹宁，也不计较这个我不记得的和我家住同一个院落的邻居，但是他这么说了，我又有了疑惑，我问为什么说我是说书，我明明最近才去过，第四进也和其他几进一样，现在大多住的是外地人。

他又笑了。

我已经料到，他一定会说，言子陈你说书哉，言桥巷老早就拆了，没有了，老宅也没有了。

所以我抢了他的先，我直接告诉他，他和其他许多人一样，犯了经验主义的错误，以为言桥巷拆掉了，他们并没有去实地考察过，以讹传讹，讹成了事实。

其实言桥巷一直还在。他如果还是不信，我可以陪他一起去看一看。现在就走。

可是我没有料到，他并没有说出我所预料的那番话，而是说出了另外一种可能。他先是“啊哈啊哈”地笑了几声，然后说，言子陈你开什么玩笑，那地方哪里拆掉了，那地方怎么可能拆掉，它一直就在那里，我们只是从老宅子里迁出来了，那里早就恢复全貌了。接着他很认真地告诉我，现在言桥巷的言宅，恢复了“苏州老宅之最”“江南老宅之最”的名声，成为了全国最大的古建筑博物馆。

他见我目瞪口呆，就估计我没有去过，甚至都不知道这个信息，于是又给我详细解释说，老宅怎么会恢复得这么全面，因为是依图而修的，所以现在老宅的模样，就是《春日家宴图》呈现出来的那样。

我没有和他争辩。也许他是对的。

他对我不了解旧居的现状感到遗憾，动员我去看一看。我说，我要去的，现在就去。他笑了，说，你去吧，值得一看的。

我和他道过别，约了有空一起聚聚，我们就分头而去。我行走的方向，就是言桥巷的方向。

我真的要第二次走进言桥巷吗？我会再去言桥巷证实他的说法吗？

不一定。

因为我去或不去，它一定都在那儿。

后记

我最近完成的长篇小说《江山故宅》，围绕苏州古城中的一座老宅不易堂展开。史书记载不易堂是两百多年前言氏家族建造的，历经沧桑，对于不易堂的存毁和真面目众说纷纭。小说以寻找老宅为线索，展示出几代人的精神追求，以及对于历史和往事所承担的责任。小说通过具象的老宅，呈现出物质和精神的关系，着重写了人类生存的双重世界，物质也许终究会荒芜和消失，但是精神的重建和永存，却是我们赖以生存的支柱。

一部长篇小说的入口也许有很多，在这里我只能从一个小小的切口进入。我想简单肤浅地说一说关于小说创作中“不可靠”叙事的想法和体会。

小说开头写“我”（言子陈）几十年后回到老宅，意外见到了儿时邻居尹宁：“后来我长大了，才知道确实有那本书，叫《聊斋志异》，里边有个鬼母养大的狐女叫婴宁，我才理解了母亲当时的惊诧以及言子谌当时的怀疑，他们是错把‘尹宁’当成‘婴宁’了。这很正常。苏州人说话不分前鼻音和后鼻音，阴阳上去四声也经常颠倒搞混，‘尹宁’和‘婴宁’是一样的。母亲和哥哥，他们以为尹宁就是那个狐女吗？”

几十年后“我”又见到尹宁，并和尹宁聊起儿时的一些记忆。比如，我们说到当时大宅里有一个女孩子胆子很大，竟然抱着一只没了头却还活着的鸭子玩耍。“我”和尹宁同时认为这件事情是自己做的：“尹宁同意，说，是的是的，你们都记得的，你们都晓得的，那个小孩就是我呀。明明是发生在我身上的事，她要抢得去，这不能怪我多疑，我不知道是她记忆出差错，还是她故意的，如果是故意的，她又是存了一个什么心眼呢，她跟一个几乎不认得的人开什么玩笑呢。”叙述者记忆的不可靠性在这里已经展示出来。接着，尹宁告诉“我”，她离婚了，她的前夫“俚个赤佬”就是“我”的初恋男友余又，但是其实余又的生命在他二十二岁时已经终止了。

也许可以理解为尹宁是平行空间的“我”。在那个空间，余又没有因为追寻他的父亲余白生而丢失了性命。“我”也没有因为读书奔前途而离开家乡一去不返。“我”和余又结婚，我们有一个儿子。

当然，也可能不是平行空间，而是“我”的想象、幻想，“我”深藏在心底的愿望。

类似这样的人物身份的不可靠性，在小说中还有很多体现。比如“我”有一个哥哥、一个弟弟，我们家兄妹三人，三个名字都是“chén”，言子谌、言子陈、言子辰，看起来不一样，喊起来一模一样。

这种看起来匪夷所思的取名，暗含着什么隐喻？虽然有爷爷言耀亭给的理由，是因为言家缺个“诚”，其实这个理由是无法确定或涵盖住三个“chén”字的意思的，三人同音的意义，在这里是不确定的，是可以尽情想象的。

接下来有一段描写，写“我”的助手小白。小白的全名叫

“白音咛”，很年轻，却是个“人狠话不多的沉稳角色”，做事一向靠谱，从来不会迟到，结果这一次却怎么也找不到“我”一下子就找到并直接走进去的言桥巷 7 号老宅。她事先是做足了功课的，结果一开始是出地铁站走错了出口，接着出租车司机又听岔了地名，纠正后司机又说没有这个地方。总之，小白就是怎么走也走不进言桥巷 7 号这座老宅。

这样一而再再而三的模棱两可的叙述，在小说中比比皆是。小说最后写到“我”费尽心思终于发现了正在演出的名为《不易堂》的评弹，认定这出评弹节目所讲述的，就是不易堂的前世，以为自己终于要揭开不易堂的来龙去脉了，却发现它其实是由“我”的弟弟言子辰创作的。通常评弹的创作起因都是历史上可能存在的一个小小的事件，然后加以艺术加工，使其呈现介于真与假之间的状态。这里用了评弹这个形式来讲述不易堂的故事，既可以以艺术感染人，同时也增加了它的不可靠性。这样的表述，会不会再次让人产生疑惑，甚至连“我”自己，都无法确定评弹《不易堂》到底有几分真实。

在写作中故意制造信息与真相之间的裂隙，也许是想请读者主动参与文本解谜。有的时候我会努力去弥补漏洞，似乎要给读者一个交代；但更多的时候，我会故意漏洞百出，漏洞的弥补并不是那么重要，因为今天的世界变了，遍地都是漏洞。

一方面，世界变了，几乎变得面目全非，暗含了许多矛盾和吊诡，再也不是我们自以为熟悉、自以为理解的世界了。未来来了，但不是我们曾经想象的那样。它很奇怪，没有逻辑，没有依据，让人措手不及，让人无所适从。从前，我们自以为了解世界的一切，所以经常会以全能的视角写作，以此告诉别人，世界就是这样的，世界就是那样的，但今天我们再也不是无所不能、无所不知的了。

另一方面，从小说中的“我”这个个体来说，其实可能是两个言子陈。一个言子陈事业有成，而另一个言子陈一辈子活在忏悔之中，且无法与自己和解。她的归来，应该就是一次忏悔之旅与和解之旅，只是时过境迁，物是人非。时间冲刷了一切，老宅还在不在？她走进的老宅，还是不是从前的那座老宅？故人虽重逢，但他们还是不是故人？在她看来，答案都是似是而非的，飘忽甚至虚无，所以她处处表现得异常，甚至还可以怀疑她是个精神病患者。这个人物的现实的“我”和灵魂的“我”一生纠缠，现实的“我”功成名就，灵魂的“我”一生愧疚，魂不附体。

小说中逻辑漏洞和巧合很多，是在改变我们与世界对话方式的前提之下，所进行的一种容纳歧义的探索，对绝对真理的疑问，亦可在虚实交错中，折射出人性的多面性与认知的边界。

《江山故宅》较多采用了不可靠叙事、时空交杂的回忆及杂糅的叙事文体，但是作者的主观意识和着力之处，却一直是沿着现实主义的路在走。叙事不可靠，但仍然有可靠的东西，那就是价值观，是许多人一直以来都坚守着的不变的信仰和追求。内心的声音始终都在，这就是对于生命的态度，这种生命态度认定有一些高贵的品格是值得以性命来维护的。因为，想要接近文学的本质，就需要在不确定中触摸人性的真实温度，需要考量历史，以及历史对人的影响，等等。

图书在版编目 (CIP) 数据

江山故宅 / 范小青著. -- 北京 : 北京十月文艺出
版社，2025. 10（2025.11重印 ）. -- ISBN 978-7-5302-2495-3

Ⅰ. I247.5

中国国家版本馆CIP数据核字第20251Q6C65号

江山故宅
JIANGSHAN GUZHAI
范小青　著

出　　版　北京出版集团
　　　　　北京十月文艺出版社
地　　址　北京北三环中路6号
邮　　编　100120
网　　址　www.bph.com.cn
发　　行　新经典发行有限公司
　　　　　电话 010-68423599
经　　销　新华书店
印　　刷　北京盛通印刷股份有限公司
版　　次　2025年10月第1版
印　　次　2025年11月第2次印刷
开　　本　880毫米 ×1230毫米　1/32
印　　张　16.5
字　　数　376千字
书　　号　ISBN 978-7-5302-2495-3
定　　价　69.80元
如有印装质量问题，由本社负责调换
质量监督电话　010-58572393